AtV

H. G. (Hans Günther) ADLER, geboren 1910 in Prag, gestorben 1988 in London, war Dichter, Historiker, Soziologe, Philosoph und einer der letzten Universalgelehrten des 20. Jahrhunderts. Er hat Auschwitz überlebt und zwei grundlegende Bücher über Theresienstadt sowie eine fundamentale Analyse zur totalitaristischen Bürokratie unter dem Titel *Der verwaltete Mensch* (1974) veröffentlicht. Romane und Erzählungen: *Eine Reise* (1962), *Panorama* (1968), *Ereignisse* (1969), *Die unsichtbare Wand* (1989) u. a.

Es gab eine Zeit, da kamen Boten in die Häuser und überbrachten tödliche Botschaften. Es gab eine Zeit, da wurden Menschen nach ihrer Herkunft ausgesondert: solche, die sein durften, und solche, die nicht sein durften. Und denen, die nicht sein durften, wurde alles verboten. Sie durften nicht besitzen, sie durften nicht wohnen, und sie durften sich nicht sehen lassen. Man nahm ihnen alles und schickte sie auf die Reise. Die Stationen dieser Reise dienten nur dazu, die Toten auszuladen, und die Reisenden waren schon ausgelöscht und namenlos, ehe sie abfuhren. H. G. Adler war einer von ihnen. Seine Reise führte ihn von Theresienstadt nach Auschwitz und weiter in ein Nebenlager von Buchenwald und von dort nach Langenstein, wo er im April 1945 von amerikanischen Truppen befreit wurde. Anhand des exemplarischen Schicksals der Familie Lustig hat H. G. Adler in seinem 1950/51 geschriebenen Roman auch sein eigenes und das seiner Angehörigen darzustellen versucht. Um für seine alptraumhaften Erlebnisse eine adäquate Sprache zu finden, wählte er die poetische Form der Verfremdung und Überhöhung und machte *Eine Reise* somit zu einem der literarisch interessantesten Werke der Exil- und Nachkriegsliteratur.

H. G. Adler

Eine Reise

Roman

Mit einem Nachwort
von Jeremy Adler

Aufbau Taschenbuch Verlag

Für Veza und Elias Canetti

ISBN 3-7466-1854-1

1. Auflage 2002
Aufbau Taschenbuch Verlag GmbH, Berlin
Lizenzausgabe mit freundlicher Genehmigung
des Paul Zsolnay Verlages Wien

Einbandgestaltung Preuße & Hülpüsch Grafik Design
Druck GRAFO S.A., Bilbao
Printed in Spain

www.aufbau-taschenbuch.de

Vorzeichen

Getrieben, gewiß, doch von sich selber nicht verstanden, ist der Mensch seinem Schicksal gegeben, das einmal als Elend erscheint, dann als Glück, vielleicht auch noch anders; aber schließlich taucht alles unter im Uferlosen, das keine Bestimmungen duldet und dem gegenüber, wie viele schon sagten, jede Behauptung eine Einsamkeit ist, eine Insel. Deswegen ist keine Trauer vonnöten. Auch ist es gut, nicht viele Meinungen zu haschen, denn, angeleitet von Gesichten und Ängsten, dazu stets nach jenem süchtig, was nicht ist oder, wenn es doch wäre, gerade versagt scheint, neigt man sich diesem oder jenem Bedenken zu, Schaumspielen einer vernünftigen oder blind vertrauenden Weisheit, bis man endlich gewahr wird, wie unübersichtlich alle Anschauungen sind, und man tut klug daran, ohne ausdrücklich zu verzichten, sich an den Kämpfen, die um Errettung vom Abfall ausgetragen werden, nicht emsiger zu beteiligen, als allcin der bloße Ablauf des Lebens bereits dies verlangt.

So gewinnt man einige Ruhe. Es ist eine Ruhe auf einer endlosen Flucht, aber dennoch wahrhaft Ruhe. Es ist, das sei versichert, keine Flucht vor sich selbst, mag sich mitunter auch dieses aufdrängen, doch es ist die Flucht eines unbemessenen Fortschritts in den Windungen eines einzigen Bereiches; wegen dieses Verharrens in einem Bereiche darf es Ruhe genannt werden, denn auf der Bühne der Zeiten wird alles zur Gegenwart. Du bist beteiligt. Viele Wege gehst du, und in vielen Städten erscheinst du mit deinen Angehörigen und Freunden, du stehst, du läufst, du gehst unter und stirbst. Du glaubst gar nicht, noch auf der Bühne zu stehen, selbst wenn du anerkennst, zunächst auf ihr gewesen zu sein. Doch du irrst dich, denn sie haben dich weggenommen und auf die Bühne zurückgeführt von der flüchtigen Reise. Du bist nicht entkommen, auch wenn du versunken scin solltest, bildlich und wirklich.

Aber was geschieht auf der Bühne? Viele Gleichnisse wurden darüber versucht, die oft ein Richtiges trafen, aber keines entspricht uns besser als das Bild von der Reise, die wir als Flucht begreifen können. Doch wer ist das auf allen Fahrten nur an sich selbst erinnernde Wesen? Es ist die Erinnerung selbst, die sich auf die Reise begibt und auch schon stets auf Wanderschaft gezogen ist. Dieses Wesen muß aber nicht seine gegenwärtige Stätte verlassen, darum spielt es in der Gegenwart und findet Raum genug zu seiner Entfaltung auf einer einzigen Bühne, die keiner anderen Vorbereitung bedarf als des Auftretens eben dieses sich erinnernden Wesens, und also wird neben dem Flucht genannten Bild von der Reise jenes der Ruhe gefunden, das sich in der Erinnerung entwickelt.

Man hat uns oft die Müßigkeit unseres Beginnens vorgeworfen, daß wir davor zurückscheuen sollten, an die Öffentlichkeit zu treten. Aber wir können unser eigenes Treiben nicht verurteilen, es wäre denn, wir wollten uns aufgeben. So beginnen wir unsere Versuche stets von neuem, wahrscheinlich angestachelt von einer Unersättlichkeit, die nur wieder wir selber sind; wir sind die Herolde des Lebens. Das vorhin gefundene Gleichnis von Reise und Ruhe wird zu nichts anderem als zu einem Gleichnis seiner selbst, sobald wir in Tätigkeit eingehen, wird aber ungültig vor der Welt, weil nun alles bewegt erscheint und sich wohl auch wirklich in Bewegung verwandelt. Man mag sogar mit gutem Grunde von einer Leidenschaft, von einer Besessenheit sprechen, die andere Menschen mitzureißen fähig sein sollte, sofern es nur gelungen ist, in unsere Beweglichkeit den lebendigen Atem unserer Erlebnisse einzufangen. Dann freilich sind wir selbst unser Werk; davon, ob man sich uns verweigern oder ob man uns annehmen wird, hängt letzten Endes mehr ab, als man sich eingestehen mag, nämlich das Gedeihen einer Welt, die aus ihrer tiefsten Verzweiflung und höchsten Begeisterung ihr eigenes, in einem gewissen Sinn ewiges Antlitz durch die Ausschöpfung unserer nur bedeutenden, aber für sich selbst, also ohne die

Anteilnahme und Mithilfe der Welt nicht verwirklichbaren Leistung zu bilden berufen ist.

So ist die Ruhe entlassen und dahin, doch nicht ganz; ihr Widerschein wird und bleibt spürbar für uns wie für jeden, der noch im Bangen und Entsetzen des einzelnen Augenblicks, wenn alle Würde und Heimlichkeit sich zu verzehren droht, sich dessen bewußt ist, daß sich auch in allen Erschütterungen eines Schreckenspieles ein unzerstörbarer Kern entdecken läßt, eine Mitte, die wir nicht einmal ideal nennen wollen, weil ihre Wirklichkeit dem forschenden Herzen erweislich wird. Das unbeirrbare Verharren bei dieser Mitte als Ausgangsort dieser Reise ist zugleich ihre erste und tiefste Erinnerung, doch vermögen wir gerade nur sie zu erinnern; die Mitte selbst ist so weit, daß sie weder fern noch nahe genannt werden kann. Eben darum läßt es sich begreifen, daß diese Erinnerung in unserem Wandel immer dauert, doch ganz nach der Art einer Erinnerung, während wir – und mit uns alle Welt – einer unwandelbaren Stätte ermangeln. Also sind wir flüchtig, wir haben keine andere Rast als das Innere, das wir erinnern, wir sind Reisende auf einer Fahrt, die kein Einzelner von uns gewählt oder bestimmt hat. Das können wir nicht ändern, die Fahrt hat begonnen, nun folgt sie ihrer Strecke; da sie vor sich geht, kümmert sie sich nicht um unseren Beifall, sie achtet nicht darauf, ob wir sie lieben oder hassen, doch widerspricht sie uns, sobald wir selber widersprechen.

Vielleicht wird mancher noch erwarten, daß einiges über das Ziel, zumindest über den Sinn gesagt wird. Aber Geduld! – denn weniger dies auszusprechen, als es darzustellen, dient dieser Versuch. Zweiflern sei hier nur versichert, daß ein Ziel nicht vergessen wurde, treiben doch die Sorgen um den Ausblick nach einem Ziel uns alle; darum wollen wir das Ziel uns immer wieder ins Gedächtnis rufen, auch wenn oft uns Berichte vom Abfall scheinbar Lügen strafen sollten.

Einiges erklärt, wenn wir hinzufügen, daß wir betroffen sind, sehr betroffen; darin können und wollen wir uns nicht von der Welt unterscheiden, die an nichts mehr als an Betroffenheit leidet, aber über die unabweisbare Empfängnisbereitschaft zu diesem Erleiden hinaus, haben wir uns nicht zugelassen, in dem Entsetzen auch zu versinken, durch das wir füglich schreiten. Nein, wir sind nicht verloren, wenn wir auch den Verlust eingestehen, sogar viele Verluste, die wir – allein zumindest mit unseren geringen Kräften – nicht wettmachen können. Aber auf die Bühne haben wir uns gestellt. Mögen wir auch dort, wie überall, einsam scheinen, so sind wir doch nicht verlassen. Wir sind nirgends verlassen.

So mögen wir voranschreiten oder auch nicht schreiten – das Urteil über Schritte oder Fortschritte steht gewiß nicht uns und kaum jemandem anderen zu –; lasset uns also da sein, sei es in der Bewegung über der Ruhe, sei es in der Erinnerung, die sich zur Ruhe wagt, zurück oder vorwärts, sei es in der Flucht, man spricht wohl auch von der Flucht der Erscheinung, lasset uns also in der Erscheinung sein, und dies ist Bewegung. Doch weil wir die Augen offenhalten und nicht nur leiden, sondern uns auch beteiligen, so lasset uns diesem erinnerungsvollen Wandel den einzig geziemlichen Namen geben – die Reise.

Die Erzählung

Niemand hat euch gefragt, es wurde bestimmt. Man hat euch zusammengetrieben und keine lieben Worte gesagt. Viele von euch haben versucht, einen Sinn zu finden, so wart ihr es selbst, die fragen wollten. Doch es war keiner da, der geantwortet hätte. »Muß es denn sein? Noch ein Weilchen ... einen Tag ... einige Jahre ... Wir hängen am Leben.« Aber es war still, nur die Angst sprach, die konnte man nicht hören. Alte Leute haben sich nicht dareinfinden können. Ihr Jammern war ekelhaft, so daß sich vor das Bedauern der Unbetroffenen eine häßlich verkühlende Wand stellte, das war die Mauer der Erbarmungslosigkeit. Das Grinsen bleibt unvergeßlich, es hat alle Müdigkeit überdauert und begann schon in den zerstörten Wohnungen. Eigentlich waren die Wohnungen gar nicht zerstört, noch waren sie in ordentlichen Häusern unter unbeschädigten Dächern bestellt. Im Stiegenhaus haftete der eingebeizte Geruch, der jedem Hause seine unverlöschliche Eigenart verleiht, solange es steht.

Das Dasein des Unbelebten kann sehr verlockend erscheinen, doch folgt es Gesetzen, die haben wenig mit unserer Reise gemein, sobald wir nicht die Gegenstände an uns nehmen und uns in ihnen wiedererkennen. Wohl spricht man von verrufenem Mauerwerk, aber auch das ist nur ein Gleichnis für ein unbegreifliches Geschehen, dem gegenüber das Sichtbare, das Spürbare viel mehr Eigenart beweist. Alles kann verlassen werden, bloß vom Leben scheidet sich nichts, solange nur es von sich selber weiß. Darum stehen die Häuser unbeteiligt da, wenn wir uns von ihnen abwenden. Da wurde laut gerufen: »Wendet euch ab!« Man hat es nicht mit diesen Worten gerufen, man hat es überhaupt nicht gerufen, und doch ist es verkündet worden, wenn es auch niemand hören mußte. Um den war es freilich übel bestellt, der es nicht hörte, denn der hockte in seinem Hause, als ob es sein wahres und einziges Eigentum wäre, das sich von ihm nicht trennen könne.

Da war eine Stube und andere Stuben. Die Einsamkeit hatte Wunden, denn die Türen standen offen, doch die Fenster waren sanft verschlossen und dicht mit schwarzen Tüchern verhängt. Das wurde Verdunklung genannt. Überall war Verdunklung, die nächtlichen Straßen von Stupart lagen in harter Finsternis. Doch im Hause war Licht. Nicht im Stiegenhaus draußen, nein, auch dort war es finster. Die Glühbirnen waren mit häßlich blauer Farbe gestrichen und von schwarzen Papierschirmen umhüllt, die ließen keine Strahlen durch und sandten kreisrund bloß einen matten Lichtkegel aus. Nur schwer stapften bei dieser Dunkelheit Schritte über die Stufen, aber die rastlosen Boten schreckte das nicht, weil ihre Eile Furcht verbreitete, vor der das Licht zurückwich. Sie kamen meist am späten Abend oder auch während der Nacht, wenn sie ihre Botschaft brachten, der sich ein entsetztes Licht nicht versagte. »Du sollst nicht wohnen!« Das war die gedruckte Meldung, die sie übermittelten. Die Menschen warteten schon auf das Unheil, das sie wußten, und darum waren die Wohnungen bereits zerstört, bevor sich das starke Geschoß eines Fliegers ihrer erbarmte. Die Flieger kamen viel später, den ausgehöhlten Schutt zur Ernte aufzuknacken, aber nicht um die Entführung der aus den Häusern Verbannten zu rächen, von denen sie kaum etwas ahnten und die den Fliegern gleichgültig waren, wenn sie nach Meßblättern den Ausschnitt einer Stadt bestimmten, den sie vernichten wollten. Hart dröhnten vom nächtlich durchdonnerten Himmel die rasenden Maschinen herab und ließen ihre mörderische Fracht auf die Vergänglichkeit fallen, die derart ihrer erst inne wurde, da sie plötzlich in sich zerbarst. Es waren also keine Wohnungen mehr, die das Verderben erreichte, es waren verlassene Brutstätten, ausgeplünderte Höhlen oder unrechtmäßiges Gut, das im Besitz von Räubern nicht gedieh. Doch dies ereignete sich viel später und erreichte die zuerst Betroffenen nicht mehr, denen man längst verkündet hatte: »Du darfst nicht wohnen!«

Bedenke es wohl, welches Anrecht du hast, einen Aufenthalt zu genießen, wo du sein dürftest, bloß weil du sein darfst. Frage dich selber, wenn du auf der Flucht bist und aller Habe enthoben, ein Einsamer zwischen den unheimlich gewordenen Gehäusen. Einmal sind sie an dich herangetreten, deine Feinde waren es, deine Freunde, du kannst dies nicht unterscheiden, und sie nahmen alles von dir. Falls sie milde verfuhren, hießen sie dich einige Reste sammeln, denn du wirst so manche Dinge brauchen und nach vielerlei Habe schreien. Lächerlich ist aller Besitz geworden, aber trotzdem scheint er unerläßlich wichtig geblieben. Da liegen die Ranzen gepackt, sauber hergerichtet und vorbereitet mit Fleiß. Du kannst es nicht lassen und weißt nun, wie eigen dir zumute ist. Du erhebst dich im Mantel vom Sessel und läßt dich wieder auf ihn niederfallen. Was einem gehört, muß man versuchen. Es ist doch gestattet?

»Haben Sie schon daran gedacht, meine liebe Frau Lustig? Morgen kommen Sie an die Reihe! Fahrt ins Blaue. Ich habe was gehört. Ich weiß es bestimmt.«

Selig ist der Unglaube, der die Unseligkeit des Künftigen mit dem Schutzmantel des Augenblicks verbirgt, denn jetzt ist alles von Dunkel verschleiert. Kein Schutz wird gesucht, wenn Hoffnung und Schweigen allein den Fortgang der Zeit verraten und glaublich machen. Doch eigentlich ist alles unglaublich, was den Schrecken unterbricht. Unseliger Glaube! Unglaublich ist die Tapferkeit, unwahrscheinlich der Glaube und jede Erwartung, aber in der Wohnung sind die Geräte versammelt. Da ist auch die Tapferkeitsmedaille des alten Doktor Lustig, da ist das Schreiben des Regimentskommandanten. Es ist unglaublich, aber nur das Unglaubliche schützt.

»Es wird nicht so arg werden. Man sollte ... Man könnte ... Er hat so viel Gutes getan! Anerkennung ... Verdienst ...« Worte mischen sich ein in das Grauen, das sind Bekannte, denn die Sprache gehört uns nicht mehr; fremd entringt sie sich dem, der anhebt zu reden. Aber dann rinnen die Worte fort, sie scheinen noch vertraut. Liebe Worte, fortgeschwommene Worte, meine Worte, deine Worte, sie reißen Wände ein und richten sie auf, sie fügen sich dicht, undurchdringlich und sicher. Ja, die Wände sind da, auch sie sind bekannt, alles bekannt, so daß sich fast ein Behagen einstellen könnte, um jedes auszulöschen, was einer als Bedrohung empfände. Die Verdunklung wäre nicht mehr zu fürchten.

»Wenn Sie sich mit etwas Ernstem beschäftigen, wenn Sie ...«

So klingt es immerfort. Doch den Abfall muß man fortschaffen, weil er zu leicht hinderlich wird. Der Schmutzeimer in der Wohnung ist zu klein; wie leicht könnte er überfüllt werden. Auf dem Hofe rasten die Müllbehälter in tiefem Frieden, auch das Gerüst zum Teppichklopfen steht noch dort, die kreisrunden Haken für die Wäscheleine halten im Mörtel. »Man hat es verboten!« Was wurde verboten? Nichts, das ist ein wildes Gerücht, das den stillen Frieden des Abfalls mit Krieg überzieht. Doch alle Gerüchte sind wild und werden stets von der Wahrheit übertroffen. Schon so oft wurde nach der Wahrheit gefragt, die allzu Ernsten haben es getan, auch die kleinen Lacher wollten sie wissen. Jene selbst, die sich ihres Unwissens brüsten, sind nicht für immer dieser Frage enthoben, denn man beschäftigt sie.

Die Fremdlinge stehen frech und breitspurig in der Wohnung und weiden sich unbekümmert geschäftig an einem Anblick, den sie doch nicht zu verstehen scheinen. Milch wurde mit Himbeersaft gemischt, das ergibt ein besonderes Getränk. Man hat sehr viel getan, doch nichts ist geschehen, auch jetzt wird nichts bemerkt. Nur an Schlaf ist nicht einmal zu denken. Es ist sinnlos, daß man aufgebettet hat, aber bedachter Absicht entspringt es wohl, weil die Stunde fortgeschritten ist, wovon sich ein Blick auf die verlegene Uhr überzeugt. Zeitig früh wurde sie aufgezogen, so darf man ihr bis zum nächsten Morgen vertrauen. Dann soll sie wieder aufgezogen werden.

»Sagen Sie mal, kann man gar nichts machen? Ich möchte

morgen noch was erledigen. Außerdem bin ich fest überzeugt, daß alles auf einem Irrtum beruht.«

An dem Irrtum ist nicht zu zweifeln, doch liegt er woanders und ist weder bei denen, die zu uns kamen, noch bei uns. Er ist auch nicht im Haus und nicht auf der Straße. Wahrscheinlich steckt er in erinnerungsloser Ferne, in der Klage, die man über die Geschöpfe erhoben hat. Nein, er ist nirgendwo.

Man soll sich nicht auf den Diwan setzen, weil man die Polster zerdrücken könnte. Erst heute wurde sorgfältig alles hergerichtet! Mit einer weichen Bürste, um den zarten Stoff zu schonen, haben Ida und Karoline alles geputzt und geglättet. Sie haben sich demütig gebückt, damit es ordentlich aussehen sollte, selbst wenn ein Besuch nicht mit Gewißheit zu erwarten war. In einigen Tagen wird Leopold seinen fünfundsiebzigsten Geburtstag feiern. Zerline hat gegen Geld und gute Worte ein paar Zigarren für den Vater eingehandelt. Einige Verwandte und Freunde sollen kommen, wirklich, denn noch sind nicht alle fort. Sie sollen sanft läuten und sich für zwei Stunden in dieser Stube versammeln. Kuchen wird vorbereitet sein, Kuchen und Kaffee mit Milch und sehr viel Zucker, wie Leopold ihn gerne reichlich in die Tasse schiebt. Fast alle Vorbereitungen sind schon getroffen, auch ein Ei für den Kuchen ist bereit. Karoline hat es sich in den Kopf gesetzt, eine eigensinnige Frau. Unvorhergesehenes Schicksal? Das kommt nicht in Betracht, ist auch nur Täuschung. Das Unbekannte findet nicht statt. Man hat sich genau an die Vorschriften zu halten. Leopold achtet die Gesetze und sonst nichts auf der Welt. Gegen Ungerechtigkeiten muß Berufung eingelegt werden. Seine Zwecke hat man hartnäckig zu verfolgen, selbst wenn man sie nicht erreicht.

»Bitte, machen Sie keine Umstände, Frau Lustig! Auch wenn Sie jetzt das Haus verlassen, was ich Ihnen nicht ersparen kann, so ist noch lange nicht gesagt, daß Sie wirklich fahren. Viele sind gegangen und dann doch nicht gefahren. Sie wurden ausgewechselt. Dort kann man die Sache regeln.«

Das alles wird gehört. An der Regsamkeit der Sinne mangelt es nicht, die sind gewärtig und fassen auf. Nichts ist unverständlich, denn alles wurde von den Stellen so gut bedacht, daß keine Schwierigkeiten entstehen. Wer die langen Listen durchblättert, findet alle Richtlinien. Du mußt dich nur entschließen, und du bist frei, wenn du willig dem Zwange gehorchst. Die Vorsehung wurde ein Buch, das von Menschen geschrieben wird. Sie haben ihre Bedürfnisse wie ich und du, sie haben auch unsere Sorgen. Doch außerdem haben sie noch andere Sorgen, denn sie bescheiden sich nicht mit ihrem Teil, weswegen es ihre Vorgesetzten als Entschuldigung oder, je nachdem, auch als Erklärung bereit haben, von Übergriffen zu sprechen, sobald sie einen von uns streichen.

Pauls Hände strichen über die Saiten von Zerlinens Laute, bevor sie zur Pflichtabgabestelle für Musikinstrumente gebracht wurde. Das war vor einigen Tagen. Er nahm die Laute von der Wand und entfernte die Bänder, die Zerline zusammenfaltete und in eine Schachtel mit anderen Erinnerungen packte. Paul riß mit fünf von den sechs Saiten der Laute die Seele aus und schnitt mit einem Messer ihr empfindliche Wunden in den Leib. Zerline klagte über den Mord, die Laute sei doch kein Abfall. Jetzt aber war sie es, niemand wird sich an ihren Tönen mehr freuen. Zuletzt zog Paul noch einen Wirbel heraus und warf ihn ins Feuer. Lauter Übergriffe. Werke der Nacht erhoben sich. Zerline zögerte, die Laute zu schlagen, nur leise griff sie nach ihr, als Paul sie unter den Arm nahm und abzog.

Das Gesicht der Hausbesorgerin ließ sich jeden Abend blicken, ein fettes, ein rundes Gesicht, trunken von mühsam gezügelter Gier. Bald mußte sie ihre Gelüste nicht mehr bezähmen. Auch heute war sie da und bestaunte die fremden Männer. Frau Lischka war nicht zu trauen, doch konnte sie durch Geschenke versöhnt werden, dann war sie eine treue Seele, und es drohte keine Gefahr. Zerline erschrak, wenn sich die Hausbesorgerin ihr in den Weg stellte, aber Karoline und Ida verstanden sich mit ihr auf gespielt vertrauliche Weise. Mit feistem Behagen schmolz Frau Lischkas Gruß durch das Treppenhaus. »Mein Mann, der Lischka, sauft zu viel. Der Herr Doktor sollte ihm mal sagen, was da passieren kann.« Sie machte dabei ein Zeichen, mit dem sie ihren Mann begrub. Doch Karoline sagte Leopold kein Wort, denn der schien in Erinnerungen versponnen und verstand nicht, was um ihn herum in Bewegung geraten war und schon längst über ihn und alle Ahnungslosen das Urteil gesprochen hatte.

Alles Menschliche ist voll von Urteilen, weswegen es nicht verwunderlich scheint, wenn einmal ausgesprochen wurde, daß ohne Urteil kein Bewußtsein möglich sei. Der Mensch ist ein urteilendes Wesen. Darum muß er Urteile erfahren und leiden, bis das letzte Urteil von ihm gefällt und empfangen ist. Dann ist der Wille entschwunden oder wird gebrochen, ein Viertel, zwei Viertel, die Stunde hat geschlagen, und die große Reise wird angetreten, die zugleich den Abschluß einer anderen großen Reise bildet, Bewegung unablässig, diese wie auch jene Reise. Alles wird unbestimmt, da neue Entscheidungen verfügt werden, deren Vollzug von den hier herrschenden Stellen gerade nur eingeleitet werden kann, ohne in seinem Ablauf noch übersehen zu werden; denn in dem bekannten Bereich wird wohl die Vermittlung des jenseitigen vorbereitet, doch wie er aufgeschlossen wird, bleibt unbekannt und geht über alle Voraussetzungen der Befehlsgewaltigen hinaus. Sie selber haben keine Macht, sie rufen nur, was sie befehlen sollen, und weisen ihre Beglaubigungen vor.

Diesmal trifft es den Haushalt von Dr. Leopold Lustig, dem sein Fortbestand gekündigt wird, aber mehr läßt sich nicht versichern, weil es gerade die Befehlsgewaltigen sind, die über die Folgen ihrer Anordnungen keine klare Übersicht erlangen, während diese Boten Schicksale zerstreuen. Ein mitgebrachter Zettel wird hervorgeholt und überreicht, die mitgesagten Worte können nicht mehr wichtig sein. Alles wird aufgelöst, die Himbeerflasche fällt vor Schrecken um, der Teppich rötet sich. Eine mühsame Handbewegung greift nach der schwerfällig rollenden Flasche, die langsam aufgehoben und auf den Tisch gestellt wird.

»Es kann doch nicht so böse sein, weil es nicht sehr weit ist, und so haben wir ein bestimmtes Ziel.«

Aber man wird nicht schlafen können, die Nacht ist zerstört. Die Verdunklung ist wertlos, wenn in den Verstecken das Licht brennt und den ewigen Schlaf verscheucht. Der Schlaf ist nicht ewig, das ist Einbildung, denn wäre er ewig, so würde er keine Unterbrechung dulden, die Gültigkeit aller amtlichen Verfügungen wäre angefochten. Aber wo es Lebende betrifft, die dem Befehl zur Reise gehorchen, wird heute kein Schlaf sein, weil alles abzugeben ist, die Schlüssel dürfen nicht in den Türen bleiben und sind zusammenzubinden, die Ausweise, die den Namen verbürgen, sind für die Trennung von der namenlos verbleibenden Erscheinung vorzubereiten, weil auf die Erlaubnis ihrer Zusammengehörigkeit verzichtet werden muß, das Vermögen bleibt bei der Ablösung von Eigentum und Inhaber in Stupart zurück und muß der Ordnung wegen in langen Listen gebeichtet werden. Es ist angeordnet, und das Amt soll keine Mühe mit den Resten haben, wenn die Verbotenen die brüchigen Häuser verlassen. Keiner säumt, wenn der Befehl kommt, denn es steht geschrieben: »Du darfst nicht ...«

Wir alle sind verboten, weil wir nicht die sind, die wir sein möchten, doch auch die möchten wir nicht sein, weil man uns zur Wunschlosigkeit angehalten hat. So sind wir nichts mehr als Gehör, das zum Werkzeug des Gehorsams wird, erwartungsvolle Reisegefährten, deren Müdigkeit hinreichen würde, die gesamte Menschheit in Schlaf zu versetzen. Da ist es erstaunlich, daß die Gehilfen nicht müde sind. Nur wir sind übermüde. Aber allen gebricht es an Schlaf, für den, so sagt man, die Zeit hinreichen soll, die uns in unerforschlicher, doch naher Zukunft bevorsteht.

Die einzelnen Handgriffe können sorgsam und ohne Hast verrichtet werden. Jetzt sind wir da, es wird uns nichts genommen. Wenn wir die Pflichten erfüllen sollen, können wir nicht ohne Zeit unser Auslangen finden, was ihr doch einseht. Ihr seid nicht so böse und wißt auch, daß wir nicht so böse sind. Genaugenommen ist alles ein Irrtum, doch die

Fehler sind einmal da, für ihre Folgen müssen wir aufkommen. Das Bewußtsein kann sich üben, wessen es fähig ist, wenn alle Erfahrungen versagen und ein starres Gelächter sich in sonst regungslosen Mienen festsaugt. Aber die Ungeduld!, die Ungeduld bringt uns noch um ...

»Beeilen Sie sich! Halten Sie uns nicht auf! Spätestens um Mitternacht müssen wir dort sein!«

Das ist unmöglich, denn das ist nicht viel länger als eine Stunde. Es muß noch alles vorbereitet werden. Selbst Frau Lischka findet diese Eile nicht nötig, es ist doch Nacht, und der Herr Doktor ist so alt, und Frau Ida Schwarz hat Rheumatismus. Man soll sich bitte einmal ihre Hände ansehen. Bestimmt wird auch nicht bei Nacht verreist, denn das ist ganz unmöglich. Aber die Boten entgegnen, daß einer von ihnen sofort mit dem Doktor und Frau Schwarz aufbrechen kann. Jetzt fahren noch die Straßenbahnen, und die anderen können gehen, doch so bald wie möglich, die angenehme Winterluft wird alle erfrischen. Nur los, nur los!

Auch um den dicken Hund muß man sich nicht kümmern, den kann die Hausbesorgerin gleich übernehmen. Was, Haserle soll der heißen?! Ein Hund und Haserle ...! Schweini für den Mops, das würde passen, wird dem Köter nur guttun, wenn er in andere Hände kommt und nicht so überfüttert wird. Das macht nichts, wenn das ein Dachshund ist, weil er auch für ein breit gebautes Tier viel zu fett ist. Wie er ausschaut! Ach was, die blöde Liebe zu verwöhnten Viechern, das kennt man, alles unecht, eine lächerliche Sentimentalität. Ohnedies wird dieser Unsinn jetzt bald ein Ende nehmen, weil es schon bestimmt ist, daß Hunde, Katzen und Kanarienvögel in einigen Wochen abgegeben werden müssen. Man verhandelt mit den Tierschutzvereinen, die sich darum kümmern sollen, daß den Biestern ja kein Leid geschieht. Gute Hände, ganz gewiß, man wird schon dafür sorgen.

Ach, alles muß in Hände kommen; auch die Steine, die jetzt noch zusammenhalten, warten auf die Hände, die sie auseinanderreißen werden. Der Mörtel zwischen den einzelnen Ziegeln wird müde, sich gegen die Spitzhacken zu wehren, und zerfällt in Staub. Aber heute soll das noch nicht stattfinden, das hat Zeit, das wird verschoben. Es ist auch nicht notwendig, daß Frau Lischka in die Kammer hinausgeht. Die Sprünge in der Wand sind nicht gefährlich. Frau Lischka hat in der Kammer das alte geblumte Porzellan entdeckt, das Leopolds Großmutter in die Ausstattung mitbekommen hat. Es ist noch sehr gut, es fehlt kein Stück, man könnte es vorteilhaft verkaufen. So hineinstoßen darf man aber nicht, man soll vorsichtiger sein, damit es keine Sprünge kriegt. Frau Lischka trägt die Suppenschüssel fort, mit frommen Händen all die vielen Teller, weil es zu schade wäre, wenn das den Stellen jetzt zum Opfer fiele.

Inzwischen wurde Leopold ausgerüstet. Hier steht er steif in einem Wintermantel, den er sonst nie tragen wollte, mit einem breiten Schlapphut und verlangt den Regenschirm, den er bei Sturm und Wetter immer nahm, wenn er zu seinen Kranken eilte. Diesmal aber geht er ohne Ärztetasche weg, er sieht es ein, es ist eine große Reise, da wird eine Rückkehr erst nach mehreren Monaten möglich sein, vielleicht kann es auch ein bißchen länger dauern, selbst ein Jahr, doch länger nicht, weil dann alles schon vorüber sein wird. Deshalb genügen diesmal Mantel, Hut und Schirm nicht, auch ein kleiner Rucksack ist gepackt, da sind die Hausschuhe dabei, Leopold soll es dort bequem haben, und was man für die Nacht braucht und zum Waschen. Eine Tasche, die ist wichtig, sie ist gar nicht schwer, nein, sie drückt nicht auf der Schulter. Gute Sachen sind da drinnen, Brot mit Wurst und Käse, Äpfel und ein feiner Kuchen.

Leopold, du gehst aus dem Haus, und Ida geht mit dir. Die verkrüppelten Hände und Füße machen nichts, es ist trocken auf der Straße und kein Wind. So geht nur, denn es gibt keine Häuser mehr, die euch bergen wollen. Eure müden Knochen sind entlassen. Ida, sie haben dich ausgespuckt und über deinen Rheumatismus gelacht. Diese Krankheit kann jeder haben, da schadet nichts. Es ist nicht so arg, daß deine Knochen entstellt sind, so haben sie gesagt, denn dort gibt es gute Krankenhäuser mit vielen Ärzten und jungen Pflegerinnen. Geh nur, Ida, der Leopold kann nicht alleine fort, weil er den Verstand verliert, aber wenn du bei ihm bist, wird es gut sein. Wir kommen nach. Geht und freut euch auf die Straßenbahn von Stupart, denn in diesem Hause bleibt nichts zurück, was euch noch gehören könnte. Das macht den Abschied leicht. – Aber es hat uns gehört. – Nein, es hat euch nie und nichts gehört. Geraubt war es, weil ihr mit Geld bezahlt habt, das euch nicht gehörte, es war Bestechung, die euch diese Wohnung zum Genusse gab; vier Zimmer waren es, ein dunkler Vorraum, eine Küche, eine Kammer, ein Bad und ein Klosett, abgeschieden von der Außenwelt, weil ihr euch versteckt hieltet hinter einer mächtigen Türe mit geizigen Riegeln, mit einem Sicherheitsschloß und einer Kette, die eure Angst begehrte, und einem verdeckten Guckloch, an dem das böse Gewissen lauernd hing, und abgetrennt von dem Versteck, als wäre keine Schuld verborgen, führten die Stufen nach oben und unten.

Jahre habt ihr hier zugebracht und wurdet gerne gesehen. Ihr trautet euch aus der Höhle hinaus, ihr fühltet euch sicher in Stupart, als wäre es eure Heimat, die euch ein Recht gab, was ihr, unwissend vor Habgier, gar nicht bemerktet und ohne Frage euch nahmt. Ihr drücktet jede Hand, die man euch bot, und sagtet »auf Wiedersehn!«, doch nichts habt ihr dabei gedacht, und so verflossen eure Tage. Ihr glaubtet, freundlich zu sein, wenn ihr jemandem die Türe öffnetet, doch das geschah nur, weil der Doktor behandeln wollte oder um eurem Vergnügen zu frönen. Ihr sollt nicht klagen, daß es jetzt vorüber ist. Tröstet euch mit der Vergangenheit! Niemand hat euch nach dem Recht gefragt, auf das ihr euch stütztet, als ihr an den Türen des Hauses und der Wohnung je ein Schild anbringen ließet:

Dr. LEOPOLD LUSTIG
Praktischer Arzt

Man gewährte es euch in Großmut, und ihr habt es genossen. Die Jahre gingen dahin, da ihr zwischen anderen Menschen lebtet, die sich in Stupart versammelt hatten, um hier ihre Tage zu verbringen. Hier waren Nachbarn und kleine Kaufläden, deren Türen rasselten, wenn ihr eintratet, und man mußte euren Anblick ertragen. Doch wurdet ihr gern empfangen, man grüßte, man lachte euch an und fragte nach eurer Gesundheit, denn man liebte das Geld in eurem Beutel, und es gab keine Tagesstunde, zu der ihr nicht willkommen gewesen wäret, wie immer es euch gefiel.

Nun hat man euch längst den Eintritt verboten, so daß ihr viele Türen nicht mehr öffnen durftet. Nur wenige Türen blieben euch unversagt, aber auch die bloß in zwei spärlichen Stunden am Nachmittag, damit ihr eure unersättlichen Bäuche nicht mit zu viel Futter überschwemmtet. Außerdem sollt ihr andere nicht verkürzen, die wollen auch essen und trinken und haben darauf ein viel größeres Anrecht, weil man es also bestimmt hat. So mußte für euch jetzt wenig genügen, aber ihr nahmt es geduldig hin, wenn ihr den Hunger nur stillen konntet. An alles habt ihr euch gewöhnt, und so werdet ihr euch auch an die Reise gewöhnen, weil ihr alles ertragen könnt, solange nur Nachsicht mit eurem Dasein geübt wird und die Hoffnung nicht ganz versiegt. Der Hoffnung hat noch niemand Grenzen gesetzt, es wäre denn, einer verschlösse sich selbst ihrem erwartungsvollen Ausblick. Wenn das geschieht, läßt sich die undurchdringliche Nacht hernieder, aus der nur das Vergessen entspringt.

So weit lassen wir es nicht kommen. Wir stehen auf und wandern durch die Nacht. Auf den Schlaf haben wir verzichtet. Da ist es besser, wenn die Mauern zerfallen; die Schuhe sind sorgsamer gegen Staub als gegen Steine gewappnet. Es geht leicht, du mußt nur einen Fuß hinter den anderen setzen, einen hinter den anderen. Es wird dir geholfen werden, Brüderchen, denn wo es keinen Ausweg gibt, geschieht alles freiwillig. Jedes Schicksal ist nur durch die Einbildung verhüllt. Wer sie hinwegstreift, weiß zwar nichts, doch sieht er alles ein. Aber in den Räumen ist Licht, da muß man alles betrachten.

»Jede Beschädigung, jede Verheimlichung wird bestraft!«

Das elektrische Bügeleisen darf man nicht einpacken. Zum Glück ist es zerbrochen. Sehr viele Sachen sind unbrauchbar; vieles ist abgenutzt, vieles zerschlagen, Paul hat nicht nur die Laute beschädigt. So werden die Stellen ein böses Erbe übernehmen und den Schaden haben. Aber viel zuviel ist immer noch hier. Es sind Sachen! Kostbarkeiten! Alles hat Geld gekostet, als man es erstand. Es wurde nicht so leicht verdient. Im Keller die Kohle ist fast verschwunden. Frau Lischka hat alles beiseite geschafft. Das Verbotene ist weg, da gibt es nichts zu verheimlichen. Die Matratzen von den Betten dürfen nicht entfernt werden. In den Papieren steht: »alles ist pfleglich zu behandeln«, weil es euch nicht mehr gehört. Euer Eigentum gibt es nicht, euer Eigentum ist anderes Eigentum. Eingeweckte Vorräte haben in der Speisekammer zu bleiben. Leckerbissen können auch andere verkosten. Ihr habt genug geschlemmt. Auf jedes Glas wurden Schildchen geklebt, die mit Idas zittriger Schrift ordentlich bezeichnet sind: Himbeeren, Pfirsiche. Es gibt noch acht Flaschen mit Tomaten. Das eingekochte Pflaumenmus stammt vom vorletzten Jahr und sieht schwarz aus, aber es ist ausgezeichnet, denn mit Zucker wurde nicht gespart. Auf Kuchen ist das Mus sehr schmackhaft.

»Ach, das Feuer im Ofen ist aus! Zerline, du hättest auch zulegen können. Man will's doch noch einmal warm haben.«

Ist gar nicht nötig. Bald wird es ganz kalt sein. Die Wohnung ist gestorben, Papiersiegel mit dem Aufdruck der Stellen und Handstempel behüten den heiligen Frieden der Stuben. Dort ist Schlaf, Nacht, Staub, Kälte. Dort ist nichts. Nicht einmal Erinnerung ist dort. Das Haserle haben sie weggeschafft. Das Porzellan von Leopolds Großmutter ist weg. Jetzt darf der Ofen schweigen. Die Asche wird nicht herausgenommen werden. Niemandem ist in den Wintermänteln kalt. Es wird immer heißer in den schweren Hüllen. Endlich sind alle Vorbereitungen beendet. Schwer bepackt stehen Paul und Zerline, aber auch Karoline hat aufgeladen, was ihr alter Rücken tragen kann.

»Ich glaube, Mutter, wir haben nichts vergessen. Du sollst keine Angst haben. Wir kommen wieder.«

Auch Frau Lischka weiß es: »Sie kommen wieder. Dann wird der Lischka eine Flasche Schnaps bringen. Das Haserle holt Sie vom Bahnhof ab!«

Die Fremdlinge wissen nichts vom Wiederkommen, niemand weiß es, jeder hofft es, keiner glaubt es, aber niemand gibt seinen Unglauben zu, nicht einmal sich selber gesteht er es ein, weil das verboten ist, nein, niemand hat Bestimmungen darüber erlassen, und die Seele der Ämter ist ohne Gemüt, so daß sie weder Freude kennt noch Leid, und wer von Gefühlen frei ist, wirkt unbekümmert nur im Geistigen des Gesetzes, in unbegreiflicher Ferne von allem, was in der gefügigen Einsamkeit vorgeht.

»Die Koffer haben dazubleiben! Die werden abgeholt. Nur das kleine Gepäck mitnehmen!«

Alles ist wasserdicht, und die Weisheit hat sich mit jedem eingepackten Gegenstand verbunden, denn die Habe ist selbst der Ausdruck der menschlichen Weisheit, weil nur die Menschen etwas haben können. Aber der Besitz ist auch das Besessene, bald wird es mächtiger als seine Eigentümer, während die Dinge verharren, wie man sie erschaffen hat. Wenn sie einmal erworben wurden, fällt der Abschied von ihnen schwer, nur von ihrem Überfluß gibt man gern oder doch ungezwungen ab, weil man sich das vorgenommen hat; das sind Geschenke oder Opfer, stets aber Gaben, die aus freier Entscheidung überwiesen werden, wobei es dem Spender nie an Erwartungen fehlt, mögen sie auch ungemein und fern von aller Gier nach Lohn sein. Aber hier sind alle Erwartungen getilgt, denn nichts wird eingetauscht, es wird genommen; dagegen gibt es keinen Schutz. Doch das ist wider alles Recht. Wir rufen den Beistand des Rechtes an.

Ach, was ihr euch einbildet, noch an Recht zu denken, als ob euch nicht gesagt worden wäre, daß es gerade doch das Recht ist, das sich euch unabweisbar vorschreibt und verlangt, was nur euch nicht recht ist. An Ordnung seid ihr nicht gewöhnt, darum brechen wir euren Stolz. Wir werden euch in die Wüste hinausführen und sagen, da, sucht euch eine Stätte. – Aber hier ist ja unsere Stätte; nur bietet eine Stätte nichts, wenn zuvor keine Vorbereitungen getroffen sind. Man muß immer etwas haben, damit man sein kann. Nur das Haserle, die Tiere haben nichts, die darum auch nicht so sind, wie nur Menschen sind. Nur wer sich selber ausruft und sagen kann, ich bin es wirklich, der da schreit, ist jemand, der etwas hat und haben muß. – Warum? Mußt du denn immer etwas haben? Es spricht die Gier aus dir, die Heischesucht, die immer mehr will und sich meldet. Du hast noch dich.

»Frau Lischka, ich habe Ihnen nichts mehr zu sagen. Bleiben Sie gesund!«

Du hast nichts, wenn du nur noch dich hast, denn dieses Gut gilt dir bloß dann, sobald etwas anderes dazukommt, was du auch haben kannst.

»Sie dürfen nicht mehr ...«

Handgriffe haben ihre Grenze, worüber sich richtig erst der Gelähmte mit sich selber verständigt, weil auch der Kerker noch nicht die strengste Umgürtung der Seele vollendet. Der Geist ist frei, das wurde doch gelernt. Braucht diese Freiheit keinen Raum? Ist ihr die Zeit bloß lästig? Wer ist eingeschränkt, wenn noch verlangt wird? Die Freiheit oder du? Warum bist du unzufrieden? Du willst die Macht, die Dinge halten kann, die Freiheit hast du nie begehrt. Gefangen bist du, weil man dir das Vermögen der Herrschaft vorenthält.

Die Fremdlinge haben gedämpfte Taschenlampen, die sie weit von sich weghalten, um das Dunkel auf der Treppe zu durchdringen. Sie tun Böses, ohne diesmal es ausdrücklich zu wollen. Sie verrichten Handgriffe und wissen nichts davon, daß sie begrenzt sind. Die Eindringlinge sind nicht gelähmt, kaum behindert, denn ihr Kerker ist weit und genießt den Schutz der Macht, der keine Grenze spüren läßt, weil sie mit jedem Schritt weiter hinausgeschoben werden kann, bis das trügerische Gefühl der Grenzenlosigkeit über die Treppen hinunter bis in die Weite der verdunkelten Straßen hinausführt. Die Boten fürchten die Straße nicht, obwohl auch sie verflucht sind, aber sie haben Ausweise aus Pappendeckel, auf die sie klopfen können, wenn die Freiheit dieser Verurteilten jemand vor jener Stunde bestreitet, in der auch sie gelähmt werden, um den Fluch der Vertreibung zu erleiden. Jetzt aber ist ihr einziger Wunsch, sich gesund auf den Füßen zu erhalten und nicht im Fall über die Treppen sich das Genick zu brechen. Keine anderen Sorgen empfinden diese Männer im Stiegenhaus, aber das ist nur eine Vermutung, die nicht die Wahrheit treffen muß, denn es ist möglich, daß unerforschliche Sorgen auch die Boten bedrängen.

Der eine ist ein hübscher Junge. Die langen Haare fallen ihm oft über die Stirn, was ihm lästig zu sein scheint, denn er wirft mit einem Zucken des Kopfes die Strähne nach hinten, ohne dadurch Abhilfe für länger zu schaffen als einen Augenblick. Jetzt sagt er: »Seinen eigenen Vater muß man gehen lassen, weil es keine Hilfe gibt.« Dann ist er wieder still und schaut die Stiegen hinab. Ein kräftiger Fußtritt würde ihn aus dem Gleichgewicht stoßen, so daß er fallen und sich schwer verletzen könnte. Er soll nicht in fremde Häuser dringen, gar noch zu nächtlicher Stunde. Das wird ihn nicht retten, weil es keine Hilfe gibt. Sein Leben hängt an einem dünnen Faden, weil er nur Befehle ausführt. Er ist seinem Geschäft hingegeben. Wahrscheinlich hat er sich zu dieser Aufgabe nicht gemeldet, sondern es wurde ihm gesagt: »Sie werden das jetzt machen. Haben Sie das verstanden?« – »Ich werde das jetzt machen. Ich habe das verstanden.« Darauf hat man ihm einen Zettel hingehalten, und eine Stimme rief: »Unterschreiben Sie da!« Darauf hat er unterschrieben, obwohl mit diesen Buchstaben nichts geleistet ist, dem jemand den geringsten Wert beimessen würde; auch findet keiner an der Schrift Gefallen. Es wird nur der Name gezeichnet, aber der Sinn der Unterschrift ist längst verloren.

Es ist nicht zu verstehen, warum man im Leben so oft zu

unterschreiben hat. Auch unter Briefe eine Unterschrift zu setzen, sollte niemand verlangen, weil durch sie alles wieder ungültig wird, was man soeben mit Mühe entworfen hat. Doch jedes hat den Wert, den seine Bedingungen ihm bestimmen. Auch alte Bettfedern sind zu brauchen. Sie lassen sich reinigen, aufzupfen und in trockenen warmen Trommeln auffrischen, die ein kleiner Motor dreht. Es hieß ausdrücklich, daß man keine Bettfedern mitnehmen darf. Alles hat dazubleiben, das zugelassene Gepäck ist beschränkt in Umfang und Gewicht. Sorgfältig innen Zettel einlegen mit Namen, Adresse und Geburtsjahr. Es macht nichts, daß es keine Adresse mehr gibt. Schlimmstenfalls kommen die Bündel zu niemand zurück; Frau Lischka wird sie erkennen, wenn man sie ihr zeigen sollte. Da wird man feststellen, daß sie keinem mehr gehören, also gehören sie den Stellen, die herrenlose Habe durch einen einfachen Zauber wieder in Eigentum verwandeln. Auch außen ist das Gepäck mit Namen, Adresse und Geburtsjahr zu versehen. Die Koffer und Säcke sind mit Kalkfarbe zu bemalen oder mit Zetteln zu bekleben. Es ist gut, wenn man alles bereit hat. Praktischer Sinn hat sich noch immer bewährt.

»Da, setzen Sie Ihre Unterschrift her, aber leserlich bitte! Warum wackeln Sie mit der Feder? Sie werden noch einen Klecks statt eines Namens machen! Als ob Sie nicht gelernt hätten zu schreiben! Natürlich, ein Doktor! Rezepte aufschreiben konnten Sie! Es hat Sie nicht gestört, wenn der Patient an den Medizinen zugrunde ging. Wenn nur die Rechnungen gut leserlich waren ...«

Lustig ist ein Name, wie es viele andere gibt, auch wenn das Auge versagt und sogar die Stimme. Kein gesunder Mensch hat es noch je gewagt, seine Namenlosigkeit zu behaupten, weil ihm so etwas nicht einmal einfällt. Selbst auf Friedhöfen verbietet es die gute Sitte. Wollte man sich vollkommen ausruhen, so müßte man nicht nur seine Glieder entspannen, sondern auch seinen Namen ablegen. Dann erst sollte man unter die Bettfedern steigen und einen zufriedenen Schlaf suchen. »Unterschreiben Sie, daß Sie nicht dürfen! Dreimal bitte! Mit Tinte, nicht mit Bleistift!« Ungezählte Hände strecken sich entgegen und halten etwas, das unterschrieben sein will. »Hier haben Sie meine Füllfeder!« Sie schreibt nicht. Es ist keine Tinte im Haus für den Namen. Jemand muß doch ein wenig Tinte haben. Jemand schon, aber nebenan, nicht hier, weil niemand wüßte, was er schreiben sollte. »Unterschreiben Sie, ich verzichte …« Wo kein Name ist, hat der Verzicht sein Recht verloren. Es strengt zu sehr die Augen an, außerdem kann man bei dieser Verdunklung nicht einmal sehen, wo man drei Kreuze hinzeichnen soll.

Der Weg über die Treppen währt endlos, weil man sich zwischen Anfang und Ende der im Zickzack führenden Strecken nirgendwo versichert fühlt und seine Einsamkeit immer anderen Augenblicken leihen muß, ohne erwarten zu dürfen, daß einem diese Hingabe je vergolten wird. Darum habt ihr so oft gezögert, gar in eurer Kindheit, wenn ihr zwar unbeschwert, aber doch nicht gedankenlos euren Weg nahmt, wobei es euch leicht wurde, auf jeder Stufe zu verweilen und alles zu sammeln, was in euren Herzen vorging. Einmal wöchentlich kniete die Hausbesorgerin auf den Treppen und hatte einen vollen Eimer mit Wasser neben sich, tauchte einen grauen Lumpen hinein, den sie dann wieder herausfischte und mit beiden Händen mühsam auswrang. Dann klatschte das feuchte Tuch auf den Stein, das Aufwischen begann, Stufe um Stufe.

Frau Lischka sah es ungern, wenn man ihr bei dieser Arbeit in den Weg lief, denn man hatte zu wissen, daß am Freitagnachmittag niemand herumstiefeln und Gäste einladen sollte. Leopolds Patienten wurden oft ermahnt und beschimpft, manchmal wurden sie sogar hinuntergeschickt, damit sie besser ihre Schuhe putzten. Ordnung muß sein, das Haus darf nicht verkommen. Wenn Frau Lischka das Stiegenhaus säuberte, hatten alle stehen zu bleiben und zu warten, bis die Treppen mit einem zweiten Tuch getrocknet waren. »Jetzt können Sie gehn, aber zwei Stufen nehmen!«

Doch die Eindringlinge, die in dieser Zeit umgingen und

Haus für Haus betraten, um ihre Schützlinge aufzusuchen, kümmerten sich um keine Ordnung und widmeten sich mit blöden Augen nur ihrer Pflicht. Die Stiegen waren nicht mehr heilig, die Häuser galten nichts mehr; fast schien es, als wären sie nicht mehr da. Aber man konnte die Häuser sehen, sie hatten eine Adresse, die zugleich ihr Name war, und waren mit einem Schild bezeichnet, um den Vorübergehenden einzuschärfen, daß nichts verschwunden, sondern ein jedes an seiner Stelle sei; man muß sich in Stupart nur auskennen, dann ist alles leicht.

Es war wirklich leicht, sogar bei Nacht, solange noch keine Verdunklung herrschte; da war niemand der Not ausgeliefert, in der nur Vermutungen zu wagen waren, ob jemand sich an einem bestimmten oder an einem unbestimmten Ort aufhalte. Jetzt aber war man an einer unsicheren Stelle. Es war keine Stelle mehr, und vielleicht fehlte auch jeder Zusammenhang mit einer Adresse, seitdem man das Schild

Dr. LEOPOLD LUSTIG
Praktischer Arzt

entfernt hatte; jetzt aber sollte auch nichts mehr dasein, was noch etwas gewesen wäre. Also war gar nichts mehr. Damit jedoch wollte sich die Erinnerung nicht zufriedengeben, die sich stets um Einteilungen bemüht.

Auf jede Stufe kann etwas gestellt werden, aber Frau Lischka würde zanken, wenn sie bemerkte, wie man so ihr Stiegenhaus verunglimpft. Der Durchgang muß unbedingt frei bleiben. Die Stufen sind zum Gehen da und nicht zum Rasten. Nur immer vorwärts und nicht stolpern! Wer vorsichtig ist, tastet sich auch in der Dunkelheit zurecht; für die Bewohner ist es ein Glück, wenn sie sich im Stiegenhaus auskennen, weil sie dann die Stufen nur still zu zählen brauchen und schon wissen, wo sie sind. So zählt auch die Erinnerung alles aus, der lebende Mensch verliert sich nicht achtlos an die Gegenwart, die so schwer zu ertragen wäre. Ihm steht die Vergangenheit zu Gebote, die ausgestufte

Erinnerung, die ihre Empfindung weniger in den allzu beweglichen Händen ausbreitet als in den Füßen, weswegen wir auch sie mit schützenden Schuhen bedecken. Wer sich zu verlieren fürchtet, wie es viele tun, halte sich am Geländer oder schleiche sich an den Wänden entlang, dann wird das Stiegenhaus ungefährlich.

Paul hat die Wohnungstüre hinter sich zugezogen und denkt daran, was er zu Hause vergessen hat. Jetzt hat Frau Lischka keine Macht mehr und muß schweigen, wenn ihre Stiegen beschmutzt werden. Hinter der Türe oben ist alles zurückgeblieben, aber nicht vergessen; es ist dort, einfach dort. Nichts führt mehr zurück, die Stufen können nicht noch einmal auf ihre Tragfähigkeit geprüft werden, und wer weiß, ob dies nicht die letzten Schritte sind, die von ihnen noch ohne Schaden geduldet werden. Das Rasseln des Schlüssels beim Absperren hörte sich so vertraut an wie immer, es war das gleiche abgebrochene Klirren, und dann kam das Gefühl der Sicherheit, die Wohnung ist gerettet, wir sehen sie wieder, heil und unversehrt bereit zum Empfang. Doch jetzt ist der Schlüssel sinnlos, in den Briefkasten könnte man ihn werfen, damit er nicht mit auf die Reise muß. Wie lächerlich war es, als einer der Sendboten mahnte, Paul solle sorgfältig absperren.

»Leerstehende Wohnungen werden gern geplündert.«

»Gern geplündert?«

»Gern geplündert. Und den Schlüssel müssen Sie abgeben.«

Das Stiegenhaus schob sich vor die Türe, es buchtete sich tiefer und tiefer und rief mit erschrockenem Hall, nur hinunter, nur hinunter! Die Stiege schrie, daß niemand sie ersteigen dürfe. Deswegen brauchte keiner wegen Einbruchs ängstlich zu sein, übrigens hatte Frau Lischka ein wachsames Auge. Niemanden ließ sie unbemerkt an der Pförtnerwohnung vorbei. »Wohin? ... Ah, zum Doktor!« Dem versoffenen Lischka hätte noch jemand durchrutschen können, aber seine Frau duldete kein unversperrtes Haustor, wenn sie einmal ausging. An Sonntagen blieb das Haus sogar den Tag über versperrt, so daß jeder, der keinen Hausschlüssel besaß, läuten mußte. Darum konnte nicht geplündert werden.

Die Straßen waren still und freuten sich der Winterkälte. Sie nahmen mit Vergnügen die Stöße der schweren Schritte hin, die ihnen das Leben einstampften; sonst wären die Straßen in Trauer versunken. Es waren verbotene Straßen, die durch Umwege zu vermeiden waren, um ihr Pflaster nicht zu beleidigen. So waren auf den Stadtplänen die Straßen ausgestrichen und galten für keinen mehr. Vielleicht drohte Einsturz, Gefahren lauerten ständig, besonders bei Nacht. Aber man mußte sich nicht an Verbote halten, sobald man selbst nicht mehr galt. Da waren die Straßen wieder da und wurden viel länger und schöner, als sie je gewesen waren. Sie jubelten über ihr geschenktes Dasein und fragten nicht, wem sie dieses Glück zu verdanken hatten. Zerline sagte ernst zu einem Fremdling: »Es ist verboten.« Aber der Fremdling kicherte sich was und rieb sich die Hände. Da waren auch die wiederholten Worte verloren, denn jetzt war das Verbotene erlaubt.

Alles Verbotene in der Welt fiel ab, weil es nie ein Gesetz gewesen war, sondern nur eine Einrichtung, die auf erzwungenen Sitten beruhte. Was einmal hingenommen worden war, schien dem Gesetze zu gleichen, das sich durchsetzte und nichts erlauben wollte, was widersprach. Das Leben war in die Gewalt geraten, und so wurde die Angst ihre natürliche Folge, die sich mit der Gefahr verband, um über das Leben als Schrecken zu Gericht zu sitzen. Ihr habt es erfahren, was ihr nicht dürft. Ihr habt gejubelt über das, was man euch zuließ, aber kurz war auch dies, denn das Gelassene war nur übersehen und wurde am nächsten Tage genommen. Da wurde das saftige Fleisch entzogen, ihr braucht kein Fleisch, da ihr selber von Fleisch seid. Da strichen sie Fett, denn eure Wänste waren mit Schmer gefüllt. Sie versagten euch das Gemüse, denn es stinkt, wenn es faul wird. Sie entrissen die Schokolade eurem Zugriff, das Obst und den Wein. Es wurde gesagt, daß es das nicht mehr gibt.

Es wurden die Wege verboten, der Tag wurde verkürzt, und die Nacht wurde verlängert, doch auch die Nacht wurde verboten, und der Tag war gleichfalls verboten. Die Geschäfte wurden verboten, die Ärzte, die Krankenhäuser, die Fahrzeuge und die Ruheplätze, sie wurden verboten, verboten. Die Wäschereien wurden verboten, die Büchereien wurden verboten. Musik wurde verboten, Tanzen verboten. Die Schuhe verboten. Baden wurde verboten. Und weil es noch Geld gab, so wurde es verboten. Verboten wurde, was war und was werden konnte. Es wurde verkündet: »Was du kaufen kannst, ist dir verboten, aber du kannst nichts kaufen!« Wie nun die Menschen nichts mehr kaufen durften, wollten sie verkaufen, denn sie hofften, vom Erlös ihrer Habe ihr Leben zu fristen, doch man sagte ihnen: »Was du verkaufen willst, ist dir verboten, aber du darfst nichts verkaufen.« Da wurden alle immer trauriger und beweinten ihr Leben, doch wollten sie es sich nicht rauben, weil das verboten war.

Als die ganze Welt in Verboten aufgegangen war, so daß nichts mehr übrigblieb, was sich noch hätte verbieten lassen, hatte das Unglück seinen Höhepunkt überschritten, und alles wurde wieder leichter, zumal sich niemand anstrengen mußte mit langwierigen Überlegungen, was er jetzt zu beginnen habe. Jeder tat das Verbotene ohne schlechtes Gewissen, wenn auch auf eigene Gefahr und ängstlich; doch da man ohnedies nicht alles tun konnte, tat man auch nicht alles, was verboten war. Traurige und furchtsame Menschen litten darunter, doch andere fühlten sich wenig oder gar nicht betroffen, je nach der Stimmung ihres Gemütes. Nehmen die Gefahren kein Ende, dann haben sie bereits ihr Ende erreicht; alles Übertriebene stumpft den Menschen schneller ab als das maßvoll Zugewogene, durch das allein der Gang der Welt zu spüren bleibt. Weil man diese einfache Wahrheit nicht kannte oder zumindest keine Rücksicht auf sie nahm, war alles zerfallen. Es konnte nichts mehr geschehen, und deshalb wurde nur noch vollzogen.

Die Blicke folgten den Häuserzeilen und Straßenübergängen, sobald sich die Augen an die Dunkelheit gewöhnt hatten, und waren schon bald auf der Flucht, denn alles war bekannt und lud zu günstigem Versteck ein. Ein Entkommen war möglich; es wäre nicht zu schwer gewesen, zumal weit und breit niemand zu hören war. Aber die Schritte folgten den Frauen und den tapferen Sendboten, nur die Blicke stahlen sich fort und schickten Gedanken und Erinnerungen voran, sie versagten sich der Feigheit eher als die müden Körper, die mit ihrer Last auch viel zu träge sich dahinschlichen, um sich dem zubestimmten Schicksal zu entziehen.

War die Folgsamkeit wirklich nur Feigheit? Man hatte den alten Leopold und die gebrechliche Ida fortgeschafft, die auf Karoline und die Kinder im technischen Museum warteten. Ida war hilflos und Leopold ohne Verständnis. Beide waren unfähig, allein damit fertig zu werden, was dort an Überraschungen drohte. Was konnte man für sie tun? Das war jetzt nicht zu fragen, aber beistehen mußte man ihnen und durfte nicht fort, denn das war verboten. Die Treulosigkeit war verboten, auch die gesunde Vernunft war verboten, doch es galt, den Willen zum Dasein zu züchtigen.

Pauls Überlegungen gingen kaum so weit, denn zu lange hatte er schon gekämpft, um das Unvermeidliche zu überwinden. Darum konnte er nicht mehr alle Drohungen erwägen, seit sein Kampf diese erste und, es war zu fürchten, entscheidende Niederlage erlitten hatte. Paul war übermüdet und lächelte Zerline an, die zurücklächelte. Da lächelte auch Karoline. Als das die Fremdlinge sahen, freuten sie sich, so daß auch sie zu lächeln begannen, und einer von ihnen rief:

»Sie haben recht. Es ist dort nicht so arg. Man kocht ganz gut. Fast jeden Tag gibt es Knödel und Fleisch. Wenn man aber Geld findet oder Schmuck und Tabak, dann gibt es zur Strafe nichts zum Essen.«

»Es ist nicht so böse?«

»Sie werden ja sehn, Frau Lustig. So viele haben das schon ausgehalten. Auch wird nur manchmal geschlagen. Man hat aber noch keinen erschlagen.«

»Man hat geschlagen ...?«

»Ja, macht doch nichts. Nur die Dummen hat man geschlagen. Wer nicht abliefert oder Verbotenes versteckt. Wenn man einen erwischt, Schädlinge der Gemeinschaft ... verboten ...«

Die Stimmen besudelten die Straße, weswegen es besser war, wieder zu schweigen und im ungleichmäßigen Schritt still weiterzulaufen. Die Beine liefen jetzt über die Brücke. Jeder wollte an der Brüstung entlanggehen, um auf den vereisten Strom zu blicken. Aber gerade hier war es besonders dunkel, und so war fast nichts zu sehen. Nur schmutzige Schaumflecken schienen aus der schmerzlichen Tiefe silbergrau aufzuschimmern, und aus der Ferne vom Wehr her, wo das Wasser nie einfror, war das donnernde Rauschen erzürnten Wassers zu hören. Hier war die Insel, wo Paul und Zerline als Kinder oft gespielt hatten. Da gab es auch eine Schwimmschule, die man besuchen durfte, als noch nicht alles verboten war. Fahrbare Stände von Verkäufern waren aufgestellt, die boten bunte Getränke feil und ebenso buntes Gefrorenes und billiges Zuckerzeug; alles verlockte zum Entzücken und verlangte nur geringe Opfer an Geld. Jetzt lag die Insel still und leer, gewiß nicht bereit, ihre vertrauten Besucher zu empfangen und bestimmt nicht die Verbotenen, zumal die Insel für alle verboten war. Man konnte nicht mehr zu ihr gelangen, der Zutritt zu ihr war versperrt, sie selbst war mit Stacheldraht umzäunt, weil dort etwas geschah, was verboten war, so daß auch niemand davon wissen sollte.

Nun lag die Insel schon hinter den Wandernden, sie war versunken, ein alter Spielplatz, zu dem kein Weg mehr führte. Die Reisenden erinnerten sich nicht mehr an sie, auch die Brücke war schon vorüber, langsam gaben die Pfeiler nach, sie sank in sich zusammen und fiel fast unhörbar auf das Eis. Dann war der Platz vorüber, der Verkehr ist versiegt, dann kam eine lange Straße und zerschmolz, und noch eine Straße, vorüber, vorüber, alles Verbotene ging vorüber, es war nicht mehr, nicht einmal eine Erinnerung wagte sich schüchtern zu melden, das Verbotene war vollendet und lag gestorben jenseits der Pforte, die hielt dicht, sie bot Bestand und war da und schloß das Verbotene ab.

Einige Hallen des technischen Museums, die in Nebengebäuden lagen, hatte man geräumt, so daß nichts da war als die leeren Kojen und die getünchten Wände. Das war der Versammlungsort für derlei Volk, das man nicht wünschte und das dennoch da war, weil jedes Verwünschte zumindest vor seiner Vernichtung noch ist; so mußte es auch irgendwo sein und war deswegen zunächst einmal hier. Hunderte von Leibern lagen dicht nebeneinandergedrängt in der Dunkelheit, die nur hier und dort vom gelegentlichen Aufblitzen einer gedämpften Taschenlampe erhellt wurde. Aber die Nacht war von nestelnden und stöhnenden Geräuschen unterbrochen.

In der Finsternis war es unmöglich, Ida und Leopold zu finden, die nervösen Ordner in der Aufnahmekanzlei vertrösteten unwirsch auf den Morgen.

»In sechs Stunden ist Licht genug. Da werden Sie die beiden schon finden. Geht niemand hier verloren.«

Aber alle sind bereits verloren, und es ist müßig, feinen Unterschieden nachzusinnen. Wer zu spät kommt und besonders abgeholt werden muß, soll froh sein, wenn er hier ein Plätzchen entdeckt, auf dem er sich aufhalten kann. Jetzt ist Nacht, und man muß dazusehen, daß man unterkommt. Aber wo? Das ist gleichgültig, Hauptsache, man ist da. Der schielende Bursche mit der schief aufgesetzten Bedientenkappe rauchte eine Zigarette nach der anderen. War das denn nicht verboten? Für einen Ordner war nichts verboten, und er durfte das Maul aufreißen. Mit Befehlen konnte er die stinkenden Hallen erfüllen, und den Zorn darüber, daß die ihm übertragene Gewalt ohnmächtig, wenn auch unbegrenzt war, durfte er an den Gefangenen im Museum auslassen.

Die ehemaligen Menschen waren aus Wachs, aber sie lebten noch. Als der Morgen graute, saßen sie auf ihren Bündeln und wiegten den Oberkörper hin und her, obwohl sie nicht beteten. Sie hatten keine Ziele, doch auch keine Vergangenheit war an ihnen erkenntlich. »Hier kann man sich an nichts erinnern.« Der schielende Bursche ging zwischen den Kauernden hin und her. Er war fast ganz in Leder gekleidet. Den Erloschenen war es verboten, in den Hallen eine Kopfbedeckung aufzusetzen, aber der Schielende trug eine Lederkappe. In seiner Rechten schwang er eine Lederpeitsche, mit der er schlagen konnte, wenn es ihm beliebte. Dennoch tat er niemandem etwas zuleide und begnügte sich mit stummen Drohungen. Manchmal murmelte er: »Bald werden sie kommen, da muß Ordnung sein. Niemand darf krank sein.«

Eine alte Frau neben Ida erhob sich und stellte sich ihm in den Weg: »Wie wird es sein, Herr Ordner?«

Der Schielende blieb breitspurig stehen. »Gut, gut.«

Die Alte wollte sich wieder setzen, aber sie verlor das Gleichgewicht und fiel rücklings über ihr Gepäck. Auch andere sanken um. Eine junge Frau klaubte greinende Buben und Mädchen zusammen und unterhielt sie mit Spielen. Sie sangen und klatschten in die Hände.

In den Gesang hinein heulte eine Irrsinnige. »Laßt mich allein! Die Suppe ist mir angebrannt! Ihr dürft nicht meine Suppe essen! Ich will hinaus! Der Papst hat es befohlen! Huh!«

Die Unglückliche begann zu toben. Als es ihrer Umgebung nicht gelang, sie zu beruhigen, trat Leopold hinzu.

»Ich bin ein alter praktischer Arzt. Die Frau ist nicht bei Verstand. Ihr Zustand ist gefährlich. Man muß sie isolieren und Kampfer spritzen. Sie kann nicht mit in diesem Zustand.«

Der Schielende tauchte auf. »Kümmern Sie sich um Ihre Sachen, alter Mann! Die kommt mit. Alles Verstellung. Hören Sie, Frau! Nehmen Sie Vernunft an! Wenn jemand diesen Spektakel hört, kann es Ihnen schlechtgehn!«

»Die Suppe stinkt! Ich will hinaus! Lassen Sie mich, lassen Sie mich gehn! Der Papst hat mich gerufen!«

»Zu wem gehört die Alte?«

Niemand meldete sich. Eine Bahre wurde herangeschafft. Zwei junge Burschen luden die Tobende auf, die sich mit Händen und Füßen verzweifelt wehrte und einen so kräftig in die Hand biß, daß sie blutete. Mehrere eilten den Burschen zu Hilfe, und der Schielende befahl, die Rasende an die Bahre festzubinden.

Jemand schrie: »Das ist eine Gemeinheit! Das ist unmenschlich! Gegen Kranke führt man keinen Krieg!«

»Wer sagt Ihnen das? Man kann nicht die ganze Gruppe gefährden!«

»Wieso gefährden? Die Irre gefährdet die Gruppe.«

»Man muß kurzen Prozeß machen!«

Leopold schrie: »Das ist ungerecht! Man muß jemanden rufen, der verantwortlich ist, damit hier Ordnung herrscht!«

»Zur Ordnung bin ich da.«

»Sie machen keine Ordnung!«

»Sie, was nehmen Sie sich da raus! Gehören Sie zu ihr?«

Karoline packte ihren Mann bei der Hand und versuchte begütigend, ihn wegzuziehen, aber Leopold war in großer Erregung und nicht gewillt, die Stelle des Vorfalls zu verlassen.

»Es ist ungerecht! Diese Patientin gehört nicht hierher! Man muß sie internieren!«

Wellen von unterdrücktem Gelächter stiegen auf. »Internieren? Internieren? Sagen Sie mal, sind Sie vielleicht frei?«

»Karoline, das ist unerhört! Den Fall müßte man der Ärztekammer anzeigen! So geht man nicht mit Menschen um. Wenn ich das gewußt hätte, daß hier so eine Ungerechtigkeit herrscht, so wäre ich zu Haus geblieben und hätte meiner Familie nicht erlaubt, sich an dieser Reise zu beteiligen. Die Vorbereitung ist miserabel.«

Leopold wandte sich stolz und verärgert ab, so daß Karoline ihn wegführen konnte, während das Gelächter hinter ihm lauter wurde. Der Schielende tippte mit einer Fingerspitze dreimal auf seine Stirn. »Total verrückt!«

Auf dem Hofe steht der Schielende in der ersten Dämmerung und ist in einen schweren Pelz gehüllt. In der Nähe sind einige Helfer, die sich zumeist ruhig verhalten, aber plötzlich, auf einen Wink hin, wie Rasende herumlaufen; dann stehen sie aber wieder ohne Bewegung da. Sie sind ähnlich, doch nicht so kostbar gekleidet wie der Schielende, es klebt nicht so viel Leder an ihnen. Einige Polizisten trotten auf und ab und gucken in die Luft. Es geht sie nichts an. Sie reiben sich die Hände. Auch drei Waffenröcke sind hier mit ihren Abzeichen und Auszeichnungen. Es sind stolze Männer, die ihre kleinen Köpfe mit Entschlossenheit tragen. Ihre Beine zucken vor Ungeduld. Einer ist ziemlich klein und gähnt, eine Dunstwolke bläst er aus seinem Rachen. Ein anderer, es ist ihr Anführer, ruft dem Schielenden zu, der strammsteht, nachdem er seine Lederkappe vom Kopf gerissen hat.

»Anfangen!«

Der Schielende gibt seinen Helfern ein Zeichen, worauf das Rudel ausschwärmt. Einer läuft zum Eingang, bleibt stehen und zieht aus seiner Brusttasche eine Liste hervor und entfaltet sie mit großem Ernst. Nach einer kurzen Weile kommen die verbotenen Menschen zu zweien, gebückt und mit ihrem Gepäck beladen, zum Tor heraus. Sie rufen eine Nummer und ihren ehemaligen Namen. Der Helfer arbeitet mit seinem Bleistift, und manchmal wippt er mit der Liste und ruft dem Schwarme schnarrend zu: »Schneller! Weiter!« Die Verbotenen versammeln sich auf dem Hof und stellen sich in Viererreihen auf. Zusammen sind es tausend ehemalige Menschen. Der Schielende tritt vor die Reihen, wendet seine Peitsche um und reitet ohne Pferd langsam die Front entlang, wobei er mit dem Peitschenstiel jedem Vordermann den Ritterschlag leicht auf die Schulter klopft und laut dazu ausruft: »Vier! Acht! Zwölf! Sechzehn ...«

Doch nicht alle tausend Mann konnten sich aufstellen,

obwohl der Raum auch für eine viel größere Versammlung reichte. Vierundzwanzig Mitglieder der Reisegesellschaft lagen auf Tragbahren. Zwischen die Beine und auf die Brust dieser Kranken hatte man ihr Gepäck geladen, so daß sie sich nicht rühren konnten. Nachdem der Schielende auch die Gestalten auf den Bahren gezählt hatte, nahm er abermals seine Kappe vom Kopf und ritt ohne Pferd, so schnell die krummen Beine den dicken Körper trugen, zu den Helden, riß sich zusammen und blieb stramm stehen. »Tausend Stück versammelt. Davon vierundzwanzig liegend.«

»Es ist gut!«

Ein Held ließ sich die Liste reichen und zählte die Erwartungsvollen noch einmal. Er kümmerte sich kaum um die Stehenden, an denen er flüchtig vorüberhastete, doch um so länger verweilte er bei den Bahren.

Über den Hof rasselte sein Schrei: »Ärztliche Befunde!«

Der Schielende schrie: »Ärztliche Befunde!«

Einer seiner Gehilfen preschte ins technische Museum.

Der Held brüllte: »Sauwirtschaft!«

Der Schielende schrie: »Werden gleich zur Stelle sein!«

Da brüllte der Held: »Warum sind sie nicht vorbereitet?«

Der Schielende schrie: »Der Schuldige wird bestraft!«

Da brüllte der Held noch lauter: »Maul halten, Schweinehund! Alles Ihre Sache!«

Der Schielende verneigte sich und schrie: »Jawohl!«

Doch nun war der Gehilfe zur Stelle mit den Befunden und wollte sie dem Schielenden übergeben.

Da schrie der Held ihn mächtig an: »Her damit, oder ich schlag dir eine in die Fresse! Nußbaum, kommen Sie auch!«

Der Gehilfe und der Schielende eilten zum Helden, der die Schriften zu prüfen begann.

»Ein elendes Farbband! Lesen Sie's, Nußbaum! Nächstens schlag ich Ihnen die Knochen krumm, wenn die Befunde nicht besser geschrieben sind!«

»Bitte, wir haben beantragt. Man hat uns kein neues Farbband bewilligt.«

»Sauerei! Werde das veranlassen.«

Der Schielende las die Befunde dem Helden vor, der befahl, daß niemand liegen bleiben dürfe, der nicht 39 Grad Fieber habe. Es stellte sich aber heraus, daß fast alle auf den Bahren Schwerkranke waren. Nur für zwei Greise über achtzig Jahre und eine Frau, die in der vorangegangenen Nacht eine Totgeburt hatte, traf das nicht zu. Sonst standen alle weniger Gebrechlichen und Kranken in Reih und Glied, darunter auch die Alte, deren Tobsuchtsanfall Leopold so beunruhigt hatte. Als der Held mit der Prüfung fertig war, nickte er befriedigt. Die Ehre der Obrigkeit war verherrlicht, nur Gnade verwandelte das Verbotene in Erlaubtes.

»Aufladen, das Zeug!«

Es begann zu schneien. Schwere Flocken senkten sich herab. Sie kümmerten sich nicht um die Versammlung. Sie umschmeichelten das kupfergrüne Dach des technischen Museums. Wer die Zunge ein wenig zwischen die Lippen vorschob, konnte vielleicht eine Flocke auffangen, aber es war gefährlich, es war verboten. Zerline freute sich, als sich an ihren Wimpern eine Flocke anklammerte und dort hängenblieb. Wie leicht hätte man sie mit einem Finger wegwischen können, sogar eine heftigere Bewegung des Kopfes oder eine Zwinkern mit dem Augenlid hätte gereicht, die Flocke zu vertreiben. Aber Zerline stand still, sie wagte sich nicht zu rühren. Die Flocke schmolz und rann behutsam herab.

Sind die Helden da, so ist es verboten, sich zu bewegen, das wußte Zerline genau, wenn man es auch nicht so oft eingeschärft hätte. Das Leben ist verboten, was nur deswegen nicht immer bewußt wird, weil es nicht aufgehört hat. Selbst auf dem Hofe des technischen Museums hat es sich um keine Befehle gekümmert. Man hat vergessen, die Verbote zu vollziehen, und so ist das Leben nur gefroren und zu Schnee geworden. Dieselbe Flocke hätte auch auf einen Helden fallen, sie hätte, vom Winde getrieben, außerhalb des Museumshofes niedergleiten können, auf eines der umliegenden Häuser, auf eine Straße. Ausnahmen von der

Zeitgenossenschaft gibt es nicht. Unterschiede ergeben sich allein in der Verteilung des Schicksals, doch nicht im Schicksal selbst, das überall friert. Man mußte die Bewegungen gar nicht verbieten, denn es gab keine mehr. Was das Auge sah, konnte nicht überzeugen. Es war ungültig, wovon man sich überzeugen konnte, wenn man die Augen schloß. Dann schmolz der Schnee.

Es war hoher Frühling im Gebirge. Das Schmelzwasser glitt hörbar die Hänge hinunter. Unten waren die Blüten in allen Farben aufgegangen. Hier oben wohnte noch der Winter, der sich gegen Abend mit voller Strenge meldete. Da wurden die Berge von Frau Lischka eingeschlossen, niemand mehr wurde hereingelassen, auch die Fremdlinge nicht, sosehr sie ans Tor pochen und betteln mochten. »Keiner zu Hause im Winter, bedaure ...«

Frau Lischka drehte sich am Eingang des Gebirges um und ärgerte sich nicht einmal über die Störenfriede. Sie hielt im Treppenhaus Ordnung und achtete darauf, daß ihre Verdunklung nicht gestört wurde. Alle Wände waren vereist, so daß man sich nur mit Hilfe von Seilen den Treppenschacht hinaufwagen durfte. Die Mieter saßen in den Zimmern hinter ihren Wohnungstüren und hüteten das Feuer im Ofen. Überall war aufgebettet, man konnte sich gleich in den Schnee legen; die Flocken waren reichlich gefallen. Jetzt mußte man nur schlafen, dann war morgen früh der Winter aus, man wurde von der hellen Sonne geweckt und konnte über die Wiese laufen.

Jetzt flogen Meldungen hin und her. Zuckendes Geschrei; nein, das war nicht Schnee, das war Hagel. Dennoch war alles in Schnee verkleidet. Schneeglöckchen läuteten. Blechstücke rasselten. Lauter Abfall. Man hat alles mitgenommen, nichts ist zurückgeblieben. Frau Lischka braucht keinen Fußabstreifer mehr. Die Patienten sitzen auf dem Trockenen, nur der arme Doktor fault auf dem Misthaufen. Man müßte ihm eine belebende Injektion geben, einen Sonnenstich, damit er nicht so zu frieren braucht. Es wird auch nicht mehr geheizt. Im Museum ist das nicht notwendig. Die alten Maschinen brauchen kein Öl. Die Lokomotive bewegt sich nicht, aber wenn sie atmet, steigt ihr der Dampf aus dem Schornstein. Vielleicht will sie wegfahren. Die Verbotenen haben sich an sie angehängt. Wenn sie nur gut aufpassen, damit niemand auf dem Glatteis ausrutscht und unter die Räder gerät!

Man sollte auf dem Hof einen Scheiterhaufen errichten. Wenn man nahe an ihn herantritt, könnte man sich die Hände und Füße wärmen. Ida hätte das wohlgetan. Zerline brauchte es nicht, auch Paul nicht. Sie waren gut ausgerüstet, um ins Gebirge zu fahren. Die Sitzplätze waren bestellt, niemand mußte in den Gängen stehen. Einen Preis hat man nicht bezahlt, weil das nicht verlangt wurde. Das war auch unmöglich, wenn man kein Geld besitzen durfte, und auch das Reisen war verboten. Jetzt war allerdings die Frage zu lösen, was die Kranken im Gebirge beginnen sollten. Man konnte doch die Tragbahren bei diesem Schnee nicht die Schlittenwege hinaufschleppen, weil die Träger ausgleiten und mit den Bahren stürzen würden. Die alten Leute konnten sich erkälten. Das mochte ihnen auch den Tod einbringen, zumal Leopold sie nicht behandeln durfte. Aber sie waren schon gestorben. Man müßte sie einsargen. Särge schickt man nicht auf Reisen. Es ist viel zu kostspielig, als daß die Fracht verlohnen würde. Jemand schrie auf, als man an seine Bahre stieß. »Bitte, ich bin nach einer Operation. Ich halt's nicht aus! Ich halt's nicht aus!« Unnötige Quälerei bei dem vielen Schnee. Einfacher ist es, man schiebt die Bahren vorwärts, denn sie haben Kufen. Es sind also Schlitten. Die kühle Luft muß den Verwundeten angenehm sein, weil sie auf andere Gedanken kommen.

Die Kranken waren im Vorteil, doch sie versäumten, ihn auszunutzen, weil alles verkehrt begonnen wurde. Die Organisation war schlecht, da hatte der Vater recht. Die Leidtragenden ordnen sich bei Begräbnissen am besten allein und freiwillig zum Trauerzug. Jeder hält Disziplin auf dem Friedhof. Der Schielende macht sich viel zu wichtig; niemand ist auf seine Predigten neugierig, die keine Andacht entzünden. Der lederne Geselle wäre auf der Stelle zu entlassen. Doch ihr sollt es nicht bequem haben. Ließe man den freien Willen gelten, dann gäbe es keine Qual, und das wäre schade. Ein bißchen Qual hat noch keinem geschadet, während man von ihrem Übermaß nichts spürt. Warum geht alles so laut zu? Niemand nimmt auf den Winter Rücksicht, obwohl es doch leicht wäre zu warten, bis alle so müde sind, daß sie im Stehen einschlafen. Schlummernde eilen im Gleichschritt, wenn man sie ermuntert, und wissen von nichts mehr. Ihr Gehorsam ist mustergültig, die Helden würden zufrieden sein. Dann wandelt man von Heimat zu Heimat und braucht keinen Fußabstreifer mehr. Die Fußabstreifer von gestern sind die Herren von heute.

Paul muß Zerline stoßen, damit sie sich bewegt. »Es ist gefährlich, wenn man zu langsam geht. Paß auf!«

»Ich geh schon.«

»Es ist gefährlich, wenn man spricht. Paß auf!«

»Ich schweige schon.«

Wenn man den Kopf senkt, sieht man besser auf den Weg. Da sind die Füße voran, die tanzen auch ohne Musik. Der Boden ist kotig, weil man in den Städten den Schnee immer wegkehrt und außerdem noch Salz streut, so daß alles ein hoffnungsloser Brei wird. Die Straßenkehrer sind ein unnützes Geschmeiß. Würde man sie einmal ins Gebirge schicken, dann würden sie von ihrer Einbildung ablassen, daß man alles wegputzen müsse. Gar nichts kann man tun. Die Flecken bleiben immer und verbreiten sich über die Städte hin, und wehe dem, der mit ungenügender Vorsicht darüber hinwegwatet. Wenn jemand seiner Hilflosigkeit nicht inne wird, rührt das nur daher, daß man ihn zu sehr verwöhnt hat. Menschen begehen den Fehler, daß sie zu dicht beisammen leben. Darum ist es gut, vertrieben zu werden. In der Heimatlosigkeit gibt es keine Ruhestätte. Dort gibt es nur Schnee und ewigen Winter. Ihr sollt mitgehen, damit ihr den ewigen Winter verkostet, fern in der Ausweglosigkeit, wo euch niemand mehr begleitet. Dort habt ihr nur noch euren Brotbeutel bei euch, aber die

Vorräte sind gering und werden verzehrt wie die Grüße, die man euch in die Verbannung mitgegeben hat, als man sich von euch abwandte, mit Tränen in den Augen, mit Schnee. Dann werdet ihr leer dastehen und zittern und zagen, obgleich man schon seit Jahrhunderten die Gegend von wilden Tieren befreit hat. Keine Wölfe und Bären sind mehr zu finden. Nur kleines Getier wohnt rundum, das euch flüchtet, sobald es euch wittert. Eure Taschen sind leer, ihr werdet Hunger verspüren. Endlos breitet sich das Schneegefilde, durch das ihr irrt, und keine Landkarte hilft, die euch den Weg weist.

Ihr seid dem Zufall überlassen und seid gewürfelt. Es ist gut, daß man über euch lachen kann. Die Alten und die Schwachen werdet ihr im Stich lassen und ausliefern. Ihr seid wilde Tiere. Erinnert ihr euch noch daran, daß ihr Menschen gewesen seid? Die Blicke des Schielenden treffen euch um die Ecke, es ist euer Glück, daß er in diesem Frost die zum Eiszapfen erstarrte Peitsche nicht mehr schwingen kann. Er ist froh, daß er sich auf sie stützen darf. Er kann keine Meldungen mehr weitergeben und muß sich auf den besoffenen Lischka verlassen. Bald wird ihm die Hausbesorgerin höhnisch die Peitsche aus der verdorrten Hand reißen und rufen, daß ihr allein es gebührt, die Einsamkeit auszukehren. So seid ihr den Plagegeist los und dürft euch getrost dem Glauben ergeben, daß ihr jemandem begegnet oder auf eine Hütte stoßt, die freundliche Bewohner birgt. Aber ihr dürft ihnen nicht sagen, wer ihr seid, sonst würden sie euch den Abhang hinunterjagen, und ihr Gelächter würde euch zerschmettern. Sie können in dieser Not sich nicht mit der Sorge um Vergnügungsreisende belasten. Sollten sie euch nach Namen und Herkunft fragen, dann antwortet, daß ihr alles vergessen habt. Will man euch das nicht glauben, so erklärt ihr, daß man eure Namen ausgestrichen hat, weil ihr nicht mehr eigentlich seid. Doch da ihr trotzdem seid, wird man euch glauben, daß ihr keine Geister seid, sondern Flüchtlinge, die es nicht mehr in der stickigen Luft des Museums litt. Wenn man euch einen Bissen reicht, von dem ihr nehmt, so wird das mehr beweisen als alles, was ihr sagen könntet.

Dann aber müßt ihr flüchten. Ihr sollt euch nicht aufhalten, denn man wird euch auf der Spur sein und gebieten, keine Stätte zu haben, wo Namen noch gelten. Flüchtet euch nicht vor der Nacht! Bedenkt, daß ihr aus dem Dunkel geboren wurdet, doch was man jetzt über euch verhängte, ist noch Licht zu nennen gegen das Dunkel, das früher euer Teil gewesen. Angst ist erbärmlich, aber sie findet kein Verzeihen, weil sie Schrecken verbreitet. Dem Elenden versetzt man Fußtritte, weil man meint, ihm dadurch Gerechtigkeit widerfahren zu lassen. Darum seid stark und bereitet euch ein Fleckchen, wo ihr Zuflucht vor Sturm und nächtlichen Unbilden findet. Glaubt nur, daß es nicht so schwer ist. Man hat euch jetzt der Freiheit überantwortet. Die Gesetze früherer Gemeinschaften gelten nicht mehr für euch. Es ist eurer Kraft überlassen, aus Schutt eine Heimstatt zu bauen. Wie ihr sie einrichtet, so werdet ihr sie haben.

Man gibt euch Zeichen, wirklich; merkt ihr es nicht? Dem schielenden Herrn Nußbaum muß man es lassen, daß er tüchtig ist. Jetzt wickelt sich alles klaglos ab. Die Helfer haben tief geseufzt, aber jetzt atmen sie auf, weil sie es gut gemacht haben. Keine Klagen wurden gehört. Die Helden strahlen und stolzieren den Bahnsteig entlang. Setzt euch nieder, dicht nebeneinander, vier auf eine Bank, acht in einem Abteil, wie anständige Bürger. Aber das ist doch keine Hütte, das ist kein Schnee. Nein, das sind saubere Eisenbahnwagen. Sie sind eng, noch enger als die Hütten, die ihr euch bauen solltet, doch wenigstens sind sie schon bereit, so daß ihr euch die Arbeit ersparen könnt. Man hat euch anständig versorgt und wollte nicht eure seidigen Händchen anstrengen. Wer dürfte die Stellen anklagen, die so schonungsvoll verfahren? Wie hättet ihr auch dieses Werk vollbracht, da ihr kein Handwerk gelernt habt?

Nichts ist euch zuzutrauen, alles muß man für euch einrichten, denn ihr seid ein faules Gesindel, das keinen Schaufelstiel umspannen kann. Wie für kleine Kinder muß man alles für euch tun, dann kommt ihr an den gedeckten Tisch, wobei man nicht auf die geringste Dankbarkeit von euch rechnen darf. Nichts kann man von euch erwarten als euren Gestank. Doch für die Unmündigen wurde stets alles gemacht, wir sehen das ein. Wir haben uns für euch geopfert. Wollten wir euch weniger hart anfassen, dann würdet ihr übermütig werden und uns noch mitten im verschneiten Winter zerschmelzen. Schneeglöckchen wollt ihr haben? Blumen haben wir euch nicht gebracht. Es ist zu spät, der Zug geht ab, bevor wir sie holen können. Sie werden euch nachgeschickt. Ja, alles wird euch nachgeschickt, was euer Herz begehrt. Nur fahren sollt ihr schon endlich! Vergessen habt ihr was? Das wird schon nicht so wichtig sein. Schreibt Briefe von dort, wir werden alles bestellen. Wir sind verläßlich. Seht ihr es nicht unseren Gesichtern an? Unsere Augen müssen euch unsere Treue verraten! Es könnte euch etwas geschehen? Wer sagt euch das? Alles dummes Geschwätz! Noch keinem wurde ein Härchen gekrümmt. Übergriffe sind verboten. Jetzt fahrt ihr in die Sicherheit, in eure Heimat, wie ihr es immer gewünscht habt. Fällt euch der Abschied schwer? Das können wir nicht glauben! Nein, wir glauben es nicht! Das Verbotene liegt nun endgültig hinter euch, da euch die ewige Freiheit winkt. Dort dürft ihr. Wir wünschen es uns selber, euer Schicksal zu teilen, aber leider ist uns das versagt. Uns ruft die Pflicht, denn wir müssen weiter für euer Wohl sorgen, und dann sind noch eure Brüder zu versorgen, die auch schon auf die Reise warten.

Die Lokomotive vorne schnauft behaglich vor Freude, daß man sie aus dem Museum hervorgeholt hat. Nun wurde sie zum Dienst bestellt. Hört ihr nicht das lustige Pfeifen? Das ist nicht mehr der Schielende. Das ist die Lokomotive, oder nein, das ist der Stationsvorsteher, der die schwere Verantwortung wegpfeift. Er ist hier viel wichtiger als die Helden, die er nicht beachtet. Da ein Held auf ihn zugeht, salutiert er nachlässig. Er glaubt, das letzte Zeichen schon bald geben zu können. Die Reisenden werden es gemütlich haben. Der Zugführer sieht verläßlich aus. Noch einen Augenblick, dann rollt ihr eurem Glück entgegen. Beamte, Fürsorgeschwestern und Krankenwärter werden euer Geschick betreuen und sich um eure Bedürfnisse kümmern. Dennoch ist von euch keine Zufriedenheit zu erwarten, ihr werdet häßliche Gesichter schneiden. Es schmerzt uns, daß ihr so garstig seid wie ungezogene Kinder, denn wir sind es, die alle Verantwortung tragen, wir müssen mit unserer Unschuld für eure Schuld eintreten. Da wir euch alles abgenommen haben, sind wir eure Vormünder. In unserem Herzen sind eure Seelen, in unserem Schoß, in unserem Mund. Wir führen euch an den Händchen, damit ihr den Kampf besteht.

Nun seid ihr aus dem Schneegestöber draußen, weich in eure Decken eingehüllt, und habt euren Frieden geschlossen. Wir sperren die Wagentüren ab und hängen die Siegel unseres Segens daran. Jetzt könnt ihr nicht mehr entschlüpfen. Liebe Schäfchen, so fahrt denn wohl, aber singt nicht zu laut und schaut nicht aus dem fahrenden Zug heraus, weil die Begleitmannschaft auf Neugierige ohne Warnung schießen wird. Ein wenig Vorsicht kann nicht schaden. Wir haben die Strecke bestimmt, bald gelangt ihr an das Ziel. Wer folgsam ist, dem geschieht nichts. Nur auf die Schlimmen wird geschossen. Die Guten werden belohnt und bekommen Zuckerschnee. Man gibt ihnen, bevor sie den Mund zu einer Bitte spitzen. Überall herrscht Sicherheit, allgemeine Wohlfahrt ist gewährleistet. Der Stationsvorsteher hebt den Stab. Die Helden kehren um. Herr Nußbaum dreht sich um und schielt jetzt weg. Alles weg, alles weg … Die Wohlfahrt und die Sicherheit … gewährleistet … und schießen wird, schießen wird … das Haus und auch die Treppe … der schöne Schnee, das Schneeglöckchen … Wer es nicht glaubt, wer es nicht glaubt … nicht glaubt … glaubt …

Der Zusammenhang des Menschen mit der Umwelt ist auf dem Glauben aufgebaut. Karoline ist aufgewacht und fand es unglaublich, aber es mußte ihr auch schwer werden, denn in der langgestreckten Kasematte war fast nichts zu sehen, es brannte nur das Licht einer Glühbirne. Es war kein helles Leuchten, sondern ein trübes Flackern; so ein elektrisches Licht hat es noch nicht gegeben, es erinnerte an eine Öllampe. Karoline konnte nichts glauben. Da war ein Schnarchen und Stöhnen ringsum, ein Knistern von vielen kleinen Gegenständen. Das waren Würmer, bestimmt, die mußten sich durch die vielen Hindernisse durchkämpfen, nur Würmer konnten in dieser feuchten Höhle gedeihen. So darf man kein Mehl aufbewahren, die Würmer verderben es, dann wird es kein Brot geben. Doch es konnten keine Würmer sein, denn deutlich hörte Karoline ein Flüstern. Irgendwo kam es her, einmal war es da, einmal in einer Ecke drüben, die das Auge nicht fand. Also waren Menschen hier, richtige Menschen; Karoline fiel es ein, und sie rieb sich die Augen, damit sie besser sehen sollten. Doch das half nichts, die Dunkelheit wich nicht, nur die Augen brannten. Das war das verklebte Mehl, das während des Schlafes in die Augen gedrungen war. Ob es hier einen Augenarzt gab, der einen von dieser häßlichen Entzündung befreien konnte?

Karoline setzte sich auf, um besser zu sehen. Jetzt erblickte sie nicht viel mehr, aber sie begriff, wo sie sich aufhielt, daß man sie gestern hier eingesperrt hatte, sie und den Mann, die Schwester, die Kinder und noch mindestens hundert andere. Die mußten alle herein und wälzten sich hier im Mehl. Nein, es war kein Mehl aus Getreide, es war Kleie, aber auch nicht aus Getreide, es war dumpfiges Sägemehl, dem ein scharfer Geruch entströmte; überall drangen die flockigen Späne durch, man konnte sich nicht von ihnen befreien. Stand man auf und schüttelte sich, so jammerten die Nachbarn über Rücksichtslosigkeit, die Kleie flog herum, niemand hielt das aus. Leopold sagte, das sei wie beim Militär, aber nicht in einer Kaserne, sondern draußen im Feld, doch jetzt seien alle hier Soldaten; da müsse man auch jedes Quartier aushalten und noch zufrieden sein, daß man ein Dach habe und in keinem ersoffenen Schützengraben liege. »Siehst du, Karoline, sie haben uns eine Schütte bereitet, damit wir es weicher haben. Sogar für Beleuchtung haben sie gesorgt.« Gut, daß Leopold zufrieden war. Zu Hause konnte es nicht gut genug sein. Karoline saß und stützte ihre Hände auf den Rucksack, um sich besser zu erinnern. Aber in ihren Sinnen wurde dadurch kein klarer Tag. Sie spürte, daß zu viel vergessen war, was sich im Augenblick mit einem brummenden Schädel nicht fassen ließ. War es Fasching? War es Silvester? Hatte sie zu viel getrunken, sich zu übermütig amüsiert? Oder war sie nach einer Krankheit und träumte? Wahrscheinlich träumte sie, sei es auch mit offenen Augen, denn nur im Traume konnte solch eine ungewisse Dämmerung herrschen, die kein Ende nahm.

Karoline strengte sich an. Da kam ihr der Einfall, daß sie gestorben sei, wenn auch nicht eigentlich tot; es war ein Verscheiden, das nicht tötete, und darum lag sie auch in keinem wirklichen Grab, sondern nur versteckt in einer schlecht gelüfteten Vorratskammer. Aber wie stimmte es dazu, daß sich auch andere Leute hier aufhielten, sogar die eigene Familie? Waren alle gestorben? Das konnte nicht stimmen. Nur bei einem Erdbeben gehen so viele auf einmal zugrunde. Es hatte nicht gebebt. Die Häuser standen noch, niemand hatte sie zerschlagen. Frau Lischka hatte von innen abgesperrt, als Karoline den Lockvögeln folgte. Wenn das Haus barst, so ist es nachher geschehen, und da waren die Lockvögel Engel, welche die Geliebten des Herrn in rettende Sicherheit geleiteten. So werden die Vertriebenen sicher sein, doch die Verbliebenen in den scheinbar schützenden Häusern sind dem Untergange geweiht. Zwischen den Wänden wird sie der Feind erreichen und mit einem Streiche vernichten.

Waren also die Gestalten rund um Karoline wirkliche Menschen? Es waren keine, die Einbildung hatte zu schnell gearbeitet, wie das bei Verstorbenen geschieht, so sagte sich Karoline, und sie müsse gerecht sein, sich sammeln und der Wahrheit nur einmal ins Antlitz blicken. Da wurde es deutlich, daß Karoline in einem Wachsfigurenkabinett war, das hatte man geräumt und in den Kasematten in Sicherheit geborgen. Zufällig war Karoline mit hierher geraten. Sie hatte gerade das Panoptikum besucht, als die Behörden es zu räumen befahlen, eine vorbeugende Schutzmaßnahme, die zu loben war. Karoline war übel geworden, als man die Puppen an Händen und Füßen packte, es stieß ihr eine Ohnmacht zu, in der sich ihr Antlitz wachsgelb verfärbte, so daß sich die Beamten in der Hitze ihres Geschäftes irrten, auch die starre Karoline mitnahmen und hier in der Holzwolle einlagerten, wo die Scheintote wieder ihr Bewußtsein erlangte. Sie sollte schreien, um draußen die Wächter auf sich aufmerksam zu machen. Ich bin nicht aus Wachs, die Sägespäne vertrage ich schlecht, ich kann sie nicht essen, mir ist auch viel zu kalt unter den Figuren.

Karoline hatte nicht die Kraft zu schreien und sah ein, daß es übel um sie bestellt war. Sie durfte nur darauf hoffen, daß bald einer der Wächter komme, den sie mit Zeichen auf den verhängnisvollen Irrtum hinweisen wollte. Doch die Gefangene befürchtete, den Vorfall vielleicht nicht zusammenhängend erläutern zu können, wenn der Wächter vor Schreck sie nicht reden ließe. Sie dachte daran, daß einfache Gemüter sich öfters vor Automaten fürchten. Dafür könnte man sie halten, sobald sie die Hände ausstreckte. Karoline war kein richtiges Ausstellungsstück für ein Panoptikum. Nur besonderer Gutmütigkeit hatte sie es zu danken, daß man sie unter die erlesenen Figuren aufgenommen hatte, die Künstlerhände einst gebildet hatten. Karoline war eine ordinäre Auslagenpuppe. Sie stand im Warenhaus und zeigte den vornehmen Damen Mieder, Kleider und Hüte. Nicht ihr galt das Interesse, nur ihrer Bekleidung. Mit der Puppe war man unvorsichtig umgegangen und hatte ein Stückchen abgebrochen. Man hat sie nicht repariert, sondern in den Abfall geworfen.

Hier war keine Auslage mehr. Das traurige Märchen war beendet, das Lied war aus, aber die Lautenbänder hat Paul Zerline zuliebe abgenommen, die Puppe war woanders als die staubbedeckten Kleidchen, doch Karoline hat alles überlebt. Kraftlos lehnte sie sich zurück. Weil es keinen warmen Ofen gab, erfror sie fast und wurde wieder auf die Umgebung aufmerksam. Eine Türe wurde aufgerissen. Es war kein Tageslicht, das eindrang, aber ein Schein, der kam von keiner Lampe. In der Türe stand ein Mann, er schien jung und gesund, der hatte vielleicht eine bildhübsche Frau, fast so schön, wie Karoline einst als Mädchen war, den Kopf hielt er hoch, und er hatte einen mächtigen Gürtel. Seine Stimme klang hell und sorglos, fast vergnügt, als er wie ein Totenerwecker eine Hand bewegte und in das Massengrab hineinrief: »Alles aufstehen!« Viele schnellten empor, manche bäumten sich nur auf, andere schnellten im Sitz empor, einige sprangen sogar auf die Füße und standen. Sie lebten, alle lebten. Karoline lachte, sie war froh, sie fühlte sich einen Augenblick beinahe befreit.

Die Sägespäne flogen herum; viele niesten, alle rieben sich die Augen, aber die Menschen lebten und aßen sogar. Das machen keine Automaten. Karoline hatte sich wieder, sie hatte ihre Familie und durfte sich sorgen. Willig ließ sie mit sich geschehen, was man wünschte, wenn sie nur leben durfte. Alles würde sich einrichten. Sie hörte, man müsse gehorchen, aber das brauchte man nicht mehr zu sagen, weil jeder es wußte, also war das keine Überraschung. Wenn man nur die eigenen Füße nutzen durfte. Jetzt konnte man sich in die Reihe stellen, es gab Kaffee. Das Getränk war warm. Was machte es aus, daß es kein echter Kaffee war, da die Glieder doch folgsamer wurden und rege. Jetzt konnten die Puppen laufen, hastig zappelten die Beinchen über den gewundenen Gang. Sie suchten herum, alle mischten sich durcheinander, auch aus den benachbarten Kasematten strömten Puppen heraus, fröhlich flatterten die an Schnüren befestigten Nummern auf der Brust. Manchmal kam einer heran, hob die Nummer, führte sie sich vor das Gesicht, um sie besser zu entziffern, dann erst schaute er ins Antlitz. Das war ein großes Erkennen und Wiedererkennen!

Dann aber kam die Trennung. Nummern wurden gerufen und dann auch die Namen, weil sich noch nicht alle an die Nummern gewöhnt hatten und manche gar dachten, sie würden nicht immer Nummern tragen, dann würde man sie ohnedies vergessen wie schon so viel anderes, kaum daß man mühsam es erlernt hatte. Nun wurden die Nummern eingeteilt, dahin wurden sie geschickt und dorthin. Jetzt gab es viele Abschiede, aber nur wenige empfanden den Ernst des Augenblicks, und auch die waren getröstet, denn die Nummern glaubten, wie ihnen feierlich versichert wurde, daß der Ort nicht groß, aber genügend geräumig sei, und da könne man hin und her, man werde sich schon finden. Männlein zu Männlein und Weiblein zu Weiblein, so wurden sie geordnet wie am ersten oder jüngsten Tage; vor lauter Überraschung verbreitete sich nur wenig Schrecken. Auch ließen sich keine drohenden Gesichter sehen, alles schien leicht, in Blicken und Handbewegungen verkündeten sich Ermunterung und beinahe Trost.

Zerline und Ida standen neben Karoline, sie waren voller Erwartungen und lachten zu Leopold und Paul hinüber, die geduldig verharrten, um den Frauen die Zeit zu verkürzen, deren Abmarsch sich aus immer anderem Grunde lange verzögerte. Überhaupt vollzog sich alles nicht zu schnell, doch auch nicht zu langsam, es war ein beständiger Fluß, dem man sich anvertrauen durfte. Nun würde alles wieder leichter werden als in den letzten Jahren oder gar in den aufregenden Monaten, die der Reise vorangegangen waren. Die Muße des Lebens war wieder hergestellt, die Einteilung war sinnvoll. Was schadete es, daß sie gewaltsam war, wenn das im Augenblick nicht empfunden wurde? Gewiß würden wieder Tage herrschen, die mit den Nächten abwechselten, die Regel sollte gelten, Tages- und Jahreszeiten würden wieder sinnvoll sein.

Karoline winkte. So zierlich wußte keine Puppe die Glieder zu regen, sie war keine Puppe, das war nun gewiß. Das milchige Weiß der Wolken löste sich ein wenig, Blau wurde sichtbar, Sonnenstrahlen fielen auf die beschneiten Kastanien im Hof und auf die Arkaden vor den Kasematten. Es konnte nicht so böse werden. Man konnte die Augen offenhalten, nur die Erinnerung durfte man nicht freigeben. Ida mußte gestützt werden, sie war tapfer und freute sich, daß ihr Sohn lebte. Da durfte sie tot sein, wenn nur er der Gefangenschaft entronnen war. Die Grenzen waren gezogen, ihre Sichtbarkeit war gestärkt, weil sie sich überall auftaten und doch gewiß nicht überschreitbar waren. Zerline hatte Ida alles Gepäck abgenommen und lachte. Es geschah etwas, man mußte nicht mehr verzagen. Karoline hatte gesiegt, jetzt wird sie nicht mehr phantasieren, da sich eine Zukunft vor ihr aufbaut. Wo es Zukunft gibt, ist das Leben gerettet, und der Glaube schafft den Zusammenhang.

Paul sah dem Abmarsch der Frauen zu und fühlte sich nicht unglücklich. Er war beschäftigt. Zunächst erforderte Leopold seine Aufmerksamkeit, der sich die Zukunft durch viele Pläne verkürzte. Dann wurde auch Leopold weggeführt, was er in Ordnung fand. Er verabschiedete sich leicht von Paul. »Jetzt werden wir alle an unsere Arbeit gehen.« Leopold war überzeugt, sein Glaube hatte nicht gelitten. Seine vorgeschrittenen Jahre bekümmerten ihn nicht, denn ein gesunder Mensch kann auch im höchsten Alter Großes leisten. Er hatte eine Aufgabe, die es zum Wohle der leidenden Menschheit zu erfüllen galt. Hier wird man Leopold brauchen, seine reichen Erfahrungen werden nicht brachliegen. Er schied mit anderen alten Männern aus der Kasematte und blickte seines Sieges sicher noch einmal stolz zu Paul zurück. Auch der blieb nicht lange in diesem Winkelwerk und verließ die Sägespäne, die schon zu einem braunen stinkenden Brei zusammengequetscht waren.

Monate gingen hin, ein Jahr ist abgelaufen. In seiner Stube hat Paul es oft und lange bedacht, daß der Zusammenhang des Menschen mit der Umwelt auf dem Glauben beruht. Wo dieser Glaube verletzt wird, ist der Zusammenhang schon aufgegeben; dann sind die Folgen unübersehbar. Es kommt nicht darauf an, ob dieser Glaube stimmt, wenn er nur als Glaube besteht und durch seine Bewahrung viel mehr beweist als seine mögliche Wahrheit, nämlich die Wahrheit des Glaubens. Insofern der Glaube durch die wirklichen Verhältnisse widerlegt wird, zeigt sich zwar, daß er nicht genügt, aber wo er fehlt, würde nichts genügen. Zeit muß man sich lassen. Jede Übereilung bedroht und beeinträchtigt die Einrichtung der Welt. Alle Zustände, auch die bösen, sind gewachsen und können nicht durch den bloßen Willen aus ihrem Dasein fortgenommen werden. Zerstörerische Eingriffe sind Irrtümer, denn ihr Werk bedeutet und erreicht nichts, auch wenn es Vernichtung bewirkt. Immer bleiben Zeugen übrig, deren Erinnerung genügt, um alle Vernichtung zu überleben und den zeitlichen Zusammenhang herzustellen, der sich über Jahrhunderte, vielleicht über Jahrtausende erstreckt. Dann mündet alles in den Glauben ein, der die Vergänglichkeit von sich wirft, und die Vergangenheit muß sich auf die Erscheinungen beschränken, an denen nicht viel gelegen zu sein scheint.

Inzwischen opfere dich und erwarte nichts. Alles wird dich erreichen. Du gehst zwar näher heran, man befiehlt deinen Schritt, bis du dort bist, wohin man dich für deine Arbeit bestellt hat, doch in Wahrheit ist es genau umgekehrt, die Mauer steht vor dir und hat dich nicht warten lassen. Sie soll abgetragen werden, ihre Geschichte gilt für beschlossen. Doch das ist nur scheinbar, denn Mauern und Geschichte werden durch dich weiter vermittelt. Du kannst sie fühlen, bis du müde wirst, ihr Staub überrieselt dich und verklebt dir die Poren. Die alten Ziegel wandern in deine Hand, Mörtelkrumen haften an ihnen, du nimmst sie gar nicht, sie ruhen bei dir aus. Vielleicht willst du einen behalten und dadurch das Werk verhindern, damit sich die Geschichte verzögere. Aber die anderen begreifen dich nicht und mahnen dich zu mäßiger Eile. Wie selten hängen sich Gedanken an die Arbeit, und es ist gut so, denn wie leicht käme sie zum Stillstand. Gib deinen Ziegel weiter, gib den nächsten weiter!

Es ist Erde. Einst hat man sie gebrannt, aber längst ist sie ausgekühlt und hat sich an die allgemeine Kälte angeglichen, die Klumpen sind zu Eisstücken zwischen deinen Fingern geworden. Scharfer Nordwind bläst und läßt dich auf deinem Gerüst erschauern. Der Himmel ist bedeckt, aber er steht nicht voll Schnee, denn er ist vertrocknet, weil deinen Händen kein anderes Werk überliefert ist als abzutragen, was einmal aufgebaut wurde. Die Mauer bildete einmal die Grenze zwischen mein und dein, doch nun gehört alles dir, und da soll die ehemalige Grenze vor deinem Antlitz verschwinden. Es mag sein, daß die Glut des verloschenen Brandes nicht in aller Welt erkaltet ist, es muß noch heiße Ziegel geben, denn sonst stündest du nicht hier, auch die Gefährten wären weder auf diesem Gerüst noch auf den Nachbargerüsten. Kein Mensch wäre hier, der Ort stünde leer, und der Tod würde verhüllen, was nur als lebendig aufzustehen wagt. Doch der Tod ist nicht gekommen, um seine Wohnung bei uns aufzuschlagen, er wandelt vorüber. Er hat das weite Land zu seinem Reiche sich erwählt. Sein Weg führt die Straße entlang, die außerhalb der Mauern verläuft. Nicht alle Mauern werden abgetragen, nicht jede Grenze wird gefällt; zwischen Tod und Leben ist ein Abstand einzuhalten.

Die Stadt ist eine zeitlose Mauerinsel, Hunderttausende Ziegel wurden zusammengebacken, Brote sind es, sie wurden zu Gebirgen von bewohnbaren Kuchen gefügt. Die Stadt schwimmt auf dem Meere der Zeit und weiß nichts von sich. Deswegen darf die Stadt so einsam sein, wenn sie auch mit vielen Geschehnissen angefüllt ist. Nehmt nur die Ziegel auseinander, und ihr werdet finden, was man aufgespeichert und versteckt hat. Ihr seid zur Enthüllung bestimmt, nichts kann sich eurem Forschergeist versagen. Aber der Augenblick ist zähe geworden, er ist ein klebriger Brei. Die gebrannten Ziegel werden zerstoßen, das ergibt ein grobes dunkles Mehl, Brot der Vergangenheit, das niemand verzehren kann. Wer die Vergangenheit zu eitel versucht, wird von ihr vertilgt werden. Doch es ist leicht, sie zu zerkleinern, wenn man ein wenig List gebraucht. Die Hände nehmen einen Stein nach dem anderen auf und lassen ihn hinunter auf den Haufen fallen, wo die Quader mit dumpfem Krach zerschellen. Niemand kann etwas sagen, die alte Speise ist schon zu brüchig.

Eine Mauer wird abgetragen, doch in einiger Entfernung wird anderes Mauerwerk errichtet, für das man keine neuen Ziegel bereit hat, weswegen diese Mauer verschwinden soll. Es ist also nur eine Ablösung, keine Erlösung, und da ist es besser, wenn viele Stücke zerschellen. Man soll keine neuen Mauern errichten, wenn das nur durch Zerstörung möglich ist.

Manchmal kommt der Baumeister und mahnt: »Seid vorsichtig! Keine Ziegel zerschlagen! Wir haben keine neuen! Die Spitzhacke zwischen die Ziegel ansetzen, damit sie sich voneinander lösen. Das macht auch weniger Arbeit. Und keine Ziegel werfen!«

Der Baumeister hat gut reden, denn er beteiligt sich nicht an der Arbeit. Wer bloß die Aufsicht führt und befiehlt, steht über der Sache und läuft hin und her, um überall zu sein, was aber unmöglich ist, und darum zerbrechen die Ziegel. Man soll alles beseitigen und den Schutt von hier fortschaffen, damit keine Reste bleiben, durch die sich die Erinnerung einschleicht. Vielleicht wird ein tröstliches Gras wachsen, wenn nur nicht zu häufige Schritte das Wachstum zertrampeln. Durch stehende Gebäude wird kein rechtes Gedenken erweckt, sondern eher verwirrt, aber der zeitlosen Stadt ziemt allein die Erinnerung. Was ihr im Wege steht, ist aus dem Wege zu räumen. Dann kann das Gras gedeihen. Wenn die Ziegel zerbrechen, ist kein Wille zur Zerstörung dabei; ihr sollt nicht glauben, daß die Werke der Auflösung auch schon Werke der Zerstörung sind. Manche Ziegel bleiben unbeschädigt, selbst wenn man sie unachtsam behandelt, zumal der Baumeister es nicht dulden kann, daß ihm nur Bruch geliefert wird. Aber bloß wenige Ziegel soll er bekommen, und alles soll weniger werden, wenn neue Vorräte fehlen und Bausteine nur durch die Zerstörung alten Gemäuers gewonnen werden. Abfall ist alles, was aus der Vorzeit gestohlen und nicht stehengelassen wird.

Abfälle sammelt man, doch das ist nicht gut. Wer etwas beginnen will, muß auch die Voraussetzungen dazu gründen. Sobald über Häuser das Todesurteil gesprochen ist, darf man keine Zugeständnisse machen und muß sie in aller Stille abtragen, statt ihre Bestandteile zu sammeln, denn so ist der Befehl nur halb vollzogen, was seine Gültigkeit in Frage stellt.

Unten stehen die Frauen mit halberfrorenen Fingern und säubern die Ziegel von Mörtelresten mit eisernen Schabern. Auch halbe Ziegel kann man verwenden, hat der Baumeister gesagt. Alles Halbe hat seine Rechtfertigung erfahren, die Vollkommenheit ist kein Ziel mehr, sobald die Unzulänglichkeit eingestanden wird. Der Wille zur Leistung ist durch Befehle zerstört worden. Sie schießen hinaus wie Peitschenhiebe und gewinnen die Herzen der Menschen nicht mehr. Der Wille wurde gebrochen, bloßer Gehorsam ist geblieben, widerwilliger Gehorsam. Seine Leistungen sind hinfällig und schaffen nur Abfall. Die neuen Mauern sind schief und brüchig, sie werden bald zerfallen. Doch andere Mauern werden gebaut, die bestehen aus Wünschen. Sie ragen in die Höhe und bedürfen keines Gerüstes zu ihrer Errichtung, aber sie fügen sich nie zu einem Gebäude. So schnell sie entstehen, so schnell sinken sie in sich zusammen, unerfreulich ist ihre Häufung, unwirkliche Werke, verschimmelte Brote der Seele. Die Lebenden hungern, weil die Ziegel nichts taugen.

Manchmal werden die Ziegel aufgestellt und abgezählt. Dann werden Gewehre in Anschlag gebracht, und eine Stimme ruft: Los! Die Ziegel beginnen zu laufen, weil ihnen Beine gewachsen sind und dann noch schlenkernde Hände und schließlich auch Köpfe. Die Ziegel laufen zwischen den Mauern, die noch stehen, und Mauern, die schon abgetragen sind. Diese Mauern wollen gleich mitgenommen werden, man wehrt es ihnen nicht, so daß immer mehr Ziegel sich dem Marsch anschließen. Endlich sind alle Mauern vorüber, dann kommt ein kotiger Weg, auf dem die Ziegel fast zu ertrinken drohen, aber man gönnt ihnen keine Rast, ein Befehl verwandelt sie in Räder, die rollen sollen. Doch auch die Räder können nicht vorwärts im Schlamm. Es hilft nicht, daß die Kinder sie mit Stöcken streichen, denn die Räder sind kein Spielzeug. Man sollte Sand auf den Weg streuen, damit die Räder vorwärts können, doch jetzt ist es zu spät. Asche kann nicht herbeigeschafft werden, weil es nichts Brennbares mehr gibt, nur Ziegel, und die Öfen haben seit längstem Gedenken kein Feuer in sich getragen und sind nun in Bruchstücke zerlegt. Nur geschwärzte Kamine verraten, daß einmal auch in jenen Häusern geheizt wurde, die heute nichts mehr sind als Denkmäler dessen, daß es einst Wohnungen gab, Herbergen, bereit, sich dem Willen zu fügen.

Da schrie eine geräderte Stimme: »Es ist alles nicht mehr wahr!«

»Was ist nicht wahr?«

Diese Frage fand keine Antwort, doch eine andere Stimme erhob sich, die klang viel gewaltiger als alle anderen Stimmen: »An euch ist alles vorübergegangen.«

Vielleicht war das ein Gedanke, der mächtiger war als das Verderben, das im Schlamme stak, denn sicher ist alles geworden, sobald die Räder sich nicht mehr drehen konnten; das Leben ist in seinen Stillstand gemündet. Dann kann es sich nur in den Geist erheben, oder es muß verfaulen und untergehen, ohne noch einen zu finden, der sich dessen erinnert. Die Ordnung ist vorbei, keine Anordnung täuscht über diesen Verlust hinweg.

Auf einmal steigt der Weg wieder aus dem Morast empor, rechts und links gleiten die zähen Sumpfklumpen ab, die Räder erholen sich und beginnen wieder mit sprödem Knattern zu rollen. Sie möchten singen oder pfeifen, aber das wird ihnen verwehrt, sie sollen nur keuchen und sich nicht freuen. Durch die Strenge, mit der man die Räder behandelt, besinnen sie sich allmählich und erinnern sich, daß sie Augen haben; sie schauen herum und sind auch keine Räder mehr, sondern Paare von Krücken, auf die ein Kopf gespießt ist. Es sind gewichtige Köpfe, die wackeln können,

Menschenköpfe, sie ähneln Pferdeköpfen, doch die Krükken sind weder aus Holz noch aus Metall, sondern aus Steinstaub, der zu Zement geronnen ist.

Alles hat sich in Schwere verwandelt und kann sich nicht aus eigener Kraft bewegen, aber es wird getrieben, die Rufe schallen unaufhörlich, sie feuern zur Eile an, solange die Köpfe noch oben sind, sie recken sich hoch mit letzter Kraft, denn der Schrein des Geistes wird noch gehütet, wenn das Herz schon längst verfault oder verdorrt ist. Herzlose Betonpfeiler sind es, die auf die Anhöhe gejagt werden. Eine strenge Mahnung genügt, schon springen die Krücken mit heftigem Ruck und achten darauf, daß sie die Köpfe nicht verlieren. Ein unvorsichtiger Sprung, und es wäre bereits um den Kopf geschehen. Keiner wäre so kühn, sich zu bücken, um ihn zu retten. Wem würde es auch bei dieser Hast gelingen, den Kopf aufzuheben und auf die Krücken zu setzen?

Aber auch die Köpfe verwandeln sich, weil sie an Flug und Aufstieg denken müssen, während alle ihre übrigen Wünsche und Begierden ausgerottet wurden. So wurden sie zu Vogelköpfen mit borstigen Federn, mit scharfem Blick und weit vorstoßendem gekrümmten Schnabel. Rund um die Köpfe wuchs eine bunte Federkrause, die lebendig von der Farbe des öden Betons absticht. Die Schnäbel sind scharf und öffnen sich manchmal, als wollten sie beißen, aber dann schließen sie sich wieder und haben keinen Happen aufgeschnappt.

Die unberührte Pracht der Felder und Wiesen wird zertreten unter den tollkühnen Sprüngen, die eilends die Höhe gewinnen. Wir sind Männer, so denken diese wilden Ungeheuer, wir sind aufrecht gehende Ameisen, wir sind Krieger, die in die Schlacht gerufen werden. Feinde umgeben uns, die wir nicht kennen, die auch uns nicht kennen, und wir haben einander nie etwas getan, aber das ist der Krieg, daß wir einander nichts antun. Wir wissen nichts von euch, ihr wißt nichts von uns, doch zwischen uns wurde die Saat des Hasses ausgestreut, an der wir gemeinsam verderben. Wie ein Steinhagel wird der Befehl auf uns stürzen, dann werden wir mit Krähenstimmen schreien und einander die Augen aushacken. Noch wissen wir nicht, ob es so weit kommt, weil wir gar nicht zueinander gelangen, wir springen nur weiter und wetzen unsere Schnäbel. Falls ihr ausgerüstet seid, sind wir verloren, doppelt verloren, denn man hat uns keine Waffen anvertraut und auch nicht ausgebildet. Man hat uns aus dem Abfall gescharrt, die Frauen haben den Mörtel von uns abgekratzt. Man hat uns aus der Mauer gestückelt, so wie wir damals waren, als wir noch waren, und jetzt verwendet man uns, nachdem man unseren Willen ausgetrieben hat. Nun sind wir nichts mehr als Werkzeuge einer endlosen Reise, denn von unserem Wesen hat man uns verabschiedet, seitdem es keine Häuser mehr gibt.

In den Lüften erhob sich ein Klirren und Pfeifen, vielleicht waren es kleine Vögel, Sperlinge, die mit Windeseile über uns schwirrten. Das war die allgewaltige Stimme des Befehls, und alle sind niedergefallen, ohne zu wissen warum. Da beginnt eine neue Verwandlung. Der Kopf ist nach vorn gerückt, aber es sind keine Krücken mehr da, auf denen er wackelt, sondern ein Fortsatz, ein Anhängsel, das sehr beweglich ist und zuckend sich windet. Das sind Schlangen mit einem endlosen Schwanz. Die Giftzähne wurden den Tieren ausgebrochen, und doch ist Gift in ihnen, das sie nun selber schlucken müssen. Davon werden sie böse und empfinden Schmerzen, die man ihnen schon weggenommen hatte, als sie noch aufrecht sprangen. Dafür sind die Schlangen unverwundbar geworden. Brennendes Unheil vollzieht sich über ihnen, doch es erreicht sie nicht mehr.

Eher in Gefahr sind die wandelnden Stimmen, die ihre Befehle unentwegt schreien; so glauben zumindest die Schlangen, die nicht wissen, daß die Befehle auch dann noch bestehen, wenn feindliche Geschosse sie treffen. Die Befehle können durchbohrt werden, aber zu Fall sind sie nicht zu bringen, weil ihnen Zeitlosigkeit von unbekannten Mächten zugestanden wurde. Solange diese Befehle nicht weichen, ist alle Freiheit versagt, selbst die Freiheit des Zwanges, denn auch von einem Zwang ist nichts mehr zu spüren, er ist nur noch da ohne das geringste Gefühl seiner selbst. Wo aber alle Empfindung schwindet, hat die Freiheit jeden Sinn verloren und sich darum von der Wirklichkeit abgekehrt. Unbekannt ist die Freiheit, ein Traum aus der goldenen Urzeit, man hat ihr gewaltige Denkmäler errichtet, der Zeit und der Freiheit. Doch mit der Zeit ist die Freiheit dahingegangen, selbst die Denkmäler widerstanden dem übermütigen Ansturm späterer Jahresläufe nicht, und so ist alles dahin, auch die Erinnerung ist kaum mehr glaublich. Nur blinde Verehrung fördert ihr beständiges Spiel, weil sie von ihrer Gewohnheit nicht läßt.

Ihr aber möchtet noch immer fragen, ob gar nichts mehr sei, was sich erkennen ließe, denn würde das stimmen, so müßte auch die Flamme des Willens noch bestehen, ihr wäret keine Schlangen geworden, sondern Vögel geblieben, und eure Krücken hätten sich in gefiederte Schwingen verwandelt. Dann wäre die Freiheit wieder hier, das Wirkliche könnte sich nicht mehr als unwirklich versagen. Es wäre da. Es wäre bei euch. Ihr könntet nach ihm greifen. Ihr glaubt doch zu wissen, daß etwas da sei. Ihr seid unersättlich, eure Gier erfüllt die eisige Leere, bis etwas sei. Ihr habt euch nicht verschworen, alles zu leugnen. Immer seid ihr bereit, es wahrzunehmen; ihr vermeint es zu schauen, bevor es geneigt ist. Doch dies konnte nur geschehen, weil ihr es euch entgehen ließet, daß man auch dies von euch genommen hat. So wurde selbst die Frage nach einer Wirklichkeit entwertet.

Immer möchtet ihr entgegnen, daß zumindest die Frage noch da sei, und siehe, die Wirklichkeit wäre wieder herbeigezaubert, weil die Frage allein nicht geleugnet werden kann, sobald sie einmal gestellt ist. Dann wäre das Ende überwunden, die letzte Drohung der Gefahr übermannt, und ein Anfang wäre gesetzt, durch dessen unübersehbares Tor wieder alles einziehen mußte, um sich vor lüsternen Blicken und Händen zu versammeln. So sollte das sein, ihr meint es. Aber gefehlt! Was wäre, das ist nicht; müßiges Beginnen, ihr könnt es nicht schaffen. Gebt euch darein, daß nichts ist, selbst noch das Nichts verneint sich. Immer ist ein Nein da, das jeden Inhalt aushöhlt; auch das Fehlende noch widerspricht sich. Doch nur die Erniedrigung versucht so zu denken.

Alles ist Spötterei, die List der Schlangen fängt sich in eigenen Schlingen. Wäre nichts, dann freilich wäre auch wirklich nichts, aber eben das ist die Lüge, der Glaube daran ist die Verzweiflung und ein zerstörerischer Wahn, der ein Heer von Erscheinungen zermalmen kann, während ihm das Wesentliche enteilt und alle Annäherung abweist. Das Leid der Störung allein genügt bereits, um die Zerstörung zu widerlegen. Dann läßt sich nichts mehr verhindern, das Gewesene ist wieder da, die Welt in ihrer unentwirrbaren Verschlingung von Herrlichkeit und Scheußlichkeit ersteht von neuem und währt fort. Ihr glatten Schlangen aber findet euer Teil, und wenn es elend ist, so ist es dennoch; das ändert nichts an der Wahrheit des Daseins, unberührt bleibt der Gang der Geschichte. Es ist an euch, ob ihr dann zu allem den Segen oder nur den Fluch zu sagen wißt.

Aber nichts wißt ihr zu sagen, denn ihr seid nur Spiegelungen unserer Ohnmacht, und darum seid ihr doppelt und dreifach in eurer Ohnmacht lächerlich. Doch die Schlangen spüren nicht, was über ihre Schwäche gedacht wird. Sie haben die Anhöhe erreicht, von der sie hinabsehen, um besser beobachten zu können, was in den Gründen vorgeht. Sie heben ihre Köpfe und wiegen sich hin und her, denn sie haben jetzt keine Furcht. Unten sind Städte aufgebaut, in denen es nicht gut zugeht, obwohl dort umfriedete Häuser stehen mit abgeteilten Wohnungen, gefächert in Zimmer und Kammern, wo viele Ahnungslose eingemietet sind. Sie haben das Recht, sich zu bewegen, sie dürfen ihre Wohnungen verlassen; ohne um Erlaubnis zu fragen, geht jeglicher aus dem Hause fort zu seinen Geschäften und seinem Vergnügen. Niemand lauert mit Mißgunst, um jeden Schritt zu überwachen, die Wohnenden sind nicht verdächtigt. Doch das ist vielleicht nur eine Täuschung, denn es mag sein, daß man sie bloß so laufenläßt, weil die Behörden nachlässig sind oder die bestellten Wächter zu faul oder weil es zu wenige Wächter gibt. Wie dem auch sei, die Leute genießen eine gewisse Freiheit, sie gehen ungestört ihrer Wege. Was schert sie das Gesetz, durch das die Obrigkeit bestimmte Gebote auferlegt? Sie können den Schlingen entschlüpfen, Schlangen auch sie, aber mehr vom Glück begünstigt als die Schlangen da oben.

Darum ist es besser, nicht mehr auf die Schlangen in den gezirkelten Orten hinabzusehen, wo sie in der Enge kümmerlicher Gassen im Staube fast verloren sind. Die Höhe aber verleiht Gewißheit über die Tiefe, aus der du aufgestiegen bist. Jetzt kannst du erkennen, auf welchen Wegen du herangekommen bist. Das waren Reisen. Du und die Deinen fuhren und wurden gefahren. Das Einsteigen erfolgte aus freiem Willen oder Zwang, doch es geschah, damit ihr winken konntet, weil so vieles zurückblieb. In der Vase zu Hause haben Blumen gestanden, die frisches Wasser brauchten, doch du hast vergessen, die Sorge um sie einem Verläßlichen zu übertragen. Die Stiele sind verfault, Blätter und Blüten vertrocknet.

Das Bewußtsein hat sich in zwei Flügel geteilt, die sind vom Rumpf gefallen. Jetzt wehen die Flügel allein, wie traurig ihr Flattern, du kannst sie nicht lenken. Einmal kommt einer, einmal der andere, dann beide, manchmal auch keiner, aber du mußt es über dich ergehen lassen, ob sie dich heimsuchen oder nicht. Du möchtest das leugnen und zeigst mit großer Gebärde auf deine Brust: »Ich weiß. Ich bin. Mir fehlt kein Bewußtsein.« Das ist töricht. Fühlst du denn nicht, daß du nichts weißt und nur besucht wirst, damit die Hälften des Bewußtseins in dir sich wissen? So ist es, seitdem du gefahren bist. Mut hättest du zeigen müssen, um dein Bewußtsein zu behalten; du hättest nicht reisen dürfen. Jetzt wirst du größeren Mut zu bewähren haben, damit du die Reise bestehst. Es wird dir nicht leicht werden. Wer zu Hause bleibt, sammelt besser ein, als wer auf Abenteuer zieht. Glaube nicht, daß es dir gelingen wird, eine Stätte zu finden, zu sichern und zu halten, in der du dich wiederfinden könntest mit einem ungeteilten Bewußtsein. Selbst wenn du diese Reise beendest, ohne auf der Strecke liegenzubleiben, wirst du gestört sein. Abgründig wirst du von der Welt getrennt, magst du auch mit Händen und Füßen ihren Boden berühren. Doch schau nicht so weit! Es ist die Zukunft, vor der du fürchtig zu sein hast, solange du währst.

So bist du also abgefahren und durftest dich nicht einmal umsehen. Oder warst du neugierig, den Rücken des Schielenden zu erblicken, der sich die Hände rieb, als er den Bahnhof verließ? Herr Nußbaum hat bestimmt nicht das verlassene Haus aufgesucht, um die einsamen Mauern zu trösten. Abschiede entkräften die Eitelkeit, aber bestärken das Wesen, das die Maske der Furcht ablegen soll. Der Duft der unsichtbaren Blüte des Verderbens strich um die Nüstern. Ein Ausweichen verbot sich, wenn man nicht ersticken wollte. Die notwendigen Reisen sind immer verhängt worden. Da wird niemand gefragt, ob er mitfahren will, ein Einverständnis wird nicht einmal erwogen. Nur die Eile hat die Abfahrt bestimmt. Reise mit Eile, Reise will keine Weile. Wo müßte der Lauf der Welt sich hinverirren, würde schwerfällig die freie Wahl zu Entscheidungen hinzugezogen, die in Wahrheit längst getroffen waren?

Die Reise hat schon angefangen, als die Besinnung gerade dahin gelangt ist, sich die ersten vorbereitenden Gedanken darüber zu gestatten, ob ein Entschluß zu einer künftigen Reise einer ernsthaften Erwägung wert sei. Die Freiheit zu pflegen ist gut, solange du noch nicht weißt, wie unwesentlich sie wird, wenn deine Entscheidungen in einem Strome untertauchen, in dem du selber im Hinblick auf die gebotene Reise unwesentlich bist. Ihr Veranstalter bist du nicht; du wirst mitgenommen, noch bevor du dich nach der Fahrkarte erkundigt hast, deinen Sitzplatz hat das Amt gekauft, und das ist zu loben, denn es wäre viel ärger um dich bestellt, wenn man dich zurücklassen würde. Dann hättest du geschrien und allen vorgeworfen, ein Reisender zu sein, doch man hätte dir überall die Türe gewiesen: »Was, ein Reisender und du bist da? Kein Reisender ist da! Der ist fort. Hinaus mit dir!« Nun müßtest du dich mühselig hindurchfinden, um zu berechnen, wie die möglichen Anschlüsse zu erreichen sind, wobei sich aber für die Bewilligung der Reise kaum zu bewältigende Hindernisse dir in den Weg gestellt hätten. Übermüde wärst du zusammengesunken und auf dem Abfall gelandet, den man zur Fahrt holt, wenn es schon zu spät ist. Ruhe hättest du auf diese Weise gewiß nicht gewonnen, und die mögliche Qual des Unterworfenen ist noch immer gering im Vergleich zur Qual des bloß willkürlich schaltenden Eigenbrötlers.

Beobachte nur die Einwohner von Leitenberg, die du in den Straßen ihrer Stadt mit selbstverständlicher Unsicherheit herumstreichen sahst. Du und deinesgleichen zogen, in Viererreihen vereinigt, zwischen den Häuserzeilen und über den langen Marktplatz. Ihr durftet nicht stehenbleiben und nicht die Gehsteige betreten, sondern ihr eiltet über die Fahrbahn, als wäret ihr selbst ein getriebenes Fahrzeug, das dem Willen seines Herrn gehorcht und nicht von der lastenden Verantwortung seines eigenen Willens bewegt wird. Wesentlich wart ihr die Freien, weil ihr euch um nichts zu kümmern brauchtet. Sofern ihr doch in Sorgen vergraben wart, betrafen sie keinen anderen als euch selbst, es wären denn überflüssige Sorgen gewesen, die ihr einer alten Gewohnheit zuliebe aufzugeben noch nicht gelernt habt.

Auch wenn das nicht ganz stimmen sollte, war Leitenberg euch trotzdem gleichgültig. Es war eine Stadt, durch die ihr nur hindurchgeführt wurdet wie schon oft zuvor, vielleicht war es auch heute nicht das letzte Mal. Was gingen euch fremde Schicksale an, von denen ihr nicht einmal Kenntnis gewinnt? Stadt, nun gut, Stadt – Städte gibt es die Menge. Keine Neugier klopft dem rastlosen Reisenden in der Brust, der sich die Nase wischt, um besser zu atmen. Kaum ist die Stadt erreicht, ist sie schon wieder verlassen, da hätte es gar nicht verlohnt, mit Steinen Fensterscheiben einzuschlagen, um in fremde Küchengeheimnisse einzudringen. Die Größe der Strafe für diesen Ausbruch stünde in keinem Verhältnis zum doch nur unwahrscheinlichen Gewinn einer Unterbrechung der Reise; die Strafe hätte ihr Ende gebracht, ein Ende mit Grauen.

Leitenberg ist nicht eure Stadt, sooft ihr auch durchgeführt werdet, sie öffnet sich euren Blicken nicht mehr als einst die Hinterfronten von Häusern in Vorstädten, an denen ihr durch Jahre fast täglich im Zug vorübergerast seid. Selbst bei Dunkelheit, selbst im Schlaf genügte euch die Ahnung, daß ihr im Augenblick da seid, ein Weilchen später dort, dann kommt in einer halben Stunde eure Haltestelle, die allein geht euch an, und ihr steht auf, lauft hinaus, schon seid ihr daheim. So könnt ihr auch durch Leitenberg fast geschlossenen Auges wandeln, oder ihr könnt den Blick zu Boden senken und die Pflastersteine und eure Schritte zählen; bald werdet ihr wissen, die letzten Häuser sind erreicht, das freie Feld ist gewonnen. Leitenberg ist nur ein Traum, oder nein, ein Zufall, dem ihr ebenso nicht ausweichen könnt wie der Zug seiner Bahn auf den Schienen; er müßte entgleisen, um untergehend in die fremde Stadt zu stürzen.

Nur bestimmte Blicke treffen bestimmte Ansichten. Alles andere bleibt verborgen und in undurchdringlicher Fremdheit. Erst wandert ihr eine Flußniederung entlang, wo es Pappeln und Gemüsefelder gibt. Das Land ist feucht und fruchtbar. Unbekannt sind euch seine Eigentümer, unbekannt deren Sorgen um die Felder, um das Gedeihen von Wurzeln und Früchten. Ihr wißt nicht, ob Sonne und Regen in diesem Jahr ausreichen, eine gute Ernte zu verheißen, denn keinen kennt ihr, der von ihrem Ertrage genießen wird, es ist sogar fraglich, ob es überhaupt jemanden gibt, dem einmal dient, was hier wächst. Ihr freut euch an den Blüten des Unkrauts und möchtet nach ihnen langen, wenn man euch einen kurzen Aufenthalt vergönnte. Ihr seid zufrieden, daß es nicht regnet, denn euer Schuhwerk ist verdorben, die Pfützen im Lehm erschweren euren Trott. Schweigsam gesellt sich euer Blick den Pflanzen, die unbegreiflicher Fleiß gehegt hat, wie nur große Hoffnung oder bittere Not ihn erzeugt. Ein Hagelschlag könnte alles vernichten, die saftigen Gurken und Melonen würden vor der Reife knicken und bersten. Die Ernte ist zerschmettert.

Aber vorbei! Ihr wollt und dürft hier nicht verweilen. Man hat euch nicht zu dieser Ernte bestellt, ihr dürft nichts nehmen, sosehr es euch gelüstet. »Da schau mal, eine Tomate! Sie ist schon fast reif!« Besser ist es, solche Wünsche zu verjagen, bevor sie unerfüllt zu schmerzen beginnen. Vorbei! Schon zieht ihr an der erstaunlichen Ernsthaftigkeit einzelner Vorstadthäuser vorbei, behangen mit wildem Wein, umgeben von überquellenden Gärten, in denen schaffende Hände und wildernde Kraft mit zierlichen Gewächsen und Wucherstauden wetteifern. Wer gewinnt den Kampf? Vorbei an Scheunen, an Werkstätten, kleinen Fabriken, Schuttlagern und Verschlägen, die alle die bedürftige Nähe beklommener Eigentümer verraten; ihrer Not oder Habsucht verdanken diese Anlagen ihren Bestand. Ihr dürft nicht hin, ihr dürft euch nicht dem Werke des Beistandes oder der Zerstörung leihen, denn keinem wird hier Zugang gestattet, der nicht das Recht dazu genießt.

Nur das Wirtshaus »Zur Goldenen Traube« lädt jedermann herzlich ein, aber jetzt ist es verlassen und stumm. Das Tor ist geschlossen, die Scheiben der Gaststube sind grau vor altem Staub. Lächerlich sind die aufgemalten Lockrufe an den Mauern, lächerlich das Schild und die angenagelten Blechtafeln mit all ihren werbenden Sprüchen, die schon angerostet sind und längst nicht mehr gelten. Ihr habt sie gelesen.

SCHATTIGER GARTEN
LEITENBERGER BIER
KAFFEESTATION

Aber ihr glaubt ihnen nicht, denn sie sind Spott. Die Herren haben den Krieg ausgerufen, den niemand gewollt, doch jeder verschuldet hat. Da ist das Bier spärlich geworden und versiegt, auch der Kaffee ist von der Erde verschwunden. Zumindest bis »Zur Goldenen Traube« konnten keine Vorräte mehr gebracht werden, deswegen ist das Wirtshaus traurig geworden und schmutzig. Vielleicht hat man den Wirt weggenommen, und alles war aus.

»Mein lieber Herr, Sie haben lange genug Fässer angezapft und Bier eingeschenkt. Da ist es an der Zeit, alles zu lassen. Wollen Sie nicht sofort sterben, dann kommen Sie lieber mit, um später zu sterben. Hier jedenfalls haben Sie für die nächste Zeit nichts mehr zu tun, der Magistrat und die Bürgerschaft der Stadt Leitenberg werden Ihnen das gern bestätigen.«

Der Wirt war ein behäbiger Mann, der sich allen Befehlen andächtig beugte und darum auch nicht widersprach, soweit es sich um ihn selber handelte. Hingegen glaubte er, daß ihm ein Unrecht geschehe, wenn mit seinem – wie er hoffte – zeitweiligen Abgang zugleich die Gaststube und der Garten gesperrt würden, denn da gab es noch seine Frau und einige Töchter samt einer Magd, die konnten den Betrieb aufrechterhalten.

»Sehn Sie, diese da …«, und er wies mit einer noch in der Trauer sicheren Gebärde auf seine Hausgenossen, »diese da können kochen und schenken, austragen und Zechen einstreichen. Die Konzession erlischt nicht. Das Gewerbe bleibt.«

»Da sind Sie im Irrtum, Herr Wirt, oder haben die Wahrheit nur teilweise begriffen. Gewiß, die Konzession wird Ihnen nicht entzogen, die Paragraphen verbieten Ihrer Ehefrau die Fortführung Ihres Gewerbes nicht. Doch die Zeit verschließt sich Ihrem Wunsch, sie verschließt auch Ihren Garten und die Schankstube.«

»Ist das der Krieg?«

»Sie sagen es richtig. Sie verstehn, was nicht mehr ist, das Bier und der Wein, die Wurst, der Käse.«

»Aber eine Zuteilung bleibt doch! Knapp, aber doch! Wenn's das eine nicht gibt, gibt's doch das andre. Immer abwechselnd. Bestimmt verschwindet nicht alles auf einmal.«

»Richtig, verschwindet nicht, aber wird verwandelt und geht fort. Nur einige wichtige Gaststätten bleiben offen, die müssen ihren Betrieb einschränken. Hier am Stadtrand, wo meist nur Fuhrknechte einkehren oder an schönen Tagen lustige Menschen zur Erholung in Ihre schattige Kaffeestation, da ist der Betrieb bis zum siegreichen Ende des Krieges einzustellen. Die Konzession ruht.«

»Mein Gasthaus ist nicht wichtig? Die Fuhrknechte, die lustigen Menschen!«

»Sind nicht wichtig. Fuhrknechte verschwinden ohnedies für immer. Und lustige Menschen? Wirt, Sie haben verschlafen!«

»Verspotten Sie nicht einen ehrlichen Mann! Wichtig ist mein Gasthaus, wichtig, denn ich und meine Leute da leben nach Abzug der Steuern vom Nutzen.«

»Sie müssen alle nicht mehr leben. Das ist nicht unbedingt wichtig. Denken Sie an unsere neue Hymne!«

»Es geht alles vorüber, es geht alles vorbei?«

»Warum setzen Sie mit so fragender Stimme ein? Die Hymne ist einfach und klar. Sie ist für Reisige gedacht, ja, für die Reise.«

»Aber die Fuhrknechte, auch wenn sie nicht mehr mit Pferdegespannen trotten, sondern sausen, Herr, die reisen doch auch! Sie brauchen ihr Bier, immer noch ein Tröpfchen aus dem schönen blauen ... Ich habe immer volles Maß geschenkt! Zweimal habe ich nachgefüllt! Die Schönheit des Schaumes habe ich der Gerechtigkeit aufgeopfert. Ich habe reines Bier gespendet.«

»Fahrende Gesellen können Wasser trinken, ist so hell und klar. Wir brauchen nüchterne Kerle, wenn wir gewinnen wollen.«

»Und die Sonntagsgäste?«

»Gibt es keine mehr! Die freien Tage werden abgeschafft!«

»Lustige Menschen? Ich kenne welche!«

»Gibt es nicht! Werden abgeschafft!«

»Mein Weib und meine Kinder sollen leiden?«

»Wir leiden alle! Das ist die Not! Sie trägt an allem Schuld!«

»Es wurde doch gesagt …«

»Gesagt wurde viel, aber alles ist anders, als es gesagt wird. Das Wort gilt nicht, zurückgenommen. Wo es noch gelten sollte, wird es aufgehoben, weil es der Wille will.«

»Meine Leute sollen nicht verhungern!«

»Das will niemand, Herr Wirt, zumindest so lange wie möglich. Sind ja auch schon welche verhungert in der Weltgeschichte. Aber so heiß wird gar nicht gekocht. Es gibt eine Unterstützung, wenn sie auch bescheiden ist. Niemandem geschieht was. Übrigens sind die Aussichten gut, Sie brauchen keine Angst zu haben. Außerdem werden Ihre Frau und Ihre älteste Tochter freiwillig arbeiten müssen. Alle werden eingezogen. Es ist befohlen. Es geschieht. Ausnahmen kommen nicht vor, wenn es nicht besondere Umstände fordern.«

»Familie …?«

»Kein Umstand. Überall sind Familien. Bei Ihnen liegen keine Umstände vor. Die Welt ist groß. Ihre Frau hat Kraft. Ihre Tochter ist schon tüchtig. Wir müssen gewinnen.«

»Haus und Hof verlassen?«

»Alle verlassen. Niemand ist dort, wo er überflüssig ist. Sie sind hier überflüssig. Alles wird eingerichtet, weil es so am besten ist.«

»Und die kleinen Kinder?«

»Die Gemeinde wird für sie sorgen. Das ist Ehrensache. Sie können sich verlassen.«

Dann war der Wirt schon fort. Nur ein paar Küsse trug er im Gesicht und ein Schnupftüchel in der Tasche. Weg, über die Berge, mitten im Kampf, ohne Bier und Kaffee. Der letzte Ausstoß, das Faß ist leer. Auch alle anderen sind schon weg. Nur ihre Spuren sind übrig, aber wer das lesen kann, den berührt es nicht mehr, weil er keine solchen Erinnerungen sammelt. Das Wirtshaus lungert allein und wartet verdrossen auf seine Zeit, die nach vielen Verwandlungen wiederkehren soll, wenn es nicht vorher zerlegt wird und seine Ziegel zu rinnendem Flugsand zerstieben.

Dann seid ihr noch hier, die man schon so sehr verwandelt hat, daß ihr vorüberziehen könnt, ohne Schaden zu stiften. Ihr habt kein Verlangen, im schattigen Wirtshausgarten zu sitzen, ihr würdet euch fürchten und wüßtet nicht, wie auf richtigen Sesseln euch niederzulassen. Käme selbst die Wirtin, so würde sie euch nicht bedienen, sondern erschrecken und flehen, daß ihr verschwindet. Diesen Bitten könntet ihr nicht widerstehen, ihr würdet euch an uralte Verbote erinnern. Wer die ins Gedächtnis ruft, läßt selbst die Toten erwachen. Schon seid ihr wie gelbe Küken wieder auf die Bahn gebracht, und der Staub, den ihr aufwirbelt, schadet niemandem mehr, denn ihr seid es nicht, die ihr seid, ihr werdet als Fremde durch Leitenberg geführt. Schon wartet die Brücke auf euch, die über den breiten Strom gespannt ist. Seid ihr erst drüben, dann hat sich ein neuer Wunsch erfüllt, ihr seid wieder verwandelt. Keiner wird euch erkennen.

Die Stadt ist ausgedehnt und reich, von der Brücke aus gewährt sie einen schönen Anblick, den Jahrhunderte liebten und innig sich ins Andenken versenkten. Friedliche Menschen zogen vorbei. Sie waren von langer Wanderschaft müde und selig im Wissen, bald geborgen zu sein. Sie hatten die Augen frei zum Bewundern und lobten das Glück, das ihnen geworden. Auch ihr dürft den Rundblick umfangen, solange ihr euch bewegt. Nur stehenbleiben dürft ihr nicht, damit ihr weder den Fahrplan stört, Mißbrauch der Notbremse wird bestraft, noch die ständige Verwandlung, in der ihr dahinzieht. Rechts und links unter euch erstreckt sich das Band des Stromes, silbrig und tiefblau. Einzelne Boote liegen verankert, manche fahren dahin.

Aber vor euch liegt die Stadt, die sich vom Ufer erhebt und bis in die Ferne ansteigt, wo rührige Berge Leitenberg überkrönen. Dort wohnen in dichtem Grün buschige Wälder, die kann man nur töten, doch nicht verpflanzen. Es sind fremde Wälder, die sich euch vorstellen, aber ihr könnt sie wissen, falls ihr Wälder einmal aus der Nähe saht, an sie herantreten und in ihrem kühlen Duft wandern durftet. Viele Wege verlocken, weiche nachgiebige Pfade, doch laden sie nur die Freien ein, die ihrer nicht bedürfen, weil man sie frei nennt. Solange er den Wäldern erst zustrebt, hält sich der Schritt noch an begangene Spuren, denn die Felder sind zu schonen, weil sie fremdes Eigentum sind und Früchte nähren, die vieler Hände Fleiß zur Speise verwandeln sollen, aber dann empfängt euch der Wald mit schattigem Erbarmen und kühlt den Schweiß der Furcht von euch fort, die Bäume überragen euch, denen kein Menschenschritt schadet. Nun seid ihr nicht mehr an Wege gebunden, die sich ohnedies in seltene Steige verlieren, ziellos und nur dem Heger vertraut. Nun wurde alles zu Wald; das Licht ist gedämpft, der Schatten ist Schutz, auch das Knistern verstummt, es ist still und geheuer.

Doch die Wälder bleiben euch unerreichbar fern, unbetretbares Gebiet hält sie geschieden, nur erratende Blicke sind als scheue Gäste geduldet. So ist es gut, denn es sind unerschlossene Wälder, auch kann man auf unbekannten Wegen sich leicht verirren, ein Netz von vielen Pfaden verführt zwischen den Bäumen hindurch, unbekannt sind die Ziele in der Verheißung. Nur wer dem einsamen Leben nachgeht, das in den Wäldern sich erfüllt, weiß, wohin die Pfade leiten. Sie haben alle Sinn und Richtung, die wollen sich der Einsicht von Fremdlingen nicht erschließen. Darum ist es recht, daß man euch nicht aus der Kette läßt. Ihr bildet das Band, das den Strom überquert, ein schaukelnder Zug, links – rechts, Schritt für Schritt müßt ihr weiter, immer noch ein wenig, folgsam einer Bestimmung, die nicht ihr euch verliehen habt, weil man euch von der Freiheit der eigenen Wahl entblößte.

Eingeschaltet seid ihr in einen übermächtigen Betrieb. Sein Wirken könntet ihr nicht überblicken, auch wenn man seinen Aufbau und Zweck euch nicht verheimlichen würde, denn sogar die Begleiter, denen ihr als Werkzeug überantwortet seid, kennen sich nicht aus und überschauen nicht, was mit euch und was mit ihnen selber geschieht. Alle sind blind, sobald man etwas von ihnen zu erfahren begehrt, was über ihre eigene Aufgabe im Augenblick hinausweist. Bringt sie durch Fragen nicht erst in Verlegenheit! Ihr Erstaunen, ihre traumverloren entsetzten Blicke würden euch schmerzen, nichts als Unheil könnte entstehen. Die euch jetzt am Ende der Brücke durch das gotische Stadttor führen, während in der Ferne die Wälder euren Augen versinken, diese Büttel im Kriegsgewand mit ihren locker umgehängten Gewehren wissen nichts von euch, die ihr einzelne Glieder der wandernden Kette seid, sie wissen von euch allen zusammen fast nichts. Die Soldaten haben nur einen Befehl bekommen.

»Geht zum Schlagbaum von Ruhenthal und holt die dreihundert Gefangenen ab, die euch dort die Wache übergeben wird! Zählt die Kerle genau, für jeden Flüchtling seid ihr haftbar! Bei einem Fluchtversuch ohne Anruf schießen! Eure Gewehre müssen scharf geladen sein! Ihr marschiert durch Leitenberg zur Scharnhorstkaserne, dort Meldung, dann hinauf zum Übungsschießplatz bei Dobrunke!«

Den Befehl hat der Korporal empfangen und einen Gefreiten und zehn Soldaten mitgenommen, die haben euch abgeholt. Jetzt ziehen sie mit euch, junge kräftige Burschen, sie kennen euch nicht und werden euch nicht kennen, denn sie sprechen nicht mit euch, weil man es ihnen verboten hat. Sie sehen euch, aber sie schauen euch nicht an, groß ist ihre Scheu, ihr Ausdruck ist gläsern und leer, kindlich verlegene Trauer duckt sich hinter den Stirnen. Sie gehen sicher und werfen die belederten Füße entschieden zu Boden, ein Schritt und noch ein Schritt, Schritte. Sie gehen nicht in der Reihe, aber ihr Gang ist menschlich wie eurer, nur weniger müde, sie gehen mit Macht, um eure Ohnmacht zu leiten. Nur selten versuchen ihre Blicke und spärliche Worte die Kluft zu überbrücken, die eure Wächter von euch trennt. Sollten sie selbst die strenge Anordnung mißachten, so könnten sie doch von euch fast nichts erfahren, weil ihr zu viele seid, die Zeit würde nicht reichen, auch fehlt es am Vertrauen. Außerdem ist viel zu tun, Weg und Arbeit und wieder Weg. Der Tag ist bald um.

Mittag, wenn die Arbeit eine Stunde ruht, löst man die Wachmannschaft ab. Auch diese Soldaten haben ihre Befehle und werden euch am frühen Abend zurückführen und der Wache am Schlagbaum der Gefangenenstadt nach sorgfältiger Zählung übergeben. Befehle also sind es allein, die euch flüchtig vereinen und schon nach wenigen Stunden wieder entzweien, alles währt kurz. Nur ein eingespieltes Gehaben, vorbereitet durch Winke, setzt euch in Beziehungen, die sich gewiß nicht tiefer ins Bewußtsein graben, und alles, was abrollt, ist in ein unmenschliches Flechtwerk geschlungen, das über uns alle hinweggeht. Doch auch wir gehen hinweg, unsere Beteiligung ist nicht ernsthaft, keiner kann sich ganz dem Unbekannten leihen, das ihn wohl betrifft, aber nicht meint. Nein, niemand ist gemeint; das ist das Schicksal der Reisenden, denen man die Fahrkarte aufgenötigt hat. Schon beeilen sie sich, um den angeordneten Anschluß zu erreichen, mühevoll geben sie sich darein. Den Willen züchtigen sie schweigend, damit das Leid in seiner zerstörerischen Wildheit nicht aufbricht, die das fragwürdige Dasein verneint.

»Was bist du für ein Träumer, wenn du dich versagst und klagst! – Tröste dich!«

»Wie soll ich mich trösten? Alles ist widersprochen. Was mir geschah, mag recht sein, aber zu ertragen ist es nicht.«

»Du trägst. Vielleicht zählst du die Schritte. Vielleicht zählt sie auch dort der Soldat. Er scheint abwesend.«

»Doch warum ist er nicht wirklich abwesend? Er könnte fliehen. Er hat ein Gewehr. Er könnte es viel leichter als ich und du. Er müßte nicht tun, was man ihn geheißen hat. Offene Widersetzlichkeit würde ihm zwar schlecht bekommen, denn er steht unter unerbittlichen Gesetzen, aber ausweichen könnte er! Das könnte er gewiß!«

»Nun gut. Doch wenn er ausweicht, so wäre schon ein anderer an seiner Stelle. Und weicht auch der, dann wieder ein anderer. Das würde bis in die Unendlichkeit fortgehen, und bis dahin gibt es kein Entrinnen.«

»Stimmt das nicht stets? Immer sind andere da. Die

Schuld wird stets übernommen, sie reißt nicht ab. Niemand ist er selbst. Jeder ist nur der Affe des anderen. Will er es nicht sein, so wird er ersetzt. Das geht allerdings bis ins Unendliche fort.«

»Willst du keinen Sinn erkennen?«

»Ob ich will …? Du bist töricht! Der Wille ist da, aber er ist eine unberührbare Zauberblume, stets sichtbar und doch stets ins Unerreichbare gerückt.«

»Ich habe mich schlecht ausgedrückt. Ich meine nicht, ob du den Sinn erkennen *willst*, nein, ich meine, ob du ihn nicht *erkennst*?«

»Warum verführst du mich mit Fragen in ein Letztes, wenn ich stets in einem Ersten bin? Nur das Erste geschieht uns! Es ist ein Erstes, das nicht auch ein Bestes ist. Genug, es ist. In ihm hat sich der Sinn, den es wohl gibt, so aufgelöst, daß ihn nur der Gedanke sammeln kann. Doch in der Not, in der du bist, vermagst du nicht, ihn so zu erleben, daß du seiner ganz teilhaftig wirst.«

»Ist es nicht darum der Sinn?«

»Wenn das stimmt, dann bist du es, der den Sinn ins Unwesentliche stellt. Dann wäre er außerhalb des Betriebes, der uns betrifft, und damit auch schon jenseits unserer Wesentlichkeit.«

»Doch unsere Wesentlichkeit ist nicht dieser Betrieb. Er ist nur der äußere Umstand, den wir erleiden.«

»Es gibt kein äußeres Erleiden, das jeden von uns und auch mich betrifft. Wir sind eine Gemeinschaft des Erleidens, und das ist wesentlich.«

»Es gibt aber Leid, das dich nichts angeht. Fremdes Leid ist nicht dein Leid.«

»Leid ist mein Leid. Wenn etwas unwesentlich ist, weißt du, dann ist es meine Teilnahme, denn hier hängt nichts davon ab, ob ich annehmen oder ablehnen will. Genug, das Leid besteht, ob ich es selbst empfangen habe oder nicht. Immer kann ich es fühlen, immer ist es dicht neben mir, auch wenn ich es im Augenblick nicht empfinde und nicht in seiner ganzen Schwere tragen muß. Dann muß ich es wenigstens sehen, ich muß es hören, fühlen, ich muß es riechen, denn es verbreitet einen stickigen Dunst.«

»Nun, wie ist das mit dem Sinn? Ist es mit ihm nicht ebenso, aber nur noch viel umfassender, in einer viel höheren Meinung?, ich möchte sagen, fast in einem höheren Sinn?«

»Du spielst mit dem Worte Sinn und stellst ihn einmal auf eine unbedingte, dann wieder auf eine bedingte Stufe.«

»Du fängst dich an meinen Worten, du faßt nicht den Sinn!«

»Ich will nicht scherzen und die Wünsche deines Herzens nicht zerpflücken, da du doch auch von meinen Wünschen sprichst. Sinn ist Wunsch.«

»Und Wünsche sind wirklich!«

»Aber als Wünsche! Siehst du den Unterschied jetzt ein? Leiden sind. Sie sind da, und sie sind nicht Wünsche. Niemand wünscht Leid, zumindest nicht eigenes Leid, wenn er nicht so verstört ist, im eigenen Leiden noch Freuden zu finden. Aber viele, wenn nicht alle, wünschen den Sinn. Wünsche sind Absichten, die manchmal erreichbar, oft jedoch unerreichbar sind. Der Sinn in seiner Unbedingtheit gehört zu den unerreichbaren Wünschen.«

»Da er mir vorschwebt, erfüllt er mich auch; so ist er in mir.«

»Das sagst du richtig. Dem habe ich nichts hinzuzufügen.«

So bleibt es verschwiegen, was sich über den Sinn noch sagen ließe, denn die Aufmerksamkeit kann bei ihm nicht ungeteilt verweilen, selbst wenn er so wäre, wie viele ihn glauben und denken. Der Augenblick beruft jeden zuweilen aus den Tiefen ab, in denen er weilt oder zu weilen vermeint. Diese Augenblicke können vorübergehen, aber sie können auch entscheiden, so daß, was ihnen nachfolgt, oft nichts mehr wesentlich für den Leidenden entscheidet. Dann ist gewöhnlich schon alles vorübergegangen, was bis an diese Grenze hin drohend verhängt war und sich nun verwirklicht hat.

Wohl dem, der darauf nicht zu warten braucht, denn das Urteil ist in seiner Bestimmung ihm schon bekannt, sein Vollzug ist nicht mehr als sein Eintritt, aber schon keine Überraschung. Der bestürzende Überfall wird vorhergewußt und ist ein ständiger treuer Begleiter. Die anderen Gefährten sind einem bloß zugeteilt für einige Zeit und verschwinden oft, bevor man sich ihrer versieht. Nur ein kleines, sei es auch jähes Erstaunen schreckt die Trägheit des Gefühls, das sich immer an Gewohnheit festklammern möchte, weil darin ein Schutz gegen das übermächtige Leiden vermutet wird. Freilich, wer sich zu bewahren trachtet, muß sich bei jeder Veränderung doppelt empfinden, denn die Gewohnheit wird als Verscheucherin der Einsamkeit eingerichtet. Doch da die Gewohnheit der Wahrheit nicht hold ist, die Wahrheit aber immer siegt, so können Gewohnheiten nie von sicherem Bestand sein. Man mag darum sie allenfalls verläßlich nennen, doch da ist es auch schon ausgesprochen, daß sie sich entwickeln und selbst für lange Zeiten wirken mögen, endlich aber den Menschen unweigerlich verlassen.

Die Wahrheit ist unbarmherzig, und ihr gehört der Sieg, dem selten geglaubt wird, denn nichts wird so hart verspottet wie der endliche Sieg der Wahrheit, deren Geschichte von zahllosen erduldeten Beleidigungen erzählt, doch nie von einer endgültigen Niederlage. Am furchtbarsten wird die Wahrheit jenem, der sie nicht wagt, was sie ärger rächt als ihre Verspottung und ärger sogar als ihre Verschmähung. Wahrheit duldet nicht Flucht und heftet sich als Verfolgerin an, die durch alle Poren eindringt, bis sie das widerstrebende Herz erobert. Unbarmherzig also ist die Wahrheit jenem, der sein Herz ihr verschließen will und schließlich doch bezwungen wird, aber grausam ist sie nicht und wird nur von der Lüge so genannt, die sich mit dem Furchtsamen verbündet, um die Wahrheit zu bekämpfen und ihren Sieg bis zum Tage des Unterganges hinauszuschieben und zu verhindern. Aber dieser Sieg wird kommen, wenn die Gewohnheit zusammenbricht, sei es auch die letzte Gewohnheit, das Leben selber, das sein Ende wohl wissen, doch niemals glauben kann.

Der Augenblick wird euch streichen, es bleibt nichts zurück als die Wahrheit. Dann ziehen die Bilder vorüber. Doch dies geht zu weit; die Wahrheit in ihrem Ende zu zeigen, ist keine Aufgabe mehr, die noch dem Leben zufällt, weil ihr Vollzug auch das Leben schon aufgelöst hat.

Was dann noch käme oder bliebe, wäre also die Wahrheit allein?

So ist es wohl, doch davor lasset uns einhalten, damit wir eigentlich sein können und verharrend der Wahrheit dienen. So können wir zwar nicht uns selber entkommen, aber wir bringen uns nicht mehr auf die Flucht vor uns selbst, sondern nehmen uns mit und sagen überall, daß wir es selber sind, die wir ruhen auf unserer Reise und reisen in unserer Ruhe. Solange wir bei uns sind, geht alles vorüber, was wir nicht selbst sind, und ebenso ist alles auf der Wanderschaft begriffen, es geht alles vorbei, was wir nicht selber sind, an denen nur alles Fremde vorbeizieht.

Doch angstvoll werben wir um das Fremde und erwerben Fremdes, um erst Besitzer zu sein, denn es fällt schwer, an sich zu glauben, wenn man sich nicht als Herr von einigem Eigentum weiß, da man meint, allein in dem bestehen zu können, was man hat, doch nicht in dem, was man nur ist. Dies rührt daher, weil man so wenig ist, weswegen man sich nur schwierig dessen bewußt wird, daß man überhaupt sei, wenn man nicht auch einiges hat. Alle Macht, aller Ruhm und alle Größe, die sich an einen Namen anreihen, werden darum gern im Zeichen der Herrschaft oder zumindest des Reichtums wahrgenommen. Von Reichtum und Herrschaft spricht die Geschichte der Menschheit, auch ihre Märchen und Sagen künden davon. Das Antlitz der Erde, soweit ihm der Mensch neue Züge verliehen und es verändert hat, ist nichts als ein Narbenfeld, das dieser Wahn bebaut und zurückgelassen hat.

Leitenberg ist eine Wunde, ein oberflächliches Geschwür, das seinen Ursprung und Fortbestand der Habsucht der

Menschen verdankt. Jeglicher sagte: »Dies gehört mir! Haus, Hof, Hund! Dies nenne ich mein! Haben! Haben! Dem verleihe ich meinen Willen und gebe ihm einen Namen, wie ich es für richtig halte. Ich habe es beschlossen. Haus, Hof, Hund! Eigentum muß sein!« Und so ist Leitenberg entstanden und gewachsen. Kampf um erschlichene Rechte hat diese und jede Stadt erschaffen in grauenvoller Verbissenheit und ohne Mitleid mit allen Gewalten, deren Ansturm ein Schnippchen geschlagen werden sollte, die aber nichts davon wissen, die nichts wissen wollen und diesen menschlichen Absichten unaufhörlich entgegenwirken. Wahrhaftig, sie wirken, und so wogt ein verzehrender Kampf, ein nicht erklärter und um so entsetzlicherer Krieg.

Im Namen des Rechtes wurde das Unrecht errichtet; es trotzt dem Fluche, der die sichtbaren Zeichen der Habsucht zerstören will. Doch die Denkmäler haben an Macht längst die menschliche Macht übertroffen, und so bleiben sie, während der Mensch dahingeht, der weggenommen wird, den man enteignet und in die Verbannung führt, solang er noch fortbestehen darf bis zum Tage seiner endlichen Auflösung, wenn er nichts anderes ist als ein totes Tier, nur für einige Stunden noch ein erschreckliches Bild dessen, was er gewesen, als er noch nicht der vollendeten Wahrheit gegeben war.

Nachkommen haben sich seltsame Gedanken über die Toten gebildet, die sie die Abgeschiedenen nannten, und wollten auch sie noch besitzen oder als Besitzer erscheinen lassen, mochten sie auch Kehricht und Unrat sein, den man sicherer flieht. Darum wurden Gärten angelegt, geweiht und umfriedet, in die man, eingesperrt in Kisten, die ehemaligen Eigentümer unter Beobachtung sonderbarer Bräuche und Sitten hinausfährt. In den Gärten werden sparsame Gruben ausgehoben, um die sich die Lebenden mit traurigen oder doch beklommenen Gefühlen versammeln, dann verstecken sie unter Tränen die Kisten in den Gruben, schmeißen gemordete Blumen nach und schaufeln Erde darüber, bis sich die Gruben schließen. Doch der Stolz begnügt sich nicht mit diesem Spiel und errichtet über jeder Grube noch einen Hügel, den man bepflanzt und schmückt, damit der Glaube befriedigt sei, der ehemalige Eigentümer weile unvergessen in der Erinnerung neuer Eigentümer.

Großzügig werden die Hügel in diesem Garten beschenkt, und dann erhalten sie Namen. Das ist eine bedeutende Sache, Arbeiter schleppen kostbare Felsblöcke heran, das verursacht beträchtliche Mühe, und außerdem ist es auch teuer. Mit Ketten richtet man die Blöcke auf und läßt sie für jene stehen, die unter ihnen liegen und sich nicht dagegen wehren können, daß die Steinblöcke sich gerade über ihrem Schädel recken. Aber selbst dieser rohe Brauch scheint tröstlich, denn die Ausgelöschten haben jetzt wieder ein sicheres Eigentum, das man ihnen, wenigstens in der Vorstellung der Überlebenden, nie rauben wird. Die Toten sind zum Schweigen verurteilt, aber die Steine müssen sich erbarmen und für sie, mit allerlei Zierat umrahmt, das Wunder des Namens verkünden.

Wer einen Namen hat, freut sich des Daseins und ist aus der Gemeinschaft jener Welt nicht genommen, in der sich jegliches Geschöpf eines Namens erfreut. »Jauchzet alle Lande, denn wir haben einen Namen!« Heilige Chöre erklingen unter dem Stöhnen der Glocken, die sich hin und her wälzen und nicht zerschellen dürfen. So wird das Dasein fragwürdig, weil es nicht mehr zwingend das Leben bezeichnet. Nicht ausgelöscht wird der Tote, sondern jubelnd verkündet. Sein Nachruhm überdauert seine Nichtswürdigkeit, sein Elend und alle Trauer. Nun bezeichnet das Dasein sich nur selber und ragt in die Höhe.

Das Dasein ist ein Rest, eine fast unübersehbare Ansammlung von Überbleibseln; der Lebende, der nicht an einem solchen Orte wohnen darf, empfindet sich dort als hoffnungsloser Fremdling. Er ist einer, den man vorbeiführt und hindurchführt. Er sieht noch, er ist kein Toter, wenn er auch nichts anderes mehr äußert als sein Betrachten, und so ist er zu einem Geist geworden, den man gefangen und in eine Gestalt gekleidet hat. Der Tote aus Stein ist lange nicht so abwesend und bedarf keiner Hülle, da er sie hat, da er sie ist. Den Wandelgeist hat man hinzugetan zu vielen Geistern seinesgleichen, die alle in ähnlichen Gestalten erscheinen, Eigentum auch sie, doch nicht sich mehr gegeben, auch nicht höheren Mächten gelassen oder überantwortet, sondern in der Gewalt der irdischen Eigentümer, die sich der Herrschaft über das Dasein versichert haben und keinen Unterschied machen, ob die von ihnen ergriffene Habe aus Dingen, aus all den Resten und Überbleibseln besteht oder ob es Lebende sind, die selbst besitzen möchten und an den Gütern ihren Anteil begehren, dies aber nicht mehr dürfen, weil sie nach den Gesetzen der Herrschenden nicht mehr sind, was sie doch eigentlich sind, weswegen sie im Plane der Besitzenden Dinge wurden und, da sie auch wieder keine Dinge sind und nicht sein können, gleichzeitig jedoch nicht mehr Eigentümer sein dürfen, als Menschen weder gezählt noch erkannt werden, so daß sie die mit Gestalten bekleideten Geister sind, an denen sich der Unglaube an solche Wesen rächt, indem man ihnen zur Strafe für ihre sichtbare Erscheinung all das zufügt, was man selber erleiden könnte und doch zu dulden nie gewillt ist.

Die Kette der durch Leitenberg getriebenen Schar besteht aus Gespenstern, denn nur jene Einwohner der Stadt vermögen sie zu erschauen, deren Augen geübt sind, auch Wesen zu erkennen, die gemeinhin dem Auge des Menschen nie wesenhaft werden. Da laufen die Einwohner herum, meist sind es Frauen und Kinder, die treiben sich geschäftig herum und springen, wie es der Unwissenden Art ist. Ihre Blicke sind entweder verschlossen, weil sie aus Antlitzen Träumender stammen, oder die Blicke schweifen, sie durchdringen das, was nicht ganz wesenhaft ist, zwar nicht unbehindert, aber sie übersehen die Erscheinung des ihnen Unvertrauten, und stoßen sie nicht auf Gegenstände, die ihr Bild den Augen aus Gewohnheit zuwerfen, so fallen die Blicke ins Unendliche. Wahrhaft sehende Blicke sind selten geworden, weil sie ohne Gedanken nicht bestehen und darum flüchtig sind, eine Bilder-Folge, die sich nicht richtig ordnen läßt, obwohl sie die sonst Hilflosen mit unverdienter Sicherheit ausstattet, vermutlich nur aus Erbarmen, um in dem Durcheinander zerfallener oder nie erreichter Ordnung eine weder dem Willen der Beherrschten noch der Macht der Gewalthaber unterworfene Gesetzmäßigkeit aufrechtzuerhalten, an der jeder in Leitenberg teilnimmt, ebenso jeder außerhalb der Stadt, wo immer es sei, wie weit die Welt auch reicht.

Es ist nichts so besonders, als daß es sei oder nicht sei. Ihr seht es nur verschieden an, oder ihr seht es auch gar nicht an. Jedenfalls geht es vorüber, und ihr werdet vorübergeleitet. Oder ihr selbst seid ohne Bewegung in steinerner Erstarrung, und alles wird an euch vorübergeleitet. Doch ganz ohne Erlebnis seid ihr nicht, keiner von euch ist so verschlossen, daß nicht eines in ihn und eines aus ihm dringe. Keiner von euch ist befreit von diesem Schicksal. Freilich, halten könnt ihr es nicht, weswegen es auch Schicksal heißt, das Reisende in der Erscheinung, das überall durch Wirkungen auftritt. Wenn sich die Forschung um sie bemüht, sind sie auch schon wieder vorübergegangen. Und so geht alles vorüber. Eben wird es gerade gehalten, aber da ist es schon ungehalten, und dann ist nichts mehr bekannt.

Im Durchgang wird dieses und jenes aufgegriffen, es wird gehoben und in die Höhe gefördert, dann ist es Sinnbild in einer Versammlung seinesgleichen, Beziehungen bahnen sich an, das Unvermutete wird seiner inne und bestätigt sich darin, daß es auch anderes gibt. Maße finden sich von selbst, sobald die Fähigkeiten sich an Bildnissen entzünden und zu fortschreitender Handlung durch die Flamme der Bewegung gereizt werden. Wohl können Welten untergehen, was die Denkenden erfahren – das Denken ist nichts als Erinnerung, darum heißt Denken auch Gedenken, und so ist sein Inhalt immer schon überholt, nur sein Wunsch wird zur Gegenwart, im dichten Gewebe treibt es sich fort in die zum Unendlichen drängende Anschauung der Möglichkeit, die sich als Zukunft darstellt –, aber im Grunde ist nichts davon zu verspüren, denn das Gedachte ist bereits vergangen, das bestehende Reich ist immer schon vorbei, es ist die erschütternde Vergangenheit, es ist das Reich der vielen Reste, der in die Wirklichkeit geflossenen und dort zur Welt erstarrten Wünsche, die nun geworden sind, doch im Werden ihr Wesen und auch ihre Wahrheit eingebüßt haben.

Nur weil sich das Denken der Überbleibsel erbarmt, gibt es einen Bestand, auf den sich alles gründet, was verläßlich scheint. Leicht sagt mancher dann und mit einiger Hoffnung, daß es wirklich so sei. Dann hat man auch einen genügenden Anlaß und Vorwand, alles hinzunehmen und vor sich aufzustellen, es selbst zu erbauen; es hängt von der Kraft des Tätigen ab, wie lange das vorhält. Meist hält es lange, dafür sorgt die Angst, die im verlängerten Trachten besteht. Trachten ist Sorge, die behüten will und in nicht zu beschwichtigender Mühe sich ihrer Aufgabe leiht, wodurch in allem Wandel die Beständigkeit der wirkenden Verhältnisse erzielt wird.

Das Unheimliche wird versenkt oder achtlos in den Abfall geworfen, den die städtische Müllabfuhr einmal wöchentlich abholt und in der Nähe von der Leitenberger Scharnhorstkaserne auf den Abraum schüttet. Dort sei die Verzweiflung vergessen und aus der Gemeinschaft ausgewiesen, denn auf das Unnütze wird mit so viel leidenschaftlichem Abscheu verzichtet, daß sich die Bürgerschaft vereinigt hat, es aus dem unmittelbaren Anblick zu verdammen und gegen Bezahlung der für diesen genau so wichtigen wie verachteten Dienst sich aufopfernden Männer wegfahren zu lassen, nur weg, nur weg soll es sein, nicht mehr gesehen und nicht mehr gedacht. Bloß die Ratten lieben den Auswurf und jene Seltenen noch, die sich vor Ratten nicht scheuen. Dort also bei der Kaserne liegt der Abfall und modert, von den meisten unbeachtet, verachtet von denen, die seiner aus Not oder Unachtsamkeit ansichtig werden. Selbst die Pflanzen sind widerwärtig, die dort fett und geil mit wuchernden Blättern und winzigen Blüten gedeihen, doch schamlos sich darum nicht kümmern, aus welchem Unrat sie ihre Nahrung saugen.

Heutzutage ist es in Leitenberg viel stiller geworden als voreinst, als man die Abfuhr des Auswurfs noch gesegnet und mit klingender Feierlichkeit besorgt hat. Da zog ein Mann mit einer Handglocke von Haus zu Haus, trat in den Flur und schellte laut, daß es in allen Stockwerken fröhlich widerhallte. Das war die Botschaft: »Hört, ihr Leutchen, und freut euch nicht wenig, denn hinter mir kommen die Aschenmänner, um euch von allem Unrat zu befreien!« Viele erwarteten den Herold schon ungeduldig, doch wer es vergessen hatte, wurde durch den lärmenden Ausrufer zu seinem Heil ermahnt. Dann liefen aus allen Wohnungen Frauen und Mägde mit Eimern und Kisten und versammelten sich vor dem Haustor. Ein munteres Schwatzen begann, während alle Ausschau hielten, ob sich der erwartete Wagen nicht bereits nähere. Und wirklich, es dauerte nur ein Weilchen, da fuhr er auch schon langsam und schwerfällig über die Katzenköpfe wackelnd, doch stattlich heran. Zwei kräftige Gäule waren vorgespannt, denen der Kutscher kein Halt! zurufen mußte, weil sie ihre Pflicht so gut erfüllten, daß sie genau vor jedem Haustor stehenblieben. Nur das Zeichen zur Fortfahrt wurde mit einem lustigen Schnalzen gegeben.

Bald erreichte der Wagen das eigene Haustor, alle liefen mit ihren vollen Gefäßen herbei, die mit offenen Armen von zwei Männern angenommen wurden. Mit geübten Händen leerten sie schwungvoll alle Behälter und klopften noch zweimal tüchtig mit polternder Faust auf den Boden, damit gewiß nichts zurückblieb. Dann überreichten die Männer gefällig Kisten und Eimer, die erwartungsvoll von ausgestreckten Händen empfangen wurden. Staubwolken wirbelten vom Wagen auf, Asche und bröslige Schutt, manchmal tanzte auch ein Stückchen buntes Papier, schelmisch vom Winde gewirbelt. Wer sich nahe an das Gefährt heranwagte, konnte den dösigen Gestank von verdorbenen

Speiseresten und verfaulten Krautblättern einatmen, aber nie war es ein ungemischter Geruch, denn auch Brandiges und Scharfes war angestreut. Dann zogen die Pferde wieder an, und heiter kehrten Frauen und Mägde mit ihren Gefäßen zurück ins Haus. Die Türen der Wohnungen wurden zugeschlagen, Eimer und Kisten wurden hart an ihre Stelle getragen und aus den Händen gelassen, bereit zur Aufnahme des Unrats von kommenden Tagen.

So feierlich geht das jetzt nicht mehr zu, denn die Befreiung vom Abfall wird heute entweder nicht mehr empfunden oder gar nicht erwartet und vielleicht nicht einmal geglaubt. Im Hofe stehen einige hohe verschließbare Zinkbehälter, in die man zu jeder Stunde ausleeren kann, was man nicht mehr zu haben begehrt, und einmal wöchentlich, ohne vorbereitende Nachricht, fährt scharf ein mächtiger Lastwagen vor, zwei sachlich bekleidete Männer erscheinen mit flossengleichen Gummihandschuhen, treten selbstsicher und unbeteiligt nüchtern in den Hof, schleppen einen Behälter nach dem anderen fort, leeren ihn, kalt und gleichgültig, durch eine praktische Vorrichtung, daß es nicht staubt, sagen kein Wort dabei und rollen die leeren Behälter wieder zurück in den Hof, als ob das alles nichts bedeuten würde. Wenn der Wagen vollgeladen ist, fährt er so geschwind wie möglich hinter die Scharnhorstkaserne und wird durch eine einfache Kippvorrichtung in einem Sturz entleert. Seufzend und röchelnd sinkt der Schutt auf das Feld, dann saust der Wagen zurück in die Stadt, um weitere Straßen aufzusuchen und deren Opfer in seinen Riesenbauch zu schlürfen.

Ganz anders ist das drüben in Ruhenthal, in der Stadt der sichtbaren Geister, denn auch dort gibt es Abfall die Menge. Aber da alles verfallen ist, kann man ihn schwer vom übrigen Schutt unterscheiden. Darum wird er erst bemerkt, wenn er schon alle Winkel verstopft und auf den Höfen überquillt. Dann wird er endlich von müden Gesellen geholt und unter Klageweisen in offene Fässer geschmissen, die auf ausgedienten Leichenwagen ruhen. Diese Wagen werden nicht von Motoren getrieben und nicht von Tieren gezogen, sondern langsam von Geistern fortgeschoben, die in schlotternden Gewändern streichen. Es geht dabei nicht laut und auch nicht leise zu, nur ein ständiges Summen, ein Zwitschern und ein verhaltenes Heulen erschallt. Die Wagen poltern ungeschlacht, ihre Federung – nicht für so schwere Lasten bemessen, sondern für die behutsame Fahrt einer Leiche bestimmt – ist längst verbraucht, das Straßenpflaster ist brüchig und spitz oder aus dicken, fettig glänzenden Steinen gestückelt, die so höckerig sind, daß die hochrädrigen Trauergefährte mit hüpfenden Stößen über den Boden holpern.

Hier ist Leopold beschäftigt, der alte Arzt, und sieht ganz zufrieden aus. Er braucht sich nicht sehr anzustrengen, denn der Leichenwagen wird von einem Dutzend Männer und Frauen befördert, die zwar alle nicht jung, doch noch ziemlich bei Kräften sind und ihre Arbeit behäbig, aber ordentlich verrichten. Leopold muß auch den Mist nicht aufladen, dazu hat man der Gruppe zwei stattliche junge Frauen mitgegeben. Leopold wird als Ältester besonders geschont und merkt es nicht einmal. Er glaubt, die Sache ist so leicht, gewiß viel leichter als die Behandlung ungeduldiger Kranker, man kommt ein bißchen in der Gegend herum, sieht dieses, hört jenes und freut sich der Extrascheibe Brot, die es für dies Tagewerk zur Belohnung gibt. Manchmal belehrt er seine Gefährten und erzählt ihnen von Krankheiten, die vorkommen können, von ihrer Behandlung oder noch besser von ihrer Verhütung; häufiger jedoch versinkt er in sich selbst, steht und läuft neben dem Wagen, der manchmal anhält, während Leopold weiterläuft, weil er alles vergißt, was rund um ihn vorgeht. Da ruft jemand: »Aber Herr Doktor!« Da bemerkt es Leopold erst und brummt, warum man ihn nicht früher gewarnt hat, na, es ist ja schon gut, und gutmütig stapft er zurück mit dankbarem Lächeln.

Leopold hat Zeit zum Überlegen. Er ist hier, weil es sein muß. Das ist der Krieg. Es ist so wie beim Regiment, und er ist Stabsarzt. Er ist nicht wirklich da, weil er sich hier nur vorübergehend aufhält. Es ist eine verlängerte Sommerfrische, nur sollte die Pension besser sein. Butter fehlt, und schlecht ist der Kaffee. Die Bedienung ist nachlässig und unpünktlich. Man müßte es organisieren, aber Leopold wird nicht gebraucht. Er ist zu alt, obwohl das gar nicht stimmt. Es ist eine Ungerechtigkeit. Karoline will das nicht einsehen. Die Frauen verstehen nichts. Einmal ist Leopold hier angekommen, weil man es befohlen hat, aber der Tag nähert sich, an dem dieser Befehl ungültig wird, der Krieg wird aus sein, man wird Milchschokolade verteilen und Kräftigungsmittel, Leopold wird Rezepte für die besten Präparate schreiben, dann kehrt er nach Stupart zurück, von wo man ihn weggenommen hat wie einen abgeurteilten Verbrecher, den man auf die Teufelsinsel deportiert. Leopold wird keine Stunde länger in Ruhenthal bleiben, als er muß. Der Koffer ist schnell gepackt, Zerline wird helfen, die kann das am besten.

Frau Lischka wird staunen und gucken, wie Dr. Lustig mit seiner Familie Einzug hält, doch das Haserle wird sich freuen, wird springen und kriegt eine große Wurst. Höflich wird die Hausbesorgerin gelaufen kommen und das Tor weit öffnen. Zuerst wird sie baff sein, aber dann wird sie sich erinnern, was ihre Pflicht ist, und den Herrn Doktor ermahnen, daß er die Schuhe abputzen muß, weil soviel Kot an ihnen klebt. Ja, das stimmt, in Ruhenthal ist alles schmutzig geworden, die Schuhe sind verdorben, so daß man sie nicht mehr tragen kann. Doch das wird sich alles bald ändern, Frau Lischka, jetzt werden wir neue Schuhe kaufen. Was heute leider noch wahr ist, wird dann nichts gewesen sein als ein Augenblick, eine Kriegserinnerung. Schwamm drüber und nicht weiter fragen, damit man es vergessen kann! Schon ist alles Böse fort, und nur die gute Vergangenheit ist geblieben. Ein Arzt ist immer willkommen. Viele werden froh sein in Stupart, wenn es wieder einen gibt wie Leopold, der viel gelernt und viel Erfahrung hat, der sich immer größte Mühe gibt. Den Kranken beistehen, Leopold freut sich mit Ungeduld darauf. Er hat viele gerettet, und mit gutem Gewissen darf man keinen aufgeben, bevor er tot ist. Ernst sind viele Fälle, aber niemals ist einer aussichtslos. Die Heilkunst muß man üben und nie verzweifeln, wenn der Patient noch atmet. Zwar geschehen keine Wunder, aber die Natur hat unbegrenzte Hilfsquellen, man muß sie finden und wecken. Dann kann man etwas leisten.

Die Kranken rufen Leopold, die Mütter kommen voller Sorgen und sagen bedrückt: »Mein Kind hat Fieber, Herr Doktor. Bitte, kommen Sie bald!« Und er sagt: »Gut einpacken im Bett! Ich komm schon! Bald werde ich dort sein. Muß noch gerade die Ordination machen. Oder ist es sehr dringend?« – »Nein, sehr dringend ist es hoffentlich nicht, aber bitte bald, lieber Herr Doktor, bitte bald!« – »Bald wird es sein!« Sobald alle aus dem Wartezimmer an die Reihe gekommen sind, um ihre Leiden zu klagen und sich untersuchen und behandeln zu lassen, wäscht Leopold sich noch einmal die Hände, denn Sauberkeit ist nicht nur die halbe Gesundheit, sondern schon der halbe Arzt. Der Waschtisch ist alt und seine Bauart überholt, doch hat er noch immer gute Dienste geleistet. Das Becken wird von zwei Gelenken gehalten und kann durch einen bequemen Handgriff gekippt werden, doch Vorsicht ist geboten, denn schnell wird hinter der Holzverschalung der Eimer für das Schmutzwasser voll, und dann gibt es eine Überschwemmung. Da muß Dr. Lustig schimpfen, daß man sich nicht genug um die Organisation kümmert, aber nun beginnt auch Karoline sich zu ärgern, warum Leopold nicht besser auf das Wasser aufpaßt, er soll nachschauen und läuten, damit Emmi kommt und den Eimer hinausträgt, bevor er überschwappt. Leopold hat nichts als Verdruß, so oft schon hat er verlangt, daß man von Zeit zu Zeit, möglichst jede Stunde in die Ordination kommen und nachschauen soll, er muß sich den Patienten widmen und hat anderes im Kopf, da darf man ihn nicht mit solchen Kleinigkeiten noch belasten. Genauso ärgert sich der Doktor, wenn Emmi vergißt, den Behälter oberhalb des Beckens pünktlich nachzufüllen, denn, abgesehen vom Verdruß, wird die Ordination aufgehalten, wenn Leopold den Hahn aufdreht und nur einige Tropfen rinnen und dann gar nichts. Ist aber das Wasser ordentlich eingefüllt, so daß Leopold sich waschen kann, dann trocknet er schnell die Hände, steckt alles Nötige in seine Instrumententasche und huscht ins Vorzimmer, wo er sich, sei es Sommer oder Winter, denselben leichten grauen Mantel umhängt und den riesigen schwarzen Schlapphut aufsetzt.

Sobald Karoline die tappenden Geräusche im Vorzimmer hört, kommt sie aus einem Zimmer oder aus der Küche heraus. »Wann dürfen wir dich erwarten, Leopold? Du weißt, wegen des Mittagessens.«

»Karoline, das hab ich dir schon so oft gesagt: ein Arzt weiß nie, wann er kommt. Die Patienten brauchen mich. Zwischen eins und drei. So pünktlich wie möglich. Du kannst das Essen warm halten. Leb wohl!«

Würdig verläßt der Doktor die Wohnung, um zu seinen vielen Patienten zu eilen, die alle schon auf den guten Arzt warten. Er untersucht gründlich und nimmt alle Leiden ernst, gibt die richtigen Verhaltungsmaßnahmen an und schreibt Medizinen auf, damit alles wieder gut wird, so schnell es nur geht. Leopold kämpft mit den Krankheiten, Arzt zu sein ist für ihn ein heiliger Beruf, den er erwählt hat, weil er den Menschen helfen will; da darf er nichts leichtfertig nehmen, zumal die Gefahren einer Krankheit nie zu unterschätzen sind. Darum ist es notwendig, daß die Patienten folgen und sich genau nach dem richten, was der Doktor angeordnet hat. Widerspruch duldet er nicht, nichts als Unvernunft, aber wer würde ihn wagen? Ein Blick, und die Patienten schweigen schon oder neigen zum Einverständnis den Kopf. Wollen die Leute aber nicht folgen, so schimpft Leopold und droht mit allen Komplikationen und den Gefahren, die für das Leben entstehen. Will man selbst dann nicht hören, dann sagt er trocken, so geht das nicht, der Patient soll sich gefälligst einen anderen Arzt bestellen, oder, bitte schön, er muß ins Krankenhaus. Aber so weit ist es fast noch nie gekommen, weil niemand den guten Dr. Lustig verlieren will.

Dann nimmt das Leiden gewöhnlich einen günstigen Verlauf, und die Genesenden oder Geheilten kommen in die Ordination, bedanken sich bei Leopold und loben seine Behandlung. Endlich fragen sie nach ihrer Schuldigkeit, doch da ist der Doktor großzügig, so daß die meisten Patienten aufatmen, sich nach wiederholtem Dank beglückt empfehlen und so schnell die Türe hinter sich schließen, wie es die Höflichkeit gestattet. Leopold verdient nur wenig, davon kann man nichts ersparen. Im Hause Lustig geht es knapp zu, weil das Leben viel teurer ist, als der Doktor denkt. Den Wert des Geldes kennt er nicht und fragt nie, wovon der Haushalt bestritten wird, für den Karoline und die Kinder aufkommen müssen. Karoline macht deswegen alle paar Monate einmal Leopold Vorhaltungen, aber er versteht nicht recht, was man von ihm will, er arbeitet den ganzen Tag und plagt sich, das Geld kann er nicht stehlen wie ein Strolch.

»Ich kann für meine Pflichterfüllung nicht so viel verlangen wie ein Damenschneider für Luxuskleider. Nein, das kann ich nicht, Karoline. Da mußt du schon verzeihen. Die Leute brauchen auch ihr Geld und werden nicht zu ihrem Vergnügen krank. Man muß ihnen helfen. Genug, daß sie die teuren Medizinen bezahlen müssen. Die Krankheit ist ein Unglück, an dem will ich nicht reich werden. Ich scheue unrecht Gut und bleibe lieber arm, doch ehrlich.«

»Und die Armut des Arztes und seiner Familie ist auch ein Unglück ...«

»Du redest zu viel. Haben wir nicht immer Brot und Butter gehabt? Ist es uns bis jetzt vielleicht nicht gutgegangen?«

»Von deinen Einkünften, mein lieber Leopold, ist das nicht gewesen!«

»Wovon denn? Ich habe dir alles, fast alles gegeben!«

»Du hast gegeben, Leopold, aber es ist immer zu wenig gewesen. Hörst du? Zu wenig!«

Leopold redet noch weiter, doch Karoline achtet nicht mehr darauf, verläßt den Raum und denkt sich, daß der Mann sie sicher nie verstehen würde, weil er in den Wolken lebt; für ihn gibt es nicht die Wirklichkeit. Er kennt nur seine Pflicht, doch keine Menschen, nicht seine Frau, nicht seine Kinder, und was in seinem Hause vorgeht, hat er in mehr als dreißig Ehejahren nie gewußt. Nein, er kennt nichts als seine Medizin und seine Patienten, für die er lebt und alles opfert. Er ist nie anspruchsvoll gewesen, nur seine Bequemlichkeit verlangt er, gutes Essen, alle Kleider sauber und gebügelt, und Rücksicht auf den Beruf; wie leicht sind diese Wünsche zu erfüllen, das kann soviel nicht kosten. Ja, aber die Familie hat auch ihre bescheidenen Wünsche und will ordentlich leben, das alles kostet Geld, mein lieber Leopold. Woher soll man es nehmen, wenn sich der Familienvater nicht kümmert? Die Einkünfte der Kinder reichen dafür nicht aus. Wie soll es Karoline schaffen, wenn sie auch manchmal dazuverdient, weil sie geschickt ist? Keine Frau muß dazuverdienen, denkt sich Leopold. Wo kämen aber alle guten Sachen her, wenn nicht Ida ihre Schwester unterstützen würde? Man nimmt von anderen kein Geld an, auch nicht von der Schwester, die selber eine kranke Witwe ist. Die Familie ist darauf nicht angewiesen. Viele Patienten sind so dankbar und begnügen sich nicht mit der Bezahlung des Honorars, sondern schicken zum Jahresende Wein und wertvolle Geschenke. Das ist doch alles teuer! Karoline kennt als Hausfrau alle Preise und soll das einmal ausrechnen. Aber daran denkt sie nicht.

Jetzt ist Leopold kein Arzt mehr. Die Welt, in die er mit seinem Fleiß und seiner Tüchtigkeit gestellt war, ist langsam erst erkrankt und dann gestorben. Es handelte sich um ein Leiden, das der Doktor zunächst kaum bemerkt und später nie vollkommen verstanden hat. Vor allem sah er nicht, daß man diesem Übel mit kräftigen Medizinen hätte zu Leibe rücken müssen, denn darüber stand nichts in seinen dicken Büchern, nichts in seinen Fachzeitschriften; so war es ein anderes Gebrechen, gegen das keine Liegekuren, keine Diät, keine Bestrahlungen und auch nicht die heilsamen, jetzt schon fast vergessenen und doch so wohltätigen Senfpflaster halfen, nein, das war kein Fall für jene Gebiete der Medizin, in denen Leopold sich auskannte, die große allgemeine Praxis, die inneren Krankheiten, die man fein beklopfen und aushorchen muß, oder die Kinderkrankheiten, bei denen Leopolds Blick sich nicht täuschte; das war ein wurzelloses Leiden, wie es sich weder dem Auge noch dem Ohr verriet, aber dieses Leiden war da, übermächtig und verzehrend, das gehörte zur Psychiatrie, von der Leopold nie etwas gehalten hatte. Nichts konnte man bei Geisteskrankheiten machen, nur die Umgebung schützen, indem man den Patienten isolierte und mit Beruhigungsmitteln kalmierte, wenn er sich selbst und seinen Wärtern zur Last fiel.

Das Übel war schleichend gekommen, ohne Anzeichen voranzuschicken, die der medizinischen Welt bekannt geworden wären, aber plötzlich waren alle krank, es war die erste epidemische Geisteskrankheit, doch niemand hat es sofort bemerkt, niemand gespürt, die Patienten nicht und nicht die Ärzte. Niemandem sagte man seine Krankheit nach, weil sich durch die Seuche alles verrückt hatte, doch als man sie endlich bemerkte, war es zu spät. Darum haben auch die Befallenen weder Dr. Lustigs Ordination aufgesucht noch ihn zu sich bestellt. Er hätte den Leuten ins Gewissen geredet, er hätte, er hätte ... Aber auch die Psychiater, diese Scharlatane, haben versagt, weil sie nichts von Medizin verstehen und nur aus Mitleid, aus unverständlicher Toleranz zu den Ärzten gezählt werden. »Wenn man überhaupt nichts machen kann, so fängt man beim Psychiater an!« Leopold hat das oft gesagt. Ja, hätten sie etwas getaugt, dann hätten sie warnen und die Fälle rechtzeitig mit eingehenden Krankengeschichten publizieren müssen, aber alle Pflichten wurden verabsäumt, die Verbreitung der Epidemie wurde nicht verhütet, Meldungen an die Behörden wurden unterlassen, in den Ärztevereinen wurde nicht gewarnt, selbst die Professoren an den hohen Fakultäten haben geschwiegen. Niemand wußte Bescheid, sogar die sanitären Ämter, das Gesundheitsministerium voran, haben nicht das geringste getan, um dem drohenden Unheil entgegenzuwirken.

Als die unbekannte Seuche die Länder verheerte, war es zu spät. Nun bemerkte man sie, doch noch immer hat man sie nicht begriffen, auch Leopold nicht, denn man hat ihm keine Untersuchungen und Behandlungen erlaubt, durch die er sich über die Art und den Verlauf der Krankheit hätte unterrichten können. »Total verrückt!« Aber das ist keine klinische Diagnose, sondern Laiengeschwätz, das die Würde der ernsten Medizin in Frage stellt, und traurig läßt die Hand das Stethoskop sinken, es sind keine Töne zu hören, nur schwirrende Geräusche, vielleicht haben die Patienten keine Lunge und kein Herz. Was Leopold in der Medizin getan hatte, war jetzt so, als hätte er nie etwas geleistet. Darum nahm es Leopold gelassen hin als Strafe, als man ihm das Recht zur Praxis entzog. Traurig hat er den Bescheid der Ärztekammer durchgelesen, aber seine Fassung hat der Doktor bewahrt.

Sehr geehrter Herr Kollege!

Unter Bezugnahme auf die Verordnung des Herrn Reichsministers für Volksgesundheit vom 23. März laufenden Jahres über die zu treffenden Schutzmaßnahmen zwecks Einordnung des gesamten Heilbetriebes in den von den gültigen Gesetzen vorgesehenen Rahmen, § 2, Absatz 1, teilen wir Ihnen mit, daß Ihnen das Recht zur Ausübung der medizinischen Praxis gegen Entgelt wie auch unentgeltlich, mit Gültigkeit vom 1. Juli laufenden Jahres angefangen, entzogen wird.

Umgehungen des hiermit ausgesprochenen Verbotes werden nach § 4 der oben zitierten Verordnung unter Strafandrohung gestellt, worauf wir Sie ausdrücklich aufmerksam machen. Das Recht, Mitglieder Ihrer engeren Familie zu behandeln (§ 6 der zitierten Verordnung), wird von dem allgemeinen Verbot der Einstellung der Praxis nicht mitbetroffen.

Rekurse gegen diesen Bescheid sind unzulässig, sofern Sie nicht nachweisen können, daß die Bestimmungen der zitierten Verordnung (§ 5, Absatz 1–3) auf Sie keine Anwendung finden.

Mit kollegialem Gruß
Dr. Kmoch
Präsident der Ärztekammer

Da hat Leopold einsehen müssen, um wieviel mächtiger die Krankheit geworden war, als er sich je gedacht hätte; gegen dieses Leiden half kein Rekurs, die Krankheitsherde hatten sich verbreitet, überall nur faules Gewebe, Metastasen, ein radikaler Verlauf, dessen infauste Prognose nicht mehr zu verkennen war. Karoline mußte Frau Lischka bitten, Herr Lischka solle die Tafel neben dem Haustor entfernen, es gab keinen Dr. Lustig mehr, sobald die Praxis entzogen war, und die Patienten liefen unbekümmert die Straßen entlang, weil es die Ärztekammer so wollte. Leopold aber packte seine Instrumente zusammen, die wurden eines Tages abgeholt, doch dafür gab es sogar eine ehrliche Bestätigung in die Hand gedrückt, es war amtlich, es war im redlichen Sinne der Vorschrift, schon wurde alles ordentlich zur Türe hinausgetragen, vielleicht zur Ärztekammer, vielleicht zu Dr. Kmoch in die Wohnung, nur den Diwan für die Untersuchungen hat man dagelassen, vermutlich war er zu alt und nichts mehr wert, und ja, den Waschtisch haben sie auch nicht gewollt, der blieb zurück, aber Wasser wurde nicht mehr nachgefüllt. Wer hätte das auch tun sollen, seit Emmi aus dem Dienst entlassen war, weil selbst dies das Amt befohlen hatte. Dann gingen achtzehn Monate vorüber, und Leopold hat seine Reise angetreten, in die Stadt der Gefangenen, nach Ruhenthal.

Damals sagte Leopold zu Zerline: »Siehst du, Kind, sie werden mich brauchen. Auch Gefangene leiden und haben Krankheiten wie normale Menschen. Man wird sich freuen, einen gewiegten Praktiker und alten Stabsarzt zu gewinnen.«

Aber als Leopold eintraf, da lachte man über den alten Mann, als er wiederholt und hartnäckig behauptete: »Meine Herrschaften, ich bin ein Arzt! Ich habe vierzig Jahre praktiziert. Ich bin gesund und kann Ihnen helfen.«

»Wir haben hier junge Doktoren, die uns nichts helfen! Mit Ärzten können wir pflastern! Es sind zu viele da!«

»Aber ich bin erfahren! Ich bin ein guter alter Arzt! Vielleicht finden sich ehemalige Patienten von mir, die können alle bestätigen, wie ich ihnen geholfen habe.«

»Lächerlich! Für uns sind Sie kein Arzt, für uns sind Sie ein alter Mann, der ausgedient hat, und damit basta! Ruhen Sie auf Ihren Lorbeeren aus!«

»Im Alter haben viele ihre größten Leistungen vollbracht!«

»Das geht uns nichts an. Erstens haben wir Ihnen schon gesagt, daß wir Sie nicht brauchen können, und zweitens darf hier niemand, der die Altersgrenze von sechzig Jahren überschritten hat, als Arzt beschäftigt werden. Haben Sie das endlich verstanden?«

Nichts hat Leopold verstanden, aber er hat es gehört; es hat ihn geschmerzt, daß man nichts von ihm wissen wollte. So waren die Menschen also auch hier an diesem unbekannten Leiden erkrankt, das dem Arzte verbietet, ein Arzt zu sein. Wenn es eine Krankheit gegen die Ärzte gibt, dann ist von der Medizin nichts mehr zu erwarten, sie ist in sich zusammengebrochen und nichts mehr als ein Märchen aus der guten alten Zeit, als es noch Doktoren gab, die studiert, promoviert und ihre klinischen Jahre absolviert haben, worauf sie sich selbständig machten, ein Schild neben dem Haustor, und dann so lange arbeiteten, wie es ihnen gefiel und ihre Gesundheit erlaubte. Niemandem konnte sein Recht entzogen werden, der es ehrlich erworben und gewissenhaft ausgeübt hatte. Nur Verbrecher und Kurpfuscher wurden aus diesem ehrenvollsten aller Berufe mit Schimpf und Schande ausgestoßen, aber das geschah selten, weil es zum Glück nur wenige gewissenlose Individuen gab, die gröblich die Standesehre verletzten. Leopold zeigte den

Ruhenthaler Beamten, die ihn umringten, schweigend sein Stethoskop, das er gerettet und durch alle Fährnisse hergebracht hatte, er zeigte es stolz und verlockend, wie um die Herren zu prüfen, doch die guckten pfiffig und lachten verschlagen. Einer nahm ihm das Stethoskop.

»Das brauchen Sie hier nicht, Herr Doktor. Aber unsere Ärzte werden sich freuen, denn wir sind knapp mit Hörrohren.«

Da stand Leopold blaß, eine Träne löste sich vom Auge. Als das der Beamte sah, fügte er mitleidslustig hinzu:

»Sehn Sie, seien Sie doch vernünftig! Wie leicht können Sie selbst erkranken, denn viel jüngere Menschen als Sie werden hier krank, und dann kommt ein junger tüchtiger Arzt, der Ihnen helfen will. Er hält Ihr Hörrohr in der Hand und kann gleich feststellen, was für Geräusche Ihr Herz und Ihre Lunge machen. Hier ist es wichtig, daß man fehlerfreie Diagnosen hat, denn Medizinen gibt es fast keine, wir müssen damit sparen. Aber wir wissen wenigstens, was den Leuten fehlt und woran sie sterben.«

»Hören kann ich auch ohne Stethoskop, junger Herr, aber Medizinen müssen Sie haben! Sonst ist nicht zu helfen!«

»Wir haben keine oder wenig, Herr Doktor, und es geht auch so.«

»Also heilt man hier nur mit Diät, mit Schonung und mit physikalischer Therapie?«

»Diät und Schonung? Wie stellen Sie sich das vor? Und Sie wollen ein Arzt sein! Hier heilt der Tod, wenn die Natur nicht hilft.«

Dann gingen die Beamten lachend weiter, rund um Leopold war nichts als Lachen, selbst Karoline lachte, alle mußten lachen. Nur Leopold blieb ernst und steif und sah sich streng im düsteren Raum um.

»Seid ihr denn alle ahnungslos oder wahnsinnig geworden? Diät ist wichtig, doch man schafft es nicht mit ihr allein!«

Leopold hätte nicht arbeiten müssen, weil man das Alter

durch Befreiung von dieser Pflicht ehrte, doch erwartete man als Gegenleistung von den Greisen, daß sie auf einen Teil der jedem Gefangenen zustehenden Nahrung verzichteten. Man erwartete dieses Opfer, doch wartete man nicht darauf, was dazu die Betroffenen zu sagen hatten, weil man stillschweigend voraussetzte, daß sie diese Maßnahme billigten. Die Leitung von Ruhenthal hatte angeordnet: Der Jugend viel, sie soll leben! Dem Alter wenig, es soll sterben! So herrscht eine vernünftige Ordnung in Ruhenthal. Hilfreich kommt die menschliche Weisheit den Naturgesetzen entgegen, indem sie ihr Wirken beschleunigt. Stirb, Doktor, stirb, man braucht dich nicht! Das Brot ist knapp, man dreht den alten Leuten aus dem weichen Teig nur harte kleine Pillen, die schaden der Verdauung nicht. Auch die viel zu langsam schaffende Gerechtigkeit wird durch kluge Eingriffe unterstützt, der langweilige Ablauf des Geschehens wird nicht mehr sich selbst überlassen. Der Staat umschlingt den Menschen und macht die müden Schenkel schlaff. Stirb, Doktor, stirb und leg dich auf das faule Stroh! Überall hat das Menschengeschlecht einen kaum noch bestrittenen Sieg erfochten. Das Zeitalter der Erfindungen ist vollbracht, stirb, stirb, der Staat hat dir den Umschlag angelegt! Vernichtung und Erhaltung der Erde sind Menschenhänden überliefert, die Kompresse sitzt, der Staat ist dreimal heilig, lieber Leopold! Stirb, denn das Hörrohr ist zerbrochen und dein Ohr versagt!

Niemand findet an der Welt etwas auszusetzen, wer nicht zufällig durch einige geringe Fehler in ihrem Gefüge leidet, die abzuwenden bis jetzt noch nicht gelungen ist. So sammeln sich Unzufriedene an und stören das Bild der Eintracht, die in der menschlichen Gesellschaft herrscht. Darum wollen, allen vernünftigen Regeln zuwider, auch Alternde nicht hungern, doch fand sich ein Ausweg für sie, das Recht zur Mitarbeit wurde ihnen gewährt. Wer nicht arbeitet, soll nicht essen! Das ist gut. Aber wer arbeitet, ißt! Tod oder Arbeit unseren lieben Vätern und Großvätern! Ehret die Jugend, die solchen Rat ersonnen! Leopold, du mußt nicht sterben, geh, deine mürben Knochen sind kaum älter als fünfundsiebzig Jahre! Du bist gesund, du kannst schaffen. Aber nicht begehren sollen Greise, ihr Wort in öffentliche Verhandlungen zu mischen oder gar mit zu entscheiden, dem Alter ziemen Schweigen und nur ein bescheidenes Fleckchen unter der Sonne, Genügsamkeit, weil – aufgepaßt! – das Alter auch nicht alle Weisheit gefressen hat. Die Greise sollen ruhen auf ihrem Altenteil, das ist ein wimmelnder Abfallhaufen, dort können sie zufrieden warten, bis man sie verscharrt, doch wenn sie das nicht wünschen, bitte sehr, dann gibt es viele kleine Dienste, durch die sich solche Geschöpfe nützlich machen können. Weg vom Mist! Zu lange habt ihr Rat gehalten! Nun trollt euch durch die Stadt und zeigt der Jugend, was ihr nütze seid!

Es war eine große Wohltat, als man in Ruhenthal die Tausendschaft der Greise gegründet hat. Das ist eine Gruppe von freiwilligen Arbeitern, in die keine Frau unter sechzig Jahren und kein Mann unter fünfundsechzig Jahren aufgenommen wird. Die Tausendschaft der Greise wird überall verwendet, wo sie sich brauchen läßt. Die Alten schleppen Kohle, Wasser, Brot und Ziegel. Sie säubern die Aborte und fegen die Straßen. Sie schieben Leichenwagen und Karren. Sie passen auf, daß keine Vorräte gestohlen werden, daß Unbefugte keine verbotenen Eingänge betreten.

Da hat auch Leopold sich angemeldet und ist nun bei der Müllabfuhr. Das ist eine schöne und gesunde Beschäftigung. Die Arbeit geht fast unmerklich vor sich und nicht so hastig wie in Leitenberg, alles ganz gemächlich. Wohl meldet manchmal sich auch eine Stimme, aber das ist nicht ernst zu nehmen. Nur still vergnügtes Lachen ist die Antwort, und jeder denkt sich ohne sonderlichen Ärger: »Wir können nicht, es geht auch so.« Und so geht es wirklich stets von Haus zu Haus. Leise Gespräche fließen dabei, das sind Erinnerungen und Hoffnungen, wie sie die Verschmäher der Gegenwart pflegen. Acht bis zehn Häuser werden am Vormittag aufgesucht und genau so viele am Nachmittag. Wenn die drei Fässer auf dem Leichenwagen voll sind, zieht und schiebt die Gruppe den Wagen langsam voran durch die Stadt bis zu einem der Auslässe. Immer wieder wird auf dem Wege stehengeblieben, denn die alten Leute müssen verschnaufen. Dann lehnen sie sich an die Fässer und fürchten nicht den Schmutz; das Ausruhen ist angenehm, es ist die Freude des Berufes.

Leopold steht da und schließt für eine Weile die Augen. Manchmal denkt er gar nichts, dann aber erinnert er sich, wie wichtig es für die Einwohner von Ruhenthal aus hygienischen Gründen ist, daß der Abfall aus den stinkenden Höfen geschafft wird, wo die Schmeißfliegen surren. Wochen bleibt der Mist dort liegen, bevor er abgeholt wird, denn der Leichenwagen steht nicht jeden Tag zur Verfügung, doch in den Häusern wohnen viele Leute, die immer etwas wegzuwerfen haben. Wollen die Gefangenen leben, dann müssen sie ihre Häuser von Unflat und Gerümpel befreien. Das weiß der ehemalige Arzt und sagt es jedem, er mag danach fragen oder nicht. Sobald eine Tätigkeit gefunden ist, offenbart sie ihren Sinn, ihr Wert wird deutlich; jeder Beruf wird zu einer guten Verrichtung, nichts Vollbrachtes ist vergeblich. Unrecht haben die Menschen, die so etwas verspotten. Betrachtung des Abfalls vertieft die Beziehung zu den Stoffen, die wir verwenden. Darum lieben wir den Müll, wenn wir dankbar sind; es macht nichts, daß wir ihn nicht mehr brauchen.

Endlich sind die Abfallgreise mit ihrem Wagen an einem Ausgang von Ruhenthal angelangt. Der Gruppenleiter verläßt seine Stelle an der Deichsel und meldet der Wache, wie viele Begleiter mit ihm sind. Dann kommt einer von der Wache mit faulen Schritten heran und zählt die Leute dreimal ab, händigt dem Gruppenleiter einen Zettel aus, winkt, der Schlagbaum wird gehoben, die Greise mit ihrem Fahrzeug setzen sich langsam in Bewegung, dann wird der Schlagbaum wieder gesenkt.

Der Weg ist nicht weit, nur wenige Minuten, schon ist der Zug bei der Abfallgrube angekommen. Jetzt naht ein schwerer Augenblick, denn die Fässer müssen entleert werden. Aber zu schwer darf man es sich nicht machen, wenn es gilt, die geringen Kräfte zu schonen. Der Gruppenleiter hat ein Seil, das um das letzte Faß gespannt wird. Zwei Frauen in der Gruppe und der Leiter sind jung. Der Leiter kommandiert, die jungen Frauen ergreifen die Enden des Seiles, einige Greise stellen sich auf die andere Seite des Wagens und drücken an oder tun zumindest so, als ob sie helfen wollten, der Leiter ruft »hej ruck!«, die beiden mit den Seilen ziehen kräftig an, bis das Faß umgelegt ist. Dabei entleert es sich mit mächtigem Gepolter und fällt gewöhnlich vom Wagen, obwohl das nicht geschehen soll, weil die Dauben leicht zerspringen. Wenn ein Faß beschädigt wird, flucht der Leiter über das Unglück.

»Ihr zerschabbert mir ja das Faß! Glaubt ihr denn, ich kann es reparieren? Paßt doch auf! Es dauert einen Monat, bis ich wieder ein so schönes kriegen kann!«

Aber alle rufen, daß dem Faß nichts geschehen sei, es ist nur heruntergekollert, und der Boden ist nicht hart. Weil der Leiter sonst kein böser Mann ist, schimpft er nur ein Weilchen und beruhigt sich wieder, sobald das Faß mit viel Mühe wieder auf den ächzenden Leichenwagen hinaufgehoben ist. Die umgekippten Fässer entleeren sich nicht ganz, weswegen der Leiter mit einer Schaufel nachhilft, bis aller Mist herausgekratzt ist. Ein Faß nach dem anderen kommt an die Reihe. Sobald alle leer und ordentlich wieder aufgestellt sind, muß der Abfall noch über die weite Senke hin verteilt werden, um für die nächste Fuhre Raum zu schaffen, wie es sich für eine richtige Abfallgrube gehört.

Diese Stätte ist nicht traurig, sie ist ein Garten der Freiheit, wo alles Abgeschiedene sich selber wiedergegeben ist. Es muß nicht mehr die Nähe des schwitzenden Elends erleiden, nicht mehr die gierigen Blicke, die zwischen verwesten Krusten und im Schutt dürftige Beute erspähen möchten, nicht mehr die stochernden Stöcke und wühlenden Hände ertragen, die manches aufnehmen, was niemandem mehr angehören will und sich jetzt doch noch zu demütigendem Eigentum erniedrigen muß. Nun ist der

Abraum von aller Habsucht befreit, die Schmach ist vorüber, nur noch Sonne, Wind und Regen gebieten in Frieden über die ausgedienten Schätze, die sich fast unhörbar knisternd der Erde vermählen. Alle Gewalt ist gewichen, wenn die unwandelbaren Gesetze allein ihr unbewußtes Werk vollbringen. Niemand schaut mehr zu, alles wird still und findet sich ein in seine schweigsame Betrachtung.

Auch die Zeit steht still, sie ist ein heilsamer Verband. An den Leichenwagen gelehnt, darf das Alter ruhen. Es fühlt die sanfte Vorfrühlingswärme, die den Hunger besänftigt, als wäre er nie gewesen. Die Luft ist leicht und frei von jedem üblen Geruch, denn sie ist erholt und aus der Ferne hergeweht, aus der sie frische Kraft gewonnen hat. Vielleicht wurde sie vom nahen Gebirge geblasen, wo ihr nichts nahekam, was über die Verdüsterung seines Daseins trauern müßte. Stauden und Kräuter wachsen auf den Anhöhen, die sich um nichts kümmern, weil sie leben, ohne zu wissen; niemand beschimpft ihr Gedeihen, denn weder zu hassen, noch gehaßt zu werden, ist ihr unbestrittenes Vorrecht. Wer ihnen dennoch etwas zuleide tut, hat keine bösen Vorsätze; alles wird unbewußt begangen, was auf den Hängen die Halme und Blätter betrifft, selbst die Meinung ihres Vernichters erreicht sie nicht, weil die Meinung über das grüne Gefilde hinwegweht, falls sie nicht vor ihm immer dünner wird und dann, besiegt und besänftigt von der Stille der Au, sich auflöst ohne kenntliche Spur.

Der Vernichtungswille richtet sich wesentlich gegen den Menschen und seine Werke, alles andere bleibt abseits und wird nur gestreift oder zufällig mitgenommen. Selbst das Dulden der Natur ist Seligkeit, das Gebeugte richtet sich wieder auf zu neuer Begründung. Diese Wut der Zerstörung aber, die sich zu Tode rast und nimmer innehält, ist nichts anderes als erkrankte und irregeleitete Habsucht, die es nicht mehr vermag, sich an friedlichem und nicht einmal an gewalttätigem Ergreifen von Besitz zu erfreuen, sobald der unheimliche Krieg ausbricht, in dem die Eigentümer das Maß und den sicheren Schutz in gewohnten Orten und geordneten Verhältnissen verlieren, da den Menschen das bisher für unabnehmbar gehaltene Recht auf Habe abgesprochen wird. Dann sterben sie oder werden traurig, wenn sie nicht böse werden und in ihrer Angst ausbrechen, um furchtbare Werke zu vollbringen. Dann bilden sich Horden, die schwer zu zügeln sind, und alle begeben sich auf den Weg oder werden zum Aufbruch gezwungen. Man schickt sie fort und billigt ihnen zu, Qual zu verbreiten, die arg ist, aber noch Ärgeres im Schilde führt. Dabei steigt die eigene Qual der Unholde an und kann erst besänftigt werden, wenn sie zu zerstörerischen Festen rüstet, die alles Erreichbare bedrohen. Dann aber wehe dem Abfall! Und wehe dem, was noch nicht Abfall ist! Niedergetreten muß es werden, aus dem Wege geschafft, selbst sein Gedächtnis soll ausgerottet werden! Mord und Brand und Entsetzen wandern mit den Entfesselten, aber endlich werden sie selber erfaßt und gehen im angestifteten Elend unter.

Doch dieser Wettlauf, der in Selbstverzehrung mündet, wird nur selten dem forschenden Denker sichtbar und hörbar. Das Grauen hinter den zischenden Flammen und klirrenden Scherben hält sich verborgen und umgibt sich mit schützenden Geheimnissen, die beiden, den Genießern wie den Unterdrückten des Tages, unbekannt bleiben. Wer solche Gerichte als Henker oder übersehenes Opfer überdauert, pflegt das Licht zu meiden und will nichts wissen, um die Sünde durch Schweigen zu löschen. Zur Rede gestellt, beteuern die Täter, es sei nicht gewesen, es sei zumindest anders gewesen; die schmutzige Verblümtheit der Furcht glättet mit schlauer Gebärde, was seine Verhüllung gern erträgt. Wer aber von den Entkommenen spricht, wer den Mut zur Sprache sich abringt, offen Klage zu führen, den hören Unheilsüchtige zwar mit wollüstigem Erschauern als Fabelerzähler an, doch nicht lange, schon birst die Geduld und wird mit blind gelangweiltem Gähnen vertauscht, die Scharte des Hasses zieht sich bedrohlich zusammen und drückt neue Verletzungen in alte verschrundete Wunden, dann wird gelacht, dann wendet sich Überdruß ab, dann kommt würgendes Vergessen. Kann der Rufer der Anklagen sich daraufhin noch nicht beschwichtigen, muß er stets weiter mahnen und drängen, so bringt man ihn schließlich zur Ruhe. Mißlingt das, dann hört man nicht mehr; kein noch so kühner und ausdauernder Ankläger ist kräftig genug, den Wall zu übersteigen oder zu durchstoßen, den gewollte Taubheit errichtet. Dann muß der Rufer verhungern und verdursten, jeder Ausweg ist ihm verwehrt, weil die Wüste abgeschafft ist, in der seinesgleichen einst gerufen hat, oder sie ist zu weit, niemand ahnt, in welcher Richtung sie sich erstreckt, die Reise geht von Wüstenei zu Wüstenei, nur die richtige Wüste wird nicht mehr erreicht, und so wird alles vergeblich.

Das Zerstörte ist in Wahrheit nie gewesen, und das Vergebliche ist das nie Gewordene. So sind sie einander eins, sind gleich, bald sind sie gleichgültig, bald sind sie vorbei. Von verdorrten Fingern ist der letzte Staubtau abgefallen, sie sind trocken, sprödes Reisig, das versinkt. Doch wenn dann alles vergangen zu sein scheint, wenn sich Vergangenheit an nichts erinnert, was noch wäre, wird auf einmal das Nächste wieder bewußt, nur alles übrige ist vergangen wie ein ungeheurer Atemzug, den man versucht und ausgelitten hat. Es wäre umsonst, den verhauchten Dunst in einem neuen großen Seufzer aufzuspüren, das gelingt nicht. Die Hoffnungen, daß es doch einmal gelänge, leiten zu seltsamem Beginnen an, aber angesichts der Abfallstätten stürzt es in sich zusammen. Diesmal sind alle Fässer vom Wagen gefallen, der Staub wirbelte hoch, die alten Menschen sind erschrocken, der entsetzte Gruppenleiter schrie sich heiser.

Geht nur hinaus, stellt euch hin vor die Senke in Ruhenthal, aber denkt nicht daran, weswegen ihr hingelaufen seid. Freut euch lieber, daß ihr noch eure feuchtkalten Nasen habt, die ihr mit euren Fingern spüren könnt. Ihr lebt, ihr lebt! Der bittersüßliche Geruch umwickelt euch und macht die Lider schwer und müde, doch das ist gut. Ihr wißt, daß es euch gibt. Man zählt euch auf. Alle Nasen sind versammelt, geradeaus, die Anzahl stimmt, es sind die langen

Hundenasen. Und nicht geschneuzt, wenn man euch auf die Spitzen drückt! – Au, meine Nase! – Schreit doch nicht! Die Nüstern schnuppern rasselnd und trinken Luft, die euch schmeckt, wenn ihr sie nicht verstunken habt. Die Haare wachsen euch aus den Nasen, die sich abwärts zu den Opferstätten beugen. Bedenkt, es war eine kleine, aber verläßlich erfüllbare Aufgabe, die euch für einen Augenblick durch die Verführung des Traumes mit Vorstellungen verwirrt hat, so fern von dem, was euch zu tun geboten wurde, Nasen! Jetzt wälzen sie sich wurmig im Schlamm und Kot herum. Doch nun fort, denn der Leiter muß die müden Nasen zu den Fässern und zum Leichenwagen rufen. Leicht hüpft der leere gespreizte Wagen über den Schotter auf dem Wege dahin.

Geht hin zum Schuttfeld oberhalb von Leitenberg hinter der Scharnhorstkaserne und stellt euch auf in langer Reihe! Den Segen über das Vergangene könnt ihr sprechen, doch dann werdet ihr nicht mehr wissen, was gewesen ist, warum ihr gekommen und weshalb ihr hier seid. Nur weil ihr müde seid, werdet ihr dastehen, zufrieden damit, daß man euch, Nasen auf langen Beinen, einen Augenblick der Ruhe vergönnt. Glotzende Augen hat man euch erlaubt, deren Blick es auffassen wird, wo man kürzlich, vielleicht gestern, die bauchigen Schuttwagen entleert hat, wo schon vor Wochen, vor Monaten und wo bereits vor Jahren, dort, wo sich allmählich die Oberfläche wieder beruhigt; da sieht es nicht mehr so arg aus, weil der Regen die Asche geglättet und in Erdreich verwandelt hat. Der segnende Wind hat Samen herangeweht. Spitze, zackige Kräuter sind hervorgeschossen und wagen farbige Blüten. Wenn sich der Blick vom Ekel befreit und die gesünderen Fleckchen betrachtet, dann ist er dem Ursprung hingegeben und muß sich nichts wissen machen, daß hier mißhandeltes, verratenes und endlich ausgespienes Eigentum rastet, das gutmütig seinen Schändern nicht mehr grollt.

Mit Fleiß und einiger Liebe ließe sich die Stätte in den herrlichsten Garten verwandeln. Taugte der Leitenberger

Verschönerungsverein etwas, so würde er das Feld seiner Aufgaben nicht im Schloßgarten, auf Aussichtsplätzen und anderen umhegten Stellen erkennen, sondern hier einschreiten. Freiwillig müßten seine Mitglieder ihr Wochenende opfern und den Boden umschaufeln, sieben, glätten und walzen, saubere Wege und Beete anlegen mit Rosenstöcken und Zierbüschen, eine staubfreie Zufahrtsstraße bauen und überall Ruhebänke aufstellen, die dann die stolze Aufschrift

LEITENBERGER VERSCHÖNERUNGSVEREIN

tragen würden. Die Gelder für diese Arbeit wären durch öffentliche Sammlungen einzubringen. Junge Mädchen im Sonntagsstaat müßten an allen Straßenecken stehen, weiße Papierblumen feilbieten und rufen:

Hört, ihr Herren, und laßt euch sagen,
Wir wollen den Abfall und Schutt zerschlagen,
Drum zahlt und opfert eins, zwei, drei,
Damit der Mist erlöset sei!

Die Stadtgemeinde, aber auch die Militärbehörden sollten einen Zuschuß gewähren, damit unverzüglich mit den Vorbereitungen begonnen werden kann. Architekten, Baufirmen und Gärtner sollten mit Rat und Tat zu Hilfe eilen, Pläne in munterem Wettbewerb entwerfen, Geräte und Dampfwalzen unentgeltlich zur Verfügung stellen, und Hauptmann Küpenreiter in der Scharnhorstkaserne wäre zu gewinnen, um Soldaten und Werkzeuge für die gute Sache anzubieten.

Aber nichts derlei ist zu erwarten. Lieblosigkeit, Geiz, Unverstand und Trägheit des Herzens spreizen sich solchen wohltätigen Unternehmungen entgegen, man hat die Nase voll und rümpft sie noch; selbst euer Verlangen nach einem solchen Beginnen wird für sträflichen Wahn gehalten. Nur wer nichts Besseres zu tun wisse, könne solchen unfruchtbaren Träumereien verfallen, so wird gedacht, und darum sei es gut, daß man euch nicht einmal Gelegenheit bietet, eure Wünsche zu äußern. Unnütz ist, was sich mit Abfall abgibt, elende Gesinnung, die nicht mehr die Kraft aufbringt, ein Werk zu vollbringen. Darum ist es gerechtfertigt, daß man euch mit Zwang verwaltet, solange euer verworfenes Dasein noch zugelassen wird. Nur weil ihr elend seid, trauert ihr über den faulenden Schutt, der euch mit unerbittlicher Scheußlichkeit spiegelt, was ihr selber seid und was ihr doch noch nicht erkennen wollt, weswegen die Verzweiflung in euch nach dem Eingreifen des Verschönerungsvereins schmachtet.

Niemand erhört euch, schon darum ist es weise eingerichtet, daß man mit euch nicht sprechen darf. So wie die Besitzer in ihren Häusern sich von euch absondern, so hat man euch abgesondert und es wahr gemacht, daß ihr nicht mehr in Häusern sein dürft nach euerem Wunsch und daß ihr nicht mehr wohnen dürft. Abfall seid ihr, den man nicht zwischen Tischen und Betten, zwischen Stühlen und Schränken verwahrt. Abfall vermischt sich mit Abfall und Sünde mit Sünde, alles ist ein ekelhafter Brei, nur gut für das Gewürm, das seine Verwesung befördert. Man hat euch den Abschied gegeben und die Hände über euch gerungen, doch nicht gewinkt, nein, in Abwehr hat man euch die Hände entgegengehalten. Man hat sich die Seelen vor euch in Schuldwasser gewaschen, als man euch auslud, und die Türen vor euch verschlossen, daß sie bellend ins Schloß schnappten, denn es wurde befohlen, nicht nach euch sich umzuschauen; empfindsame Mütter gingen noch weiter als jedes Gebot, sie schlossen sorgsam die Fenster und zogen die Vorhänge vor, damit euch die Kindlein nicht sähen, wenn ihr vorüberzogt. Die Kindlein könnten zu jäh erschrecken, wenn euer Anblick sie unvorbereitet verletzte. »Muttchen, wer sind denn die schmutzigen Onkels da?« Nein, diese Frage ertrügen die guten Mütter nicht, weil sie lügen müßten »arme Männer!« – und das geht nicht, oder sie müßten die Wahrheit sagen »ausgeworfene Teufel!« – und das geht auch nicht.

Aber ihr gebt nicht nach. Man hat euch einige Minuten geschenkt. Man hat euch gesagt, daß ihr euere Notdurft verrichten dürft. Ihr könnt die Hosen aufmachen und auf den Schutt pissen. Wenn es nicht anders geht, erlaubt man euch sogar, in das Geröll hinunterzusteigen, damit ihr die Hosen herunterlassen könnt. Friedhöfe seid ihr euerer selbst. Zuschütten sollte man euch mit der Fracht verachteter Habe. Es wäre nicht Haß, nur Erbarmen, täte man so. Doch ihr sehnt euch wieder vom Abfall hinweg, ihr sehnt euch nach anderem Ort zum Verweilen; da zeigt sich, wie unehrlich es ist, was in eueren Schädeln über Verschönerung grübelt. Versteckt zwischen den Kräutern hockend, seht ihr euch um und schnuppert, ob ihr nicht etwas Nützliches finden könnt. Ihr wollt haben, was niemand mehr hat, doch ihr dürft es nicht nehmen. Es ist alles verboten. Zwar sagt die Warnungstafel

ÖFFENTLICHE ABLAGERUNGSSTÄTTE

nur dies:

ABLADEN VON ABFALL JEGLICHER ART
IST PRIVATPERSONEN
AUF DIESEM GEMEINDEGRUND
STRENGSTENS VERBOTEN

Aber auch das Entfernen von Überresten ist nicht gestattet, denn sie gehören der Gemeinde und sind daher noch immer nicht ohne Eigentümer. So gibt es nichts mehr auf der Welt, das nicht jemandem angehört, die Güter sind verteilt, und wehe dem, der keine hat und dennoch welche haben will! Ihm gilt die Strafandrohung auf der Tafel, die den Zutritt untersagt. So ist es nur die Gutmütigkeit des Korporals, der ihr es verdankt, hier in bescheidenem Umkreis auszuschwärmen, um eure schmerzenden Eingeweide zu erleichtern. Was ihr hier tun dürft, ist euch zwar zugelassen, doch ist es gegen die Verordnung und findet nur statt, weil die Gemeinde mit der Feststellung ihres Rechtes sich begnügt, großzügig sich aber nicht um die Einhaltung dieses Gebotes kümmert.

Übrigens glauben die Stadtväter nicht, daß hier jemand etwas suchen oder wegnehmen würde, sie rechnen mit dem gesunden Geiz der Bewohner, die nichts ungezwungen hergeben, was noch von einigem Wert ist, zumal sich eine höhere Stelle, das Wirtschaftsministerium, schon wegen des kostenlosen Erwerbs des Unbrauchbaren angemeldet hat, denn was der Mensch nicht brauchen will, der Staat kann es noch immer brauchen. Lange Zuschriften wurden an die örtlichen Behörden gerichtet: Ihr sollt sammeln, sammeln und sammeln! Sparsamkeit ist der Reichtum des Mächtigen! Wer das Wertlose ehrt, darf des Reichtums gewiß sein! Sammelt altes Glas! Sammelt Grünspan, Rost und Blech! Sammelt, was man spann und wob! Sammelt Knochen! Sammelt Papier! Sammelt, sammelt alles! Der Staat verachtet nicht, was seine Bürger nicht mehr lieben; so demütigen sich die Herrscher vor den Beherrschten und liefern ein erlauchtes Beispiel der Selbstverleugnung. Darum stehen jetzt außer den vertrauten Abfallbehältern in den Höfen aller Häuser zu Leitenberg auch noch besondere Gefäße, zu deren Inhalt jedermann beisteuert, was er an Glas, Metallen, Lumpen, Knochen und Papier nicht mehr für sich verwenden will. Jeglicher wirft es weg an den Staat, jeglicher entrichtet sein wertloses Opfer, und siehe, der Staat verwandelt es wieder in Wert. Die Schlacken des Daseins werden erlöst und heimgeführt zu erneutem Bewähren, weil alles dem Gemeinnutz dient, der sich aus Dreck und Unrat zu größerem Glanz entfaltet.

Den Altwarenhändlern ist es meist so ergangen wie dem Wirt »Zur Goldenen Traube«. Man hat sie weggenommen und ihnen gesagt, daß sie nichts taugen. Sie müssen nicht sein, ihr Handel wird von Vertretern des Wirtschaftsministeriums übernommen, die auch die Lagerplätze der aufgelösten Firmen verwalten. Nur wenige Fachleute aus dem Altwarenhandel konnten sich in den neuen, ihre Tätigkeit ersetzenden Beruf hinüberretten; selbst wenn sie jetzt nur kleine Diener und Handlanger sind, stehen sie doch höher auf der Stufe der Menschlichkeit, weil sie Staatsangestellte sind. Sie dürfen das ruhmreiche Abzeichen tragen, das den vom Staate Bezahlten vorbehalten ist.

Einen großen Teil der Arbeit müssen die ehemaligen Lumpenhändler nicht selber besorgen. Das läßt die Ehre des Volkes nicht zu. Für das Sammeln hat man andere erlesen, die geeigneter sind und mehr Herz für die Arbeit mitbringen als die kalte Geschäftigkeit trockener Kaufleute. Neulinge hat man berufen, die nur langsam von Stunde zu Stunde und von Jahr zu Jahr zur erreichbaren Würde im Dienste des Staates vom Abfall der untersten Stufe die Höhe bis zu den heiligen Schreibtischen der obersten Verwaltung erklimmen. Das Wirtschaftsministerium ist an das Schulministerium herangetreten, um mit dessen Hilfe das öffentliche Wohl zu fördern; darum hat man Schulkinder erwählt mit ihren klugen Köpfchen und zarten, fleißig wirbelnden Händchen, die besorgen allmonatlich, von Stolz geschwellt, in allen Häusern Leitenbergs die Sammlung der Nutzabfälle. Wenn die Kinder in einem Hofe nichts oder zu wenig finden, klopfen sie an die Wohnungstüren und mahnen: »Wir kommen von der Kampfsammeldienstbrigade. Haben Sie keine Knochen?« Dann bringen die Leute den Kindern ein oder das andere Stückchen abgenagtes Gebein, sie schnappen wie junge Hunde danach und laufen ohne Dank und Gruß davon.

Die Folge dieser unermüdlichen Sammlungen ist es, daß jetzt weniger Masse auf die öffentlichen Abraumstätten gestreut wird. Dort wird ein ziemlich gleichmäßiger Schutt hingebracht, der gar nicht widerwärtig ausschaut. Meist ist es Asche, mit Speiseresten gewürzt, Kartoffelschalen und Krautblätter, dazu noch Tonscherben, Holzstückchen und näher nicht mehr bestimmbarer Kehricht. Wer sich aber ein wenig weiter traut, wo schon ein neues Wachstum den Schutt überblüht, der findet rostige Krüge und Töpfe aus Eisen mit Löchern und ausgefallenem Boden, einen verdorrten durchstoßenen Schuh, einen verwaschenen Hut, eine ärmellose Jacke und manch anderen Schatz, den die Wilderer auf dem Jagdfeld des öffentlichen Verzichtes gern an sich raffen möchten, wenn nur die Beute nicht so schadhaft wäre, daß auch erfinderische Not nicht mehr weiß, wie diese Funde wieder ehrlich zu machen und vor weiterem Verfall zu retten wären, um die Armut der Ruhenthaler Gespenster zu lindern. Manchmal hebt eine Hand etwas auf, führt es zu Augen und Nase, und wenn es ein leicht zu verbergender Gegenstand ist, eine kleine Dose, ein Nagel, ein Stückchen Leder, verschwindet er in der Tasche. Doch wenn es größere Sachen sind, darf man sie nicht nehmen, weil das die Soldaten sofort bemerken und schreien.

»Du bist wohl verrückt geworden? Schmeiß den Dreck mal gleich wieder weg!«

Da fliegt der köstliche Lumpen zurück, damit ihm seine Auflösung beschieden sei, wie die Witterung will.

»Kerle, die vom Mist klauen wie du, sollte man umlegen!«

Mit heiserer Stimme wurde der Zuruf gekrächzt, aber er schmerzt nicht. Nur noch Taten werden empfunden, nicht mehr Worte, durch die nichts geschieht. Die Macht des Wortes ist verschwunden oder verhüllt, leicht ist die Sprache geworden. Zwar sagt sie kaum weniger als in früheren Zeiten, aber die Sagen wurden ohne Gewicht. Das Schwere wird in Taten ausgeschieden, die sich sofort vollziehen. Das Verhängnis wartet nicht zu. Kaum ist es bedeutet, ein Wink genügt, so tritt es schon ein. Dasein ohne Verzicht ist nicht mehr möglich, doch gleichzeitig ist auch die Vorsicht schon überholt. Aus dem Wust des Abfalls klaubt sie nichts mehr heraus. Sie leistet nur Schritt um Schritt, der von den Gliedern der Geisterkette gewagt wird. Links, rechts, links, rechts. Das Gleichmaß der Schritte wurde nicht angeordnet, es geschieht bloß aus unverlöschlicher Gewohnheit.

Die Soldaten haben nichts dagegen, im Gegenteil, sie sehen es gern, weil es ihrer eigenen Gewohnheit entspricht. Sie haben gutes Schuhwerk und gehen links, rechts. Sie schmeißen die Beine vorwärts, daß es eine Lust ist, die Arme gehen mit, vierfüßige Wesen, die so lange dazu angeleitet wurden, daß sie aufgerichtet nur noch mit den Hinterfüßen den Boden stampfen, doch ihre Herkunft können sie nicht betrügen, das Schlenkern mit den Vorderbeinen haben sie beibehalten. So gut wie dic aufrecht wandelnden Tiere vermögen das die Geister nicht, aber zumindest geben sie sich Mühe und wackeln links, rechts. Ihr weiches zerschlissenes Schuhwerk erzeugt kein straffes Hämmern, es ist ein stillerer, nicht so sicherer Schall, es ist ein Wetzen, links, rechts, vielleicht ist es ein gefrorenes Tanzen, das kümmerlich über die Straßen dahinschwingt. Einzelne Geister wollen sich nicht dem »links, rechts« anbequemen, sie möchten über den Boden rutschen, sie möchten schaukelnd dahinschaben, schleichen, sich vorwärts schieben, sie möchten rollen, einige möchten gar hüpfen, lautlos, aber die anderen Geister verderben ihnen dieses Spiel, weil sie den Leitenbergern leibhaftig erscheinen wollen, damit wenigstens ein Teil der Städter gestehen muß: »Ich habe sie gesehen. Es gibt sie wirklich. Wir haben uns davon selbst überzeugt.«

Doch die Geister bemühen sich vergeblich. Was sie auch beginnen, sie können es doch nicht erreichen, daß die Leitenberger sie für wirklich halten. Wären die Geister selbst wirklich, würde auch das nichts nützen, weil es die Städter trotzdem nicht wahrnehmen würden; hätte man sogar diese Schwierigkeit überwunden, so wäre damit noch immer nichts gewonnen, denn die Leitenberger würden ihren eigenen Augen nicht glauben. Dieses Volk würde sich wechselseitig darin bestärken, daß ihr Blick bloß einen Irrtum eingefangen habe. Da wäre bald der letzte Zweifel behoben, daß man in Leitenberg nichts sehen kann, was dort nicht geglaubt wird.

Durch die große Anzahl der Geister wird ihr Dasein besonders unglaubwürdig. Links und rechts, das sind keine Geister. Links und rechts sind Seiten. Links und rechts, das sind die Leitenberger Straßen. Alles ist links und rechts. Die ganze Einteilung gründet sich auf links und rechts. Nichts ist links und nichts ist rechts, wenn es nicht wirklich ist, und darum gibt es keine Geister rechts und links, die könnte es nur überall geben; weil man die Geister abgeschafft hat, so gibt es keine mehr, nein, nirgendwo. Die Geister sind nicht genügend schlau, um das zu begreifen, denn sie möchten gerne menschlich sein mit links, mit rechts. Da stemmen sie sich hinein, versuchen die Prüfung des steinernen Pflasters, wenn auch mit weichen Kniekehlen, links, rechts, nur weiter, doch unglücklich sind jene, die das nicht mitmachen können, weil sie Blasen auf den Sohlen haben und ihr Schuhwerk drückt; da müssen einige humpeln und stören die übrigen Geister, rechts, links.

Die schmale Straße steigt bergan. Die Viererreihen füllen fast die Fahrbahn aus, links ein Gehsteig, rechts ein Gehsteig, beide scheinen so nahe und sind doch so fern. Kein Geist kann sie erreichen, weil die langen Randsteine alles Unreine bannen, was dem Seelenheil fröhlicher Eigentümer schadet. Wie sicher stehen die wenigen Menschen auf dem zweifarbigen Mosaik des Gehsteigpflasters da und ahnen nicht, durch welchen geringen Abstand sie von den wandelnden Geistern getrennt sind, Hausleutchen sind es, die sich nicht gern zu weit von ihren Wohnhöhlen entfernen, um deren vertraute Gerüche nicht zu entbehren. Nur widerwillig begeben sich diese Faulpelze aus ihren Behausungen fort, wenn es gerade ihr Beruf oder ihr Begehren verlangt, dann kehren sie schnell zurück. Jeder stößt leicht mit einer Hand die Türe auf, spürt sein Haus und schlürft die Beize mit der Nase ein.

Gerade hat die Straße einen Mann verloren, das ist Ambrosius, der stoppelt nun die Stiegen ins Obergeschoß und mündet in sein Wohnzimmer, wo er sich in einem Sessel vor einem großen Tisch niederlümmelt. Ambrosius wird schon erwartet, und alles ist für ihn hergerichtet, was er nach seinem kurzen Ausflug brauchen kann. Die Frau steht bereit, gerötet das Gesicht, ein Büschel Haar hat sich dem Knoten nicht mehr gefügt, und stellt die Suppenschüssel auf den Tisch. Keine langen Bitten sind nötig, ein Blick genügt, und schwupp! der Teller füllt sich mit Gemüsesuppe, schwappend voll bis an den Rand. Ambrosius zieht den Rücken krumm und beugt sich nasenüber zum Tisch. Links liegt der Löffel, er wird aufgenommen und wandert in die rechte Hand hinüber. Dann schiebt er sich plätschernd in den Teller und versinkt unsichtbar im rauchenden Saft, doch das genügt nicht, schon wälzt sich der Löffel forschend in der Brühe herum, um einige Klumpen aufzufischen, eine Kartoffelschnitte und ein Würfelchen Möhre. Nun wird der Löffel ein wenig in die Höhe gezogen, die Nase senkt sich schnell, aber behutsam noch tiefer, darunter steht eine lechzende Spalte weit offen, ein Fleischfladen schlüpft aus der Tiefe heraus und berührt die Unterlippe. Jetzt wird der Löffel gehebelt und verschwindet schnalzig in der Höhle, streng schnappt sie zu. Ein leises Geräusch gurgelt, einige Tropfen fließen die Mundwinkel herunter und fallen auf den Teller zurück. Ambrosius hebt die Nase, der Gaumen prüft, Ambrosius schluckt. Schon ist es unten.

»Wieder mal ausgekühlt, Käte, und kein Salz, zu wenig Salz.«

»Ich habe genug hineingetan. Sonst ist sie versalzen, und du schimpfst wieder.«

»Es ist zu wenig. Heißer sollte sie sein. Mehr verlang ich nicht. Nur Salz.«

Streudose mit Salz, Kätes linke Hand schafft sie herbei. Der Löffel ertrinkt gelangweilt in der Suppe und wird losgelassen, Ambrosius' rechte Hand packt die Streudose, kehrt sie um und schüttelt, eins, zwei, eins, zwei, eins, zwei. Salzriesel fällt in dünner Strähne.

»Das Salz ist feucht, Käte! Immer dasselbe!«

Streudose in die linke Hand, rechte Hand am Deckel und dreht und dreht, eins, zwei, eins, zwei, bis er unten ist. Die Gabel wird gezückt mit rechter Hand und stochert bis zum Grund das verhärtete Salz. Dann wird die Dose zugedreht, rechte Hand, linke Hand. Salz in die Suppe, weiter essen. Groß ist der Hunger, doch der Magen füllt sich, linker Magen, rechter Magen. Der Teller leert sich, noch ein Teller, und dann leert sich noch ein Teller. Das ist recht getan. Ambrosius ist satt, doch dann ist er ein guter Mensch, dann ist Käte eine gute Frau, und alle Wohnenden sind gut, weil sie in eigenen oder rechtmäßig gemieteten Häusern stekken, wo sie ihre Leiber aufbewahren, wenn dafür die Zeit gerade günstig ist. Ausgestreckt werden die Leiber und in wärmende Decken gehüllt, schon dünsten und schwitzen die Leiber, sie ruhen und sie schlafen, wie es brave Menschen machen. So haben sie als Kinder es gelernt, doch weil sie so gut sind, haben sie diese Sitte nie aufgeben müssen, sondern wiederholen sie Tag für Tag und Nacht für Nacht, links, rechts, links, rechts, in Furcht vor dem Gesetz und in treuer Pflichterfüllung.

Die Hausleutchen sammeln und nehmen zu sich, was gut und recht ist, aber was böse und links ist, das scheiden sie aus und werfen es weg. Sie nähren sich redlich und verdauen, wie es ihnen seit Anbeginn zubestimmt ist. Sie folgen dem Arzt, wenn eine Beschwerde den klaglosen Austausch ihres Stoffwechsels beeinträchtigt, bis sie wieder gesund sind. Kann kein Doktor aber die Leiber mehr heilen, dann tröstet sie der Arzt ins Gesicht, und hinter ihrem Rücken prustet er und zuckt die Achseln. Bald kommt der Notar, es folgt der Leichenbeschauer, dann ist alles erfüllt. Andere redliche Seelen beziehen die verwaisten Räume, Geschlechter um Geschlechter, rechts und links, in unabsehbaren Folgen.

Doch an diesem Tage wird nichts davon verspürt, alles ist vertraut, man hat nicht einmal den Schrank gerückt. Kein Ort kennt jemals Zeit, wenn es nur heute ist, da mag in der Welt geschehen, was will. Solange sie nicht einstürzt, gibt es keinen Wandel. Die Reise scheint nicht wahr zu sein, immer wieder gibt es nur Leitenberg und diese Straße, dieses Haus, und hier nisten Käte und Ambrosius und sielen sich und stehen auf und verzehren Brot und Rüben. Wenig Reste fallen ab, das ist der Müll. Die Tage wiederholen sich, eins, zwei, einer nach dem anderen, ob draußen der Geisterzug vorüberwandelt oder nicht. Das ist alles einerlei, die Nasen schnüffeln, es berührt sie nicht, geht sie nichts an, denn Geister sind fremd und sollen dafür büßen, daß sie noch da sind, wenn auch zum Glück in diesem Hause nicht.

Würde es nicht solche Geister geben, dann wäre Frieden im Land, und die Söhne von Käte und Ambrosius wären auch im Haus und nicht links und rechts in der weiten Welt.

Da ruft Käte: »Sie kommen!«

Nein, keine Jungen. Darum hat Ambrosius keine Augen und erhebt sich nicht nach seiner Suppe. Er ist müde, viel zu müde; Ruhe ist der Arbeit Lohn. Von diesen grauen Jammerlappen will Ambrosius nichts wissen. Verdauen ist gerechte Seligkeit.

»Sie kommen nicht, Käte! Glaub das nur nicht!«

Ambrosius denkt aber nicht an die Verworfenen, deren klappriger Gang von der Brückengasse heraufschallt. Er sieht seine Buben vor sich und weiß, daß sie nie mehr die Gasse entlangziehen werden. Buben, Buben, ausgespuckt zum Haus hinaus. Weggenommen hat man sie, aber es ist für eine gute Sache, es ist für den Krieg, Sicherheit des Hinterlandes, Bürgerruhe und Apfelmus, Verzehrungssteuer, Ruhm und Suppe. So ist es recht! Die Siegespalme steht schon in der Vase unter der Photographie vom Großpapa. So ist es nicht mit dem lieben Gott, aber ähnlich, es muß einen geben, nur keinen Bart, und Frieden wird im Lande sein, die lange Nase, rechts und links im Apfelmus des guten Vaters im Himmel droben, amen. Amen! Dann ist die Reise beendet. Girlanden schön beim Brückentor. Willkommen »Zur Goldenen Traube«, Kaffee und Wein. Käte, das wird lustig, wenn auch wir marschieren. Keine Geister. Kein Papier, ihr lieben Jungen. Wir schmeißen nichts weg. Auch Knochen nicht, die mahlen wir zu feinem Mehl.

»Lieber Mann, du bist ja dösig. Geh ins Bett!«

»Nein, nein! Gar nichts bin ich. Nur ein Nickerchen. Dann ist alles gut. Es ist etwas knapp geworden. Aber das macht nichts. Gar nichts, Käte, das sag ich dir, weil du's bist.«

Ohne Krieg kann es keinen Sieg geben. So hat man es Ambrosius gesagt. Genau so hat es die »Leitenberger Tagespost« geschrieben. Daher stimmt es, links, rechts. Alles stimmt. Geschriebene Worte sind heilig, weil sie festgehalten sind. Man kann sie wegwerfen, aber aus der Stadtbibliothek verschwinden sie nicht. Aufschriften sprechen die Wahrheit aus, die heiligsten Güter. Auf jedem Würfelchen drauf steht es: »Ich bin Nutriol. Ich bin die gute Suppenwürze. Käte, gib mich hinein, dem Ambrosius wird's schmecken, links, rechts wird es ihm schmecken! Weil er Brei und Suppen lieber hat, ist das was für seine schlechten Zähne!«

Alles ist ein Mansch, die Buben, die nicht mehr die Brückengasse entlangkommen werden, die Ruhenthaler Geister, die vorüberziehen, alle sind sie Mansch, und Käte ist Mansch, und Ambrosius ist Mansch, die Kartoffelsuppe mit Nutriol ist Mansch, und schwupp! den vollen Löffel in den Mund zwischen die faulen Zähne, linker Kiefer, rechter Kiefer, dann ab durch die Mitte, geschluckt hinunter in den Magen, in die Grube, begraben, alles bestatten, in den Abfall hinein, wo es kocht und gärt. Heimliche Säfte steigen daraus empor, damit Ambrosius blühen kann. Schon ist er wieder da, nach langem Winterschlaf erweckt, die Treppen geht er hinauf und hinunter. Dann nimmt ihn die Gasse auf. Er sieht, hier gehen Soldaten, die treiben ein friedliches Handwerk, sie bewachen die Geister, damit sie nicht fortlaufen. Zwar hat man es ihnen verboten, aber das würde nicht helfen, wenn man nicht vorsichtig wäre. Nur vor der kalten Kugel in den Leib hat das luftige Gesindel aus Ruhenthal Furcht. Sie haben alle ein kleines Bäuchlein, das ist so mager geworden und schmutzig, weil es Schweine sind, die sich nicht waschen, ihre Därme sind Schläuche, mit dünner Suppe voll. Das würde manschig herausspritzen, wenn man dem Pack den Schrot in den Unterleib pfeffern würde! Da würden die stummen Geister laut schreien und schnell verrecken, die Brückengasse wäre voll mit stinkenden Leichen, es ist Krieg, da gibt es Blutmansch und kein Apfelmus, man müßte die Überbleibsel mit Mistgabeln auflesen und auf Lastwagen schleudern. Dann hinaus zur öffentlichen Abfallstätte und weg damit! Freiwillige vor! In hohen Schaftstiefeln in die Grube hinunter! Die

Ärmel hochgestreift! Graben! Zudecken! Das ist zu viel Arbeit. Wir tun das nicht. Also Benzin herbei und anzünden, ein großes hygienisches Feuer. Dann bleibt nur Asche übrig, die kann man verschütten.

Ambrosius lächelt behaglich, er streckt sich und träumt gemächlich, doch er schläft nicht, nein, er schläft nicht. Käte hat ihm sorgsam den Lehnstuhl in die Sonne nahe beim Fenster gerückt, auf dem sich der Hausvater räkelt und bequem die Beine weit von sich weg spannt. Er ist ein wenig müde, doch ist ihm wohlig zumute, denn er ist gerecht, und darum darf er das Verzehrte verdauen. Kartoffeln und Rüben blähen den Leib, doch Ambrosius muß sie essen, wenn er satt werden will, weil es kein Fleisch gibt. Käte muß alles dazu tun, daß sie Ambrosius genügend füttert, denn ein hungriger Mann im Haus ist eine Plage und schafft der Frau Verdruß. Aber Käte hat es noch immer geschafft, weil sie ihren Ambrosius gern hat, Liebe macht erfinderischer als Not. Darum ist Ambrosius auch halbwegs zufrieden und brummt nur wenig. Es könnte besser sein, gewiß, doch nach vier Jahren Krieg ist es auszuhalten, man richtet sich ein, weil man nur einmal zu leben hat. Wollte einer alles bedenken, was es unter diesem närrischen Himmel gibt, dann wäre das ja doch nicht zu ertragen; darum verzichtet Ambrosius darauf, seinen Kopf zu schinden.

Wie es kommt, so kommt es, die Suppe ist da. Erst sieht sie das Auge, dann spürt sie der Leib. Schlafe, Ambrosius, schlaf ein! Ambrosius hört die Stimme seiner Mutter. Das klingt so freundlich und nett, daß er sich es nicht vorstellen kann, wie eine so liebe Stimme aus dem Grabe ruft, aber das ist wohl nur deshalb, weil der Friedhof von Leitenberg herrlich liegt. Es gibt keinen schöneren Garten in der ganzen Stadt, nicht einmal der Schloßgarten, und zu Allerseelen ist der Friedhof mit ungezählten Kränzen und Sträußen gefüllt, es duftet von feuchter Erde und krausen Spätherbstblüten, von flackerndem Öl und Unschlittkerzen, in allen Kirchen werden Messen gesungen, Credo in unum Deum, credo, credo, das geht nach der dritten Konjugation. Vier

Klassen Gymnasium, da bleibt etwas vom Lateinischen hängen, und es gibt auch einen Gott im Himmel, das weiß jeder, nur der Bart stimmt nicht, das haben sich die Päpste ausgedacht. Mit etwas Latein versteht man viel mehr vom Leben als das ungebildete Volk, plebs plebis, sieh mal an, das ist die dritte Deklination, und man hat auch Kredit und ein Sparbüchlein in der »Allgemeinen Kreditanstalt«, Zweigstelle Leitenberg. Das sorgenlose Alter ist gewiß, Credo in unam sanctam, denn etwas bleibt hängen, wenn man nur das liebe Geld zuletzt nicht noch entwertet.

Wenn aber das Geld zu wertlosem Papier wird, kann man es verbrennen. Fahr hin, Kredit! Kohle ist knapp, doch Käte muß einheizen, Feuer im Ofen. Dann wird die Asche ausgeleert. Scharrend fährt die Kohlenschaufel in die kahlen Überreste der verglommenen Glut, es ist ein sanftes Geräusch, schon sind die Brösel im verbeulten Kübel. Käte spritzt Wasser drauf, damit das Zeug nicht so staubt. Ambrosius trägt den Kübel hinunter, kippt ihn um, draußen ist alles. Nur wenn es schneit, wird ein Teil der Asche mit einer Schaufel auf den Gehsteig vor das Haus gestreut, damit die Bürger nicht ausgleiten. Sonst könnten sie stürzen und sich die Beine brechen. Das ist strafbar. Die Stadt soll nicht glatt sein, besser alles rauh, aber herzlich, denn Sicherheit ist das erste Gebot. So sagt es die Kreditanstalt, so hat es Ambrosius schon in der Schule gelernt; alle Einrichtungen in der Welt wurden vom ersten Schöpfungstage an so getroffen, daß überall Sicherheit herrsche. Sie ist die erste Weisheit des Staates und der Gemeinde, sie ist die Weisheit aller Bewohner. Dann blühen der Handel und das Gewerbe. Die Unsicherheit wird vom Gehsteig gekehrt, es ist das Jüngste Gericht, Dies irae, aber hinunter mit dem Furchtschnee, der Reisigbesen wischt alles fort, die Asche heilt die Gefahren des Winters.

Das ganze Jahr über werden die Straßen gesäubert, denn auch im Sommer können Gefahren entstehen. Pferde und Hunde düngen das Pflaster, Papier und viele Reste fallen zu Boden. Da kommen die Feger und schieben mit zierlichem

Schwung die kleinen Kehrichthaufen vor sich her. Haben sie davon genug gesammelt, so laden sie die Fracht auf eine große Schaufel, alle Trauer der Straße wird in Handwagen gestopft, mit denen die Straßenkehrer emsig durch Leitenberg reisen. Jeden Morgen ziehen sie pünktlich aus, mit Ruhe und Umsicht gehen sie ihrem Tagewerk nach, für das man ihnen wöchentlich Lohn zahlt. Es ist eine sanftmütige Arbeit, die nur Frieden verbreitet und nützt. Dabei strengt sich kein Straßenkehrer, wie ehrlich er sei, übermäßig an. Er schaltet Pausen ein und zieht zur Erholung vom endlosen Fegen ein Päckchen mit Klappschnitten aus der Tasche.

Johann stellt sich behutsam neben seinen Handwagen, an den er Besen und Schaufel gelehnt hat, und verspeist, was er mit seiner Hand gemächlich zum Munde führt. Der Mund wird geöffnet, die Schnitte zwischen die Spalte geschoben, dann hebt sich der Unterkiefer mit seinen Vorderzähnen und drückt das Brot an die obere Zahnreihe. Schon schneiden die Zähne in die löchrige Masse, die Hand unterstützt das Werk und zieht die Schnitte vom Mund weg, bis der Bissen fertig ist, dann sinkt die Hand hinunter, Zunge, Gaumen und Speichel helfen nach, eifriges Schlucken fördert, und der aufgeweichte Bissen würgt sich hinab in den Schlund. Das wiederholt sich, bis alles vertilgt ist. Vergessen ist die Straße inzwischen, vergessen der Besen, vergessen das tägliche Werk mit allem Staub und Mist. Nach dem Imbiß kriecht die flache Blechflasche aus einer anderen Tasche heraus. Der Verschluß, mit einer Schnur versichert, wird abgeschraubt, die Flasche hochgehoben, der Kopf nach hinten geneigt, der Mund gespitzt, schmal und rund wird er geöffnet, die Zähne werden zurückgehalten, schon ist der Flaschenhals in der Rundung. Nun geht es schnell. Kühl fließt der gezuckerte Kornkaffee mit Milch in die Höhle, bis sie genügend voll ist, die Zunge preßt sich schützend zwischen Mund und den offenen Flaschenhals, um den Zustrom des Getränkes zu dämmen. Jetzt wird der Mund durch heftiges Schlucken entleert, dann wird wieder Kaffee eingelassen, und so wird das fortgesetzt, bis der letzte Tropfen verschwunden ist. Die Flasche wird zugeschraubt und versinkt in der Rocktasche.

Wenn die Mahlzeit beendet ist, wird mit neuer Freude das Fegen fortgesetzt. Lustig schafft der Besen, weil Johann mit Eifer und Vergnügen kehrt. Es stört ihn wenig, daß manche Menschen Schweine sind und die Straßen versauen. Jeden Tag kommt Johann zu einem Gasthaus, dort gibt es immer argen Dreck. Zumindest vor Kriegsbeginn ist es dort immer so gewesen. Heute ist das anders, aber auch jetzt noch wird tüchtig in der Schänke gesoffen, so daß die Straße dort im Umkreis fast jeden Morgen vollgekotzt mit violetten Lachen ist. Haben sich die Bäuche bis zum Platzen erst gefüllt, so speien sie alles in ekelhaft dicken Strömen wieder aus. Johanns Besen streicht darüber, als ob ihn gar nichts störte; die Straße wird bald sauber und glänzt im Tageslicht.

Johann fürchtet weder Wind noch Kälte, dagegen schützt er sich. Nur wenn es zu arg regnet, stimmt es verdrießlich, weil sich der Mantel vollsaugt wie ein Schwamm und schwer wird, so daß er oft über Nacht nicht austrocknen kann. Aber auch darüber grämt sich Johann kaum, denn er ist pfiffig und weiß, daß jeder Beruf seine unangenehmen Seiten hat, die man hinnehmen muß; Johann nimmt sie gern in Kauf. Andere Leute müssen viel mehr schuften und sich plagen. Dabei sind ihre Aufgaben viel peinlicher und oft auch gefährlich. Schon die Kanalräumer haben es lange nicht so gut und dürften sich alle Finger ablecken, wenn sie mit den Straßenkehrern tauschen könnten. Johann will sich nicht so schinden und bis zu den Oberschenkeln in der kotigen Jauche versinken. Das sind die hohen Gummistiefel bestimmt nicht wert, die einem die städtische Materialverwaltung zuteilt. Selbst die Lebensmittelkarten für Schwerarbeiter mit den feinen Sonderzuteilungen von Pferdefleisch und echter Fleischwurst verlocken Johann nicht. Lieber sich ein wenig einschränken und ein bescheidenes Leben führen, dabei aber ein freier Straßenkehrer sein, so frisch und fröhlich wie die Spatzen, die sich kaum vor Johann und seinem Besen fürchten, sondern gemütlich mitten auf der Straße bleiben und nahrhafte Körner aus Pferdeäpfeln picken.

Das Leben auf der Straße ist gesund und lange nicht so bedrohlich wie die Plackerei in einer Munitionsfabrik, wo sich drei andere Straßenkehrer hin verlocken ließen, statt im Freien zu bleiben und viele Dinge zu sehen. Menschen und Wagen eilen vorüber, Bekannte und Unbekannte, was immer viel zu schauen und zu denken gibt. So erhält sich Johann jung. Noch viele Jahre wird er so arbeiten können, gar wenn der Krieg lange dauert und Not an tüchtigen Männern ist. Wäre Frieden, dann hätte man Johann vielleicht schon weggeschickt und pensioniert. Jetzt aber denkt niemand daran, oben auf der Gemeinde freuen sich die Herren, daß er weitermachen will. Im Referat für Straßenreinigung und Müllabfuhr haben sie gerade vor vierzehn Tagen ihm gesagt:

»Das ist recht von Ihnen, Herr Pietsch. Das Vaterland kann Sie gut beim Fegen brauchen, aber wollen Sie nicht lieber zur Munition?«

»Bitte, ich will auf der Straße bleiben.«

»Sehr schön von Ihnen, Herr Pietsch! Auch da kann das Vaterland Sie gut brauchen und wird Ihnen dankbar sein. Wie viele Jahre stehn Sie eigentlich schon in städtischen Diensten?«

»Vierzig Jahre werden es zu Neujahr. Warten Sie mal …, ja, ganz genau vierzig! Ich hab's im Kopf.«

»Ich werde Sie für eine Zulage eingeben, Herr Pietsch.«

»Bitte, Herr Inspektor, danke!«

»Treue Dienste werden belohnt, mein Freund. So ist das Vaterland. Sie sollten auch ein Anerkennungsdiplom kriegen, will mal sehn, Unterschrift vom Herrn Oberbürgermeister eigenhändig.«

Ein Lob vom Inspektor ist schön und die eigenhändige Unterschrift vom Vaterland noch viel schöner, aber das alles braucht Johann nicht. Da ist die Zulage schon was anderes, das freut ihn, ein bißchen Geld für seine Leistung, das ist das beste Diplom. Da flitzt der Dreck nur so vom Besen weg, ja, und dem Geisterzug, der sich gerade nähert, frisch in die Gesichter. Johann tritt ein wenig zur Seite, kratzt sich ein Ohr und bleibt dann ruhig stehen, den Besen verlegen in der Hand, die Rechte am Kinn. Johann staunt und denkt sich, was das wohl für Helden sind, die man da vorüberführt. Wer weiß, ob es Kriegsgefangene sind, weil sie auf der Brust ein Abzeichen tragen. Jetzt hat man allerhand Leute aus fernen Ländern hergeschafft und schickt sie zur Arbeit, damit sie auch was dafür leisten, daß sie gegen das Vaterland ihre Hand erhoben haben. Vielleicht ist auch ein Straßenkehrer darunter, der Johann zeigen könnte, wie man in einer fremden Heimat Besen und Schaufel schwingt, denn andere Länder, andere Sitten. Aber Schmutz ist überall auf der Erde, den man wegräumen muß. Das ist in Frankreich so und auch bei den Russen. Warum führen dann die Menschen Krieg? Jeder soll bei sich zu Hause die Straßen kehren. Die Feger könnten sich in der ganzen Welt gut vertragen und zusammen ausmisten. Johann muß sich nur die Gesichter von diesen Gefangenen ansehen, da sind bestimmt auch anständige Kerle darunter, nicht nur lauter Bösewichter, wie es in der »Leitenberger Tagespost« steht. Das sind ja müde Hengste mit leerem Magen, die wären alle lieber zu Haus als hier, wo sie nicht wissen, warum sie für ein fremdes Vaterland arbeiten sollen. Sicher haben sie Weiber und Kinder daheim, von denen haben sie schon lange keinen Brief bekommen. Johann stellt sich die Sorgen von den Leuten vor, wenn sie nichts aus der Heimat hören. Dort haben sie alles, was sie lieben, und können ihren Familien nicht helfen. Aber es wird auch einmal wieder gut werden, nur darf man den Mut nicht gleich verlieren. Jeder hat seinen Besen zu schwingen, lustig los, dann geht es schon weiter.

Einmal, ja einmal, da werden sie genug haben, die hohen Herren, und sie werden sagen: Schluß! Es ist schon zu lange Krieg gewesen! Die Herren werden sich in ein großes Schloß setzen und mitsammen beraten. Ach, das wird dauern! Doch dann erscheint eine Extranummer der »Leitenberger Tagespost«, da wird drinstehn, jetzt ist Frieden. Leutchen, Frieden, jeder wird seine Fahnen rausstecken, Parade wird auf dem Marktplatz sein, die Blasmusik wird zackige Märsche spielen, alle Häuser werden geschmückt sein, eins, zwei, drei, die Bäcker werden Kuchen backen, die Stadt wird alles für den Einzug der Soldaten vorbereiten, damit man sie gehörig feiert. Da werden alle Straßen voll mit Menschen sein, dicht gedrängt, einer neben dem anderen, doch bei so was machen die Leute überall scheußlichen Mist, aber das macht nichts, nein, das gehört schon zum Sieg dazu, Johann wird gern Überstunden kehren, damit Leitenberg wieder sauber wird, wenn dann Frieden ist, endlich Frieden. Im Dom die Orgel wird brausen, der Bischof selber wird die Messe lesen, und alle werden ein Tedeum singen.

Dann wird auch für diese Gefangenen Feiertag sein. Sie werden zu keiner Arbeit mehr geführt werden, aber auf den Bahnhof wird man sie bringen, die Burschen werden grünes Laub im Knopfloch tragen und schnell in die langen Eisenbahnzüge steigen. »Jetzt geht es heim, Burschen! So freut euch doch, nun geht's zu Muttern!« Johann möchte das gern laut rufen, aber er fürchtet sich, weil es gefährlich ist. Gleich heißt es, mit dem Feind gemeinsame Sache machen. Ein Hochverrat am lieben Vaterland. Da ist es sogar verboten, wenn jemand denen ein freundliches Wort sagt. Nicht einmal ein Zeichen darf man geben. Darum sagt Johann nur zwei Worte leise vor sich hin.

»Zu Muttern.«

Niemand hat das gehört, weil er das so leise gesagt hat, daß es keiner hören kann, der einen anzeigt. Johann käme gleich ins Kittchen, an beiden Armen würde man ihn übel packen, binden und in den grünen Anton stecken. Pfui Teufel, das will Johann nicht, zu den Wanzen im Untersuchungsgefängnis des Kreisgerichtes, brr, davon hat er dummes Zeug gehört, und dann ist es Adjes mit aller Freiheit. Schnell machen sie einem dort den Prozeß. Die haben auch schon immer ein paar Zeugen da, die wissen alles, auch was gar nicht stimmt, und reden, so wie es der Richter will, daß man aus der Klemme nicht heraus kann. Darum ist es besser, man schweigt, aber ein bißchen hinsehen darf er doch nach diesen Kerlen; auch wenn man hinüberlacht, da ist nichts dabei, das kann er sich schon trauen. Vielleicht erkennen es die Burschen, daß der Johann sie nicht auslacht, daß er's gut meint, und dann freuen sie sich und denken, in Leitenberg gibt's brave Männer unter den Straßenkehrern. Wenn's aber trotzdem ein Angeber sieht, daß Johann zu denen gelacht hat, was ein Verbrechen ist, dann braucht er keine Angst zu haben und sagt ruhig: »Nein, ich hab niemanden angelacht! Ausgelacht hab ich sie, weil sie jetzt alle in der Falle sitzen. Sie haben sich eingebildet, sie werden als Sieger in unser Vaterland einmarschieren, doch wir haben sie alle geschnappt! Da ist es ausgewesen, aus mit ihnen!« Aber alles ist aus. Die wandelnden Geister spüren es und erhoffen sich nichts von den Leitenbergern, die ihnen nicht helfen wollen und es auch nicht können. Der Straßenkehrer dort brauchte sich mit seinem Feixen nicht so anzustrengen, denn keiner merkt, daß es freundlich gemeint ist; der Feger wird nicht einmal angeschaut. Er ist für sie nicht mehr als eine leere Maske wie alle Menschen in der Stadt, die sich gelangweilt oder ängstlich auf den Straßen herumtreiben. Das Leben ist aus den Städtern gewichen, obwohl sie noch lebendig scheinen möchten, aber sie sind längst gestorben. Nur noch aus Gewohnheit laufen diese Beine. Paul sieht über sie hinweg und interessiert sich bloß dafür, daß es noch Häuser gibt und nicht alles verloschen ist, woran er sich erinnern kann. Aber es ist doch schon untergegangen, die Stadt ist eine schöne steinerne Leiche geworden. Alle Städte sind Leichen, die bald verweht sein werden mit dem Abfall, der sie begräbt. Zu diesem natürlichen Werke beizutragen, es zu beschleunigen, ist das einzige, was sich Paul als sinnvolle Tat vorstellen kann.

Paul möchte gerne darüber ein Wort zu seinem Nebenmann Fritz flüstern, um zu erfahren, wie der darüber denkt, aber Fritz stößt ihn mit dem Ellbogen in die Seite, um ihn daran zu erinnern, daß von der Brücke bis zur Scharnhorstkaserne jede Unterhaltung verboten ist. Die Leitenberger sollen nicht wissen, daß die Geister sprechen können. Da schweigt Paul in sich versenkt und geht weiter, links, rechts. Doch das Schauen ist nicht verboten, denn sonst müßten die Soldaten einen Zug von Blinden führen, nichts als Nasen, die vom ausgehöhlten Augenkreuz herunterhängen. Nur Hände, Füße würden schlotternd wackeln, für die man Leitseile spannen müßte, damit der Zug sich weitertasten kann. Oder man müßte alle aneinanderketten und ihnen die Augen verbinden, Scheuklappen den Pferden, blinde Kuh. Es würde genügen, die Augen der ersten Reihe unverbunden zu lassen, die dann nichts anderes zu tun hätte, als auf den Weg zu achten und vorsichtig die Füße auf den Boden zu setzen. Die anderen schlichen hinterdrein, die Hände auf den Schultern ihrer Vordermänner, die stumme Geisterbahn, die keine Geleise braucht, immer vorwärts durch den unbestimmten Hauch, mag es Tag sein oder Nacht, jedes Glied des Zuges nichts als unverwandtes Schreiten, doch das noch fühlen will, durch die Entfernung aller freundschaftlichen Nachbarschaft ins unmitteilsam Abgründige vertieft und fast verloren.

Dann könnte die Zeit auslöschen; nur eine Richtung hätte die Reise, aber kein Ziel; sie würde währen und ginge doch nicht weiter. Unsinnig würde die Frage werden, wann einer geboren ist, weil sein Tod viel weiter zurückliegen könnte als der Tag seiner Erschaffung. Habt ihr es noch nie empfunden, wie in einer ausgestochenen Zeit alles durcheinandergeriet? Was ihr heute zu halten vermeint, wäre entfernt, euer verlogener Traum von Sicherheit würde sich endlich von euch abwenden, denn Ersparnisse werden müßig, es gäbe keine Zinsen und Zinseszinsen, weil man auch nichts von einem Kalender wüßte, nichts von einem Datum, nur trübe rollte man durch trübe Masse hin, alles wäre gleichzeitig und in eins verbacken, doch wieder auch nicht, teils beisammen, teils auseinander, aber nicht fortgesetzt und kaum verbunden, aufgehoben der Grund, aufgehoben die Wirkung. Statt der gierig beschworenen und doch nie erschienenen Ursache bliebe nichts als das hingeworfene Meer verlorener Sachen, die ihr nicht sammeln könntet, weil ihr nicht wüßtet, wann zu sammeln; die Werte wären zerbrochen und zerronnen, bevor sie einer zu erretten vermöchte.

Von jetzt an also ist keine Zeit. Doch von jetzt an? Sinnlose Rede. Wenn keine Zeit ist, war sie auch nicht und wird nicht sein, die Sprache zertrümmert ohne das Zeitwort, alles huscht durcheinander, verdorbene Reise. Lächerlich ist die »Allgemeine Kreditanstalt«, lächerlich ist sie immer, seit sie gegründet ist. Schwül ist der Frost, wenn keine Jahreszeiten sind. Ambrosius kann kein Guthaben fordern. Es gibt kein Konto, die Rechnung löst sich nicht auf, denn sie beginnt nicht. Es fällt ihm schwer, die Suppe zu löffeln. Er hat den Mund verloren, er kann nicht essen. Mutsch, die Katze, springt auf den Tisch und leckt den Saft und frißt die Fleischfasern heraus. Mutsch ist nicht blind, die Tiere können noch sehen, die Zeit hat sie nicht verlassen.

Die Tiere bemächtigen sich der Stadt, denn da den Menschen die Zeit entrückt ist, hat das tierische Zeitalter begonnen. Sie stürmen die Bank, und die zeitlosen Menschen haben das Nachsehen, wenn die Tiere alles verwüsten, denn sie finden nichts in der Bank zu ihrer Nahrung und zu ihrem Vergnügen, es wäre denn die Zerstörung. Mutsch, die Katze, peitscht ihren Schweif mit zornigem Behagen und brüllt wie ein Löwe: »Alles ist Abfall!«

Die Straßenkehrer haben unendlich viel zu tun. Sie können ihr Tagewerk nicht mehr bewältigen, weil die Krallen alles zerzausen. Den Straßenkehrern wälzt sich unendlicher Schutt entgegen; mit Schneepflügen versuchen sie dagegen anzufahren, um einen freien Weg zu bahnen. Doch vergebens. Sie können nicht vorwärts stoßen und bleiben elendiglich stecken. Dampfwalzen werden gebeten, gegen die Masse loszurutschen; mit irrwitziger Geschwindigkeit poltern Hebelchen und drehen sich Räderchen, aber die Walze bleibt stecken, traurig pfeifen blödsinnig gewordene Ventile. Pflüge und Walzen sind gegen den Geisterzug angefahren, doch die Lenker bemerken es nicht und fluchen, man habe ihnen Wasser in das Benzin gegossen, aber es stimmt nicht, gebt Volldampf! Man schreit es ihnen zu, Fäuste fuchteln und trommeln auf die Motore, französische Schlüssel werden geschwungen und wuchtige Kluppen und winklige Zangen; aber das hilft nicht, die städtischen Fahrzeuge sitzen in Schraubstöcken fest, gegen die der technische Stab der Gemeinde mit seinen Kräften nichts vermag.

Dick und klebrig ist der Geisterzug, der sich in den Weg gestellt hat. Es sind Heuschrecken, die niemand forträumen kann. Was helfen Befehle gegen erzürnte Gewalten? Nichts, habt doch Geduld, bis die Heuschrecken freiwillig weichen. Das kann unendlich lange dauern, gar wenn die Uhren versagen und die Zeit nicht mehr sein will. Es gibt kein Gebot der Stunde, alles ist Stillstand, wenn auch kein Stillstand der Waffen, die immer wütender gegen das Unbekannte ins Gefecht geworfen werden. Also warten muß man, warten, bis die Heuschrecken sich selber verzehren. Vielleicht gibt es dann wieder eine Zeit, und die Rathausuhr wird sich wieder erbarmen und ihre ermüdeten Zeiger bewegen, damit die Stunde sich regt und klopfend mit glockiger Stimme spricht, ein Viertel, zwei Viertel.

Aber wann wird sich die Stunde vollenden? Niemand weiß das, selbst wenn ihr es wieder einmal dazu bringen solltet, eine Zeit zu haben, denn es gibt keine Einsichten mehr. Vergebens strengt ihr euch an, irgendwo Einsichten zu erlangen. Ihr könnt sie nirgendwo erringen. Deshalb mußte die »Leitenberger Tagespost« ihr Erscheinen einstellen. Die Druckerpresse funktioniert nicht mehr, die Zahnräder sind verrostet, die Walzen drehen sich nicht, die Druckerschwärze ist vertrocknet, der Setzkasten wurde von Mutsch, der Katze, umgeworfen, die Lettern sind verloren. Das verschmutzte Papier ist zerkratzt und stinkt. Die Redaktion ist von unbekannten Tieren gestürmt worden, sie haben sich hier eingenistet und sich mit allen Pinseln und Scheren bewaffnet, um niemanden hereinzulassen. Die

Administration des Blattes ist eine öde Stätte geworden. Es wurde vergessen, das Fräulein am Schalter, wo die Inserate aufgegeben werden, von ihrem Sessel wegzujagen, darum sitzt sie noch immer hier, aber sie ist wahnsinnig geworden und sagt, daß sie laut neuester Verordnung nur noch zur Entgegennahme von Todesanzeigen berechtigt ist. Für die achtfach gebrochene Millimeterzeile ist jedoch jetzt die achtfach erhöhte Gebühr zu bezahlen. Jede Weile schreit das Fräulein auf und verlangt das Geld für eine neue Todesanzeige, aber es kommt niemand; wahrscheinlich ist den Hinterbliebenen die Summe zu hoch, oder die Bürgerschaft ist zu stolz in ihrer Trauer, um sie öffentlich zu verkünden. Die Leitenberger verzehren die Trauer, vielleicht weil sie nicht von ihr verzehrt werden, oder nein, weil ihnen alle Lebensmittel ausgegangen sind. Mutsch, die Katze, und ihr Regiment haben alles vertilgt.

Nur der Lokalreporter Balthasar Schwind arbeitet noch. Er ist unermüdlich. Er ist tüchtig. Er zückt den spitzen Dolch und schreibt. Seine Zeit ist mit den laufenden Ereignissen erst angebrochen. Er reitet auf einem hüpfenden Fahrrad, das alle Hindernisse klingend im Sprunge mit Leichtigkeit nimmt und Geisterzüge und Heuschreckenschwärme spielend bewältigt. Im Flug erreicht er die Mitte des Marktplatzes. Er klettert behende hinauf und sitzt nun auf der vergoldeten Aura des heiligen Rochus, welche die mächtige Pestsäule krönt. Der Reporter hat schon viele Gefechte bestanden, nichts ist seinem scharfen Auge und seiner noch schärferen Kamera entgangen. Den Untergang der Zeit hat Herr Schwind überlebt, für ihn ist sie noch da, er zeichnet sie auf, er ist zu ihrem neuen Schöpfer geworden. Deshalb wird Schwind auch in diesem Kampfe bestehen, aus dem er sich als einziger aus allem Abfall erhebt, indem er ihn festhält und verherrlicht für alle Ewigkeit. Er hebt die Sammellinse der Sünde und photographiert die abgefallene Zeit. Herr Schwind sitzt auf dem spitzen Ende der Weltgeschichte und freut sich; ein Reporter hat sich zu freuen, weil er dabei ist, und siehe, es geschieht und es ist.

Es klopft in der Brust des Reporters, das ist das Herz, das schlägt, ein Viertel, zwei Viertel, aber alle vier Viertel schlägt es nicht aus.

Noch stehen die steinernen alten Zeugen unverletzt, links, rechts, von keiner Kanonenkugel gespickt, von keiner Fliegerbombe zerfetzt. Der gotische Dom, das Rathaus, die alte Gildenhalle mit ihrer grünen Kuppel, die barocken Bürgerhäuser mit geschwungenen Zierbogen und schützenden Lauben. Der Reporter sieht die entschwundene Ordnung, deren unberührtes Gerippe wartet und wartet, es enthüllt sich ihm die Geschichte der Stadt, er kennt sie genau. Für ihn, der noch Zeit hat, ist auch die Vergangenheit nicht versunken. Er braucht die Folianten mit brüchigen Dokumenten nicht, er braucht nicht die gelben Chroniken, in denen der Glanz früherer Tage aufgezeichnet ist, als Menschen und Dinge noch in einem faßlichen Zusammenhang beruhten und alles sich ineinanderfügte und ergänzte. Schwind weiß das alles, doch mit seinem bevorstehenden Tode droht dieses All auch als Erinnerung rettungslos zu verschwinden; niemand wird wissen, wie alles kam und dahinschied, denn bald wird das Gefüge der Steine nicht mehr zusammenhalten, auch wenn es von keinen Gewalttätern erreicht werden sollte. Von selber werden sich dann die Steine und Ziegel voneinander lösen, kein Mörtel wird sie binden, nichts wird sein als Schutt, zerkrümelt und zermahlen, und niemand wird da sein, der das städtische Archiv vor Mutsch, der Katze, retten könnte.

Balthasar Schwind grüßt zu den Altertümern hinüber, er hebt den rechten Arm und lächelt dazu, und alle Bauten grüßen ernst und feierlich zurück, Türme und Zinnen verneigen sich und erglänzen in jäh sich entzündendem Lichterschmuck. Heute ist die Feier des achthundertjährigen Bestandes der Stadt- und Marktrechte der ehrwürdigen Gemeinde Leitenberg. Dazu sollte eine Festnummer der »Leitenberger Tagespost« erscheinen, aber sie mußte der Umstände halber entfallen. Es fehlte an Papier, übrigens auch an Beiträgen, der Lokalreporter jedoch konnte nicht alles allein besorgen. Am Ende stellte sich gar heraus, daß Stadtrat und Bürger den denkwürdigen Tag im letzten Augenblick vergessen hatten. Schwind hatte sich auf sein Feuerrad geschwungen und hervorragende Persönlichkeiten aufgesucht. Er sagte nach eiligem Gruß, daß er die Tagespost sei, um das verbissene Schweigen der Großen und die zagende Angst der Kleinen zu überwinden. Dann stellte er Fragen.

»Bitte, was haben Sie zur Achtjahrhundertfeier zu sagen? Wie denken Sie in diesem Zusammenhang über die Vergangenheit, Gegenwart und Zukunft von Leitenberg?«

Diesen Fragen wurde mit Staunen, selbst mit Bestürzung begegnet. Oberbürgermeister Viereckl wollte sich zunächst mit einer wichtigen Sitzung wegen Einführung neuer dringender Notmaßnahmen entschuldigen und sagte dann:

»Sie versetzen mich in nicht geringe Verlegenheit. Ich weiß nichts vom Alter der Stadt. Ich dachte, sie war schon immer und hat sich seitdem nur ein bißchen verändert. Daher dürfte sie sich auch in Zukunft langsam verändern, wobei wir das Beste hoffen, wenn erst dieser Krieg einmal beendet ist, was nur durch einen eindeutigen und die bevorstehenden neuen Notmaßnahmen berechtigenden, darum aber auch um so sicherer bereits schon heute ganz gewissen Sieg geschehen kann.«

Nach dieser gewaltigen Erklärung, die Viereckl sichtlich bis an die Grenze seines Verstandes geschwächt hatte, sackte er in sich zusammen und wehrte sich nur mühsam gegen den freilich auch ein wenig verwirrten Reporter durch geschicktes Schwenken mit einigen Schriftstücken, auf denen Herr Schwind bloß das Wort »Notverordnung« entziffern konnte, worauf der ehrliche Zeitungsmann jeden weiteren Versuch zu fragen unterließ und sich einige Treppen weiter zum städtischen Archivar verfügte. Der Archivar zeigte sich freundlich und kam den Wünschen des Reporters mehr entgegen.

»Sie kennen sich im Archiv natürlich viel besser aus als ich, weil ich wegen der dringenden Gegenwart überhaupt nicht dazu komme, mich mit der Vergangenheit zu befassen. Sie wissen, wie ich Ihnen mit allen Auskünften bereitwillig zur Verfügung stehe, nur muß ich Sie bitten, sich aus den alten Papieren allein herauszusuchen, was Sie für Ihre Artikel zusammenbrauen wollen. Ich habe jetzt keine Hilfskräfte. Deshalb muß ich Sie auch darum ersuchen, falls Sie einen Faszikel heraussuchen sollten, es eigenhändig abzustauben und nach Gebrauch wieder an seinen Platz zurückzustellen, damit uns hier nicht alles durcheinandergerät.«

Der Gymnasialdirektor war so mit Erziehung beschäftigt, daß es erst längerer Erklärungen bedurfte, worum es dem Reporter ging. Als der Direktor aber alles genau verstanden hatte, gab er seiner Freude über den Besuch lebhaft Ausdruck. »Sehr schön, uns zu bedenken, wenn es um den Stolz und die Ehre dieser Stadt geht. Ich kann Ihnen nur sagen, daß unser Gymnasium fast dreihundert Jahre alt ist. Kein Wunder, daß so viele junge Männer es absolviert haben. Sie waren ja auch darunter, Herr Schwind. Im jetzigen Gebäude sind wir nun seit genau siebenundfünfzig Jahren, eine ganz schöne Zeit. Ich bin hier schon seit achtzehn Jahren Direktor und werde vielleicht übernächstes Jahr in Pension gehen, wenn der Krieg bis dahin siegreich beendet ist.«

»Aber die Stadt, Herr Direktor, die Stadt!«

»Ja, die ist freilich viel älter, kein Zweifel. Aber darüber weiß ich nichts. Ich bin nicht aus Leitenberg gebürtig und habe vor allem die hehren Ideale im Sinn, in deren ehrwürdiger Tradition ich im Verein mit dem heute neu zusammengeschweißten Geist in eigener Person mitsamt dem Lehrkörper, der geschlossen hinter mir steht, aus unserer Jugend tüchtige Männer mache.«

»Gestatten Sie, Herr Direktor, wenn ich auf den Zweck ...«

»Die Stadt, mein junger, ungeduldiger Freund, hat bestimmt schon lange vor der Gründung des Gymnasiums bestanden, und ich stelle mir vor, wie groß die Unbildung hier gewesen sein muß, bevor man eine Lateinschule eingerichtet hat.«

Beim Bischof wurde Schwind nicht vorgelassen. Nur ein Domherr empfing ihn und erklärte mit sachlicher Freundlichkeit, daß der gegenwärtige Inhaber der Diözese der siebzehnte in der Reihe der Leitenberger Bischöfe sei.

Schwind beklagte die ärmlichen Ergebnisse seiner Umfragen bei den Gebildeten, aber was ihm die Leute aus dem Volk erzählten, brachte genauso magere Ergebnisse. Der Reporter begegnete in der Brückengasse einem rundlichen Mann von ungefähr fünfzig Jahren, der gerade gähnend aus einem Haustor trat.

»Verzeihn Sie, ich komme von der Leitenberger Tagespost.«

»Gut, gut, das macht nichts.«

»Ich möchte einige Fragen an Sie richten über unsere Stadt.«

»Ich weiß nichts.«

»Ach, hören Sie doch erst mal zu! Sie wissen noch gar nicht, was ich von Ihnen will. Wie ist Ihr Name, bitte? Ihr Beruf?«

»Sind Sie von der Polizei?«

»Ich bin von der Leitenberger Tagespost.«

»Dann muß ich Ihnen nichts sagen. Nur der Polizei muß ich.«

»Aber ich will Sie doch nicht verhören. Ich bin Redakteur. Es kommt in die Zeitung! Es wird Ihnen einen Namen machen! Stellen Sie sich vor, die Festnummer! Sie soll zweiunddreißig Seiten haben. Die Auflage wird groß sein. Wenn Sie mir Ihre Adresse verraten – ich nehme an, Sie wohnen hier in dem schönen Haus –, dann bekommen Sie drei Freiexemplare geliefert. Also, wie heißen Sie, bitte?«

»Ambrosius Budil.«

»Wie alt?«

»Zweiundfünfzig war ich im Juni.«

»Beruf?«

»Buchhalter im Elektrizitätswerk.«

»Verheiratet?«

»Ja.«

»Kinder?«

»Zwei Söhne, bei der Wehrmacht, irgendwo im Osten.«

»Sehr schön, Herr Budil, sehr schön! Wird ja alles gut ausfallen! Uns gehört die Zukunft! Was haben Sie zur Achtjahrhundertfeier zu sagen?«

»Wie bitte?«

»Das bevorstehende Jubiläum. Die Stadt feiert ihren achthundertsten Geburtstag.«

»Donnerwetter! So lang ist das schon her? Das hätte ich nicht gedacht! Ja, die Zeiten gehn jetzt so schnell vorbei.«

»Die Leitenberger Tagespost hat doch schon darüber geschrieben. Sind Sie denn unser Leser, Herr Budil?«

»Ja, lesen tu ich sie schon, aber nichts vom Geburtstag hab ich gelesen. Soso, die Tagespost hat geschrieben, sie hat ... Sehr interessant! In den Zeitungen steht eben alles, Herr Redakteur. In meinem Beruf erfährt man so was nicht. Es ist auch schon zu lange her. Ich weiß gerade, daß mein Großvater, er hieß Vinzenz Budil, nein, nicht Vinzenz ... So hieß nämlich ein Großonkel. Der Großvater hieß ... Warten Sie, ich werd's gleich haben, er hieß ... er hieß ...«

»Vielleicht ist das nicht so wichtig, Herr Budil! Also der Großvater ...«

»Ich hab mich jetzt genau erinnert, er hieß doch Vinzenz, der Großonkel hieß Anton, ich verwechsle das immer. Ja, aber was wollt ich eigentlich sagen ...?«

»Von Ihrem Großvater ...«

»Ich weiß schon. Mein Großvater ist im Jahre 1824 in Leitenberg geboren. Aber sein Vater, so hat er immer gesagt, der war aus Ruhenthal, der Stadt, die man jetzt abgesperrt hat. Dort drüben. Sie wissen schon. Der hätte sich gewundert, daß man heute dorthin nicht mehr darf! Die Zeiten haben sich geändert. Übrigens jammerschade, bei der heutigen Wohnungsnot eine ganze Stadt für die Zivilbevölkerung zu sperren und Gefangene dort unterzubringen! Hat man denn keine Zuchthäuser? Oder kann das Gesindel nicht Baracken für sich bauen? Sie müssen nämlich wissen, Herr Redakteur, daß ich da jeden Tag zuschauen muß, wie man diese Faulpelze mit militärischem Ehrengeleite durch die Brückengasse an meiner Nase vorbei spazierenführt.«

»Das ist eine andere Frage, Herr Budil. Ich will aber wissen, was Sie von der Vergangenheit, Gegenwart und Zukunft unserer Stadt halten.«

»Ich? Ich halte nichts davon. Es geht mich auch nichts an, ich habe keinen Einfluß. Leitenberg ist bestimmt alt und schön, aber heute ist Krieg; wer weiß da, was der nächste Morgen bringt? Ich weiß das nicht, Herr Redakteur, ich nicht! Da müssen Sie schon andere Leute fragen. Wir alle aber müssen die Zähne zusammenbeißen und hoffen, daß es weitergeht. Es muß ja weitergehn!«

Dann sprach Balthasar Schwind einen Straßenkehrer an, der sich gerade ein Weilchen ausruhte, ein rotes Taschentuch aus der Hosentasche zog und sich kräftig schneuzte. Johann war leicht zum Sprechen zu bringen.

»Du meine Güte, also schon achthundert Jahre! Das kann man sich fast nicht ausrechnen! Nun, es ist ja immer hier recht gut gewesen. Jetzt wird man sehn, wie's wird. Dann können unsere Urenkel sagen, wie's wurde, wenn wieder mal achthundert Jahre um sind.«

Mit solchen und ähnlichen Aussprüchen konnte der Lokalreporter nicht viel hermachen, bis sich herausstellte, daß gar nichts mehr zu machen war. Darum blieb nichts anderes übrig als die Flucht auf den heiligen Rochus hinauf, der seit der Pest von anno 1680 die Stadt bewachte. Die Cholera vom Jahre 1866 hat er überdauert, doch damals haben die Leitenberger kein neues Standbild eines Heiligen mehr errichtet. Inmitten der alten Bauten ragt Rochus einsam noch aus dem Verderben empor, der Reporter sitzt oben und kann nicht photographieren, aber er wird traurig, wie er darüber nachzudenken beginnt, ob er je seine Bilder wird entwickeln können. Eine Dunkelkammer gibt es noch, doch der Entwickler ist fast ausgegangen, wahrscheinlich wird man keinen neuen mehr bekommen. Unentwickelte Filme sind wie ungeborene Kinder. Unendlich kurz hat sie das Licht berührt, dann ruhen sie in ihrer schwarzen Hülle, bis sie im roten Schimmer zum Leben erwachen, doch es dauert ein Weilchen noch, die jungen Bilder baden in flachen Wannen unter mildem Schaukeln. Dann erst kommt ihr Tag. Vorher weiß niemand, was aus den Filmen wird. Hoffnungen nur und stumme Wünsche haben sie begleitet, damit sie einmal erfüllen, was heute nicht mehr ist als ein dunkles Versprechen.

Einmal, da wird es sein! Balthasar Schwind ruft es sich zu, während er sich mit einer Hand an der steinernen Nase des Heiligen festhält und hinunterstarrt in Abfall und Verderben, das den nahen Untergang Leitenbergs verkündet. Er ist gewiß und unaufhaltbar, sobald kein Einwohner mehr etwas von der Geschichte seiner Stadt weiß.

Einer der Offiziere oben in der Scharnhorstkaserne, es war der Hauptmann Küpenreiter, ein Fremder aus dem fernen Unkenburg, wußte nicht einmal mit Sicherheit zu sagen, in welcher Stadt er sich eigentlich aufhielt, in die man ihn bloß kommandiert hatte, um seinen Dienst zu verrichten. Er zog aus der Schublade eine Generalstabskarte heraus und nahm einen Zirkel zur Hand, mit dem er Entfernungen auf der Karte bestimmte. Nach einem kräftigen Aufatmen sagte Hauptmann Küpenreiter erleichtert:

»Sehen Sie, Schriftleiter, gerade etwas über dreihundert Meter westlich von dieser Quote – Sie können sie doch erkennen? – befinden wir uns. Hier ist unsere Kaserne. Man kann sie im Ernstfall kaum verteidigen, wenn man nicht zu viele Mann aufs Spiel setzt, mehr jedenfalls vonnöten als unsere momentane Besatzung. Ein strategischer Rückzug hier hinauf nach Norden, wo Sie diesen Feldweg längs der geriffelten Lehne eingezeichnet sehen, würde sich unter Umständen empfehlen, allerdings vorausgesetzt, daß der Feind nicht den Angriff aus dieser für ihn sehr günstigen Stellung vortragen kann und den Feldweg durch beständiges Sperrfeuer kontrolliert. In diesem Falle bliebe uns nichts anderes übrig, als dieses Ufer kampflos dem Feind zu überlassen und sich auf dem anderen Ufer einzugraben und zu verschanzen. Dort sind gegen Einsicht gut geschützte Wälder, die vielleicht auch gegen Flugangriffe ziemlich sicher sind. Der Nachschub von Munition und Proviant wäre über jene Straße aufrechtzuerhalten. Dort also müßte man hin, aber diese Kaserne hier wäre leider verloren. Müßten sie überdies selber beschießen, und der Ort hier, richtig, Sie nennen ihn Leitenberg, es stimmt, gucken Sie mal, Schriftleiter, der Name ist in der Karte eingezeichnet, Leitenberg wäre dann auch verloren. Würde nur ein wüster Trümmerhaufen bleiben. Wär ja wohl schade, ist aber Sache der Zivilisten, Tankfallen zu bauen und sich in den Straßen zu verschanzen, um den Feind aufzuhalten. Sie zweifeln, Schriftleiter? Sollten Sie nicht! Mit etwas Zivilcourage kann man dem Feind einige Verluste beibringen, wenn man ihn schon nicht aufhalten kann.«

»Herr Hauptmann, die Front verläuft fast zweitausend Kilometer von hier entfernt.«

»Kann stimmen. Hab das nie nachgemessen, Schriftleiter, hab auch nicht die Generalstabskarten hier zur Verfügung, mit denen man das feststellen kann.«

»Sie wollen doch nicht den Einbruch der Feinde in unser Vaterland!«

» I bewahre! Aber Mensch, ich bin Soldat! Für mich besteht überall die Möglichkeit von Angriff und Verteidigung. Ich liebe das Gelände, in das man mich kommandiert hat.«

»Beurteilen Sie die Lage vom militärischen Standpunkt so ernst?«

»Ein Soldat hat keine Meinung und beurteilt die Lage nur nach Befehl.«

»Herr Hauptmann, achthundert Jahre Leitenberg, die Heimat, die Bevölkerung in dieser schönen Gegend, die Stadtbewohner!«

»Alles gut und recht, aber interessieren mich weiter nicht. Sind ohnedies meist nur Hindernisse für die Kriegsführung.«

»Sie haben doch auch eine Heimat! Denken Sie an Ihre

Mutter, an das Haus, in dem Sie das Licht der Welt erblickt haben!«

»Meine Heimat – das ist freilich eine andere Sache! Aber das muß man vergessen, wenn man Soldat ist. Sehen Sie hier die Landkarte an der Wand! *Das* ist meine Heimat! Überall bemerken Sie Stecknadeln. Die mit den weißen Fähnchen bezeichnen unsere Stellungen, die mit den blauen sind die Stellungen der Feinde. Das hat unser Regimentsstab für die nächste Feldübung so vorherbestimmt. Alles wird klappen wie am Schnürchen. Beinah wie im Ernstfall. In der nächsten Woche werden wir die Operationen im Gelände durchführen. Das wird Sache, Mensch, so was muß man mal mitgemacht haben, wenn man mitreden will! In einem Abschnitt soll scharf geschossen werden, wir werden aus Sicherheitsgründen ein Dorf für zwei Tage räumen. Es ist das Dorf beim Übungsschießplatz. Sie können es da auf der Karte sehn, Schriftleiter, da! Dobrunke heißt es. Eine unmittelbare Gefahr droht nicht, aber die Zivilisten sind neugierig und unvorsichtig, so daß leicht was passieren kann. Das sehn wir Offiziere nicht gern, weil es das Militär unpopulär machen könnte, selbst wenn bloß ein Mann einen harmlosen Streifschuß erwischt, zu dem jeder Soldat im Ernstfall sich gratulieren würde.«

Balthasar Schwind verabschiedet sich von Hauptmann Küpenreiter und ist traurig darüber, daß der Offizier von Leitenberg nichts wußte, obwohl aus dieser Stadt so mancher brave Soldat hervorgegangen ist. Aber jetzt kennt niemand den Ort, weder die Einheimischen noch die Fremden. Der Reporter überlegt, wen er noch befragen könnte. Da es die Gesunden nicht wissen, besteht eine geringe Hoffnung, daß sich die Kranken mit der Geschichte ihrer Stadt befassen. Darüber müßte der Krankenhausdirektor Zischke Bescheid wissen, aber auch der hat keine Ahnung.

»Die Frage, vor die Sie mich stellen, ist meinem Gesichtskreis fern. Wir haben 327 Betten und 27 Notplätze. Im Augenblick sind wir voll besetzt, eine Reihe Fälle sind angemeldet, die auf unsere Verständigung warten. Woher die

Fälle kommen, ist mir egal. Wir sehen nur auf die Dringlichkeit und die Reihenfolge der Anmeldung. Länger als sechs Wochen soll ohne zwingenden Grund niemand im Krankenhaus bleiben. Meist gelingt es, in dieser Zeit die Patienten gesund zu machen, oder sie sterben. Bei längerer Krankheit kommt gewöhnlich nur häusliche Pflege in Frage, der Kranke erholt sich oder stirbt, so daß es fast immer unnötig ist, ihn länger zu behalten. Ausnahmen machen wir in der Regel nur bei Kriegsbeschädigten. Gewöhnlich besteht medizinisch zwar dafür kein vernünftiger Grund, aber es geschieht um der Menschlichkeit willen, denn mit irgendeiner Belohnung müssen wir unsere Helden doch auszeichnen. Das verlangt nicht nur das Staatsgesetz, sondern auch die Dankesschuld des Volkes. Auf die Geschichte Leitenbergs in vergangenen und künftigen Tagen dürfte aber das Krankenhaus schwerlich einen Einfluß haben, weil im Prinzip heutzutage alle Krankenhäuser im Lande gleich sind. Seitdem man sie privaten Einflüssen entzogen hat, sind die Unterschiede glücklich fast verschwunden. Darum hängt die weitere Entwicklung des Krankenhauswesens viel mehr von den Fortschritten der Heilkunde ab als von den Schicksalen der Stadtgemeinde Leitenberg. Bitte, merken Sie sich, daß wir nicht städtisch sind. Wir sind staatlich. Der Name städtisches Krankenhaus ist überholt und irreführend. Es kommt ihm ausschließlich eine historische Bedeutung zu. Es soll mich freuen, wenn diese Auskunft anläßlich der Achtjahrhundertfeier unter der Bevölkerung einige ersprießliche Kenntnisse über unser Krankenhaus verbreitet.«

»Vielen Dank. Dürfte ich nicht einige Patienten befragen, wie sie über unser Jubiläum denken?«

»Bedaure außerordentlich. Das kommt leider nicht in Frage. Interviews erteilt im Krankenhaus laut gültiger Bestimmung einzig und allein der Direktor, also ich.«

Der Lokalreporter grübelt. Er fühlt sich ganz wohl da oben auf seiner Pestsäule, aber er begreift auch, daß sie eine letzte Zufluchtsstätte ist. Unten auf dem Pflaster bereits ist alles unsicher, denn dieses Pflaster hält nicht mehr aus, hat auch schon keine Geschichte mehr, seitdem es von den Heuschrecken überschwemmt ist. Die Steine reden nicht; sie sind nicht einmal mehr stumme Zeugen, weil sich keine Erinnerung an sie knüpft. Niemand ist hier, der solch eine Erinnerung haben könnte. Die alten Pergamente im städtischen Archiv genügen nicht, sobald sie niemand liest und niemand lesen kann, denn wer noch lebt, ist überlastet, doch wer Freiheit hat, ist tot. Was hilft es, daß der Straßenkehrer Johann Pietsch mit hocherhobenem Besen um die Pestsäule herumtanzt, wenn für ihn das glitschige Pflaster nichts ist als ein Boden, eben noch gut genug, um den Dreck darauf abzuladen, dessen Johann sich nicht einmal mehr annehmen will, seitdem er nur tanzt. Dabei ist ihm unbekannt, daß vor dieser Säule einmal Gottesdienste stattgefunden haben. Jedes Jahr hat man sich hier am Namenstage des Pestheiligen versammelt und unter freiem Himmel eine Messe gelesen. Jetzt werden keine Messen mehr zelebriert. Hier zumindest nicht. Es ist kein Volk da, das sie anhören möchte, kein geweihter Priester, der das Credo aufsagen könnte, kein Gloria in excelsis Deo. Was gäbe es zu rühmen? Die Höhe besteht nicht mehr, seitdem der Himmel abgetragen wurde. Wo es keinen Himmel gibt, fehlt auch der Boden unter ihm.

Leitenberg ist verschwunden, aber kein Extrablatt hat es verkündet. Die letzte Nummer der »Leitenberger Tagespost« konnte nicht mehr ausgetragen werden. Die Heuschrecken haben das unmöglich gemacht. Es gibt keine Bezieher mehr, keine Inserenten. Geburtsanzeigen und Todesfälle werden nicht mehr veröffentlicht. Sogar das Fräulein in der Administration hat ihre Tätigkeit eingestellt und ist versteinert. Alles ist in langer Prozession auf die öffentliche Abfallstätte gewandert, doch die Heuschrecken wurden nicht von kirchlichen Würdenträgern begleitet. Sinnlose Beine mit Nasen sind hingehumpelt. Es war ein klägliches Hoppeln, links, rechts, links – bumm. Der Korporal hat vor heller Wut aufgeschrien, weil es nicht geklappt hat, nur geschnarrt und gequietscht, linksadi rechts-rechts Heuschreck. Draußen auf dem wimmelnden Haufen wohnen kribbelnde Insekten, Spinnen und Würmer. Mutsch, die Katze, sieht das Unheil an und schreit ein dreifaches Kikeriki auf den Verschönerungsverein aus. Die Heuschrecken glauben, es ist ein Requiem auf den plötzlich eingegangenen Bürgermeister Viereckl, und ziehen respektvoll den Hut. Sie freuen sich unbändig und wühlen.

In frostig goldener Einsamkeit ist die Pestsäule noch immer nicht vergangen. Sie steht fast aufrecht auf dem Kompost. Sie ist aus versteinertem Holz, ein uralter Baum mit mächtigen Wülsten und im Sonnenlicht blutigen Beulen, ein Denkmal seiner selbst, das unvergänglich ist. Balthasar Schwind lächelt, weil jetzt der zahllose Geisterzug vor ihm stehengeblieben ist. Die Geister verneigen sich und wackeln unzüchtig mit ihren Hasenohren, aber vielleicht ist es nicht Unzucht, sondern nur Furcht, ein Grauen, das selbst die Geister ergreift, wenn der Chor der Heuschrecken seine mißstimmige Fuge unter der Pestsäule zirpt. Der Reporter sieht auf die Demut der Hasen hinab und weiß nicht, ob deren stumme Verehrung ihm gilt oder nur dem Heiligen, den er überragt. Vermutlich gilt sie ihm, denn die geblendeten Geister heben die Nasen zu ihm empor, sie starren nicht die Heuschrecken an, Denkmäler von Heiligen werden von Geistern gewiß nicht betrachtet. Sie wünschen das Leben, das sie nicht mehr haben. Sie möchten photographiert werden, um einen endgültigen Beweis zu erringen, ob sie vorhanden sind oder nicht. Falls sie noch wären, müßte der unbestechliche Film darüber Aufschluß erteilen, denn das nicht Bestehende kann nicht aufgenommen werden. Schwind wäre gern gefällig, doch der verrostete Apparat versagt den Dienst. Vergebens versucht der Reporter, die Schraube zu drehen, um die Filmrolle zu bewegen, aber der schwarze Kasten knirscht nur mit winzigen Zähnchen und piepst zum Erbarmen.

»Ich darf Sie nicht knipsen. Man hat es mir verboten. Die letzte Rolle. Der Film ist zu Ende, ein Viertel, zwei Viertel, ich fürchte, alle vier Viertel. Meine Herren Hasen oder Geister, der gute Apparat ist aus.«

»Bitte, knipsen Sie! Nur noch das Verbotene kann uns retten! Wir selber sind verboten. Was soll aus uns werden, wenn Sie uns nicht erlauben?«

»Ich erlaube Sie ja, aber man erlaubt mir nicht, Sie zu erlauben!«

»Doch es ist niemand da, der Sie hindern könnte, das Unerlaubte doch zu erlauben. Säulenreporter sind mutig und scheuen nicht vor dem Unmöglichen zurück!«

»Ihre Anerkennung rührt mich beinahe zum Niesen. Doch was Sie behaupten, das stimmt nicht. Man hat mir das Unerlaubte untersagt. Ich habe in der Redaktion die strengsten Aufträge erhalten. Vielleicht verstehen Sie das nicht, weil Sie die Zeit nicht mehr kennen, doch Sie müssen es mir glauben! Ausschluß aus dem vaterländischen Journalistenverband, Schreibverbot und noch andere Strafen.«

»Es ist niemand da, der die Einhaltung gestorbener Anordnungen überwachen könnte. Wir werden Sie nicht verraten, denn Sie gehören zu uns. Verweigern Sie sich uns nicht länger! Zücken Sie das schwarze Ding mit dem langen Stiel! Wir bitten Sie inständig! Knipsen Sie, eins, zwei!«

»Ich kann den Film nicht drehen, ich hab es Ihnen schon vorhin gesagt. Wenn ich knipste, so würden Sie auf einem schon exponierten Streifen erscheinen, und das wäre ein schlechter Beweis für Ihre unbekannte Existenz.«

»Ausflüchte, Herr Schwind! Wir sind, wo immer man uns aufnimmt! Exponieren Sie doppelt, aber knipsen Sie! Man muß uns nur aufnehmen, und das können Sie, wenn Sie ein guter Reporter sind.«

»Sie irren, ich will schon! Aber ich kann nicht, was ich will. Sie sollten freundlichst zur Kenntnis nehmen, daß ich schon immer gewollt habe. Leider ist nur nie etwas daraus geworden, zumindest seit wir diesen Krieg haben. Sobald ich einmal wollte, war auch schon alles vorbei, dann habe ich nur den Schmerz der Vergangenheit verspürt. Aber nicht als vergangen; der Schmerz war da. Er ist noch da, unaufhörlich. Ich wollte doch auch die Festnummer zum achthundertjährigen Bestand machen. Die Hölle hat es nicht gewollt. Der Schwund von Leitenberg ist mir zuvorgekommen.«

»Aber wir sind noch da! Mit uns kann man eine großartige Nummer machen! Heben Sie unsere Bilder auf! Nach dem Krieg wird man in Amerika Ihnen mit heiligen Dollars bezahlen. Wenn es sonst keine Menschen gibt, springen wir in die Bresche und sind da. So läßt sich alles erneuern, wir werden Sie mitnehmen. Wir erbauen in Ruhenthal eine Zukunft. Kommen Sie mit uns auf die andere Seite des Flusses! Dort sind gegen Einsicht gut geschützte Wälder, die vielleicht auch gegen Flugangriffe ziemlich sicher sind. Wir ernennen Sie zum Chefredakteur einer neuen Zeitung, die wir ›Ruhenthaler Zukunft‹ nennen.«

»Vielen Dank für die Ehre, aber ich kann nicht annehmen. Die Verbote sind noch wirksam und werden es bleiben, solange ich bleibe. Ich bin leibhaft hier auf der Pestsäule, so wie Sie mich sehen, das heißt, wenn Sie mich sehen können.«

»Knipsen Sie schnell! Entwickeln Sie uns und kommen Sie mit! Ruhenthal erwartet Sie! Ruhenthal wird Sie begeistert empfangen und Ihre Zukunft verschönern! Sie sollen Sonderzuteilungen haben, ein richtiges Bett für Sie allein, täglich ein ganzes Brot und doppelte Suppe zu Mittag.«

Schwind wankt in seinem Entschluß, ob er nicht doch den Geistern nachgeben soll. Er erinnert sich an alte Balladen vom Wassermann, der seine Opfer über den Fluß locken will; vielleicht wäre das nicht so schlecht, jetzt nachzugeben, da es nach dem Untergange Leitenbergs keine Heimstätte mehr geben wird. Es ist durchaus möglich, daß man auch im verzauberten Reich der Gefangenen sein Dasein bewahren kann, wenn man nur die Reise an das andere Ufer wagt. Aber jetzt, da Balthasar knipsen will und den Daumen gegen den Stiel preßt, versagt ihm die Kraft. Der Reporter merkt, daß es kein Spaß ist, und erschrickt, er will seine Beine vom Steinkopf des heiligen Rochus lösen, aber es gelingt nicht, Schwind ist gelähmt und ruft darum den Geistern verzweifelt zu:

»Bitte, ich kann nicht, wenn sich nicht einer von Ihnen zu mir heraufbemüht, für mich knipst und mir dann von meiner einsamen Höhe hinunterhilft, damit ich mich mit Ihnen im Mist vereinigen kann! Aber bitte machen Sie schnell!«

Nein, Balthasar Schwind kann nicht geholfen werden, denn die erwartungsvoll gestreckten Hasenohren erlauschen seine Stimme nicht mehr, weil er nicht mehr sprechen kann, die Stimme ist verdorrt. So muß er ausharren und die Gebote erfüllen, ob er sie nun anerkennt oder nicht. Er ist zu einem Teil des Pestbaumes geworden, eine müßige Riesenfrucht, die an den Stamm geschmiedet ist. Er fügt sich ins unvermeidliche Titanenschicksal des geborenen Reporters, der seine Pflicht erfüllen muß, auch wenn er nicht mehr will. Immer dabeisein, wenn etwas geschieht, wie es zur Standesehre der Zeitungsschreiber gehört, das rächt sich nun an Schwind. Er denkt an seinen Vorfahren Prometheus; er war es doch, der den Menschen die Tageszeitungen gebracht hat, für welche Wohltat er durch alle Zeiten schmachten muß. Jetzt galt es, angeschmiedet an eine Pestsäule, auszuhalten und sich nicht dem Geisterzug anzuschließen; in schweigsamer Qual mußte das verlockende Angebot abgelehnt werden.

Der Reporter sah noch mit ersterbenden Augen, wie sich der Zug wieder in Bewegung setzte und sich ohne Anzeichen von Teilnahme für den Angeschmiedeten im Unsichtbaren verlor. Nur noch Johann Pietsch stand unter der Säule, er schien von allem Geschehen unberührt und erinnerte sich seiner Pflicht, denn ohne Sorge bemühte er sich gutmütig, gegen den unermeßlichen Unrat mit seinem Besen anzukämpfen. Es war ein rührender Anblick, daß es in dieser Welt noch eine unbeirrte Pflichterfüllung gab. Aber nach einigem heftigen Bemühen sah es der Feger ein, daß es unmöglich war, all den Dung und Schmutz zu bewältigen. Johann schaute zur Säule auf, als könnte ihm von

Balthasar eine Erleuchtung kommen, doch der Reporter war plötzlich nicht mehr oben. Wahrscheinlich hatte er wieder Freiheit über sich gewonnen, nachdem er der Versuchung widerstanden hatte, und konnte inzwischen schon seine Photographien und Notizen machen, um einen schmissigen Lebensbericht für seine Zeitung zu schreiben. Da hatte ihn die Säule entlassen, das Feuerrad ihn aufgenommen und heim in den Schoß der Redaktion entführt.

Die Zeit hatte sich wieder erbarmt. Friedlich verfolgte der große Zeiger der Rathausuhr seine vorgeschriebene Bahn. Der Unrat liegt noch herum, aber die Heuschrecken haben sich davongemacht, auch von den Geistern ist keine Spur mehr zu entdecken. Friedlich leuchtet auf der gegenüberliegenden Seite das aufdringliche Schild der »Leitenberger Tagespost«, deren Erscheinen jetzt nicht mehr in Frage gestellt ist. Dort stehen Bürger ergriffen vor den neu hergerichteten Auslagenscheiben und stillen ihren Kriegsdurst und den Hunger nach Nachrichten über die jüngsten Geschehnisse in der Stadt. Oben im ersten Stockwerk in der Geborgenheit von Schwinds lichter Stube gedeiht erst das sonst Unerfüllbare, dort vollendet sich die Geschichte, vom wohltätigen Dufte der Sicherheit des Zeitungsbetriebes zärtlich gewiegt, und nur ein wenig später erfährt dann die dankbare Menschheit, was gewesen ist. Schwind schaut seine Sekretärin an, wischt sich verwundert die Stirn mit dem Handrücken und begreift, daß alles stattgefunden hat, doch jetzt ist es nicht mehr, es ist vorbei, damit man es drucken kann. Wenn er auch nicht alle Schläge seines Herzens dem Takte der Schreibmaschine anvertrauen darf, ein Viertel, vielleicht auch zwei Viertel kann er wohl versuchen. Die Zeitung ist das Pflaster der Ewigkeit und bezeichnet den Weg zum Heil. Lest und ihr werdet gesunden! Die Stimme wird euch, es ist gelungen. Mag auch die Zeit dahingehen, der Höhepunkt des Elends ist überschritten, denn die Zeitung ist da; sie erscheint pünktlich und wird auch in aller Hinkunft erscheinen. Schon können die Ereignisse nicht mehr davonflattern, sie sind gesammelt und bleiben, zu Papier geworden, für euch bewahrt. Viele Exemplare wandern in den Abfall, aber bestimmt nicht alle, einige überdauern und werden mit ewiger Stimme zu eueren Urenkeln sprechen.

So herrscht über euch das Zeitung gewordene Wort. Hinausgetragen werden die gereiften Blätter in schmiegsamen Stößen, das Wort des Tages ist fertig verkündigt und duftet noch nach Druckerschwärze. Austräger laufen mit Taschen und dicken Bündeln durch die Stadt, Zeitungsjungen jauchzen kräftig mit spröden Knabenstimmen in alle Winkel: »Das ist gewesen! Wir brauchen es euch nicht zu sagen, denn viermal gespalten ist es aufgedruckt, es ist getrocknet, es ist gerettet!« Mit kleinen Münzen werden die Blätter von den Vorübergehenden eingehandelt, schon vertiefen sich süchtige Augen in das Neueste vom Tage, was nicht mehr ist. Unendlich setzt es sich fort, die Seelen trinken ein unendliches Gestern, mit dem sie nun beschenkt sind, als wäre es ihr eigener Teil. Jeder erkennt für einige Augenblicke sich selbst und dringt ins Heiligtum der Redaktion, die ihm des Daseins letzte Geheimnisse preisgibt, aber die Worte haften nur kurz, wirklich, es sind bloß Augenblicke, doch wenn es hoch kommt, ein oder zwei oder alle vier Viertel einer Stunde, nach einem Tag ist längstens wieder alles vorbei, eine unstillbare Sehnsucht bedrängt die armen Bürger, die »Leitenberger Tagespost« entläßt sie wieder in den Zorn eines vergänglichen Lebens.

Bis auf einige Stücke geht die tägliche Auflage unter, wenn sie nach mannigfachen Schicksalen ihre Bestimmung im öffentlichen Abfall beschließt. Der Fleischer und Selcher Alexander Poduschka sammelt fleißig alte Zeitungen, damit er seine Waren einwickeln kann, denn er will die amtlich bestimmten Zuteilungen an Fleisch, Wurst und Fett nicht in ihrer natürlichen Blöße den Kunden überlassen. Poduschka segnet die bedruckten Blätter des Tages, die getreuen Käufer bringen sie willig dem Fleischer, der sich gewiß nicht anderes Papier beschaffen könnte. Nun werden die Siege unserer Helden, die Schandtaten und Lügen der

Feinde, aber auch der beruhigende Leitartikel über die neuen Sondersteuervorschriften sorgfältig um dünne Wurstscheiben gedreht. Da werden alle Nachrichten feucht und fettig, so daß der klare Druck traumhaft verschwimmt. Bei einigem guten Willen kann man dennoch jedes Wort entziffern, doch niemand liebt den Schmelz verflossener Neuigkeiten, unbeherrscht begehrt jeder nur die flachsige Nahrung, knüllt das untaugliche Papier geringschätzig zusammen und steckt es in den Ofen, um Feuer zu machen. So gehen die Nachrichten im Volke unter. Bald weiß niemand mehr von ihnen. Wieder einmal ist alle Mühe vergeblich gewesen. Nur gegessen wird, was es gibt; alles wird aufgegessen. Kein Krümelchen darf nutzlos verkommen, denn groß ist die Not, und viele Unglückliche würden sich freuen, wenn man ihnen die Brösel streuen würde, die unartige Kinder nicht aufessen wollen. Die Mutter hat es gesagt, der Lehrer in der Schule, jeder hat es gesagt, daß man dankbar sein muß, weil für alle Bedürftigen in diesem Kriege so gut gesorgt wird. Reichtum und Armut gibt es nicht mehr, nur die Gerechtigkeit gibt es für ein gerecht gewordenes Volk. Den Geistern wird es genommen, dem Volke wird es gegeben. Alles gleicht sich aus. Mit Riesenbuchstaben steht es an der Front des Redaktionsgebäudes der »Leitenberger Tagespost« aufgeschrieben, was Bürgermeister Viereckl den Schulkindern bei der Achtjahrhundertfeier gesagt hat:

DAS LEID DES NÄCHSTEN
IST EIGENE FREUDE.

Der Geisterzug ist bei der Scharnhorstkaserne angekommen. Leitenberg ist überwunden. Paul erinnert sich nur, über die Gassen und den Marktplatz geführt worden zu sein. Die Gefangenen dürfen sich jetzt entgeistern, das Sprechen ist hier wieder erlaubt, nur darf es nicht zu geräuschvoll zugehen. Darum wandern Fragen und Antworten leise hin und her.

»Hast du auf dem Marktplatz bemerkt, daß die ...?«

»Nein, ich habe nichts bemerkt, doch als ...«

»Sie leben wie im Frieden. Es fehlt ihnen nichts außer ...«

»Man könnte sie beneiden, doch wird sich einmal noch und vielleicht schon bald ...«

Das ist alles nicht wahr. Die Gefangenen haben nichts beobachtet. Sie haben wohl viel gesehen, aber nichts haben die Blicke erforscht. Alles ist undurchdringlich gewesen, die angestrengten Vermutungen sind müßig. Die Aufschriften in den Auslagekästen der »Leitenberger Tagespost« haben keine Aufschlüsse geboten. Wessen Augenschärfe ausreichte, die dicken Überschriften zu lesen, hat dennoch nichts erfahren. Der Krieg ist nicht zu Ende, die Gefangenschaft nicht zu Ende, die Schlachten gehen weiter. Nur der Glaube hat sich an das Undurchdringliche herangewagt und in seine Wünsche eingebogen, um es nun zu fetten Gerüchten zu verwandeln, die den Benommenen lieblicher duften als begründete Hoffnung.

Paul wendet sich um. Die Stadt ist überwunden. Nun liegt sie in der Tiefe, über ihr schwebt eine gräuliche Wolke von Rauch. In der Nähe der Kaserne ist es still, denn hier sind nur noch wenige Häuser mit großen Gärten, die von Leitenberg nichts mehr zu wissen scheinen. Die Straßen sind ungepflastert und verlieren sich in ungepflegte Karrenwege. Die Gehsteige sind durch lange Randsteine angedeutet, aber auch sie sind nicht gepflastert. Gras und wilde Kräuter sprießen zwischen dem Sand hervor und spüren nicht den Ernst der nahen Stadt, in der die Freiheit nicht gestattet ist. Vielleicht wohnen auch hier Menschen, die Vorhänge lassen darauf schließen, ein angelehnter Besen an der Mauer, ein vergessenes Spielwägelchen im Garten. Falls wirklich sich hinter diesen Wänden Menschen verbergen, wissen sie gewiß nichts von der Unfreiheit der Stadt, solange sie sich auf ihre stille Gegend beschränken. Hier sind sie zurückgezogen und vor Gefahren mehr begangener Gassen bewahrt, in denen sich das Volk auf Gedeih und Verderben zu einem Haufen mischt. Öffentliche Kundmachungen melden sich zwar auch hier an, aber sie verlieren an Gewicht, ihr vierschrötiger Ernst lockt sich zu graziöser

Spielerei, und darum erwarten die Erlässe kaum mehr, daß jemand auf sie achten wird.

Der rote Briefkasten ist verlassen, niemand scheint ihm Vertrauen entgegenzubringen, so daß er mit keinen Nachrichten belastet wird. Wahrscheinlich ist eine vergilbte Aufschrift an ihm befestigt, auf der man lesen kann: »Dieser Briefkasten wird bis auf Widerruf nicht entleert.« Die Macht der städtischen Obrigkeit reicht nicht aus, um diese verlorene Gegend mit Hast und Unruhe zu erfüllen, selbst der frechste Gemeindebote wird hier schüchtern und tritt bescheiden auf, wenn er für die Behörden werben will. Wer weiß, ob diese Straßen je gefegt werden?

Seltsam, daß sich gerade in dieser Gegend eine Kaserne angesiedelt hat. Wahrscheinlich liebt das Heer den abgeschiedenen Aufenthalt am Stadtrand und bereitet seine Taten dort vor, wo niemand das drohende Unheil genauer beobachten kann. Um ganz gewiß von Zudringlichen verschont zu bleiben, sind alle Tore bis auf eines fest verschlossen, doch vor das offene Tor wurde eine dreifache Wache gestellt. Ein Soldat steht unbeweglich in einem Schilderhaus daneben, einer marschiert mit einer gezückten Waffe auf und ab, ein dritter steht mitten im Tor und verweigert Unbefugten den Eingang und Ausgang. Hier muß man dürfen, um etwas zu können. Doch nur wenige dürfen, und zwar nach genau bestimmten Anordnungen, gegen die ein Verstoß nicht möglich ist. Wer dennoch das Verbotene versuchen sollte, würde es büßen. Da dies jedermann weiß, kommt das Unerlaubte nicht vor. Alles ist genau berechnet, und daher geschieht eigentlich gar nichts, es wickelt sich nur ab. Keiner könnte sagen, wie das zustande kommt. Nach unveränderlichen Maßen laufen zackige Vorgänge ab; sie vollziehen sich traurig, aber klaglos. Die Vorgänge sind in unendliche Länge gedehnt, doch finden sie ruckartig statt, weil sie einmal so eingeübt worden sind. Die Aufhebung des Schicksals ist gewährleistet, sobald die Instruktionen erteilt sind. Der Hauptmann Küpenreiter hat sie ausgegeben, aber auch er hat nicht dabei gedacht oder aus eigenen Einfällen geschöpft, denn er ist nur ein Vollzieher des Erlernten, soweit er nicht ein Werkzeug des Gehorsams ist. Küpenreiter sagt etwas, schon ist alles eingeteilt, und es geschieht.

Der Posten, der mitten im Tore steht, wackelt plötzlich mit dem Kopf. Das ist ein erwartetes Zeichen, und die Gefangenen dürfen durch das Kasernentor. Sie haben ein Recht erworben. Die Sklaven genießen die Rechte ihrer Herren und sind noch in ihrer Ohnmacht großartiger daran als die Freien in ihrer Beschränkung. »Schaufeln und Spitzhacken holen!« Sie dürfen es, wenn sie es auch müssen. Die Sklaven sind frei. Sie können hören und gehorchen. Sie trinken Befehle und dürfen sie befolgen. Auch die Soldaten können hören und gehorchen. Die Sklaven sind Soldaten. Es ist alles eingerichtet, darum wickelt es sich ab. Der Weg über den Kasernenhof ist bekannt. Die Erfahrung hat sich eingeprägt. Mann nach Mann im Gänsemarsch. Die Leitenberger Bürger müssen draußen bleiben, und wäre es der Bürgermeister Viereckl in eigener Person. Die Sklaven bewegen sich auf eigenen Füßen im verbotenen Gelände. Sie genießen die Luft des abgeschlossenen Bezirkes. Mit ihren Herren zusammen haben sie Anteil an der Gleichheit, die sich in einem gemeinsamen Leben darbietet. Wer nicht darf, kann nichts. Das ist deine Freiheit, Fritz! Du darfst müssen. Müssen, weil du bist. Die Reise verläuft programmgemäß. Sie ist nach dem vorgeschriebenen Fahrplan eingerichtet. Du siehst den Küpenreiter, der für dich unerreichbar ist, aber auch seine Nähe darfst du spüren. Du bist ihm gegeben, er nicht dir. Er darf dich anschreien, aber du darfst es hören, weil du schöne Hasenohren hast, die lauschen können. Nur gut aufgepaßt! Du sollst. Wer nicht darf, ist ausgeschlossen. Küpenreiter geht nicht gerne weg von seinen Soldaten, weil sein Schreien vor den Leuten in der Stadt den Sinn einbüßt. Sie sind in die Herrschaft nicht einbezogen wie du, Fritz, nur du genießt sie unmittelbar und ohne Vermittlung der Freiheit, die sich zwischen Gebot und Erfüllung nur störend einschleicht. Bloß wer ununterbrochen hörig ist, fühlt die unabwendbare Gewalt, die über die Freien nur hintergründig verhängt ist.

Die Gefangenen treten, einer nach dem anderen, in den bekannten Schuppen. Sie kennen sich aus, obwohl der Raum nach dem grellen Lichte des Tages in Düsternis getaucht scheint. Sie wissen, wo die Gewehre aufgestellt sind, die sie nicht berühren dürfen; sie wissen auch, wo die Hakken und Schaufeln rasten, die sie anfassen dürfen. Sie dürfen sie nehmen und schultern und dürfen schon wieder auf den Hof, der sie blendend empfängt. Nun haben sie das Fremde in ihren Händen, das der Fleiß von Unbekannten erschaffen hat. Einzeln sind die Gefangenen eingetreten, einzeln kommen sie heraus und gehen den Weg zurück zum Tor und aus der Kaserne hinaus. Unbehelligt läßt sie der Wachtposten an sich vorbeiziehen und kümmert sich nicht einmal um die Schaufeln und Hacken, weil er die Rechte der Gefangenen würdigt. Darum sind sie furchtlos und treten sicherer auf als unten in der Stadt. Sie dürfen ein reines Gewissen haben, weil sie nur tun, was man ihnen angeordnet hat.

Sie müssen sich nicht ausweisen und können es auch nicht, weil sie nichts haben, was sie bezeichnet. Man vertraut ihnen, weil man sie abgeholt hat, und man hat sie abgeholt, weil sie gefangen sind. Darum muß es stimmen. Läßt man etwas geschehen oder ordnet es an, so ist auch das Vertrauen da, das stets die gültige Voraussetzung bildet, wenn es schon nicht die einzige ist. Jeden einzelnen Fall kann man nicht überprüfen, Fritz, aber beim Heere verschwindet die Wolke des Traumes, weil hier das reine Sein verwirklicht ist. Du bist nicht vorgetäuscht, du bist es selbst als reines Wesen. Darum sollst du nicht bangen, daß man deine Person nicht kennt, denn man kennt dich, und das ist mehr, als du je begreifen wirst.

So verlassen sämtliche Gefangenen ungehindert das Kasernentor, durch das sie wenige Minuten zuvor eingetreten sind. Lange Gastfreundschaft hat die Weihestätte den Männern nicht gewährt, doch was tut es, wenn sie nur geboten wurde. Im reinen Sein sind reine Zwecke, die keinen Verzug dulden. Unverzüglich bist du geworden, Fritz. Niemand scheint zu fürchten, daß die Burschen mit den Werkzeugen durchgehen oder aufrührerisch werden könnten. Das klingende Wetzen des Stahles wird für harmlos gehalten. Mit dem Unerhörten wird nicht gerechnet, die Gutgläubigkeit wird auch nicht enttäuscht. Willig stellen sich die Gefangenen wieder so zusammen, wie sie vor der Kaserne eingetroffen sind, ohne auf eine Aufforderung zu warten. Die freiwillige Leistung nimmt jeden Befehl vorweg, so wird die Freiheit von Eisenbahnzügen hergestellt. Der Bahnvorstand muß helle Freude haben. Wenn es ihn vergnügt, kann er froh den Zug betrachten, wie er sich gekoppelt hat. Es kann nichts geschehen, was überraschend wäre. Die Dinge stimmen und sind in Ordnung wie am ersten Schöpfungstage. Jede Abwechslung ist ausgeschlossen, weil sie aus den Plänen ausgeschieden worden ist. Man soll nicht denken, wenn man zur Eisenbahn gehört. Es ist nicht schwer, die geringen Anstrengungen zu unterlassen, wenn man gezogen wird. Man muß nur mitfahren, das wird niemandem unmöglich. Jeder einzelne Waggon ist ein Stück Gefolgschaft des allgemeinen Wagenparkes.

Wollt ihr wissen, wo ihr hingehört? Das ist nicht notwendig, denn es geschieht euch schon. Man hat alles eingerichtet, ohne euch zu berühren. Es wurde nur gepfiffen, schon wart ihr da. Euere Vorschläge und Einwände kamen zu spät, können daher nicht mehr berücksichtigt werden. Wenn ihr glaubt, es gehe in Leitenberg anders zu, seid ihr im Irrtum. Die Zauberregel herrscht auch dort. Die Verhältnisse finden statt. Es ist besser für euch, wenn ihr nicht zu viel von ihnen wißt. Gebt euch den Träumen hin, wenn es euch tröstet, aber trauen sollt ihr ihnen nicht! Hütet euch vor Neugier! Sie bereitet Schrecken und Verdruß, sobald sie erfüllt wird.

Die Rast ist beendet. Bitte einsteigen! Paul geht mit, Fritz geht mit. Alle dreihundert Mann gehen mit. Es haben sich sogar noch einige Uniformen angeschlossen, die jetzt aus der Kaserne mit herausgekommen sind. Sie alle gehen mit. Sie haben gewiß alle ein Ziel vor sich, denn das soll sein. Alles findet statt. So ist von Urzeit gesagt worden, darum sind die Geschehnisse nichts anderes als Erfüllung. Der Weg führt steil hinan hinter der Abfallstätte. Weitergehen, links, rechts! Man muß nur einsteigen. Die Fahrt hat immer schon begonnen. Winkt Hauptmann Küpenreiter dem Zuge nach? Wer fährt, sieht sich nicht um und weiß es nicht. Wer sich zu fahren weigert, wird ohne weiteres, doch mit gutem Grund erschossen. Hier sind Fußangeln ausgelegt! Nur voran! Im Betretungsfalle weiter treten! Hier wird scharf geschossen! Warnung! Hier sind Rattenköder ausgelegt! Nicht stehenbleiben! Vorsicht! È pericoloso sporgersi! Also weiter ... Überall ist das aufgeschrieben, weil so viele Gefahren lauern. Latet anguis in herba! So haben es schon die Römer in ihren Parkanlagen aufgeschrieben. Überall wird vor dem Verweilen gewarnt. Ungeziefer ist ungewiß und wird im Bogen ausgespuckt. Aber das freie Ausspucken im Wagen ist wegen der Tuberkeln verboten. Erschießen ist viel hygienischer, wenn Chlorkalk zur Verfügung steht. Die städtischen Kläranlagen desinfizieren den Leitenberger Dreck. Das ist auch in Ruhenthal nicht anders. Überall wird gesäubert, überall nach den gleichen humanitären Grundsätzen gezeugt, gelebt, verboten und hingerichtet. Der Zug ist auf sein Ziel hingerichtet, er soll darum nicht im Tempo schwanken. Das Hinauslehnen aus den Fenstern ist wegen der Zugluft gefährlich und daher verboten. Verlust der rechten Hand führt zu dauernder Körperbeschädigung. Am Maulkorb soll man die Hunde erkennen. Nach dem Gesetz steht es niemandem zu, die eigene Todesart zu wählen. Stehenbleiben ist verboten, weil die Reise stattzufinden hat. Ohne Fahrt kein Zeitvertreib. Vor Gebrauch der Hinrichtung schütteln und fünfzehn Tropfen mit einem vollen Glas Wasser nehmen. Nicht an der Eisenbahn, sondern an der menschlichen Gleichgültigkeit sollst du sie erkennen! Kredit und Sicherheit zuerst! Allgemeine wechselseitige Versicherungsgesellschaft gegen Hinrichtungen und behördliche Übergriffe.

Der Zug keucht langsam durch die farbige Morgenlandschaft. Er steigt hinan. Links und rechts von dem Staube der Straße wachsen Rittersporn und Skabiosen und andere Blumen, welche die Nähe von Menschen nicht scheuen. Die Straße verengt sich zum Hohlweg, der oben von Zäunen begrenzt wird, hinter denen Pflaumen und Äpfel gewiß sind. Der Freiheit eine Gasse durch alle Hohlwege weiter, schön langsam voran, ihr behutsamen Füße, links und rechts und links und rechts. Bitte nicht umgeschaut, der Plumpsack geht um. Wer zuletzt fährt, fährt am besten. Karoline sagte immer, man soll in der Eisenbahn stets in einem mittleren Waggon reisen, weil dadurch die Lebensgefahr bei Eisenbahnunfällen bedeutend verringert wird. Die Fenster sind zu schließen, Zugluft zu vermeiden. Außerdem können sich Rußkörner in die Hornhaut spießen und müssen dann mühsam entfernt werden. Doch vor allem weiterfahren. Es geht jetzt nicht mehr so steil bergauf, die Maschine hat freieren Lauf. Jetzt soll nur niemand die Notbremse ziehen! Unfug wird bestraft, weil er den Verkehr stört, außer es droht Gefahr. Schnellzüge benutzen, die nur in wenigen Stationen halten. Die Vorteile des Speisewagens auskosten. Es ist eine ewige Wanderschaft, der niemand entkommen soll. Fritz, die Passagiere sollen sich vertragen! Kinder sind im Zug an der Leine zu halten. Mißbrauch ist nur in besonderen Gefahren gestattet. Das Ziel der Reise wird rechtzeitig erreicht, die Hinrichtung kann pünktlich stattfinden. Deshalb haben die Soldaten ihre Gewehre mitgenommen. Teilnahme an der Reise bloß auf eigenes Risiko. Es wird nur den Befehlen gehorcht, Angst ist überflüssig. Während des Aufenthaltes in Stationen nicht benutzen! Die Obstgärten, die Gemüsefelder, alles könnte in Fäulnis übergehen. Nein, alle Angst soll zurückbleiben, sie hätte in der letzten Station aussteigen sollen, sie ist ein blinder Passagier, sie ist verlorenes Gepäck, um das sich niemand meldet. Die Angst wird von der Bahnverwaltung versteigert und ausverkauft oder in das Gewahrsam des undurchdringlichen Nebels gesteckt, in den Strom, der an Leitenberg träge, doch sicher vorüberfließt. Langsam wird von ihm die Angst ins Meer geschwemmt, in dem sich alles verliert und durch die läuternde Beize des Salzes verwandelt. Die Hinrichtung ist beendet, doch was sie zurückläßt, wird mit allem Schrecken vereinigt und zu Grabe getragen.

Die Totenhalle in Ruhenthal wird ausgeleert. Lustig stampfend warten schon draußen die Gäule vor dem schweren Stellwagen, auf den die Totenträger alle Särge schichten. Die Toten haben die verdiente Ruhe. Sie haben sich das Ziel ihres Sterbens nicht ausgesucht, haben es aber erreicht. Es ist gleichgültig, wo sich dieses Ende erfüllt. Die Hauptsache bleibt, daß alle vorher ihre Reise zum Bestimmungsort angetreten haben. Die Trauer ist gering, wenn sich keine Eitelkeit mehr schmücken darf. Die Verbotenen haben es leicht, nach ihrer Abberufung nicht zu sein. Erfüllung eines Befehls wird nicht mehr erwartet. Die kurz gefeierte Erinnerung an diese Toten brüstet sich mit keinen Denkmälern. Traueranzeigen werden nicht verschickt. Trauerkleider gibt es nicht. Ernste Gesichter werden nicht lange zur Schau gestellt. Die uralten Gebete und Abschiedsgesänge finden statt, aber mit geschäftiger Eile, nicht für die einzelnen bestimmt, sondern für die vielen, denen man gemeinsam Abschied bereitet. Die Zeit drängt. Es ist sehr kalt in der Halle. Zwei schwache Glühbirnen schenken nur düsteres Licht. Auf jedem Sarg liegt ein Zettel. Sonst wüßten die Hinterbliebenen, die sich bleich und fröstelnd eingefunden haben, nicht einmal, wohin sie sich stellen sollten während der halben Stunde, die sie der Vergänglichkeit opfern.

»Wo ist der Vater?« Zerline hat es tonlos gefragt.

»Ich glaube, er ist da.« Karoline gab bleiern die Antwort.

Paul hat sich gebückt, um die Inschriften auf den Zetteln zu entziffern. »Nein, er ist hier, der Vater.«

Da sind sie hingegangen und blieben stehen. Leopold ist tot. Er wollte nicht in Ruhenthal sterben, aber er hat es hier nicht ausgehalten und ist abgereist, bevor man ihn nach Hause fahren ließ, wie er es stets gewünscht hatte.

»Es ist nicht so arg hier, es geht gerecht zu, aber schön ist anders. Ich will wieder weg von da. Ein Arzt gehört in seine Praxis. Ich werde auf die Ärztekammer gehen und dem Dr. Kmoch meine Meinung sagen. Die Patienten warten. Man muß heilen.«

Leopold ist krank. Er liegt in seiner engen Stube auf einer ungehobelten Bettstelle. Außer ihm liegen noch sieben Greise da. Sie haben alle keine Kraft. Sie hüsteln. Sie leiden, aber sie werden genesen. Sie haben es alle sich vorgenommen und sagen es einander. Die Krankenschwester Dora widerspricht nicht. Sie ist gerecht. Sie kommt und bringt die Suppe. Sie bringt die Leibflasche. Sie bringt Tierkohle. Sie trägt die Spuckschale fort. Sie nimmt den Besen und umwickelt ihn mit einem feuchten Tuch, wenn sie auskehrt, damit die Kranken nicht so husten müssen. Einmal täglich kommt der Arzt. Das ist der Dr. Plato. Leopold hat anders untersucht. Er hat immer eine richtige Diät vorgeschrieben. Hier schreibt der Arzt fast gar nichts vor. Dr. Plato hat keine Zeit. Leopolds Ratschläge hört er kaum an. In vielen Fällen wäre Luftveränderung geboten. Sie ist bei chronischem Husten indiziert. Wenn man hier das Fenster öffnet, fliegt nur Staub herein, es ist auch zu kalt. Hier gibt es fast nichts anderes als Aspirin und Tierkohle. Damit kann man nicht alles behandeln, auch Bettruhe allein ist ungenügend. Mehr als drei Patienten dürften in dieser Stube nicht liegen. Wenn man das Fenster schließt, ist ein furchtbarer Gestank. Die Diät enthält zu viel Flüssigkeit. Die Zubereitung läßt zu wünschen übrig. Dr. Plato ahnt nichts von den Anforderungen, die an einen modernen Arzt gestellt werden müssen. Die junge Generation hat nichts gelernt, obwohl man die Zeit der Ausbildung um zwei Jahre verlängert hat. Es ist ein Wahnsinn, wenn man den Leuten immer wieder dünne Suppen gibt. Das können die Herzen und Nieren nicht aushalten. Durch Punktieren bekommt man das Wasser zwar heraus, aber wozu erst so viel hinein? Außerdem wird so das Befinden bloß vorübergehend erleichtert, aber es gibt keine dauernde Hilfe, wenn man die Gesamtbehandlung nicht ändert. Man sollte sich nicht wundern, daß die Krankheiten in Ruhenthal so oft einen fatalen Verlauf nehmen. Die Aufgabe der Medizin ist es, mit allen verfügbaren Mitteln und nach dem neuesten Stande der Wissenschaft alle Krankheiten zu heilen, den möglichen Komplikationen rechtzeitig zu begegnen, das Leben jedes Patienten zu verlängern und die Gesunden möglichst vor dem Ausbruch aller drohenden Leiden zu bewahren. Davon kann hier keine Rede sein. Hat Dr. Plato nie etwas vom Hippokratischen Eid gehört? Es sieht nicht danach aus. Darum herrscht Ungerechtigkeit, ein mangelnder guter Wille der verantwortlichen Stellen. Schwester Dora kann nicht alles allein machen. Das wird sich noch einmal rächen. Einen Dr. Lustig läßt man Müll fahren, aber ein Grünhorn ... Leopold will es nicht zu Ende denken, doch er ist erbost, daß man die primitivsten Pflichten vernachlässigt.

»Das ist unerhört, Zerline, das hat es zu meiner Zeit nicht gegeben! Man hätte sich geschämt, daß so etwas vorkommen kann. Man müßte es in eine Zeitung geben!«

»Es gibt hier keine Zeitung, Vater.«

»Das ist ja das Unglück! Wenn es keine Zeitung gibt, fehlt es der Öffentlichkeit an den nötigen Informationen. Eine gute Presse kann viele Mißstände beseitigen. Die Regierung wird aufmerksam und leitet eine Untersuchung ein. Ich habe das öfters erlebt. Da war ein Fall ... ein Fall ... ich weiß jetzt nicht, Zerline. Hast du übrigens keine Zeitung gesehen? Was gibt es Neues?« »Bitte, sprich nicht so laut, Vater!«

»Ich kann so laut sprechen, wie ich will. Leisetreterei verträgt sich nicht mit meiner akademischen Ehre. Ich bin ein freier Mensch, verstehst du das? Schwester Dora versteht das besser.«

»Aber Vater, das sagt ja niemand, daß du nicht so frei bist, wie man in Ruhenthal sein kann. Doch schau, andere sind da, die wollen ihre Ruhe haben.«

»Zerline, nein, das ist zuviel! Ich bin rücksichtsvoll, ich gewiß. Die Patienten haben mich gern. Ich war immer dagegen, daß man so viele Patienten in einem so kleinen Raum und unter so unhygienischen Bedingungen unterbringt. Herr Dr. Plato will mich nicht hören. Mir kannst du keinen Vorwurf machen!«

»Beruhige dich! Ich mache dir doch keinen Vorwurf, aber bitte, bitte, schrei nicht so, ich bitte dich! Es ist ja keine böse Absicht, daß hier so viele im Zimmer sind. Es ist kein Platz.«

»Lächerlich, es ist kein Platz! Wenn kein Platz ist, dann muß man eben welchen schaffen! Bei gutem Willen geht alles. Sonst taugt das ganze Ruhenthal nichts.«

»Vater, bitte, versteh doch! Es ist schon guter Wille da, Herr Dr. Plato hat ihn gewiß. Aber – hörst du? – bei denen, die uns hergeschickt haben, fehlt es am guten Willen.«

»Aha, ach so! Du meinst die ...«

»Ja, die meine ich. Da müssen wir Geduld haben. Es wird schon wieder besser werden. Ganz gewiß! Bald fahren wir nach Hause! Ich habe es gehört. Paul hat es gesagt. Viele haben es gesagt.«

»Ich habe dich doch gefragt, Zerline, ob du nicht eine Zeitung gesehen hast?«

»Nein. Aber dem Paul hat jemand gesagt, daß sie Flugangriffe zugeben, unter dem Schutz einer tiefen Wolkenschicht, aber sie geben es zu. Sogar die ›Leitenberger Tagespost‹ soll das geschrieben haben.«

Leopold lächelt beseligt. Zerline macht ihm das Bett zurecht und schiebt die Polster höher. Leopold streckt sich und sagt feierlich: »Zerline, ich danke dir. Ich werde jetzt bald aufstehen. Schwester Dora ist vollkommen einverstanden, ich sage dir, ein halber Doktor, aber ein guter halber. Das dauernde Liegen schwächt und ist kontraindiziert wegen der Lunge. Ich muß jetzt mit Steh- und Gehübungen beginnen.«

»Bald, Vaterle, bald! Nur noch ein bißchen Geduld!«

»Immer sagst du, bald ...! Geh, du bist ein merkwürdiger Mensch, Zerline! Morgen werde ich aufstehen. Ich habe keine Zeit zu verlieren!«

»Gut, Vater, morgen werden wir sehn, wie du dich fühlst.«

»Unsinn, wir werden gar nichts sehen! Das Zuwarten habe ich gründlich satt. Wer sich gehenläßt, verrostet. Nächste Woche werde ich meinen Dienst bei der Müllabfuhr wieder antreten. Und nächsten Monat fahren wir nach Haus. Ich werde meine Erfahrungen von hier aufschreiben und veröffentlichen. Über Hygiene in einem Gefangenenlager und über Verhütung der Ungezieferplage. Ich habe alles schon fertig im Kopf. Du bringst mir morgen Papier, Zerline, und einen Bleistift. Ich will mir jetzt schon einige Notizen machen. Solange ich noch nicht im Dienst bin, muß die Freizeit ausgenutzt werden.«

Zerline verspricht. Sie verspricht täglich andere Sachen, seit einem Jahr, seit achtzehn Monaten. Karoline verspricht. Paul verspricht. Dora und Dr. Plato und alle versprechen. Sie versprechen Leopold und einander das Unmögliche. Sie versprechen es sich selber. Es sind fromme Lügen, unberechtigte Hoffnungen, unerfüllbare Wünsche. Anleihen von Träumen, die zunichte werden, bevor noch der Gedanke reift, sie den unbekannten Gründen zurückzuerstatten. Ruhenthal ist ein verflochtenes Dickicht von gestielten Fragen und gekrümmten Versprechungen, die von lockeren Mündern feilgehalten werden. Alles ist geil und ungesund aus dem Unrat emporgediehen, den die Müllabfuhr längst nicht mehr bewältigen kann. Abfallhaufen überschwemmen alle Höfe. Fauliger Geruch schwillt aus Kanälen und Aborten, die nicht gesäubert werden können. Dunkel eingehüllte Gestalten schleichen sich mühselig fort im Schlamm der Verwesung. Anklagen verlorenen Eigentums stolpern müde über den klebrigen Abguß.

»Bei uns zu Haus ist das anders gewesen. Wir waren reich. Stammgäste auf dem Semmering und in Cortina d'Ampezzo.«

»Wir sind zwar nicht gerade reich gewesen, aber auskömmlich haben wir gelebt, das muß ich sagen. Einmal wöchentlich gingen wir ins Theater oder Kino! Sommer manchmal in Fuschl, manchmal in Pörtschach, oder eine Reise rundherum.«

»Kino fehlt mir hier nicht einmal so sehr. Aber die Sonntagsausflüge im Spessart und im Winter Spaziergänge in der Umgebung. Es ist gut, daß ich meine Wanderausrüstung mitgenommen habe, denn hier ist beinahe immer schlechtes Wetter.«

»Das Wetter ist gewöhnlich nicht so schlecht, aber der Hunger ist arg. Diese Suppe hätte ich meinem Hund nicht gegeben.«

»Man darf nicht fortwährend ans Essen denken, dann ist sofort das Leben viel leichter.«

»Das hört sich zwar hübsch an, aber nur wenn man sich einige Vorräte beschaffen kann.«

»Wir nahmen immer den Zug um 6 Uhr 21 ab Hauptbahnhof und waren dann schon um 8 Uhr in Gottes freier Natur. Ich hab mir immer einen Ranzen angeschnallt, da waren feine Sachen drin. Mitten im Wald hatten wir schon so ein Plätzchen mit einem Stückchen Wiese und goldener Sonne über uns. Da ließen wir uns gewöhnlich nieder. Wir rasteten, meine Rosa packte die Vorräte aus; die haben wir aufschnabuliert, und dann sonnten wir uns mit geschlossenen Augen. Abends kamen wir braungebrannt und erfrischt zurück. Am meisten freuten wir uns, wenn der ganze Tag herrlich war, es sich aber gegen Abend verzog und wir gerade noch rechtzeitig nach Hause kamen, bevor ein Gewitter losbrach mit einem Platzregen, daß es nur so schüttete. Meist aßen wir dann nichts mehr, nur frischen Salat und Kompott hatte meine Rosa immer bereit, denn natürlich hatten wir viel Durst. Eine Limonade war dann herrlich.«

Leopold hört das alles an und sagt manchmal was dazu, aber meist spricht er nur von Medizin, von Patienten, von neuen Therapien und ungewöhnlichen Heilerfolgen. Die gebrechlichen Männer in der Stube erzählen einander von den Reichtümern der Vergangenheit, weil sie mit den Herzen dabei sind, die von Ruhenthal nichts wissen wollen. Sie sagen auch, daß alles wieder bald so sein wird wie einst, sogar noch besser. Nur ein wenig Geduld, aber das ist nicht schwer, denn sie haben auch den ersten Krieg glücklich überstanden, und dabei waren sie damals nicht einmal im sicheren Hinterland. Die alten Herren wollen auch von Dr. Lustig wissen, wie er seine freien Tage zugebracht hat.

»Am Sonntag habe ich nur dringende Fälle besucht. Das habe ich am Vormittag gemacht. Nachmittags ging ich in das Kaffee Bellevue, dort hat man mir gleich alle Zeitungen gebracht, weil mich die Kellner gekannt haben. Ich war auch immer zu erreichen, denn es konnte ja wichtig sein. Ein Arzt, der auf Urlaub geht, wenn es nicht unbedingt sein muß, ist nicht gewissenhaft. Man muß immer dasein und soll sich möglichst nicht vertreten lassen, damit man den Verlauf der Krankheiten verfolgen kann. Das eine wenigstens ist gut in Ruhenthal, daß die Ärzte nicht verreisen können.«

Dann erzählt Leopold nichts mehr von seiner Praxis, denn es geht ihm ständig schlechter. Langsam läuft der Tag des Kranken ab. Er wartet auf die Schwester, auf den Doktor, auf den Besuch der Familie. Leopold beobachtet die Schritte. Manchmal zählt er seinen Puls und kann ihn nicht errechnen. Er schiebt die Schuld auf die Uhr. Der Sekundenzeiger taugt nichts. Man müßte die Uhr reparieren. Leopold trägt eine gelbe Zipfelmütze. Seine weißen Haare werden struppig, doch er will nicht, daß ihn Dora kämmt. Nur Zerline darf das machen. Kleine Gaben werden dem alten Manne gebracht. Eine Apfelschnitte. Man soll sie zerreiben, aber besser wäre Mus. Leopold bemerkt nicht, wie schlecht es um ihn steht.

»Das ist nur die Schwäche, Herr Kollege, augenblickliche Schwäche. Ein Mittel, das den Tonus hebt! Sobald sich die guten Folgen einstellen, mache ich wieder Dienst. Aber zu der Müllabfuhr geh ich nicht! Ich werde wieder Arzt sein und in Ruhenthal die nötigen Reformen durchführen. Eine stärkende Kost für mich, Herr Kollege, wäre an der Zeit! Aber nicht die unpassierten Graupen, die den Dünndarm viel zu sehr belasten. Man soll mir junges Huhn geben! Nur das weiße Fleisch! Oder Kalb!«

Leopold spricht nicht mehr. Nur die Stubengenossen

sprechen, aber mit gedämpfter Stimme, weil der alte Doktor nicht mehr lange leben wird. Dösig nesteln seine matten Hände an der grauen Decke. Er vertreibt nicht mehr die Flöhe, die auf ihm herumspringen. Er nimmt es kaum mehr wahr, wenn Frau und Kinder kommen. Sie stehen hilflos da und möchten etwas Liebes sagen. Karoline hält ein Töpfchen Brei aus erbetteltem Reis in der Hand, aber Leopold schaut die Liebesgabe nicht mehr an. Mechanisch greift seine Hand nach der Spuckschale. Zu seinem Mund kann er sie nicht führen; er hält sie umgekehrt, der Deckel öffnet sich, der ekle Inhalt tropft heraus, bevor Zerline helfen kann. Schwester Dora wäscht und wischt mit einem Tuch. Die Schleime ärgern Leopold. Er kann nicht abhusten, er kann schon nicht mehr spucken. Leopold wird hochgelagert, doch es hilft ihm nicht. Schwer geht sein Atem, offen keucht der Mund, die Lippen schlaff, die Augen groß und glasig. Dr. Plato huscht herbei und weiß, daß er nicht mehr helfen kann. Nur aus Höflichkeit bleibt er ein Weilchen stehen. Die Schwester sieht, daß es zu Ende geht. Alle wissen es. Zerline ruft dem alten Manne zu, als sein Bewußtsein für ein kurzes Weilchen einmal aufflackert.

»Wir sind bald zu Hause, Vaterle! Hörst du? Zu Hause! Es steht gut! Vielleicht schon nächste Woche! Dann feiern wir ein Fest mit Gänsebraten!«

Leopolds Lippen hauchen tonlos. »Gänsebraten … das ist der Sieg … das Haserle … kriegt Fleisch … nicht Knochen …«

Der Todeskampf dauert lange, eine Nacht und noch fast den ganzen nächsten Tag. Der Mann im Nebenbett ist fromm. Er legt sein Gebetbuch kaum aus der Hand. Er blättert, er ruft verhalten den ewigen Namen und sagt mit halblauter Stimme viele Sprüche auf.

»Das hilft. Der Herr hat gegeben, der Herr hat genommen. Gepriesen sei der Herr! In Ewigkeit, amen!«

Leopolds Gesicht entfärbt sich, das Röcheln wird leiser und seltener, die Atemzüge werden spärlicher und oberflächlicher; kaum hebt und senkt sich die Brust. Die Flöhe kriechen prall und träge unter der Decke hervor und flüchten scharenweise auf die sichere Wand. Das ist in Ruhenthal ein verläßliches Zeichen für den Eintritt des Todes. Ein zum willenlos geöffneten Munde hingehaltenes Federchen bewegt sich nicht mehr. Alle sind still. Nur der fromme Nachbar hat in seinem Bett sich aufgesetzt, seine Lippen regen sich ausdrucksvoll, er betet ganz leise und sehr schnell, ruhig wiegt der Kopf sich hin und her. Karoline drückt dem Toten die Augen zu. Schwester Dora schließt den Kinnladen und verbindet ihn. Paul nimmt dem Vater die schief sitzende gelbe Wollmütze ab und steckt sie in die Hosentasche. Zerline streichelt eine starre bleiche Hand.

»Wir haben keinen Vater mehr. Er war der sauberste Mensch, der mir begegnet ist. Den Gang der Welt hat er nie verstanden, aber seine Kranken hat er gekannt wie kein anderer. Er war ein reiner Tor. Hier haben sie ihn umgebracht. Sie haben ihn verhungern lassen.«

»Bei uns gewiß nicht, Fräulein Lustig! Ich habe stets gerecht verteilt und lieber von meiner Portion hergegeben, als einen Patienten zu verkürzen.«

»Sie meine ich doch nicht, Schwester Dora! Können Sie denn gar nichts verstehen? Haben Sie kein Herz im Leibe?«

Paul und Karoline vermitteln.

»Nein, nicht die Schwester, niemand hier in dieser Stube, aber die oben, die Mörder, die Schänder aller lebendigen Seelen!«

Ein letzter Blick auf den Verstorbenen. Dann zieht die Schwester das Leintuch über den Kopf des Toten. Karoline begehrt, ihn noch einmal zu sehen.

»Es ist besser, nicht mehr hinzuschauen. Nehmen Sie von seinen Sachen, was Sie für sich brauchen können!«

Aber Karoline will nichts, auch Paul und Zerline wollen nichts. Sie stehen schweigsam. Dann gibt Paul ein leises Zeichen. Karoline versteht und nimmt Zerline an der Hand. Sie verlassen langsam die Stube, übermüdet, bange und hungrig. Der Nachbar betet unablässig weiter. Jetzt schaut er ernst, doch flüchtig auf und winkt mit einer Hand den

Scheidenden zu, als wollte er versichern, er werde alle vorgeschriebenen Gebete zu Ende sagen. Dann ist alles vorbei. In der finsteren Straße beginnt es trostlos zu regnen. Die Nacht ist heute früher eingebrochen. Die Vorübergehenden flüstern bedrückt und gedämpft. Die Arbeit hat aufgehört. Das Leben wurde eingestellt. Heute findet nichts mehr statt. Eine blasse blaue Taschenlampe flackert flüchtig einmal auf. Die Füße tappen willenlos in große kühle Pfützen. Ruhenthal keucht in erregtem Schlummer. Nur der Abfall dunstet aus versteckten Gruben. Der Gesang ist verstummt. Über dem kleinen Podium erscheint der graue Bart und wirft einen langen Schatten auf die regungslosen Särge. Es tönt die Stimme.

»Und so denken wir in Dankbarkeit an unsere teueren Toten, denn sie sind ein Teil von uns, und wir ein Teil von ihnen. Sie alle, die dahingegangen, haben ihre Pflicht erfüllt, als Väter und Mütter, als Söhne und Töchter. Sie alle haben etwas im Leben geleistet, was unvergänglich ist, und das ist tröstlicher als alle Trauer, die wir empfinden können. Sie alle sind treue Kinder ihres Volkes gewesen und haben den Namen des Ewigen geheiligt. Wir aber, die wir vor den Särgen versammelt stehen, haben die Pflicht, in Demut den Verlust zu tragen und nicht im eigenen Schmerze zu versinken, sondern des Vorbildes zu gedenken, das die Entwandelten in ihrem Werke stets gewiesen haben, und mutig dem kommenden Tage entgegenzublicken, denn von uns werden weitere Leistungen erwartet, denen wir uns mit gutem Gewissen nicht entziehen dürfen. Wenn wir auch im Augenblick noch nicht wissen, auf welche Weise wir unseren Verlust zu überwinden haben, so dürfen wir doch nicht bei diesem Abschied verzagen, sondern lasset uns jenes Einzigen, des Herrn, gedenken, der uns erschaffen, von dem es in der Schrift heißt, der Herr hat gegeben, der Herr hat genommen, gepriesen sei der Herr ...«

Die letzten öligen Hymnen werden ausgegossen. So ist die Straßenreinigung viel einfacher. Der Staub wird niedergeschlagen und gebunden. Leicht und elegant gleiten die

Besen über das Pflaster dahin. Teer wird ausgegossen. In großen Pfannen hat man ihn erwärmt. Nun fließt er bedächtig über die Straße, von breiten Spaten gelenkt, ein dunkler Sirup, schwarz gewordenes Blut, ein Honig der Toten zu ihrem unverlöschlichen Gedächtnis, von ernsten Walzen zu einem starren Kuchen gepreßt. Weihegesänge der Hinrichtungen zur Feier der Unschuld. Fröhliche Henker in weißen Talaren haben das Urteil ausgeführt. Immer weiter fließt das Pech hin und wird von langen Schiebern ausgebreitet, die es gerecht über die milde Wölbung der Straße verteilen, bevor es sich setzt und für immer sich abkühlt, nun schon gelassen, nicht mehr verpflichtet der Glut, der es im brodelnden Rausche des Todes hinschmelzen mußte. Würdig stehen die Männer dabei, die sich dieser Arbeit angelobt haben, denn es ist ein gutes Werk, das sie vollbringen. Kein Tag ohne eine gute Tat. Der ehemalige Universitätsprofessor für reine Philosophie hat es im Sinn. Den Boden schmieren ist gut. Die Luft wird geklärt, die Bildung des Kotes bei schlechtem Wetter erheblich verringert. Pflaster ist Trockenheit, ist Friede, ist Sicherheit. Niemand soll versinken, wenn er darüber geht, denn behütet ist der Schritt nur, wenn ein Weg da ist, der die Füße sicher trägt. Gefährliche Wege werden abgesperrt und verboten. Nur die Beschäftigten haben freien Zutritt. Sie begeben sich hinaus in die Fremdnis und verwandeln sie in gangbare Vertrautheit. In neue Welten vorzustoßen, ist der Erwerb des Philosophen. Wer darf, der tut; fraglos wird die gute Tat vollbracht.

Auf den fast schon erstarrten Teer wird mit flachen Schaufeln feiner Schotter ausgestreut und dann mit weichen breiten Schiebern gleichmäßig aufgeteilt. Wieder hat die Gerechtigkeit gesiegt. Nun hat die Dampfwalze keine Mühe mehr, die das Werk der Gleichheit vollendet. Stolz und langsam fährt das schwere Fahrzeug auf und ab. Es rattert der Motor, Hebel und Räder verrichten viel schnellere Bewegungen in haspelnder Eile, als man von der bedachtsamen Würde der Dampfwalze erwartet. Der Schotter wird eingestampft, er bettet sich wohl in den Teer. Der Weg ist gerettet, der Staub ist verbannt. Aus freundlichen Schläuchen wird Wasser gespendet, nun ist die Straße gut genug für alle. Man muß sie nimmermehr verbieten. Bescheiden verneigt sich der Philosoph; er weiß: nun ist das Werk getan.

Die Toten wissen es nicht. Sie können sich nicht an den Veränderungen freuen, die eben stattgefunden haben. Wehrlos und ohne alle Umstände lassen sich die Leichen einsargen und fortschaffen. Die Peitsche knallt, der Kutscher saugt noch heftiger an seiner Pfeife, die Pferde ziehen an mit hartem Ruck. Langsam setzt sich die Trauergesellschaft in Bewegung, denn sie begibt sich auf das letzte Geleite. Die Lebenden möchten den Toten gerne weit nachfolgen. Dankbar schreiten die Lebenden aus, sobald der Wagen nur rollt, aber da die Fracht den Schlagbaum bald erreicht, werden sie an der Erfüllung ihrer Liebespflicht verhindert. Ein Zeichen belehrt den Trauerzug, daß er an seiner Endstation angelangt ist. Da bleibt er stehen. Er darf nicht folgen, doch die Handlung darf er sehen, die sich nun abspielt. Zwei Gendarmen schauen sich den Wagen an, der seine langsame Fahrt fortsetzt, und ihre Blicke fragen streng: »Tote, habt ihr etwas zu verzollen?« Nur die Blicke fragen, keine Worte stören die Ruhe; die Gendarmen schauen aus dunkelgelben Augen und lächeln in wissender Bereitschaft. Den Toten letzte Ehre. Sie dürfen ohne Ausweis verreisen; nicht einmal abgezählt werden die Särge. Es steigt der Schlagbaum hoch, es zieht der Wagen weiter, unverzollt und vogelfrei. Die Toten haben nichts bei sich; das wird ihnen geglaubt. Auch der Tod der Toten, ihre Ehrlichkeit wird nicht bezweifelt. Niemand fährt sie an: »Öffnet eure Särge!« Die Pferde ziehen frischer an und schaukeln die abgefallene Menschenfracht von Ruhenthal auf sandgewürztem Pech und Teer. Der Schlagbaum fällt, der Abschied ist vollendet. Lustig mit purzelnden Sprüngen holpert in munterer Eile der Totenwagen dahin.

Warum haben aber die Gendarmen auf die Kontrolle der

Särge verzichtet? Warum haben sie nicht gerufen? Die Behörde wollte sich die Schande ersparen, daß ihren Anordnungen nicht unverzüglich Folge geleistet wird, denn die Toten gehorchen nur noch der Tat, aber nicht mehr dem Wort. Die Behörde ist weise und bescheiden, sie fragt keine Toten und begnügt sich vor ihnen mit stolz gespielter Gleichgültigkeit, während der Strahl des geheimnisvollen Zaubers der Macht den Lebenden allein vergönnt wird. Die verschämte Hinrichtung durch Angst und Not wurde unmerklich und langsam, aber gewissenhaft vollzogen, doch nun hat der Staat seine Schuldigkeit getan und zieht sich zufrieden in die Stube des Wachthauses an der Straßenseite bei dem Schlagbaum zurück. Fahret wohl, ihr Toten, aber ihr Lebenden bleibet, bis ihr zur Hölle fahren werdet!

Die Trauergesellschaft steht still, die Köpfe strecken sich in leichter Neigung nach vorwärts, die Blicke fallen süchtig aus den Augen und kriechen über den Schlagbaum hinweg, der Wind verzehrt einige Tränen, schon ist der Totenwagen um die Ecke fort, er ist nicht mehr zu sehen, das Hämmern der Pferdehufe ist verklungen. Alles ist abgeschnitten. Abwicklung der technischen Details nach jeder Hinrichtung. Sehr praktisch, frisch gelieferte Gehenkte. Die abgeschnittenen Früchte liegen da, schön säuberlich, sie sind noch warm, knusprig mit verdrehten Augen, den Galgenstrick geschlungen um den Hals. Fein hingeschichtet, zum Verkauf bereit im Sonntagsstaat. Es waren nur Verbrecher, keine Menschen. Bösewichter, die im Abfall gesündigt haben. Militärische Ehren werden ihnen verweigert. Hauptmann Küpenreiter entfernt gelangweilt die blauen und weißen Fähnchen von seiner Landkarte. Die Pressephotographen werden eingelassen, Balthasar Schwind wurde eine neue Filmrolle bewilligt. Alle mußten sich vorher die Schuhe abwischen, weil die Gefängnisverwaltung der Staubfreiheit der frisch geteerten Straßen nicht traut. Die Ansteckungsgefahr muß vermieden werden, jeder ist auf Blatt- und Kleiderläuse zu untersuchen. Links oder rechts ist einerlei, beide Arme müssen gehoben werden, dann beide

Beine. Die Pest ist ausgebrochen, aber das Serum aus dem bakteriologischen Institut ist schon eingetroffen, die Behörden beherrschen wie immer auch diesmal den Verlauf der Epidemie. Den Toten droht nach der Impfung nur geringe Gefahr. Die Ansteckung ist dank den Schlagbäumen auf ein Mindestmaß eingeschränkt.

»Bitte, hier haben Sie die Hingerichteten! Nehmen Sie sich an der Vergänglichkeit der Sünde ein abschreckendes Beispiel, das auch Ihrer Leserschaft wohltun wird. Sie dürfen die hingerichtete Ware von allen Seiten begucken und photographieren, aber das Berühren der Figuren ist bei Strafe verboten. Andenken dürfen nicht gepflückt werden, weder Haare, Bartstoppeln noch Nägel! Der Tod jedoch ist eingetreten. Darauf können Sie sich verlassen. Verwechslung mit anderen Leichen ist ausgeschlossen. Die Namen auf den angebrachten Fußzetteln sind garantiert echt. Nachahmung wird rücksichtslos geahndet.«

Die Pressephotographen stellen sich steif auf und sind geschäftig bei der Sache. Jeder knipst ein paarmal. Blitzlicht ist gestattet. Die Toten kommen in das finstre Grab, die Filme in die dunkle Leichenkammer. Hier werden sie entwickelt, das bakteriologische Institut hat einen guten Entwickler geliefert, einen besseren hat auch der Fleischer Alexander Poduschka nicht. Die Bilder sind ausgezeichnet geraten, sprechend ähnlich sagt ein jeder, sie werden auf leuchtend weißes Glanzpapier gezogen, sorgfältig vergrößert, fast auf natürliche Größe. Dankbares Studienmaterial. Die Toten sehen so lebendig aus, fast zum Verwechseln ähnlich. Der städtische Archivar hat sie imprägniert, damit sie weder verschimmeln noch von Insekten aufgefressen werden. Es ist eine Freude, sie anzusehen. Der Gymnasialdirektor bittet sich gleich einige aus, weil er sie für den Anschauungsunterricht sehr lehrreich findet. Der Fleischer Poduschka bekommt nichts, weil sich jeder Leser die Reproduktionen in der »Leitenberger Tagespost« ausgeschnitten hat. Er muß die Wurst in Löcher packen, was nicht seine Schuld ist. Die Leichname werden heimlich kremiert, aber zu zeitlosem Ruhme der Photographen bleiben die Bilder erhalten. Im ganzen Lande kann man sie kaufen, nach Hause tragen und in das Familienalbum einkleben. Es gibt jetzt einen ausgezeichneten Ersatzklebstoff für Photographien, der wird aus Teer gewonnen. Nun ist die Erinnerung da, angeheftet für alle Zeiten, doch die überflüssigen Toten sind fort.

Die Trauergesellschaft dreht sich um und zerbröckelt in einzelne Gruppen, die sich im Winde verlieren. Ruhenthal hat die Lebenden wieder, die Hinrichtung ist abgeblasen und endgültig für diesen Tag vorbei. Fortsetzung folgt, doch daran denkt man nicht zu dieser Stunde. Für Trauer ist keine Zeit, das Leben will sein gutes Recht; auch deswegen werden die Kadaver aus Ruhenthal entfernt. Das Krematorium inmitten von Wiesen auf lehmigem Grunde arbeitet gut und verläßlich, so daß nicht die geringsten Klagen seit seiner Eröffnung laut geworden sind. Es arbeitet schnell und staubfrei. Die Asche wird gesiebt und von Mörsern zu Bröseln zerstoßen, die dann auf den Teer geschüttet und friedlich eingewalzt werden.

Sobald alles vorüber ist und die übrigen Trauergäste sich verzogen haben, läßt sich Karoline von Sohn und Tochter helfen, doch empfindet sie das als tiefe Erniedrigung. Der Mann gehört an die Seite der Witwe in allen Lebenslagen, nicht die Kinder. Doch wenn der Mann sich versteckt und davongelaufen ist? Das tut kein guter Mann. War Leopold ein Mann? Er war nie da, wenn man ihn brauchte, also ein Pflichtmensch, der keine Liebe kannte, die Liebespflicht gewiß nicht. Langsam schreiten sie den Weg hin und sprechen kaum ein Wort. Karoline fühlt sich schwach und ist jetzt froh, daß die Kinder sie begleiten, die sie vorsichtig an den Händen in die Stadt führen. Aber plötzlich wird das graue Stillschweigen zuviel, die Mutter muß reden.

»Nun sind wir allein da. Hier werden wir alle enden. Illusionen haben keinen Zweck, die waren für den Vater. Bald wird auch unsere Stunde schlagen. Meine Stunde, nicht eure. Ihr müßt nicht hierbleiben. Ihr könnt noch zurückgehn.«

»Mutter, sprich nicht so, ich bitte dich! Du weißt, die ›Leitenberger Tagespost‹, ich habe die Nummer von vorgestern gerade heute früh gesehn, die hat geschrieben …«

»Die schreibt schon lange. Dabei schaut nichts heraus, für uns zumindest, nein, ganz gewiß nicht! Sie schreibt ja schon zwei Jahre!«

»Einmal wird es doch wahr.«

»Wer weiß, was wirklich drinnen steht? Alles ist Humbug!«

»So darfst du nicht sprechen, Mutter! Du mußt dich für uns erhalten!«

»Wofür? Es gibt nichts mehr! Ihr seid erwachsen. Hat der alte Mann nicht recht gehabt?«

»Du machst Zerline traurig. An etwas muß der Mensch glauben, um es hier auszuhalten. Das Gute hört nie auf. Das Böse geht unter.«

»Auch das Böse hört nie auf. Für uns hat es erst richtig angefangen.«

»Streitet nicht herum! Ich muß jetzt zu meinen Schachteln und will meinen Kopf nicht mit allen Sorgen voll haben. Es ist nicht mehr auszuhalten! Man wird hin und her gerissen! Es ist schon genug, wirklich genug! Übrigens Mutter, der Schwester Dora muß man noch was geben, von mir das bunte Halstuch mit dem schmalen Rand, oder ein halbes Brot. Auch dem Nachbarn, der gebetet hat, ein Stückchen Brot.«

»Geben, geben, nichts als geben! Sie haben ja alle schon was bekommen! Man hat nicht so viel, was man geben könnte!«

»Ich hab es satt, ach, ich hab's unendlich satt!«

»Zerline, ich gebe doch, mein Kind. Halte dich jetzt wenigstens, bitte, vor den Leuten auf der Straße! Was macht denn das für einen Eindruck? Ich werde ihnen Brot geben, wenn ich welches habe.«

»Ich frage nach keinem Eindruck. Ich hab es satt, das hab ich gesagt! Den alten Mann verhungern lassen! Wir haben zu wenig für ihn getan …«

»Das darfst du nicht sagen! Wir haben getan, was möglich war. Wir haben selber gehungert und gehungert, nur um ihn ein wenig zu verwöhnen. Ich bin dabei heruntergekommen. Und wie du ausschaust, will ich dir lieber nicht sagen. Jedenfalls wird es besser sein, wenn du jetzt nicht in einen Spiegel schaust.«

»Sie haben ihn umgebracht! Dem Dr. Plato hab ich's bewiesen. Sie haben ihn hingerichtet! Ich weiß es. Sie haben ihn retten können. Er hätte sich selbst gerettet, wenn er gestohlen hätte wie die anderen, aber er hat noch sich bestehlen lassen.«

»Du redest Unsinn, Zerline! Was geschehen konnte, ist geschehen. Wir sollen am Tage dieses Abschieds nicht streiten. Paul, was wirst du heute machen?«

»Ich bin frei. Morgen geh ich wieder auf den Schießplatz.«

»Gut, Paul, wir wollen Zerline zu den Schachteln begleiten.«

»Nein, nein! Laßt mich bitte jetzt allein! Ich kann nicht. So laßt mich doch los und seid barmherzig! Ich muß meinen Weg allein gehen. Ich muß mich ablenken, auf andere Gedanken kommen. Das ist in eurer Begleitung nicht möglich.« Zerline küßt die Mutter. »Du bist ein armer Teufel, Mutter. Du kannst nicht dafür. Aber du verstehst es nicht. Du sollst es nie verstehen, das wünsch ich dir von Herzen. Es ist besser, tausendmal besser, wenn man es nie begreift. Vergessen und das Unvergessene nicht wissen. Das rettet die Seele in der Zeit vor allem Pech. Leb wohl! Paul, leb wohl!«

Zerline hat sich losgemacht und geht schon ihrer Wege. Paul sieht ihr nach, er schaut auf ihre hastigen Füße, links, rechts, links, rechts, Füße in Eile und oben eine kalte Nase, Füße in Eile, unglückliche Füße. Aber man muß nicht in die Zukunft sehen, die Pestsäule ist schon zu alt für eine Zukunft. Man muß nur warten können wie der Straßenkehrer auf dem frischen Mist. Es wird schon wieder etwas kommen, links, rechts, Leitenberg in der Zukunft. Ruhenthal wird aber dem Schlaf verfallen. Ein anderer Schlaf als jetzt, ein Schlaf des Schlafes, nicht ein Schlaf der Schwere. Paul hat die Mutter unter den Arm genommen und bis vor das Tor des Hauses gebracht. Nur die Mutter lebt hier; Paul ist woanders einquartiert. Vielleicht wurde auch ein wenig auf dem Weg gesprochen, doch Paul kann sich nicht erinnern. Er mußte zur Erde schauen, um nicht zu stolpern, links und rechts. Vor der Haustüre klangen gläsern die Worte einer Fremden, vielleicht war es Käte Budils Stimme.

»Ich danke dir, Paul, ich danke. Du hast uns oft geholfen. Du bist ein guter Sohn. Laß mich bitte jetzt allein!«

Paul geht, der lange schmale Junge, seine Beine sind schwer und klobig, ohne rechtes Leben. Es scheint, er zählt die Schritte. Karoline sieht ihm lange nach. Warum er gar so traurig ist? Das kann nicht nur des Vaters wegen sein. Paul gehört nicht her. Junge Menschen gehören nicht in die Totenstadt. Alte Leute können das für eine Zeit ertragen; wenn sie sterben, ist das Unglück nicht so groß. Die Jungen hätten woanders hinziehen sollen oder sich verstecken müssen. Hier sind sie mit den Alten verloren und können ihnen doch nicht helfen. Sie will das Ärgste zwar nicht glauben, weil sie das gar nicht kann, aber trotzdem ist es nicht anders. Der Glaube, den sie hat, ist nur der Mut, daß sie glaubt. Dadurch gibt es eine Zukunft auf Widerruf. So drehen sich die Tage um, schon sind sie wie weggeblasen. Wenn Karoline noch schlafen kann, ist es gut, doch wenn nur das Aufwachen am Morgen nicht wäre! Ein Leben von der Willkür Gnade. So lebt man ohne Leben, die Augen tun einem davon weh. Doch man soll nichts zu ernst nehmen. Mit der Zeit verlernt sie das. Überhaupt ist Verlernen der einzige Fortschritt im Leben, ein Zulernen gibt es nicht, man wird nicht klüger, das ist alles bloße Einbildung. Doch man täuscht sich leicht und sieht dann nicht, wie die Dinge wirklich sind. Von der Veränderung der Zeit wird der Mensch immer ärmer. Am Anfang ist er über alles getäuscht, später aber enttäuscht; das bedeutet, daß die Täuschungen von einem abfallen wie Puder nach einer Ballnacht. Hoffnungen gibt es nicht, wenn Karoline sich das recht überlegt, denn das gerade sind ja die Täuschungen, die einen schminken, das Leben angenehm einwickeln und die vielen unangenehmen Dinge vor einem verbergen, damit man sie nicht gleich alle entdecken muß, wenn man sich einmal den Spiegel vorhält. Wer nichts verstecken kann, wird bald unglücklich und steht mit leeren Händen da. Alles wird einem weggenommen. Die Menschen stürzen sich auf einen, solange man etwas hat. Da wird geschmeichelt, gebeten und gebettelt, doch Karoline wäre närrisch, wenn sie etwas hergeben würde. Zerline ist da ganz anders, deshalb bleibt auch von ihr nichts übrig als das bißchen nackte Seele. Das ist nichts für Ruhenthal. Hier bekommt man doch auch nichts und schon gar nicht, wenn man selber zuviel hergibt. Karoline ist klug. Sie läßt sich nichts abknöpfen. Das Geld ist gut versteckt. Es waren schon viele Kontrollen, aber nichts wurde bei ihr gefunden. Der Kerl, den der schielende Nußbaum begleitete, hat sie scharf angesehen und auf den Busch geklopft.

»Geben Sie freiwillig alles her! Wenn Sie uns sofort sagen, wo es versteckt ist, gehn Sie straflos aus!«

»Ich habe nichts. Bitte, wo sollte ich es denn hernehmen?«

»Sie haben zwei Minuten Bedenkzeit.«

Der Kerl pfiff und schaute auf seine Uhr, während der Blick des Schielenden vor Strenge ihr fast den Kopf abbiß. Die Zeit ist verstrichen, dann schrie der Kerl: »Wir werden alles durchsuchen. Wenn ich was finde, na, Sie wissen ja ...«

»Ich habe nichts. Ich kann schwören.«

Dann wurde alles durchwühlt. Im Bogen flog der Inhalt aus dem Gepäck heraus. Jedes Stückchen wurde peinlich untersucht. Rings sammelten sich im weiten Kreis Neugierige an, auch die Familie stand besorgt da, aber alle wurden davongejagt.

»Puder! Wozu haben Sie Puder? Sie sind schon weiß genug und brauchen sich nicht die Nase zu pudern!«

»Bitte, meine Nase wird immer so glänzend. Ich habe sie immer gepudert.«

»Halten Sie den Mund oder ich mach kurzen Prozeß!«

Das Puder wurde verstreut. Es hätte ein Goldstück im Puder stecken können. Die Wäsche lag zerknüllt auf dem Boden herum und dazwischen Lebensmittel. Der Kuchen wurde in kleine Stücke zerschnitten. Die Schuhabsätze wurden beklopft. Mit einer Nadel wurde der Kofferdeckel an einigen Stellen zerstochen. Die Kleidersäume wurden mit den Fingern abgetastet, um eingenähtes Geld zu entdecken. Kein Erfolg, die Mühe war vergeblich. Der Kerl wurde wütend: »Das ist mir noch nicht vorgekommen! Sie müssen was haben!«

»Ich habe nichts. Ich möchte gern geben, wenn ich was hätte. Aber bitte, wo nichts ist, da ...«

»Was da? Halten Sie das Maul!«

Auch die Leibesvisitation verlief ergebnislos. Karoline weiß es besser, wie man Geld versteckt. Wer die Wahrheit sagt, verliert das Spiel. Aber klug muß man sein. Da heißt es auch reden, wenn es Nutzen bringen kann, so wie beim Kartenspiel, einmal kontra, zweimal durchgehen lassen, aber dann trumpfen! Alles kann aus den Verstecken hervorgeholt werden, doch vorsichtig. Wer zu weit geht, wird es büßen. Man sperrt ihn ein, er kriegt Schläge. Am meisten muß man seine Gefühle und Gedanken verbergen, sonst plündert man sich selber aus und steht verlassen da. Wie schwer sich es Zerline macht! Ohnedies kann man keinem Menschen helfen, bloß Enttäuschungen erlebt man. So wie die Welt ist, so muß auch Karoline sein. Nur Narren möchten stets die Welt verbessern. Am Ende wird der Dumme immer ausgelacht; das ist der einzige Lohn, den er für seine Güte empfängt. Noch muß er froh sein, wenn er ohne Fußtritt heil davonkommt. Jetzt ist Leopold tot, ganz Zerlinens Vater, weniger von Paul, der ist doch anders. Das Lied ist zu Ende, es hat aufgehört. Karoline hat nicht immer mitgesungen, das Lied war allzu schwer. Leopold war gut, aber trotzdem hat er nur an sich gedacht. Daran zu denken, was eine junge Frau braucht, das ist ihm nie eingefallen. Karoline hat wenig gebraucht, nicht lauter Luxus, es geht auch ohne

Verwöhnen, aber ein bißchen Rücksicht wünscht man sich doch.

Leopold war auf beiden Augen blind, weder Frau noch Kinder hat er gesehen. Immer nur die Patienten. »Karoline, das verstehst du nicht. Frauen haben kein Pflichtgefühl.« Er hat geschrien, wenn sie zu widersprechen wagte. Leopold hat alles in sich versteckt. Alle tun das, nur jeder anders. Seine Aufrichtigkeit war nur möglich durch das naive Versteckenspiel, das er mit sich aufgeführt hat. Er hat sich eingehüllt und nicht sich selbst gekannt, sondern nur einige Grundsätze. Damit hat er Jahrzehnte lang hausgehalten. Wenn man ihm etwas sagte, konnte man sich vorher die Antwort ausrechnen. Er war ein Kind, für das Karoline sorgen mußte, ohne dafür einen Gegendienst erwarten zu dürfen. Auch um Paul und Zerline hat er sich nicht gekümmert. Wohl hat er sich gefreut, wenn sie als Kinder niedlich aussahen und hübsche Kleidchen trugen, aber wie Karoline das alles herbeischaffte, darüber hat sich Leopold nie den Kopf zerbrochen. »Die Kinder, die sind Sache der Frau. Ein Mann kann sich nicht mit solchem Firlefanz abgeben. Die Patienten warten.« Was waren da alle für ihn? Menschen sicher nicht, nur Patienten! Aber alle Menschen sind Patienten, auch wenn die Medizin nichts von ihren Leiden weiß, weil sie zu sehr versteckt sind, um von Ärzten gefunden zu werden.

Darum mußte Karoline alles mit sich allein ausmachen. Wenn Leopold nicht mehr lebt, ist für sie eine Sorge weniger da. Er hat dabei nichts verloren, weil er nur wenig von dem entbehrte, was jeder in Ruhenthal ertragen muß. Es ist besser für ihn so. Paul wird den Verlust schnell verwinden. Männer trauern nicht so tief wie Frauen. Für Zerline freilich wird der Verlust böse sein. Sie hat fixe Ideen. Sie sieht zu viel; nur was sie sehen soll, das sieht sie nicht. Sie verurteilt Karoline, weil sie angeblich nicht genug getan hat für den alten Mann. Das ist Unsinn. Sie hat sich nie an ihm gerächt, weil er sie so vernachlässigte. Im Gegenteil, sie hat ihm das Leben leichtgemacht, auch hier in Ruhenthal. Hier sogar besonders. Hätte sie nicht so sparsam gewirtschaftet, mit dem versteckten Gelde immer wieder fast gezaubert und Kleider vorteilhaft gegen Lebensmittel eingetauscht, so hätte sie Leopold nicht die Suppen verbessern und Extragerichte für ihn kochen können. Dabei ist sie bis auf Haut und Knochen abgemagert. Geopfert hat sie sich, denn sie wollte keine Schuld am Zusammenbruch des alten Mannes haben; auch wünschte sie nicht, Zerlinens vorwurfsvolle Blicke stets vor sich zu sehen. Er ist bestimmt nicht verhungert, er hat immer etwas zubekommen. Die ganze Stube hat ihn beneidet. Täglich, auch bei noch so schlechtem Wetter, ist Karoline einmal und oft zweimal zu ihm gelaufen. Wie ein kleines ausgehungertes Hündchen hat er auf ihre Gaben gewartet: »Zeig mal her, Karoline, zeig her! Hmm, das ist gut, das schmeckt! Bring mir nur bald wieder was, wenn du etwas übrig hast!« Aber wo sie es hernahm, woher sie nehmen sollte, das hat Leopold nicht bedacht. Es war ihm selbstverständlich, nur rufen, Tischlein, deck dich, wie im tiefsten Frieden. Nicht einmal hätte er gefragt, ob Karoline und die Kinder genug zu essen haben. Doch das stimmt nur halb, Karoline will ehrlich sein. Er hat oft mit treuen ahnungslosen Augen gefragt: »Ihr habt doch alle? Sicher habt ihr, Karoline!« Da hat sie ihm nicht widersprochen, er aber hat nicht weiter geforscht.

Weltfremd ist Leopold bis zu seinem Tod gewesen. »Du lebst auf dem Mond!« Da hat sich Leopold geärgert und nein gesagt, wie ein Kind, das man fragt, ob es da ist, und das aus seinem Versteck sofort unschuldig antwortet, nein, ich bin nicht da! So ein Mensch leidet nicht viel, in dem ist alles eingegraben und kann nicht an den Tag gehoben werden. Es ist leicht, ein guter Mensch zu sein, wenn man alle Sorgen von sich abwälzt und, was geschieht, verständnislos betrachtet. Nein, er litt nicht wirklich Not, Zerline darf mir das nicht immer sagen. Da gibt es viel ärmere Teufel, die haben niemanden hier und hungern erbärmlich, weil sich niemand kümmert, ob man ihnen das gibt, was ihnen zusteht. Doch das ist der Lauf der Welt, dem einen etwas, dem anderen nichts. Wenn es knapp wird, muß sich jeder nach der Decke strecken. Der Hunger ist ein böser Feldherr, da wundert Karoline sich nicht, daß so viele in Ruhenthal unanständig werden. Wer ist denn hier anständig und raubt nicht dem Nächsten, was er raffen kann? Wenn einer trotzdem nicht mitmacht, zieht er den kürzeren. Vornehm tun kann jeder, solang er Überfluß hat. In der Not ist jeder sich selbst am nächsten. Niemand soll sich einbilden, daß er eine rühmliche Ausnahme bildet. Für ein Stückchen Brot kann man alles kaufen, aber auch sich selbst verkaufen.

Wer die Dinge nimmt, wie sie sind, kann sich auch mit ihnen abfinden und seine kleinen Freuden haben. Karoline wird jetzt anders leben, wenn sie sich nicht mehr um Leopold kümmern muß. Zunächst wird es ihr wohl etwas fehlen, daß sie ihn nicht mehr besuchen kann. Doch das vergeht, der Tag verlangt sein Recht. Es gibt auch keinen Friedhof, wo man ein Grab pflegen könnte. In dieser Zeit bleibt von den Toten nichts übrig, die Sentimentalitäten haben sich aufgehört. Denkmäler sind unmodern geworden. Fast muß Karoline darüber lachen, wenn sie sich erinnert, daß es einmal auch so etwas gegeben hat. Wenn sie sich es recht überlegt, muß sie zugeben, daß die Pietät und die Pflege der Gräber nur eine unaufrichtige Komödie waren, die man vor seiner Familie und allen Bekannten aufführen mußte. Hier wird kein solches Theater mehr gespielt. Das nackte Leben gilt, doch kein Theater wie auf einer Bühne. Eingewickelte Gefühle haben aufgehört. Sie wurden alle ausgewickelt, wobei es sich herausgestellt hat, daß alles fauler Zauber war.

Karoline ist bürgerlich vornehm aufgewachsen. Die Wände waren von Bildern fast verdeckt. In der ganzen Wohnung konnte man nicht sehen, was hinter ihnen steckte. Im Salon stand ein unförmiges Klavier mit einer gestickten Seidendecke und vielen Nippes darauf. Ein Knabe würgte eine Gans, ein Jüngling zog sich einen Dorn aus dem Fuß. Es war sehr schön und unpraktisch, lauter weißer Alabaster, vielleicht war es nur Gips. Allen Kindern wurde Klavier unterrichtet, aber keines hat wirklich gespielt. Bald wurde der Deckel zugeklappt, die Tasten hatten ihre Ruhe. Das Instrument wurde nicht mehr berührt und dämmerte durch die Jahre, ein Denkmal, das jedem im Weg stand, täglich mit Staub gepudert, den man wischen mußte. Damals wurde alles versteckt, die Wahrheit unter Heuchelei vergraben, viel mehr noch als später, weil es einem zu gut gegangen ist. Wäre Karoline jetzt ein heiratsfähiges Mädchen, so könnte sie Leopolds Werbung ausschlagen. Es gibt jüngere und schönere Verehrer, den angenehmsten wählt man aus. Leopold aber kam nur, wahrscheinlich war die Sache schon vorher vereinbart, er fragte nicht viel und sagte nicht viel, und schon hatten die Eltern eingewilligt. Karoline wurde vor die Tatsache gestellt. Damit war die Ehe besiegelt.

Karoline hätte sich wehren können, doch da hat sie sich zu sehr geschämt, Widerspruch schickte sich nicht. Die Eltern erklärten, daß Leopold aus guter Familie sei, ein Doktor, ein gebildeter Mann mit einer aussichtsreichen Praxis. Da gab es nichts zu überlegen, Karoline war noch jung und hatte Hoffnungen. Was hätte sie sagen sollen, als nach einem Jahr die Enttäuschung kam? Gar nichts. Scheidungen waren damals noch nicht an der Tagesordnung. Es wäre eine Schande in der ganzen Stadt gewesen. Viele Jahre später hat es Zerline der Mutter verübelt, daß sie sich von Leopold nicht trennen wollte. Sie hätte das getan, aber jetzt war es wirklich zu spät, sie fand es herzlos, einen hilflosen alten Mann zu verlassen. Heute ist alles aus und alles egal. Das Leben ist verpatzt. Ruhenthal ist abgesperrt und vor der Außenwelt versteckt. Alte Menschen sehen hier nichts von der Welt und kommen nicht weiter als bis zum Schlagbaum, doch selbst das nur bei einem Begräbnis. Vor der Jugend macht man noch den Schlagbaum auf. Wenn sich Paul nur zur Flucht entschließen würde! Das Land ist groß, in Dörfern gibt es Verstecke. Aber Paul ist ein gutmütiger Waschlappen. Er läßt alles hingehen und nimmt die Gelegenheit nicht wahr. In seinem Alter wäre Karoline über alle Berge. Pauls Wurstigkeit ist ärger als Faulheit. Die Ereignisse werden ihn zerreiben, er läßt sich willenlos hintreiben. Karoline hat keine Stütze an ihm. Zerline aber ist nichts anderes als ein Nervenbündel. Sie ist zu treu und hält den Hals in die Schlinge. Dann wundert sich Zerline noch, wenn ihr der Atem ausgeht. Treue hat nur einen Sinn, wenn sie mit Mut und Geschicklichkeit verbunden ist. Das Mädchen ist zu aufrichtig, darum ist sie auch übertrieben. Karoline hat früher zu viel in sich versteckt, Zerline versteckt bestimmt zu wenig. Wer so wie sie glaubt, immer gleich mit der Wahrheit heraus zu müssen, hält keine Belastung aus. Jede Kleinigkeit darf einen nicht gleich aus der Fassung bringen, denn sonst stirbt man Tag für Tag und hat die Qual. Das Mädchen ist ja hysterisch. Wenn ich ihr nicht immer wieder zureden würde, wären wir schon längst nicht mehr da. Sie bringt uns ins Unglück damit, daß sie stets ihre Träume mit der Wirklichkeit verwechselt. Ruhenthal ist keine Sommerfrische.

»Du mußt endlich lernen, ein wenig in dir zu verstecken, was du dir denkst.«

»Für dich liegen die Dinge anders als für mich. Weißt du, Mutter, es wird besser sein, wenn du mir keine Lehren mehr erteilst. Du änderst mich nicht. Nichts ändert mich. Wegschicken hättet ihr mich sollen, bevor noch Krieg war.«

»Du wolltest nicht. Ich hab es dir und Paul so oft gesagt.«

»Du hast gesagt …! Weil du wußtest, daß ich euch nicht verlassen werde. Wie ich bin, so bin ich. Damit habe ich mich abgefunden, und deshalb bitte ich, laß mich, wie ich bin.«

»Du erschwerst dir das Leben, Kind! Du tust dir nichts Gutes. Von mir und den anderen will ich schon nicht reden.«

»Du redest nicht von dir, aber du denkst nur an dich. Was gehn denn die anderen dich an? Schau, Mutter, ich kenn dich, ich kenn dich genau. Nun hab ich es mir einmal vorgenommen, zu dir und zu der Familie zu halten.«

»Halte weniger auf die Familie als auf dich!«

»Das sagst du nur so. Sobald ich meiner Wege gehe, zeigst du mir ein vorwurfsvolles Gesicht und bist unfreundlich. Hintenherum läßt man mich versteckt wissen, daß ich egoistisch bin. Machen wir uns doch nichts vor!«

»Du verstehst mich falsch! Es ist schön, wenn man zusammenhält, aber man muß auch an sich ein wenig denken. Du erreichst mit deiner Aufopferung nichts. Du machst nur alle nervös damit. Außerdem ist alles leichter gesagt als getan. Mir machst du lauter Vorhaltungen, aber in vielem bist du wie der Vater. Auf dich muß man ja genauso aufpassen, sonst ist gleich ein Malheur da.«

»Um mich brauchst du dich nicht zu kümmern. Ich habe nie etwas für mich verlangt. Der alte Mann ..., darüber reden wir nicht. Du bist bei ihm geblieben, da mußt du auch deine Pflicht erfüllen. Mich kannst du ruhig gehen lassen. Ich sorge schon selbst für mich.«

»Schön sorgst du für dich! Wenn ich mich nicht sorgen würde, na, da würdest du fein ausschauen! Einmal nicht deine Sachen vorbereitet, dein Essen nicht warm gestellt, deine Strümpfe nicht gestopft, und schon bist du verzweifelt, daß man dich nicht liebt, daß niemand an dich denkt, daß man dich vernachlässigt.«

»Bitte, für mich mach nichts! Ich bin noch immer gut durchgekommen. Wenn wir aber schon dabei sind: Ist es denn wirklich so viel, was ihr alle für mich macht? Gar nichts ist es, denn das versteht sich von selbst. Es ist erbärmlich, darüber Worte zu verlieren!«

»Bitte, reg dich nicht auf! Nur die Wahrheit hab ich dir gesagt, ein bißchen von der Wahrheit, die du doch so liebst. Zerline, das solltest du dir merken: Man erreicht nichts in der Welt, wenn man immer mit dem Kopf durch die Wand rennen will! Man muß Reserven haben, die man nicht bis zum letzten verschwendet, Verstecke, Heimlichkeiten ...«

»Ich habe keine Reserven. Ich will keine haben! Wohin hast du es gebracht mit deiner ewigen Vorsicht und Rücksichtnahme? In Ruhenthal sitzen wir, Frau Lustig! Schönes Reiseziel, im verwunschenen Märchenschloß, in der Knusperhütte! Schmeckt der Lebkuchen dir? Festgenagelt sitzen wir! Was willst du noch verstecken, wenn man dich am

Kragen festhält? Da kannst du verstecken, was du willst, aber loslassen wird man dich nicht mehr.«

»Nun ja, mitgefangen, mitgefangen! Aber ...«

»Da gibt es kein Aber! Es hat ja alles aufgehört! Die Vorsicht und die Sparsamkeit und das Versteckenspiel haben keinen Zweck mehr, aus! Das Lied ist aus, Mutter! Hörst du, was ich sage? Wer jetzt nicht aus dem vollen lebt, hat nie gelebt!«

»Du lebst immer aus dem vollen, und doch ist es kein Leben, was du lebst! Zerline, es hat sich ausgelebt! Und wer jetzt nicht aufpaßt, der hat ausgespielt!«

»Ausgespielt haben wir alle, liebe Mutter! Es hat keinen Sinn, sich deswegen zu streiten. Wir wollen so gut auskommen wie möglich, aber den eigenen Weg muß jeder für sich gehen, du für dich und ich für mich.«

»Und Paul?«

»Und Paul muß seinen Weg gehen.«

»Paul schlägt sich nicht durch. Er verläßt sich nur auf dich und mich, weil er ein Schwächling ist.«

»Über Paul spreche ich nicht mit dir.«

Karoline bemüht sich um einen Zusammenhalt, aber sie muß einsehen, daß es aussichtslos ist. Wenn Leopold fehlt, droht alles auseinanderzufallen. Es ist nicht mehr zu halten. Je dichter der Zwang die Menschen einsperrt, desto geringer wird der innere Zusammenhalt. Das Leben ist löchrig geworden, lauter Lücken, unverbundene Inselchen. Keiner weiß vom anderen etwas. Was man sagt und hört, vereint sich nicht auf einem Wege. Man glaubt noch, auf sicherem Boden zu stehen, während man schon in die Lücken gefallen ist. Merkt man es endlich, daß man in einem Loch verlassen und verloren ist, kann man schreien, wie man will, aber niemand kommt. Doch kommt einer zufällig, so sieht er nichts oder hat die Hände voll oder keine Zeit zur Hilfe. Familienleben hat nie viel getaugt, hier ist es die Hölle. Immer so tun, als gebe es nichts als Liebe und Rücksicht, während sich die Menschen nur quälen. Karoline ist zu schwach, sich zu wehren, wenn sie einem das Hemd vom

Leibe reißen. Das Reden von Zusammenhalt ist nichts als Lüge, es ist das verstummte Klavier, aus dem die Motten stauben, aber es fehlt der Mut, den alten Kasten aus dem Weg zu räumen.

Seitdem Ida fort ist, kann Karoline in der Stube nur mit den Nachbarinnen reden. Ida mit den verkrüppelten Händen ist fort. Wenn Zerline in die Stube kommt und sich so benimmt, als ob Ida noch neben Karoline sitzen würde, ist das nicht auszuhalten. Es ist unerträglich, daß Zerline beide grüßt. Es ist verrückt. Wie mag es Ida jetzt gehen? Allein solch ein Schicksal, das hat sie bestimmt nicht geschafft. Eines Tages hieß es, zweitausend Menschen müssen fort, kräftige, arbeitsfähige Männer und Frauen. Sucht sie euch selber aus, ihr seid ja vierzigtausend Leute! Immer einer unter zwanzig, das ist nicht arg, der kleine Aderlaß tut euch nicht weh, nur fort! Sie müssen fort! Fragt nicht nach den Gründen, fragt auch nicht wohin, genug: wir brauchen sie! Sagt uns auch nicht, daß ihr schon gefangen seid, das müsse uns genügen. Nein, das genügt uns nicht, wir wollen mehr von euch und meinen es doch gut, wenn wir euch ein wenig durcheinanderwürfeln. Gefangene müssen reisen, die Welt ist weit und bunt, ihr sollt sie kennenlernen! Hier steckt ihr so eng beisammen! Ihr klagt, die Stuben sind überfüllt? Wir helfen euch, das schöne Ruhenthal zu lüften!

Warum versteckt ihr euch? Wer sich verbirgt, den werden wir entdecken, und seine Reise wird ihm nicht behagen. Ihr könnt freiwillig gehen. Meldet euch! Lost! Ihr wollt noch immer nicht? Nun, da läßt sich nichts machen, als daß wir euch zur Reise zwingen. Wir lehren euch, was das Gesetz ist. Es ist Zwang. Er tritt stets ein, wenn er nicht gewollt ist, das ist sein Wesen, denn sonst gäbe es keinen Zwang auf Erden, und die Menschen könnten sich zu wohl fühlen. Sucht euch schnell aus, wen ihr zum Zwang verurteilen wollt! Das ist die Selbstbezwingung, in der die Starken siegen und die Schwachen fallen. *Ihr* bereitet vor! Die Reise machen *wir* euch dann. Jeder darf sich selber mitnehmen und als Zugabe auch noch Gepäck, doch nicht zu viel, denn sonst würde euch die Reise unbequem und ihr müßtet euch noch mehr zusammenpferchen. Das wäre uns nicht recht, zu volle Züge sind schlecht für die Eisenbahn.

Ein bißchen weiterfahren. Vielleicht geht es zurück. Leopold hat sich das oft gewünscht. Wenn nach dem Kriege ..., so hat er es gesagt. Das ist nicht nötig, schon jetzt im Krieg wird abgefahren. Es ist gesund und aussichtsreich, die weite Welt erforschen fahren, das Leben gilt es zu genießen. Ihr seht erst richtig, wie viele Orte es im Lande gibt. Überall ist Platz für euch, ihr braucht nicht viel. Es weitet sich der Horizont des Reisenden, ihr habt doch stets auf Bildung viel gehalten. Wißt ihr es nicht zu schätzen, daß wir euch kostenlos die Gelegenheit bieten? Nur euer Leben verlangen wir, der Preis ist billig, denn was ist euer Leben? Verspielt ist es und nichts mehr wert! Es will euch keiner kaufen, darum gehört ihr uns, und wir verfahren euch. Ihr habt nichts zu verlieren, also könnt ihr noch gewinnen. Dem Zufall traut, wer sonst sich nicht zu helfen weiß. Nun schlüpft hinein! Außerdem ist es euch anbefohlen! Rüstet euch und seid nicht säumig, denn in drei Tagen holen wir euch ab. Das Lied ist aus.

Da haben sie Ida ausgesucht. Sie ist eine alleinstehende Witwe, die kann fahren. Sie wird niemandem fehlen, weil sie hier keine Familie hat. Schwester und deren Angehörige zählen nicht. – Doch Ida ist so krank und hilflos. – Macht nichts! – Der schwere Rheumatismus, der die Hände fesselt. – Macht nichts! – Es hieß, nur Arbeitsfähige ... Ida kann doch nicht mit diesem krummen Rücken! – Macht nichts! – Sie kann kochen. Schon immer hat sie Strümpfe gestopft. – Löcher flickt man nicht in Ruhenthal allein. Nur fort! Ida ist die zwanzigste. Im Krieg werden engere Bande zerrissen, die man nicht mehr flicken kann. Es ist kein Unglück, wenn man fährt. Soldaten fahren, das kann Ida auch. – Wohin? – Das wissen die Soldaten nicht. – Das Kriegsglück kann sich wenden. – Ida muß nicht fallen, höchstens in Gefangenschaft kann sie geraten. – Nein, das kann sie nicht. Sie kann nur fallen. – Fallen aber kann man überall.

Den Ranzen umgehängt und das Gewehr. – Ida kann nicht schießen. – Macht nichts! Läßt sich alles lernen. – Bei diesem krummen Rücken kann sie fallen! – Ist gut, wenn man den Rücken beugt. Die Kugel fliegt darüber, dann fällt sie nicht. Nur der zwanzigste fällt. – Ida ist doch die zwanzigste. – Aber nicht von den Fallenden, nur von den Reisenden. – Ida ist nicht tauglich. – Wir machen sie zur Marketenderin. – Unmenschlich! – Nein, der Krieg ist menschlich.

Nur Mut, Frau Ida, nur Mut, in der Heimat gibt's ein Wiederwiedersehen, wenn's vorüber ist, ja, in der Heimat. Sie sagen, daß Sie nicht wiederwiedersehen können? Machen Sie sich nicht lächerlich! Mit sechzig Jahren fängt das Leben erst richtig an. Die Nachbarinnen trösten. Daß man sie versorgen muß? Nun, das ist es eben, deshalb nehmen wir Sie mit, damit man Sie besser versorgen kann. – Aber Ida kann doch hier ... – Nein, das darf sie nicht. Wer versorgt, dem muß man auch die Sorge lassen. Aber Ida will nicht, und sie sträubt sich, ziert sich wie ein junges Mädchen, weint und klagt. Sie will sich nicht verkoppeln lassen, sie hängt sich nicht an einen ungeliebten Zug. Sie hat den Mann geliebt, mit dem sie Hochzeit hielt, nicht wie Karoline mit dem Leopold. Nein, Ida fährt gewiß nicht, sie hat einen Herzanfall, die anstrengende Reise hält sie bestimmt nicht aus, sie ist nicht neugierig, sie ist verhindert, sie hat kein Interesse, nein, wirklich nicht, in Ruhenthal gefällt es ihr viel besser. – Doch Unsinn, wie kann sie das bloß sagen, wenn sie nicht sich selber überzeugt hat! Ist es vielleicht hier so schön? – Ach, das ist es nicht, doch was sie weiß, das weiß sie; ein unbekanntes Glück schmerzt mehr als ein vertrautes Leid. – Schluß mit diesen nichtsnutzigen Reden! Dort ist es sicher anders, dann hat Ida wenigstens Gelegenheit, alles zu vergleichen. Nach dem Kriege bei dem Wiederwiedersehen kann Ida erzählen, wie es da und dort gewesen ist und wo sie es am schönsten fand.

Ida beteuert, es ist eine Falle, ein Unglück, da stecken keine guten Absichten dahinter. Wäre es nicht böse, würde man das Ziel der Reise nicht verheimlichen. Wenn man hier sein kann, warum soll man da woandershin? Es ist nicht nötig, diese Reise ist verschwendet … – Hilflose Überlegungen, Ida, die sind besser zu unterlassen, denn man belastet sich nur unnütz den Kopf, dabei ist noch nie etwas Kluges herausgekommen. Hätte man nämlich tatsächlich schlechte Absichten, wie die Leute behaupten, dann wäre die Reise nicht nötig, das Böse ließe sich viel einfacher in Ruhenthal erledigen, die Festungsgräben sind breit und tief genug, um alle Gefangenen dort zu erschießen. Nein, es droht niemandem Gefahr. Die Reise findet statt, um brennende Fragen zu lösen. Dankbar sollten alle sein, die bleiben, dankbarer, die fahren werden, weil sie es viel besser haben werden. Der Tisch ist schon gedeckt mit weißem Linnen. Die Blumen duften in den Vasen. Altersheime mit seidenen Gardinen. Sanatorien mit Gesellschaftsräumen, und die vielen guten Ärzte! Parkanlagen mit bequemen Ruhebänken, in der Sonne, im Schatten, wie man wünscht. Eine neue Heimat wird es sein, wohnlich, freundlich und gesund.

Aber wo wird es sein, ihr Herren? – Nein, das verraten wir nicht. – Wir wollen gerne fort von hier, den Bahnhof lieben wir. Am besten wäre es, ihr ließet uns gleich frei. Nur sagt uns, bitte bitte, wohin die weite Fahrt? – Überraschung, liebe Kinder, Fahrt ins Blaue. Plötzlich seid ihr dort und werdet alles sehen. Hier steigt ihr zunächst ein, es wird ein langer, langer Zug sein, dem wir eine tüchtige Lokomotive vorspannen. Ihre Sirene wird euch ein Lied vorheulen die ganze Strecke lang, damit es alle Weichensteller und Bahnwärter vernehmen, Achtung, Achtung, sie kommen, alle Geleise frei, daß der Zug sicher sei und sicheres Geleite habe. Kein Unglück wird zustoßen. Unsere Bahnen sind verläßlich und weisen auf der ganzen Erde den geringsten Unfallskoeffizienten auf. Das automatische Signalsystem bringt jeden irregeleiteten Zug auf dem kürzesten Bremsweg zum Stehen, bevor eine Katastrophe eintreten könnte. Das ist doch allgemein bekannt, in aller Welt war es schon lange vor dem Krieg berühmt. – Doch die Fragen wollen nicht verstummen, wer weiß, wohin es geht? Einer muß es doch wissen! Man kann uns nicht so ins Leere, so in das bloße Nichts verschicken! – Wie oft sollen wir es euch wiederwiederholen, was wir euch sagten? Ins Blaue geht's, ins Blaue! Doch nun genug geschwatzt und laßt euch überraschen! Des Zieles wird ein jeder froh!

Ida hat ihr Zettelchen bekommen. Der Bote hat nicht angeklopft. Schon stand er da, das Licht wurde schnell angedreht, denn es war tiefste Nacht. Nichts stand auf dem Zettelchen als

SCHWARZ, IDA – 1. 6. 1882.

Das war alles, und doch hat sie geweint. Auch Karoline hat geweint. Alle in der Stube weinten. Sie sind so traurig in der Nacht und schlafen nicht, obwohl kein Unglück vorgefallen ist. Nur ein Zettelchen. Ida ist genauso in der Stube wie alle anderen, eine unter zwanzig. Was liegt daran, wenn nur neunzehn hier sein werden? Kann sie sich nicht auf dem Dachboden für drei Tage verkriechen? In den Keller? Die Krankheit wird sie schon behüten! Für kranke Menschen ist eine Fahrt ins Blaue nicht gesund. Da kommen die Doktoren, die schauen auf das Thermometer, gucken in den Hals, sie tasten nach dem Puls, sie tun alles, was Ärzte tun sollen. Dann sagen sie: »Haben Sie Geduld! Sie werden von uns hören!« Ida soll sich in den Tod verstecken. Drei Tage tot ist keine lange Frist. Wenn man nicht lebt, muß man nicht fort. Dann ist die Reise aufgeschoben und auch aufgehoben. Aber Ida kann nicht sterben, weil sie lebt und da ist. Sie müßte sich das Leben selber nehmen, doch das will sie nicht. Also lebt sie und wird reisen, weil die Ärzte bestimmt haben, daß sie reisen kann. Es gefährdet nicht ihr Leben, ein paar Pulver bekommt sie auf den Weg, ja, dieselben Pulver, die Herr Dr. Lustig verordnet und die immer helfen. Gewiß, es wird nötig sein, daß sie auch dort nach der Ankunft gleich sich in ärztliche Behandlung begibt, doch man wird sie pflegen, ein Empfehlungsschreiben kann sie haben, damit man sich am Ziel ihres Herzens annimmt, ja, und Überanstrengung ist zu vermeiden, läßt sich aber alles machen, gute Ärzte gibt es überall, die ihr Handwerk meistern.

»Die Wahl des Arztes, meine Herren, davon hängt alles ab. Hier bin ich zufrieden und an die Verhältnisse schon gewöhnt.«

»Das ist Ihr Fehler, liebe Frau Schwarz. Wer sich in dieser Zeit gewöhnt, muß leiden.«

Das Wandern ist des Müllers Lust. – Das stimmt schon, aber die Reise nach Jütland fällt mir so schwer! – Wer sagt Ihnen denn, daß es nach Jütland geht? – Lippe-Detmold, eine wunderschöne Stadt! – Aber nein, zu Straßburg auf der Schanz ... Das stimmt nicht! Innsbruck, ich muß dich lassen! Ruhenthal, ich muß dich lassen! O Welt, ich muß dich lassen! Gar nichts lassen! Alles mitnehmen! Man wird es brauchen. Ich fahr dahin, wenn es muß sein, und trenn mich von der Liebsten mein. Singen ist wegen Raummangels nicht gestattet. Willst, feiner Knabe, du mit mir gehn? Ich bin kein Knabe, ich bin Ida Schwarz, Witwe, Schwester von Karoline, von Karoline Lustig. Willst, Ida Schwarz, du mit mir gehn? Ich will nicht gehn, das Lied ist aus. Ich könnte mich erkälten. Unmöglich, die Reise findet in versiegelten Waggons statt. Da wird keine Zugluft herrschen. Sie können sich so setzen, daß Sie mit dem Herzen ordentlich in der Fahrtrichtung bleiben. Außerdem sieht man nichts bei Nacht. Mit der Fahrtrichtung fällt man direkt in die Zukunft hinein. Nur in großen Stationen blitzen Lampen auf, aber auch die nur wenig, weil es geschlossene Güterwagen sind. Das Hinauslehnen kommt bei Herzanfällen ohnedies nicht in Frage. Also verstecken Sie sich im Inneren des Wagens! Ducken Sie Ihren Kopf! Achtung, Hochspannung! Das Berühren von Drähten, auch von herabgefallenen, ist lebensgefährlich. Verstecken Sie den Totenkopf! Die Schmetterlinge fliegen herum, es sind Nachtfalter. Kein Licht machen, sonst verbrennen sie sich die Flügel.

Wer vorsichtig ist, fährt am längsten. Das wissen auch die Italiener, chi va piano va sano. Nein, kein Piano. Das macht Staub. Wegen Störung der öffentlichen Ruhe ist es verboten,

Musikinstrumente mitzunehmen. Wer eine Geige versteckt, wird wegen Platzmangels bestraft werden, sein Lied ist aus. – Gegen eine Reise nach Italien hätte ich auch ohne Piano nichts einzuwenden. Sonne und Seebäder gegen den Rheumatismus. – Ja, aber für das Herz ausgesprochen schädlich. – Bitte, wird man von dort schreiben dürfen, auch wenn es nicht Italien ist? – Nein, nicht nötig, weil dort alles in Hülle und Fülle zu haben ist. – Karoline hat als Kind Ansichtskarten gesammelt. – Unsinn, sie ist kein Kind. – Gut, doch muß sie wissen, wie es einem geht. – Überflüssig, keiner wird sich einsam fühlen! – Aber ohne Postverbindung, das ist schrecklich! – Man kann auch ohne Post leben. Stellen Sie sich vor, Sie sind tot, dann hört sich die Herrlichkeit mit dem Briefwechsel von selber auf. – Aber Sie irren sich, ich bin nicht tot. Deswegen werde ich doch weggeschickt. – Stimmt auffallend, entschuldigen Sie, das habe ich vergessen …

»Entschuldigen Sie, Frau Schwarz, wenn ich störe, aber es ist jetzt dringend notwendig, ans Packen zu denken!«

Ida und Karoline stehen auf. Sie sehen ein, daß man des Tages Reisenot in keinem Traum verstecken kann. Vielleicht wird Ida doch noch bleiben können, wenn ein Wunder geschieht. Doch rechnen darf man nicht damit, darum ist es am besten, sich vorzubereiten. Ida soll sich nicht überanstrengen. Sie muß sich auf alle Fälle schonen, mit ihren Händen soll sie achtsam sein. Die vielen Sachen muß man aber trotzdem untersuchen. Es ist ein Glück, daß man noch sprechen kann. Nur die Befehle stören und springen mit lautem Schrecken in die Stube, aber nachher gibt es für ein Weilchen wieder Ruhe, und man kann Luft schnappen. Ida soll auch ordentlich essen. Nein, nichts verschenken!

»So, dieses Waschkleid bleibt hier, Karoline, das kannst du haben. Vielleicht kann es Zerline sich ändern, wenn es dir nicht paßt.«

»Nein, Ida, das nimmst du mit! Du wirst es brauchen können, besonders bei Regen. Es soll dort sehr feucht sein.«

»Der Koffer wird mir zu voll. Ich kann nicht so viel schleppen. Was wichtig ist, ziehe ich lieber an.«

»Das schon, aber das Waschkleid nimmt keinen Platz weg, das packst du unbedingt ein.«

»Ich werde es bestimmt dort nicht brauchen. Du kannst es gegen Brot vertauschen, damit du mehr für Leopold und die Kinder hast. Es ist ein schöner Stoff. Fühl nur mal, wie weich!«

»Nein, Ida, das ist ein praktisches Stück, du schaust so gut drin aus! Du mußt auch was Schönes mithaben, damit du nicht wie eine Bettlerin aussiehst. Vielleicht kannst du es dort auch viel besser tauschen.«

»Zum Tauschen habe ich schon das Seidenkleid und hier die Stiefel. Die sind sicher gut.«

»Aber die nehmen viel mehr Platz weg als das Waschkleid. Laß dir raten, Ida! Du mußt auch etwas verstecken. Und dann einige Vorräte zum Essen.«

»Die nehm ich lieber in die Tasche, damit ich sie bei mir hab im Zug. Man weiß nicht, ob man den Koffer behalten darf. Ich mache mich auf alles gefaßt.«

»Da hast du recht. Und deine Medizinen, die Herztropfen.« Paul läuft herum. Zerline läuft herum. Sie wollen es abwenden. Man sagt auch, daß die Reise nicht stattfinden wird. Zumindest soll sie verschoben werden. Es sind noch keine Waggons zur Stelle. – Sie werden aber kommen. – Das soll man nicht sagen. Solange sie nicht hier sind, besteht noch immer eine Hoffnung. – Es ist nichts zu hoffen! – Wer sich so in sein Schicksal ergibt, sollte sich gleich begraben lassen. – Das wäre wahrscheinlich das beste. – Bitte, hab Geduld! Vielleicht ist der Krieg bis dahin zu Ende. Es kann ein Wunder geschehen. Das ist gar nicht so selten! – Heute kommen keine Wunder mehr vor. Das hat sich aufgehört. – Schwarze Fahnen hängen. Sie scheinen Trauer zu haben. Der Krieg steht für sie schlecht. Sie haben schon wieder tausend Flugzeuge verloren. – Das hilft uns nicht. Für uns kommt alles um eine Stunde zu spät. Darum ist es gleichgültig, wer den Krieg gewinnt oder verliert, denn wir haben ihn schon verloren. – Es bleiben doch noch viele hier in Ruhenthal! – Nur für einige Zeit! Bald werden sie nachkommen. Sie sollen nur den Fahrplan abwarten. Bis zum Ende des Krieges wird keiner hierbleiben. Ein Narr, wer sich das einbildet, niemand wird in Ruhe gelassen. – Arbeitskräfte werden gebraucht. – Das ist ein Schwindel, weil man lauter Kranke wegschickt. Ruhenthal ist kein sicheres Versteck.

»Nun, Paul, was hast du gehört? Hast du was erreicht?«

»Nein. Noch nichts Bestimmtes. Aber vielleicht. Ich habe mit jemandem gesprochen. Wenn er kann, so wird er.«

»Hast du ihm was versprochen?«

»Ich habe. Viel sogar. Ich weiß noch nicht, wo ich es hernehmen soll. Etwas hab ich vorbereitet. Ich hab ihm auch gesagt, das andere nach dem Krieg.«

»Darauf gibt er nichts. Nach dem Krieg kann jeder. Hier, Paul, da hast du.«

»Ich werde mein Glück versuchen. Aber er sagt, er ist nicht so. Er glaubt mir. Aber er fürchtet sich auch.«

»Er hat nur Furcht, wenn er zu wenig bekommt.«

»Das ist schon viel wert, was du mir gegeben hast. Leider noch nicht ganz genug. Aber er wird mir sicher trauen.«

»Also, Paul, bitt dich, geh schon!«

Da ist er schon draußen und versucht. Er sagt ihm, was er geben kann. Er gibt ihm, was er hat. Es ist nicht genug. Paul erreicht nichts. Nur Versprechungen. Wenn es möglich ist. Man kann so schwer. Nicht leicht. Gefährlich. Man fällt selbst herein. Paul ist viel zu schwach. Da muß man tüchtiger sein. Zerline ist tüchtiger. Aber diesen Preis zahlt sie nicht. Die Ehre kann man nicht verstecken. Die hat man. Die ist außen auf der Haut. Man trägt sie nicht zu Markt. Das kann niemand verlangen. Die Anständigkeit ist unverkäuflich. Für die beste Tante kann man nicht. Auch nicht für die Mutter. Zerline kann nicht einmal für sich. Lieber steigt sie ein und fährt. Hier gilt keine Anständigkeit. Also muß die Ida fahren. Karoline hat ihr eine gute Suppe gekocht. Henkersmahlzeit. Ida muß sich kräftigen. Sie ist noch hier. Die Nachbarin hat einige Nudeln geschenkt. Die andere einen Löffel Trockengemüse. Die dritte einen Löffel echtes Fett. Nein, das ist keine Margarine. Das wärmt, eine so gute Suppe. Ida bekommt ein Bonbon und einen halben Apfel geschenkt. Nachtisch. Karoline nimmt das Viertel nicht an.

»Wir sehn Sie so ungern fortfahren, Frau Schwarz. Nur eine kleine Aufmerksamkeit ...«

Aber nach dem Krieg. Schon bald. Überall wartet man. Von dort ist es ein bißchen weiter nach Hause, aber man kann zurückfahren. Erster Klasse, wie es sich gehört. Besser als zweite ist Ida früher nicht gefahren. Aber jetzt muß man erste. Das wird wunderschön. Und wir sind die Sieger. Man holt uns ab und bringt uns im Triumph zurück. Die Lokomotiven sind geschmückt wie junge Mädchen. Es ist Hochzeit. Das Lied beginnt. Alle Waggons sind mit Geschenken vollgeladen, das sind die geretteten Menschen. Sie bekommen einen Lippenstift und Puder, damit sie sich herrichten. Sie schauen noch nicht gut genug aus. Bald werden sie wieder. Man gibt ihnen alles. Sie heiraten. Richtige Männer hat man gebracht. Jede wählt den rechten Mann. Frisches Reisig und bunte Aufschriften. WIR SIND FREI! Jeder kann uns sehen. Keine Nonnen. Die Schleier werden weggeworfen. Die Kinder spielen. WILLKOMMEN IN DER HEIMAT! Auf allen Stationen werden Erfrischungen gereicht. Freies Buffet. Die schönsten jungen Mädchen hat man ausgewählt. Niedliche Kleidchen. Die Mädchen kommen an den Zug heran und bringen Schokoladentassen mit Fruchttorte und eingepackte Liebesgaben. Ida ißt sich endlich satt.

Alle Furcht ist von der Welt verschwunden, niemand muß sich mehr verstecken, nichts muß man verstecken. Aller Schmuck wird angesteckt. Freiheit, Freiheit, in der eigenen Wohnung sitzen! Gemütlich ist der Platz beim Ofen. Immer noch eine Schaufel zulegen. Im Keller ist genügend Kohle. Die Vorhänge sind vorgezogen. Niemand kann durchs Fenster in das Zimmer schauen. Das Gefühl, wenn man so geborgen sitzt! Das Haserle, der Hund, ist wieder da. So hat das gute Tier noch nie gewedelt. Endlich ist das

Frauchen wieder da. Alle da. Nun kann das Haserle spazierengehen. Jetzt ist das schöne Ziel erreicht, doch von den alten Plagen spricht man nicht. Was man gestern erlitten hat, ist heute nicht mehr böse. Die Reise ist beendet, man schweigt davon. Einen ganzen Monat werden Feste gefeiert, weil wieder Frieden ist. Doch jetzt ist alles viel herrlicher als je zuvor, weil man erst heute die Freiheit richtig schätzt.

Dann wird ein Verein gegründet, Ruhenthaler Veteranen. Jede Woche setzen sie sich zusammen und spielen Karten. Jeder nimmt sich gute Kleider und erzählt. Die Mitglieder erhalten ein Abzeichen mit dem Ruhenthaler Wappen. Besichtigungsfahrten werden veranstaltet, einmal jährlich ein Wochenende in Ruhenthal! Karoline wird das leiten. Alle werden kommen. Die Eisenbahn wird Ermäßigungen gewähren. In Ruhenthal spielt die Musik, viele Reden werden gehalten. Gedichte werden geschrieben. Die Zeitungen sind voll davon. Jeder wird sagen, daß er dabeigewesen ist, als es noch traurig war und keiner an das gute Ende glaubte. Die Zeiten ändern sich. Niemand wird seine Freude verstecken. Am meisten wird Ida lachen.

Karoline blickt auf. Ida sieht beruhigt aus, fast zufrieden. Sie hat ein Weilchen geschlafen. Ihr Vorgefühl ist nicht mehr so bange, sie gibt jetzt zu, daß man es auch dort aushalten könne, nur Geduld muß man sich zusprechen, den Mut und Willen zum Leben darf man nicht verlieren. Diesen Willen wird Ida bewahren, sie verspricht es Karoline, die soll sich deswegen nicht zu sehr sorgen, weil das doch zu nichts führt. Die Frauen werden ja sehen, was Paul und Zerline ausgerichtet haben. Da kommt Zerline schon und ruft laut, was sie gehört hat, die älteren Leute werden bestimmt nicht fahren, niemand über fünfzig Jahre soll fort, denn man braucht dort nur wirklich Arbeitsfähige und keine kränklichen Menschen, es sind neue Richtlinien herausgekommen. Alle atmen auf, die Gefahr ist gebannt.

»Nur Junge! Das ist doch ein bißl gerechter! Die können's eher aushalten!«

Es scheint zu stimmen, also kein Gerücht, alle sprechen davon laut, Ruhenthal ist voll von guten Nachrichten. Niemand wird gehen, der sich nicht wirklich eignet. Man will uns nicht töten, man will nur unsere Arbeit. So wie Paul hinter Leitenberg am Schießplatz von Dobrunke hackt und schaufelt, werden viele von uns dort beschäftigt werden. Alle kann man nicht in Ruhenthal brauchen, hier gibt es nicht einmal Fabriken. Hinaus ins weite Land soll es gehen, und wo man arbeitet, kommt man auch mit anderen Menschen zusammen. Dort wird unsere Jugend von der Umwelt nicht so streng abgesperrt sein, keiner muß sich vor den Lebensbedingungen fürchten. Karoline will schon wieder alles auspacken, aber Ida wehrt sich.

»Ich habe es noch nicht schwarz auf weiß. Niemand ist sicher, bevor die Abfahrt nicht vorbei ist.«

Nein, nichts ist vorbei. Neue Nachrichten werden durchgegeben. Alle fahren. Alle müssen fahren, die man ursprünglich bestimmt hat. Arbeiten werden die Gesunden, die Kranken werden gepflegt. Da ist Ida gerettet, denn sie wird nicht arbeiten, nur fahren muß sie trotzdem. Aber das kann nicht arg ausfallen. Die Reise wird bald vorüber sein, ein Tag, dann eine Nacht, vielleicht zwei Tage, höchstens drei, doch sicher nicht länger als vier Tage. Jedenfalls muß es ein Ende nehmen. Wenn man nur im Zug ist, sitzt man und braucht nicht weiter nachzudenken. Umgestiegen wird nicht. Das ist der Vorteil der Sonderzüge. Man steigt ein, und man steigt aus, dazwischen geschieht nichts, es wird bloß gefahren. Nachher kann sich jeder ausruhen, besonders die Kranken.

Die Reisegefährten müssen sich versammeln. Ida kann nicht zurückbleiben, aber noch ist sie da. Ein Weilchen kann sie sich gönnen, darauf kommt es nicht an. Man versäumt nicht gleich den Zug. Er wartet, wenn so viele reisen. Bis zur Abfahrt wird sie immer dasein, es wird ihr nichts geschehen. Sie kann dabeisein, sie darf sogar. Sie darf lachen und weinen, sie darf sich freuen und traurig sein, ganz wie sie will. Ida kann kaum gehen, weil ihr die Füße nicht gehorchen. Aber den Kranken wird beigestanden. Das Gepäck wird abgeholt. »Sie haben doch nicht vergessen, alles ordentlich zu markieren?« Ja, alles ist geschehen. Mit gelöschtem Kalk wurden der Name und das Geburtsdatum auf den Kofferdeckel geschmiert. Jeder kann es deutlich lesen. Dieser Koffer gehört Frau Ida Schwarz, geborener Schmerzenreich, die am 1. 6. 1882 das Licht dieser Welt erblickt hat.

Damals war sie auf einmal da. Sie verließ ihr schützendes Versteck und schrie in ihre erste Lebensstunde hinein. Man hat sich um sie bemüht und ihr das erste warme Bad bereitet. Die Hebamme war eine tüchtige Frau, die sich auf ihr Amt verstand. »Es ist ein Mädchen, Frau Schmerzenreich!« So rief sie fröhlich aus. Und Karoline hatte ein Schwesterchen. Nach einer Tante gab man dem Kinde den Namen Ida. Es war ein liebes Kind, so gutartig und heiter, die Eltern hatten ihre Freude an der kleinen Ida. Sie wuchs auf und wurde groß und schön wie eine Blume im Gedicht. Sie ging zur Schule, lernte kochen und nähen, sie sang und tanzte, verliebte sich, verlobte sich, und dann kam die Heirat. Es ging groß her, denn die Verhältnisse erlaubten es. Die Hochzeitstafel wurde reich geschmückt, es war noch schöner als bei Karolinens Trauung, und viele Gäste waren da, jeder mit einem Sträußchen im Knopfloch. Manche waren von weit hergekommen, nur um dabeizusein. Alle hatten Geschenke mitgebracht. Karoline und Leopold schenkten ein kostbares Kaffeegeschirr für zwölf Personen, weiß mit breitem Goldrand. Ida war entzückt und gerührt, die vielen teuren Sachen, sie weinte, wie es junge Frauen machen. Dann wurde Ida sehr verwöhnt, so wie es sich gehört. Ein jeder Wunsch war gleich erfüllt. Geld war im Haus und verwandelte sich in Zierat oder Schmuck, es wurden herrliche Kleider genäht und angeschafft, was Idas Herz nur begehrte. Ein Sohn wurde geboren, er hieß Albert, er wuchs prächtig auf. Dann traf unvermutet die böse Stunde, in der sie Witwe wurde. Der Mann starb plötzlich nach dem Abendbrot. Gerade stand er vom Tisch auf, ein kurzer

Schrei, ein dumpfer Fall, Herzschlag; alles war aus, als Leopold zur Stelle kam. Doch Ida blieb gut versorgt zurück. Da war ein großes Haus mit einer reichen Wohnung, da gab es Ersparnisse, und die Versicherungsgesellschaft zahlte viel aus. Ida lebte für ihren Albert und hatte Freude, denn der Sohn war groß und gut.

Aber eines Tages war alles zu Ende. Der gute Sohn verreiste schnell ins rettende Amerika. Ein geschickter Photograph ist dort zu brauchen; da war Ida glücklich, die Albert über alles liebte, daß er sie verlassen hat. Bald mußte Ida fort aus ihrer reichen Wohnung und zog zu Karoline. Das machte wenig Umstände, denn Leopolds Wartezimmer stand jetzt leer, er konnte sie im Haus behandeln, wenn sie auch kein Mitglied seiner engeren Familie war. Das ging, das konnte niemand Leopold verbieten. Doch als ein Jahr vergangen war, fuhr Ida mit Karoline und Familie nach Ruhenthal. Der gute Sohn war in Amerika und mußte es nicht wissen. Wenn erst der Krieg vorüber ist, wird Albert wiederkommen, ein guter Sohn läßt seine alte kranke Mutter sicher keine Stunde warten. Das wird der schönste Tag in Idas Leben sein. Doch sie spricht fast nicht davon, weil er ihre Sorgen fühlen könnte, wenn sie seinen Namen riefe. Auch Karolinens Kinder hier wären leicht zu betrüben, auf die nimmt Ida Rücksicht. Mit den Nahen spricht man, an die Fernen denkt man. Ida hört die Schwester. »Es ist gut, Ida, daß wir alle zusammenbleiben. So bist du wenigstens nicht allein, gemeinsam können wir es besser überdauern.« Ida hat das eingesehen. Sie nimmt den guten Sohn nicht mit nach Ruhenthal. Kein Kummer soll ihn je bedrücken. Seinen Namen wird sie nie mehr rufen, bevor der Krieg nicht aus ist. Was geschehen muß, ist unvermeidlich. Da ist es noch ein Glück, wenn sie mit ihren Nächsten Gefahren und Entbehrungen teilt, denn eine alleinstehende Witwe in dieser Welt …

»Wir werden uns nie trennen, Ida! Wir lassen uns nicht auseinandernehmen!«

»Nein, Karoline, tausendmal nein!«

»Wir ganz gewiß nicht!«

»Nein und nein!«

Doch Ida fährt. Und du, mein Schatz, bleibst hier. Du mußt, ich muß. Es geht nicht anders. Soll sie Albert grüßen lassen? Er könnte zu traurig werden. Sie läßt nicht grüßen, sie wird ihn wiederwiedersehen. Fahren unvermeidlich. Amerika ins Blaue. Nur ins Blaue. Ein garstig Lied. Auch das ist aus. Leopold ist so alt. Es wird ihm aber leid tun. Bestimmt ein Glück, daß er es nicht mehr so versteht. Der arme Mann. Nein, Ida ist viel ärmer. Man muß bitten, daß sie bleiben darf, alles tun, noch im letzten Augenblick. Es ist nie zu spät dazu. Die ganze Familie kann ja mitfahren. Freiwillig. Kommt nicht in Frage, viel zu großes Opfer, Leopold ist über fünfundsiebzig. Man nimmt ihn gar nicht. Nur bis sechzig. Fast auf den Tag genau, daß Ida noch mit darf. Wegen eines Menschen kann man nicht eine ganze Familie ins Unglück stürzen. Es ist aber kein Unglück! Wer spricht von Unglück? Nein, Unglück nicht, es ist Bestimmung. Es findet statt. Verstecke gibt es nicht, auch das ist Täuschung. Man bildet sich ein, etwas sei in Sicherheit, doch auf einmal wird es entdeckt, der böse Fall ist schnell getan. Man steht nicht auf. Schnell eine Decke drüber, ist auch wärmer.

Der Koffer ist schon weg mit vielen guten Sachen. Alles Erinnerungen an bessere Tage. Warum besser? Also an frühere Tage. Alle Tage sind gleich. Sie verlaufen. Sie kriechen aus ihren Höhlen hervor, dann sind sie da, dann schleichen sie wieder unter die Erde zurück. Nur der Mensch bleibt da. Er läuft durch die Tage hindurch und weiß von nichts. Oder sind es die Tage, die durch ihn hindurchlaufen? Wie ist es mit den Eintagsfliegen? Die übertreffen ihren Tag nicht und bleiben stets darin. Sie sehen nicht, daß die Sonne auf- und untergeht; so leben sie durch eine Ewigkeit. Ewig scheint ihnen die Sonne, ewig ist Licht. Sie sind die glücklichsten Tiere, Märchentiere. Etwas für Zerline. Jeder Augenblick ist von zartem Leben angefüllt, ohne Sorge um Speise und Trank, dann kommt ein sanfter Tod, der niemanden beleidigt.

Ida hält in beiden Händen Taschen, um die Schulter legt sich eine große Hängetasche, am Rücken klebt ein kleiner Rucksack. Alles ist genau bezeichnet. Ida Schwarz, ihr könnt es lesen von allen Seiten und wißt auch schon, wie alt die Dame ist, die mit euch reist. Merkt euch den Geburtstag genau, ihr lieben Mitreisenden, dann könnt ihr am ersten Juni gratulieren, es ist nicht mehr lange bis dahin, Ida wird sich über ein paar liebe Worte freuen.

»Woher wißt ihr denn, daß ich ...?«

»Wir haben es gesehen, und darum haben wir Ihnen Blumen mitgebracht! So schwer sind Blumen hier zu haben, aber was würden wir nicht alles für Sie tun!«

»Das ist wirklich lieb von Ihnen! Ich werde es Ihnen nie vergessen.«

Doch Karoline wird nicht unter den Glückwunschbringern sein und nicht die Kinder, die Ida liebt, als wären es die ihren. Auch nicht Leopold, der selten kam, doch immer am Geburtstag. Und der gute Albert ist gerettet in Amerika.

»Wo sind denn meine Verwandten?«

»Versteckt in Ruhenthal. Sie wären gern gekommen, doch es hat zu sehr geregnet, da haben sie keinen Zug bekommen.«

»Das ist nicht nett. Sie hätten eine Stunde früher auf den Bahnhof gehen sollen.«

Karoline kann den Vorwurf nicht ertragen. Eine Schwester läßt man nicht alleine reisen, nicht in diesem Krieg zumindest. Ida weg und alle weg. Auseinandergenommen. Das Lied ist in zwei Hälften zerrissen. Verschiedene Waggons. Die Eisenbahn fährt jeden, wie sie will, man darf sich nicht einmal beschweren. Bitte, nicht vergessen, ein Telegramm zu schicken. Glücklich angekommen. Gegend sehr schön. Klima wie zu Hause. Gesund. Gepäck unbeschädigt. Verpflegung ausgezeichnet. Fünf Mahlzeiten nach freier Wahl. Im Hotel ein freundliches Zimmer mit Ausblick auf den See. Liegestuhl mit Schutzdach gegen die Sonne auf dem Balkon. Da ist man gut versteckt. Angenehme Gesellschaft. Personal liebenswürdig. Fließendes Wasser, Zentralheizung. In der nächsten Nähe ist der Kurpark, wo die Kapelle von früh bis abend spielt. Ouvertüre zu Martha, Martha, du entschwandest. Nette Verhältnisse hier. Alles wie zu Hause oder noch viel besser, weil man sich um nichts kümmern muß. Die Köchin und das Stubenmädchen machen alles selber, man muß sich nicht mit ihnen herumärgern. Klappt alles wie am Schnürchen. Die Stunden für die Mahlzeiten sind festgesetzt. Es gibt nichts. Nein, es gibt. Man kann es nur so schlecht verdauen. Die Kartoffeln sind schwarz und hart. Es gibt keine Kartoffeln. Nur Schalen gibt es. Dabei ist der Aufenthalt kostenlos. Abgaben verlangt man nicht, nicht einmal Kurtaxe wird gezahlt. Man möchte gerne wissen, aus welchen versteckten Hilfsquellen die Geldmittel für den luxuriösen Aufwand aufgebracht werden. Es ist unerklärlich. Die neue Gesellschaftsordnung ist vollkommen. Die Unterdrückung und Ausbeutung des Menschen hat aufgehört, alle sind Herrschaften, alle glücklich und gleich.

Niemand muß also um Ida sich sorgen, wenn sie so gut aufgehoben ist. Karoline, Paul und Zerline begleiten die Reisefertige. Ida verabschiedet sich von den Hausgenossen. »Kopf hoch, liebe Frau Schwarz! Es wird nicht so arg sein! Und dann sehen wir uns wieder nach dem Krieg, Ehrensache, also auf Wieder-, auf Wiederwiedersehen!« Da gehen sie schon. Nur Leopold ist nicht dabei. Der ist zu schwach und liegt in einer Krankenstube. Warum auch sollte man den alten Mann aufregen! Er sagt, es ist ungerecht, aber er versteht es nicht. Auch Ida würde Leopolds Begleitung aufregen. Es war qualvoll, als Ida mit Karoline zum Abschiedsbesuch hinging.

»Also, Ida, du fährst. Glückliche Reise! Halte dich tapfer! Schreib uns, sobald du kannst! Wenn es dir dort sehr gefällt, werden wir dir nachfahren. Ich werde es mit Paul besprechen, damit er die Verbindungen heraussucht. Wenn du aber glaubst, daß es hier besser ist, so laß dich von niemandem überreden und komm zurück, sobald du kannst! Paul soll dich abholen. Und dann sei vorsichtig, Ida! Man kann auf einer Reise nie genug aufpassen, weil es so viele unehrliche Leute gibt, die sich besonders an alleinstehende Frauen heranmachen. Die Tasche nie aus den Augen lassen! Denke auch an deinen Rheumatismus! Schön warm halten während der Fahrt! Du bist so leicht zu unachtsam, aber Zugluft ist Gift für dich! Die Beine in eine Reisedecke, und Wollhandschuhe, Ida! Und vergiß den Schirm nicht, wenn du aus dem Zuge steigst!«

Karoline war außer sich. Er wird es nie begreifen. Ida so zu kränken! Er ist verrückt, oder er verstellt sich, wenn er immer noch so tut, als hätte sich in der Welt nicht alles umgedreht.

»Laß ihn, Karoline, es ist besser so für ihn! Er hat sich nicht geändert; nur die Welt ist anders, und er sieht es nicht.«

Jetzt gehen sie aus dem Haus. Paul und Zerline haben das Gepäck genommen, Karoline stützt die Schwester.

»Du mußt tapfer sein, Karoline. Ich werde es schon schaffen!«

Jetzt sind sie bei dem Tor angelangt, wo niemand mehr die Abreisenden weiterbegleiten darf, die ihre letzten Stunden in Ruhenthal unter sich verbringen, nur behütet von den Reisehelfern. Paul und Zerline behängen die Tante mit ihren Taschen. Karoline lacht mit Tränen in den Augen. Auch die Tante weint und lacht.

»Alles gut verstecken, Ida!«

Und schon ist sie weg, die Tante. Die Zurückbleibenden schauen nach, wie sie im düsteren Hausflur langsam sich fortschleppt, aber Ida blickt nicht mehr zurück.

»Sie ist fort.«

Karoline ist allein und hat die einzige Schwester ziehen lassen. Was hätten die Eltern dazu gesagt? Geschwister stehen einander bei in Lust und Leid. Einmal gemeinsam an einem Tisch gesessen. Du ein Kleidchen, ich ein Kleidchen, du ein Püppchen, ich ein Püppchen. Weg das Püppchen, weg das Kleidchen. Weg die Schwester, ausgespuckt. Verraten und verkauft. Nicht gut genug im Gepäck versteckt. In die Unsicherheit geworfen, wie ein Stückchen Abfall auf den Misthaufen. Niemand wird jetzt bei ihr sein. Sie allein entlassen nun zum finstren Hades und bepackt mit Grabbeigaben. Karoline hat das im Museum angesehen, was man den Toten alles gab, nur um sie einmal loszuwerden, gar die Ägypter. Schätze für die Toten haben sie zusammengehäuft. Aber Ida hat nichts als ihr bißchen Zeug, das sich zerdrückt. Sie kann das nicht einmal erschleppen, aber alles werden sie ihr nehmen. »Was brauchen Sie das, Frau? Geben Sie es her, denn tot ist tot! Erleichtern Sie sich und Ihr Gewissen!« Der Koffer ist bestimmt verloren. Er wird aufgerissen, alles wird zerstreut, den leeren Koffer wirft man auf den Mist. Was helfen die großen weißen Druckbuchstaben? Die ägyptischen Gräber hat man erbrochen und bestohlen, doch die Diebe rühmten sich noch ihres Raubes, schrieben Bücher, wurden in den Zeitungen gepriesen für ihre Missetat. Die Räuber sind zwar durch die Leichenschändung nicht glücklicher geworden, der alte Fluch hat sie ereilt, sie starben wie die Fliegen, aber die Schätze wurden im Museum aufgestapelt, und keiner schämt sich dieser Schande.

Was wird mit den Schätzen der Verreisten geschehen? Alles kommt in Vitrinen, nachdem man es geputzt und konserviert hat, und saubere Aufschriften werden da sein und alles schön erklären. Grabbeigaben für Frau Ida Schwarz. Angestrickte Strümpfe und ein Stückchen Seife. Das Nachthäubchen, am Rande etwas schadhaft, und die Kaffeetasse nur mit einem leichten Sprung. Die Brille in der geöffneten Schutzhülle. Die Photographien von Idas Mann und ihrem guten Sohn hinter Glas im Drahtgestell. Der Herr Lehrer kommt mit den Schulkindern ins Museum und muß ihnen alles genau erklären.

»Bleibt einmal stehen, seid schön artig, liebe Kinder, und paßt auf, was ich euch erzählen werde! Das, was hier ist, war einmal. Diese Frau hat einst gelebt. Wir wissen eigentlich nichts von ihr, aber ist es nicht wunderbar, daß wir nun doch von ihr so manches wissen, weil die Wissenschaft schon so fortgeschritten ist? Da hat man alles aufgefunden, ordentlich gesammelt, dann in Watte eingepackt und ins Museum geschickt. Hier hat man es vorsichtig ausgepackt und so gut gereinigt, wie es ging. Dann hat man alles geordnet und genau beschrieben. Es gibt dicke Bücher darüber. Wenn ihr größer sein werdet, könnt ihr das alles einmal lesen. Auch in der Schulbücherei haben wir einen Band mit vielen bunten Bildern. Da könnt ihr alles finden mit feinen Erklärungen dazu. Wir werden einen Aufsatz darüber schreiben, darum hört gut zu! Wenn ihr euch hier alles gut anschaut, dann braucht ihr das Buch gar nicht mehr, und ihr könnt eine richtige Beschreibung entwerfen. Der Herr Direktor wird das Kind belohnen, das die beste Arbeit liefert. Ohne Fleiß kein Preis. Da schaut nur mal hierher! Das sind die Schuhe, die diese Frau getragen hat. Sie sind aus Leder. Wie gut sie noch erhalten sind! Ihr könnt euch alles vorstellen, wie es wirklich gewesen ist, und dabei sind es mindestens schon hundert Jahre her, daß man diese Frau mit vielen anderen auf die Reise geschickt hat. Ja, das waren schöne Zeiten, als die Menschen noch so hin und her gefahren wurden, doch davon erzähle ich euch das nächste Mal!«

Die meisten Schulkinder sind artig und pressen ihre Nasen an das Glas und lecken die Vitrinenscheiben ab. Nur einige sind unartig und kichern, stoßen einander mit den Ellbogen, kümmern sich nicht um die denkwürdigen Geräte und verstecken sich hinter den Auslagekästen.

»Ich dachte, ihr werdet im Museum alle brav sein. Denkt doch daran, daß hier eigentlich ein Gottesacker ist. Nur weil sie so lehrreich sind, hat man diese Andenken nicht begraben, sondern für den Anschauungsunterricht zugänglich gemacht. Denkt daran, diese Menschen haben alle einmal gelebt und sind zur Schule gegangen so wie ihr, auch die Frau Schwarz da. Nun stellt euch bloß einmal vor, wie leicht es möglich ist, daß diese Frau Kinder gehabt hat, Kinder, so wie ihr alle selber hier seid, dieses eine Bild zum Beispiel kann nach Meinung der Gelehrten nur ein Sohn gewesen sein, und dieser Knabe und seine Geschwister haben geweint, als sie keine Mutter mehr hatten. Darum merkt euch, daß ihr euch im Museum mit einem Schauer der Ehrfurcht zu betragen habt. Es sind lauter kostbare Erinnerungen.«

»Bitte, Herr Lehrer, wo sind denn die Knochen und der Schädel von dieser Frau Schwarz? Warum hat man sie nicht auch ins Museum gebracht?«

»Die leiblichen Überreste von Frau Schwarz sind nicht da. Es kann sein, daß der Leichnam in Verlust geraten ist und man ihn bis jetzt nicht gefunden hat. Vielleicht wird man ihn trotzdem eines Tages noch ausgraben, weil man jetzt überall so viel interessante Funde macht. Es ist aber auch möglich, daß man die irdische Hülle verbrannt hat, und dann dürfte es schwierig sein, erstens die Asche zu finden und zweitens zu beweisen, daß eine bestimmte Aschenmenge die Überreste von Frau Schwarz enthält. Wenn man etwas nicht genau weiß, liebe Kinder, so eignet es sich nicht zur Ausstellung für ein gut geleitetes Museum, das eine Pflegestätte der Wissenschaft ist. Deshalb sollt ihr euch mit den Grabbeigaben begnügen, die hier sorgfältig zusammengestellt sind. Es ist schon ein großes Wunder, wenn überhaupt etwas von einem Menschen übrigbleibt. Nun aber habt ihr genug gesehen, wir müssen wieder weiter.«

Nur Karoline bleibt noch im Museum stehen, weil sie sich nicht vom Anblick trennen kann. Wer weiß, ob nicht diese Dinge da ihrer Urgroßmutter oder deren Mutter gehörten? Alles kommt Karoline bekannt vor, sie glaubt, irgendwo bestimmt diese Sachen gesehen zu haben. Doch das ist lange her, als das Klavier noch im Elternhaus stand. Aber Karoline kann sich auch irren, denn die Gegenstände im Museum sehen einander alle täuschend ähnlich. Die Römer hatten bereits Zentralheizung. Es hat sich nichts geändert. Schuhe hat man vermutlich schon in der Eiszeit getragen. Brillen gab es bereits im Mittelalter. Aber so alt sind die Sachen nicht. Es sind ja kaum Handarbeiten darunter bis auf das Nachthäubchen, alles andere ist Fabrikware, wie man sie heute noch ähnlich herstellt, wie sie jeder kaufen kann. Doch das ist alles nicht so wichtig. Haben auch die Sachen keiner Urahne von Karoline gehört, so doch einer Frau, der ein Schicksal aufgebürdet wurde, wie es genauso vor hundert wie vor tausend Jahren einem zustoßen konnte.

Karoline erschrickt beim Gedanken, daß auch heute noch so etwas vorkommen könnte. Die Zeiten ändern sich doch nicht, sie gehen nur vorbei. Wie man als Kind die Welt erblickt hat, so sieht man sie bis zu seinem Tode. Diese Frau ist keines natürlichen Todes gestorben. Es war ein Unglücksfall. Zerline könnte nicht behaupten, daß sie verhungert sei. Ein Zug ist umgefallen, da gab es so viele Tote, daß man die Knochen nicht sortieren konnte. Nur das Gepäck hat sich zum Teil erhalten. Jetzt ist es hier. Die Kindesliebe hat es aufbewahrt und versteckt es nicht vor aller Welt. Ahnungslos ist Frau Schwarz mit allen Passagieren eingestiegen, schon hat sie sich auf die Reise gefreut, das Ziel vor sich gesehen, doch da kam das jähe Ende. Wie viele Tränen müssen damals die Zeitungen vergossen haben! Wir beehren uns, die Leserschaft vom plötzlichen Tod eines langen Sonderzuges in Kenntnis zu setzen. Statt Kranzspenden möge man des technischen Museums gedenken und alle Objekte numeriert dort abgeben. Unterschriftenbogen liegen in der Verwaltung dieses Blattes auf, damit freiwillig jeder auf sich selbst und seine Nächsten verzichtet. Im Namen der Redaktion: Die dankbaren Kinder.

Doch wenn es nicht so gewesen ist? Dann war es anders. Es war. Wer will sagen, wie es war? Die Toten! Sie sagen es. Man ruft sie zur Zeugenaussage. Jetzt herrscht die Gerechtigkeit. Der Richter fordert, daß alle sich aus dem Abfall erheben und ohne Furcht ihm antworten. Wie hat es sich also zugetragen? Zwei Schwestern. Eine blieb, und eine ging. Beide sind gestorben. Weil sie sich voreinander versteckten. Eine ist ins Klavier gekrochen, da ist der Deckel auf sie gefallen. Das Lied war aus. Die Eltern haben sehr gezankt, weil der Knabe mit der Gans umgekippt ist. Die Gans ist abgebrochen. Die Figur war nicht aus Alabaster.

Nur aus Gips ist sie gewesen, weißer Staub, ein Puder und sonst nichts. Der Dornauszieher hat es aber ausgehalten. Der war aus echtem Stein. Er zieht noch immer den Dorn aus seiner Achillesferse und kann damit nicht fertig werden. Er stirbt, ohne aufzuhören. Das hätte er sich ersparen können, wenn er Schuhe gekauft hätte. Da mögen die Eltern zanken, wie sie wollen, er stirbt und stirbt. Sonst hat er nichts zu tun, denn die Zeiten ändern sich nicht, sie gehen nur vorüber, doch der Dorn des Abfalls währt durch alle Zeiten.

Nein, das darf nicht möglich sein. Wenn man guten Willen hat, passiert nichts. Unsere Eisenbahnzüge. Sicherheitskoeffizient. Zumindest vor dem Kriege. Es war ein Mord. Ida wurde aus dem Zuge ausgetrieben. Dann standen alle da. Links die Menschen, rechts das Gepäck. Den Menschen machte man den Garaus, das Gepäck wurde ins Museum geschickt. Der technische Fortschritt durfte nicht aufgehalten werden, aber seine Geschichte wollte man aufbewahren. Darum wurden die Menschen vernichtet, doch auf das Sammeln ihrer Asche konnte man verzichten. Sie fiel und löste sich im Boden auf. Gegen eine solche Behandlung müßten alle Menschen Einspruch erheben: Wir machen das nicht mit! Wir wollen kein Gepäck, das Leben wollen wir zurück! Den Lokomotivführer muß man zwingen, wenn er nicht freiwillig den Zug zurückfährt! Erst nach Ruhenthal und dann nach Hause! Die Fahrt zurück! Niemanden darf man auf eine Reise schicken, und wäre es in den Tod, der nicht selbst eine Fahrkarte begehrt! Öffentlich müssen Fahrpläne ausgehängt werden, genug mit der Geheimnistuerei, und leicht verständlich sind die Verbindungen zu bezeichnen, damit jeder wählen kann! Erst wenn einer alles begreift und gut durchdacht hat, stellt er selbst seinen Reiseweg sich zusammen. Dann fährt ein jeder, wie er will. Die Zeit verändert sich nicht, nur der Mensch durchquert sie auf seiner Fahrt nach eigenem Wunsch. Die Kinder aber soll man nicht in Museen schicken, wo sie nur weinen oder Unfug treiben, sondern Landkarten von allen

Ländern soll man ihnen zeigen und in der Schule erklären. Schon im zarten Alter sollen sie lernen, Fahrpläne zu verstehen und sich vor keinem Zug zu fürchten, denn der Verkehr ist frei. Spielt doch ein jedes Kind gern Eisenbahn. Dann wird es einmal seinen Zug erreichen.

Viel Unglück über die Menschheit haben die Reisebüros gebracht, weil sich jeder auf sie verläßt. So ein Büro taugt nur für reife Menschen, die bereits wissen, was sie wollen. Wie leicht werden Unkundige von den vielen Bildern und Prospekten getäuscht. Oft geschieht es nicht einmal aus böser Absicht, sondern nur aus Nachlässigkeit und Mißverständnis. Die Beamten werben mit flötenden Stimmen, doch die Leute hören nicht mit beiden Ohren zu. Wer nicht das Netz der Eisenbahnen kennt, bleibt leicht hängen; ein Knotenpunkt, und schon ist alles aus. Dann werden die Reisenden von der Spinne aufgefressen, die schon die längste Zeit in ihrem Versteck geduldig lauerte. Zu spät versucht das Auge, die Namen der Stationen während der Fahrt zu entziffern; die Nacht bricht ein, das Licht versagt, die rechten Orte sind vorüber, ehe man es merkt, und keine Hilfe kommt, selbst wenn man schreit und bittet. Fremde Bahnvorsteher salutieren der vorüberbrausenden Lokomotive.

»Es ist ein Eiltransport, gnädige Frau. Sagen Sie es niemandem weiter! Die Spinne paßt auf. Wenn Sie können, springen Sie ab, sobald der Zug seine Fahrt in einer Biegung verlangsamt!«

Da ist Ida aus dem fahrenden Zuge gesprungen und leblos auf die Strecke gestürzt. Nur das Gepäck wurde im Wagen gefunden und als herrenloses Gut dem Museum anvertraut. Karoline sollte auf das Fundamt laufen.

»Sie haben die Sachen von meiner Schwester ausgestellt. Bitte, ich bin die nächste Verwandte. Geben Sie alles her aus den Vitrinen! Ich bezahle Ihnen den gesetzlichen Finderlohn.«

»Wir bedauern, aber das ist ausgeschlossen. Das Museum ist staatlich. Der Staat gibt nichts heraus.«

»Wie kann ich zu meinen Sachen kommen? Ich wünsche Rechtsbelehrung.«

»Prozessieren ist aussichtslos. Staat geht vor Recht. Das einzige Mittel, das Sie versuchen können, ist ein Gnadengesuch unmittelbar an die Spinne. Aber machen Sie sich keine Hoffnungen!«

»Wie kann ich zu der Spinne kommen?«

»Das weiß ich nicht. Doch ist sie überall. Sie hat so viele Beine wie ihr Netz Fäden. Sie müssen zappeln, damit sie kommt.«

»Ich zapple schon.«

»Sie kommt nur, wenn sie saugen will. Dann können Sie um Gnade bitten. Doch dann ist es schon zu spät, weil die Spinne nicht zuhört, wenn sie kommt.«

Karoline flüchtet aus dem Fundamt und läuft weiter. Sie sitzt in ihrer Stube auf dem Bett. Sie kann nicht zur Spinne, vor der man sich verstecken muß. Der Platz von Ida ist leer. Alles ist weggesaugt. Nur der unbedeckte Strohsack liegt noch da. Was sie hier zurückgelassen hat, ist schon im Gepäck von Karoline versteckt. Ida jedoch ist im naturhistorischen Museum ausgestellt. Sie wird gerade in Spiritus eingelegt. Nein, sie ist im technischen Museum. Die Spinne hat sie selber hingebracht. Jetzt wird die alte Maschine auseinandergenommen. Der Sachverständige entziffert die alte Inschrift auf dem Kessel. Hier steht der Name der Firma, welche die Maschine geliefert hat:

SCHWARZ, IDA – 1. 6. 1882.

Es sind also doch nicht hundert Jahre her. Man übertreibt so leicht. Die Maschine kann nicht mehr in Gang gesetzt werden. Es stellt sich heraus, daß es eine abgelaufene Uhr ist. Auch der beste Arzt kann die Feder nicht mehr aufziehen. Man hat sie abgeblasen. Die Zeiger sind abgebrochen und verkrüppelt. Der Kustos sagt: »Eine so mißhandelte Uhr habe ich noch nie gesehen.« Nach sechzig Jahren nutzt sich bei normaler Benutzung kein Werk so sehr ab. Böswillige Kinder müssen damit gespielt haben. Das ist eine

Folge der schlechten Erziehung, weil man den Nachwuchs nicht mehr Klavier lernen läßt. Der Takt ist verlorengegangen, jeder klimpert, wie er will. Es ist eine Kulturschande, daß man eine rheumatische Uhr nicht rechtzeitig behandelt. Jetzt ist es zu spät; selbst das Ölbad kann nicht mehr helfen. Man müßte alle Bestandteile neu konstruieren, aber das wäre viel zu teuer, auch taugen die Ärzte nichts mehr. Der Krieg macht alle bankrott. Mit Diät allein ist längst nichts zu wollen, wenn die Eingeweide schon verdorben sind. Die Medikamente sind ausverkauft. Der Museumsdirektor ist nicht grausam, aber er schüttelt unwillig den Kopf.

»Wir müssen das Werk so ausstellen, wie es ist. Vielleicht können wir nach dem Krieg einen Spezialisten aus Amerika kommen lassen. Dort soll die Uhrmacherkunde im Laufe der letzten Jahre ungeheure Fortschritte gemacht haben. Man nimmt den lebenden Uhren das Herz aus dem Werk, operiert, führt sofort künstliche Atmung durch die Unruhe durch und setzt ein neues Rubinherz ein.«

»Ja, Herr Direktor, es ist wunderbar, was das Menschengeschlecht kann. Es ist gelungen und findet statt. Geben Sie mir meine Schwester zurück!«

»Sie meinen die Uhr?«

»Die Schwester!«

»Also die Uhr. Zerbrochene Sachen liefern wir nicht. Wir sind auf den guten Namen der Firma bedacht. Fehllieferungen würden sofort bemerkt werden und in der Presse unliebsames Aufsehen erregen.«

»Ich nehme die Schwester, wie sie ist. Ich werde nicht Sie verantwortlich machen.«

»Aber die Zeitungen werden!«

»Ich schwöre, daß ich dem Reporter nichts sagen werde!«

»Das können Sie nicht verhindern. Der Reporter verhört Sie unter einem Vorwand.«

»Ich werde zu keinem sprechen.«

»Niemand kann den Mund halten. Es wird Druck ausgeübt. Niemand ist stark genug, unter Androhung eines peinlichen Verhörs Schweigen zu bewahren.«

»Wir leben nicht im Mittelalter, Herr Direktor. In allen Kulturstaaten ist die Tortur im achtzehnten Jahrhundert abgeschafft worden.«

»Da kennen Sie nicht Reporter und Staaten. Wegen Ihrer Unwissenheit stelle ich die Diskussion mit Ihnen ein. Fahren Sie ab!«

»Ich habe keinen Fahrschein.«

Aber der Direktor ist schon weg und gibt keine Antwort, so laut auch Karoline ruft. Nur noch Maschinen sind da, gewaltige Schwungräder, Kolben, Bolzen, Gestänge, Modelle, Herzen, Nieren, Puder, Walfischknochen, Ritterrüstungen, Koffer, Feuerwehrpumpen, Medizinen, künstliche Spinnen, eingelegte Klaviere, Dornauszieher für Weinflaschen, weggeworfene Fahrkarten, Pendeluhren und eine versteinerte Druckerpresse aus dem frühen Mittelalter. Die Reste von Ida sind nicht zu finden, wie sehr auch Karoline hinter alle Spinnweben schaut, wo man die Schwester im Museumsabfall versteckt haben könnte. Da wird Karoline traurig, es kommen ihr Tränen, die Nase glänzt, das Gesicht wird grau und schmutzig, die verlassene Schwester greift nach einem Taschentuch mit dem Monogramm I S, um sich abzuwischen. Das Taschentuch hat Ida hiergelassen, damit Karoline besser weinen kann. Hoffentlich hat Ida genug Taschentücher mit, damit sie sich bei Schnupfen keine ausborgen muß. Sie wollte durchaus nicht mehr nehmen als ein Dutzend. Dieses eine sollte Karoline ihr nachwerfen, es ist ein besonders schön gesticktes Tuch. Den Wächter vor dem Hades will sie um Einlaß bitten, Karoline selbst muß das tun, denn der Paul ist ein Tolpatsch. Etwas Geld dem Hades in die Hand gedrückt, und schon ist das Taschentuch mit Lethe getränkt. Alles opfert Karoline für die Schwester.

Doch vergeblich, für Hilfe ist es zu spät. Ida ist im Sarg verschwunden und die Trauerzeremonie beendet. Man hat alle Särge hinausgetragen, die Totenlieder sind verhallt. Der Totenwagen ist abgefahren, der Schlagbaum herabgelassen.

Ida ist weg, Ruhenthal hat sie ausgeschieden, sie ist für immer versteckt und verschwunden. Aber nun geht alles wieder seinen Gang, Leopold lebt noch ein bißchen und will Brot. Die Uhrzeiger kreisen, die Spinne setzt zwölf Beine auf das Zifferblatt, doch die Zeiger laufen fort. Die Tage laufen, sie tauchen auf und unter. Ida ist niemals gewesen. Karoline hat nur geträumt, alle haben geträumt, sie wurden getäuscht und enttäuscht, alles ist vergangen, das Lied ist aus. Ida und Leopold, Paul und Zerline und alle und alle, und Karoline weint und kann nichts mehr verstecken.

Zerline geht erst schnell, dann geht sie langsam. Die Stadt ist nicht unfreundlich, solange man nicht näher hinschaut. Die Häuser und Höfe sind malerisch und legen Zeugnis dafür ab, daß einmal Menschen hier wohnten, die harmlos, als wäre nichts daran, in ihren Stuben hockten und sich auf den Straßen tummelten. Jeder oblag seinen alltäglichen Taten, er war es unbekümmert gewohnt, und dabei wußte er auch, daß er aus Ruhenthal stammte und hier geboren war. Das war zuträglich und verläßlich, so daß jeder Bewohner der Stadt wie von selbst befähigt war, im Leben seine Stelle auszufüllen. Da stellte er sich abends harmlos in die Mitte seines offenen Haustors, zündete sich die Pfeife an, hielt Ausschau und betrachtete die Passanten, mit denen er Gruß und kurze Rede wechselte. Mutsch, die Katze, sprang heran, streckte die Hinterpfoten, gähnte, bog ihren Schwanz durch und schmiegte sich geschmeidig mit der Schulter an ein Hosenbein. So stand der Mann gedrungen da im sicheren Genusse seines Anwesens und hütete seinen Besitz, von dem er wußte, weil er ihn nicht aus den Augen verlor. Dann rief eine Mädchenstimme, der schwere Rücken wandte sich gemächlich um und verschwand behäbig im Dunkel des Hausflurs. Der Eigentümer zog sich in die Sicherheit seiner Höhle zurück, er ließ sich nieder am gewohnten Abendtisch, um Nahrung in den Schlund zu schütten und bedächtig zu verdauen. Fleisch und Rüben waren schmackhaft zubereitet; die Redlichkeit der Arbeit war belohnt.

Zerline schaut den ehemaligen Besitzer scharf an. Er kümmert sich nicht um Zerline, weil er sie nicht bemerkt. Er geht wie stets seinen Geschäften nach, wobei sich zeigt, daß ihm der Einzug der Geisterschar in Ruhenthal bis heute nicht aufgefallen ist. Hat der alte Besitzer die Zeit verschlafen? So muß es sein, denn er sieht nicht, daß bloß das nackte Gerippe seines Hauses übriggeblieben, die Einrichtung aber verschwunden ist. Zusammen mit seinen Angehörigen hat er ja selber sie weggenommen. Es ist unfaßbar, daß er dies nicht weiß und sich hier aufhält. Ist er gestorben? Nein, er atmet, wie nur Leben atmen kann. Er schaut nicht auf, da ihm Zerline winkt, er raucht, was hier verboten ist, er scheint davon unberührt, daß er nicht mehr nach Ruhenthal gehört. Zerline will ihn überzeugen, daß er an diesem Ort ein Irrtum ist. Wahrscheinlich hat ihn bloß die Habsucht herangelockt, weil er doch wissen mußte, was jeder weiß, zumal man ihn ordentlich entschädigt und ihm eine andere Heimat angewiesen hat. Ging er selbst nicht ganz aus eigenem Willen fort, so doch in Freiheit und mit Hilfe der Behörden, die den Aufbruch und die Übersiedlung ihm erleichterten. Auch hat er durch die Unterschrift mit seiner eigenen Tinte feierlich dem Vertrag zugestimmt und einen anderen Ort genannt, der in Zukunft seine Heimat sein sollte. Dort also wird er sein, er hat es selbst vor Zeugen bekräftigt, dorthin ist ihm alle seine Post zu senden, dort wird ihn jeder finden, der ihn sucht.

Ein schwerer Möbelwagen ist vorgefahren und hat seinen Hausrat aufgenommen, kein Besenstiel blieb zurück, die Badewanne wurde abgeschraubt, die Eisenöfen wurden fortgeschleppt, alle Lichtleitungen von den Wänden gerissen. Nur die schlüssellosen Türen und die verletzte Zimmermalerei trennten sich nicht, weil sie größere Treue dem Hause bewahrten als dem scheidenden Herrn. Auch seine Familie hat der Besitzer mitgenommen, einen alten Vater, eine Frau, drei Kinder, eine Schwester. Sie trugen Taschen, volle Koffer, jeder war reichlich ausgerüstet. So gingen sie übermütig aus dem Tor, nachdem die Kinder noch ein paar

Fensterscheiben zerschlagen hatten, nur so zum Vergnügen, um einen fröhlichen Abschied zu feiern. Die Auswanderer kletterten nicht in den Möbelwagen, sondern zogen langsamen Schrittes zum Rathaus, wo sie den Hausschlüssel ablieferten. Dann bestiegen sie einen Autobus, und schon fuhr er fort zum Bahnhof.

Warum also ist der Besitzer wieder da, wenn er schon seit zwei Jahren eine neue Heimat hat? Zerline will ihn anreden, aber obwohl sie deutlich ihre eigene Stimme vernimmt, scheint doch der Besitzer sie nicht zu hören. Er ist bloß da und nimmt keinen Anteil. Es könnte sein, daß er nur wissen will, was jetzt mit seinem Haus geschieht. Er will die Freude mitgenießen, die das Elend hier gebrütet hat. Er schreitet unablässig durch die Stube auf und ab, doch mit niemandem spricht er. Ist er so stolz? Vielleicht ist er inzwischen wieder fort, Zerline bemüht sich vergeblich, seinen Arm zu packen. Herr Besitzer, Herr Besitzer, bleiben Sie doch einmal stehen! Ist es nichts als eine Täuschung? Allzu oft täuscht sich Zerline. In der Stube hocken bloß die hineingepferchten Frauen auf den harten Kanten ihrer Bettverschläge. Zerline steht vor einer Frau, die, mit einer Nadel in der Hand, forschend und besorgt und doch verständnislos emporschaut. Zerline rührt sich nicht und flüstert tonlos.

»Es wird nie wieder mehr schön werden, Mutter. Alles wird sich ändern, vielleicht auch wieder so sein, wie es einst gewesen ist, aber nicht mehr für uns. Wir haben ausgespielt. Wir bleiben ausgeschlossen.«

Zerline wendet sich um, schaut zum Fenster hinaus auf den trostlosen Hof und wendet sich wieder ab. Sie öffnet ihren Koffer, nimmt die Lautenbänder und andere Erinnerungen in die Hand, läßt sie durch die Finger gleiten, packt sie wieder ein und schließt sie in den Koffer. Sie schiebt ihn mit verbissenen Lippen unter den Bettverschlag. Zerline richtet sich auf, ergreift von einem dürftigen Wandbrett einen verblühten Handspiegel, haucht ihn mehrmals an, hält sich ihn neugierig vor das Gesicht, schließt aber die Augen dabei, weil sie sich nicht mehr erkennen kann, und legt den Spiegel umgekehrt auf ein anderes Wandbrett hinter ihrem Schlafplatz. Zerline wendet sich erschrocken um und sieht wieder die Frau mit der Nadel in der Hand, das ist ihre Mutter, neben ihr sitzt die Tante, die gar nicht aufschaut. Was machen die beiden Frauen? Sie stopfen Strümpfe und tuscheln miteinander. Es ist kein Wort zu verstehen. Zerline will den Frauen etwas sagen, besinnt sich aber anders, weil sie fühlt, daß die Frauen sie nicht begreifen würden, und verläßt die Stube lautlos. Zerline spürt die Zugluft, die vom widerlichen Dunst des Abraums süßlich schwer ist. Alleine steht Zerline im düsteren Vorraum und denkt nach. Sie spürt den kalten Schweiß auf ihrer Stirn, es fröstelt sie. Mit ihren Fingern spielt sie, die vor Steifheit schmerzen. Die Tränen kann Zerline jetzt nicht mehr beherrschen.

Zerline sieht Frau Lischka vor sich, die gerade die Treppen heraufschlürft. Sicher hat sie ein gemeines Wort auf den Lippen und wird Zerline verspotten, weil sie wie ein verlassenes Schulmädchen im Stiegenhause steht, statt wie alle ordentlichen Insassen in ihrer Stube zu sitzen. Zerline fühlt, daß es keinen Ausweg gibt. Über die Schlagbäume kann man nur unter Lebensgefahr springen. Wer es versucht, wird abgeschossen. Einmal lag alles in Glanz, Zerline hat die Federn geschüttelt, sie war die goldene Jungfrau, die Frau Holle belohnt hat, aber nun ist alles erstarrt, die Federn sind zerschlissen, Zerline hat sich vergeblich bemüht, sie zu schütteln. Da ist Frau Holle zornig geworden und hat sie in die schmutzige Jungfrau verwandelt, an der das geronnene Pech klebt. Auch auf den Straßen liegt geronnenes Pech, in dem die Schuhe steckenbleiben. Zerline streift die Schuhe ab, doch kann sie auch barfuß nicht vorwärts kommen. Es ist alles so schmutzig, immer noch regnet es Pech; Frau Holle kennt kein Erbarmen. Pech, Pech, nichts als Pech, die pechverklebten Augen starren in die rabenschwarze Nacht und sehen nichts als Pech.

Es ist auch bitter kalt auf den Straßen. Das schwarze Tuch um den Kopf schützt nicht vor Wind und Pech und Kälte, auch macht es das Gesicht so alt und häßlich. Schwarz angelaufen sind an den Wänden die Spiegel, schwarz, kein Lichtstrahl bahnt sich durch, den die geschwärzten Scheiben spiegeln könnten. Die Fingernägel sind lang geworden. Sie sind spröde Spinnenbeine, sie sind Drähte, Besenstiele. Zerline muß im Schmutz mit ihnen wühlen. Das Ungeziefer zappelt auf dem Boden herum und fühlt sich wohl dabei. Wenn Zerline den Atem anhält, hört sie das Treiben des Ungeziefers. Die Menschen sind ausgeliefert, sie können sich gegen die krabbelnden Plagegeister nicht wehren. Die Menschen sind von keiner guten Fee behütet. Nur eine alte Hexe sitzt im Winkel und strählt sich mit den letzten Zinken eines verrosteten Kammes die Läuse aus verfilzten Zöpfen. Die Läuse wirft sie in die Nacht hinaus. Wie kann noch jemand glauben und sagen, daß er in Ruhenthal ein Heim hat?

Der Herr Besitzer ist geflüchtet, selbst Mutsch, die Katze, hat es nicht ausgehalten. Sie schnurrt nicht mehr, sie pfaucht und prustet, sie sträubt das schwarze Fell und schüttelt sich. Dann springt sie jaulend über den Schlagbaum und flüchtet hinter dem Besitzer drein. Nach dem Entspringen von Mutsch, der Katze, ist keine weitere Flucht mehr möglich. Hohe Wälle aus schwarzen Ziegeln wurden rund um die Stadt errichtet und mit pechbeschmierten Kammzinken bewehrt. Niemand kann hinaus. Verzweifelt schwingen sich Sehnsüchte im Dunkel auf, flattern mit Fledermausschwingen, wollen höher hinauf und möchten über die Wälle hinweg, doch vergebens! Ein dichtes Drahtnetz ist gespannt, die Hexe hat es aus ihrem Speichel gewoben. Da zerritzen sich die feinen Häute der Schwingen, die Sehnsüchte können nicht weiter schweben, sie flattern müde und jämmerlich in der Himmelsfalle, die über die Stadt gestülpt ist, schwarz und undurchdringlich, es ist gespenstisch, die Hexe kichert mit tausendfältigen Stimmen, sie schießt mit ihrem Pusterohr die Wünsche ab, sie fallen auf die Dächer und die Straßen, sie fallen, und sie sind erfroren. Es ist besser, schmutzige Jungfrau, du begräbst dich. Du stehst am Rande der Senkgrube, die du ausgehoben hast mit deinen langen

Fingernägeln, jetzt läßt du dich hineinplumpsen, unten ist es feucht und kühl. Es kommt der Schlaf, die Reise hat ihr Ende, die Hexe Holle deckt dich zu.

Wie aus der Ferne tönt der leise Aufruf: »Ruhenthal! Alles aussteigen!« Das Licht in der windschiefen Bahnhofshalle geht aus. Die Gepäckträger fluchen und lassen die Koffer fallen. Der Stationsvorsteher spuckt vor Ärger. Der Weichensteller sieht das Unglück kommen. Der Telegraphist hat die Verbindung verloren. Die Ausgestiegenen fallen kopfüber auf die Geleise und schlagen sich blutig. Ängstlich beginnt die Lokomotive zu pfeifen; ihr Heulen erbarmt sich der Nacht, doch ist kein Erbarmen dabei. Das jüngste Töchterchen des Stationsvorstehers erscheint mit einer Kerze in blütenweißem Nachthemd an einem Fenstersims, sieht auf die Verzweiflung hinunter und beginnt ihr Abendliedchen zu singen:

Ich hab es vernommen,
Die lange Reise ist aus.
Ein Zug ist gekommen,
Die Wanderer ruhn aus.
Herr, laß mich schlafen gehn,
Die Weiche ist richtig gestellt,
Wollest gnädig auf die nächsten Züge sehn,
Bis ans Ende der Welt!
Gute Nacht! Gute Nacht!
Bis ans Ende der Welt
Sei Dank dir dargebracht!

Als das Töchterchen sang, war einen Augenblick alles still, aber jetzt ist sie wieder fort, das Kerzenlichtlein hat sie mitgenommen. Die Luft ist dick und rußig. Der Atem schöpft schon keine Luft mehr. Nur scharfe Riesentränen voll von Kohlenstaub erfüllen alle Welt. Die Hexe kichert nicht, sie lacht.

Du lebst in einer Flüssigkeit, rings um dich sind schwarzes Schilf und schwarze Algen. Auch Angelhaken gleiten durch den dichten Schaum, du kannst sie deutlich fühlen, wenn sie dir zu nahe kommen. Aber wer sich an ihnen festspießt, ist auch nicht gerettet. Man läßt ihn herzlos zappeln. Zieht man ihn trotzdem heraus, dann helfen alle Bitten nichts, der Fisch wird nicht mehr losgelassen, Frau Ilsebill erlaubt es nicht, und dem Ärmsten wird mit höhnischen Worten das standrechtliche Urteil gesprochen wegen verbotenen Daseins im Vaterland. Dann schleppen sie dich fort und schleifen dich über den Teer und federn dich und zerren dich zur Richtstätte. Dort wird dir noch einmal das Urteil verlesen, der Fischer muß es tun, Frau Ilsebill hat es befohlen, und er ruft:

»Im Namen des Gesetzes, beuget euch! Du hast den Bahnhofsteich verraten und bist mit dem falschen Fuß aufgetreten, als sich mein Angelhaken deiner erbarmte. Mit Mühe hab ich dich dem schwarzen Naß entrissen, weil du gebettelt hast und logst, du könnest meine Wünsche all erfüllen. Kein Wort ist wahr gewesen. Irreführung der Behörde, versuchte Irreführung. Du bist kein Goldfisch. Du bist gar kein Fisch. Du bist die schmutzige Seejungfrau, die sterben muß.«

Zerline hört, was ihr der grausame Fischer sagt. Zerline muß es zugeben, daß sie kein Fisch ist, wie sie hoffte. Sie weiß, sie muß ihr junges Leben lassen, sie muß aufhören. Sie kann nicht mehr sein. Es ist ein Wahnsinn, daß einer sie bei Namen ruft.

»Zerline Lustig, eheliche Tochter des Leopold Lustig und der Karoline, geborenen Schmerzenreich!«

»Hier! ... Nein! Das bin ich nicht! Die kenne ich nicht, die hat niemand gekannt, die hat es nie gegeben, zumindest zu meinen Lebzeiten nicht! Sie ist nicht angekommen und auch nicht eingestiegen! Die ist seit ihrem Tode krank! Das kann ich beschwören, Herr Fischer und Frau Ilsebill!«

Aber niemand glaubt. Frau Ilsebill schüttelt sich vor Lachen. Warum auch sollte jemand glauben, wenn doch nur Lügen gesagt werden? Es gibt keine Wahrheit. Herr Nußbaum im technischen Museum hat sie aus dem Gepäck genommen. Wer die Wahrheit in den Bestimmungsort der

Reise einschmuggelt, hat mit den schärfsten staatspolizeilichen Maßnahmen zu rechnen und wird dreimal bei lebendigem Leibe gehenkt; so hat der Schielende laut vor allen geschrien, als er ein winziges Stückchen verheimlichter Wahrheit in einer Handtasche entdeckte. Es gibt überhaupt nichts, denn es ist Täuschung. Wenn dennoch etwas ist, so ist es nur gewesen. Das Stiegenhaus hört plötzlich auf. Zum Schein liegt ein Fußabstreifer da, der den Schmutz in sich saugen will, aber dann fällst du schon uferlos hinunter ins Teerfaß. Frau Ilsebill sperrt den Schnabel auf, erschnappt das Bahnhofstöchterchen und fliegt mit ihr davon.

Haben sie deinen Vater umgebracht? Er hat das Haserle so gern gehabt, den dicken Hund! Nein, der alte Arzt ist friedlich wie ein Hund verreckt, es war ein natürlicher Tod. Dr. Plato hat auf seinen Knien beschworen, daß es die Flöhe ihm ins Ohr gebissen haben. Der Nachbar betet, daß es der Herr genommen hat. Es war ein friedliches Ende im Bett, wovon du dich selber überzeugen durftest. Die Spuckschale war unbeschädigt. Es war kein Himbeersaft darin, bloß ein paar Tropfen Wasser, ziemlich frisch und rein. Du hast ja die erkaltende Hand erfaßt und liebevoll an dich gedrückt. Nein, es ist ein Mord gewesen, er hätte länger leben können. Sie haben ihn erstickt mit halbgekochten Graupen. Wer Maßnahmen trifft, die das Leben eines Menschen auch nur um einen einzigen möglichen Tag verkürzen, ist ein Mörder, und das Strafgericht wird ihn ereilen. Aber wann wird es sein? Hab nur Geduld, Frau Ilsebill, und warte auf das Strafgericht, es wird früher kommen, als du glaubst.

Zerline sitzt mit anderen Mädchen und Frauen in der Werkstatt, wo Schachteln zugeschnitten und geklebt werden. Lauter kleine braune Schachteln, die weiterwandern. Schachteln in endlosen Reihen, die sich fortwälzen, die aufgetürmt werden, bis ihrer zu viele sind; dann werden sie abgeholt. Die Schachteln sind so leicht und luftig, aber die Werkstätte stinkt von Leim und schlechtem Dunst. Sie stinkt von den bösen Gesprächen, die sich in endlosen Stunden heben und senken und kein Ende nehmen.

»Zerline, du sollst nicht so traurig sein! Es ist ja kein Grund zu solcher Trauer … Ach so, verzeih, diesmal hast du einen Grund. Ich hab's vergessen. Tut mir leid, mein blasses Schneewittchen. Aber er war alt.«

»Sie haben ihn gemordet. Er hätte noch leben können.«

»Du willst doch selbst nicht mehr leben und bist jung. Was klagst du über einen alten Mann, den Gott zu sich genommen hat, damit es ihm erspart bleibt, was wir alle leiden müssen. Sieh nur mal an, Zerline, wie unvernünftig du bist, ärger als ein Kind!«

»Gewiß will ich nicht leben, Vera! Es ist hier alles gräßlich, alles aussichtslos! Sie werden uns alle ermorden, bevor sie selbst ermordet werden. Ich bin es müde, ich habe es unendlich satt. Unendlich! Hörst du?«

»Das ist kein Standpunkt. Man muß sein wollen. Wer nicht sein will, der hat keine Hoffnung. Und wer keine Hoffnung hat, der hat nur noch die Hölle. Wir haben doch Aussichten zu überleben.«

»Die Hölle überlebt man nicht, oder wer sie überlebt, lebt wieder in der Hölle. Daher gibt es keine Aussichten, die verlohnen. Das ist Einbildung, das ist Täuschung, die man …«

»Du irrst dich, Schneewittchen! Hast du nicht selbst so oft gesagt, daß wir in Ruhenthal nur verzaubert sind und eigentlich schlafen? Dann werden die Diener des Königssohns kommen und mit unseren Särgen über einen Strauch stolpern. Der giftige Apfelgrütz, in den wir beißen mußten, wird aus dem Halse fahren. Den Deckel vom Sarge werden wir heben, uns aufrichten und wieder lebendig sein. Geh, sei ein kluges Mädchen! Dein guter Vater war ein alter Mann. Er hätte sich nicht mehr in ein normales Leben eingewöhnt, so wie du ihn mir geschildert hast zumindest …«

»Siehst du, Vera, das ist es, weil du nicht verstehst, was ich dir sagte, weil das hier niemand verstehen kann, darum will ich nicht mehr mit. Da hat das Leben keinen Zweck. Ich werde dir keine Märchen mehr erzählen.«

»Aber Schneewittchen …«

»Bitte, laß das!«

»Kränken will ich dich nicht. – Also, Zerline! Wer den Mut aufgibt, lebt trotzdem, hat es aber dann viel ärger, weil er an nichts mehr glaubt.«

»Davon sprich nicht! Mein Vater hat so gern gelebt. Er war ein großes, großes Kind. Er hat fast nicht gespürt, wie sehr man ihn erniedrigt hat. Aber ich spüre es. Ich weiß, was man uns antut. Ich spür es ununterbrochen.«

»Du bist so unvernünftig. Du solltest dankbar sein, daß sich dein Vater täuschen konnte. Was konnte für ihn besser sein als ein verhältnismäßig friedlicher Tod nach einem langen Leben?«

Zerline schweigt. Sie hätte nie den dummen Weibern Märchen erzählen sollen. Rings um sich die Reden hört sie nur noch als zusammenhangloses Geräusch, das mit dem Lärm der Arbeit und anderen Geräuschen zu einem unendlichen Summen verschmilzt, aber es ist nicht friedlich, es ist geistesgestört und geht nicht mit rechten Dingen zu, es ist Täuschung, die alle Schachteln mit einem Giftstaub bedeckt. Doch auch die Täuschung hält nicht hin, sie ist nur ein lauer matter Schatten, der sich in einen unbestimmbaren Geruch auflöst. Es riecht die Nacht davon, die kahlen Bäume riechen, das Ungeziefer, der Abfall, der dünne Nebelstaub, und alles fällt in Gruben. Niemand mehr weiß etwas davon, weil es keiner überlebt. Die Zeugnisse dieser abgefallenen Reisezeit verzehren sich selber. Nur eine schwarze Fahne weht noch einsam über ihnen, es ist Pech, der undurchdringliche Schatten der lastenden Nacht, die ausgebrochene Pest, gegen die es kein Heilmittel gibt, es regnet, der Sumpf steigt aus den Ufern, es ist Hunger, es ist alles gewesen, der Vater, der Bahnhof, der Tod, der Regen, der Mord, die Reise und der unendliche Hunger.

Ihrem festen Vorsatz zuwider erinnert sich Zerline an Vera. Vielleicht hat sie doch recht, aber nur wenn man sich bald zur Wehr setzt und etwas unternimmt. Wenn man bei den Schachteln klebenbleibt, ist nichts mehr zu hoffen. Da ist es besser fortzugehen, nicht lange warten, niemandem was sagen, schon heute, hintenherum, wo keine Wache steht, an Herrn und Frau Lischka vorbei, schnell über den Hof, wo Durchlässe aus den Mauern herausgeschlagen wurden, um mehr Licht und Ziegel zu gewinnen. Dort soll man durchgehen, die Schlagbäume vermeiden, keine Flucht, nein, sondern gerade nur durch. Es wird keiner fragen, denn niemand fragt, wenn man wortlos verschwindet. Freizügigkeit ist dem Menschen zugesichert, seitdem Sklaverei und Hörigkeit aufgehoben sind. Dieses Naturrecht ist unantastbar und heilig, so wurde es schon in der Schule gelehrt und bleibt es, solange sich dessen nicht einer durch eigene Schuld begibt. Zerline hat nichts getan. Also ist sie frei. Auch alle übrigen Ruhenthaler sind frei und zur Unfreiheit nur widerrechtlich gezwungen. Die Unfreiheit besteht nicht. Will jemand Zerline aufhalten, so ist es gegen Sitte und Gesetz. Dagegen steht Beschwerde beim Justizminister zu. Zerline kann es jedermann beweisen, was im Gesetz festgestellt ist. Ein Prozeß hat gar nicht stattgefunden. Zugestoßenes Schicksal ist kein ordentliches Urteil. Daher ist es auch nicht notwendig, sich wie ein entsprungener Verbrecher zu verkleiden.

Zerline geht unbefangen hinaus. Sie singt ein Lied vom fröhlichen Wandersmann. Es war nicht recht von Paul, die Laute zu zertrümmern. Zerline tastet an die Wand, sie klopft höflich, doch entschieden an. Einen Schlüssel hält sie gegen die Wand. Der Mörtel ist mürbe wie alter Kuchen, weil er verwittert ist und hilflos nahe dem Verfall. Reibt sie mit dem Schlüssel am Mauerwerk, dann zerbröselt die vertrocknete Mischung von Sand, gelöschtem Kalk und Wasser. Der eigelbe Staub rieselt zu Boden. Schon ist der Zwischenraum so breit, daß der Schlüsselbart zwischen zwei Ziegeln Einlaß findet. Auch die Ziegel geben nach. Der Schlüssel dient als Hebel, die Ziegel lassen sich herausziehen.

»Was machen Sie da, Fräulein? Sie vernichten doch die Wand, die halten soll!«

»Ich mache Platz. Ich gehe jetzt fort.«

»Wollen Sie flüchten? Ausgeschlossen!«

»Ich flüchte nicht. Dazu habe ich nicht die geringste Absicht. Ich gehe mit Seelenruhe weg und nehme alle mit, die auch verreisen wollen. Sie können sich anschließen, mein Herr.«

»Sie sind verrückt. So kommt man von hier nicht weg. Es ist noch niemandem gelungen. Sie müssen dableiben! Sie müssen bleiben oder ins Gras beißen!«

»Ich will aber nicht. Ich habe mich hier schon viel zu lange aufgehalten, fast zwei Jahre. Da bekommt man es satt. Luftveränderung, mein Herr! Sie schauen mir übrigens auch sehr blaß aus. Außerdem verbreitet sich jetzt die Pest. Ein weiterer Aufenthalt hier ist lebensgefährlich.«

»Das mit der Pest ist ein Latrinengerücht. Nebenbei verrate ich Ihnen, Sie brauchen sich nicht zu fürchten. Falls Sie Pest oder eine andere ansteckende Krankheit bekommen, wird man Sie isolieren. Dann ist die Gefahr gebannt.«

»Sie halten mich nur auf. Ich gehe jetzt. Ich hab's mir überlegt und kenne den Weg.«

Aber Zerline geht nicht fort. Das schmale Loch, das sie in die Wand gebohrt hat, ist kaum tiefer als ein Fingerglied. Die Wand hat ärgere Schrammen erlitten und steht doch fest und unerschüttert. Zerline dreht sich um. Sie läßt es für heute bleiben. Morgen wird sie wiederkommen und eine Feile mitbringen, mit der sie besser bohren kann als mit einem Schlüsselbart. Auch einen Hammer wird sie nicht vergessen und eine Öffnung herausschlagen, durch die sie entschlüpft. Das läßt sich nicht verbieten oder verhindern. Dann wird sie losmarschieren und in die Berge die Landstraße hinaufwandern, von der Paul ihr erzählt hat. Bald wird sie die Hauptstraße verlassen, schon ist sie im Wald und wird eine Stelle suchen, wo sie sich bis zum Kriegsende verstecken kann. Ihr Lager wird sie auf Moos bereiten und mit Reisig beschützen. Nahrung bieten Feld und Wald und Wiese. Wie ein Häschen wird sie leben und von allen guten Kräutern und Früchten naschen. Die Gefahr der Einsamkeit droht nicht, die Unbilden der Witterung sorgen für

Abwechslung. Wer beobachtet, sammelt viel Reichtum für den Geist und das Herz; so wird die Zeit verstreichen bis ins ewige Erinnern.

Zerline spricht in sich hinein: Damals bin ich dabeigewesen. Ich habe es mitgemacht und überdauert. Die Gefahren lauerten überall, aber sie ließen sich bezwingen und auflösen. Heute, da alles vorbei ist, sind sie ein unzerstörbares Gut. Seid glücklich, die ihr heute in einem geordneten Staatswesen lebt, obwohl ich eigentlich alle bedauere, die sich nicht an meinen Ängsten beteiligt haben, denn sie müssen eine der tiefsten aller möglichen Gefahren entbehren. Aber auch von nichts zu wissen ist Glück. Kann es eine solche Kraft des Vergessens geben? Dann hat sich dieses Grauen nie ereignet, nur das irreträumende Herz schweifte zu weit und wurde von sündigem Schrecken beladen, der es in durchsichtige Abgründe hinabzog. Dort umfing es die schwere Betäubung des Schlafes und hat alles bedeckt. Doch die Finsternis hat beschützt. Endlos rieselnde Sandkörner drangen in den schwarzen Teer und ruhten im weichen Schlamm von banger Reise. Nun gingen sie ein in ewigen Frieden, als die zähe Flüssigkeit sich zusammenzog und alle Körner für immer band. Über die spiegelglatt gewalzte Fläche führte ein sicherer Weg. Auf leise sich drehenden Rädern glitten gefederte Reisewagen lautlos dahin. Sie bargen auf Daunenkissen sorglos Schlummernde, die ruhten, dicht aneinandergeschmiegt, sie fühlten nicht die Enge, denn ihre schlafenden Gedanken waren nur auf die Seligkeit des Reiseziels gerichtet, und alles war von Zukunft erfüllt, die bleibt ohne Ende.

Zerline ist heute nicht mehr. Sie spürt nicht, daß Ereignisse um sie herum stattfinden. Sie lebt nur den Morgen und ist frei und gesund. Die Pest hat ihren Leib verschont. Links und rechts sind alle erkrankt und winden sich in Schmerzen. Schwester Doras Stuben sind überfüllt, sie kann nicht helfen, Dr. Plato wagt sich nicht mehr zu den Kranken. Eitergeschwüre brechen auf, ein ekelhafter Strom ergießt sich aus allen Stuben über das Stiegenhaus bis hinunter in den aufgeweichten Hof, wo die Kanäle verstopft sind. Verzweifelt eilen die städtischen Hygieniker herbei und stochern vergeblich zwischen den Kanalgittern, um dem verderblichen Strom einen Abzug zu bahnen.

»Wir können hier nichts machen. Es fehlt uns an geeigneten Werkzeugen, aber auch an einem kundigen Leiter. Dr. Lustig müßten wir haben! Dr. Lustig!«

»Ausgeschlossen, den können wir nicht entbehren! Wir haben ihn gestorben. Er hält sich nicht mehr in Ruhenthal auf.«

»Wieso? Ist er geflüchtet?«

»Wir haben ihn nicht mehr. Er gehört uns nicht. Nur sein Stethoskop ist noch da; der Dr. Plato hat es.«

»Wir wollen nicht das seelenlose Stethoskop. Wir wollen Dr. Lustig, aber schnell, bevor es zu spät wird!«

»Beantragen Sie im Krematorium die Freigabe der Asche, wenn Ihnen so viel an ihm gelegen ist!«

»Sie scherzen. Wir können kein Aschenputtel brauchen! Wir wollen Dr. Lustig!«

»Sie können keinen Toten wollen! Jeder Tote ist aus dem Dienstverhältnis entlassen und wird ohne weitere Zuwendungen in den dauernden Ruhestand versetzt.«

»Es ist unmöglich! Wir brauchen ihn bei dieser Pest! Wir lassen niemanden sterben!«

»Das hätten Sie sich früher überlegen sollen, meine Herren, als er noch nicht auf dem Totenbett lag. Er ist verhungert! Nichts als harte Graupen für seinen schwachen Magen!«

»Glauben wir nicht! Bei uns ist noch keiner verhungert! Wir teilen zu. Wir geben aus. Er hat sein Brot bekommen, seinen Zucker!«

»Sterbende machen sich durch ihren Tod unabhängig. Dieser Umstand dürfte Ihrer Aufmerksamkeit entgangen sein. Das Federchen vor seinem Mund hat sich verfärbt, doch nicht bewegt.«

»Hat das kein Arzt verhüten können? Wo war der Dr. Plato? Überall wird vorgebeugt. Wo das nicht mehr genügt, wird nach allen Regeln der Kunst behandelt.«

»Die Diät! Die Diät hat nichts genützt. Der Kranke hat sie verweigert. Sein Magen hat sie nicht behalten, sein Darm nicht verarbeitet. Es ist alles flüssig geworden, und schon war es weg.«

»Wir machen Sie verantwortlich. Beleben Sie den Mann! Wenn Sie sich des Falles ordentlich angenommen hätten, wäre er zu retten gewesen. Es kann auch jetzt noch nicht zu spät sein!«

»Schenken Sie sich Ihre Nörgeleien! Stochern Sie! Pfui, nehmen Sie doch nicht Ihre ungeputzten Fingernägel dazu! Haben Sie keine Nagelfeilen wie Kulturmenschen mit Kinderstube? Wenn Sie damit an allen Mauern scharren, was keinen Sinn hat, so können Sie sich damit auch einmal an die Kanäle machen! Nehmen Sie Schläuche zu Hilfe! Spülen Sie! Spritzen Sie! Arbeit macht das Leben süß!«

Zerline ist durch das heftige Reden auf dem Hof erschrocken und beugt sich zum Fenster hinaus, aber die Streitenden sind schon auf und davon; niemand mehr ist zu hören. Leise sprüht Regen auf den unebenen Boden. Das Wasser staut sich an zu fetten Pfützen, deren Oberfläche zittert. Schmale Rinnsale haben sich gebildet, die sich bald langsam, bald beschleunigt zwischen den unregelmäßigen Pflastersteinen vorwärts drängen. Wer jetzt unten spaziert, beschmutzt sich die Schuhe; sie werden schnell verderben. Das alte Leder weicht sich auf und hält die Feuchtigkeit nicht aus. Man muß barfuß gehen. Es ist aber ekelhaft, den fremden Schmutz an die Sohlen zu kleben, widerlich dringt der zerdrückte Kot zwischen die Zehen. Schlammbäder bei diesem Wetter empfehlen sich nicht. Keine Schläuche sind zu haben, mit denen sich die Jauche wegschwemmen ließe, die Wasserleitung ist verstopft. Auch im Halse haben sich dicke Pfropfen angesetzt, so daß niemand mehr schlucken kann. Bei diesem Halsbelag ist selbst die Breikost ungenießbar. Der Mund wird immer voller, weil die würgenden Schlingversuche keinen Bissen durch den Schlund lassen. Die Graupenspelzen kleben auf der Zunge und am Gaumen fest und verstopfen alle Zahnlücken, sie brennen, der Mund ist entzündet. Doch weil die Seele hungert, hält die Hand nicht ein und schiebt noch immer einen Löffel voll zwischen die Lippen. Alles ist Krankheit, alles verstopft, alles mit Pech vollgegossen. Magendurchbruch und Darmverschlingung.

Man muß um Rettung rufen. Es muß jemanden geben, der eine Ausspülung vornehmen kann. Die Stimme versagt wegen des chronischen Stimmbänderkatarrhs. Die Haare verfilzen sich mit Graupenkoch und hängen in unauflösbaren Strähnen in den Mund hinein. Die Hände sollen zu Hilfe eilen, sie sind zu keinem Zugreifen fähig, weil sie von Knoten an den Gelenken verkrümmt sind. Nach gespannter Anstrengung gelingt es, den Weißblechlöffel fallen zu lassen, doch die Kraft genügt nicht mehr, um sich am Fensterrahmen anzuhalten. Zerline kann nicht gehen und nicht stehen, auch nicht sitzen oder liegen. Sie kann sich nicht bewegen. Sie ist zu allem unfähig. Der Schlüssel und die Nagelfeile sind aus dem Täschchen fort. Hat sich Frau Ilsebill gerächt? Jemand hat sie in den Schachteln versteckt. Die Reihe ist zu lang, Zerline kann nicht alle Schachteln öffnen. Vera könnte helfen, aber Zerline verrät ihr nichts, um nicht ausgelacht zu werden. Auch könnte die Werkstättenleiterin es bemerken. Gleich würde sie rufen, was los ist! O weh, jetzt tragen sie die schönen Schachteln fort, sie müssen schon geliefert werden. Wird Zerline von der Freiheit genarrt? Ist das die Rettung, daß es keine Freiheit gibt? Sobald der Angelhaken das Gaumenfleisch durchbohrt hat, ist alle Rettung, alle Freiheit hin. Sie ist nur ein Gedanke, und Gedanken wirken jetzt nicht mehr. Den Wunschring hat der Schielende genommen, so kann kein Wunsch sich mehr erfüllen. Hat man die Wünsche abgestellt? Sie sind dahin, das zähe Pech hat sie umschlossen.

Alles ist von Schwindsucht ergriffen, die Ärzte sind gestorben, niemand weiß den Spruch der Heilung. Zerline will ihn suchen. Sie will den Besen nehmen und die Stube kehren. Das Ungeziefer in den Ritzen wird sich freuen. Reinlichkeit ist die halbe Gesundheit. Leise hüpft der Besen über die Dielen und läßt den Staub in kühnen Wirbeln tanzen. Beunruhigte Flöhe springen erschrocken auf, es sind die sieben Zwerge, siebenmal siebenundziebzig Zwerge, aber sie wissen, daß es nicht ernst gemeint ist, niemand will sie hier verscheuchen. Deshalb lassen sie sich wieder fallen und warten zufrieden, bis der Besen müde wird.

Die Brutstätte anzünden, das wäre das einzige Auskunftsmittel. Doch das Bahnhofstöchterchen schaut aus dem Fenster und weint und winkt und ruft, der Funkenflug ist so gefährlich, die Wälder brennen lichterloh! Zerline wird nicht froh bei diesem Brande, nimmt ihn aber doch in Kauf, damit ein gutes Werk getan ist. Die Eisenbahn wird nicht abgeschafft, bloß weil der Funkenflug schon manches verzehrende Feuer angerichtet hat! Das Unrecht, das die Bahnen stiften, bestraft sich von selber. Bei Nacht und Nebel, wenn ein Zug im Zorne durch die Lande rast, ist bereits sein Ende vorbedeutet, die wild gewordene Maschine springt mit einem Ruck vom Geleise fort, ein Schmettern donnert auf zum Himmel, die Wagen sind mit dumpfem Krach zersplittert, Verwundete und Tote überall, mit Mänteln zugedeckt und Koffern; das ist die Strafe für die Sünden, die den Ausgleich schafft.

Zerline aber rettet sich. Auch ihre Mutter und die Tante bringt sie schnell in Sicherheit. Die anderen? Das ist eine schwierige Frage, doch ist zu hoffen, daß überall sich mutige Menschen finden, die sich für die Rettung ihrer Lieben opfern, denn wo ein Wille, da ist auch ein Weg. Paul wird auch das Seine tun und sich dem Untergang nicht untätig ergeben. Fast jeden Tag verläßt er Ruhenthal, er kommt in die blühende Hügellandschaft am anderen Ufer, er kommt nach Leitenberg, wo es leichter ist, den Häschern zu entrinnen. Es muß gute Leute unter den Bewohnern geben, denn Leitenberg ist eine Stadt mit großer Vergangenheit. Achthundert Jahre, Paul hat es selbst gesagt. Zerline war vor sieben Jahren einmal zu Besuch in Leitenberg und hatte gute Freunde dort, die erzählten ihr, wie wohl im Orte sie sich fühlten. Paul sollte zu ihnen gehen und um Zuflucht bitten. Er könnte das, wenn sein Stolz es erlaubte. Nein, er kann es nicht, die Freunde sind längst fort, sie sind verweht, sie wohnen nicht, sie haben aufgehört. Paul aber braucht zum Glück die armen Freunde nicht, die nicht mehr sind; er wird sich anders retten.

Die Wachtmannschaft kann auch nicht immer aufpassen, da hat Paul sich schon aus der Reihe gelöst, er ist geschickt und geschwind, im Laufen war er stets ein Meister, da wird er bald in einer stillen Seitengasse verschwinden, immer noch um eine Ecke, schnell, nur schnell, und schon in ein Haus, sagen, er hat sich verirrt; freundlich wird er empfangen, zunächst ein Sessel herbei für den Gast und dann ihn mit köstlichen Speisen erfrischen. Hier wird er bleiben, er ist auch gut zu brauchen, er weiß Bescheid in Haus und Hof und wird sich bei seinen Wirten verdingen, sie werden mit tausend Freuden ihn bei sich behalten, verkleidet wird er sein, ein buntes Flüchtlingsabenteuer. So wird Paul den jungen Tag der Freiheit froh und sicher erwarten. In Leitenberg ist alles noch beim alten, die Menschen wohnen unbelästigt und wissen kaum etwas vom Krieg. Die Häuser stehen schmuck und unberührt, niemand wird eine kleine Pensionistenstadt bedrohen. Auch werden die ehrwürdigen Bauten geschont, der hohe Dom, das prächtige Rathaus, die berühmten Lauben auf dem Marktplatz, die alte Gildenhalle. Ein Bischofssitz ist ein geweihter Ort, den jeder achtet.

Geht alles fehl, dann wird Paul sich in ein Kloster retten oder in den bischöflichen Palast. Die Domherren zeigen Verständnis, wenn ein Flüchtling um Hilfe bittet und sagt: »Benedictus qui venit in nomine Dei.« Ein freundliches »Pax tecum« wird ihm zum Gegengruß, schon öffnet sich die Pforte zum Refektorium, und der Gesang »Qui tollis« ertönt. Alles ist dort Gesang, die Sünden der Menschheit werden an heiliger Stätte gebüßt und versöhnt. Die Kirche ist mächtig, sie beschützt die Bedrängten und die Verfolgten. Das böse Pech der Welt wird in eitel Gnadengold verwandelt. Schon ist Paul verkleidet, die Tracht des Laienbruders steht ihm gut. Klein ist nur die Zelle, aber säuberlich und luftig, das Fenster zeigt den still besonnten Früchtegarten, die grün umrankte hohe Mauer, die steil zur Uferstraße abfällt, den Pappelsaum den langen Damm entlang, den silbrig blauen Strom, das sanfte Weideland am anderen Ufer. Und in der Zelle stehen ein braunes Bett, ein Tisch und ein Stuhl von Eiche und ein schmaler Schrank. Die Schwelle ist geweißt, daß keine Krankheit über sie hinweg kann. Paul wird dort studieren, doch wenn er dessen müde wird, entwirft er Reisen für die Zukunft nach dem Krieg, und morgens nach dem Frühstück liest er die »Leitenberger Tagespost«.

Aus den Zeitungen läßt sich viel erraten, wenn man sich ein wenig auf den Untergrund versteht, den lange Ruhmesreden überdecken möchten. Geheimnisse dürfen nicht offen profaniert werden, aber Andeutungen verraten viel mehr als schwungvoll geschriebene Sätze. Die Feinde nähern sich langsam, Leitenberg liegt genau in der Mitte zwischen Osten und Westen. Darum sind die Aussichten günstig für ein sicheres Ende. Wenn alles auf dem Vormarsch vertilgt werden sollte, so wird Leitenberg doch nur wenig leiden. Bevor es noch erobert ist, wird Frieden geschlossen; dann eilt Paul zu den Überlebenden von Ruhenthal und führt sie in die Freiheit. Nur die Zwischenzeit muß er aushalten und nicht verzagen, nicht blind und willenlos sich dem Schicksal überantworten, sondern bereit sein. Vergehen die Tage bis dahin auch langsam, so werden sie doch nicht ewig währen.

Es sind schon Tage seit Vaters Tod und viele Stunden seit der Trauerfeier in der Leichenhalle vergangen. Das Mittagessen und das Abendbrot wurden in der Zwischenzeit verteilt, also ist eine Frist schon verstrichen. Die Dauer ist ununterbrochen, man kann nicht alle hinrichten. Frau Ilsebills Henker sucht sich viele Opfer, aber andere läßt er an sich vorübergehen, so gibt es immer Überlebende. Die Hoffnung, zu ihnen zu gehören, ist bei jungen Menschen berechtigt, hat Vera gesagt. Die größten Schätze sind gut aufbewahrt, weil sie in der Seele verzeichnet sind, wo sie der Schielende nicht finden konnte; dann geht die Reise weiter, um die frohe Botschaft in allen kommenden Bahnstationen zu verkünden. Die Eisenbahner stehen da mit ihren roten Winkefähnchen und warten schon auf das, was wir zu verkünden haben. Sie werden lauschen und uns Butterbrot und Blumen reichen. So wird man uns überall aufnehmen und Pax vobiscum rufen, wir aber werden antworten, In saecula saeculorum. Dann kommt der Hauptbahnhof von Stupart mit seinen zwei mächtigen Hallen. Der Zug hält knirschend an, der Eisenbahnminister hebt den Stab, die Blasmusik beginnt ein bißchen laut, doch der Jubel ist ihr zu verzeihen. Dann steigen alle aus, der Bahnsteig ist mit weichen Teppichen belegt und mit ungezählten Rosen geschmückt. Ein Händeschütteln, ein Umarmen, ein einziges Verbrüdern. Ein Hahn in einem goldenen Käfig wird herangetragen, ein Page stellt ihn vor Zerline auf.

Kikeriki!

Zerline, die goldene Jungfrau, ist hie!

Doch Zerline liebt keine offiziellen Begrüßungsfeiern, sie schämt sich dabei, sie hat bloß ihre Pflicht erfüllen wollen, und selbst das ist ihr nur schlecht gelungen, man soll den Hahn jenen reichen, denen nach all dem Entbehren ein ehrender Dank gebührt, weil sie nicht die Menschenwürde in Ruhenthal verraten haben. Zerline glaubt nicht ganz, was sie da sagt, aber sie will sich dem Trubel entwinden, sie will es auf schickliche Weise tun, denn an Feiertagen soll man nur loben, weil das Lob den Gerechten bestätigt, den Ungerechten jedoch oft stärker und dabei heilsamer züchtigt als der Tadel. Wirklich, Zerline gelingt es, den Weg zu einer Nebenpforte zu finden; nun wird sie sich endlich zurückziehen können, um unbemerkt an Frau Lischka vorbei in die Wohnung zu schlüpfen. Nach zweijähriger Abwesenheit ist sie so arg vernachlässigt, daß es viele Wochen dauern wird, bevor alles wieder in Ordnung kommt. Auch sind alle Sachen, die Familie Lustig bei Bekannten versteckt hielt, wieder heimzuholen, was sicher lange dauern wird, denn überall wollen die Menschen wissen, wie es einem ergangen, was man in Ruhenthal getrieben und ob es wirklich so arg war. Da wird man nicht gleich aufbrechen dürfen, sondern zu einer Mahlzeit geladen werden, ein Gläschen Schnaps wird angeboten, die herangewachsenen Kinder sind zu bewundern, dies und das gilt es zu plaudern, bevor man endlich sich mit Anstand entschuldigen kann, wir müssen fort, wir sind müde und haben noch so viel zu tun.

Der Wohnung ist eine anheimelnde Stimmung erst wieder zu verleihen. Die Fremdlinge kamen so Hals über Kopf und haben schändlich gehaust; die Spuren sind zu tilgen, die Unrast aus Küche und Zimmern zu bannen. Vielleicht wäre es klüger, sich nach einer unbelasteten Wohnung umzuschauen, die gerade frisch ausgemalt ist und keinen Schatten eingefressenen Hasses von allen Wänden wirft. Wenn nur die Wohnungsnot nach dem Krieg so arg nicht wäre! Aber sicher ist es ratsam, woanders hinzuziehen, da die alte Wohnung auch sonst noch viele Fehler hat, sie ist zu dunkel und rußig, das Vorzimmer klein, die Türen sind nicht dicht. Doch diese Nachteile wiegen alle weniger schwer als das Entsetzen, das sich eingenistet hat, das Grauen vor der unüberwindlichen Kluft, die sich zwischen die Stunde des Abschieds und der Wiederkunft gesenkt hat. Freilich, die Abwesenheit ist vergessen, denn zwischen damals und heute gibt es nichts, woran sich einer erinnern könnte, dazwischen hat nichts stattgefunden, eine gähnende Leere war es, zusammenhanglos und ohne Sinn, nur die unerfüllte Zeit ist abgelaufen, eine nicht vorhandene Zeit, gar keine Zeit. Darum kann auch niemand Auskunft geben. Wie dürfte da einer nach Rechenschaft fragen? Zerline muß kleinlaut darauf hinweisen, daß sie zwischen gestern und heute nicht war; es sei denn, sie habe geschlafen. Doch davon weiß sie nichts, es war zu dunkel, pechschwarz, und wäre das selbst anders, dann will sie sich dessen nicht mehr entsinnen.

Dann ließe sich dort fortsetzen, wo Zerline aufgehört hat. Das Fußbrett der Nähmaschine kann wieder getreten werden, ein bißchen Öl, dann läuft sie wieder gut, kneckna-kneckna, knecknakneckna. Tante Ida hat sie so getreten, sie hat gesagt, es ist die Eisenbahn. Wohin wollt ihr fahren, liebe Kinder? Paul und Zerline haben laut gerufen, nach Ingelsdorf, nach Freiensitz. Dann ging die Nähmaschine noch viel schneller. Doch wenn die Reise gar zu lange währte, wurden Märchen aufgesagt. Alles, alles wird jetzt wiederkommen, die Tageszeit hat wieder Sinn, die Läden und die Schränke sind gefüllt. Was macht es aus, wenn Zerline sich nicht gleich an alles erinnert und das und jenes suchen muß? Abends wird schlafen gegangen, das Bettzeug wird aufgeschüttelt, das Licht gelöscht, die reinen Decken hüllen sanft, dann kommt der Morgen, es ist ein wenig spät geworden, der Milchmann läutet, aus den Betten schnell, das Bad, die Wanne ist gefüllt mit warmem Wasser, der Morgentisch gedeckt, die Blumen nicht vergessen, das Frühstück, Honigbrot, die schönen Tassen angefüllt, das aufgeklopfte Ei im Becher, lauter Gold, dann aufgewaschen und geräumt, nun ist es höchste Zeit, die Tasche her, denn jetzt wird eingekauft. Ja, eingekauft, aber die vielen Neuanschaffungen, die jetzt nötig sind, Kleider, Hausrat, die vielen kleinen Dinge, die man täglich braucht!

Ob der kleine Blumenladen von Frau Cimera noch offen ist? Sie war schon alt, und mit ihrem Tode würde der Laden gewiß geschlossen, weil der Wäschehändler Straka daneben darauf spitzt und sein Geschäft vergrößern will. Ob die Straßen so geblieben sind wie einst? Ob die gleichen Menschen auf den Straßen laufen? Ob alles zu erkennen ist? Die Zeiten ändern sich, Zerline hat es wohl im Sinn. Vielleicht wird sie sich in Stupart nicht zurechtfinden und kein vertrautes Antlitz finden. Zerline hat nicht ungestraft geschlafen. Dornröschen in der Festung Ruhenthal, das war nicht recht. Verzaubert mag im Gemüt alles unverändert verweilen, auch wenn das Spiel ein Jahrhundert dauert, doch in Stupart ist die Zeit verstrichen, unaufhaltsam; dort glaubt man keiner Wiederkunft.

Ihr wart doch ausgeschlossen, meine lieben Lustigs, wie

dürft ihr euch da wundern? Wir haben nicht daran gedacht, daß ihr einmal noch zurückkommen könntet. Weg ist weg, man widerruft den Abschied nicht. Laßt euch zunächst genauer begucken! Links um! Rechts um! Kehrt euch! Beileibe, ihr seid es nicht wirklich! Eure Identität könnt ihr nicht beweisen. Wir lassen uns nicht hinters Licht führen, Lustigs haben anders ausgesehen! Wo habt ihr denn Herrn Dr. Lustig? Solange ihr den Doktor uns nicht wiederzeigt, können wir euch nicht glauben. Ihr behauptet, daß er gestorben ist, weil so viel Zeit vergangen ist. Das kennen wir. Alle tot oder keiner tot. Er ist schon so alt gewesen, aha, und die Bedingungen in Ruhenthal waren nicht danach angetan, das Leben eines alten Herrn zu verlängern? Das ist eine gescheite Ausrede, aber wir sind nicht so dumm, doch ihr seid Schwindler, nichts als Schwindler, die sich die geänderten Verhältnisse zunutze machen wollen. Man hat euch von hier weggenommen, das stimmt, aber das hat man nicht getan, um euch über den Krieg in Sicherheit aufzubewahren wie sauere Gurken in einer Flasche, die man dann bloß wieder aufmacht, um euch wohlbehalten und gesund zurückzubringen. Das haben wir keinen Augenblick geglaubt. Damals haben wir euch das nicht gesagt, weil wir Mitleid mit eurem Schicksal hatten. Es hat uns doch so weh getan, was sie mit euch angestellt haben! So behandelt man keinen Menschen. Aber seid versichert, wir haben euer Schicksal erraten, wenn schon nicht gewußt. Die Zeitungen haben es deutlich genug durchblicken lassen, daß man euch von hier nur wegnahm, um uns das widerliche Schauspiel eurer Vernichtung zu ersparen. Darum hat man euch fein aufgesaugt, wie mit einem Staubsauger hat man es getan, alle in den Plumpsack rein, schon wart ihr weg, eins zwei!

Vorhänge wurden zwischen euch und uns gebreitet, Verdunklung, viele Meilen lang. Öffentliche Hinrichtungen finden nicht mehr statt, weil sie das geläuterte Gefühl beleidigen. Alles geschieht verborgen mit dem Plumpsack. Von Strafe und Buße schreiben nur die Zeitungen, dort schwärzt sich das vergossene Blut, aber dem Publikum zeigt man heute nichts mehr. Hat man euch irgendwo ausgeschüttet? Fraßen euch Mauern? Sie sind ein guter Schutz, ein Trost für die Gesellschaft der Guten, Stachellager sind unser Erbarmen, sie sehen nicht so übel aus von fern, trotzige Festungen, gespenstische Märchenschlösser mit stolzen Türmchen und Zinnen und Wällen. Lebt wohl, ihr Verbrecher, aber seid nicht bei uns, verschont uns mit eurer Anwesenheit! Doch ihr behauptet, man habe euch Unrecht getan? Mag sein, das können und wollen wir nicht untersuchen, doch die Obrigkeit hat es befohlen, also ist es geschehen. An der Güte dessen zu zweifeln, was einmal geschieht, ist nicht unsere Art. Nun, ihr sagt, man habe euch nicht in das Märchenschloß gesteckt. Auch das mag stimmen, denn man wollte mit euch nicht die ehrlichen Gefängnisse unserer königlichen Hauptstadt Stupart füllen, um die Wärter vor der Versuchung zu bewahren, sich bestechen zu lassen. Verlaufen hättet ihr euch und versteckt! Das litten eure Verfolger nicht. Darum haben sie euch entfernt und weggefahren. Weit ging die Reise, weit. Schaut nicht so albern drein, wir wissen, es war Mord und nicht zum Vergnügen. Da konnten wir nichts machen, das ist der Lauf der Welt. Fahren und fahren, Sommer und Winter, durch Frost und Glut, hin und her, ohne Licht und Luft, zu sechzig abgezählt oder zu hundert und in eine Schachtel geknäult, verpackt, versiegelt, ohne Futter und Wasser. Da mußtet ihr sterben, doch wer es aushielt, der wurde aus der Schachtel gezerrt und weggeschmissen.

Dazu habt ihr nichts mehr zu sagen. Gut so, ihr seid entlarvt, ihr seid nicht, die ihr seid! Schämt ihr euch nicht, den ehrlichen Namen Lustig zu schänden? Ihr müßt augenblicklich diese Wohnung verlassen! Fort mit euch! Seid woanders, wenn ihr sein wollt. Das Eigentum der guten Lustigs? Das heißt, die Unverschämtheit allzu weit getrieben! Nein, die schönen, schönen, teueren Sachen, die haben wir alle aufgehoben, aber für die richtigen Lustigs, falls sie wirklich zurückkommen, ach, wir hoffen es noch immer, weil wir sie so gern hatten. Das könnt ihr euch nicht vorstellen, was wir stets für sie getan haben! Am liebsten hätten wir sie überhaupt gerettet! Es waren doch so gute Menschen, die haben niemandem geschadet, wir können es beschwören, daß sie immer so gut gewesen sind, immer so anständig, so gefällig, und ein goldenes Herz haben sie gehabt, besonders der liebe brave Herr Doktor, ja, den hättet ihr kennen müssen! Das war ein Mann! Solch einen werden wir nicht wiederfinden! Seinen Wintermantel? Seine goldene Uhr? Seid ihr närrisch? Die Sachen müssen wir weiter aufheben. Wir sind sehr vorsichtig damit, alles wird immer nachgesehen und abgestaubt, der Schmuck von der Frau Doktor, die Ohrringe waren ein Hochzeitsgeschenk, zwei riesige dunkle Perlen, fast wie Augen, und dann der Pelz, der wird geputzt, zwischen Kleider und Wäsche haben wir weiße Kugerln gegen Motten gesteckt. Das alles macht viel Mühe, aber wir tun das gern, weil es für die guten Lustigs ist. Ja, wenn die nicht kommen, das Herz im Leib tät uns zerspringen, wir können Ihnen nicht sagen, wie traurig das wäre! Da müßten wir die Sachen noch länger aufbewahren, denn vielleicht meldet sich eines Tages Albert Schwarz, der gute Neffe aus Amerika, davor sind wir nie sicher, der kann alles erben. Wenn sich jemand richtig ausweist, müssen wir ihm alles geben, ordentlich ein jedes Stück, wie wir das im Verzeichnis aufgeschrieben haben, dann wär leider alles futsch, aber wohl nicht wirklich alles, weil wir viele Jahre solche Sorgen mit der Aufbewahrung hatten, das Opfer muß entschädigt werden; ach, das Zeug nimmt so viel Platz weg, in der eigenen Wohnung können wir uns nicht rühren, die vielen Teppiche, wir mußten sie doppelt legen, dabei haben wir keinen Staubsauger, dann die vielen Bilder an den Wänden, das ist beinahe wie ein Museum, und das viele Glas, das Porzellan, der Dornauszieher in der Vitrine! Wir armen Menschen konnten ja schon Jahre nicht mehr an die eigenen Sachen ran und mußten manches sogar verkaufen, bloß um alles für die Lustigs aufzuheben.

Zerline erblaßt, auf einmal ist ihr alle Freude über die Rückkunft vergangen. Die Menschen glauben Zerline nicht, die Wohnungstüren öffnen sich nur einen Spalt, denn es hilft auch nicht, daß sie an Vergangenes erinnert; das ist vergangen und darum den guten Freunden unbekannt. Sie schütteln unschuldig den Kopf und sind betrübt, weil niemand von den guten Lustigs die Heimat wiedersehen und erfahren wird, was für selbstlos treue Freunde sie hatten, die kein Opfer scheuten, um zu retten, was sich retten ließ. Für eine Fremde aber können sie nichts machen, so leid es ihnen tut, doch wo kämen sie hin, zumal die Freunde schon viele andere Pflichten haben. An die eigene Familie müssen sie jetzt in der bösen Nachkriegszeit denken, das Land ist arm, die Not ist ohnegleichen, das tägliche Brot ist kaum zu bezahlen, nichts in den Geschäften zu haben, die Kleider hängen in Fetzen, die armen, armen Menschen.

Zerline wendet sich in Mitleid ab; es fehlt ihr die Kraft, die Gerechten zu trösten, die um der Ungerechten willen so viel erlitten haben. Da wird es Zerline bitter zumute in der großen fremden Stadt, in der noch alles aussieht wie zuvor, aber nichts mehr ist, wie es einst gewesen. Es ist eine tote, verfallene Stadt, obwohl die Steine noch zusammenhaften, die Bomben haben nicht im alten Mauerwerk gewütet, aber trotzdem ist Stupart längst erstorben, mögen sich auch in den Hauptstraßen mehr Leute tummeln als vor dem Kriege, mögen die gleichen Geschäfte ihre Auslagen zeigen, die gleichen roten Straßenbahnen auf den Schienen rollen. Das ist die Stadt nicht mehr, in der Zerline geboren wurde, in der sie aufwuchs und lebte. Dieselbe Stadt mag es wohl sein, der Name Stupart stimmt, aber sie ist ein unübersehbarer Friedhof mit Massengräbern, zwischen denen sich Zerline nicht zurechtfindet. Nicht einmal bekannte Grabmäler sind hier, es stehen keine oder fremde Namen da, denn die teueren Toten, die einst hier lagen, hat man ausgescharrt und ihre Gebeine in aller Welt zerstreut; man kann sie nimmermehr zusammenklauben.

Darum fort aus Stupart, fort aus der Verzweiflung und aus dem Teergeruch, der würzig, aber unheimlich aufsteigt und fast den Atem raubt. Man hat gerade die Straße aufgerissen, die nackten Eingeweide sind zu sehen, dickwülstige Kabel winden sich und werden operiert, man bindet und umwickelt sie, Erdgewürm, das garstig im zerwühlten Boden rastet, doch dieser Ekel muß zugeschüttet werden, die Assistenten schaufeln braune Klumpen auf die Wunden, um die Augen der Städter nicht zu kränken, die sich mit Schmerz und fast mit Tränen von Röhren, Drähten und Kanälen wenden. Pech wird von Doktoren aus vollen Pfannen gegossen, alle Schande zugedeckt und abgeschlossen, die Wasserleitung und das Telephon, alles unter die Erde gebannt, damit die Heilung sich vollzieht. Dann kann der Fuß sich wieder heimlich fühlen auf geglättetem Grunde. Das Tote, das dem Menschen Leben gibt, soll nicht gesehen werden. Wenn es auch immer wieder ausgegraben wird, so wird es dennoch bald verhüllt. Es ist ein unermüdliches Schaffen, es findet statt; Tausende von Lebenden haben ihr Verdienst davon, daß es Verstorbene gibt im Schutz von Wasserleitung und von Telephon. Die Toten berufen das Handwerk der Lebenden, von dem sie sich ernähren, es wogt ein unaufhörlicher Kreislauf von Entdeckung und Verschalung, auf dessen Fortgang der Bestand des Erdendaseins ruht.

Alle Wesen haben daran teil, aber bis auf den Menschen sind sie so glücklich, nichts davon zu ahnen, sie nehmen es hin und vermögen sich zu freuen, während sie vom Toten essen und trinken, während sie im Toten wohnen und sich im Toten gatten. Selbst wenn sie sehen, daß es tot ist, was sie lebend tun, fassen sie es immer auf und dürfen unbewußt ihr Dasein fristen. Traurig ist die Stadt, denn hier ist alles menschlich; nicht bezähmen läßt sich seine bedrohliche Vergangenheit, wohin das Auge blickt, die Hand sich ausstreckt, nichts als Reste alter Menschenzeit empfangen sie, die Fährten laufen kreuz und quer und dicht beisammen, daß ihnen keiner entkomme. Sie sind überall und drohen in den hellen Tag noch gespenstisch hinein, alles ist bloß Spur des Ausgelöschten, ob es der Berg des hochgetürmten Münsters ist, ob nur ein aufgescheuchtes Staubkorn, das aus dem Schatten zum Sonnenlicht steigt. Nur vereinzelt finden sich im Totenreich die Werke des Lebendigen, alles andere, dessen es sich freuen könnte, stammt von längst verdorrten Händen. Sie drängen ihr Vermächtnis in den Tag hinein, um ihre Abwesenheit zu überwinden; sie soll nicht wahr sein, sie sind selber da, weil sie erinnert sind, aufdringlich und abscheulich, als wären sie keine abgereisten Gäste.

Zerline muß flüchten, wie sie aus Ruhenthal geflüchtet ist, sie muß ein tiefes Loch bohren, tiefer in den Grund, als alle Menschengruben führten, sie muß allein sein und darum auch alleine wühlen, man darf sie nicht entdecken. Fortschleichen muß sie sich wie eine Diebin, denn ihre Flucht will niemand dulden. Wer leben will, soll im Gesetze leben, das die Polizei bewacht, doch Zerline will sich selbst nur leben. Niemand bringt Verständnis dafür auf, daß ein Mensch begehrt, kein Mitmensch mehr zu sein. Also nur ein Mensch, nur auf sich selber angewiesen, der stolz sich heranwagt, die Erinnerung an das Eigentum zu verwirklichen. Stufen hinab in ungründige Schächte tiefer und tiefer schreiten als verzauberte Königstochter, die vom Reiche der Menschen Erlösung wünscht. Leises Wandeln geschachtelte Türme hinunter, an allen Nischen und Winkeln vorbei, nicht hinsehen, nur tasten, kein Lichtlein entfachen, aber gehen in sehnsuchtgeborgener Ahnung, vorsichtig die Nebenstraßen entlang zu einer stillen Stunde und fort, fort, unauffällig und leise, nur fort!

Welche Seligkeit ist es, wenn Polizisten und bewaffnete Krieger Zerline nicht bemerken, aber es gelingt. Sie trägt keinen Schmuck und nur einfache Kleider. Sie fällt nicht auf, sie ist eine kleine Näherin, ein Tippfräulein, die ihren Tagesdienst bei den Briefordnern beendet hat. Jetzt darf sie auf der Straße sein, es gibt keine Sperrstunde für fleißige Mädchen, sie sollen an die frische Luft, um sich von der Arbeit zu erholen. Zerline ist nicht Zerline, die Freunde der Familie haben es bestätigt. Sie ist eine andere, nach der sich kein Liebhaber umdreht, sie ist eine Unbekannte, der man das Leben gerettet hat; aber auch das schon ist längst vorüber, keiner bedenkt es. Sie ist eine harmlose Zugeherin, nach einem Weilchen ist sie vorübergetrippelt. Es laufen auch andere Zugeher auf der Straße, alle eilen, sie wissen wohin, Zerline hat ebenfalls ein sicheres Ziel, wenn sie es auch nicht kennt; aber das macht nichts, überall spürt sie noch Leute, selbst am Rande der Vorstadt, doch werden es weniger jetzt, die Häuser zerstreuen sich schon locker, sie werden klein und bescheiden sich, dann bei den Abfallstätten vorbei, einzelne Kinder laufen vorüber, sie spielen und lassen ihre Drachen mit den Haubenlerchen um die Wette steigen. Niemand kümmert sich um Zerline. Auch sie selbst kümmert sich nicht. Ein Bub und ein Mädchen schauen verträumt in den Himmel. Sie wissen nicht, was sie tun, aber sie haben auch kein Gefühl für ein Beginnen und Lassen.

Zwei Männer sind da mit Trillerpfeifen und Stöcken und richten ihren Hund ab. Schon läuft er davon, er prescht über Steine und Gräben, schon ist er wieder zurück und keucht mit flatternder Zunge; das wäre nichts für Haserle. Doch hier, lauter Beschäftigungen sind es, die sich abwikkeln, ein allgemeines, fast nicht menschliches Stattfinden, es geht ununterbrochen vor sich, auch wenn kleine Pausen entstehen, während man glauben könnte, daß alles stille steht und sich nichts ereignet. Aber die Herren loben den Hund, er wedelt sie an und schaukelt mit den Vorderbeinen und läßt sich liebkosen. Es ereignet sich immer, dem scharfen Beobachter entgeht selbst die letzte Kleinigkeit nicht, winzige Regungen, eine Hand wird gehoben und zeigt, ein Kopf rückt leicht nach vorne. Das alles findet statt. Es wird abgehalten. Es ist; gewiß ja, es ist. Der Wind bewegt sich, nein, die Dinge bewegt er, die sich ihm leicht zur Berührung ergeben. Die Haare geraten in Unordnung, doch die Gräser stört es nicht, wenn ein Hauch ihre Biegsamkeit kostet.

Zerline wandert. Sie verspürt keinen Hunger, gar nichts verspürt sie, nicht einmal das Fächeln verlegen taumelnder Fliegen. Sie setzt ihre Füße abwechselnd weiter nach vorne,

Schritte ungezwungener Freiheit; so entsteht ein neuer Weg, oder es ist ein Weg, den andere schon gingen; hier im Schoße der Landschaft stört es nicht mehr, daß alles schon stattgefunden hat und nun in seine Wiederholung mündet. Das ist eine Musik, die stets aus den gleichen Klängen gewoben ist. Sie stimmt, sie muß stimmen, die Ohren sind voll der Lust ihrer Unendlichkeit. So gibt es nur Entdekkungen und Versuche, doch nichts, was neu ist. Bloß dem Augenblick ist es neu, der nichts von anderem weiß. Aber immer noch ist das Gewesene, es ist nicht verschollen, sondern im Augenblick zurückgeblieben; es ist da und stellt sich dar. Zerline muß es wieder aufnehmen, sie kann sich ihm nicht versagen, da sie auch fühlt, daß schon alles vorbedeutet ist und vorher verwirklicht war. Ihre Schritte werden schon andere Schritte, sie wurden gegangen und werden gegangen, nach gleichen Gesetzen; und dennoch – Zerlinens Reise ist neu. Niemals ist sie mit solcher Innigkeit weiter ins Unbekannte gedrungen, nie hat sie so dem Wege vertraut, den sie nicht kannte. Aber auch vor ihr gingen sie so, bald schnell, bald langsam, dann war es ein Kriechen, ein Schleifen, ein Tanzen, ein Laufen, ein Hüpfen und Springen. Dann stellte sich den Füßen eine Wurzel entgegen; die Unachtsamkeit ist groß, und schon wird gestolpert, der schwere Fall ist nicht zu vermeiden.

Aber Zerline ist mutig und läßt von einem kleinen Unfall sich nicht bange machen; schon rappelt sie sich wieder auf und eilt noch lustiger davon. Alle Angst hat sie hinter sich zurückgelassen, weil sie nun dessen sicher ist, daß niemand ihr Gebaren beachtet. Nur sie selber noch beschäftigt sich mit Zerline. Doch da kann sie nicht verhüten, daß sie abermals fällt. Diesmal jedoch stürzt sie tiefer. Zerline sitzt an einem langen schmalen Arbeitstisch. Sie ist gefangen in der Werkstätte. Auch Vera ist hier und alle anderen Frauen und Mädchen. Sind alle gefangen? Zerline wagt nicht aufzuschauen, sie fühlt, sie riecht die Arbeit rings um sich, der braune dünne Pappendeckel, die Hände falten ihn zurecht, er schließt sich zum Gehäuse, das geklebt wird, der Deckel aufgesetzt, das Haus ist fertig, Einzug kann gehalten werden. Wie lieblich sind deine Wohnungen, wenn du ein Türlein eröffnest, daß man hineinschlüpfen kann, runde winzige Fensterlein werden in den Deckel gestochen, jetzt ist die Schachtel gemütlich.

Nach dem Abschluß der Arbeitszeit bleibt Zerline unauffällig zurück; sie ist ein Kaninchen und versteckt sich in der Schachtel. Nach allen Erlebnissen dieses Tages ist ein Ausruhen nötig. Auch als Kaninchen kann man nicht immer herumlaufen. Dem toten Vater hilft es nicht. Er ist schon nicht mehr in dieser Stadt, er ist in keiner Stadt. Er ist noch früher geflohen als Zerline und hat nicht auf sie warten wollen. Freilich, dem Alter gebührt der Vortritt, aber verabschieden hätte sich der Vater sollen, zumindest sagen, wohin er verreist. Hat er sich genügend ausrüsten können? Es ist doch nichts damit getan, daß man plötzlich wegstirbt und jene zurückläßt, die sich die Überlebenden nennen. Ach, rücksichtslos sind alle Toten, sie gehen hin und fragen nicht, was nachher geschehen soll. Armer Vater! Wollte er sterben? Nein, nur andere Kost hat er gewünscht. Faules Kraut und Rüben haben ihn vertrieben. Auch mit der Tätigkeit war er unzufrieden. Er hat nach Medizin gerufen, doch sie haben ihm nur Müll gegeben. Seine langjährige Praxis hat ihn nicht genügend ausgewiesen, nach Zeugnissen wurde er nicht einmal gefragt. Sein Angebot wurde belächelt. »Einfuhr von Arbeitskräften.« So steht es über einem Artikel in der »Leitenberger Tagespost«, den Zerline zufälligerweise gelesen hat. Der erste Satz beginnt: »Der Bedarf an Arbeitskräften fordert es gebieterisch, daß im Laufe der nächsten ...« Der Vater ist keine Arbeitskraft mehr. Er hat schon zu lange gearbeitet, das hat seine Kräfte aufgezehrt. Nur noch Aschendienst hat er verrichtet; davon wurden seine Wangen welk und seine Hände grau.

So hört doch, die ihr nicht glauben wollt, daß ich das Kaninchen Zerline Lustig bin: Der Vater, der Herr Dr. Lustig, ist dahingegangen im allgemeinen Pech, der Inhalt eines Aschenfasses hat ihn zugeschüttet, das hat die Lunge schlecht vertragen, sein Funkenflug ist ausgegangen, der Kessel hat nicht mehr gewärmt, der Dampf ging aus. Die anderen mußten nach dem Unglück den Zug wechseln. Das ist der Grund, warum nur die Lebenden da sind; den Vater konnten wir nicht zurückbringen. Nicht einmal einen Totenschein können wir euch zeigen, es wurden keine ausgestellt. Schaut uns nur gut an! Wir sind jene, die ihr gekannt habt. Wir können aus eurem Gedächtnis doch nicht ganz entschwunden sein, nur weil die meisten von uns nicht mehr da sind. Aber nicht alle sind tot! So glaubt es doch! Es gibt Überlebende, wir sind Überlebende! Wenn ihr ein wenig guten Willen habt, müßt ihr uns sehen. Wir sind nicht Schatten, wir haben uns auch keine Masken aufgesetzt. Wir sind nur etwas älter geworden und sehen vielleicht schlechter aus als vor einigen Jahrhunderten. Ruhenthal hat uns verändert. Wir sind zu elend ernährt worden und hatten Kummer, den unser Antlitz widerspiegelt. Was wendet ihr euch ab? Wir haben selbst es oft verflucht, daß wir noch sind; doch da wir uns erhalten haben, so fassen wir den Mut, mit euch uns zu verbrüdern! Reicht uns die Hände! Steht nicht abseits! Ihr sollt uns lieben, weil wir zu euch wollen! Liebt ihr uns nicht, weil ihr enttäuscht seid? Ach, sind wir denn nicht auch enttäuscht? Sind wir darum nicht, bloß weil ihr wünscht, daß wir nicht wären? Wir wollen uns vor euch demütigen und geben zu, daß es leichter für euch wäre, wenn keiner von uns vor euch erschiene. Nehmt darum hin als Opfergabe, was wir von unserer Habe bei euch ließen, wir wollen weder Geld noch Gut zurück, wenn ihr euch nur erbarmt und uns den Bruderblick vergönnt! Jetzt hat es sich bereits gefügt, daß wir wieder zwischen euch sind und in eurer Nähe wohnen müssen. Deshalb weichen wir nicht von der Stelle. Deshalb rufen wir uns zurück in euer Gedächtnis als Zeugnis des Daseins, das war, bevor ihr ohne Widerrede geduldet habt, daß man uns wegnahm aus eurer Mitte, obwohl ihr wußtet, ihr mußtet es doch wissen, daß uns Böses zubestimmt war. Warum entsetzt ihr euch, wenn wir jetzt vor euch treten? Jetzt habt ihr keinen

Grund, uns zu verleugnen, denn ihr seid schuldlos, ihr habt uns nicht weggenommen, ihr habt nichts Böses uns getan, sondern uns geholfen, so sehr sich eure schwachen Arme für uns zu rühren trauten. Wir wollen jetzt nichts mehr von euch als das bescheidene Zugeständnis, daß wir es sind, die wir sind!

»Wir hören so viel von eurer Verfolgung, ihr dummen, lästigen Kaninchen! Der einzige Zweifel, den wir haben, ist es, ob es nichts Vernünftigeres gab, um euch loszuwerden, als euch in Eisenbahnzüge zu setzen, die euch nach Ruhenthal fuhren. Eine andere Reise wäre wahrscheinlich viel besser gewesen.«

Da gibt Zerline nach und duckt sich. Sie zittert, denn es wird ihr kalt. Sie hört nicht mehr, was ihr die alten Freunde noch sagen, die nun im Rechte sind. Zerline faltet die Vorderfüße und läßt die Ohren hängen. Wie friedlich ist es in der engen Schachtel. Da kann sie sich häuslich einrichten, bekommt einige Kohlblätter, die sonst im Abfall ungenutzt verfaulen, und einen Napf mit Wasser. Zerline stört es nicht, daß die Schachtel fast zu schmal ist, um sich drin umzudrehen. Zerline kann ein wenig vorwärts und zurück. Die Luft genügt, der Pappendeckel hält die Kälte ab, das gedämpfte Licht behagt den Augen. Ungestört ist das Kaninchen, es hat ruhige Nächte. Die alten Freunde sind schon alle fortgegangen. Nur einmal täglich kommt ein Wächter und bringt Futter. Sonst beachtet kaum einer das Tier in der Schachtel, nur wenn ein Fremder gerade vorübereilt, freut er sich, sobald er das leise Scharren hört. Dann sagt er, ach, ein Kaninchen! Er sagt es weich und freundlich, denn das Kaninchen hat ein liebes Wesen und stinkt nur wenig, wenn man seinen Behälter täglich säubert. Zerline ist sich endlich selber überlassen, der Zufall hat vermocht, was ihrem Willen nie gelungen war, aber so ist es gut, damit sie still vergnügt nagen und schnuppern kann und all die empfindlichen Muskeln rund um die Schnauze bewegen.

Das Kaninchen ist hoffnungsvoll und zuversichtlich. Es weiß nicht, was man ihm antun wird, unbekannt ist ihm die

Stunde seiner Hinrichtung, unbekannt, daß man es hinrichten könnte, wenn jemandem der böse Einfall käme. Keiner in der Welt würde sich darum kümmern. Ein harter Schlag genügt, das Seelchen ist entschwunden. Doch da es lebt, ist es beschützt von einem unerschöpflichen Frieden, solange ihm nichts zustößt; doch es ist bewahrt, niemand fügt ihm eine Pein zu. Das Gefühl jeder Gefahr ist mild entfernt. Sollte das Verhängnis einmal sich vollstrecken, dann wird es ein Traum sein ohne alle Drohung. So lebt Zerline ohne Qual, heiter ist sie, dankbar für jeden Augenblick. Man hat sich indessen an das Tierchen gewöhnt und läßt es manchmal aus der Schachtel frei, da es zahm und folgsam ist. Dann tollt es im Hof herum, die Kinder jauchzen über seine possierlichen Kapriolen, da ist Zerline vergnügt und wird ganz zutraulich und lieb. Wenn es genug gespielt hat, wird gerufen: »Zerlinchen! Komm, Zerlinchen!« Dann hüpft Zerline zufrieden in die Schachtel zurück, wo schon frisches Futter vorbereitet ist. So verstreichen viele Wochen; das Fell des einst so scheuen Kaninchens glättet sich und wird weich.

Doch die Behörden wußten nichts von der Verwandlung und schickten viele Briefe an die Adresse von Fräulein Zerline Lustig. Die Briefe bleiben alle uneröffnet liegen, weil sich im Hause keiner darum kümmert, wo niemand ahnt, wer das Kaninchen ist. Die Briefe wirft der Hausherr in den Abfalleimer und lacht dazu, daß man auf den Ämtern närrisch sei. Doch weil das Tier so lustig ist, hat man ihm schon längst den Namen Zerline verliehen. Endlich verlieren die Behörden die Geduld, weil das Fräulein allen Aufforderungen keine Folge leistet; da werden einige Boten ausgeschickt, die sollen nach dem unfolgsamen Fräulein schauen. Der Hausherr sieht die Zeichen der Obrigkeit an den Mützen und verneigt sich tief. Sein Haus steht offen für den ehrenden Besuch. Die Boten feixen frech und wollen Fräulein Lustig haben. Doch ein Fräulein dieses Namens gibt es nicht. – Es muß ein solches Fräulein geben. – Vielleicht, aber sicher nicht in diesem Haus. – Da treten denn die

Boten ein und wandern hin und her vom Keller bis zum Boden und dann noch auf den Hof hinaus. Nein, ein Fräulein Lustig gibt es wirklich nicht, auch sonst ist nichts Verbotenes zu finden. Am Ende kommen die Boten auch zu einem Winkel und ziehen prüfend die Luft ein. Hier riecht es ja nach einem Stall? – Das ist kein richtiger Stall, doch ein Kaninchen gibt es hier, die Kinder lieben es. – Wird wohl jetzt im Krieg ein guter Schmaus? – Ach nein, die Kinder würden das nicht wollen. Die lieben ihren Spielgefährten. – »Ein sanftes Tierchen, so ein schlichtes unschuldbraunes Wesen!« ruft einer der Boten aus, die nun unverrichteter Dinge verschwinden. Noch verneigt der Hausherr sich fast bis zur Erde, doch die Boten sind schon außer Sicht und müssen im ganzen Lande jetzt Zerline Lustig suchen. Doch das arme Kaninchen zittert nun am ganzen Leibe, denn was es schon vergessen hatte, auf einmal ist es wieder da und meldet sich mit tausend Schrecken an.

»Ich bin nicht da. Ich bin ausgegangen. Ja, ganz bestimmt! Es ist gerade ein halbe Stunde. Wann ich wiederkomme, weiß ich nicht.«

»Du solltest dich nicht verstellen. Du gefährdest uns alle damit. Du kannst nicht immer ein Kaninchen sein.«

»Wie ist das möglich? Die vorwurfsvollen Blicke kann ich nicht ertragen! Ich habe Selbstmord begangen. Ihr findet mich auf dem Sektionstisch, weil sie gerade feststellen wollen, mit welchem Gift ich mich umgebracht habe. Dabei bin ich nur aus der Eisenbahn gefallen, aber die Tölpel merken nichts.«

»Geh, rede doch keine Albernheiten! Hier bist du. Jeder kann dich sehen. Rotkäppchen in der Wolfshaut, nein, das geht nicht! An deiner langen Nase erkennt dich jeder. Sie wird nicht unauffälliger, wenn du sie noch so stark mit braunem Staub puderst.«

»Ich habe keine Wolfshaut. Wie könnt ihr ein Kaninchen so beleidigen! Mein schönes Näschen ist echt und ist kein Staubgefäß. Vater hat das immer gesagt. Er hat behauptet, das ist ein Familienerbteil. Das stammt von unseren Hasenvorfahren.«

»Niemand glaubt dir die Geschichte mit den Hasen. Sei hier und melde dich, wenn man dich ruft! Im technischen Museum wird nicht gescherzt. Die Zeiten sind zu ernst dazu. Sie wollen dich verhören und untersuchen, Zerline! Hast du gehört? Leibesvisitation, nicht Leibesvivisektion. Das macht man nicht bei Menschen, nur bei Kaninchen und bei Meerschweinchen.«

»Ich bin doch ein ... ich bin ... Wollt ihr denn, daß ich weine? Warum dieser Unglaube, da ich euch immer die Pfötchen gab, wenn ihr mich gerufen habt? Ich verabscheue Lügen. Mutter hat mir das als kleines Kind schon abgewöhnt. Sie hat gesagt, wie garstig das ist. Man tut das nicht. Auch nicht in unmittelbarer Lebensgefahr. Man geht lieber willig seinem Verderben entgegen, bevor man auch nur einen Finger breit von Gottes Wegen weicht.«

»Du weichst doch ab! Jetzt willst du uns noch Sitten lehren, während du es bist, die sich verstellt.«

»Ich habe mich nie verstellt. Ich rede, wie es mir in den Sinn kommt ...«

Alle Sinne lösen sich auf unter der Erde. Nur aus Angst vor unbekannter Geltung stellen sich Hinterbliebene ein und neigen gefüllte Gießkannen, damit der Wasserstrahl in den Boden dringe, in dem die Auflösung stattfindet. Gräber sind unmodern geworden, weil sie zuviel Platz wegnehmen und auch zu kostspielig sind. Man muß die Friedhöfe verkleinern, nicht vergrößern. Grund und Boden wird am günstigsten bei Versteigerungen verkauft. Die städtische Verwaltung schlägt jedes andere Angebot und kauft alles auf, weil sie Zinsschachteln bauen will, damit der Wohnungsmangel der Kaninchen sein Ende finde. Aber sie vermehren sich, sie nehmen überhand, bald wird man keine Friedhöfe mehr haben können. Auch für die Toten wird man Schachteln hinstellen aus wasserdichtem Pappendeckel. In jeder wird ein Kaninchen leben. Dann braucht man keinen Sarg, wenn es verendet, weil man es in seiner Schachtel läßt, die kann man nehmen und mit einem Endchen Schnur zusammenbinden, es ist so bequem und praktisch, und dann trägt man schon die Schachtel unterm Arm ins Krematorium. Keine Leichenwagen braucht man, die hat man ohnedies in Ruhenthal gelassen.

Das Krematorium ist praktisch und hygienisch. Es ist eine der schönsten und nützlichsten Erfindungen der Neuzeit, das Geist nicht allein, sondern das verfeinerte Empfinden eines gebildeten Herzens ersonnen hat, um schnell zu machen, was getan sein muß, und um den Totengräbern viel Arbeit zu ersparen. Die Öfen können mit Öl gespeist werden, doch beim heutigen Stande der Wissenschaft empfiehlt sich eher die Erhitzung mit elektrischem Strom. Die Verbrennungsdauer der Leiche eines ausgewachsenen Kaninchens, das bekanntlich die Größe eines gut gewachsenen Mannes erreicht, ist dank ständigen Verbesserungen auf zehn Minuten und noch kürzere Zeit hinuntergedrückt worden. Diese Dauer gilt nicht nur für die gefühlvollere, aber unwirtschaftliche Veraschung bloß eines einzigen Leichnams, sondern wird auch bei gleichzeitiger Bedienung von zwanzig bis dreißig Kundschaften erzielt.

Die natürliche Entstellung der Leichen wird auf eine erträgliche Frist herabgesetzt. Die Würmer werden zwar brotlos, können sich aber beim Arbeitsamt zu einer anderen und ersprießlicheren Tätigkeit anmelden, zum Beispiel in der Landwirtschaft oder bei Erdarbeiten. Das wird auch den Würmern gesundheitlich und sittlich zuträglicher sein, deren Leichenschändertum, gelinde ausgedrückt, unappetitlich ist. Ist es nicht grauenvoll, sich vorzustellen, wie die altmodische Verwesung stattfindet? Die Flamme aber läutert, die Energien werden umgewandelt, das Verfahren sollte auch vom religiösen Standpunkt aus begrüßt werden. Es ist bedauerlich, daß diese kopernikanische Tat gerade noch von dieser Seite viele Anfeindungen über sich ergehen lassen muß, aber es ist eine Frage der Aufklärung, die letzten Widerstände zu überwinden. Sieh doch an, Vera, das ist dein Onkel gewesen, ein kleines Papierbeutelchen mit einer knappen Aufschrift und ein paar trockene Krümelchen als Inhalt. Das ist zugegangen wie im Märchen! Man kann das Ganze, Beutelchen und Brösel, in eine geschmackvolle Konserve stecken, je nach der Preislage eine Blechschachtel oder für Dr. Plato eine griechische Urne, ein gewundenes Gefäß der Trauer, das man liebhaben kann, es läßt sich auch mit geschwungenen Druckbuchstaben verzieren. Die Asche wurde geboren am – Fackel hinauf; die Asche wurde gestorben am – Fackel hinunter. Auf und ab, so und so, eins und zwei, hin und her, links und rechts, die einen ins Kröpfchen, die anderen ins Töpfchen.

Vertauschung der Asche ist in unserem Betrieb ganz ausgeschlossen. Es wird mit größter Sorgfalt und unter amtlicher Aufsicht eines vereidigten Sachverständigen zur Verbreitung gemeinnütziger Kenntnisse unter den Wilden gearbeitet. Der Exekutor plombiert jede Schachtel persönlich und wohnt der Einfüllung der Asche in den Beutel bei. Da vertauscht man noch eher in einer Gebäranstalt Säuglinge als bei uns Asche! Übrigens kann man die Urnen bestatten und hat die Vorteile der Verbrennung mit den Vorzügen der Beerdigung vereint. Wie schön ist das! Und nicht teuer! Machen Sie noch heute einen Versuch! Selbstmörder genießen ermäßigte Preise! Wie beglückend, ein enormer Fortschritt der Kultur! Verlangen Sie kostenlose Prospekte über unsere Sonderabteilung für Hinrichtungen! Reich illustriert! Lehrreich! Sonderausgabe für Kinder, Text angepaßt dem zarten Auffassungsvermögen! Sehr unterhaltend! Der elektrische Stuhl gehört in die Rumpelkammer neben die eiserne Jungfrau!

Unsere Hinrichtungen finden auf schnellste Weise gleich im Krematorium statt. Nach Entkleidung werden die Patienten auf Marmorfliesen von hinten abgeschossen, alles sauber, alles mit der nötigen Schonung zur Vermeidung unliebsamer Zwischenfälle. Der Leichnam wird mittels einer Schwenkvorrichtung sofort auf den Rost des Verbrennungsofens befördert, ohne daß der entseelte Körper mit einer Hand in unmittelbare Berührung gelangt. Dadurch wird die Ansteckungsgefahr auf ein Minimum herabgesetzt. Diät einwandfrei! Erfolg garantiert! Andere, angeblich ebenso gute Hinrichtungsarten weise man zurück! Letzte Wünsche können nach Bedarf erfüllt oder abgelehnt werden. Ausspucken innerhalb des Krematoriums und besonders bei der Hinrichtung strengstens verboten! Das Personal muß sich nachher den Mund mit einer antiseptischen Lösung ausspülen. Technisches Versagen der Schußvorrichtung ausgeschlossen! Im Falle der Bemängelung der Ware wird in voller Höhe Schadenersatz geleistet! Das Krematorium und alle seine Einrichtungen sind gegen Sabotage imprägniert. Jede zusätzliche Quälerei wird vermieden. Falls sich der Delinquent willig in sein Schicksal ergibt, ist diese künstliche Todesart jedem natürlichen Scheiden aus dem Leben bei weitem vorzuziehen.

Zerline spuckt trotzdem aus, weil sie sich nicht beherrschen konnte. Sie entschuldigt sich. »Ich habe es wegen unüberwindlichen Ekels getan!« Das Vergehen wird von den verantwortlichen Wärtern heftig gerügt, aber dann vom herbeigerufenen Betriebsingenieur mit einem nachsichtigen Lächeln verziehen, weil der Vorfall den ordentlichen Fortgang der planmäßigen Hinrichtungen nicht beeinträchtigt.

Die Asche kann gegen angemessene Vergütung auch ins Haus geliefert werden, einfaches Postpaket, Urne sorgfältig in Müll verpackt, eingeschrieben, auch Versicherung gegen Verlust und Diebstahl ist möglich. Weil damit zu rechnen ist, daß nur wenige eine Zusendung wünschen, wurde aus Beton, Blech und Glas eine besondere öffentliche Abfallstätte mit entsprechenden werbekräftigen Auslagen für menschliche Asche eingerichtet. In sensationellem Zickzack laufen die Reihen hin und her, links und rechts von der Hauptstraße hinter dem Tor. Es ist so wie in einem Bazar oder im Terrarium eines zoologischen Gartens, alles zur größten Bequemlichkeit des Publikums, das sich die Sache ordentlich beschauen will. In diesen Gestellen leben die Urnen in vier Lagen übereinandergeschachtelt, eine neben der anderen, stets wie ein Postfach, jede steht aufrecht in glitzernder Pracht, ein Juwel hinter Verschluß. Ein Schlüssel befindet sich bei den Mietern, wie es laut Lieferbedingungen des Krematoriums vorgesehen ist, ein zweiter Schlüssel hinterliegt in der Verwaltungskanzlei des Unternehmens. Nun können die Vorübergehenden alles mit größtem Komfort betrachten. Rund um die einzelnen Kästchen sind innen neben den Urnen und außen an Häkchen und Ringen Blumen angebracht, die von der unendlichen Dankbarkeit der Hinterbliebenen gewidmet wurden.

Die Hinrichtungen können nach verschiedenen Klassen durchgeführt werden, je nach der Vermögenslage der interessierten Familie oder auch nach ihrer Opferbereitschaft. Wünsche des individuellen Geschmackes werden nach Maßgabe der vorhandenen Möglichkeiten wohlwollend berücksichtigt. Zerline hat sehr viel gezahlt. Sie will die Kino-Orgel hören, die einen Choral und die Staatshymne spielen muß. Es ist ein ergreifender Augenblick, der kein Auge tränenleer läßt. Man kann es sich nicht oft spendieren. Die Orgel wimmert weinerlich und klagt die Lebenden an, daß sie die Verwegenheit aufbringen, sich nicht gleichzeitig mit hinrichten zu lassen. Ein Kaninchen läuft plötzlich mitten durch die Zeremonienhalle. Niemand weiß, wie es hergeraten ist. Es stört die weihevolle Festspielstimmung im Theater, aber schließlich lachen alle erleichtert auf, weil der Vorfall so komisch ist. Zum Glück ist auch ein Pressephotograph schon da, der Geistesgegenwart und Blitzlicht hat. Ein paar Schnappschüsse tun dem sichtlich verwirrten Tierchen wohl. Selbst der tief gebeugten untröstlichen Witwe, die ihren Sperrsitz in der ersten Reihe Parkett eingenommen hat und von den überreichen Blumenspenden nicht weniger gerührt ist als von der Musik, bleibt nichts anderes übrig, als den schwarzen Schleier beiseite zu rükken, um das unschuldige Tier besser beobachten zu können, wie es unbekümmert in dem schmerzgebeizten Saale seine lustigen Sprünge übt.

Nur die Angestellten der Aschenfabrik sind verlegen und werden ärgerlich, weil sie fürchten, daß der unerhörte

Vorfall böse Stimmung in der Stadt verbreiten könnte. Doch der Manager weiß, was sich gehört. Deshalb faßt er sich bald, betätigt die elektrische Klingel, die sonst zur klaglosen Abwicklung der Hinrichtungszeremonien dient. Sofort kommt auch schon ein Diener mit einem mächtigen Besen herbei. Der Mann zischt leise, um das Kaninchen wegzuscheuchen, und schiebt den Besen auf dem glatten Boden vor sich hin, bis Zerline den Ernst der Lage durchschaut und schon draußen ist, ohne auch nur eine einzige Blume aus einem Kranz zu rupfen, wie es ihr sehnlichster Wunsch war.

Nun kann die Hinrichtung von Dr. Kmoch, dem verdienten Präsidenten der Ärztekammer, ohne weitere Störung ihren Lauf nehmen. Die Staatshymne fängt an, die mächtigsten Tremolo-Akkorde der Kino-Orgel werden zärtlich von einer die Melodie führenden Geige begleitet. Die meisten Zuschauer erheben sich von ihren Sitzen. Auf der hell beleuchteten Bühne öffnet sich, von unsichtbarer Kraft gelenkt, nach links und rechts ein kupferbraunes Tor, das schwarz drapierte Schafott mit dem wundervoll geschmückten Sarge setzt sich lautlos in Bewegung. Es entfernt sich langsam, wie es das Taktgefühl bei solchen Anlässen erfordert, es ist ein schwerer Abschied, wie es sich gebührt. Jetzt ist die blütenüberhüllte Schachtel schon ganz hinten, sie wackelt leise, schreckhaft leise rührt sie sich im Traum, dann ist die Ärztekammer hinten und steht still. Die Kupfertüre schließt sich wieder, wie sie sich geöffnet hat. Nun schüttet die Orgel mit allen entsetzten Registern die Kadenz der Staatshymne in fetten Klängen über die Zeremonienhalle hinaus durch alle Winkel des Krematoriums bis zu den klaglos funktionierenden Öfen hin und noch weiter ins Freie, damit es das verlaufene Kaninchen hören kann.

Plötzlich entschließt sich das Spielwerk zu jähem Verstummen. Alle sind gerührt und weinen dem Staat nach. Noch schauen die Gäste zu, wie mit raschelndem Schnurren der schwarzbraune Samtvorhang vor der Bühne zugezogen wird, dann ist es aus. Die Oper ist beendet, das Publikum ist jetzt erst ganz verwaist. Die Aufführung war herrlich und hat auf alle Versammelten einen unverlöschlichen Eindruck gemacht. Den Zwischenfall mit dem Kaninchen haben alle schon vergessen. Wie groß wird das Erstaunen sein, wenn man es morgen in den Zeitungen verewigt sehen wird. Aber das wird vielleicht nicht geschehen, denn das Krematorium ist mächtig, verfügt über die besten Beziehungen und wird sogar einen Geldbetrag nicht scheuen, um die Veröffentlichung des Bildes zu hintertreiben. Bei Uraufführungen darf so etwas nicht passieren. Über die Qualität der Exekution herrscht nur eine Meinung. Die Schauspieler haben sich tapfer gehalten. Die darstellerischen Leistungen waren angemessen und entsprachen den verwöhnten Ansprüchen, die man an gute Bühnen stellen kann. Die Musik hat den Beifall der Kritiker und Kenner gefunden, doch wenn sich der Vorfall mit dem Kaninchen nicht verheimlichen läßt, macht es auch nichts, denn der Auftritt war beglückend und zeugte von großer Tierliebe; Inszenierung und Regie waren großartig. Die Presse ist begeistert, sie spendet einmütiges Lob und tadelt nur ein mangelndes Entgegenkommen des Hauptdarstellers, weil der Herr Doktor es verabsäumt hat, am Ende der Hinrichtung vor den Vorhang zu treten und sich zu verneigen, um den einstimmigen Dank der Hinterbliebenen entgegenzunehmen.

Doch niemand liest jetzt eine Zeitung, es ist keiner da. Auch das Krematorium ist leer. Es macht nichts, daß der Doktor sich nicht verneigt hat, weil er schon nicht mehr hinter dem Vorhang ist. Er ist verschwunden. Auch vor dem Vorhang ist keiner mehr, es ist keine Trauergesellschaft da. Darsteller und Zuschauer sind aufgelöst. Der Krematoriumsvorhang trennt das Nichts vom Nichts, überall ist Tod und nur Gewesenes, und das ist eben Nichts. Vergangen ist es, hingegangen, aus, verwandelt, ohne Zeit, Ruhenthal vergangen und auch Leitenberg vergangen. Nur Reisen sind gewesen und sind immer noch. Zwar niemand reist, es wird nur noch gefahren, Schutt zu Schutt, von einer Stelle zu der anderen, Abfall der Wirklichkeit als Einziges, und doch kein Einziges, denn dieses ist das Nichts, das sich vor Nichts versteckt, dies ist das Grab, die abgetragene Mauer, das ungesehene Gesicht, das nicht selber schaut, Märchen vom Nichts, das Märchen ohne Zauber, Verrat, der nicht verraten kann, Treppe ohne Sinn und ohne Grund und ohne Ziel, wo niemand auf- und niemand niedersteigt.

Die Stätten sind verlassen, weil es keine Stätten sind. Das Hinauslehnen ist noch gefährlicher geworden. Niemand wagt es. Man sieht keinen mehr. Die Gesichter sind versteckt oder ertrunken. Es gibt keine Heimaten. Alles ist auf Flucht und fährt, weil es nicht sein kann. Es fehlt ihm selbst der Grund, auf den es fallen könnte. Wenn jemand noch herumläuft, ist es ein Irrtum. Die Gräber, die es gab, sind aufgerissen und auch wieder zugeschüttet, ohne daß sich eine Hand geregt hat. Das Nichts ist seiner eigenen Fahrt überlassen und wirbelt fort, weil es nicht anders kann. Abgehackte Hände liegen rings verstreut. Niemandem gehören sie, darum ist auch kaum noch Angst vor ihnen da. Sie verspüren keine Furcht, eher ist in ihnen eine letzte Drohung oder gar das blinde Zeigen einer Richtung. Doch niemand wäre da, der es verstehen könnte.

Schaut ein Auge auf die Hände, dann ist es ein verlassener Blick, der sich nicht kennt und nichts erkennt. Doch ein Gedanke ist auf einmal da, er ist der erste Schöpfungsaugenblick, er sieht, er bildet sich und sucht zu bilden, und da er will, ist auch ein Etwas wieder da. Er will sich selber, und wie dieses will, begehrt er auch, was mehr ist als er selbst, ein Sein, sei es ein Sein von Nichts, so doch ein Sein, Gedanke, der sich wagt, ein ziehender Gedanke. Er schweift hinaus, schon kann er nicht verborgen bleiben, er will das unauflösliche Gewirr der Hände deuten, die nach keinem Plane ihre Finger strecken. Doch der Gedanke stärkt sich, da er ist; er gibt nicht nach und forscht, endlich schließt er sich im Bilde – »dorthin!«

Die Hände also zeigen dorthin. Und wenn dies einmal war, dann läßt es sich erwecken und wird wieder sein, ein »dorthin«, wo auch immer sich es findet. Was aber dem

Gedanken nachfolgt, findet nichts mehr. Die große Anstrengung scheint nun vergebens, es war ein Schöpfungsaugenblick, dem keine Schöpfung sich gesellen kann, zu übermächtig ist das Nichts und droht dem Sein mit furchtbarstem Vergessen. Bergauf, bergab ist alles leer. Zerstörte Gräber sind es oder sind es nicht. Doch der Gedanke weicht nicht, gibt nicht nach. Er will zu jemandem gehören und befiehlt ihm. Es ist ein Mensch. Froh ist er nicht, doch des Gedankens freut er sich. Ihm will er folgen; doch er ist zu müde, vergeblich ist die Mühe. Der Körper kann nicht, wie der einzige Gedanke wünscht. Zu müde ist der Leib, und was die abgehackten Hände zeigen, hat keinen Sinn. Sie weisen nicht, es fehlt ihnen Gedanke; leere Richtung gibt kein Ziel an. So ist alles sinnlos.

Das Auge forscht noch einmal, und da entdeckt es Namen bei den Händen. Wege waren einst gemeint. Doch es gibt keine Wege. Die Namen sagen nichts, sie sind verblaßt, die Farbe ist den Namen ausgegangen, von den Händen sind sie abgetrennt, nur staubbedeckte Stümpfe. Und wie der Blick die Hände und die Namen ineinanderfügen will, kann er nicht erkennen, wie sie zusammengehören, so sehr sind sie beschädigt, sie stimmen nicht. Die Namen sind vertauscht und finden ihre Besitzer nicht mehr. Aber es gibt auch keine Besitzer, es gibt nur Irgendwelche, das sind nicht Namen und nicht Hände, Gestalten sind es, die niemandem gehören und zwischen den Händen und Namen schleichen, als wollten sie dorthin; doch sieht das Auge keine Richtung für sie vorgeschlagen. Sie wanken hin und her, mit jedem Schritt ändern sie die Richtung, schon ermatten sie und scheinen auszuruhen, aber nur für eine kurze Weile; dann versuchen sie wieder, einen Weg zu haben, ungefüge Triebe stacheln dazu an. Doch es kann kein Weg sein, den sie bahnen, weil es keinen gibt.

Jeder Irgendwelche scheint in gleicher Lage. Vielleicht weiß er, daß er hier noch nie gewesen ist, als er noch nicht so verwandelt war. Damals war er bestimmt woanders, aber er kann sich nicht daran erinnern, er kennt den Namen nicht und nicht die Richtung. Dieser mit dem Gedanken zweifelt über Nichts und Etwas, dann entscheidet er sich für das Etwas. Er fühlt sich bestürmt von der Vergangenheit, die er nicht kennt, doch da er sie verspürt, so hat das Etwas sicher gesiegt. Das gibt dem Leibe großen Mut und auch einige Kraft; jetzt kann er sich entschließen und auch tun. Sobald er ist, kann er auch fragen. Er hält einen Irgendwelchen an und sucht, seine Aufmerksamkeit auf sich zu lenken. Das gelingt nicht. Irgendwelcher hält nicht ein und stolpert weiter ungewiß, nein, der weiß nichts, das ist noch ein Niemand und kein Irgendwelcher. Aber er versucht es noch einmal mit diesem Niemand, um ihm aufzuhelfen in das Irgendetwas, ja, der ist, er zuckt zusammen, ist es also jetzt ein Irgendwelcher? Doch er weiß nichts, murmelt dunkle Laute einer unbekannten Sprache, also war das nur ein Irrtum. Besser glückt ein anderer Versuch. Die Frage fragt die Frage, ob Irgendwelcher nicht von einem Wege wisse? Nein, der Irgendwelche weiß nichts, ihm ist keines hier vertraut. Wege sind nicht hier, die sind woanders. Wege aber muß es geben, sagt die antwortende Stimme. Das Wort »Weg« ist deutlich zu vernehmen. Daher hatte diese Rede Sinn und sogar Meinung.

Nun verstummt die Frage und verwandelt sich in Wandel. Er versucht die Füße, die versagen nicht. Hier ist ein Holzgerüst mit vielen ausgestreckten Händen, die nicht einmal abgeschlagen sind. Dieses Wegkreuz ist recht gut erhalten. Jede Hand weist deutlich eine Richtung und kennt den Namen eines Ortes, den es vielleicht gibt, weil die Hand auch Kilometer zählt. So weit also muß man laufen, wenn man dorthin kommen will. Unkenburg ist nur acht Kilometer weit, sagt die eine Hand. Deutlich zeigt der ausgestreckte Finger; also stimmt die Richtung, und man kann sich hinbegeben. Dem Leibe muß man eine Richtung anbefehlen und ihn dazu lenken, daß er sich verfügen soll. Von hier aber muß der Leib fort, denn Unkenburg ist fern von dieser Stelle. Man hat die Strecke einst gemessen, gewiß ist sie begangen worden.

Was einmal jemand konnte, muß auch jetzt gelingen. Verläßlichkeit bestand, als es noch Zeit gab. Wenn heute wieder Zeit ist, muß man ihrer Dauer trauen. Doch was soll Unkenburg? Es ist nicht bekannt, sosehr auch die Erinnerung in Grübelei versinkt. Es ist ein Ort, doch dort wird niemand sein. Gibt es nicht andere Namen, die man einmal kannte? Hier sind sie nicht zu finden. Sie müssen weiter sein, als diese Hände wissen. Wie viele Kilometer sind es nach Leitenberg? Das steht hier nicht. Und nach Stupart? Das ist groß, den Namen hat man gewiß in jeder Gegend vernommen. Stupart steht aber nicht aufgeschrieben, wie das Auge sich auch müht. Da ist es besser, nicht mehr nachzuforschen; die Kraft langt noch nicht hin, ins Unbekannte vorzudringen. Die Hauptstadt Stupart sollte doch bekannt sein. Nein, sie ist es nicht. Sie war bekannt, nur unendliche Geduld wird einst vielleicht sie wieder entdecken. Man muß sich an Bekanntes halten, auch wenn es unbekannt ist. Also Unkenburg. Das ist Dorthin.

Doch der Mund bildet die Worte Leitenberg und Stupart. Traurig klingen diese alten Namen. Achthundert Jahre sind vorüber oder noch viel mehr. Die Hauptstadt muß viel älter sein. Der Ursprung hat sich stets im Reich der Sage eingeschlossen. Die Namen alter Orte sind verloren und vergessen. Im Augenblick ist es weiser, nicht zu verlangen, daß diese Städte je bestanden haben. Da jemand Leitenberg und Stupart ruft, sind sogar Ohren da, die das vernehmen, einige Gesichter wenden sich in die Richtung, von wo der Schall der Stimme sie erreicht hat. Nun öffnen sich die fremden Münder, und langsam kommt es im Schall zurück, ein wenig traurig, dunkel und verständnislos, doch mitleidig und freundlich:

»Nie gehört. Nein. Unbekannt. Kann nur woanders sein oder nicht sein. Es wurde viel zerstört. Sicher nicht hier.«

Dann rufen auch die fremden Münder Namen aus, die Stimmen hören sich ähnlich an, Namen von nie erhörten Orten. Jeder beschwört einen anderen Namen, es ist ein wirres Durcheinanderrufen, schmerzlich, öde, summend, ein vorsintflutliches Lallen, es wird immer lauter, Unkenschreie. Alle Orte werden ausgerufen, die es je gegeben hat, doch niemand kennt sie, die Rufer sind allein mit ihren Namen. Sobald ein Name rings im Kreis an die anderen dringt, ertönt im Chor die Antwort dieser Litanei.

»Nie gehört. Nein. Unbekannt.«

Sie wissen nicht und haben keine Kenntnis. Dann zerfallen die zahnlosen Münder mit ihren hohlen Fragen. Die Namen der Orte sind alle schon aufgezählt, und keiner wurde gefunden. Nur noch die sumpfigen Stimmen des Chores entschlüpfen weiter und weiter der Tiefe im eintönigen Singsang.

»Unbekannt – Unbekannt – Unbekannt –«

Allmählich versickert auch der schlammige Chor, trauriger wird er und dunkler, ein verstummender Regen, und ist nicht mehr zu vernehmen. Aber da schallt eine andere Stimme aus dem Dunste der Tiefe empor und weint in unendlicher Klage.

»Nach Unkenburg! Nach Unkenburg!«

Ist es die Weise der Eisenbahn, die so klagt? Keine Eisenbahn fährt in diesem verlorenen Lande. Nur die Geleise schleichen sich hin, verödet schlafen sie auf angeschimmelten Schwellen, doch kaum zerstört, und biegen sich noch in kühn gelenkten Windungen. Ein Betrieb auf diesen Schienen findet nicht mehr statt. Auch leuchten die Geleise nicht, ihr Silbergrau erstarb und bräunte sich zu Rost. Nur eine Frage läuft die Strecke entlang und beschwert die Telegraphendrähte, in denen ist die Frage steckengeblieben und wurde an keinem Ende erlöst. Die hohen Stangen stehen furchtsam da und halten fast die Drähte nicht aus. Die Bahn ist dem Verfall geliefert ohne Wärter, doch vielleicht endet die Strecke trotzdem nicht in der Mitte der zerstörten Gräberfelder, sondern in einem Ort, den es noch gibt, und vielleicht heißt dieser Ort dann Unkenburg.

Einmal wurde dieser Name schon gehört. Der Herr Hauptmann besitzt eine Generalstabskarte, auf der sind alle

Namen eingezeichnet. War es nicht der Hauptmann Küpenreiter? Unkenburg hieß seine Heimat, wo er das Licht der Welt erblickt hat, seine Mutter lebte dort. Also darf es eine Hoffnung geben; Licht und Welt, das ist schon Rettung. Bestimmt ist Unkenburg klein genug, um den Hauptmann zu finden; er wird sich jetzt freuen, jemanden da zu haben, der mit der Schaufel auf dem Schießplatz bei Dobrunke stand. Der Hauptmann inspizierte und war zufrieden mit der Arbeit. Küpenreiter heißt das Ziel, ein Haus, wo eine Mutter wohnt. Doch der Hauptmann wird verreist sein, und die Mutter findet nicht mehr statt. Er ist in Gefangenschaft geraten und zeichnet Landkarten für seine Feinde. Weiße Fähnchen, blaue Fähnchen, Übung im Gelände wie im Ernstfall. Küpenreiter muß sich doch an Leitenberg erinnern, das vergißt man nicht. Schade, daß sie ihn gefangen haben. Oder ist er noch zu rechter Zeit auf das andere Ufer entkommen, fand er dort im Walde Deckung? Das ist kaum zu glauben. Er mußte zu schnell fliehen und konnte deshalb die Landkarten nicht auf den Weg nehmen. Ohne Karten ist er aber verloren, weil er keine Namen kennt und nicht die Quoten findet. Voll Betrübnis denkt er an die Scharnhorstkaserne, die verwüstet und im Hinterland verschwunden ist. Zweitausend Kilometer weit. Eine Hand hat auf sie hinabgewiesen, schon war die Kaserne nicht mehr vorhanden. Mitten in die Abfallgrube ist sie gestürzt.

Die Pestsäule ist vereinsamt stehengeblieben. Reporter Schwind hatte recht, sich dorthin zu retten. Die Kamera ist ihm entfallen, Bilder werden nicht mehr aufgenommen. Doch seine Hände sind noch immer da. Nur mit den Füßen klammert er sich an, die Hände hält er frei, sie zeigen weit in alle Richtungen. Aber niemand verrät, welche die beste ist, und der Reporter gibt keine Antwort, wie oft man ihn auch fragt. Er kann nicht mehr, die Stimme hat er abgegeben, keiner gibt sie ihm zurück. Wenn man genauer hinsieht, wird es deutlich, daß der Reporter kein Gesicht hat. Er lebt nicht mehr, er steht nur da und wartet auf die neue

Zeit, deren Anbruch fraglich ist. Doch für den, der unten steht, scheint es trotzdem anders; er glaubt bereits die Zeit zu haben und begnügt sich nicht mit keinen Antworten. Zornig drohend schaut er zum Pestreporter in die Höhe und gibt ihm zu verstehen, daß jetzt alle Geduld zu Ende ist. Da bemerkt Balthasar, daß der dort unten keinen Spaß begreifen will, und bangt um das Schicksal seiner Zeitung, die ihm über alles teuer ist.

Balthasar winkt den unten nahe zu sich an die Säule heran und rät ihm die Richtung nach Unkenburg. Wer dort zuerst hinkommt, kann Artikel schreiben. Dort erscheint die »Unkenburger Tagespost«. Die Zeitung ist für gelegentliche Beiträge dankbar und wird auch zahlen. Sonst können unverlangt eingesandte Schreibereien ohne Rückporto nicht berücksichtigt werden, aber diesmal wird eine Ausnahme gelten. Außerordentliche Schritte rechtfertigen einen weiteren ungewöhnlichen Schritt. Aus der Fassung darf man sich nicht bringen lassen, in der Redaktion ist man an Unerhörtes gewöhnt und wartet darauf. Wie könnte die »Unkenburger Tagespost« Extraausgaben herausbringen, wenn sie nicht immer Bereitschaft hielte? Auch dem Untergang der Welt ist die »Tagespost« gewachsen. Gerade die letzte Nummer berichtete von dem Aufhören des Bestandes. Balthasar Schwind strengt sich sehr an und liest aus dem Gedächtnis.

»Wegen Mangels an Dasein haben wir bis auf weiteres unsere Existenz eingestellt, doch hoffen wir, daß die Krise nur vorübergehend ist. In dieser Erkenntnis werden wir Beiträge zum Dasein besonders zu schätzen wissen. Die unübersichtliche Lage zwingt uns allerdings zu dem traurigen Schritt, daß ein genaues Datum für das Wiedererscheinen noch nicht angegeben werden kann, aber in der Zwischenzeit wollen wir nicht zögern, den Ereignissen sowohl nachzukommen als auch sie zu überholen. Deshalb wird es selbstverständlich das einträchtige Bemühen des Mitarbeiterstabes bleiben, den gegenwärtigen Notstand bald zu überwinden, doch bitten wir unsere Leser um Geduld, denn wir hegen unentwegt Zuversicht, daß uns eine Umgruppierung bald gelingen wird. Während der Dauer unserer mangelnden Vorhandenheit ersuchen wir darum, uns in gewohnter Treue das notwendige Vertrauen nicht zu entziehen, damit wir Zeit gewinnen, bis wir unsere Kräfte wieder neu gesammelt haben.«

Da weiß der Geist unten, der sich das anhört, daß sich nicht viel geändert haben kann, aber es ist auch tröstlich für ihn, weil er sich jetzt Klarheit darüber verschafft, wer er selber ist. Kleinlaut gesteht er dies dem wieder verstummten Reporter auch ein; er ist Paul und wird jetzt leben, wenn man ihm dazu die Zeit vergönnen sollte. Beiträge wird er aber keine leisten, denn zunächst muß er einen Weg aufspüren, die Reise wünscht er nicht unendlich fortzusetzen; auch ist er müde und will eine Stelle finden, wo für einen Wanderer ein Bett in einer Stube vorbereitet ist. Da müssen die Zeitungen sich gedulden oder ihr Erscheinen für immer einstellen. Doch Paul, der selbst jetzt sehr wenig von sich weiß, wird bald darüber aufgeklärt, daß der Irrtum noch immer ihn aus seiner Verwirrung nicht entlassen hat, es dürfte lange dauern, bevor ihm Klarheit über seine Reise wird.

Die Unken kriechen aus ihren Höhlen und beginnen zu lesen. Zuerst finden sie nicht viel und müssen sich mit den Aufschriften an den Händen begnügen, aber schon verschmähen sie diese eintönigen Gebete und ziehen aus ihren weiten Mäulern Zeitungen heraus, die sie vor sich ausbreiten und dann, auf ihnen hüpfend, eilig lesen. Sie freuen sich, daß ihre Zeitung sie auch an diesem Tage nicht im Stich gelassen hat. Jede Unke bläht sich auf vor Stolz, denn heute erkennt sie ihre Bedeutung, steht doch in der Zeitung nicht nur tägliches Getriebe, sondern das eigene Schicksal wurde aufgezeichnet und ist nun wahr, weil es im Druck erschienen ist. Jede Unke darf sich heute lesen, sie hat sich selber im Bericht verfaßt. Die Zeitung, die bis jetzt ein Spiegel war, trägt nun ihr eigenes Papier zu Markt; sie ist verwirklicht, sie ist das offenbarte Leid. Zwischen Leserschaft und Redaktion sind die Unterschiede aufgehoben. Es sind die gleichen Unken, die ihren Untergang bereiten und auch genießen. Der Kreis hat sich geschlossen. Die Herzen liegen auf offenen Händen. Die Zukunft ist eingestellt, Versicherungen werden nicht mehr angenommen, kein Kredit gewährt, das Geschäft hat aufgehört.

Deshalb sind auch die Schalter aller Ämter und alle Läden geschlossen. Die Unken können nichts besorgen und erledigen. Sie sagen, es ist nur aufgeschoben, aber Paul schenkt ihnen keinen Glauben. Er verlangt, sie sollen ihm ein Zeichen geben, falls etwas wirklich sei. Da laufen sie feige davon. Paul weiß nicht, ob sie ihn für närrisch halten oder nur vor Furcht sich aus dem Staube machen. Sie haben es nicht schwer, sich zu verstecken. Das Gräberfeld ist endlos und voller Pfützen, in deren Schlamm die Unken schnell verschwinden können. Nicht nur die Eisenbahn ist eingestellt, auch sonst findet kein Verkehr mehr statt. Es muß ein Glück bei diesem Stillstand sein, wenn einer keinen Koffer hat. Die Habe drückt, die nicht befördert werden kann. Der Ort, auf dem man steht, schenkt keine Sicherheit. Paul muß es anerkennen, daß es nicht leicht sein wird, vom Fleck zu kommen. Wer aber zu verreisen wünscht, muß auf eigene Verantwortung und allein sich auf den Abfall begeben. Unglücksfälle können stattfinden, weil man überall Seuchen gelegt hat, die leicht plötzlich explodieren. Todesfälle dürfen nicht angenommen werden wegen Überlastung der zuständigen Ursachen. Die Redaktion stellt keine Totenscheine aus. Der Unkenburger Sanitätsdienst hat nach einem heftigen Vorschlag von Krankenhausdirektor Zischke seine Tätigkeit anheimgestellt. In der letzten Sitzung der trauernden Hinterbliebenen wurde die Auflösung des mit der Nachlaßverwaltung betrauten Fleischermeisters und Selchers Poduschka mit Stimmeneinhelligkeit aller Hände beschlossen. Würste, die noch weiter ihre Praxis ausüben wollen, verwenden in Zukunft ihr Stethoskop auf eigene Rechnung ihres ehemaligen Gesundheitsministers. Mit Hinblick auf die Vorkommnisse bei den letzthin entstandenen Folgen wird das Herumstreifen herrenloser Unken in der

Nähe des städtischen Krematoriums eingestellt und daher unverzüglich bei Strafe des Verbotes auch den nächsten Familienangehörigen untersagt.

Besonders lästig sind die unbekannten Stimmen, die jederzeit ohne Rücksicht auf ihren Tod auftauchen. Sie kümmern sich nicht um die Zeitung, erscheinen nach Belieben und widerlegen alles. Wer sich bei ihnen anmeldet, kann sich auf einmal nicht mehr ausweisen und wird verneint. Paul glaubt, nichts befürchten zu müssen, weil er keinen Ausweis hat. Es ist ein Zufall, daß der Reporter ihn daran erinnert hat, wieder einen Namen zu führen, mit dem man sich vorstellen kann, aber Paul gibt ihn nicht preis, er macht ihn auch nicht sichtbar, denn Unterschriften gibt es nicht. Es wird behauptet, daß die Stimmen vor allem der einheimischen Bevölkerung feindlich gesinnt sind und unaufhörlich nach Rache schreien, obwohl die Einwohnerschaft vollkommen unschuldig ist, soweit sie nicht Verluste aufzuweisen hat. Die Drohungen der Stimmen zeigen an, wie recht man daran tat, ihr Dasein unschädlich zu machen, als noch Ordnung herrschte. Doch die Stimmen wollen Rache dafür, daß von Unken noch gewohnt wird. Rache für die Ziegel, die sich noch zu Wänden schließen! Rache für das Eigentum, das einer hat! Rache für Familien, die jemand liebt und schützen will! Rache dafür, daß es etwas gibt! Rache für das Sein! Rache, Rache, Rache!

Wegen dieser Racheschreie hat sich überall die Angst verbreitet, sinnlose Angst, weil alle, die da wohnten und noch immer wohnen, friedlich auf dem weichen Schlammpfühl ihres sanft dahingeschiedenen Gewissens schlummern sollten. Warum sind sie aufgescheucht und wohnen nicht? In den Häusern sollen sie bleiben und die Türen schließen! Ach, die Racheschreie schrecken unsere Unschuldskinder! Wir haben nichts getan, wir nicht, die anderen! Zieht doch weiter! Dorthin! Dorthin! Hier in Unkenburg sind alle gut. Der Angstgestank weht brandig durch die Straßen, doch weil er keine Abwehr von zerstörten Fenstern findet, bricht er in alle Häuser ein und würgt die Einwohner in ihren

Stuben. Paul aber fürchtet keine Rache und will auch Rache nicht. Die namenlose Angst versteht er nicht, denn falls es stimmt, daß jetzt die Zeit gekommen ist, in der man wieder sein darf, sollte keiner mehr verzagen. Alles Ängstliche hat doch schon stattgefunden, die Rache wurde längst vollzogen. Die Hände des Verderbens haben ihre Macht verwirkt, sie wurden abgehackt und verstreut. Die große Möglichkeit ist jetzt erschienen, gerade nach dem Untergang und vor dem Aufgang. Kommen soll, wer da ist, doch nicht vor Rache zittern und vor Angst vergehen! Noch ist das Neue nicht verwirklicht, es ist Gelegenheit, es sind angebrochene Augenblicke, die jederzeit versinken können, noch sind sie unverbunden und ohne Dauer, also Zufälle, die gewiß auch schrecken, aber keinen finden, der gegenwärtig ist.

Es sind also alle vergangen. Dennoch ist die Landstraße bevölkert, aber von lauter Heimatlosen, die hier nichts verloren haben und traumbenommen lächeln, wenn ein Schrecken vorüberhuscht. Die Straße führt an ehemaligen Feldern vorbei, die von niemandem bestellt werden. Zufälle wachsen auf ihnen, verängstigte Pflanzen, die niemand zu verzehren wünscht, es könnten Rachekräuter sein von tötendem Geschmack, weil sie mitten zwischen Abfallgruben wachsen. Von diesen Früchten wagt keine Hungerangst der Wohnenden zu kosten, auch die Heimatlosen wenden sich mit Ekel ab. Niemand betritt den verseuchten Boden der Felder, die sich verlassen unübersehbar dehnen, die Hände zeigen nicht hin, und heute will keiner mehr sich verirren. Die Straßen sind schon frei von Hindernissen, doch auf den Feldern brütet noch der Krieg. Die Heimatlosen sammeln sich getrost auf dieser Straße, Auferstehung vom Tode feiern sie und singen kurze Stücke ferner Lieder. Eine große Wanderschaft hat begonnen. Die Müdigkeit ist noch nicht überwunden, aber der Wille ist übergroß, durch Bewegung das Vergessen zu erlangen, das die Vergangenheit abschließen und ein Ziel eröffnen soll.

»Es sind acht Kilometer. Dort ist eine Stadt, wo ich hinwill.«

»Sie ist zerstört.«

»Nicht ganz. Es kann nicht sein. So hat man mir gesagt. Ziegel übereinander, Mauern. Es muß noch wohnlich sein. Außerdem sehe ich die Türme von hier. Die gehören zu Unkenburg.«

»Von dort komme ich her. Unkenburg ist untergegangen. Es brennt nicht mehr, die Racheflammen sind in Angst erstickt, doch die Trümmer rauchen noch.«

»Und keine Menschen sind zu finden?«

»Es gibt dort noch eine Art Bevölkerung. Aber es sind Fremde. Sie wollen uns nicht. Ich gehe in die andere Richtung. Komm mit!«

»Nein, ich gehe nach Unkenburg, weil es vor mir liegt. Ich kehre nicht um, weil ich von dort gekommen bin, wo du hingehst. Dort ist nichts. Kehr um! Komm mit!«

»Auch ich kehre nicht um. Es schmerzt zu sehr, sich umzudrehen. Ich muß mich schonen. Ich habe mich für diese Richtung entschieden und will nicht abweichen.«

»Ich habe mich für diese Richtung entschieden. Wo du hingehst, will ich nie mehr zurück. Dort hab ich es erlebt.«

»Und ich bei Unkenburg. Ich darf mich nicht mehr umschauen und muß weiter. Fahre wohl!«

Also ist es gleichgültig. Nur dort soll man nicht sein, wo man bis jetzt gewesen ist. Die Freiheit kann nicht an den Erinnerungsstätten der Unfreiheit errichtet werden. Jeder muß seinen Ort verändern, da er nicht die Zeit verändern kann. So ziehen die Wanderer in entgegengesetzte Richtungen, um ihre Freiheit zu verwirklichen. Das Ziel ist unbestimmt. Gewiß ist nur, daß es nicht hier sein kann, es ist woanders, es ist weit. Diese wandelnden Stimmen sind jetzt die Herren der brachen Länder und werden eine neue Ordnung begründen. Werden sie es wirklich tun? Paul bezweifelt es. Sie werden wandern und keine Heimat haben, in denen sie die Ordnung ihrer Wünsche in die Tat verwandeln könnten. Doch gab es jemals eine Ordnung? Das ist die Frage. Nur Versuche gab es; es war Eitelkeit, wenn man sie Ordnung nannte. Alle sind zusammengebrochen, alle versagten und gaben keinen Frieden, solange die Geschichte der Menschheit besteht. Aber ist nicht jetzt ein neuer Anfang gegeben, daß es endlich besser werde? Paul hat den Schöpfungsaugenblick erlebt. Er ist aus Nichts entstiegen. Spürt er auch die Wunde eines neuen Seins an allen Gliedern, so ist das Sein doch da; er liebt es und begehrt es. Man kann keine neue Welt errichten, wenn die alte noch besteht, sie mußte weichen; darum ist ihre Zerstörung nicht vom Übel. War sie trotzdem, so ist sie doch jetzt in sich aufgelöst, und damit ist der neue Tag entschieden.

Die Vergangenheit wird unter Denkmalschutz gesetzt und kommt ins technische Museum. Verschickt soll sie nicht werden, aber aus der Gegenwart muß man sie bringen, damit sie keinen Schaden stiftet. Im Museum ist sie zu bewachen, daß sie ihre Ruhe habe, niemand soll sie stehlen. Besuchsstunden müssen eingeführt und eingehalten werden. Nicht berühren, was nicht ist! Kann das die neue Welt erretten? Die neue Welt ist das Leben selbst, ist Glück und Glanz, ist aufgetaute Möglichkeit in deinen Händen, denn darum hat die Auferstehung stattgefunden. Es ist gut, daß man sie nicht gefeiert hat. Was man befeiert, ist in seiner Wurzel schwach. Gedenken soll man nicht des Guten, sondern stets des Bösen. Das Gute will getan sein. Es war schon alles dunkel und vom Tod gedunsen, die Hoffnung gab es nicht und kaum Erwartung, vom Himmel rasten Unwetter in Tausenden Flugzeugen, der Donner der Geschütze toste um das Waldlager. Da rührten keine Hände sich, als eine Stimme in die Hütte wankte und rief.

»Am Tore hängt die weiße Fahne. Wir sind frei.«

Die Stimme rief es laut, doch ohne Ausdruck und Bewegung. Es war kein Zweifel, und es war auch keine Überzeugung. Es war gesagt, damit man hören sollte, wenn einer hören konnte. Doch es war Nacht. Es war nicht, was geschehen war, weil keiner es begreifen konnte. Das war die Nacht. Befreiung war es ohne Freude, wenn es auch jede Stimme wiederholte. In den Zeitungen stand nichts geschrieben. Es war nichts da, was Tag und Nacht geschieden hätte. So war es schon undenklich lange; ob Monate, ob Jahre, konnte keiner sagen. Niemand kam von draußen in den Todesschlaf hinein. Es war zu dunkel in der Hütte, niemand konnte sie entdecken. Warum war es zu Ende? Warum war jemand frei? War jemand unfrei, daß man ihn befreien konnte? Konnte einer frei werden, daß man es verkündete? Die Stimmen waren allein. Und wenn sie es auch immer wiederholten, daß jetzt der Augenblick geschehen sei, so hatte all das keinen Sinn und war ein leerer Klang. Die Toten lagen zwischen den Hütten und stanken. Freiheit war, doch waren Tote. Muß man um die Freiheit nicht erst kämpfen? Der Kampf war fern, zweitausend Kilometer, tausend Kilometer, hundert, zwanzig, acht; stets war er fern. Das Waldlager hat er nicht erreicht. Die Lebenden röchelten, nur die Kräftigsten ahnten, was geschehen war. Aber auch sie wußten es nicht wirklich, weil sie die Nacht nicht überwinden konnten. Sie schlichen sich zu den Fenstern und Türen und sahen nichts als Nacht. So also sahen sie das Nichts. War das Befreiung? Sie fühlten, was nicht ist, sie dachten, was nicht ist, sie hatten nichts, was war. Drum mahnten sie, der Tag ist zu erwarten, wenn es einen geben kann.

Eine Stimme rief: »Die Sintflut hat sich noch nicht verlaufen, die Fluten gehen hoch. Das Wetter tobt wie je zuvor. Es ist ein Sausen in geschwärzten Wäldern. Zum Glück sind unsere Zäune dicht. Am besten ist es in der Arche, aber in der Arche ist es am besten im Schutze der Pestsäule. Achthundert Jahre währt es schon, daß uns der Heilige beschützt.«

Sie schauen zum Pestbaum auf, aber keine ausgetriebene Seele hängt an seinem Mast. Das ist ein gutes Zeichen. Geschütze donnern zwar noch immer, doch in der Nähe fällt kein Schuß. Die ungeweihten Friedhöfe liegen der Arche zu nahe. Wer starb, der wurde aus der Arche geschmissen. Es weht ein stechender Geruch heran, der ist widerlich und süß, doch auch scharf und beißend. Hin und wieder seufzt ein Knacken, doch das ist nur Wind in nahen

Bäumen. Eine Stimme hat ein frisches Kaninchen gebracht, das getötet wurde, aber noch ist es warm.

»Das Fleisch kann man essen. Ich habe ein wenig Salz.«

»Das ist Zerline.«

»Wer ist Zerline?«

»Ein Mädchen. Das kann man nicht essen. Es riecht nach Menschenfleisch. Wir müssen das Kaninchen verscharren, oder es ist eine große Sünde.«

»Bist du närrisch? Wenn du nicht essen willst, dann laß es bleiben!«

» Ist es nicht genug, daß du gemordet hast? Willst du auch noch eine Leiche essen?«

Die Stimmen schütteln den Kopf. Den Armen hat die weiße Fahne blöd gemacht. Vielleicht hat er den Namen seiner Geliebten gerufen. Zur Liebe ist die Zeit noch nicht gekommen, der Hunger ist zu groß und muß erst geheilt werden. Wenn er nicht essen kann, wird ihm nicht geholfen. Es ist zu spät für ihn, die Heilung hat ihn nicht geheilt, er ist von gestern, und darum muß er sterben. – Nein, er stirbt nicht, er sieht nur doppelt, er sieht vielleicht. Er wird essen, wenn es nicht Zerline ist. – Sie trösten ihn. – Doch bittet er, sie sollen schweigen. Keine Hacke und keine Schaufel. Auch ist es viel zu dunkel. Wie läßt sich ohne Licht das Tier verspeisen? War die Stunde nicht noch dunkler, als Zerline sterben mußte? Und doch wurde sie verzehrt; aber es waren keine Menschen, Flammen waren es. Sind denn alle, die es einmal gab, gestorben? – Das wird man erst später feststellen können. Im Augenblick muß man sich retten, weil man gerettet ist. – War sie alt? – Nein, aber ihre Mutter. – Mütter gibt es nicht, die hat man alle weg. – Vielleicht aber hat sie sich versteckt, sie war so klug und hatte Geld. – Wenn sie sich nicht versteckt hat, hilft das nichts. Das Geld hat man genommen und die Mutter dazu und hat sie ausgelacht, gelacht, weil sie so klug war. – Aber wenn sie sich versteckt hat? – Hat sie es zu rechter Zeit getan? – Nein, sie war in Ruhenthal und mußte fort. – Ist sie gefahren? – Sie fuhr. – Dann ist nichts zu hoffen. Wer fuhr und alt war, fiel und fährt nicht mehr. – Doch ihre Tochter war Zerline. – Die kann leben, wenn sie gesund war. – Gesund ist sie gewesen, aber …

Nun, was zögerst du? War sie doch nicht ganz gesund? – Sie war gesund, doch war sie traurig. – Narr, Trauer wird nicht umgebracht. Da kann sie leben. Alles Lebende ist traurig. – Sie war auch treu. – Das ist ernst zu nehmen. Wem war sie treu? – Sich selber. – Lächerlich, das ist nicht gefährlich. – Außerdem ein frommes Mädchen. – Das ist nicht wahr, ohne dich zu kränken. – Sie war auch anderen treu. – Das ist zu hoffen, doch zählt es nicht. Das ist für Leben oder Tod ohne Bedeutung. – Sie war der Mutter treu. – Ist mit ihr gefahren …? – Wir alle sind gefahren. – Und du lebst? – Ich weiß es nicht, doch so dürfte es sein, wenn ihr noch lebt. – Dann kann das Mädchen auch gerettet sein. – Doch wenn sie nicht bei uns ist? – Was für eine Verwirrung! Sind denn andere Mädchen da? – Nein. Das ist zugegeben. – Also siehst du! – Doch als wir ankamen …

Doch als ihr angekommen seid …? Sprich weiter! – Doch als wir ankamen und aus dem Zuge stiegen, war es ebenso dunkel wie jetzt. Es war unendlich dunkel, dunkler, als es je sein kann. Es war die Dunkelheit so dunkel, daß niemand sie sah. So war es, wenn auch grausame Bogenlampen an hohen Pfählen hingen und die zähe Dunkelheit bewarfen, daß es schmerzte …

Also war es doch nicht dunkel. Es war bloß Nacht, doch sehen konnte man. – Nein, dunkel war es. Niemand konnte sehen, wir gewiß nicht; wir waren angeblendet, aber in der Finsternis. Die anderen haben wohl gesehen, doch das ist unbekannt, wenngleich es sich vermuten läßt. Und dann gingen wir im Dunkel, eine Walze müden Fleisches. – So waren viele Greise mit? – Alle waren alt, wir auch, zu alt. – Du warst nicht alt! Das Mädchen war nicht alt! – O doch, wir waren alt. – Nur müde wart ihr. Alle waren müde dort. Die Ungewißheit nach der langen Reise hat jeden müde gemacht. – Nein, alt. Ich sage es. Und dann ein Mann …

Der Ordensträger? – Der Ordensträger! Er nur war zu

sehen! Er stand in Herrlichkeit und hatte eine Hand. – Die hat er immer. – Es ist eine Hand, wie es keine anderen Hände gibt. Sie zeigt, die Hand. – Wie hat sie gezeigt? – Dorthin … Verschieden. Nach Unkenburg, nach Leitenberg. Zwei Richtungen. Ein langer Weg. Acht Kilometer oder mehr bei dieser dunklen Müdigkeit und alte Leute. – Hat sie euch gezeigt? – Sie hat gezeigt. Die Reise ist noch nicht zu Ende. Und die Mutter ging. Die Tochter ging. – Das Mädchen? – Das Mädchen ging. Sie fiel der Mutter nach. – Und wußtest du? – Ich wußte nichts. Ich stand und wollte fallen. – Und die Hand? – Die Hand hat sich geschüttelt. Weg hat sie gezeigt. Woanders hin. Zurück nach Leitenberg! – Zurückgeschickt? Unmöglich! – Nein, nicht zurück, stimmt; sie hat nur weg gezeigt. Nicht nach der Mutter, nicht nach der Schwester …

Also nicht die Geliebte. Nur Schwester. – Ja, Schwester. Doch sie ist gefallen. Die Mutter hatte sie am Arm. Zwei Frauen, Mutter, Tochter. Frauen von der Hand geschickt. Was ist da zu hoffen? – Nichts. Wir müssen das Kaninchen essen. Iß mit! Es wird dich stärken. – Die Tochter ist das Kaninchen. – Du sprichst Wahnsinn. Töchter sind nicht Tiere. – Doch sie war treu, nur Tiere sind so treu. – Aber keine Kaninchen! Hunde, Hunde! – Nein, auch unser Hund war ein Häschen, es hieß Haserle. Ein dummer Name für einen Hund, doch hieß er so und war treu. Deshalb hat er den dummen Namen bekommen. Klug wie ein Mensch, doch besser. Zwei Menschen. Keine Hand und keine Richtung. Nur der Schwanz. Der zeigte nichts, wenn er auch wedelte, links, rechts, man konnte nie entscheiden, er war wie eine Uhr, die ihre Viertel schlug. – Hase, gut, doch kein Kaninchen! – Nehmt es nicht wörtlich. Sie hat sich so genannt. Wegen der Unschuld. – Wegen der Unschuld? – Ja, die Augen. Weil alles Opfer ist an einem solchen Tier. Sie hat sich aufgeopfert, und Opfer sind nicht mehr. Sie werden angenommen, als wären es noch Opfer. Doch das ist nichts als Hohn. Man frißt sie auf, man wirft sie weg. Die Tochter mit der Mutter. Könnt ihr das Kaninchen essen?

Dann ist Stille. Nur das tote Kaninchen lebt in seinem Blut. Es ist kein Mädchen. Anders ist der Kopf. Kein Mädchen hat solch Fell. Das muß jeder einsehen. Es ist ein Tier, das sich verlaufen hat, die schlechte Richtung hat es eingeschlagen, doch nur ein Tier. Die gute Richtung war es für die Hungernden. Sie freuen sich und sind doch traurig, aber es ist gewiß ein Tier. Es kam und war Geschenk, was man auch Opfer nennt. Nimm es an und sammle Kraft! Da ist schon Holz bereit, im Ofen flammt es. Das Tier ist ausgeweidet und zerlegt, es schmort im Topf und weiß von nichts. Wer hungert, muß vom Tiere nehmen und dankbar sein. Es hilft ihm seine Trauer nicht, wenn er noch dauern will. Verschmutztes Salz wird auf das junge Fleisch gestreut. Bald ist das Opfer fertig und ist gar. Gerechtigkeit verteilt es zwischen sieben Stimmen. Der Bruder ißt es. Es ist vom Tiere, das die Schwester liebte. Hat sie nicht selbst davon gekostet? Zerline ist fort. Die Reise hin ist nimmer auszumessen. Die Hand versagt, die jedem einst gezeigt hat. Alle sind sie fort. Zerline ist bei Leopold. Ewiges Ruhenthal ist ihr beschieden im Schatten des Leitenberges. Es ist weit von hier. Ein Denkmal gibt es nicht für sie, nur Opfer noch, die keiner willig ist zu essen. Kein Reporter ist bereit, von ihr zu künden. Die Sekretärin weigert sich, das aufzuschreiben. »Für unsere Leser ist das nicht bestimmt. Vielleicht die andere Zeitung in der nächsten Stadt.«

Doch in der nächsten Stadt wiederholt es sich. Die Sekretärin will nicht.

»Nein, kein Kaninchenfleisch. Die Leute sind schon satt und wollen anderen Lesestoff. Vielleicht ein Buch daraus gemacht. In einer anderen Stadt wohnt ein Mann, der Bücher druckt.«

Der Mann hört sich die Geschichte schweigend an und seufzt. »Das ist unmöglich. Das ist Wahrheit, das ist keine Dichtung. Für Wahrheit ist mein Haus nicht eingerichtet.« Die Sekretärin nickt. »In einer anderen Stadt wohnt ein Mann, der handelt Wahrheit.«

Auch dieser Mann empfängt und hört geduldig. »Das ist

unglaublich, zu viel Phantasie. Die Zeit ist anders und begehrt die reine Wahrheit, doch nicht Dichtung.« Die Sekretärin pflichtet bei. »In einer anderen Stadt, dort vielleicht. Doch große Hoffnung gibt es nicht für diesen Abfall.«

Und in der anderen Stadt hört man nicht an. Die Sekretärin ruft laut aus: »Zu spät, zu spät! Das war vor hunderttausend Jahren. Damals war dafür die rechte Zeit. Jetzt nicht. Es wäre denn im Museum in der anderen Stadt, die ist nicht weit.«

Und in der anderen Stadt lacht man im Museum. »Damit sind wir eingedeckt und wollen nichts mehr wissen, nein, auch nicht geschenkt. Früher nahmen wir das auf, obwohl wir dem nie Glauben schenkten, doch aus Mitleid schafften wir es an und zahlten. In den Vitrinen hat es keiner angeschaut. Das Publikum hat protestiert. Alles ist im Keller.«

»Was jetzt? Wohin damit? Es ist zuviel, um lange noch geschleppt zu werden!«

»In keiner anderen Stadt, in keiner«, meint die Sekretärin. »In keiner. Doch nun fort aus dieser und aus jeder Stadt!«

In keiner Stadt wird zugehorcht. Die Ohren gibt es nicht. Die erste Sekretärin gähnt, die zweite Sekretärin putzt die Nägel. Die dritte Sekretärin macht die Türe auf, der Pförtner zeigt verächtlich auf den Friedhof. Dort schreit es laut: »Alle Gräber ausverkauft!« Der Abfall ist geblieben. Der Abfall ist verworfen.

»Bitte, das sollen Sie nicht sagen. Selbstmord ist angesichts der heutigen Verhältnisse heller Wahnsinn. Sie würden sich unendlich lächerlich machen. Wir warnen vor der Beschädigung der Öffentlichkeit. Was Sie unbedingt nicht lassen können, empfehlen wir Ihnen dringend, heimlich zu tun und keinen Abschiedsbrief zu hinterlassen. Am besten noch einen Zettel mit dem Hinweis auf unheilbare Krankheit. Dann kann man von Sinnesverwirrung sprechen. Es ist aber viel besser für Sie und die künftigen Einrichtungen, die wir ohne Zweifel treffen werden, wenn Sie nicht so hochmütig sich selbst, sondern nur den Inhalt über Bord werfen. Bei der herrschenden Dunkelheit wird er weggespült. Sie brauchen nicht zu fürchten, daß heute jemand verlorenes Eigentum rettet. Sie aber bleiben bei uns zurück als leeres Gehäuse. Das ist für eine kurze Zeit unangenehm, doch nur vor der Wiederbelebung der Behörden, mit der wir schon beschäftigt sind. Nachher bekommen Sie einen Anweisungszettel auf Inhalt, einlösbar im Unkenburger Polizeipräsidium, das nur teilweise beschädigt ist. Dort hat schon ein vorbereitender Ausschuß unter Beihilfe der ehemaligen Feinde zu arbeiten begonnen. Auch Ihr Gehäuse wird man dort putzen, bis die Fassade glänzt, und Ihnen die nötigen Ziegel verabreichen, damit Sie nicht einstürzen. In der Zwischenzeit aber verlassen Sie nicht das Schiff! Wir haben gerade eine Taube gemacht und beflügelt. Bei der Pestsäule werden wir sie loslassen. Warten Sie ihre Rückkehr ab!«

Paul geht die Straße weiter, die ihn überholt. Vielleicht hätte er dem Ratschlag folgen und die Arche nicht verlassen sollen. Es hat ihm aber dort zu sehr gestunken, nach der ersten Mahlzeit konnte er nicht bleiben. Die weichen Knöchelchen des Tieres hat man zerbissen. Von Zerline ist fast nichts geblieben. Da konnte Flucht nur retten. Mitzunehmen war fast nichts aus der Arche. Hinaus auf Deck. Es ist nicht weit zum Tor, kein Wächter steht dort. Das Tor ist offen. Doch kann man hinaus? Bloß in der Arche wohnt die Furcht. Nur wer sie bezwingt, ist seiner Freiheit würdig. Der Sprung ins Gräbermeer gewagt! Was zögerst du? Viele sind schon im Schiff, man darf sie nicht verlassen. Die Hand hält sich am Pfosten, der Leib hängt schwer daran. Die Knöchelchen im Magen schmerzen, sie sind Sünde, aufgezehrte Sünde. Gibt es draußen Menschen? Ein Fuß wird vorsichtig hinausgestreckt. Es ist nicht kühler dort als hier. Den Pfosten losgelassen, schon ist der Weg erreicht. Kein Blick ist möglich; darum wird kein Blick zurückgesandt. Ein Wunder, daß die Füße sind. Sie tauchen auf und ab, und dabei geht es vorwärts.

Es ist ein kühler Tag. Auf der Straße wandern, immer;

gehäufte Wanderschaft. Auch Frauen sind dabei. Eine sieht so ähnlich aus. Paul spricht sie an, sie heißt Clarissa. Manche nennen sie nur Clara, doch sie liebt es nicht, wenn man sie Clara ruft. Paul will wissen, ob sie keine kannte, die ihr ähnlich war. Nein, das glaubt sie kaum, doch wie war ihr Name? Zerline, nein, eine Zerline kennt sie nicht. Die wird woanders sein. Man wird jetzt viele finden. Zwar wird er fragen, aber ernstlich forschen wird er nicht. Er versucht nicht, was nicht ist. Zu oft hat er gehört, daß dies ein Wahnsinn wäre. Paul hat es eingesehen; er bleibt allein, wenn er jetzt sein wird. Er wird trachten, daß es etwas gebe. Paul blickt auf. »Gasthaus zur Goldenen Traube«. Das ist unbeschädigt, es liegt in keiner Stadt, ist irgendwo am Rand, schenkt nur Erfrischungen und kurze Rast. Der Wirt ist wieder dort, der Garten schattig selbst im Frost. Fässer mit Leitenberger Bier, frisch angezapft, schmeckt bitter nach dem Untergang. Die Konzession ist nicht erloschen, sie lebt im Frieden wieder auf.

»Herr Wirt, ich möchte mal bestellen!«

»Das Kriegsende ist da, doch nicht siegreich. Ich habe nichts.«

»Machen Sie keine Umstände! Sie sind ein Gasthaus und eine Kaffeestation. – Was zögern Sie? Es steht doch aufgeschrieben!«

»Ich bin noch nicht zurück. Auch meine Familie ist nicht eingezogen. Die Magd war überflüssig und ist fort. Ich habe nichts.«

»Werden alle wiederkommen. – Eine Erfrischung, schnell! Eine Zuteilung haben Sie doch? Also herbei, Herr Wirt!«

»Sie sind abgeschafft und weg. Eigentlich dürfen Sie unter diesen Bäumen nicht sitzen. Aber ich habe nichts dagegen, wenn Sie bloß bald wieder verschwinden. Nur Fuhrknechte dürfen.«

»Kommen keine mehr vorbei, und vom bloßen Sitzen werde ich nicht satt. Ich möchte essen, aber kein Kaninchen. Die Knöchelchen sind mir zu scharf. Die Speisekarte, bitte! Getränke will ich auch! Ich zahle besser als ein Fuhrknecht.«

»Machen Sie keine Rache aus einem alten Mann! Sehen Sie, der Küchenherd ist abgebrochen. Feuer mach ich nicht, ist alles ausgebrannt vom Feind. Mein Gasthaus ist vollständig ruiniert.«

»Es geht alles vorüber, es geht alles vorbei!«

»Ja, ja, ja, das ist es! Vorbei!«

»Wird wieder werden! Also die Wurst, der Käse! Schnell!«

»Nichts! Keine Zuteilung!«

»Das Bier und der Wein!«

»Aus dem Keller wurden sogar die leeren Fässer weggerollt. Abfall kam hinein. Dann schmiß man alle um, daß sie zerschmettert sind! Die Dauben sind zersprungen!«

»Sie sprechen nicht die Wahrheit! Schnell was auf den Tisch, oder ... oder ...«

»Oder nichts. Wer weit gereist ist, kann nicht Einkehr halten. Abgeschafft. Haben Sie das noch nicht bemerkt?«

»Ich bin nicht weit gereist an diesem schönen freien Tag. Mein Weg ist auch nicht weit. Doch bin ich schon lange gegangen, aber selbst am Anfang waren es bloß acht Kilometer. Die Hand hat es gesagt.«

»Was Sie da reden, versteh ich nicht. Die freien Tage wurden abgeschafft, vielleicht alle Tage ...«

»Sie sind von Sinnen, Wirt! Oder hat man Ihnen nicht in Unkenburg gesagt, daß die Freiheit ausgebrochen ist?«

»Ich habe noch nie von Unkenburg gehört. Aber das ist Ihre Sache, in die ich mich nicht hineinmischen will. Sie sollten jedoch wissen, es ist eine böse Zeit gekommen. Die unbekannten Stimmen haben das gemacht, die überall erscheinen. Mensch, wenn ich Sie so sehe, sind Sie kein Mensch und auch so eine unbekannte Stimme. Meine Frau und meine Töchter hat man weggenommen, und da können Sie ruhig sein? Haben Sie denn kein Herz im Leibe, daß Sie gleichgültig hier sitzen, wenn mein Eigentum verloren ist? Fort, fort, alles fort, doch andere sind reich geworden! Mensch, fort! Mensch ohne Seele, fort!«

Paul ist wieder auf dem Weg. Bald muß die Brücke kommen, das Band des Stromes, silbrig und tiefblau, dann das Tor zur Brückengasse. Alles ist verwirrt. Es gibt auch keinen Korporal, und die Soldaten sind fort. Man hat sie weggenommen, damit sie keine Schritte machen können. Die Pestsäule ist umgefallen. Wie gut, daß Paul nicht mehr in der Nähe war. Von weitem hat er nur den dumpfen Sturz gehört. Die Arche ist in die Luft geflogen, das ganze Krematorium. Todesurteile können nicht mehr vollzogen werden. Das Pulverfaß des Wirtes ist leergetrunken. Die Spuckschale sprang entzwei, und Mutsch, die Katze, hat die Diät aufgefressen. Die Säulenreste sind im Keller. Das ist der Aschenbunker der Arche. Hier ist alles aufgehoben bei den Kleiderläusen, die vom letzten Flugangriff verschont wurden. Schwester Dora will pflegen, aber Frau Lischka läßt niemanden die Treppe hinunter, weil das Gemäuer einstürzen könnte. Krankenhausdirektor Zischke wehrt alle Fürsprachen mit den Händen ab, nein, er hat keine Betten frei für Ungeziefer, doch befiehlt er den Schulkindern, die Knochen zu sammeln. Die Kinder sind begeistert und gehorchen ohne Mucken, weil es für eine bessere Zukunft ist, da tut jeder gerne mit. Vom alten Johann Pietsch kann man nicht zuviel verlangen. Er ist in den verdienten Ruhestand getreten und hat seinen Besen im Gymnasium abgegeben.

Paul geht weiter und spürt die Müdigkeit nicht mehr. Geschmückte Wagen fahren schnell vorüber, Männer auf ihnen winken und werfen kleine Liebesgaben allen zu, die im Staube wandeln. Paul könnte sich nach diesen Schätzen bücken, doch fürchtet er die Schwäche seiner Knie und will das Gleichgewicht behalten. Zu leicht verlöre er die Richtung und müßte alles wieder vom Anfang beginnen. Das will er nicht. Es mag sich bücken, wer da kann. Viele bücken sich, sie fallen auf die Straße hin und sammeln, nehmen auf mit Mund und Hand und sind fast selig. Sie fragen Paul, warum er sich nicht beteiligt. Es gehört ihm nicht. Es ist der

Straße hingegeben, von der er keine Nahrung nimmt. Die Straße soll dem Ziele dienen, nicht dem Schmause. Es darbt der Wirt in seinem Garten, wenn seine Habe auf der Straße liegt. Ihm soll man geben, ihm gebührt es. Das Eigentum ist nur im Hause sicher. Doch manche merken, wie elend dieser Wanderer ist, der sich nicht bückt und soviel Eile hat, weil er sein Ziel nicht kennt und nur dorthin will, ein Wegehoffer, dem sich Mitleid widmet. Drum reichen sie ihm vom Boden Bissen hin, die nimmt er an und dankt, er steckt sie in den Mund und in die Taschen, er ist ein reicher Mann, dem alles zufällt ohne Mühe.

Die Füße brennen, seine Schuhe sind zu schlecht, doch das faule Blut beginnt zu wallen, Paul ist ganz gesund und freut sich seines Weges. Er soll doch Einem gute Stiefel nehmen, wird ihm zugerufen; das ist die kleinste Rache. In trüben Zügen auf der Straße treibt man gefangene Krieger, die sind traurig und bestaubt, doch gut sind ihre Lederschuhe. Man geht auf einen zu und fragt nicht lang, man zeigt mit einer Hand, gebieterisch und ohne Mitleid. Schon bückt der Kerl sich, löst die Bänder, gibt die Schuhe hin und muß noch danken, daß man die alten abstreift und ihm liegenläßt. Paul bleibt vor einem blassen Jungen stehen und sieht ihn bittend an.

»Ich kann in meinem Schuhwerk nicht mehr wandern und muß noch wandern. Du hast die längste Zeit die schönsten Schuhe getragen, deine Füße schmerzen nicht. Jetzt bist du nah dem Ziel und kannst sie geben, ich aber muß noch weit, sehr weit. Ach, warum gibst du nicht? Ich könnte sie dir nehmen, wie es andere tun, doch rauben will ich nicht.«

»Ich gebe nichts, was ich am Leibe habe. Es ist das letzte, was mir von meinem Eigentum geblieben ist. Sie können sich verschaffen, was Sie wollen. Gehn Sie ins nächste Heeresmagazin!«

»Wer bist du? Wo ist deine Heimat?«

»Ich heiße Robert Budil. Von meinen Eltern weiß ich nichts. Auch von meinem Bruder nichts, der dürfte tot sein.

Das ganze Regiment ging flöten. Der Bruder war dabei. – Lassen Sie mir meine Schuhe!«

»Budil? Bist du aus Leitenberg?«

»Warum? Was wissen Sie? Sind Sie vielleicht auch aus Leitenberg?«

»Nein, ich bin von nirgendwo. Doch ich weiß jemanden in Leitenberg, der Budil heißt.«

»Wo wohnt er?«

»In der Brückengasse. Der Vorname war so komisch, Ambrosius. Das ist mir immer aufgefallen, wenn ich in meinen elenden Schuhen am Haus vorbei bin.«

»Ambrosius Budil, das ist mein Vater! Lebt er? Lebt meine Mutter? Wann waren Sie zum letzten Male dort?«

»Vor einem Jahr war ich dort, vor zweien. Jetzt schon lange nicht. Ich kenne deine Eltern nicht. Vielleicht sind sie von dort inzwischen verreist. Du mußt es doch am besten wissen, Robert Budil. Wer eine Wohnung hat, gelt, den gibt's auch, und da kann man Briefe schreiben.«

»Fast seit vier Monaten bin ich schon ohne Post. Sagen Sie mir, was Sie wissen! Quälen Sie mich nicht! Sie kriegen meine Schuhe, wenn Sie reden! Was ist mit meinen Eltern?«

»Laß dir deine Schuhe! Ich kann dir nichts sagen.«

»Ich flehe Sie an! Wieso wissen Sie den Namen meines Vaters, wenn Sie ihn nicht kennen?«

»Das ist schnell berichtet. Ich wurde oft vorbeigeführt. Gefangen war ich und habe gute Augen. Da hat mir Leitenberg verraten, soviel die Stadt einem Fremden erzählt. Aufschriften, große und kleine. An einem Haus in der Brückengasse war ein kleines Messingschild.«

Robert Budil hört nicht weiter zu; der Zug gefangener Krieger hat nur kurz gerastet. Schon müssen alle weiter, die Burschen ziehen knieweich, links und ... rechts und ... Budil geht mit seinen guten Schuhen, doch Paul geht auch, aber in anderer Richtung, unablässig weiter mit seinen lahmen Füßen. Er erblickt bereits die Stadt vor sich, sie scheint nicht sehr zerstört. Der Turm des Doms von Unkenburg ragt hoch und stolz. Vielleicht verneigt sich jetzt der Turm, so sieht es aus. Er ist ein wenig angeschossen. Die Monstranzen sind beschädigt und können nicht mehr gehoben werden. Die Einsturzgefahr verbietet den Eintritt in den Dom. Man mußte nicht einmal Wachen vor die Eingänge stellen, die Tore sind verschränkt, alles ringsum ist zugeschüttet; keiner kann heran.

Der Bischof fliegt über die Dächer, er hat die Messe nicht zu Ende lesen können. Mitten im Credo ist er steckengeblieben. Die Flieger brausten unbemerkt heran, erst im letzten Augenblick ertönte die Sirene, der Bischof stürzte noch mit seiner Stola auf den Domplatz. Einschläge hageln rechts und links, der Bischof stimmt das Dies irae an und brüllt es laut, doch niemand ist in seiner Nähe, der es hören will, die Kirche ist verlassen und zerschmettert, ihre Gläubigen sind nicht mehr Kinder Gottes. Da ist der Bischof schnell davon, viel Zeit ist ihm nicht verblieben, er tanzt in der Luft und lacht, weil sein Werk nicht mehr gültig ist. Es ist nichts mehr gebunden, so kann er auch nichts mehr lösen; der Abfall ist verwirklicht, der Bischof verwaltet kein Amt mehr. Auf Leichen sieht er hinab, die keines Sakramentes bedürfen, denn sie wohnen nicht und haben kein bereitetes Grab, sie sind von der Rache verdammt und gerichtet, sie sind gesättigt von der Missetat, an der sie erstickten, sie sind des Teufels. Dann blickt der Bischof auf andere hin; sie sind stumm und wollen nicht seinen Segen. Sie haben die Häupter so tief geneigt, daß sie fast aus der Arche in die Sümpfe stürzen, aber die Stummen sind zäh und verbissen, und weil sie tot sind, halten sie sich mit knochigen Fingern am blutigen Stacheldraht der Knusperarche fest. Der Bischof fliegt, die Taube fliegt. Sie können keinen Segen mehr spenden. Der faulige Ölzweig des Friedens fällt in Flammen hinab, scheußlich lodert der Zunder. Der Schnabel der Taube ist abgebrochen, die Hände des Bischofs sind geknickt.

Die Toten aber lassen ihre Zungen in die endlose Feuchtigkeit tauchen. Sie lechzen, da sie so dürr und verbrannt sind. Sie lecken die Flüssigkeit auf, der Bischof kann es nicht mehr verhindern, sosehr er auch warnt und schreit, es ist der bittere Wein der Hölle, der euch nicht kühlen, sondern mit höllischen Flammen die Eingeweide verzehren wird. Aber die Toten stört es nicht, sie hören nicht zu und glauben nicht, denn sie riechen die heutige Suppe, einen sauer gewordenen Absud aus Wasser, Salz und schimmligen Rübenschalen, darin schwimmen Algen, die sind lecker und nicht zu verschmähen. Plötzlich ist ein Amerikaner da und schaut verwundert zu. Der Bischof will ihn hindern, weil es der Kirche nicht recht ist. Erst muß man die Toten retten, das heilige Gemäuer der Krypten; die Lebenden haben Zeit. Aber wer sind nun die Lebenden und wer die Toten? Der Amerikaner ist nüchtern und drängt auf eine klare Entscheidung. Der Bischof jedoch ist verwirrt und kann vor Erschöpfung keine Auskunft erteilen. Er zeigt mit vertrockneten Stummeln zum eingestürzten Dom und dann zur blutigen Suppenpfütze bei der Arche und klagt in Verzweiflung.

»De profundis clamavi.«

Der Amerikaner versteht kein Wort und will von Ausflüchten nichts wissen. Er kennt die Sprache nicht, die rief. Ungeduldig mahnt er den Bischof, er solle die Wahrheit bekennen.

Der Bischof flüstert: »Suscipe deprecationem nostram qui tollis peccata mundi! Miserere nobis! Miserere nobis! Miserere!«

Der Amerikaner besteht auf eine eindeutige Antwort: »Lebend oder tot? Ja oder nein? Antworten Sie deutsch oder englisch!«

Der Bischof hört nicht mehr und lächelt. Er zeigt zum Himmel und zur Hölle. Da wendet sich vom Bischof der Amerikaner mit Grauen ab. Er begreift, daß so etwas in Amerika nicht möglich wäre, und sieht nun die hageren Blindschleichen, die mit offenen Mäulern in die Suppe gefallen sind. Da schüttelt der Amerikaner den Kopf, die Zigarette fällt ihm aus dem Mund, schon sind einige Blindschleichen zur Stelle und balgen sich um den glühenden

Stummel. Da nimmt der Amerikaner seine Kamera zur Hilfe; die soll behalten, was das Auge nicht faßt. Er winkt den Schlürfenden, und seine Hand begehrt, daß sie eine Gruppe bilden. Zwar ist ihr Durst noch nicht gestillt, auch müßten sie nicht folgen, da sie frei sind, doch tun sie es, vielleicht aus Neugier oder eher noch aus altem Gehorsam, der sie bis jetzt durch einen bloßen Wink gelenkt hat. Doch der Amerikaner hat Mitleid.

»Ich knipse nicht aus Neugier. Ich knipse zur Erinnerung für die Behörde, die mich zu Ihrer Rettung hergeschickt hat. Bitte, ganz zwanglos und natürlich! Es dauert nur eine Hundertstelsekunde!«

»Sagen Sie mir, Herr Amerika, ich habe einen Verwandten drüben, der ist auch Photograph. Haben Sie ihn nicht gesehen?«

»Oh, Amerika ist groß!«

»Er ist ein guter Photograph. Albert heißt er, Albert Schwarz. Ein guter Sohn. Seine Mutter hat man weggenommen. Weg! Herr Amerika, verstehen Sie? Asche ... nichts ... War meine Tante. Kein guter Sohn mehr. Sagen Sie's dem Albert Schwarz!«

»Sorry. Bitte, einen Moment! Ich knipse noch mal. You are safe now. Schnappschuß. Good luck. Amerika wird helfen. Don't worry. Moral rearmament.«

»Eine Bitte, Herr Amerika!«

»Sehr gern, sehr gern. Haben Sie die Adresse von Albert Schwarz?«

»Nein, ich habe nichts. Etwas anderes. Ich wohne in der Hauptstadt Stupart, Herr Amerika. Können Sie mir ein Bild schicken? Ich möchte ein Andenken an meinen Tod besitzen. Meine Adresse? Sie können es an Frau Lischka schicken.«

»Well, Ihrem Wunsch kann ich nicht entsprechen. Sie wissen, der Staat ... Amerika ist mächtig. Have a cigarette!«

»Ich habe sonst kein Zeugnis. Man wird mir nicht glauben. Die Menschen werden lachen. Bitte, schicken Sie!«

»Sorry, Amerika ist mächtig, come and see!«

Paul hat sich abgewendet. Er weiß, man würde ihm nicht glauben, auch wenn er ein Bild vorzeigen könnte. Er muß jetzt gehen. Er ist fest entschlossen, alles hinter sich zurückzulassen. Er schaut die abgehackten Hände nicht mehr an. Nun muß er schnell nach Unkenburg. Vielleicht ist es auch besser, wenn er selbst vergißt. Die Kraft, die sein läßt, duldet nicht Vergangenheit. Ist das nicht Flucht? Nein, es ist Notwendigkeit. Es gibt einen Weg nach Unkenburg, also kann man hingelangen. Wenn nur die Beine besser wollten! Der Kopf ist heil, der Körper aber schmerzt in der Vergangenheit, die sich nicht gleich ergibt. Wäre noch die Angst, so gäbe es eine Bewegung. Doch niemand treibt. Nur die Sorge ist rege, die muß jetzt den Schritt beflügeln.

Wagen fahren in langen Ketten vorüber. Frohe Schreie erklingen, das siegreiche Heer. Hat Paul gesiegt? Womit hat er gesiegt? Für wen? Für die Toten? Für sich selbst? Er darf ein Zeichen an sich heften, daß er Sieger ist. Doch wer soll ihm das glauben? Sieht so ein Sieger aus? Paul käme schneller voran, wenn er einen jungen Krieger bitten würde, ihn auf seinem Wagen mitzunehmen. In fünf Minuten wäre Paul in Unkenburg. Doch hält er keinen Wagen an. Er möchte es tun, aber sein Winken wird mißverstanden, die Burschen meinen, er grüße als Unterworfener, und winken ihm gnädig zurück. Sie bedeuten ihm: Es wird dir nichts geschehen, wir sind nicht so, wir aus Amerika, wir sind der Freiheit Boten und treten nicht den Gegner, der im Staube lechzt. Wer Buße tut, dem werden wir verzeihen.

Paul ist ein Besiegter. Er muß sich beugen, sei es auch dem sanften Joch. Erst muß er sich bewähren, bevor man ihm vertrauen darf. Ist er nicht ein Opfer? Opfer sind Besiegte, auch wenn sie leben und besonders wenn sie leben. Doch wie kann sich Paul bewähren, wenn er so schwach ist? Wer hat ihn eigentlich besiegt? Die Sieger? Die Besiegten? Paul gehört zu beiden nicht. Fremd sind ihm Sieger wie Besiegte, keiner wird auf seine Worte hören. Die Sieger und Besiegten werden sich versöhnen, während er im Staube liegen bleibt. Nein, er liegt nicht, er hat sich nicht ergeben. Er wandert unverdrossen und will weiter. Er ist auf der Straße. Ein Heim hat er zwar nicht, doch einen Weg, der immer weiter führt. Ist das die Bahn des Bettlers? Man muß die Knechtschaft auf sich nehmen. Doch Paul war nie ein Knecht. Ein Unterworfener, doch noch gefangen Herr. Paul ist ein Bettlerkönig. Sein Reich hat keine Stätte hier und dort, auch die Straße ist nicht sein; er geht sie, weil ihn niemand hindert, doch er kann kein Recht verfechten. Zum Glück ist die Verwirrung viel zu groß, als daß ihn einer fragte. Paul ist im Niemandsland und will ins Jemandsland. Doch hat das Sinn? Ist es nicht besser, in der Unbestimmtheit zu verweilen? Man wird ihn nicht verhungern lassen. Mit jedem kann er sich verschwistern. Jedem kann er Freund sein; das ist leicht.

Paul muß flüchten. Er muß den Weg vollenden, damit er ihn verlassen kann. Sobald die Stadt erreicht ist, verästelt sich der Weg nach allen Seiten, dahin, dorthin führen Spuren; Türen warten, Wohnungen dahinter, Heimlichkeiten, kleine Sicherheit der kurzen Rast in verzierten Ziegelschachteln. Unkenburg ist nicht das Ziel, doch liegt es in der Richtung. In welcher Richtung? Geradeaus. – Nun schwirren unbekannte Stimmen heran.

»Wir gehen dahin.«

»Wir dorthin.«

»Wir gehen.«

Kleine Besitztümer wechseln von Hand zu Hand. Paul geht nicht leer aus; er wird immer reicher. Als er die Arche floh, bevor die Taube noch zurück war, besaß er nichts. Nun hat er schon ein Bündel, dies und das. Paul ist ein Eigentümer, niemand wird ihm etwas streitig machen. Hat er gekauft? Geschenke waren es, doch jede Habe ist nur Zuweisung. Paul denkt sich, diese Stunde war seit Uranfang erwartet, jetzt ist der Schöpfungsaugenblick auch Schöpfung. Bleibt sie sich selber überlassen? Man muß etwas tun. Bewegung links und rechts und überall. Das ist erst die Freiheit – überall! Es ist die Stunde ohne Nachricht und Zeitung. Wer diese Stunde genießt, wer weiß, daß er nichts lesen muß, der ist frei. Dem Muß enthoben, kann stets anderes sein. Das ist nicht Willkür, aber das ist Freiheit. Doch jeder versucht eine Richtung. Werden sie sich nur in Richtungen verlieren? Werden sie den Willen halten können? Sollen die Wege nicht eingehalten werden? Folgt Paul nicht selber einer Straße? Ach, die Verwirrung! Wann hört das Denken endlich auf? Und wann beginnt das Leben?

Paul wird inne, daß er steht. Der Staub der Straße hat ihn blind gemacht. So sieh doch zu! Ein Blick auf die gestreiften Wiesen lohnt. Sie liegen feucht, manche haben nicht den Krieg erfahren. Sie sind so freundlich abgeteilt und müssen niemandem gehorchen. Es ist nicht gar so kalt jetzt wie am Morgen. Der Tag ist aufgestiegen, es droht kein Regen mehr. Die Wolken ballen sich zu weißen Haufen, das ist ein gutes Zeichen. Sie brechen auf und lassen blauen Himmel durch. Ein schöner Tag. Ein gutes Wetter. Die Sonne grüßt die Mulde hinter dem Gestrüpp, der lichte Faden wird zum breiten Bande und wandert über jene Hecken; die Sonne geht, ein matter Schatten wischt den Glanz mit kühlem Schattendunst hinweg, doch kommt die Sonne wieder, noch einmal wird das Licht gedämpft, es zwinkert in der Ferne, jetzt fingern Strahlenbündel mächtig aus gefiedertem Gewölk; das weite Land wird golden angesteckt, die Sonne hat den Tag erobert. Es ist alles licht. Die letzten weißen Schleifen in der Höhe lösen sich zu leichtem Blütenschnee, sie fliehen schnell dahin und werden aufgezehrt. Das aufgelockerte Gefilde wird an diesem Tag in voller Sonne bleiben.

Ein wenig Rast täte not. Niemand hindert sie, und keine Stimme mahnt, du darfst nicht. Dort jener Abhang ist wohl trocken und wird den Wanderer willkommen heißen. Die kleinen Käfer haben keine Angst vor ihm, weil er sich bescheidet. Die Blumen in dem Grase tragen willig seine Last. Aber warum jetzt gerade rasten? Paul schwankt. Wer das Leben vom Denken abtrennt, kann nicht mehr dauern. Wer in das unbewußte Leben schweifen will, wird vor seinem Reiseziel dem Tod verfallen. Mit einem Fuße hat Paul die

Straße schon verlassen, der Oberkörper fällt leicht vor. Der Anblick, dem die Augen langsam folgen, verlockt ins Ungewisse. Noch einen Schritt. Es wären hundert Schritte oder mehr. Dorthin, nicht Unkenburg. Keine Hand. Im Unbekannten bleiben, wäre ein getrostes Sein. Kein Eigentum und auch kein Grab. Es wären hundert Schritte oder mehr noch. Ein jeder Schritt kann schon das Ziel erreichen. Noch einen kleinen Schritt. Die Füße müssen nicht gehoben werden, sie gleiten nur und haben guten Grund auf weichem Rasen. Doch Paul weiß gut, daß keiner dieser Schritte wirklich rastet. Alle haben Eile. Sie würden sich um seine Ruhesucht nicht kümmern, denn es sind nichts als blinde willenlose Schritte, die ihm dienen müssen, doch er selbst fände sich beschämt. Wie? Jetzt suchst du Ruhe? Nur Tote wollen nicht mehr weiter, nur Gefangene. Befreite haben keine Muße. Gib nicht deiner Schwäche nach und halte dich an deinen Weg! Was aber hättest du dafür gegeben, wenn man dich vor einer Woche auf diesen Abhang hingelassen hätte? Was noch gestern? Nichts! Du konntest gar nichts geben. Müßig ist die Frage. Jetzt, da du schon ein Bündel mit dir schleppst, willst du nichts geben; du sollst auch nicht. Paul dreht sich schläfrig auf dem Absatz um, er rutscht ein wenig auf dem aufgeweichten Boden, der Fuß gleitet, doch der Körper biegt sich, der rechte Arm wird vorgeworfen, die Hand gestreckt; Paul steht fest. Er darf an diesem Tag nicht fallen. Paul könnte nicht mehr aufstehen, er käme heute nicht nach Unkenburg.

Die Augen muß er öffnen und den Straßengraben meiden. Nur immer vorwärts. Acht Kilometer, also Weg. Sieben Kilometer, immer weniger. Es kann nicht mehr so weit sein. Wenn Paul ein wenig aufmerkt, kann er die schlammbespritzten Meilensteine erkennen. Sechs Kilometer, vier Kilometer. Der halbe Weg. Es müssen schon weniger sein. Die Stadt wird immer deutlicher. Hier sind keine Meilensteine. Will die Stadt nicht verraten, wo sie wohnt? Oder hat die Not die Steine aufgegessen? Du sollst nicht mehr auf diesem Wege sein! Warum hast du das Rasenbett auf jenem Abhang nicht gekostet? Nun siehst du! Wir brauchen dich woanders, doch wir brauchen dich, du mußt dich sputen. Du bist nicht unnütz, bilde dir nichts ein mit deinem Weltschmerz. Wen beklagst du denn? Nur Toren jammern, weil sie die Gewohnheit nicht entbehren können. Doch du hast keine Eigenschaften mehr, das macht dich lieb und wert. Wir holen dich ab und fragen nicht lange. So oft schon ist es dir geschehen, du solltest nicht darüber staunen. Uns kannst du vertrauen, es wird zu deinem Heile sein. Es lockt dich, du bist der Verantwortung nun ledig. Sei dankbar, daß wir es dir sagen. Mit anderen geben wir uns nicht so lange ab, wir nehmen sie und fragen nicht.

Man hat mich auch genommen, und keiner hat mir viel gesagt. Wo ist der Unterschied? – Es ist kein Unterschied, es bleibt sich gleich; nur du beurteilst alles milder und fügst dich ein. Es ist doch immer so, daß du weggenommen wirst, wenn du gerade glaubst, zu sein; aber gib dem einen anderen Namen und sag: mitgenommen, weil wir dich nicht verlassen wollen. Du sollst nicht mehr allein sein. – Doch als man mich genommen hat, da hat man mich allein gemacht und abgesprengt. Am Ende der Fahrt hat man uns aufgelöst und getrennt. Die Hand war da, geflucht sei allen Händen! – Versündige dich nicht. Seinen Weg ist jeder gegangen. Es gibt viele Ziele und viele Todestage. – Jeder Tag ist Todestag. – Darum sollst du nicht an einem Tage feiern, sondern jeden Tag. Gedenke der Geburt und des Todes. Beklage deine Freude und freue dich deiner Klage. – Also mitgenommen! – Du siehst es ein. Beschützt und immer in der gleichen Hand. Sein Schicksal jeder. – Die eine Hand …! – Entsage deinem Fluche! Nimm die Hand, wenn sie noch da ist! Sie ist nicht abgehackt. Sie zeigt und jedem zeigt sie. Oft ist sie mehr als ein Auge, oft ist sie alles.

Wenn wir Baumstämme mit ihren Wurzeln dem Boden entreißen und Säulenheilige fällen, wie sollten wir nicht dich entfernen? Jeder hat Augenblicke, da wir ihn überlassen. – Wem? – Überlassen! – Niemand wäre da, der ihn empfinge. – Er selber sucht und glaubt; nun kann er seine

Reise wählen. – Also keine Freiheit? – Nicht so hitzig! Die Wahl der Hand bleibt frei, daß man sie wähle. Nur wer sich nicht entscheiden kann, der wird gewollt und abgeholt. Die Freiheit wird Befehl und Zwang, Urteil und Verhängnis. – Die Wahl kommt jedem Schicksal zuvor, sie ist im Schicksal, gibt ihm eine Richtung aus dem eigenen Grunde. – Nun siehst du, jetzt bist du vernünftig, du kleiner Toter, den wir wiegen. Wir machen mit dir, was wir begehren, und zaubern noch, daß es dein eigener Wunsch wird. Aber auch wir wollen nichts. Wir sind in der Kette. Über uns ist eine Hand. Der erste reicht dem letzten seine Hand durch andere Hände. Das geht durch alle Welt und alle Zeit und ist in sich vollendet.

Jetzt nähert sich die Stadt, zwei Kilometer, ein Kilometer. Es kann nicht lange dauern. Alles wird in Unkenburg zu haben sein. Die Leute haben vorher an die böse Zeit gedacht und Vorräte gespeichert, um der Not zu entrinnen. Zwar ist die Angst vor Raub sehr groß und hat Verstecke aufgesucht, doch niemand hindert einen, alle Winkel zu durchforschen. Paul will keine fremde Habe, keine Rache, nur das versäumte Eigentum. Das ist kein Diebstahl, wenn man es aus fremden Speichern nimmt. Dann wird das Eigentum ins eigene Haus geschafft. Ob es noch steht? Die Sprünge in den Wänden waren nicht gefährlich; ein wenig Tünche drüber, dann ist alles wieder gut. Das Sicherheitsschloß hält vieles aus. In der Speisekammer reichen die eingeweckten Schätze für lange Zeit, auf jedem Glas ein Schildchen! Das ist alles noch da, wenn gut aufgepaßt wurde. Frau Lischka hat zwar ihre Fehler, doch das Haus bewacht sie gut.

»Da sind Sie ja wieder, Herr Lustig! Der Lischka hat schon eine Flasche Schnaps für Sie aufgemacht. Bitte, nur gleich weiterspaziert. Eine Treppe hoch, die alte Türe, nur kein Schild ist dort. Macht aber nichts, Herr Lustig. Alles besser so. Hat keiner was von Ihrer Reise gewußt.«

Die Wohnungseinrichtung konnte keiner wegnehmen, nur das Himbeerwasser ist ausgegossen und hat einen häßlichen Fleck auf dem Boden hinterlassen. Ist aber kein Blut;

ein bißchen heißes Wasser, schon ist der Boden wieder rein. Wenn nur das Bett noch dasteht; Matratzen schonen einen wunden Rücken.

»Wo sind meine Angehörigen?«

»Nur das Haserle ist da. Ich hab ihm immer von meinem eigenen Herzen Wurst und Käse gegeben. So ist er dick und rund geblieben und hat geschaut. Da hab ich zu dem klugen Tier gesagt, der Herr Paul ist so ein guter Herr, Haserle, du wirst ihn wiedersehen. Da war er lustig.«

»Hören Sie doch auf, Frau Lischka! Vom Hund will ich nichts wissen. Die anderen! Sind sie schon zurück?«

»Bedaure, die sind bald vier Jahre fort. Nicht einmal eine Ansichtskarte haben sie geschrieben. Das war nicht recht. Die Sorgen, die ich hatte, waren groß.«

Frau Lischka hätte gern gewußt, wohin die Reise ging. Sie konnte damals in der Nacht nicht sehen, wo die Familie hingegangen ist; die Straße war verdunkelt, es war fast Mitternacht, das Haustor mußte schnell zugesperrt werden. Nach rechts sind sie gegangen, glaubt Frau Lischka, die gute Richtung. Die Hand hat hingezeigt, dann war nichts mehr zu sehen. Ein Weilchen hörte man noch die schweren Stiefel auf dem harten Pflaster klappern. Ein Weilchen nur, sehr kurz, schon um die Ecke. Dann wurde es still. Dann sind sie wohl schon alle auf dem Weg gewesen. Wohin sie gingen, da es doch verboten war ...? Paul, bist du ihnen denn nicht nachgelaufen? Es war unmöglich, die Schuhe haben das nicht ausgehalten. Da hat er seine Lieben nicht erreichen können und ist gefallen. Jetzt ist er zurück. Doch wer allein vom Tode kommt, darf nicht gegrüßt werden. Ausweispapiere fehlen, wurden genommen, verschwanden in der Hand, die sie zerdrückte und ins Feuer schmiß. Kein Wunder, daß man Paul nicht mehr erkennt. Aber da er angekommen ist am Stadtrand, hebt er die Hände auf zum Gruß.

Der amerikanische Wachtposten mustert den Ankömmling lange und wundert sich, daß einer sein kann, der wie Paul ist, aber kein Verdacht wird gegen ihn gehegt.

»Wohin? Die Stadt ist abgesperrt und liegt im Kriegsgebiet.«

»Da bin ich und will in diese Stadt.«

»Ist es Ihre Heimat?«

»Nein, es ist nur die nächste Stadt. Ich muß hinein.«

»Der Verkehr ist noch nicht wieder aufgenommen. Erst muß Ordnung herrschen. Es ist besser für Sie, nicht weiterzugehen. Außerdem gibt es hier nur Not und Elend.«

»Dann gehöre ich hinein. Ich bitte, lassen Sie mich, wenn Sie menschlich sind! Ich habe Sehnsucht nach dem Schutz unter einem Dach.«

»Gehen Sie nicht! Lassen Sie sich warnen! Warten Sie ein wenig oder ziehen Sie lieber nach Hause! Der Krieg ist bald zu Ende.«

»Ich bin aber hier; Zu Hause ist zu weit! Ich will auf die Suche gehen, wenn ich mich gekräftigt habe.«

»Wenn Sie hier nicht zu Hause sind, kann ich Sie nicht durchlassen!«

»Dann will ich hier zu Hause sein.«

»Auch wenn Sie hier zu Hause sind, was ich weiter nicht mehr prüfen will, rate ich Ihnen doch, Unkenburg zu meiden. Jeder zieht jetzt lieber in die Fremde, wo es besser ist. Es wird auch für Sie besser sein, das Weite zu suchen.«

»Bitte, quälen Sie mich nicht! Acht Kilometer bin ich schon an diesem Tage gegangen. Das ist mein Ziel für heute. Ich habe kein Zuhause mehr. Ich kann nicht weiter und will nur hier sein, wo ich bin. So wie Sie mich vor sich sehen, kann ich auch nicht zurück. Die Arche wird mein Fuß nicht mehr betreten. Das Grauen; Abfall, Leichen, Brand und Asche. Ich muß weiter! In Unkenburg will ich nicht lange bleiben, nur einen Tag, nur eine Nacht, vielleicht ein wenig länger, bis ich wieder weiter kann.«

»Also gehen Sie, wenn es sein muß. Ich habe Sie gewarnt.«

Paul dankt und wagt sich leise vorwärts. Wie lange gab es für ihn schon keine Stadt! Das ist nun eine; leise setzt sie ein und lockt den Fremdling an. Die ersten Häuser stehen mit gesunden Mauern auf gehegtem Grund, sie scheinen friedlich. Nichts ist hier geschehen. Ist es eine tote Stadt? Nur ein paar Fremde treten auf und legen ihre Schritte auf die Straße hin, von diesem Orte unberührt verwundert, Schritte einer alten Furcht und Flucht, die nicht enden kann, obwohl die Angst verlosch, von der sie noch getrieben wird. Gibt es keinen, der in diesem Orte wohnt, weil er hier heimisch ist? Das kann nicht sein, die Fenster sind so sauber, und Blumentöpfe schimmern überall. Es riecht nach eingesessener Behaglichkeit; Unkenburg muß schön sein, Paul weiß es, in der Schule hat er es gelernt. Die Stadt hat eine ruhmreiche Geschichte. Das ist ein Stolz für die Bewohner; das Erbe haben sie bewahrt, der Kriegswind blies nur durch, doch jetzt ist es vorüber. Es wird angeknüpft und fortgesetzt. Die Hände sind am Werk und hüten den Bestand. Das ist nicht Leitenberg, nein, viel schöner ist es hier, freundlicher, der Wohlstand größer.

Paul geht. Er freut sich, in der Stadt zu sein. Er dankt dem Glück, das ihn zunächst von der bestaubten Straße in eine Heimat sandte, die beschützt, sei es auch eine fremde Heimat. So ist es recht für einen, der aus der Heimat auszog, sie verlor und keine mehr für sich übrig hat. Er freut sich an der fremden Stadt und wird überall ein Gast, der die Nähe des Besitzes durch die Ferne der Erfahrung viel tiefer spürt als freies Eigentum, ohne seine aufgelegte Hand mit dem Zeichen der Eroberung zu schänden. Ein jedes Haus umgürtet sich mit frohen Gärten, sie leuchten auf im Frühlingsglanz. Die Gehsteige sind schmuck und wohlgehalten. Paul darf auf ihnen gehen, das ist heilsam, das Umfangen der bewohnten Stadt wärmt und tut ihm gut.

Noch immer sieht er wenig Menschen auf den Straßen, scheu und schüchtern huschen Schritte. Die Blicke meiden Paul, als litten sie des Fremden Freiheit nicht, von der sie Rache fürchten. Paul wird ernst. Die schlechten Schuhe schämen sich vor dem Pflaster, die müden Füße schmerzen stärker, je weiter in das Netz der Stadt hinein sie Pauls besorgtes Haupt befördern. Die Straßenbahnen schweigen, einzelne Wagen trauern umgeworfen und zeigen ihre Eingeweide. Nur Kopf und Beine sind in Unkenburg, vielleicht auch noch die Hände aus Gewohnheit. Was wollte Paul? Er war gewarnt und hätte klüger diese Stadt vermeiden sollen. Es ist zu spät. Die Augen müssen nun erfahren, was die Geschichte für einen Fremdling aufbewahrt, der nicht warten wollte, bis man den Aufbruch aus der Arche guthieß.

»Wie kommt man durch die Stadt zum Kommandanten?«

»Ich weiß nicht.«

»Man sagte mir, im Polizeipräsidium. Wie ist der Weg?«

»Leider! Ich bin fremd, kam gestern erst nach Unkenburg.«

»Der Weg! Es muß doch einen geben!«

»Vielleicht. Fragen Sie jemand anderen!«

Niemand weiß es. Jeder ist wie Paul nur hergekommen. Unkenburg ist bloß ein Zufall, eine Durchgangsstätte. Wieder weiter. Keiner bleibt. Doch fragen, fragen. Paul findet keinen, der aus dieser Stadt ist. Hat man alle weggenommen? Er müßte in die Häuser fragen gehen, doch er getraut sich nicht, er ist zu scheu; vielleicht ist es verboten. Die Häuser könnten seinen Schritt jetzt nicht ertragen. Paul ist aber müde und möchte einen Rat. Den kann ihm niemand geben, eher ein Stück Brot. Er muß hungrig sein, man sieht es deutlich. Einer reicht ihm Zucker, einer sogar Schokolade. Man kann jetzt alles haben. Er soll nur langsam weitergehen und immer seine Wünsche sagen. Den Kommandanten braucht man nicht. Hier ist eine Flasche Wein. Paul stopft sie in sein Bündel, danke, jetzt will er nicht trinken, vielleicht später. Er muß noch weiter, es drängt die Zeit.

Paul geht; irgendwo muß die Stadt sich zu ihrer Mitte sammeln. Doch wie er vordringt, beginnt die Zerstörung. Da ist ein Haus getroffen, das Dach ist eingeknickt, die Sparren ragen starr, aber das Gemäuer hat nicht sehr gelitten; im Unterstockwerk wohnen noch Leute. Dort ist wieder ein Haus getroffen, doch scheint der Schaden nur gering. Zwei Buben schichten Ziegel. Nur etwas frischen

Mörtel, und man kann sie wieder fügen. Die Menschen sind fleißig, die Häuser werden ihre Wunden überwinden. Paul sieht andere Häuser, die sind geblendet. Oder sind ihre Augen nur erkrankt? Mit Holz und Blech sind die Fensterhöhlen zugedeckt; sie werden gute Brillen brauchen. Ein kleiner Auslug bleibt für die Pupille. Schaut einer durch? Hier ist ein Haus, die eine Hälfte steht, die andere hat sich der Straße geschenkt, trägt aber unter freigelegten Stuben noch das Dach. Der Tisch ruht sicher und rundherum viel Hausrat. Ein Kleiderhaken mit einem Hut und Blumenschmuck darauf, wie sorgsam aufgehängt. Ein Bild mit goldbespritztem Rahmen haftet treu an dieser Wand, die Eltern sind es, Vater groß und stattlich, die Mutter sanft und glücklich mit dem Schleier, ein Hochzeitsbild, damit es jeder sehen kann. Die Leute vor dem Haus, sie haben viel zu tun. Sie bergen Schätze, einen Schrank, es ist noch Wäsche drin, die kommt in Körbe.

Paul geht weiter. Hier künden Straßenzüge an, daß sie nicht mehr sind. Doch wer wie Paul nicht Angst verspürt, kann zwischen ihnen weiterziehen. Vordermauern stehen unbewegt, sie zeigen ihren Verputz unter farbigem Anstrich, Engelchen auf jedem Fenstergiebel lächeln Schutz, die Regentraufe führt ordentlich entlang und mündet in die Röhre, die zu Boden eilt. Das alles ist bewahrt wie immer, nur die Häuser, die dahinter stehen sollen, sind verschwunden. Man hat sie weggenommen; bloß da und dort ragt ein erloschener Kamin, den noch des Ofners Windschutz krönt. Unten bei den Kellerluken zeigen weiße Pfeile, wo man graben soll, um die ehemaligen Einwohner zu bergen, die sich unter der Erde gemeinsam zu ihrer Rettung versteckten. Wurde die Hilfe versäumt? Es scheint, sie kam zu rechter Zeit, denn hier hat Kreide Namen gekritzelt. Es steht geschrieben:

WIR LEBEN!

Die toten Häuser sind die Ausweise lebender Menschen, die sind, auch wenn sie nicht mehr wohnen dürfen. Die einen hat man weggenommen aus den Häusern, die noch waren; den anderen, die noch sind, nahm man die Häuser weg. Ist das die Rache? Was ist Rache? Paul hört keine Stimmen. Es ist geschehen, doch Rache gibt es nicht; Paul spürt in sich keine Rache. Da schaut er auf, alles ist stumm. Die Stadt ist fremd, und doppelt fremd ist ihr Zerfall. Paul liest die Zeitung Wort für Wort, die auf einer Mauer steht. Wir sind gesund! Sucht uns acht Straßen links, dann um die Ecke rechts, es ist die Nummer vierzehn, im Hinterhaus bei dem und dem ... Die Freude der Verzweiflung ruft: sie sind! Verreist von hier zwar, die Seelen weggetragen in schlacken Hüllen, doch dort aufgespeichert, sie haben Unterkunft. O welcher Jubel, daß ihr seid! Wer aber wird euch suchen? Wen geht ihr etwas an? »Wir sind, da wir woanders sind!« Die Asche hat sie nicht bedeckt, das Feuer nicht verzehrt. Sie waren nur zu schwach, den vielen Abfall auszuräumen, er hat sie überwältigt; sie geben nach und haben sich aus dem Abfall hinweggestohlen zu neuem Abfall in eine andere Straße. Warum verließen sie nicht Stadt und Meile? Hat Unkenburg sie verzaubert und nicht losgelassen? Heißt nicht ein Gesetz, daß es für euch keinen Schutz gibt, wenn ihr nicht hier seid? Sie müssen also um der Rettung willen wohnen, sei es auch um viele Ecken links und rechts.

Doch Paul geht weiter, sucht und sucht, er liest die Zeitungen an vielen Mauern; die Namen kann er gar nicht alle sammeln, die sich hier verraten haben. Vererbte Namen sind es, Hinterlassenschaft, die man den hingerichteten Häusern statt Blumen in die ungepflegten Gräber schrieb, auf daß die Häuserseelen noch im Jenseits sich erinnern können, wem die aufgeschlitzten Ziegelhöhlen Obdach boten. Paul freut sich, daß in diesem Elend andere Adressen Herberge den Namen gegeben haben, wenn sie auch keinem gehören, den er sucht. Der Name Küpenreiter ist nicht dabei. Genug, so viele Namen gibt es noch; mühelos wird sie finden, wer der Zeitung folgt, die Wahrheit kündet. Doch nicht nur die Häuser sind gestürzt. Auch die Straßen sind hier verwundet, der Boden aufgerissen, Keller klaffen auf und staunen mit Gestank in den Tag hinein, verbogenes

Gestänge, aufgezwickte Wasserleitung. Paul muß achtsam weitergehen, einen Schritt nach rechts, einen nach links, dann um die Ecke, besser ein Stück zurück und einen weiten Bogen. Aus dem Schutt erheben sich verlassene Schätze, selbst ihre Splitter dünken jenem kostbar, der etwas haben will. Die Mühe wäre gering, nur bücken und greifen, einen Stock nehmen und scharren; viel ist zu holen. Doch Paul läuft weiter, zum Verweilen hat er keine Zeit.

Paul stößt in eine verklammerte Wildnis vor, das ist der alte Teil der Stadt. Kunstvoll gemeißelte Steine, lange verwittert und frisch geschwärzt, beklagen ihre ausgelebte Zeit, die nicht mehr ist, doch verwirrt sich dennoch mitten durch und quer im Licht des neuen Tages sonnt, der erbarmungsvoll duldet, was einmal gewesen. Es ist sehr warm, hier brennt es noch. Dem Angriff wurde getrotzt, das verlorene Vaterland wollte siegen; jetzt leidet in Verstecken die eigene Schuld durch zugefügte Schuld, doch über diesem Ungemach verbreitet sich ein schlackenloser Himmel in klar geritzter Luft. Nur kleine Flammen züngeln, sie nähren sich langsam. Ein Mann steht da, er warnt und zeigt sinnlos etwas mit den Händen. Nicht zu nahe, so herum ist besser, der vorgeneigten mürben Mauer ausweichen, die Steine sitzen locker, Einsturz droht. »Wer hier nichts zu suchen hat, soll verschwinden!« Paul ist jetzt ein freier Mann, er läßt sich nichts befehlen. – Was er will? – Zum Kommandanten! – Der wird nicht in den Trümmern sein. – Wo ist der Kommandant? – Hier ist er nicht. Alles, was lebt, ist geräumt. – Wo ist das andere? – Danach wird man graben, wenn alles gestürzt ist, die ragenden Kamine muß man sprengen. Die Außenstraßen sind viel sicherer, sagt man Paul. Er achtet keinen Rat, sondern wandert weiter durch das Trümmerfeld. Wenn es nur vorwärts geht. Ein gefälltes Pferd. Hat man es aus dem Museum herausgezogen? Die Beine und der Hinterleib sind sichtbar. Warum birgt man nicht den armen Gaul? Was Pferd! Zuerst die Menschen, die noch sind, dann die toten Tiere.

Paul schleicht sich weiter. Selbst der Wille kann ihm nicht

die Eile schenken, die er wünscht. Die ausgebrannte Stadt begehrt Bedacht. Hier ist ein weiter Platz mit alten Ulmen. Auch die Stämme sind zerschlagen, die Kronen sind geknickt und werden kaum mehr sprießen. Die vornehmsten Läden hatten sich hier ausgebreitet, die Reichtümer der Welt wurden feilgeboten. Die Reste wird man ins Museum überführen, wenn es noch eines gibt. Die Geschäfte starren offen ausgeweidet ohne Waren. Falls es Verkäufer gibt, sind sie verschüttet und bedienen keine Kundschaft. Nur schöne Firmentafeln rufen in das Nichts, doch niemand kommt. Die Waren, die es gab, begehrt man nicht. Auf einem Glasschild leuchtet noch die Schrift:

BEEHREN SIE UNS WIEDER,
WENN SIE MIT DEM KAUF
ZUFRIEDEN WAREN!

Das war das Rathaus. Nur der Eingang steht in unversehrter Pracht. Den Bau wird man nicht retten, er ist weggefegt. Der Rat, der hier getagt hat, ist geflohen. Es wird nichts verwaltet, die Stadt hat keine Väter mehr. Vielleicht sind sie nicht weit und haben sich versteckt, wo noch Gemäuer standhielt, in dem sich weiter herrschen läßt. Die hohen Herren haben Zeit und warten, bis alles ausgebessert ist. Dann können sie wieder tagen, und es ist nichts geschehen. Es findet statt. Beehren Sie uns wieder! Verordnungen durchzittern Unkenburg. Die Boten melden, was beschlossen wurde. Geduldet euch, wir kommen sicher wieder, nur heute muß noch um die Ecke.

Paul erreicht einen stillen Spielplatz, dann einen verschlafenen Garten, ein wenig aufgestört und verwildert, doch der Frühling ist schüchtern eingezogen. Manche Bäume sind verletzt, aber andere sind unverwundet und werden sprießen. Die ersten Zweige treiben schon. Das Gras ist frisch, Blüten öffnen sich. Auf den Ruhebänken sitzt kein Mensch, weil keiner Muße hat. Auch Paul läßt sich zu keiner Rast verlocken. Inmitten eines Blumenbeetes ein Denkmal, das noch wacht, der weiße Marmor ist ergraut, es war ein

Feldherr. Sein Name ist aus Gold geprägt und wird die fernsten Zeiten überdauern, die Stadt ist dankbar, dreimal hat er sie gerettet, die Feinde jagte er zu Staub und Schande, die Bürgerschaft vergißt nicht, Ruhm und Preis. Der Feldherr zückt den Säbel stolz wie immer; nur den Kopf hat er verloren, doch er liegt nicht weit im Blumenbeet und schaut zufrieden aus, weil ihm der Sieg gehört. Bloß die Nase fehlt dem Kopf, das macht nichts. Ein Bildhauer macht eine neue und setzt den Kopf behutsam wieder auf den Rumpf. Die Lebenden erkennen ihre Pflicht, wenn sie den Feldherrn wieder heil auf dem geschmückten Sockel haben.

Paul sieht sich nach dem Feldherrn nicht um. Der Garten ist durchmessen, dahinter ragt der Dom, ein edles Werk der alten Herrlichkeit, dreihundert Jahre baute man daran. Er steht noch, wie sein Schöpfer ihn entwarf, durch Zierlichkeit versöhnte Wucht, mit Sanftmut aufgelöster Geist der Schwere; die Maße wurden wohl erwogen und leuchten dem Betrachter ein, der nach dem Schauervollen, das die Hand vollbracht, sich freuen darf an ruhevoller Sicherheit gesetzter Größe, denn sie bewährte sich und ist nicht eingestürzt, als alles fiel. Dies ist ein Trost. Die bewohnten Häuser sind gefallen, das Rathaus ist gefallen; der reißende Wirbel, der Unkenburg zerschmiß, verschonte diesen reinen Bau, um den die Stadt sich wieder sammeln wird. Der Feind war gütig, weil er dieses Denkmal schonte. Paul sieht nur kurz das Wunder, das ihm für einen Augenblick ein Glaube schenkte, und schaut empor. Die Augen schmerzen. Es hängt der eine Turm, der andere ist gekappt, das steile bunte Schieferdach ist eingebrochen, die zarten hohen Fensterbogen sind zerdrückt, die große Rose über dem Portal ist blind. Der Dom ist nicht mehr heilig. Fort von hier!

Paul hört Musik, Gesang und Instrumente, es kann nicht weit sein. So gibt es hier noch fröhliche Menschen. Sie haben Glück, ein unzerstörter Langbau mit einem großen Vorhof. Paul eilt hinein, sie empfangen ihn mit Schulterklopfen und lachendem Zuspruch, Arme hängen sich ein, schon geht es ins Haus, in einen ungepflegten Saal. Der

Jubel schmerzt. Sie bieten ihm einen Sessel an. Das Fest der Freiheit. Paul vergißt für einen Augenblick, die Trommel schlägt so laut. Paul ist Sieger, und Sieger feiern. Bald geht es heim. Dieses Unkenburg! Das ist nicht wichtig. Was war, darüber spricht man nicht, es ist vergessen. Die Stadt zerstört. Wer wird deswegen traurig sein? Es ist gerecht, es ist die Rache. Der Dom dort, ein paar hundert Schritte weiter. Dom? Sie bauen wieder auf. Die Menschen! Weggenommen! Weggenommen! Wenn nur wieder Friede ist. Zeit heilt Wunden. Nur das Leben gilt, die schöne Freiheit mit der Rache, der Überfluß verspritzten Eigentums ... Paul hört nicht zu. Die Stimmen schwirren überdeutlich durcheinander, das macht sie unfaßbar. Der müde Geist vereinigt nicht, was hier zerlegt in vielen Rufen bröckelt; und welche Klänge; jeder spielt ein andres Lied.

Paul hockt mit krummem Rücken und versinkt in sich. Sie bringen Wein, sie bringen Brot mit Butter, einen Teller voll mit Äpfeln. Sie laben ihn mit Süßigkeiten. Er soll sich nochmals nehmen. Sie bringen gute Schuhe; es macht nichts, daß sie nicht ganz neu sind. Seinen Füßen behagen sie, Paul ist zufrieden, wenn auch der eine größer als der andre ist; das schmiegsame Leder, mit Tran gefettet. Einer bindet Paul die Schuhe zu und streicht mit Fingern drüber wie zum Segen. Sie bringen einen dunkelgrünen Flauschrock. Er ist weich und duftet sauber. Die Leute sagen, daß sie bald Unkenburg verlassen, wohl schon in den nächsten Tagen, spätestens in einer Woche. Er soll bei ihnen bleiben, ein Bett im Saal ist frei, zwei Decken kann er haben, ein Federkissen, frisch gefüllt der Strohsack. Paul ist nicht aus ihrem Land. Er muß fort. – Wohin er will? – Paul weiß es nicht, vielleicht nach Stupart, vielleicht auch nicht. Die neuen Freunde drängen, er soll nicht fort, sie werden ihn verwöhnen und sich um ihn kümmern, sie nehmen ihn nach ihrem Land mit, dort ist es schön, dort ist er frei, er wird eine neue Heimat haben. Paul ist gerührt und dankt, doch sagt er traurig, daß er in jenem Lande keinen Menschen kenne. – Wie? Keinen kennt? Er kennt doch alle, die hier sind, und jeder in dem Land ist so wie sie. – Nein, Paul muß in das Land zurück, aus dem er hergekommen. – Sie sagen ihm, daß dort noch Krieg ist, wenn es auch nicht mehr lange dauern wird. Er soll erst hin, wenn er beendet ist. Inzwischen laden sie ihn ein, mit ihnen zu reisen. Will er dann noch fort, so wollen sie ihn selbst nach Stupart begleiten. Paul dankt nochmals, nein, er muß jetzt zum Kommandanten. Sie haben kaum von ihm gehört und raten lang herum. Doch einer weiß, am anderen Ende der Stadt, es ist nicht weit vom Bahnhof. – Das Polizeipräsidium? – Ja, das ist es. Sie erklären ihm, erst rechts, dann geradeaus. Paul verabschiedet sich in seinen neuen Schuhen und im neuen Rock und ist schon wieder auf dem Weg.

Paul kann nicht vorwärts kommen. Er fragt noch oft nach dem Gebäude. Die meisten wissen keine Auskunft. Einige weisen ihn richtig, andere wieder falsch, doch langsam dringt er voran. An einer Kreuzung bleibt er stehen und erkennt das Theater. Es sieht ähnlich aus wie eines, das in Stupart stand. Fast eine Hälfte gibt es noch, das ist die Bühne mit ihrem Eisenvorhang, der von Glut zerbeult und von Geschossen durchlöchert ist. Der Kasten des Einsagers hat nicht gelitten. Vielleicht sitzt er noch drin und flüstert seine Stichworte, damit das Spiel nicht stockt. Doch niemand lauscht, die Schauspieler sind abgetreten. Tuchfetzen auf der Bühne rühren sich im Winde. Hockt nicht ein Kaninchen dort und wartet auf den Einsatz? Die Musik spielt feierlich, doch so leise, daß sie Paul nicht hören kann. Der Sarg ist schon verschwunden, bald findet die Verbrennung statt, die nicht dem Publikum gezeigt wird. Man kann das von der Direktion auch nicht verlangen, weil kein Eintrittsgeld erhoben wird. Wohl schauen manche flüchtig zu der Bühne hin, doch niemand bleibt, es ist kein richtiges Publikum. Der Blick wird jedermann vergönnt, aber eigentlich wird nicht gespielt, wie es auf einem Theater sonst üblich ist. Die Zuschauer sind weggenommen, weil der für sie bestimmte Teil verschwunden ist. Paul weiß genau, die Zeit des Zuschauers hat aufgehört. Wer jetzt nicht selber spielen will, ist verloren, der kann nicht sein, der hat auch keine Wohnung mehr. Werden Gäste einmal wieder zuschauen dürfen? Wenn die Versenkung nicht zerstört ist, läßt sich vieles hoffen. Was sonst zum Schauspielhaus gehört, läßt sich erbauen. Dann versammeln sich die Gucker vor der Bühne der Zeiten. Dort wird alles Gegenwart.

Paul spricht leise vor sich hin: »Du bist beteiligt. Viele Wege gehst du mit deinen Angehörigen und Freunden, du stehst, du läufst, du gehst unter und stirbst. Das Bild der Reise. Die Erinnerung, die auf Wanderschaft gezogen ist. Es gibt eine Mitte als Ursprungsort und Ziel der Reise. Habe ich das Ziel erreicht? Bin ich der Gast? Bin ich der Wirt ›Zur goldenen Traube‹, der seinen Gästen aufspielt? Auf der Bühne stehe ich, sei es auch als Toter auf der Flucht vor der Erscheinung.« Paul schrickt zusammen, da er einen Menschen nahe spürt, und hält in seinem Flüstern ein. Paul lacht, er will sich fassen, als er angesprochen wird.

»Sie sind kein Unkenburger?«

»Nein.«

»Ich dachte mir's. Aber ein Theaterfreund?«

»Die Hand. Die falsche Richtung. Das Krematorium.«

»Wie bitte?«

»Entschuldigen Sie, ich weiß. Sie meinen das Theater?«

»Ja, das Theater. Ich bin aus Unkenburg.«

»Sie sind aus Unkenburg. Das war die Bühne. Ich kann es sehen. Das heißt, die Bühne steht noch. Es ist alles da. Man könnte spielen.«

»Das kann man leider nicht. Aber ich hab es mir gleich gedacht. Sie haben deklamiert!«

»Und verstanden, was ich sagte?«

»Nein, das hab ich nicht. Es war zu leise. Sind Sie vom Fach? Verzeihen Sie, ein Freund der Musen?«

»Ich bin nicht vom Fach und bin es doch. Das ist fast ein Wortspiel.«

»Wie bitte?«

»Ich wollte sagen, daß ich zwar nicht vom Theater bin. Ich glaube, nur eine Art Schauspieler, nicht wirklich meine ich das. Ich will Sie nicht täuschen. Aber vom Museum bin ich. Ich komme aus dem technischen Museum meiner Heimatstadt.«

»Also doch ein Theaterfreund. Verzeihen Sie, aber Sie scheinen sehr bewegt. Ich will nicht in Sie dringen.«

»Reden Sie nur zu!«

»Ich sehe, das Unglück geht Ihnen fast so nahe wie mir. Der geistige Mensch muß ja heute jeden Untergang beklagen. Ob es sich um ein Theater handelt oder um ein Museum, der Unterschied ist vielleicht nicht so groß.«

»Oder um die Menschen, die vielen, vielen Menschen? Um ein Krematorium? Der Unterschied ... der Unterschied, vielleicht nur Flucht vor der Erscheinung, keine Ruhe ... Reise ... weggenommen ... Abfall, alles Abfall ... Verzeihen Sie ...!«

»Ist Ihnen nicht ganz gut?«

»Ich sagte schon, verzeihen Sie! Ich bin müde. Ich bin zu viel gereist. Das Bild der toten Bühne schmerzt mich.«

»Ich war Abonnent.«

»Erzählen Sie! Bitte, erzählen Sie vom Theater!«

»Man hat in Unkenburg auch noch im letzten Kriegsjahr die besten Stücke aufgeführt. Da kam das Unglück – aus. Sie sehen ja!«

»Ich sehe! Sie waren also abonniert?«

»Noch einige Vorstellungen hatte ich gut. Aber das muß man ertragen.«

»Jaja, Sie ertragen es! Es ist entsetzlich! Alles ist entsetzlich! Reden Sie noch weiter, bitte! Hat man sich verneigt, nachdem sich die Toten im Blute auf der Bühne wälzten? War viel Applaus? War man gerührt?«

»Mensch, Sie reden ja entsetzlich! Theater ist nicht wirklich, Theater ist nur Kunst. Was ist Ihnen? Eine Übelkeit?«

»Nein, nein! Also Applaus? Die Schauspieler, sobald der Vorhang fiel?«

»Gewiß, es war oft schön! Der Beifall löst die Spannung, dann beruhigt man sich.«

»Sie haben sich beruhigt?«

»Gewiß, ich habe mich beruhigt. Sie sollten sich auch beruhigen. Man muß vergessen können. Nur die Erhebung bleibt. Sie soll zumindest bleiben. Veredlung soll man suchen, nicht die Roheit, wie sie heute herrscht. Bitte, fassen Sie sich doch!«

»Ich bin gefaßt. Und haben Sie sich stets beruhigt? Stets vergessen?«

»Das muß man doch! Es ist die Pflicht, die uns die Kunst gebietet. So wird das Leben erst zum Leben. Das Ideal erhebt uns aus der täglichen Gemeinheit, die reine Freude an den hohen Dingen.«

»Genug davon! Das Grauen spielt noch. Die Stimmen rufen. Eine Hand zeigt auf den Abgrund hin. Die lange Straße. Dort sind die Flüchtenden, die aus der Arche strömen. Die wollen kein Theater mehr.«

»Ich verstehe Sie nicht recht.«

»Ich rede vom Abfall. Er ist überall.«

»Ach, was haben Sie mit dem Abfall! Den Abfall schafft man weg. Die Pflicht zum Wiederaufbau ist es, die uns ruft.«

»Herr, der Abfall, der Abfall! Sie werden ihn mit Spitzhacken und Schaufeln nicht bezwingen. Er bleibt im Wege, und Sie werden stolpern.«

»Mit der Verwirrung schafft man es gewiß nicht. Man wird es aber schaffen. Darauf können Sie sich verlassen.«

»Nein, so ist es nicht. Doch will ich nicht mit Ihnen streiten. Und das Krematorium? Ich meine, das Theater?«

»Auch das kommt an die Reihe, ich hoffe zumindest.«

»Sie meinen immer das Theater?«

»Gewiß! Sie haben mich doch danach gefragt.«

»Wir reden noch davon?«

»Was denn?«

»Vom Abfall spreche ich.«

»Ich spreche vom Theater. Von allem will ich sprechen, aber der Reihe nach.«

»Sie meinen Abfall, ich verstehe endlich. Theater oder Abfall, der Unterschied hat aufgehört.«

»Sie reden wirr. Es ist besser, wenn wir vielleicht nicht mehr weiter davon sprechen.«

»Es ist vergeblich. Ich weiß, daß einer von uns tot ist.«

»Gestatten Sie, aber spielen Sie jetzt nicht Theater?«

»Ich spiele nicht. Ich sehe nur den Abfall von Unkenburg. Verzeihen Sie, ich will Sie nicht kränken.«

»Nein, nein, das ist in Ordnung. Kann ich etwas für Sie tun?«

»Wo ist der Weg zum Polizeipräsidium?«

Paul ist schon wieder weiter und sieht nicht mehr zurück. Er kommt an neuen Häusern vorbei, viele sind unbeschädigt. Wie wäre es, wenn er in eines ginge? Er überlegt nicht lange, schon ist seine Hand an einer Klinke. Sie gibt nach, das Tor ist unverschlossen. Das Stiegenhaus ist sauber, blitzblank das Treppengeländer. Hier müssen Menschen wohnen. Es ist wohl nichts geschehen, an jeder Wohnungstür sind Schilder. Verläßlich ist das eingerichtet. Bekannte Namen kommen hier nicht vor, aber Namen sind es, die behaglich lauten. Hier hat man keinen weggenommen, die Zeit ist gleichgeblieben und wurde nicht entzweigerissen. Die Menschen wurden nicht gestört und gingen ein und aus. Nur kleine Beutezüge hielten sie, dann kehrten sie zurück zu ihrer Einrichtung. Vielleicht wohnt einer, der einem aus dem Abfall helfen kann, wenn man ihn vernünftig bittet. Paul nestelt seinen Rock zurecht und wischt sich das Gesicht mit einer Hand, damit er frisch und besser aussieht. Schrecken will er niemanden, er ist kein Bettler und kein Bote. Er hat nur einen Wunsch, er will eine Wohnung sehen, wenn es wirklich eine gibt. Auf diesem Schilde steht der Name Wildenschwert. So wird wohl einer heißen, die Adresse ist gefunden. Man muß nicht erst acht Straßen um die Ecke laufen. Hier ist das Ziel, hier lebt einer, der zu Hause ist. Er hat auch eine Glocke, also glaubt er an Besuch. Er kann nicht allzusehr erstaunt sein, daß man kommt. Es kommen viele und zögern nicht zu läuten. Man öffnet bestimmt. Wozu hätte man die Türe?

Paul drückt auf den Knopf, es klingelt. Die Wohnung ist

belebt. Nach einer Weile klappern Schritte. Ein Türspalt wird vorsichtig geöffnet, nur ein wenig, ein Frauenauge blickt heraus, eine feste Stimme fragt, was der Fremdling wünsche, hier sei nichts zu holen. – Der Wunsch ist gering, nur keine Angst. Die Wohnung sehen, das ist alles. – Es ist niemand hier, eine fremde Wohnung. – Ja, die will er sehen, er hat keine Waffe. – Der Wunsch ist unerhört. Was steckt dahinter? – Nichts Besonderes, nur Eintritt für ein Weilchen, nein, keine Einquartierung. Ein Besuch, der kommt und wieder geht. Nichts beschlagnahmen und auch nichts stehlen. – Es kommen jetzt so viele, die alles wollen, alles wegen der Rache, doch man hat selber nichts. – Paul zeigt seine leeren Hände und ruft flehend, daß er eine Wohnung sehen will, nur sehen, nichts als sehen, eine unzerstörte Wohnung, eine Wohnung ohne Abfall, wenn es so etwas noch gibt. Vier Jahre hat der Fremde keine Wohnung mehr gesehen.

Da faßt die Frau Zutrauen und verweigert dem unbekannten Gast nicht mehr den Zutritt. Als es erlaubt wird, schrickt Paul beinahe noch einmal zurück, dann aber faßt er sich und wankt beklommen über die Schwelle. Er ist geblendet, kann nichts sehen und fragt, ob man im Vorraum kein Licht machen könne. – Nein, das ist leider unmöglich, obwohl die Leitung im Hause nicht beschädigt ist, aber es fehlen Glühbirnen, man kann jetzt keine kaufen. – Die Frau öffnet eine Zimmertüre. Paul soll weitergehen. Der Hund ist zahm, er bellt nicht einmal. Er drückt die weiche Schnauze an ein Hosenbein des Gastes. Es ist ein gutes Tier. Was, Haserle? So heißt er nicht. Das wäre ein unpassender Name für einen ausgewachsenen Wolfshund. Zwei Buben sind da, die Paul zunächst nicht bemerkte; sie stehen hier mit offenem Mund. Die Kinder sollen sich nicht fürchten, kein böser Mann. So große Buben haben keine Angst. Der Gast wird nicht lange bleiben und hat Kinder lieb.

Ob er sich setzen will? – Sehr gern, er ist ein wenig müde, doch will er sich erst etwas später setzen, wenn man das erlaubt. Das Herz schlägt ihm laut, er ist erhitzt, ein weiter

Weg und jetzt zuletzt die Stufen, die sind ungewohnt. Es ist gewiß die gute Stube, sie ist aufgeräumt, man hat ein Bett hereinstellen müssen, ein Flüchtling wohnt hier, doch zum Glück kein Fremder. Das ist wichtig, daß man heute einen kennt, den man ins Haus aufnimmt, die Fremden nehmen keine Rücksicht, sind ja nicht ihre Sachen, die sie hier benutzen, da darf man sie beschädigen, doch läßt sich heute nichts ersetzen.

Die Frau spricht weiter, aber Paul hört kaum zu; er ist vom Anblick des Zimmers gefesselt und will sich einprägen: ein Zimmer mit seiner Einrichtung, ein Zimmer, wo alles beisammen ist. Da steht das Bett, wo der Flüchtling schläft, eine Quastendecke über dem Bett, sie ist nicht neu, aber glattgestrichen, damit es besser ausschaut. Jeden Morgen muß man die Decke richten, damit das Zimmer eine gute Stube ist. Abends wird die Decke abgehoben und behutsam gefaltet, darunter ist dann alles weiß. Paul möchte gern unter die Decke greifen, dort muß ein Berg von blütenweißem Bettzeug sein. Das Holz ist braun und sanft poliert, mit einem Lappen fährt die Hausfrau drüber hin. Emmi hat das einmal wöchentlich gemacht. Auch die Möbel sind nicht neu, doch sorgfältig gepflegt. Man hat sie aufgestellt und hofft, sie werden lange halten. Die Kinder sind gut erzogen, sie klopfen nicht mit den Schuhen gegen eine Kastenwand. Da steht die Vitrine, es ist der Familienhort, Erbteil und Erinnerung. Paul neigt sich vor und sieht viel Glas und Porzellan. Man hat es, aber braucht es nicht, es ist nur schön, weil Geschenke immer schön sind, doch ohne Sinn. Ja, das sind Andenken, die Frau bestätigt es und lächelt. Wahrscheinlich freut sie sich, daß ihr Gast die Sachen bewundert. Kein Staubkorn kränkt den Anblick, eine gute Hausfrau. Das stammt vom Großvater. Diese Pfeife hat er stets geraucht, sie ist aus echtem Meerschaum. Heute raucht niemand so was, es gibt keinen Tabak. Auch eine Gipsfigur ist da, es ist der Bursche, der sich den Dorn aus dem Fuß zieht. Das gleiche Stück gab es zu Hause, nur ein bißchen größer. Paul sagt, die Mutter hat es sich genommen, als man den Haushalt ihrer Eltern aufgelöst hat. Dort stand es auf dem Klavier. Paul kann sich erinnern, wie die Mutter die Figur heimgebracht hat. Sogar eine Laute gab es zu Hause wie hier die an der Wand, nur hatte sie nicht so viele Bänder und war von lichterem Holz, eher gelb als braun. Gespielt hat sie die Schwester, wenn sie gesungen hat, doch manchmal nur leise ohne Gesang, ein bißchen an den Saiten gezupft. Jetzt ist die Laute weg. – Warum? – Sie ist zerbrochen. – Wie geschah das? – Nicht danach fragen, es ist zu traurig.

»Werden Sie jetzt bald nach Hause fahren?«

Paul zögert. Er hätte hier nicht eindringen sollen. Frau Wildenschwert geht ihn nichts an, sie ist zu neugierig und spricht und spricht, es nimmt kein Ende. Von sich erzählen will er nichts.

»Sie sind doch einer von den Leuten, die man jetzt freigelassen hat, nicht wahr?«

Paul kann es nicht bestreiten. Aber freigelassen? Wer hat ihn freigelassen? Nichts derlei. Er ging. Man hat ihn nicht gehindert. Die Arche strandete vergessen. Er ging acht Kilometer und kreuz und quer durch Unkenburg.

»Ja, ich habe auch dazugehört. Doch jetzt ist es vorbei.«

»War es wirklich so arg? Es wird soviel gelogen. Dann noch was, ich will Ihnen nicht nahetreten, aber es scheint zumindest, lauter Ehrenmänner waren nicht darunter.«

Paul hört mit beschwerten Ohren hin. Er will nicht sagen, was er denkt. Vielleicht waren es nicht lauter Ehrenmänner. Doch was will das bedeuten? Und wo sind Ehrenmänner? Ehre? Was für Ehre gibt es? Die Ehre ist gefallen in der Welt. Was draußen schäumend abfiel und was in der Arche faulte – verdorben ist es bis ins Wesen. Aber niemand darf an diesem Tage die Weggenommenen schmähen, die man im Stachelnetz versammelte, damit sie sterben sollten.

»Ich habe alles verloren. Vater, Mutter, Schwester, Namen, Wohnung, Eigentum und Heimat. Wenn ich nach Hause kommen sollte, werde ich nicht zu Hause sein. Ich bin Ihr Gast und klage Sie nicht an.«

Frau Wildenschwert entschuldigt sich. Sie kann den Gast nicht nach Gebühr bewirten, doch einen Kaffee kann er haben, etwas Schnaps ist auch im Haus. Durch keine Gaben darf sich Paul bestechen lassen. Er ist geduldet, weil er es verlangte, doch ist er kein erwünschter Gast. Ein Eindringling ist eine Amtsperson mit Pflichten und soll würdig handeln. Den Auftrag führt man durch und haust nicht wie die Boten des Herrn Nußbaum, die mitten in der Nacht auf Wohnungsschändung pirschen. Doch Paul hat keinen Auftrag eines Amtes, sei es auch ein schlechtes Amt; unverzeihlich ist sein Kommen. Der Friedensstörer in der guten Stube, die ihn haßt, hat keine Rechte; das beste wäre, sich höflich zu bedanken, schnell noch einmal wedeln und mit eingeklemmtem Schwanz davonpreschen. Doch Paul vermag nichts über sich, alle Kraft hat ihn verlassen. Von Müdigkeit beinah betäubt hängt sein Blick an einem Bild, es ist ein mittelgroßes Ölgemälde und zeigt den Unkenburger Dom, noch unzerstört, im starken Licht, die Sonne will zu deutlich strahlen, doch die Farben sind nicht allzu schlecht, nur übertrieben, zuviel Vergnüglichkeit für einen alten Dom.

»Ja, das war unser Dom. Die Feinde. Verzeihen Sie, Amerika.«

»Recht anständig gemalt. Er ist nicht ganz zerstört. Der eine Turm ist lahm, das Schieferdach zerkracht. Man kann das alles reparieren.«

»Nicht innen, er ist ausgebrannt! Barbarisch! Die wunderbaren Zeugen unserer großen Vergangenheit! Man schont nicht einmal mehr die Steine! Und das sollen Menschen sein?«

»Das Theater ist viel mehr zerstört. Ich hab es gesehen. Nur die Bühne hängt noch da.«

»Das Theater ... stimmt. Ja, aber der Dom! Nehmen Sie noch einen Schnaps! Er scheint Ihnen wohl zu tun. Es war gerade heilige Messe, als die Sirenen heulten. Was haben denn die Gläubigen getan? Der Bischof ist mit Mühe unverletzt entkommen. Es war fast ein Wunder. Was haben wir denn alle getan, daß man unsere Stadt verwüstet hat? Wir waren friedlich und wollten mit der Welt nur in Frieden leben! Ein Land der Ordnung und Gerechtigkeit! Ein Wohlstand, der die Frucht des Fleißes war! Mit Neid und Haß hat man uns verfolgt. Was wir in tausend Jahren aufgebaut, war in einer Stunde weg! Schutt wie eine Burg aus Sand, die Kinder bauen und zerstören. Mit welchem Rechte tat man das? Uns alles, alles weggenommen! Vor dem Krieg hatten wir viel Fremdenverkehr, auch Amerikaner. Die konnten Unkenburg nicht genug bewundern. Jetzt können sie sich ja anschauen, was ... Nehmen Sie noch einen Schnaps!«

»Ich danke. – Bitte nicht mehr, wirklich nicht. Ich bin es nicht gewohnt. Die Beine werden mir zu schwer. – Der Samt auf Ihren Sesseln gefällt mir, so weich und so bequem. Sie wohnen lange hier?«

»Es ist unser Haus. Zwei Jahre vor dem Krieg war es gerade fertig. Acht Jahre wohnen wir hier. Das heißt, bis auf meinen Mann.«

»Wo ist Ihr Mann?«

»Eingerückt. Sie haben ihn weggenommen. Er ist schon fünf Jahre fort. Seit mehr als einem Jahr fehlt jede Nachricht. Man macht mir Hoffnungen, daß er gefangen ist. Ich glaube noch, er kommt wieder; man muß doch etwas glauben, wenn man Kinder hat.«

Paul kann nicht sitzen bleiben. Er geht im Zimmer hin und her. Der Hausherr ist vermißt, sein Haus aber steht da, die Wohnung ist in Ordnung. Das ist gewiß sein Bild dort in dem Rahmen. Herr Wildenschwert sieht ernst aus. Warum ist er in den Krieg hinaus, wenn er eine gute Wohnung hatte? Wenn einer geht, darf die Familie nicht zu Hause bleiben. Das ist keine Treue. Alle müssen freiwillig nach Ruhenthal. Das Ehepaar wurde im Dom getraut, und was im Dom gebunden wurde, darf nicht von Menschenhand getrennt werden. Die Eisenbahn nimmt jeden mit. Die Hand hat falsch gezeigt. Ein Narr der Mann, der sich verführen ließ in diese Richtung. Hier sitzen sie und klagen im unverletzten Haus. Sein Bild vertritt ihn nicht, wenn auch die Kinder jeden Morgen auf den Vater schauen. Sobald er fort ist, kann das Land nicht mehr bestehen. Die Kinder dürfen fortziehen, Walter Budil, das darf sein, die Eltern nicht, sie müssen Suppe löffeln, wenn der Tisch gedeckt ist. Heute gibt es Wurst, Herr Poduschka hat extra eine eingewickelt. Ob man im Hause Wildenschwert Kaninchen brät? Es gibt so viele Zubereitungsarten. Frisch aus der Schachtel ist am besten. Der Deckel öffnet sich, das Schneewittchen darf jetzt aus Ruhenthal heraus. Auch dort sind alle frei, schon ziehen sie hinaus auf buntgeschnitzten Krücken, Herr Wildenschwert mit einem frischen Nesselkranz auf bleicher Büßerstirn ist auch dabei, zwei Beine und die lange Nase, links und rechts, den letzten Besen nachgeworfen auf den Abfall und Nimmernimmersehen.

»Sie leiden aber weiter keine Not, wenn Ihr Gemahl zurückkommt? Gefangene entläßt man in der ganzen Welt.«

»Ich hoffe es. Man hört Böses über die Gefangenschaft. Die Leute werden schlecht ernährt. Es ist entsetzlich.«

»Das stimmt. Nur Suppe. Nichts darin. Nicht einmal Nesseln. Es schwimmt nicht. Man kann sie aber essen, wenn man muß. – Nein, danke, keinen Schnaps!«

»Nun, sehn Sie ...!«

»Sie wohnen noch, Frau Wildenschwert. Wenn Ihr Mann zurückkommt, dann hat seine Reise ein gutes Ziel. Zwei gesunde Söhne warten. Das ist ein Glück für Sie, zwei frische Buben!«

»Nur der Herbert ist unser, der kleinere. Der andere ist mein Neffe Ludwig. Sein Name ist wie geschaffen für diese böse Zeit, Ludwig Schmerzenreich.«

»Ihr Neffe Ludwig Schmerzenreich? Was für ein Name!«

»Ich sag es ja! Der Name meiner Eltern, meines Bruders. Was ist mit Ihnen?«

»Der Mädchenname meiner Mutter, Karoline Schmerzenreich.«

»Welch ein Zufall! Lebt Ihre Mutter noch?«

»Haben Sie mir denn nicht zugehört? Ich sagte schon, verloren, alles verloren! Sie ist der falschen Hand gefolgt. Sie mußte. Meine Schwester mußte auch.«

»Der falschen Hand ...?«

»Der falschen Hand! Da stand der große Mann im nachtgekühlten Schimmer. Sein Gesicht war blaß, und seine Hand hat wenig nachgedacht, weil keine Zeit war. – Sie verstehen nicht?«

»Wie soll ich Sie verstehen? Ihre Mutter, Ihre Schwester, das sind doch Frauen! Die assentiert man nicht!«

»Das waren Frauen ... waren ...! Und assentiert? Man hat sie fortgerissen aus dem Haus mit mir, mit meinem alten Vater, mit meiner kranken Tante. Man hat uns alle weggenommen, aus einem Haus, in dem wir wohnten. Dort haben wir unsere Sachen ... hatten sie genauso, wie Sie haben ... Sachen haben, Sachen in dieser Wohnung, wo Sie hinschauen, alles, alles! Man hat uns abgeholt und nicht gefragt. Es war schon Nacht. Wir mußten fort. Vier Jahre sind es her.«

»Das kann ich nicht verstehen.«

»Verstehen muß man nicht. Es gibt nichts zu verstehen. Wissen muß man es, weil es gewesen ist. Wir durften nicht mehr sein, und jetzt sind meine Liebsten tot! Fort! Fort! Das müssen Sie verstehen!«

»Erbarmen Sie sich doch der Kinder! Sprechen Sie nicht weiter! Es kann nicht wahr sein!«

»Warum denn nicht?«

»Es darf nicht sein! Noch ein Schnaps! Er wird Sie stärken. Ich habe Kuchen. Leider ist kein Ei darin, doch reichlich Zucker. Er wird Ihnen schmecken! Ich hab auch Himbeersaft dazu. Sohn einer Schmerzenreich ... Vielleicht sind wir verwandt?«

»Das sind wir sicher nicht! Ich danke Ihnen. Ich habe eine Wohnung gesehen. Das wollte ich. Es ist sehr schön. Gute Hausfrau, das ist wichtig. Sicher viele Besen. Sie waren sehr freundlich zu mir.«

»Wollen Sie nicht noch ein Weilchen ausruhen? Machen Sie es sich doch bequem, ganz so wie zu Hause ...!«

»Nein, danke. Vielleicht komme ich noch einmal vorbei in den nächsten Tagen, wenn ich eine Wohnung sehen will.

Vielleicht, falls Sie erlauben. Eine Wohnung, wo noch alles ist ...«

»Sie können bleiben! Sie sind gern gesehen. Sie können kommen, wann Sie wollen! Oder wenn Sie was brauchen? Vielleicht ein Hemd ...? Mein Mann hat viele Hemden hier, eine Krawatte! Sie scheinen keine zu haben ...«

»Bitte, lassen Sie mich gehn! Vielleicht sind Sie so gut und beschreiben mir den Weg zum Polizeipräsidium.«

»Kennen Sie die Stadt?«

»Nein. Ich bin erst heute angekommen. Vor vierundzwanzig Stunden war ich noch gefangen.«

»Ludwig wird mit Ihnen gehen.«

Paul ist schon draußen auf der Stiege. Er muß sich am Geländer halten, weil es ein unversehrtes Haus mit starken Mauern ist. Es riecht nach unbekannten Menschen in der Treppenschlucht. Es ist besser, wenn man nicht mehr hier ist, aber es ist schwer, sich von der Stelle zu rühren. Paul ist froh, daß Frau Wildenschwert die Türe endlich zugezogen hat. Er will die Frau nicht wiedersehen, die scharf gereizte Stimme nicht mehr hören. Ein jedes Wort war nur Beleidigung. Die Ordnung schmeckte säuerlich, fast dumpfig. Die Luft war viel zu dick, sie war wie Schimmelwürze, etwas klebrig und kalt, ähnlich wie der süße Schnaps, von dem Paul nicht hätte kosten sollen. Wie soll er endlich sich von diesem Haus befreien? Ludwig wäre stramm genug, um zu helfen. Paul müßte ihm nur ein Wörtchen flüstern, der Knabe würde sofort gehorchen. Verwegen spitzt der Schopf sich; dieser kleine Schmerzenreich würde sich vor Paul nicht scheuen, aber der zieht vor zu schweigen und zeigt bloß mit der Hand, daß er langsam gehen will. Ludwig versteht gut; ein Zeichen wäre nicht einmal nötig gewesen, weil er nach jeden zwei Stufen, die er vorausläuft, artig stehenbleibt, um sich zu überzeugen, ob der Fremde nachfolgt. So erreichen sie langsam den Ausgang, und Paul ist froh, wie Ludwig hinter ihm die Türe deutlich einklinkt.

Dem Lichte nach muß früher Nachmittag sein. Paul hat keine Zeit mehr zu verlieren, wenn er den Kommandanten erreichen will, doch braucht er Ludwig nicht zur Eile anzuspornen, denn der Junge läuft, wie Paul den Schritt bestimmt. Schnell geht es freilich nicht voran; Paul spürt seine Beine kaum, aber er reißt sich zusammen und schreitet aus wie ein Krieger, die schweren neuen Stiefel fallen hart und klingend auf das Pflaster. Es ist ein anderer Gang, als Paul ihn je gewohnt war. So lief er nicht in Freiheit, doch auch nicht in Gefangenschaft; es ist ein Gang, in dem sich alles vergißt und doch auf sich besinnt. Paul fühlt die Schwere, die er ertragen hat, ohne ihre Last noch dulden zu müssen. Es ist eine Frage, warum ein solcher Gang getan wird, wenn bereits er selbst die Antwort schon gefügt hat. Paul hätte gern auf diesen Weg verzichtet, doch hat er gleich am Morgen ihn geplant, als er sich auf die lange Strecke wagte. Er hatte es für seine Pflicht gehalten, für die Gefährten in der Arche Hilfe zu holen, er wollte auch jemanden finden, dem er vertrauensvoll alles von seiner Reise berichten könnte. Da Paul niemanden in diesem Lande kannte, war er darauf verfallen, in die nächste große Stadt zu laufen, um dort den Kommandanten der Sieger um Gehör zu bitten.

Während Pauls Besuch bei Frau Wildenschwert erhob sich schon der Zweifel, wozu es dienen solle, sich einem fremden Mann zu nähern, nur weil ihm jetzt eine gewisse Macht übertragen und das Schicksal einer Gegend des eroberten Landes überantwortet war; da blieb ihm keine Zeit für heimatlose Besucher. Herrschaft in der Zerstörung aufzurichten, war die Aufgabe des Fremden. Was konnte Paul verlangen, welche Klagen erheben, wenn das Los von Hunderttausenden gewürfelt wurde, die sich in Hoffnungsohnmacht dem ungewollten Spiel als Opfer borgen mußten? Welches Leid konnte Paul als Unbekannter vor dem Herrn in Worte bringen, dem nur ein ihm unverständlicher, darum sinnloser Dank sich abstatten ließ? Worum sollte Paul den Kommandanten bitten? Eine Fahrkarte nach Stupart? Sollte der Kommandant einen Sonderboten ausrüsten, um Paul mit sicherem Geleite in eine ferne Hauptstadt zu fahren, die weder im Machtbereich des Kommandanten noch seines Heeres lag? Nur um von Frau Wildenschwert loszukommen, hatte Paul erklärt, daß er ins Polizeipräsidium müsse. Er bedauerte, nach dem Weg gefragt und den jungen Schmerzenreich als Begleiter angenommen zu haben. Wäre Paul allein davongeeilt, so hätte nichts ihn gehindert, seines Weges zu ziehen, wohin er wollte, vielleicht zurück zu den freundlichen Männern, die in ihrer Halle musizierten, Paul bewirteten und beschenkten. Jetzt war es zu spät, dies zu überlegen, Ludwig durfte nicht gekränkt werden, der so willig ihm zur Seite schritt und nicht auf den Einfall kommen sollte, daß Paul ein Lügner sei, von dem er zu Hause erzählen würde, der Mann habe nur groß dahergeredet und sich vor dem Polizeipräsidium aus dem Staube gemacht.

Sie näherten sich einem großen Amtsgebäude, das durch den Krieg fast nicht gelitten hatte. Auf Ludwigs Belehrung hätte Paul nicht warten müssen. Von weitem erkannte er, daß er am unerwünschten Ziele war. Viele Menschen standen hier herum, Einheimische und Fremde, die sich dicht zusammenklüngelten. Manche gafften hinauf zur Sternenfahne, die über dem Tor entrollt war, das leuchtende Banner des Bezwingers. Eine Reihe von Feldwagen standen auf der Straße, sie waren von Schmutz verkrustet, man merkte ihnen die Eile an, den Stolz des Siegers und die hochmütige Fremdheit. Zwei Soldaten wachten vor dem Eingang, sie waren bewaffnet, standen aber harmlos und friedlich, als wären sie seit Jahren schon berufen, in Unkenburg das Hauptquartier der Polizei zu schützen. Paul bedankte sich beim jungen Schmerzenreich, dem er gern etwas zugesteckt hätte, wie man einen Fremdenführer entlohnt. Unwillkürlich griff er in seine Taschen, aber keine Münze barg sich in den Falten; Paul schämte sich, er mußte lächeln. Er verzichtete auch darauf, dem fremden Jungen über die Haare zu streichen. Was ging ihn dieser Knabe an, der seinen Kopf öfters stolz und trotzig in die Höhe warf, um eine eigensinnige Strähne von der Stirne zu schleudern? Ludwig war sicher froh, seinen Auftrag erfüllt zu haben. Als er sich durch Dank und Gruß entlassen wußte, drehte sich der Knabe um und lief zurück, so schnell er konnte.

Paul sieht die Freitreppe vor sich und steigt hinan, er sieht die Aufschriften am Gebäude, die vielerlei verkünden. Vielleicht steht etwas da, was er zu lesen wünscht. Doch gibt es nichts für ihn, ein Blick belehrt ihn, daß alles nur die Unkenburger betrifft; sie müssen folgen, sie sind gewarnt, es wird ihnen aufgetragen und von ihnen erwartet. Paul kann nicht alles lesen, was hier mitgeteilt wird, aber gewiß, für ihn ist nichts bestimmt. Paul steht schon vor dem Tor, die Soldaten schauen auf. Soll Paul zurück? Ist es verboten? Muß man einen Ausweis haben? Wer hat ein Recht? Wie kann man es erlangen? Paul ist verängstigt, er gerät in Schweiß, sein Herz klopft laut. Die Macht im Haus ist fürchterlich und tötet jeden, der nicht darf. Paul darf nicht, er hat in Stupart unterschrieben. Was soll er stammeln, wenn sie jetzt fragen? Er hat keinen Grund, er steht im Nichts, da er nicht anbefohlen ist. Dies wäre ein guter Anlaß, die Stufen wieder abwärts zu steigen, doch wäre das vielleicht noch ärger, weil es anzeigen würde, daß Paul nicht in Unkenburg zu sein hat. Aber er steht fest im Zauberkreis der fremden Macht und kann sich nicht verstecken, es ist viel zu spät dazu; doch zu Pauls Erstaunen wird jetzt keine Frage laut. Andere gehen in das Gebäude und werden nicht gefragt, andere kommen aus dem Tor und werden nicht verhört, die Soldaten scheinen nur zu wachen, ohne sich zu kümmern, ein ständiger Verkehr, hinein, heraus. Warum hier eine Wache lauert, ist unbegreiflich. Paul stellt sich vor, daß ihr Dienst schon längst beendet ist; die Soldaten stehen nur noch da, weil sie das vergessen haben.

Paul ist auf einmal durch und in der Halle. Hände gibt es nicht, nur Pfeile weisen dahin, dorthin. Überall sind Menschen, sie wogen hin und her, als ob sie Zweck und Sinn des Daseins wüßten, das ihnen hier die Richtung weist. Jeder läuft und ist geschäftig, spricht und hat zu tun; es ist ein Wunder, daß alles selbstverständlich geht und geht. Ungehindert kann auch Paul auf allen Gängen sich bewegen und die Inschriften auf vielen Türen lesen. Auf einer steht »Beratungsstelle für Flüchtlinge«. Schon ist Paul in einer großen Stube, viele Leute warten. Sie sind alle müde, haben Ranzen und Schachteln und schauen ratlos aus. Ein paar Kinder lärmen ungezügelt, zur Ruhe kann sie niemand bringen. Paul überlegt, ob er lange warten soll, denn hier scheint sich alles langsam abzuwickeln, Paul ist auch kein Flüchtling mehr. Von wo sollte er fliehen? Er ist bei sich, und seine Heimat ist bei ihm, wohin er seinen Fuß setzt. Man gibt den Leuten Täfelchen mit Nummern, damit die Ungeduldigen nicht streiten, wann sie an die Reihe kommen. Als der Bediente Paul bedenken will, fährt er den Ordnungsstifter kalt und fast mit Zorn an, daß er keine Nummer wünscht. Er nimmt sie dennoch, murmelt entschuldigend ein paar Worte vor sich hin und sagt, es wird sicher lange dauern, darum will er auf den Gang hinaus und draußen warten.

Paul wirft vor der Türe seine Nummer weg und lacht sich selber aus, weil er so närrisch ist, ein Amt zu suchen, das ihm nichts bedeutet. Er kommt vor eine andere Türe, da stecken Gesichter, die Paul zu kennen meint, trübe, düstere Gesellen, den Blick erstorben, doch voll Gier, zum Boden dann geheftet, Angst und Schmerz, es ist unheimlich, es ist ein tödlicher Hauch, der heißkalte Schreckensgeruch der abgehackten Hände vor der Arche, die Stimmen ohne Namen, die plötzlich da sind und dann wieder nicht. Paul fühlt sich nicht sicher, obwohl sie ihn freundlich und vertraulich begrüßen, ja, hier ist die richtige Stelle zur Vergeltung, jeder bekommt was, nur Geduld, aber nicht lange, denn hier ist der Hilfsdienst für ehemalige Gefangene. Doch das ist nichts für Paul, er ist nicht ehemalig. Paul will eine amtliche Bestätigung für die Gegenwart, aber keine Gnadengeschenke für eine Vergangenheit. Er schleicht schon wieder weiter. Ins andere Stockwerk hinauf. Dort hält ihn einer an. Hier dürfen nur Amerikaner her oder Leute, die man herbestellt hat. Paul wurde herbestellt, er sagt es schnell und streng, er muß den Kommandanten sprechen, die Sache duldet keinen Aufschub. Der Kommandant sei unabkömmlich, erst in zwei Stunden empfängt er, jetzt sei gerade Sitzung, Beratung wegen der vorläufigen Verwaltung von Unkenburg. Paul läßt sich nicht abweisen, acht Kilometer, vier Jahre, rechts und links, dann noch die ganze Stadt, das ist zuviel, ein Stellvertreter müsse doch erreichbar sein. – Vielleicht der Captain Dudley. – Nun gut, das ist egal, der Captain Dudley.

Paul wird angemeldet und muß nicht einmal lange warten. Da sitzt der junge Captain Dudley an einem Schreibtisch und raucht, daß es qualmt. Paul ist den starken Duft nicht mehr gewohnt, er ist ihm ungemütlich, Paul muß husten. Der Captain aber hat Gesellschaft. Ein Unkenburger steht vor ihm und buckelt. Was der wohl will? Er hat ein Kästchen mitgebracht und auf dem Tisch ausgepackt. Der Captain ist sehr interessiert. Er sammelt Abzeichen der Besiegten. Das freut ihn, daß er sie alle haben kann, das viele Blech in allen Farben. Dafür gibt er hundert Zigaretten. Ob er noch mehr davon bekommen kann? – Ja, gewiß, doch ist es jetzt nicht leicht, das Zeug zu verschaffen, aber morgen wird der Unkenburger wiederkommen und nicht mit leeren Händen. – Er soll nur pünktlich sein, es ist wichtig, die Sammlung ist noch nicht komplett. Auch Duplikate schaden nicht. Gerne wird der Captain zahlen, geizig ist er nicht, yes, cigarettes. – Paul wartet noch immer, er ist übermüde und fragt den Captain, ob er sich nicht setzen dürfe. Captain Dudley schüttelt den Kopf. Paul weiß nicht, meint dieses Zeichen Gewähr oder Verbot, doch er setzt sich und wartet weiter.

Der Captain hört nicht auf, die Schätze zu bewundern. Stück für Stück hebt er auf, dreht es in der Hand und hält es vor die Augen. Er schämt sich nicht vor Paul, auf den er manchmal böse blickt. Paul scheut des Captains Wasseraugen nicht, schaut aber manchmal weg und starrt zur Pendeluhr, die befremdlich an der Wand klebt und eifrig hin und her kutschiert. Ein Viertel hat das schnarrende Werk jetzt angeschlagen. – »Zweihundert Zigaretten, aber bringen, ganz bestimmt!« – Zwei Viertel sind ausgelaufen. Die Uhr hat es gekrächzt mit barschem Klöppel. Soll die Stunde sich erfüllen? – Der Diener kommt und meldet weiteren Besuch. Dudley winkt mit barschem Klöppel, sofort, bimmbamm, nur noch, nur noch ein paar Minuten, Besen bumm. Doch auch der neue Gast kommt schon herein mit schroffer Schiene, auf und ab. Der ist ja auch Amerika und hat eine Uniform und eine Zigarette, Lucky Strike. Darum wartet er nicht. Das ist dumm. Er spricht gleich los mit bangem Pendel. Geht die Stunde um? Der Captain kann nicht anders, er hört seinem Landsmann zu. Harte Hand, der Tisch ist stumm. Auf Paul wird keine Rücksicht mehr genommen. Er sitzt auf seinem Sessel in der Pendeluhr, und das ist dumm. Der Captain zeigt dem neuen Besucher die vielen Abzeichen. Der nimmt das eine in die Hand, das ist krumm, das andre nimmt er, dreht es langsam hin und um. Mit barschem Klöppel schnalzt er: »Wie wundervoll! Ist es nicht wundervoll das Stück?« Der Unkenburger Buckel reibt sich krumm, er freut sich untertänig, chachacha, ja, er kann das auch dem anderen Herrn bringen, immer etwas, jeden Tag. Drei Viertel sträubt sich die betäubte Uhr im vollgestäubten Gläserhaus. Er will es nicht in Geld bezahlt. Für Gott und die Befreier liefert er umsonst, nur Zickzackzigaretten, geradeschade zur Entschädigung. – Nein, der andere sagt es, Amerikaner nahmen, wenn sie kamen, nie umsonst. – Da wird es Paul zu dumm, er springt erregt aus dem Gehäuse seiner Uhr, die Knie schlottern ihm vor schlaffer Schlafesschwäche. Paul schreit um.

»Herr Captain, sind Sie noch nicht fertig? Oder haben Sie jetzt endlich Zeit für mich?«

»Ja, bald. Sie sehen, ich verhandle. Das ist wichtig.«

»Was? Mit den Abzeichen?«

»Auch Sie Abzeichen? Gut.«

»Keine Abzeichen! Ich will mit Ihnen sprechen!«

»Können Sie nicht ein Weilchen warten? Sie sehen, daß ich beschäftigt bin. Ich kann nicht jeden einzelnen Fall an die Reihe nehmen.«

»Sie nehmen keinen Fall an die Reihe, wenn Sie mit Abzeichen spielen! Ich sehe ja Ihre Beschäftigung!«

»Sie, was nehmen Sie sich da heraus?«

»Gar nichts. Es geht um viele, um mich und vielleicht auch um Sie.«

»Wenn Sie es also für wichtig halten, gut, sprechen Sie!«

»Ich spreche nicht vor diesem einen Herrn da.«

»Wen? Wen meinen Sie?«

»Hier den! Sie wissen schon! Ja, den mit den Abzeichen!«

Captain Dudley wird zornig und springt auf. Aus dem Mundwinkel fällt ihm die Zigarette. Er ist gewiß zehn Jahre jünger als Paul, dessen Blick er nicht ertragen kann. Es wird ihm kalt. Der Captain winkt dem Buckel, der sein Kästchen nimmt, er grüßt unterwürfig, noch eine tiefe Verbeugung; endlich ist er draußen.

»Was also wollen Sie? Machen Sie es kurz!«

»Ich wollte den Herrn Kommandanten, doch hat man mich an Sie verwiesen. Ich bin aus dem Waldlager, das Hilfe braucht.«

»Wo ist das Waldlager?«

»Es ist versteckt. Acht Kilometer erst die Landstraße und dann noch zwanzig Minuten durch das Tal, dann führt ein Weg mitten in den Wald.«

»Das ist zu weit. Wir haben nur für Unkenburg zu sorgen. Wer hat Sie hergeschickt?«

»Ich komme in eigenem Auftrag. Aber Hilfe ist dringend nötig. Mehr als tausend Kranke. Es muß etwas geschehen!«

»Das Lager ist bestimmt schon entdeckt. Sie brauchen sich keine Sorgen zu machen. Ich notiere mir. Man wird alles melden. Kranke wird man abholen.«

»Herr Captain …«

»Nun, was noch?«

»Was soll weiter werden? Ich stehe vor Ihnen …«

»Gehn Sie zum Hilfsdienst für ehemalige Gefangene! Tragen Sie Ihre Sache dort vor! Es kann nicht jeder zu mir kommen. Ich habe viel zuviel zu tun. – Noch was? Schnell!«

»Bestätigen Sie die Gegenwart? Bestätigen Sie, daß ich bin?«

»Wie? Say it once more, but in English!«

»Entschuldigen Sie, ich habe mich geirrt! Ich habe einen Menschen gesucht. Mein Weg war falsch.«

Beide Amerikaner grinsen und reden irgend etwas englisch, aber Paul schlägt die Türe zu und hört nichts mehr. Er schämt sich für den kläglichen Auftritt, den er allein verschuldet hat. Was gab es da zu bitten? Warum ist er nicht längst davongelaufen? Captain Dudley ist kein Mann, zu dem man geht und spricht, gar wenn man keinen Auftrag hat. Paul hat das rechte Maß noch nicht gefunden und einen Besuch erzwungen, der ohne Sinn und Inhalt war. So kann der Weg zurück nicht eingeschlagen werden. Man muß langsamer beginnen, ganz von unten. Zu großen Herren soll man erst nicht laufen. Paul hätte besser schauen sollen. Drängten sich vor der Türe des Hilfsdienstes nicht bekannte Gesichter, die schon alles Nötige gesagt hatten? Ein jeder will nur haben, niemand sein. Paul hat hier keine Pflichten, er darf und soll nun an sich selber denken. Er ist befreit, die Dinge nehmen ihren Lauf.

Paul hockt auf einer Bank in einem Gang und guckt die vielen Menschen an, die vorüberfluten. Fremde sind es alle: Unkenburger, Leute aus diesem Lande, Leute aus fernen Ländern; nichts als Fremde in unverständlicher Geschäftigkeit. Wie sich auch Paul bemüht, an diese Welt einen Anschluß zu finden, so gelingt es doch nicht. Ist er zu sehr verletzt? Haben die anderen nicht so viel verloren, daß sie sofort wissen, was sie machen sollen? Selbst wenn sie Sorgen wälzen, schauen sie zufrieden aus; sie haben eben ihre Sorgen und können daran denken, was jetzt zu tun und was zu lassen ist. Alles ist ihnen selbstverständlich. Gewiß begibt sich keiner zum Kommandanten ohne vernünftigen Grund. Albernes Zeug oder alte Geschichten bringt man nicht vor, wenn es um große Dinge geht. Ist es so schwer, den richtigen Weg zu finden? Für Paul ist es schwer. Vielleicht war es doch gut, daß er vorhin in die fremde Wohnung gelaufen ist, aber dort hätte er ernüchtern und erkennen sollen, daß jeder in seinem Kreise versponnen ist und den Anschluß seiner Geheimnisse an die Geheimnisse der Mitmenschen nicht erwarten oder gar verlangen darf. Wer nur der Stimme seiner Triebe folgt, ist zwar nicht edel, doch entgleisen wird er kaum. Paul ist entgleist und findet zu keiner Spur, mag sie gut sein oder böse. Die Straße, die er heute wählte, verirrte ihn ins Leere. Er leidet an Gesinnungen, die keiner Wirklichkeit begegnen. Läßt sich etwas anderes beginnen? Zunächst will er warten. Er hat sehr geeilt und ist dem Wahn nachgelaufen, mit unbedachten Schritten, schwach und kraftlos, eine unbekannte Richtung einzuschlagen. Andere ließen sich von den Siegern auf den Wagen nehmen und sind unbekümmert gefahren. Sie wurden sogar gefragt, wohin sie wollten; da sagten viele ihre Wünsche als Befehle. Solche Gefährten können sich beim Kommandanten melden, doch nicht Paul.

Paul weiß nicht, was er tun soll. Im Polizeipräsidium kann er nicht bleiben. Vom Hilfsdienst will er nichts haben. Nach vier wohnungslosen Jahren mag er sich in kein Massenquartier pferchen lassen, keine Nacht mehr, nein. Soll er Frau Wildenschwert belästigen oder in fremde Häuser dringen und um Zuflucht bitten, wo schon die Flüchtlinge in allen Stuben schwitzen oder frieren? So viele Straßen geradeaus, dann links, dann wieder rechts, noch eine Ecke und dann in einen Keller, wo die ausgebombten Namen hocken? Paul hat es satt und will für sich allein sein.

Lange spürt es Paul nicht, daß ein Fremder vor ihm steht. Es ist ein Unkenburger. Nur jemand, der aus der Stadt ist, kann so blicken. Halb im Schlafe vernimmt Paul seinen Vorschlag. Auf dem Kanonenberg, an einem anderen Ende der Stadt steht eine verlassene Kaserne. Paul hört verwundert hin, Scharnhorstkaserne. Sie ist bei der Zerstörung von Unkenburg fast unbeschädigt geblieben. Wenn Paul dorthin will, wird ihn der Fremde führen. Paul nimmt an und dankt, der Unkenburger stützt ihn. Paul geht fast blind, er denkt nicht, er sperrt den überreizten Blick in sich und schließt die Augen halb; er horcht kaum darauf, was ihm der andere sagt, und geht und geht, die Bühne schwimmt vorüber, dann der Dom, der Feldherr in dem Park, noch einmal fällt die ausgebrannte Innenstadt in Schutt zusammen. Zwar achtet Paul auf nichts und kennt sich auch nicht aus, doch fühlt er, daß er wieder nahe von der Stelle sein muß, wo er vormittags die Stadt erreicht hat. Der Fremde führt ihn bis ans offene Gittertor der Kaserne. Viele einzelne Gebäude sind es, sie schicken kleine Vorgärten voran und begrenzen einen weiten Mittelhof, an dessen Rändern frischbelaubte alte Linden stehen. Der Fremde sagt, die Kaserne ist jetzt leer, es dürften alle Türen offen sein. Noch manches erzählte der Unkenburger, doch Paul nickt nur und versteht nichts mehr, er ist zu müde, er dankt verschlafen, der Fremde ist schon fort.

Paul zögert eine kurze Weile. Er hat keine Erlaubnis, es darf nicht sein. Plötzlich kann die Wache kommen. Was soll er hier? Es ist so still, der späte Nachmittag ist klar und stumm. Man könnte Paul verhaften, wenn er in fremden Häusern streunt, wo ihm zum Aufenthalt das Recht fehlt. Doch der müde Dämmersinn betäubt die ängstlichen Gedanken. Schon ist das Gittertor durchschlichen, lautlos, unbewußt, Soldaten hindern nicht den Eindringling auf glatt gewalztem Sande. Weit ist der Hof und eben, unbelebt von Schritten, ein Sammelfeld des unberührten Friedens. Nur ein Gebäude ist getroffen und sein Dach zerschlagen, die anderen haben allen Schrecken überdauert. Jetzt zögert Paul nicht mehr, willenlos bewegt er sich, eine Haustüre lockt, Paul wählt nicht lange. Schon tritt er ein, er traut den Füßen mehr als seinen Augen, die Stufen klimmt er bleiern aufwärts und taucht in einen langen Gang. Die Stuben stehen alle offen. Es sieht ganz freundlich aus. Die Soldaten haben, was es gab, zurückgelassen. Betten, Tische, Stühle, Schränke, Öfen ruhen ungestört. Paul entscheidet sich im Traume für ein Zimmer, das wohl einem Offizier gehörte.

Ein Bett steht hier, das ist sauber hergerichtet. Paul versieht sich nicht mehr weiter, bloß den Schlüssel dreht er noch von innen um, die Schuhe streift er ab, den dunkelgrünen Rock, die Hose, alles, am Fenster macht er sich zu schaffen, etwas rauscht und fällt, da ist es finster, Paul schleicht zurück, einmal stößt er an, dann fällt er über eine Kante, und schon liegt er im Bett des Kommandanten und schläft ein.

Einmal wacht Paul auf. Er fühlt sich krank und elend. Er hat alles verlassen, doch es kann auch sein, daß man ihn allein gelassen. Paul ruft im Schrecken aus: »Wo bin ich?« Doch keine Antwort wird geboten. Man hat wohl nichts vernommen, die Stimme war nicht da, sie ist verzehrt. Paul hat keine Stimme mehr. Es ist ungewiß, ob es jetzt Nacht ist, ob ein neuer Tag. Mit Vorhängen ist alles rings behangen, die lassen keinen Schimmer durch, die Tageszeit ist vom Bett aus nicht zu erraten, zum Aufstehen mangelt es an Lust und Fähigkeit. Paul weiß auch nicht, ob es ein Fenster gibt, er hofft es nur, er hofft auch, daß er eine Türe finde, einen Schalter, um Licht im Raum zu haben, zumindest Streichhölzer und eine Kerze. Doch das ist zuviel verlangt. Mit dickem Pech ist alles ausgegossen, der zähe Schleim erstarrte und wurde undurchdringlich. In einem Grabe darf man nichts als Ruhe suchen. Man darf getröstet sein, weil man vergessen wurde und sich auch selbst an nichts erinnern muß. Paul war überrascht, daß es im Grabe so angenehm und weich sein kann. Die Glieder sind nicht eingeengt, sie lassen sich bewegen, wenn auch langsam. Was immer auch geschah, es ist ein Glück, daß man Paul in seinem Leib bestattet hat und nicht zu Asche brannte. Es war ein ungeheurer Dom mit zwei Türmen und einem bunten Schieferdach, der hohe Bau ist eingestürzt, verloschen das Bewußtsein, und das war gut. Dann gab es nichts mehr, die Sorgen wichen, kein Hunger quälte, auch kein Durst. Das Hochamt, das gehalten wurde, war zwar unterbrochen, der Segen konnte nicht gesprochen werden, doch war es nun für ewig Feiertag, weil sich die Zeit in ihm verloren hatte.

Die Reise ist beendet, und keine Menschen gibt es, die das Böse schaffen können. Die Urteile des blinden Hasses, der nach Rache lechzte, bleiben unvollstreckt. Die letzte Augenweile war viel zu kurz, um noch den Schrecken, der das Herz zersprengt, mit furchtbarer Gewalt zu senden. Die Krypta im Unterbau des Domes ist das beste Grab. Niemand kommt und niemand stört. Die anderen Toten haben es weniger gut getroffen. War eine andere Hand bei ihnen im Spiel? Es ist keine Hand mehr da, es zeigen keine Hände in eine solche Finsternis. Die Richtung hat sich aufgelöst, ein jedes Dorthin faltete zu einem Nichts sich ein, darum gibt es auch kein Weiterforschen; ein Schritt ist nicht zu tun, weder links noch rechts. Wenn sich die Füße regen, geht es nicht mehr weiter. Befehle können nicht mehr sein, wo jeder Ruf vermieden ist. Deshalb ist es besser, sich an seinen Tod zu gewöhnen und keine Regung auszulösen. Nichts versuchen. Das also ist das reine Ziel, von allem entfernt und einsam, doch ohne Schmerz, ohne ein Gefühl, das aus sich selber steigt. Auch die Sehnsucht ist gelöscht. Nicht einmal die Freiheit wird erwünscht oder erwogen. Wenn alles da ist, auch was nicht ist, dennoch wirklich ist, dann ist der Friede gewonnen, zu dem kein Glockenschlag erschallen muß. Jede Mühe ist verklungen. Das angespannte Wissen hat sich aufgelockert und behält nichts. Der nächste Augenblick kann nicht erscheinen, er ist nicht künftig, nicht vergangen, vom Sein hat er sich abgetrennt, denn jeder Augenblick ist nun getilgt. Kein anderes Wesen besteht, es meldet sich nicht an; getilgt ist, was nicht selbst ist, fortgenommen, nicht einmal genommen, denn nichts ist zu erleiden; es ist abhanden. Die reine Hand hat sich in Dunkelheit getaucht, vielleicht geschlossen, vielleicht aufgespannt, doch keine Finger mehr, kein Zeigen und Bedeuten.

Wie wunderbar, daß man im Grabe atmen kann. Paul spürt die weiche warme Luft, die sich nicht regt, sie ist ein süßer schwarzer Honig, der in der Gruft verteilt ist; Honig und kein Pech mehr. Hat Paul noch Hände? Haben Tote

Hände? Wenn es im Grabe einen Schrecken geben könnte – dies wäre einer; aber Paul beruhigt sich, weil rings um ihn die Stille sich nicht ändert. Er darf es wagen, an sich selbst zu glauben; was er versucht, ist unschuldig und kann nicht Leiden, nicht Entsetzen schaffen. Er darf im Grabe vieles tun und wird dafür nicht mehr zu Zeugenschaft und Beichte aufgerufen. Der Saum des Rechtes, zu dem sich jeder fertig rüstet, verglich dem Schatten sich; wo hätte Unrecht einen Raum? Das Reich der Strafe ist vom Leib gewichen, ein seliges Empfinden erzeugt nicht Schuld und ist nicht schuldig. Wenn etwas jetzt versucht wird, ist es in sich abgeschieden, selbst wenn draußen immer noch die Welt bestünde, die ein Totes fürchten kann. Doch nichts ist draußen, nichts in der Vergänglichkeit geblieben, aber was von innen kommt, gehört zu keiner Schöpfung und bildet nichts, hat keinen Grund und keinen Stoff. Es waltet nirgends Widerstand; doch weil ständig etwas in sich selber Macht entfalten kann, so ist es unbeschwerter Geist, der sicher waltet, er hebt sich, und er senkt sich, er fährt in sich zusammen, da er ruhig kreist, er mündet in sich selbst zurück, bevor er noch aus sich entsprang.

Daß einer sich im Grabe freuen kann, ist eine ungeahnte Herrlichkeit, daß er versuchen darf, denn kein Mißlingen droht; so wird der Neigung auch die Freude zugemutet, beharrlich zugeneigt; es wiegt sich sicher, was gewiß ist. Die Hüllen schützen mild und schmiegsam, sie geben jedem leisen Drucke nach. Ein Grab ist groß, sobald man auf den Sarg verzichtet. Es war nicht Zeit, den Leichnam einzuschränken. Er ist entspannt und nicht erstarrt. Paul staunt, daß er von anderen Toten nichts mehr weiß. Er dachte sich Vereinigung mit allen, die einst lebten, doch sie vollzog sich nicht. Paul sammelt seinen Geist, um einen Namen aufzurufen, aber keiner fällt ihm ein, sosehr er sinnt, die Toten kennen also keinen anderen Namen als sich selbst. Was sich der junge Tote außen als möglich vorstellt, kann nicht vorgestellt sein; darum ist im Grabe alles mitbegraben, was es einmal gab und geben konnte. Der Tod ist die Entfernung, die nicht mißt. Das Reich, dem er die eigene zubestimmte Grenze zumißt, hat auch keinen Raum. Vielleicht ist es nur Totenjugend, wenn Paul befangen ist. Bald wird er unbefangen sein. Dort, wo er Dichte glaubt, ist noch der Tod nicht in sich ausgereift.

Paul läßt sich immer tiefer fallen, um diesen äußersten Zustand zu gewinnen, doch ist er überrascht, denn nichts geschieht, was ihn jetzt fallen ließe. Da er nicht liegt, so schwebt er. In sich schwebt er; darum ist alles aufgeschlossen. Doch wenn der Tote schwebt, müßte er auch steigen oder sinken können. Es ist ein kleines Wagnis, das der Tote nicht zu scheuen braucht. Was auch geschieht, wird sanft sein, kein Schädling könnte ihn versehren. Paul findet leicht, was er beginnt, er hebt die Glieder, die einst seine Arme waren. Sie folgen ohne Zagen, ohne Zögern. Es sind noch Arme, sie sprengen die innerste Hülle des Grabes und erreichen die äußere, gar nicht erwartete Hülle; sie scheint noch unendlicher sich auszudehnen als die Unendlichkeit selbst, die zuerst in sich geschlossen hing. Da wird Paul gewahr, daß er im Tode nicht verletzt wurde; der Einfall, der ihn sterben ließ, hat den Leib, den das Leben füllte, nicht einmal verändert. Da ist nichts verwest und nichts vertrocknet; das Gebein ist rund mit warmem Fleisch bezogen, heile Haut darüber schützt.

Paul erhebt sich zum Sitz, erst den Kopf, dann den Rumpf; er gehorcht, es strengt nicht an. Die innere Unendlichkeit ist plötzlich abgefallen, es wird etwas kühler, doch nicht kalt, nur frisch. Es wäre nun ein zweites Wagespiel, die Beine aufzumuntern; ein wunderbares Grab, in dem einer frei und sicher auf seinen Füßen stehen dürfte. Wirklich, es gelingt, die Sehnen sind mit reger Kraft begabt, die Beine tragen und heben den Toten senkrecht auf in seinem Grab; er dankt, daß er so gut gestorben ist. Paul ist heiter, einem Schritt will er sich vertrauen, doch es warnt ihn, seine Kühnheit jetzt voranzutreiben; der Mut ist gut, doch darf es Übermut nicht sein. Paul setzt sich hin, er will die Beine prüfen, will sie tasten. Er denkt angestrengt, ob das ohne

Hände möglich ist. Mag ein Toter alle seine Glieder haben, aber Hände sind ihm nicht verliehen, weil Hände Sünde sind. Doch wie der Tote an sich niedertastet, spalten seine Arme sich auf, es müssen Hände sein mit Fingern, sie spreizen sich und tasten sich zurecht.

Jetzt weiß Paul, daß er aufgewacht ist. Wenn sich der Tod so lockern kann, dann ist es nicht mehr Tod, es ist das Leben selbst, das durch den Tod gestiegen ist und jetzt keines mehr zu fürchten hat als das bewußte Grab. Nur die Verschüttung müßte überwunden werden; doch da es Hände gibt, wird auch die Kraft nicht fehlen, alles wegzuräumen, was vom Tage trennt. Erst ist zu tasten, um die Grenzen aufzuspüren, die dem Reich des Grabes zugemessen sind. Paul schiebt die Beine vor, behutsam, eines nach dem anderen. Er läßt ein Bein ins Tiefe tauchen, es zittert, es ist eine bange Mühe, doch da ist Grund, die Vorsicht schätzt ihn, ob er standhält. Der Fuß tritt auf, das andere Bein folgt nach, der zweite Fuß gewinnt bald festen Halt. Jetzt nur noch stehen. Es gelingt.

Die Augen finden einen schmalen Lichtschein, er gibt Richtung an, der Paul vertrauen will. Da ist der Zweifel gelöscht, auf welcher Seite Paul sich befindet. Nein, es war kein Zweifel, denn Paul hat nicht geschwankt. Er ist gewesen; ohne Zweifel, ohne Schmerz vollzog der Wandel sich, ein leiser beseligender Übergang, durch den der Tod ins Leben übertragen wurde. Paul lebt, er kann nicht tot sein, er hat eine Richtung, die es zu verfolgen gilt, und er erinnert sich, daß er in einer Stube ist und nicht verschüttet. Doch jetzt will er erkunden, wo er ist. Er weiß, daß es ein Gestern gab, an dem er müder wurde als in seinem Leben je zuvor, so müde, daß er sich nicht entsinnen kann, wo er sich eine Stätte für den Schlaf bereitet hat. Es muß schon Tag sein, hoher Tag, den Paul nicht zu fürchten braucht, doch wohl ein Tag, dem er sich erst befreunden muß. Jetzt darf er nicht mehr zögern, der Hunger regt sich, eine Sehnsucht steigt empor nach Dingen, nur kleine Wünsche, aber sie sind unbändig und sollen bald erfüllt sein. Da Paul den Raum noch immer nicht erkennt, tastet er sich vorsichtig mit Händen und Füßen zu dem Lichtschein hin.

Der Vorhang ist erreicht, die Finger spüren rauhes Tuch, das ist der Schutz, den Paul in dieser Nacht genossen hat. Es dauert eine Weile, bevor es ihm gelingt, den Vorhang aufzuheben, er hängt tief und straff hinunter und endet in einer Rolle. Hier ist Licht. Paul zwängt sich zwischen den Vorhang und das Fenster, weil es ihm nicht gelang, das schwere Gewebe fortzuschieben. Vor ihm dehnt sich ein großer weiter Hof, nun ist die Erinnerung geweckt. Paul ist in der Scharnhorstkaserne, aber sie beängstigt ihn nicht, es ist alles anders als einst, es ist die Kaserne der Freiheit. Paul lächelt, da ihm der Widerspruch bewußt wird, Freiheit und Kaserne. Draußen regt sich wenig Leben. Es ist Vormittag, die Stunde kann Paul nicht bestimmen, eine Uhr ist nicht zu sehen; Paul scheut sich, einen Blick in den Raum zu schicken, der ihn fast ohne sein Zutun gestern am späten Nachmittag empfing. Er widmet sich wieder dem Ausblick. Nichts Auffälliges ist zu bemerken, aber Paul ist befriedigt, der ausgedehnte Hof beruhigt ihn. Da und dort ist ein Mensch zu beobachten, der sich leichthin fortbewegt, als sei nichts einfacher als dies auf der Welt. Wird auch Paul sich so bewegen können? Die Antwort auf die Frage hat Zeit, Paul wendet sich vom Fenster.

Paul ist froh, daß er eine eigene Stube hat, die ihm wohl keiner streitig machen wird, zumindest in den nächsten Tagen. Es ist gut, daß es eine solche Zuflucht gibt, in der ein Auferstandener für diese Welt sich wieder rüsten kann. Er sieht sich im Zimmer um. Ohne Gier, doch ohne Abscheu wird er als Geschenk empfangen, was das Zimmer bietet. Der frühere Bewohner hat fast alles zurückgelassen, sogar sein Waschzeug, eine gute Seife, eine neue Zahnbürste, die noch in ihrer Hülle ruht, wie sie der Händler feilbot. Viele kleine Dinge des täglichen Gebrauchs findet Paul, er betrachtet sie Stück für Stück, faßt sie an und legt sie wieder hin; er freut sich wie ein Kind und ist dankbar.

Paul fängt sein Ebenbild in einem Spiegel und bleibt betroffen stehen. Ein alter schmutziger Mann erscheint, älter als Leopold auf seinem Sterbebett und fast so verbraucht. Paul schreit vor Schrecken auf, dann verstummt er jäh. Soll er die Augen schließen? Soll er wegschauen? Den Spiegel aus dem Fenster werfen? Nein, keine Feigheit! Paul ist gebannt, er muß sich sehen. Auch alte Frauen fragen ihren Spiegel und trösten sich vor ihm mit großer Kunst. Die Augen liegen tief und blicken wild und wirr, der Mund ist schmal und bitter, die Lippen häßlich weiß, die Haut ist ohne Glanz und grau, die Wangen eingefallen hohl, die Stirne faltig, der Hals ein lächerlicher Stiel, der knicken kann. Paul möchte diesem Schauerbild entfliehen, doch sein Blick ist festgebannt, er ist gerührt, er weiß nicht recht warum und schämt sich, aber er kann sich nicht wehren, er kann auch nicht verhindern, daß er haltlos schluchzt und hilflos weint und seine eigenen Tränen betrachten muß. Kann denn ein alter Mann in Tränen sich verlieren? Darf er weinen? Wem weint er vor? Worüber weint er? Ist Paul abhanden oder ehemalig, ist er weggenommen oder leibhaft hier? Nein, es ist kein Greis, es ist kein Kind, das weint. Zu einem lautlos ungefügen Jammern erstickt das Weinen, es ist eine grenzenlose Trauer, die keinen Grund ermessen und sich nicht lösen kann.

Paul ist zumute, als müßte er sich an alles erinnern, während er doch nichts auffaßt; nichts will in sein Gedächtnis hinein, wie sehr er sich auch müht. Ist alles nur sinnlos, daß er den Schlüssel zu den Geheimnissen nicht findet, in die er lange Jahre täglich neu und immer unbarmherziger eingeweiht wurde? Vielleicht ist alles zu tief gedrungen, als daß es sich noch hervorholen ließe, so tief, daß es seine Gestalt verloren hat, die kein noch so tapferer Wille wieder erneuert. In einem Abgrund, den kein Blick durchforscht, hat sich alles angesammelt. Dort ist es eisern verschlossen und nicht zu bezwingen, nicht einmal zu ändern; es muß ertragen werden, es ist die Frucht des Bösen, die einem zufiel, weil man die Waffe der Weisheit nicht rechtzeitig geschmiedet hat. Aber da Paul nun frei ist von der Arche der

Bedrängnis, wie will er sich auch wirklich befreien, damit er vom Spiegel wieder wegtreten kann, doch nicht bloß vom Spiegel, auch aus der Stube, nicht nur zum Fenster hin, sondern zur Türe hinaus auf einen unbekannten Gang, wo erst der Weg zu entdecken ist, der einen sicher zum Ausgang geleitet und dann weiter über den Hof und aus der Kaserne hinaus in eine Stadt, für die genau das Leid begonnen hat, von dem sich Paul jetzt trennt?

Nun kann sich Paul an die Ereignisse des gestrigen Tages deutlich erinnern, die Tränen schwemmen sie ans Licht und lockern die Vergangenheit; die Krankheit kann durch kein Mittel geheilt werden, nur auszuweinen ist sie vor dem Spiegel, darum verweigert Paul sich ihm nicht mehr, die Frucht des Bösen ist geplatzt. Der Spiegel gibt auf einmal den Beschauer frei. Paul befühlt die Scheibe mit seinen Fingerspitzen. Er wird den Spiegel stets vor Augen haben und ihn prüfen, um sich zu erkennen. Dann verwirklicht sich die Einsicht leichter, die Sicherheit verleiht, daß eine neue Zeit beginnen kann. Paul hat in früheren Jahren Spiegel nicht gemocht und meist gemieden. Er mag auch jetzt diesen Blickfang nicht, doch wird er diesen Spiegel auf den Weg nehmen, wenn er sich von dieser Stube trennt. Da keimen bereits Entschlüsse. Paul wird um keine Stunde länger in Unkenburg bleiben, als er muß. Er will nur Kraft und Sicherheit gewinnen, bevor er sich zur Weiterreise rüstet. Die Reise muß ihn dorthin führen, von wo er gegen seinen Willen abgereist ist. Dennoch: Stupart ist kein Ziel. Paul will weiter, doch er weiß, daß er nach Stupart fahren muß, denn dort vollendet sich, was ihn auf diese Reise weggenommen hat. Der Tränenstrom versiegt, Paul lächelt über sich. Es ist kein frohes Lächeln, doch ein Abschluß dieser Totenklage.

Nun findet Paul in seiner Stube sich zurecht, er findet auch, was er sucht, als wäre ihm das Zimmer seit vielen Jahren schon bekannt. Jeden Span und Nagel gilt es zu betrachten, um genau vertraut zu werden und unbefangen zwischen Tür und Fenster zu verkehren. Paul öffnet

Schrank und Laden, das Eigentum liegt offen da, alles wartet nur darauf, daß es ergriffen und verwendet wird. Paul ist Herr an diesem Tage hier; sich weiß er alles zu eigen, was eine fremde Hand hergebracht und geschichtet hat. Das Fremde ist nicht fremd, wenn es Paul dienen darf; in seiner Hand wird es zur Habe und ist erlöst. Paul greift nach einem neuen Hemd und nimmt seine Hose, er kleidet sich nur nachlässig, gerade ausreichend, um auf den Gang hinauszulaufen. Wo mag es Wasser geben?

Paul geht von Türe zu Türe; alle sind unverschlossen. Meist sind es Wohnstuben, wo es viel zu sehen gibt, manches kann er brauchen. Eine kleine Ausstattung ist schnell beisammen, Paul wird keinen Mangel leiden. Er wohnt in der Kaserne, um seine Not zu überwinden. Aus vielem herrenlosen Gut erliest er sich bescheidenen Besitz. Einen guten Rucksack findet er, eine blaue Mütze, die gut sitzt, ein schönes Seidentaschentuch und lange graue Strümpfe, weiche Wolle. Wenn Paul die Hände voll hat, eilt er in seine Stube und stapelt alles auf. Er entdeckt eine Kanzlei, da ist alles durcheinandergewürfelt, ein gut gespitzter Bleistift zeigt auf eine Zeile überholter Worte, ein Haufen reines Schreibpapier wartet auf anbefohlene Briefe, in einer Schachtel drängen sich klimpernde Abzeichen, wie sie Captain Dudley gierig sammelt, Bücher liegen herum, die lehren, wie man Schlachten liefert, drin winden sich Widmungen bis zur verschlungenen Unterschrift, Landkarten ragen in dikken Stößen, Heerführer hinter Glas starren unbeholfen in den Verlust. Paul berührt die meisten Sachen nicht und lächelt. Sinnlos ist es, sinnlos, nichts als Abfall.

In einem Raume trifft Paul auf einen älteren Mann, der sich auch mit vielen Dingen ausgestattet hat. Beim Anblick Pauls erschrickt der Fremde, doch bald ist er beruhigt und sagt entschuldigend, daß man jetzt auf Suche zieht, weil der Hausrat von Feindeshand zerstört ist und zerstreut. Paul lacht dazu, er kann das gut verstehen, es kam nicht jeder so glimpflich davon wie Frau Wildenschwert. Ob der Mann aus Unkenburg ist? – Nein, er ist nicht aus dieser Stadt, er ist von weit hergeflohen, doch hat er Glück gehabt, Frau und Kind sind auch gerettet. Dann fragt er Paul, wie das mit ihm sei; sicher doch auch ein Flüchtling, weil aus Unkenburg keiner so ausschaut. – Nein, versichert Paul, er ist nicht aus Unkenburg, aber er ist auch nicht so glücklich, doch ist er froh darüber, daß er weder Frau noch Kind hat. – Das ist der größte Vorteil, wenn man in diesem Unheil ohne Anhang ist, da hat man wenigstens die ärgsten Sorgen aus dem Kopf. – Paul entgegnet nichts, er hat sich vorgenommen, über sein Schicksal zu schweigen, für lange Zeit zumindest. Er entsinnt sich seines wahnwitzigen Besuches bei Captain Dudley, denkt an die unbedachte Unterhaltung vor dem Theater, das verzweifelte Eindringen bei fremden Leuten in die gute Stube. Solch ein Fehltritt soll sich künftig nicht ereignen. Paul sagt darum, er wurde verweht, ein Gefangener ist er gewesen, der allerlei erlebte, das kann er nicht verbergen, doch die böse Zeit ist jetzt vorüber.

Da meint der Mann, für Paul sei alles einfach, man wird sich um ihn kümmern, bald kann er nach Hause fahren, wohin er will. Wer mit zu den Siegern gehört, ist gut daran, seine Sorgen sind vorüber, die für den Mann jetzt erst richtig begonnen haben. So lange hat dieser Krieg gedauert, und jetzt solch ein Ende! Wenn sein Volk den Sieg davongetragen hätte, dann wäre freilich alles anders. Die Welt hätte nichts dabei zu beklagen, denn einen großmütigeren Sieger könnte es gar nicht geben. – Paul sollte an sich halten, aber er schweigt nicht und verrät seinen Zweifel. – Doch, er soll bloß glauben. Nun, er kann ja zufrieden sein! Hoffentlich ist er anständiger als viele andere, die ohne Grund jetzt nur nach Rache schreien, statt dankbar zu sein, man hat sie ja gut behandelt. Er soll gerecht sein und in seinem Land die Wahrheit sagen, daß keinem Gefangenen hier, der gearbeitet hat, ein Haar gekrümmt worden ist. – Paul verspricht, nichts anderes als immer die Wahrheit zu sagen. – Da ist der Mann erleichtert und freut sich, daß es unter den Siegern einen vernünftigen Menschen gibt.

Paul fragt den anderen, von wo er stammt. – Ach, ein kleiner Ort, den hier wenige kennen, doch war es eine schöne Stadt. Wie schade, daß er sie ihm nicht zeigen kann! Dort hatte er sein eigenes Haus, eine Villa mit sechs Zimmern, in denen der Sieger willkommen wäre, wenn er mal die Reise machen wollte. Doch jetzt ist alles aus, selbst wenn das Haus noch steht. Es war eine alte Stadt, viel kleiner als Unkenburg, aber mindestens ebenso schön, die Gegend war herrlich. Paul erfährt den Namen, Leitenberg, ein Bischofssitz, ein Dom, ein Rathaus, alte Lauben, die Gildenhalle und mitten auf dem Marktplatz eine Säule, die war dem heiligen Rochus geweiht. An der Stadt vorbei, da floß ein Strom, der war tiefblau und schaute manchmal aus wie Silber.

Paul fragt nach dem anderen Ufer, ob nicht auch dort eine Stadt war, kleiner als Leitenberg und nicht so schön. – Ja, sagt der Mann, dort war eine Stadt, großmütig hat man sie von Einheimischen geräumt, nur Gefangenen zuliebe hat die Obrigkeit das getan, weil sie ihnen helfen wollte. Das muß man recht bedenken, was für eine Wohltat das war, ein ganzer Ort nur für Gefangene, damit sie ungestört ihr Leben für sich selber führen konnten, von niemandem gekränkt, fast wie in Freiheit, die fühlten sich dort richtig heimisch. So edel wären die Feinde nie gewesen, aber heute wissen sie auch für ein so großes Opfer keinen Dank, weil nur verleumdet wird und gelogen wie gedruckt. Die Zeitungen der Feinde schreiben, was sie wollen, sie sind unbarmherzig. – Paul fragt, ob diese Stadt Ruhenthal heißt, eine alte Festung, schmutzig und ungesund. – Ruhenthal, stimmt. Doch schmutzig und ungesund? Das ist ein Irrtum! Bescheiden wohl und einfach, doch schmuck und rein. Daß die Gefangenen dort nicht so zufrieden waren, das kann sein, wie schon Gefangene sind, die vertragen sich schlecht zusammen und sind oft schmutzig. Aber das ist ihre Schuld. – Ob wohl der Mann die Menschen kannte, die in Ruhenthal lebten? – Ja, manche hat er selbst gesehen, viele arbeiteten bei Leitenberg, eine Gruppe zog täglich morgens und abends gemächlich durch die Stadt, fast wie in Freiheit, schmucke Kerle waren das, sie sahen gut genährt aus. Man merkte, wie zufrieden sie waren, denen hat nichts gefehlt.

Paul ist daran, sich dem Mann zu verraten, doch tut er es nicht. Er möchte ihn gern fragen, ob er selbst nach Ruhenthal gekommen ist und ob er sah, daß es für Lebende dort Leichenwagen gab, für Tote aber nicht? Und ob er in die engen Stuben sah, in denen Greise, dicht gedrängt und hilflos, auf dem Abfall ihrer Habe hausten? Ob er die Kranken unbehütet sah, für die es keine Pflege gab? Ob er den Hunger sah, der Antlitze zerstörte, die lebende Verwesung, die Auflösung? Vieles wäre noch zu fragen, Paul findet gar kein Ende, doch jetzt ist er so fern von Ruhenthal, da hat sich ganz anderes noch dazwischen geschoben, das von keiner aussprechbaren Frage je erfaßt wird. Manches ist heute auch allgemein geworden, was in den Jahren zuvor nur Mißhandelte und Rechtlose erlitten; jetzt ist das ganze Land verwüstet, und alle Länder sind mit ihm verwüstet, das Leid ist aus allen Gefängnissen hervorgebrochen, Sturz in den Abfall, eine einzige Arche schwimmt auf ihm als grause Heimstatt, doch ist sie leck, gurgelnd versinkt sie in den brodelnden Schlamm. Paul fragt nichts, er will den Mann sich selbst überlassen. Niemand kann hören und fühlen, was einen anderen betrifft, die Schuld wird nicht angenommen, die einem anderen getan wird. Nur wer sich schuldig fühlen will, nimmt sich die Schuld, doch zuerteilen läßt sie sich nicht. Vielleicht ist dieser Leitenberger wirklich schuldlos und erntet Buße, die ihn bloß mitbetrifft, weil alle Menschen in das Werk und Wirken ihrer Brüder einbezogen sind.

In der Kaserne ist er ein Gast wie Paul und plündert herrenloses Gut, doch was für Paul Beute ist, die er den Fremden nimmt, weil sie aller Mittel ihn entblößten, raubt der aus Leitenberg seinen Leuten. Nein, das ist ungerecht verurteilt. In Einem besteht kein Unterschied: jeder raubt dem Nächsten, ob er Feind ist oder Freund. Niemand hat, darum nimmt jeder. Der Leitenberger hat sein Eigentum zurücklassen müssen so wie Paul. Ging jener auch als Flüchtling, so entscheidet das doch nicht; der eine zieht davon, weil er nicht bleiben kann, der andere wird aus seinem Haus genommen, weil er nicht bleiben darf; aber alle mußten fort. Wer nicht bei den Menschen betteln will, die noch wohnen, muß sich etwas nehmen, wo es offen daliegt. Auch die Soldaten mußten aus der Kaserne fliehen, es fehlte ihnen die Zeit, die Bilder ihrer Liebsten von der Wand zu reißen, das Buch, in dem sie lasen, liegt aufgeschlagen auf dem Tisch, der Teller, von dem sie aßen, steht ungewaschen da, Messer, Gabel, Löffel, Gläser, die blieben unbehütet, um das Leben zu retten, dem die Habe aufgeopfert wurde. Paul ist verwundert, daß nicht viel mehr Leute kommen, um Überbleibsel aufzuraffen. Sicher wird das bald geschehen; die meisten in der Stadt sind noch gelähmt, die Einwohner von Unkenburg ziehen durch die zerstörten Straßen und schauen, wo sie ihre Angehörigen finden und was vom Eigentum im Schutt zu sammeln ist: die Erlösung des Abfalls in das Eigentum.

Der Leitenberger beginnt wieder zu sprechen, das Schweigen Pauls bedrückt ihn, doch er möge sich nicht denken ... – Nein, Paul denkt sich nichts, es gibt nichts mehr zu denken. Der Leitenberger hat gut gelebt, man sieht es ihm an. Er hat es auch selbst gesagt. Paul möchte von ihm wissen, was er war. – Der Leitenberger reckt sich in die Höhe. Wird der Sieger ihm glauben? Er war Oberbürgermeister von Leitenberg. Er hat die Stadt verwaltet und saß im Rathaus. Jetzt ist er ein gehetztes Wild, ein Bettler in einer fremden Stadt, die heute auch keinen Bürgermeister hat. Wie mag es jetzt in Leitenberg ohne rechtmäßige Behörde zugehen? Das ist nicht zu ahnen. Unbekannt, wer flüchtete, wer blieb. Es dringen Nachrichten nicht durch. Die Menschen, die zusammenwohnten, sind getrennt und so zerstreut, daß niemand sie zusammenbringen kann. Wie viele tot sind, ist nicht mit Gewißheit zu sagen. Das Land ist ohne Obrigkeit, Herrschaft gibt es nicht, alles zerfallen, schrecklich! Auch hier ist keine Herrschaft, vorbei, aus.

Paul sagt, Unkenburg hat schon einen Kommandanten, Verordnungen sind bereits erlassen. Es gibt kein Ende in der Herrschaft. Viele Beamten leben, sie haben sich nur hinter der Ecke versteckt und suchen sicher bald wieder ihren Schreibtisch auf. – Doch wenn alle flüchten? Sie sind geflüchtet oder trotz Luftschutz erstickt! – Dann sind schon andere da, der Stuhl der Herrschaft steht. Wenn es nötig ist, wird er ersetzt. – Doch Leitenberg? – Auch dort wird es nicht anders sein. Einer ist immer da, der die Macht sich nimmt, die Herrschaft hat noch niemals aufgehört. – Aber der Bürgermeister von Leitenberg hat keine Stelle. In Unkenburg braucht ihn keiner, hier wird er gar nicht angeschaut. Auslachen würden sie ihn. – Braucht man ihn hier nicht, dann gibt es andere Stellen. Außerdem muß man nicht herrschen, es gibt andere Aufgaben. – Wenn einer zur Herrschaft geboren ist? – Warum geboren? Einen solchen Auftrag gibt es nicht.

Der Leitenberger meint, das gelte nicht für den Sieger, er *kommt* nach Hause, er kommt in eine Stadt, in die er hingehört, wo er sein Recht hat. Davon bleibt der Bürgermeister ausgeschlossen. Er ist weggenommen und für immer verwiesen, denn Leitenberg wird nicht zurückgegeben, für lange nicht, er erlebt das nicht, jedenfalls kann der Bürgermeister solch ein Wunder nicht erwarten. Er hat keine Heimat mehr, Unkenburg ist keine Heimat, nirgendwo wird eine sein. Er weiß nicht einmal, ob man den Aufenthalt ihm hier erlauben wird. Er ist der letzte Bürgermeister einer langen Folge, achthundert und zwei Jahre hat sie gewährt. Vor zwei Jahren wurde die Achtjahrhundertfeier von Leitenberg begangen, der Bürgermeister hat gesprochen. Der Festglanz war bescheiden, es war im vierten Kriegsjahr. Schon im Frieden wurde dafür gerüstet, es gab einen vorbereitenden Ausschuß. Viel schöner war alles geplant, Besucher von nah und fern wurden erwartet, Fremdenverkehr, Sonderzüge, Ausbau der Gasthöfe, Unterkunft in Bürgerhäusern, Grundsteinlegung eines neuen Krankenhauses, der Archivar von Leitenberg und der Direktor des Gymnasiums dachten an große Dinge und dichteten ein Festspiel, in dem der geschichtliche Aufstieg von Leitenberg seit dem grauen Mittelalter bis zur lichten Gegenwart geschildert wurde, der Verschönerungsverein sollte viel bis dahin leisten, alte Fresken waren bloßzulegen, Ruhebänke aufzustellen, der Schloßpark hinter dem bischöflichen Palast sollte durch eine neue Stiege mit den Anlagen am Ufer verbunden werden, eine weite Fläche, die am Stadtrand nicht dem Ort zur Zierde diente – es war eine Abfallstätte voll von Schmutz und Asche aus vielen Jahren –, war zur Verwandlung in einen öffentlichen Garten ausersehen, Entwürfe dazu lagen schon gezeichnet im Bauamt auf dem Rathaus. Die Aufschüttungen hatten begonnen, als der Krieg ausbrach. Die Arbeiten mußten eingestellt werden, aber man hoffte auf einen schnellen Sieg, dann hätte man das meiste nachgeholt. Doch es kam nicht mehr dazu. So verlief die Feier dürftig. Wegen Verdunklung mußte sogar der Fackelzug unterbleiben, vergeblich freuten sich die Kinder darauf, er wurde im letzten Augenblick verboten. Nur ein paar Reden flatterten keck, eine Festnummer der »Leitenberger Tagespost«, Umfang acht Seiten, hundert wären es im Frieden gewesen. In den Schulen wies man auf die Geschichte hin und sprach von Zukunft. Eine Feldmesse auf dem Marktplatz vor der Pestsäule wurde abgesagt, nur ein Gottesdienst im Dom wurde gehalten. Das war alles.

Jetzt wird nichts mehr sein. Wer soll einmal neunhundert Jahre Leitenberg feiern?

»Das sind heute überflüssige Gedanken, Herr Viereckl. Die Urenkel vielleicht.«

Der Bürgermeister staunt und ist bestürzt. Woher kennt der Fremde den Namen?

»Hieß der Bürgermeister nicht Viereckl? Wenn das der letzte Bürgermeister von Leitenberg war, muß der Name wohl stimmen.«

Doch Paul hat nun diese Reden satt. Er wendet sich zur Türe und will einen Waschraum suchen. Der Bürgermeister will Paul nicht loslassen, aber der ist zu keinen Auskünften mehr bereit. Er dreht sich noch einmal um.

»Genug, ich kenne Ihre Stadt, Herr Viereckl.«

Paul forscht und findet eine Wasserleitung, aber das Wasser rinnt nicht. Er läuft in seine Stube, nimmt einen Eimer und geht zur Pumpe im Hof. Der Schwengel ist zu schwer, Paul kann ihn nicht bewegen. Jemand bemerkt seine Schwäche, eilt herbei und hilft. Paul dankt und schleppt den vollen Eimer mühsam zurück. Unterwegs stellt er ihn mehrmals hin, er muß Atem schöpfen. Endlich ist Paul mit seiner Last wieder im Zimmer. Er freut sich seines Schlüssels und sperrt sich ein. Paul ist sein eigener Herr, die Grenze zwischen sich und Umwelt kann er spürbar machen. Eine Adresse kann er nennen, wo man ihn besuchen kann. Eine Aufschrift wird er außen an die Türe heften. Hier wohnt Paul Lustig, bitte klopfen! Paul Lustig, eingemietet in der Scharnhorstkaserne auf dem Kanonenberg zu Unkenburg: das hört sich schon nach etwas an. Der Hausherr entscheidet, ob er öffnen will. Kein unerwünschter Gast darf diese Schwelle schänden. Hier ist ein Eigentum und auch ein Recht darauf. Wer es verletzt, wird zur Rechenschaft gezogen. Nun ist die Schranke heilsam aufgerichtet, die zwischen einem und allen anderen Menschen bestehen soll. Dazwischen darf ein Weg sein, der ist allgemein gestattet, doch an den Tisch darf keiner treten, der nicht aufgefordert wird.

Jetzt richtet Paul sich her. Er wäscht sich lange und reibt die Glieder. Er hat die beste Seife und ein weiches Handtuch, das die Haut schont. Paul rasiert die wirren Stachelstoppeln vor dem Spiegel, vor dem er nicht mehr weint. Er lacht, da er sein Antlitz eingehüllt im weißen Schaum sieht. Der Pinsel taugt nichts, die Borsten fallen aus und bleiben kitzelnd auf den Wangen kleben. Die Klinge sollte schärfer sein. Nun ist die Haut beinahe glatt, nur der Hals ist noch immer ziemlich rauh. Paul streut sogar Puder, das er früher nie verwendet hat. Er wird neue Klingen suchen, es muß in der Kaserne welche geben. Paul wählt eine Hose, die ihm gefällt; sie sitzt mit einem Ledergürtel halbwegs. Die alte Hose wirft er aus dem Fenster. Auch das Wasser gießt er in den Hof hinaus. Andere schäbige Reste folgen nach. Es ist nicht ordentlich, doch einfach, die kürzeste Reise zum Abfall. Vielleicht wird jemand noch brauchen, was Paul wegschmeißt. Es ist eine Lust, sich unerwünschter Sachen zu entledigen; im Bogen fliegen sie davon.

Nun sieht Paul nach bald vier Jahren endlich wieder so aus, daß er sich auf der Straße sehen lassen kann. Bis auf die Schuhe hat ihm von seiner Kleidung heute noch gestern nichts gehört. Selbst den geschenkten dunkelgrünen Rock will er nicht mehr haben. Gestern schien der weiche Flausch noch prächtig, doch heute zeigte sich, daß die Motten ihn zernagt haben. Paul ist jetzt ein Offizier, aber ansehnlicher als Hauptmann Küpenreiter; die Verkleidung wirkt stattlich. Nur die Silberzeichen der besiegten Würde sind lächerlich. Die soll sich Dudley holen kommen, wenn er will. Paul legt den Rock noch einmal ab und trennt die Schulterstücke mit einem Messer ab. Er hat abgedankt, das Heer will er nicht kommandieren. Die Waffen auf den Abfall, weg damit! Die Soldaten haben unbegrenzten Urlaub. Sie sind fahnenflüchtig, aber Paul wird sie nicht suchen. Sie sollen sich verlaufen, links und rechts um die Ecke. Auf Gleichschritt wird nicht mehr geachtet. Die Regel gilt nicht, die in Fesseln zwingt. Der Krieg ist aus, das Heer ist entlassen, verkrochen unter der Erde, siegentwöhnt. Paul sieht noch einmal in den Spiegel und salutiert. Der Spiegel salutiert zurück. Die beiden sind sehr höflich zueinander. Paul ist dem Spiegel dankbar, er hat seine Sache brav gemacht. Jetzt darf der Spiegel seine Ruhe haben, denn Paul geht fort, er will ein Frühstück.

Paul zieht den Schlüssel ab, geht hinaus und sperrt zu. Dann besinnt er sich, es könnten Fremde kommen, die nicht wissen, daß hier eine Wohnung ist. Er wollte sie bezeichnen. Also noch einmal zurück. Schon ist der Name aufgeschrieben, doch der Name gilt nichts in der Fremde, Paul fügt hinzu »aus Stupart« und »bitte nicht stören!« So ist es recht; das Schild ist befestigt, er kann gehen. Der Hof empfängt ihn, es ist heute wärmer als gestern und alles in Sonne getaucht. Es muß beinahe Mittag sein. Das Laufen strengt kaum an, das Tor ist bald erreicht. Die Stadt begrüßt den alten Offizier, der alle Würden abgestreift hat. Ein guter Kommandant, der sich nur selbst befiehlt. Er ist ein Wanderer, der seine Nahrung sucht. Paul muß nicht lange wandern. Er findet eine Flüchtlingsküche. Er fragt nicht viel, er bittet nicht, er geht hinein, das Haus war früher eine Schule. Jetzt zeigen volle Kessel, daß hier nichts zu lernen ist.

In langen Reihen stehen Leute an, die weichen scheu vor Paul zurück. So ehren sie den Offizier. Paul kann nicht anders, er muß gestehen, daß er kein Offizier ist. Da lachen sie, nein, Offiziere gibt es nicht, sie sind gefangen oder auf der Flucht. Wer so wie Paul gekleidet ist, darf nicht weiter aufgehalten werden. Man gibt ihm eine volle Schüssel und Besteck. Dort sitzen andere. Auf einer Seite sind die Offiziere, auf der anderen drängt sich vieles Volk zusammen. Paul freut sich mit der warmen Speise, er kostet jeden Bissen. Doch ist er noch nicht satt. Er soll nur wieder an den Schalter. Er geht, er geht, er geht schon wieder hin. Er geht, bis er gesättigt ist. Er fragt nicht nach der Zeche, doch man fragt auch ihn nicht, was er zahlen will. Er ist ein Gast, die Ehre wird ihm erwiesen. Er soll nur wiederkommen, bis er bei Kräften ist.

Paul läuft schon wieder auf den Straßen. Manche Menschen sprechen ihn an, und er erfährt, daß er noch andere Rechte hat. Man drückt ihm Zettel, Karten in die Hände. Paul sammelt Rechte ein, die sind erwünscht. Der Tag vergeht vor lauter Rechten, die man ihm beschert. Paul muß nur gehen, daß er alle holen oder lösen kann. Die Taschen sind gefüllt, es droht kein Hunger mehr. Auch Frühstück wird ihm angeboten, weil es sein gutes Recht ist. Um wieviel Uhr? Die Zeit, die man ihm nennt, erscheint ihm viel zu früh. Doch Paul ist wohl versehen, er kann in seiner Stube eigene Mahlzeit halten. Er läuft durch alle Viertel, und jeder weicht zurück vor ihm, sobald man glaubt, daß er ein Recht sucht. Auch Geld ist schon in seinen Händen, er weiß nicht, wer es ihm gegeben hat. Da wird er endlich müde, so daß er an die Heimkehr denkt. Er geht dem Rechte nach, er will sich vor dem Spiegel sehen. Paul steigt die Straße zum Kanonenberg hinan, schon ist der Offizier vor dem bekannten Tor, der Hausherr tritt ins unbeschränkte Recht, so schnell wird alles hier vertraut, der Hof, die Stiege. Es scheinen viel mehr Menschen in der Kaserne jetzt zu sein als Mittag. Sie haben alle Recht erhalten, viele Stuben sind besetzt; da gibt es Namen an den Türen, Paul hat einen Nachbar, gegenüber wohnen sogar drei in einer Stube. Paul freut sich, daß er die erste Wahl getroffen hat. Nun ist er bei sich selber eingekehrt, unberührt die Stube, alles wie seit längster Zeit, ein wenig Ordnung schnell, damit es freundlich ausschaut, doch Paul ist schon zu schläfrig, es wird dunkel, der Vorhang wird herabgelassen, jetzt ist wieder Nacht.

Paul ist ein Unkenburger geworden, der sich in allen Winkeln der zerstörten Stadt zurechtfindet. Er kennt die Gärten ringsherum, die nächsten Wälder. Er kennt vertraute Winkel, die er liebt. Er hat Bekannte, die er aufsucht und die nichts vor ihm verbergen Mit Herrn Brantel hat sich Paul schon in den ersten Tagen angefreundet. Hungrig war er in eine halbzerstörte Villa eingedrungen, in der es viel zu essen gab. Er fragte nicht; mit dem Rechte dessen nahm er, den man Jahre hungern ließ und nie gesättigt hat. Er hat sich dessen nicht geschämt und wird es nie bereuen. Der rechte Eigentümer kam und sah Paul und andere Plünderer, die vom aufgedeckten Überflusse nahmen. Der Eigentümer sagte wenig, sehr bald zwangen ihn die Blicke Pauls zu schweigen. Der Eigentümer sah noch immer und duldete, was hier geschah. Dann rauchten sie zusammen Zigaretten, dann gingen sie zusammen fort. Sie gingen viele Stunden, Herr Brantel hörte zu und unterbrach die Rede nicht. Am Ende stellte Brantel eine Frage.

»Sind Sie nicht am Tage nach dem Einmarsch der Sieger auf einer Bank im Polizeipräsidium gesessen?«

Paul begriff nicht gleich, doch dann wurde offenbar, daß dies der Fremde war, der ihn zum Kanonenberg geleitet hatte. Jetzt sind sie gute Freunde. Die Familie Brantel hat bei Verwandten Unterkunft gefunden. Hier ist Paul nun oft zu Gast. Wein wird hingestellt, der nur auf ihn gewartet hat. Man bittet ihn, er soll erzählen, da spricht Paul von der Reise. Jetzt kann er endlich sagen, wie es gewesen ist. Er berichtet leicht und unbewegt. Es ist ein anderes Gefühl als bei Frau Wildenschwert, in deren Haus er nicht mehr wieder ging. Die Menschen hören zu und schweigen.

Einmal ist eine Familie gewesen. Sie hatte ihre Wohnung in einem Hause. Dort ging man hin, es war selbstverständlich. Alles stand bereit. Wenn man die Glocke läutete, wurde aufgetan. Es war der Tisch gedeckt. Ein jeder Teller war vertraut. Emmi, die Magd, war sauber, wenn sie auftrug. Die Speisen schmeckten gut. Oft kam der Vater nicht. Emmi mußte in der Küche Feuer halten, damit das Essen jederzeit für ihn bereit war. Ein Arzt hat seine Pflichten, nicht nur Rechte. Es war alles so ähnlich wie in Unkenburg, als Frieden war. Man kannte sich, wie sich die Unkenburger kennen, und hatte keine Angst. Die Kleider hingen in den Schränken, Emmi bügelte und putzte. Zerline hieß die Schwester, sie liebte Märchen. Zur Laute sang sie Lieder. Hübsche Sächelchen schuf sie kunstgerecht, sie malte gern und bildete in Ton. Hüllen für Geschenke fügte sie aus Leder oder Pergament, es waren schöne Arbeiten. So eine Silberbüchse, wie sie hier auf der Decke steht, hätte ihr gefallen. Die Mutter war anders, sie unterhielt sich und schätzte Gesellschaft, sie war eine lebenslustige Frau, sie tanzte zierlich, das war ihre Freude. Doch der Vater hatte dafür wenig Sinn. Die Mutter liebte Schmuck, sie mußte stets was Neues haben. Darin war sie wie ein Kind. Sie gab sich anders, als sie wirklich war. Stets hielt sie etwas in sich versteckt. Zerline, die ihr ähnlich sah, war nicht so. Bei der lag alles offen da, vielleicht zu offen. Der Vater war von gleichem Wesen, doch viel einfacher. Er verspann sich nicht in grüblerischen Fragen. Er lebte für die Medizin, ein guter Arzt, dem keines näher ging als die Fürsorge für seine Kranken. Dann erst kamen Frau und Kinder. So gab es kaum ein rundes Familienleben, aber es war doch ein gutes Zuhause in den eigenen vier Wänden. Vertraut war alles und auch heimlich. Dann gab es eine Schwester der Mutter im Haus, eine Witwe, die hatte einen guten Sohn, der lebt vielleicht. Er ging als Photograph nach Amerika. Die Tante hatte eine leichte Art und glich die Gegensätze aus. So war der Alltag mit seinem Gewebe wahrscheinlich in Stupart nicht anders als in Unkenburg.

Ach, Unkenburg ist nur ein Schatten, Paul hätte es früher kennen sollen. Mit Stupart ist es wohl nicht zu vergleichen, aber man konnte hier zufrieden leben. Das Lied ist aus. In hundert Jahren werden die Spuren dieses Krieges nicht verwischt sein. Das Rathaus kann nicht hergestellt werden, selbst wenn es die alten Pläne noch gibt. – Paul stimmt zu. Aber die Einwohner haben trotz der Zerstörung nicht so große Verluste erlitten, die Familien wurden nicht zerrissen oder werden in kurzer Zeit sich wieder zusammenfinden. – Ob Paul keine Hoffnung mehr hat? Was ist mit dem Vetter? – Der Vetter? Er wird irgendwo sein, von ihm will Paul nicht reden. Sonst aber, wenn die Hand gezeigt hat, ist nichts zu erwarten. Auch ist es zweifelhaft, ob Stupart sich erhalten hat. Paul weiß es nicht, Zeitungen fehlen noch immer. Keinen gibt es, den er fragen könnte. – Vielleicht doch. Es wird erzählt, daß zwei Mädchen von dort gekommen sind. Sie haben sich beizeiten geflüchtet. – Was sagen sie? – Die Stadt hat nicht gelitten. Alle Häuser stehen. Die Einheimischen erhoben sich und haben die Fremden vertrieben, aber sonst ist alles unverändert.

So ist es Zeit zurückzukehren. Bloß ein paar Tage will Paul noch warten, bis die Eisenbahn wieder fährt. Jetzt müßte man wandern, wenn man sich nicht darauf verlassen will, daß man auf Wagen mitgenommen wird. Darum wartet Paul zu. Er hat sich schon erholt, der Spiegel sagt es ihm.

Man weicht vor Paul auch nicht mehr scheu zurück. Die Kinder laufen nicht davon, wenn er sie anspricht.

Paul streift durch die Umgebung. Er erinnert sich, wie oft er auf dem Marsch von Ruhenthal nach Dobrunke wünschte, vom Weg abzuweichen und frei zwischen Bäumen im Walde zu laufen. Jetzt darf er es, die Begleitmannschaft hindert ihn nicht. Hier ist nichts geschehen. Vereinzelt trifft er einen Menschen, der auch die Einsamkeit begehrt. Sie schauen an sich vorbei, jeder eilt in andere Richtung. Die Tage sind schön und warm. Ungezählte Pfade verzweigen sich zwischen den Büschen und wissen nicht, wie nahe die zerstörte Stadt liegt. So leise sind die Spuren ins Gelände geschmiegt, sie sind allein für sich bestimmt und wissen auch von den Flüchtlingen nichts. Da wölbt sich frisches Moos zu runden Kuppen. Dort öffnet sich eine Lichtung und bewirtet ein paar Schmetterlinge. Stämme liegen quer, die abgeschälten Rinden leuchten rötlich auf und duften. Braucht man in Unkenburg kein Holz?

Paul sollte nicht mehr in die fremde Stadt zurück. Zu lange schon ist er geblieben; es könnte ihm zu nahe gehen, was er besser meiden soll. Es war ein Fehler, mit so vielen Menschen dort zu reden, mit jedermann sich einzulassen, doch war es ein Versuch, sich wieder in die Welt zu fügen, um zu erkennen, ob die Rede noch zu Gebote steht, die einen seinem Nächsten hörbar macht. Da es gelungen ist, sich frei zu sprechen, ist es auch genug. Das Land bereitet sich in Einsamkeit, da werden die Menschen leicht zuviel; Einkehr täte not, die sich auf sich bezieht und nicht auf noch so liebe Fremde.

Mag sein, daß dieser Weg verboten ist, eine Tafel warnte etwas vor und drohte gar mit Strafen, doch die Verbote gelten nicht. Der Ämter Strenge zu befolgen, würde jetzt kein Flurhüter von Paul zu erzwingen wagen. Frei geht er, wie es ihm gerade gefällt. Er biegt um Ecken, wendet sich, bleibt stehen, schließt die Augen, läuft eine kurze Strecke, schaut zum Himmel auf, vertieft sich in ein Blatt, in eine Blüte, hält ein, schließt abermals die Augen, blinzelt, dann blickt er wieder auf, die Sonne wärmt den Rücken, die Freundschaft einer Ruhebank wird genossen, dann wieder aufgesprungen, ein Zaun erreicht, die Latten hängen lose, honiggelbes Harz an ihnen, schon windet Paul sich durch, hier wachsen zarte Bäumchen, die Schule des Waldes, wo die Hand des Försters wirkt – wieder eine Hand. Paul lächelt, kehrt eilig um und entschlüpft der Schule.

Dann steigt er einen Hügel hinan, er möchte schnell nach oben kommen, doch der Atem geht ihm aus, die steile Spur fordert wiederholte Rast. Auf der Höhe ragt ein schmaler Aussichtsturm. Ein Preis ist aufgeschrieben, den der neugierige Wanderer entrichten soll, doch niemand kümmert sich um den verwaisten Turm, der Eigentümer und die Wächter haben ihn verlassen. Hat man sie weggenommen und in Gefangenschaft geführt? Oder ist keiner mehr erschienen, der Geld bezahlen wollte, um den Ausblick zu genießen? Der Turm ist unverschlossen. Paul fühlt sich eingeladen; langsam nimmt er jede Stufe und zählt laut. Im Kreise geht es aufwärts, er zählt achtzig Stufen. Den Aufstieg hat es kaum verlohnt, unten war es besser, doch Paul kann einmal Unkenburg von oben betrachten. Die Stadt liegt weit genug, daß man ihre Zerstörung nicht sehen muß. Der unverletzte Stadtrand und davor die Gärten haben keinen Krieg erlitten. Die roten Dächer der Kaserne am Kanonenberg schimmern zwischen Bäumen durch. Der alte Teil der Stadt ist tief eingebettet und verbirgt seine Wunden, kaum beschädigt scheint der Dom.

Paul stellt alles nüchtern fest. Er kommt sich vor wie ein Reporter, der unbewegt verzeichnet, was er zu melden hat. Doch wem soll Paul berichten? Die Unkenburger wissen es und warten nicht auf seine Botschaft. Die Menschen in der Welt haben ihre eigenen zerstörten Städte und fragen nicht nach Unkenburg. Alle sind der Nachrichten überdrüssig und wollen nichts von Reisen wissen, die ein Zeitungsschreiber sich für seine Leser auferlegt. Paul schaut nicht mehr in die Ferne, nicht mehr hin zur Stadt, sondern vor sich auf die graue Brüstung. Sie ist aus Holz, Buchstaben und Namen sind eingeschnitzt, auch Jahreszahlen. Ob jemals einer hier war, den Paul kannte? Er glaubt es nicht, fremd sind die Namen, die Jahreszahlen ohne Sinn. Dann fallen ihm die Namen seiner neuen Freunde in Unkenburg ein, doch keiner hat sich hier verewigt. Auch der Name Küpenreiter ist nicht eingeritzt. Der Hauptmann schrieb nicht, er sah den Turm nur im Gefecht und dachte an Verteidigung und Kampf und Sieg. Jetzt ist der Turm an Paul gefallen, der ihn eroberte mit keiner Waffe in der Hand.

Soll Paul seinen Namen diesem Turm überliefern? Er hat kein Messer bei sich, nur einen Bleistift; zu bald würde seine Spur verblassen. Paul spielt mit dem Stift in der Tasche und zieht ihn nicht heraus. Paul hat kein Eintrittsgeld entrichtet, der Turm verdient nicht die Erinnerung. Paul ist schon abwärts auf den Stufen und läuft, so schnell er kann. Er will nach Hause, in die Scharnhorstkaserne. Der Tag hat ihn belehrt, daß er den Aufenthalt in Unkenburg nicht mehr verlängern soll. Das Leben unter lauter fremden Menschen ist viel zu leicht. Er kann ihnen vorerzählen, was er will, er kann lügen, er kann Mitgefühl und Freundlichkeit erwecken, er kann dies und das erfahren, aber nichts verpflichtet, nichts verbindet, es geht vorüber, flüchtige Verwandlung, und es haftet nicht. Paul kennt viele Namen, in einem Merkbuch sind sie eingetragen. Sie erwarten, daß er einmal von sich hören lassen wird, sie werden auch antworten. Paul aber wird nicht schreiben. Es sind leere Redensarten, die man höflich austauscht, doch bald sind sie vergessen. Die Wege haben einmal sich berührt, dann führen die Richtungen in andere Länder, die Zusammenhänge lösen sich in Unbestand.

Paul hat ein Sträußchen zusammengelesen, er wird es in der Stube vor den Spiegel stellen, der nicht nur immer das Antlitz Pauls ertragen soll. Nach einer Stunde kommt er in die Kaserne und merkt schon von weitem, daß etwas vorgefallen ist. Die Bewohner wundern sich, daß er noch nichts gehört hat, weil es alle schon am Morgen wußten. – Paul ist den Tag über nicht hiergewesen. – Dann ist es höchste Zeit, daß er es erfährt, denn in drei Tagen kommen Gefangene in die Kaserne, Gesunde und auch Kranke. Wer sich hier selbständig einquartiert hat, muß morgen oder übermorgen fort. Manche waren tüchtig und sind schon ausgezogen. Andere suchen noch, einige wollen in ein Sammellager, wo für sie gesorgt wird. Paul ist betrübt und mißgestimmt, doch faßt er sich und sagt nur: »Das kommt aber plötzlich!«

Einer fragt: »Ist es dir zum ersten Mal in deinem Leben plötzlich?«

Paul muß lachen, es stimmt: immer ist es plötzlich. Er hat genug Bekannte, die für ein paar Nächte Unterkunft gewähren würden. Aber es wird nicht mehr nötig sein. Paul beschließt, übermorgen Unkenburg zu verlassen, vielleicht schon morgen. Die paar Sachen, die für seine Reise ihm nützen können, will er morgen früh packen. Viel wird es nicht sein: ein Rucksack, eine Umhängetasche, ein kleiner Koffer. Wird der Koffer zu lästig, dann kann er ihn liegenlassen. Die Reise lockt, sie ist gewiß. Heute sind die ersten Züge abgegangen. Paul weiß zwar nicht, wie weit sie fahren, doch Hauptsache: sie fahren. Man warnt, sie werden überfüllt sein. Paul hat keine Angst davor, wenn er nur Unkenburg verlassen kann. Noch heute läuft er zum Bahnhof. Einen Fahrplan gibt es nicht, doch jeden Tag verkehren einige Züge. Sie kommen langsam vorwärts. Abfahrtzeiten können nicht bekanntgegeben werden. Am besten ist es, frühmorgens auf dem Bahnhof zu erscheinen und dort zu warten. Man muß sich gedulden, wenn es ein paar Stunden dauert.

Paul entscheidet sich für den übernächsten Tag. Er geht zurück in die Kaserne. Von der kleinen Wanderung heute ist er müde, doch er ist fröhlich, weil er reisen wird, wie er es will. Paul bereitet sich aus den Vorräten ein gutes Abendbrot und wählt Leckerbissen, die er bisher aufgespart hat. Alles kann er ohnedies nicht mitnehmen. Er richtet alles her und deckt den Tisch, als gelte es den Empfang eines Gastes. Noch nie hat Paul sich solche Mühe gegeben. Die mitgebrachten Blumen kommen in ein Krüglein auf das weiße Tischtuch, ein Weinglas, ein echter Silberlöffel für die eingekochten Früchte. Paul genießt seine Mahlzeit feierlich. Zwar ist es draußen noch nicht dunkel, aber er hat eine Kerze angezündet. Ist es ein Geburtstag? Niemand schaut zu, doch Paul hat sich eingeschlossen, damit ihn keiner überrascht. Auf den Tisch hätte er den Spiegel stellen können, doch diesen Freund hat Paul nicht zur Tafel gebeten. Es braucht kein Zeuge dafür dazusein, daß Paul ein Mensch geworden ist. Er hat die hohe Würde sich verliehen, die kein anderer ihm geben kann.

Den Ausweis, den auf Pauls Ersuchen die Stadtgemeinde Unkenburg ihm schenkte, trägt er gefaltet in der Tasche. Der Wortlaut ist freundlich abgefaßt und spricht die Bitte um Beistand aus, sobald der Inhaber den Zettel vorlegt. Als Paul auf das Amt ging, weil es alle in dem Wunsch nach Bestätigung ihres Daseins taten, gab er freimütig den Namen an, den er von früher wußte. Der gefällige Beamte fragte, ob er keinen anderen Ausweis besitze, der für die Richtigkeit und Wahrheit des ausgesagten Namens bürge. Nein, einen solchen Ausweis hat er nicht; sein Mangel war ja gerade der Grund, weswegen Paul erschienen ist. Der Beamte war das schon gewohnt, doch bat er, nur der Ordnung halber, um einen Zeugen. Paul wußte keinen anzugeben, ein Fremder unter Fremden hat keinen Zeugen, er könnte höchstens jemanden bitten, daß er sage, ja, das ist Paul Lustig, aber aus alter Kenntnis kann das keiner bestätigen. Der Beamte verzichtete darauf, und wirklich, Paul hat sein Entgegenkommen nicht mißbraucht. Er nannte seinen wahren Namen, er offenbarte ihn aus seiner Einsamkeit dem Treiben der Welt, die sich an einer Schreibmaschine vertreten ließ, wo man die Weggenommenen in den Bestand zurücknahm und kein Geld dafür verlangte. Der Beamte schrieb und schrieb, was ihm verkündet wurde, und mußte seinen eigenen Namen nicht dabei bekennen, weil er schon wieder Amt war, Gewährleister des Daseins kraft eingesetzter Ordnung, ein Mann, der berechtigt ist und einen Stempel verwaltet; so ist er an seiner Stelle und schafft Bedürftigen das Recht. Paul sagte seinen Geburtstag, rief den Namen Stupart aus als Heimat, er bekannte sich aus tiefster Namenslust, und da geschah das Wunder, daß eine Behörde tat, worum sie gebeten, ohne weiter nachzuforschen. Zum Abschluß des Vertrages nahm Paul die Feder an, die der Beamte ihm bot.

»Hier haben Sie meine Füllfeder. Da, setzen Sie Ihre Unterschrift her, aber leserlich bitte!«

Paul zögerte nur einen Augenblick; schon tat er es, wie man ihn geheißen. Mit Dank empfahl er sich und konnte jedem nun glaubhaft machen, daß er auferstanden und erlaubt sei. Der unterschriebene Name versichert, daß Paul sein darf. Den Zettel schaute er sich gerne an und sagte, siehe, ich habe zu mir selbst zurückgefunden. Was man an mir tilgen wollte, als man meinem Leben nur noch eine namenlose Frist gewährte, hat mir das Amt erstattet, nur weil ich wünschte. Es ist der größte Sieg, den ich davongetragen habe. Ein kleiner Sieg. Ein Sieg, den Tausende errangen, die zu dem Amte liefen, um sich ihre Wirklichkeit verordnen zu lassen. Aber ein Sieg, ein ehrlicher Sieg.

Um diese Zusicherung geht es jetzt nicht mehr. Paul feiert den Geburtstag der eigenen Freiheit, die kein Amt bestimmen kann. Sauber ist die Mahlzeit beendet, Paul bedankt sich mit einer tiefen Verneigung. Er erhebt sich vom Tisch und verneigt sich noch einmal. Sein Betragen ist ungewöhnlich, er weiß es, niemand wird ihn jetzt verlachen. Paul reicht sich selbst die Hand. Ein Strom kreist durch die Hände, Paul spürt eine große Wärme. Er geht nicht mehr gebückt, er ist gefestigt und seiner Dinge mächtig. Entschlüsse können jetzt schon mehr sein als Versprechen. Paul wird fahren, weil er sich das vorgenommen hat. Würde er sich dem Hilfsdienst für ehemalige Gefangene jetzt anvertrauen, könnte er wohl auch bald reisen. In manche Länder sind schon Gruppen abgefahren. Paul ist zu stolz dazu. Er geht zu keiner Sammelstelle, läßt sich nicht verladen, wie ein unbekannter Fahrplan vorschreibt. Er wartet nicht, daß man ihm Geduld rät oder fordert, wann er sich an einem Treffpunkt einzufinden habe. Vor solchen Fahrten graut ihm, bei denen man plötzlich weggenommen wird und nicht mehr Zeit hat, für sich allein zu entscheiden. Wenn er die Reise wünscht, stellt er sie zusammen. Gewiß, nach seinem Willen kann er nicht alles haben, die Möglichkeiten sind begrenzt, doch unter ihnen will er wählen. Dem eigenen Gesetz unterwirft er sich in dieser Stunde; nur dieses gilt, wenn er mehr begehrt, als bloß zu heißen wie der und jener.

Paul räumt den Tisch ab und richtet das Bett her. Er macht es schön für den erlesenen Gast, der heute eingezogen ist. Den Nachtanzug faltet er und legt ihn sorgsam auf die Polster. Die Decken schlägt er glatt zurück. Wenn der Herr nach Hause kommt, soll er sich behaglich fühlen. Dann geht Paul aus. Er will es einigen Bekannten sagen, daß er sich zur Fahrt entschlossen hat. Man will ihn gern in Unkenburg behalten. Paul hat so oft beteuert, daß nirgends in der Welt Bestimmtes auf ihn warte, daß er keinen Menschen auf der Erde habe, er rechnet nicht mit dem Vetter in Amerika. Warum Paul nicht bleiben will? Es wäre nicht so schwer, ein neues Leben hier zu beginnen.

Paul dankt, es ist zu spät, zur Fahrt ist er entschlossen. Er muß den Abstand nehmen, den er in sich bereits verwirklicht hat. Er muß die Welt sehen und zunächst das Land, aus dem man ihn zur Reise ausgetrieben hat. Er würde sich in Unkenburg nicht halten, es ginge einen Monat oder zwei, dann aber nicht mehr, nein. Das mag Paul nicht abwarten. Er will aus Unkenburg so leicht scheiden, wie ihm der Einzug schwer geworden ist. Er dankt für all die Güte und Freundschaft, die man ihm hier erwiesen hat. Da wird es eingesehen, seine Stunde hat hier geschlagen. Wer das fühlt und wandern kann in dieser Zeit, tut gut daran, mit dem Aufbruch nicht zu säumen. So scheidet Paul von den Bekannten. Auf die Frage, ob er noch einmal kommen werde, schüttelt er den Kopf.

»Ich fahre morgen, wenn ich einen Zug bekomme. Ich

wollte übermorgen fahren. Ich glaube aber, es ist besser, wenn ich schon morgen die Stadt verlasse. Übermorgen muß die Kaserne auf dem Kanonenberg geräumt sein, weil man dort Kriegsgefangene unterbringen will.«

»Ist das der Grund für die schnelle Abfahrt? Bleiben Sie bei uns und fahren Sie in einer Woche!«

»Nein, ich fahre morgen, wenn ich kann. Ich hätte keinen Augenblick mehr Ruhe.«

Das ist es, was Paul fühlt. Er würde sich in neuen Ungewißheiten verlieren, wenn er dieses uferlose Leben fortsetzen wollte, das er gerade überwunden hat. Es war gut und segensreich, um sich zu besinnen und den Weg zu sich selber zurückzulegen, aber damit ist ein erstes Ziel erreicht, das verfehlt wäre, wenn er länger bei ihm rasten wollte. Jedes Verweilen, das die Abreise gefährdet, wäre schmerzlich und würde die Freiheit bedrohen, die nur besteht, wenn das Herz nicht an Wünschen hängenbleibt, sondern seine Bahn einschlägt, sollten inzwischen auch nicht alle Versprechen eingelöst sein, um derentwillen man aufbrach. Das erklärt Paul den Bekannten, so gut er kann, denn er will sie nicht kränken, sie haben sich an ihn gewöhnt und mit Freude beobachtet, wie er aus der Wildnis zurückkehrte und sich gefestigt hat. Sie fragen, ob sie noch etwas für ihn tun könnten, doch gibt es nichts, was Paul wüßte, er ist mit allem ausgestattet, was er für die nächsten Wochen braucht, für länger aber vorzusorgen scheint sinnlos. Auch ist es möglich, daß ihn die Eisenbahn nicht so weit bringt, wie er hofft, dann müßte er längere Strecken wandern. Paul fürchtet sich vor keinem Marsch, doch viel Gepäck wäre hinderlich. Da haben die Gastfreunde nichts mehr einzuwenden und wünschen alles Gute. Herr Brantel bittet, Paul möge nicht vergessen, daß im Lande des Volkes, das ihm alles raubte, was ihm lieb und teuer war, auch rechtschaffene Menschen leben. Paul verspricht, er wird es immer bedenken. Dann will er fort, doch Herr Brantel widerspricht der Eile, er bringt eine Flasche Wein.

»Vor etwa dreißig Jahren habe ich vier Flaschen davon

heimgebracht. Das ist die letzte. Ich wollte sie stets für einen besonderen Anlaß aufbewahren. Der rechte Augenblick ist jetzt gekommen. Ich hatte ihn mir anders vorgestellt. Meine Tochter war verlobt. Der Krieg behielt den Bräutigam. Man hat ihn weggenommen, als er von einer Verwundung kaum ausgeheilt war. Er kehrt gewiß nicht wieder. Der Wein war für das junge Paar zum Hochzeitstag bestimmt. Bitte, zögern Sie nicht und tun Sie uns die Liebe, mit uns von diesem Wein zu trinken!«

Der Kork der alten Flasche knarrt, der Wein ist dunkelrot. Die Gläser klingen silbern an, alle trinken langsam. Sie schweigen, drei Menschen aus Unkenburg, Vater, Mutter, Tochter. Der fremde Mann aus Stupart sitzt fast unbeweglich und sieht sie denkend an. Er war hier oft zu Gast, es waren gute Stunden. Sie haben nie gefragt, doch stets gelauscht, Paul ging nie mit leeren Händen fort. Nun ist es still. So still war es schon viele Jahre nicht, so ungeschehen. Der Mann aus Stupart kann sich an nichts erinnern. Ist das der Friede? Der Wein wird nachgefüllt, er geht zur Neige. Die leeren Gläser leuchten matt. Der letzte Tropfen ist genossen, Paul erhebt sich. Die Freunde sind erregt, doch freundlich und beherrscht, sie wissen, daß er scheidet, der Plünderer, der in ihrem angestörten Hause zwischen entblößten Ziegeln nach Beute spähte. Paul sieht das Mädchen an. Was forschen ihre Hände, und warum zittern sie? Der Bräutigam wird nicht mehr wiederkommen. Was also noch? Hände nehmen, Hände sind genommen. Vielleicht darf Paul einst trotzdem noch sein Glück empfangen. Vielleicht einmal auch die Tochter dieses Hauses. Welch ein verwegener Gedanke! Ist er die letzte Sünde im Abfall? Eine alte Standuhr ruft verhalten ihre Zeit, drei Viertel läßt sie in das Schweigen fallen. Paul schaut weg. Er sagt nicht viel, da er mit halbgeschlossenen Augen sich zur Türe wendet. Frau Brantel und die Tochter verbeugen sich und weinen leise. Man hört es nicht. Ihre Hände faßt er an und spürt die Zauberkette.

»Was wir nicht behalten können, sind die Hände unserer

Nächsten. Die Reise ruft, ein jeder ist zu ihr verpflichtet. Ich danke Ihnen für die Güte. Ein Genesener verläßt Ihr Haus.«

Herr Brantel geleitet seinen Gast das Stiegenhaus hinunter und umklammert eine Kerze. Mit seiner freien Hand schützt er das hauchbedrohte Licht. Die Treppenschlucht fällt still, aber die Schritte hallen kräftig und gesund. Paul ist nicht ängstlich, doch ihm dämmert, als sänke er mit jeder Stufe dem Grabgewölbe der Vergangenheit entgegen. Aber dann öffnet spöttisch lächelnd sich das Tor, der schwere Fliederduft betäubt, die klare Frühlingsnacht empfängt besinnlich und ist ungewöhnlich warm.

»Ich kann Sie noch ein Stück hinaufbegleiten.«

»Sie sollten jetzt zu Ihrer Frau und Tochter zurück.«

»Nur um die nächste Ecke. Weit kann man jetzt nicht gehen. Drei Viertel auf elf hat es geschlagen. Die Sperrstunde ist nahe.«

»Sie haben keinen Überrock genommen.«

»In dieser warmen Nacht?«

»Sie wollen mich begleiten wie damals an jenem ersten Nachmittag, als ich so dumm zu Captain Dudley sprach.«

»Captain Dudley? Er wurde gestern aus Unkenburg versetzt. Vielleicht interessiert Sie das.«

»Es liegt hinter mir. Alles in dieser Stadt, alles in den letzten Jahren liegt hinter mir. Herr Brantel, was wollen Sie von einem Fremden, den Sie nicht mehr sehen werden? Den Brautwein Ihrer Tochter hat er Ihnen ausgetrunken.«

»Den Wein der Freundschaft haben wir geteilt. Die Reise trennt uns nicht.«

»Ist nicht zuviel geschehen? Trotzdem halte ich für möglich, daß es auch Freude geben kann. Ich fühle mich vielleicht sogar allzu leicht, mehr, als mir gebührt, doch bin ich ein alter Mann. Der darf sich schon etwas erlauben. Der Beamte, der mir meinen Ausweis ausfüllte, wollte mir meine jungen Jahre nicht glauben.«

»Wer so der Fahrt vertraut und ungeduldig ihr entgegeneilt wie Sie, ist jung und ungebrochen. Sie haben viel vor sich. Vielleicht wird es nicht leicht sein, wahrscheinlich nicht, ich will Sie nicht belügen. Ich habe Sie soweit erkannt, daß ich Ihre Bahn ein wenig verstehe und beurteilen kann. Aber es geht weiter. Es geht weiter für Sie, für uns, für alle. Das ist eine tröstliche Botschaft, die heute den meisten allerdings noch schrecklich ist und schrecklicher scheint als die bare Verzweiflung. In unserer Zeit lebt ein Geschlecht, das sich zu sehr im Negativen gefällt. Erst hat man diese Welt aus Lieblosigkeit, die bis zum Wahnwitz ausartete, zerstört und unwohnlich gemacht, dann begnügt man sich damit und freut sich noch des Unterganges, den man sich wechselseitig zugefügt hat. Vielleicht haben Sie, zumindest für sich selber, damit recht, wenn Sie behaupten, daß es keine Heimat gibt. Ich greife das nicht an; ich möchte beinahe sagen, daß ich es verehre. Doch die Heimatlosigkeit darf nicht in einem Nichts ertrinken.«

»Das sollten Sie bei mir nicht fürchten. Ich habe Ziele, viele Ziele. Wer so wie ich verstrickt war und schon nicht mehr wußte, ob er dem Leben oder dem Tode zugehört, konnte nicht unangefochten bleiben. Auch verzweifeln mußte ich. Verzweiflung kann ein Bad sein, das ich vielen Menschen sogar wünschen würde. Ohne Bosheit sei das festgestellt. Aber ich denke schon, daß ich es ähnlich meine wie Sie. Es gibt zu viele in der Welt, die aus Angst und Eitelkeit verzweifeln; Angst, weil der Halt fehlt, Eitelkeit, weil kein Halt gesucht wird. Man sollte für etwas verzweifeln, nicht an etwas. Verstehen Sie mich?«

»Ich glaube schon. Man muß eine Mitte haben, einen unbewegten Ursprungsort der Ruhe, an dem man mutig festhält, auch wenn man auf die Reise zieht, die unvermeidliche Reise ..., einen untrübbaren Sinn, von dem es keinen Abfall gibt, nicht links, nicht rechts, nur Mitte, ein Bestand, der nicht verwandelt wird im Fortschritt oder Rückschritt. Ich meine das nicht streng räumlich. Ich meine es wie einen Kreislauf, der von Hand zu Hand, von Herz zu Herz gehen soll und auch wirklich geht.«

»Das Unveränderliche auf der Reise. Keinen Abfall. Ich

stimme bei. Der Abfall ist Verzweiflung. Schutt, den man uns genommen, geraubtes Eigentum, verwandelbarer und absprechbarer Name, Wohnung des Herzens, aber nicht das Herz – kurz: alles, was man uns nehmen kann. Die Mitte, wenn ich Sie begreife, kann man uns nicht nehmen. Sie reist mit uns und hebt uns aus dem Abfall auf.«

»Ich glaube, wir verstehen uns. Wir müssen jeder in einem Kreise wirken, sei er noch so klein. Seine zugedachte Größe ist ja nur das Wandelbare, an das sich Eitelkeit und Ängste klammern, in uns versteckt als Hindernis der wahren Freiheit. Die Umstände gebieten sogar, so möchte ich von diesem Kreise sagen, daß er für heute klein ist. Wenn unsere Absichten alle Menschen betreffen, haben wir bei den Nächsten anzufangen. Ich weiß, selbst das, gerade das ist schwierig, denn wer will der Nächste sein?«

»Kaum einer. Aber immer einer doch. Man muß sich anvertrauen.«

»Man vertraut sich an. Man wird nicht nur genommen, man wird auch gegeben. Das ist die Gnade, in der die Schöpfung webt und sich erneuert. Ohne Gnade geht es nicht.«

»Der Schöpfungsaugenblick ist vielleicht bloß aufgewachter Wille; erst die Schöpfung, die besteht, ist aus der Gnade. Gnade ist Reise. Die Toten müssen ruhen und haben eine Gnade, die vermutlich, vom Maß des Menschen aufgefaßt, nicht mehr Reise ist. Ich habe in der ersten Nacht, die ich in dieser Stadt schlief, wenn Sie mir diese Ausdrucksweise verzeihen, gleichsam die Gnade des Todes empfunden. Es war das Gefühl ohne Reise. Es war ohne Fehle in sich abgeschlossen und doch bewegter Geist, nein gewiß, das war die Mitte, die wir ein jeder sind.«

»Es ist schon spät, mein lieber Freund. Ich danke Ihnen. Sie haben mir geholfen. Wir werden beide diesen Tag nicht vergessen. Ein Tag der Mitte, keine Nacht mehr … Leben Sie wohl und gute Reise!«

»Gute Reise auch Ihnen! Nicht wahr, Sie verstehen mich? Und grüßen Sie bitte nochmals Ihre Lieben von mir!«

Paul sieht sich um, aber sein Gastfreund, dessen Hand er noch verspürt, ist schon um die Ecke, und Paul muß sich sputen, um in einigen Minuten in seiner Kaserne auf dem Kanonenberg zu sein. Paul ist nicht glücklich, aber gehoben und bestärkt von weitem Ernst, Gedanken schwimmen klargeschürft im lockeren Strome seiner beschwichtigten Sinne, ergiebige Ruhe; das fühlt der Wanderer, so hat er es noch nie gekannt, wie tief auch die Erinnerung zum Grunde taucht. Das federleichte Laufen wird Paul nicht mehr beschwerlich. Diese Eile hätte er vor einer Woche nicht ertragen. Jetzt geht es gut vorwärts selbst den Berg hinan, der Atem gestattet auch den angespannten Schritt. Getrost sagt Paul sich zu, daß er die Reise schaffen wird, die Mühsal braucht er nicht zu fürchten. Es wird! Es wird! Ich werde wandern! Zum Fluge lockt der aufgetane Weg. Jemand schreit den Spätling an, er soll sich tummeln, es ist schon bald elf, die Zeit ist um für das Gesindel, ein Luftschuß pfeift und knallt, ein schimpfgeblähtes Lachen hagelt hinterdrein, nach Hause, los, nach Hause!

»Ich bin ja schon zu Hause! Morgen fahre ich!«

Mit einer grellen Taschenlampe leuchtet der Amerikaner den unerlaubten Narren auf der Straße an und sieht, was für einen Burschen er vor sich hat. Ein Ruf auf englisch schnattert noch, ein gutmütiger Spott, dann wird es still. Paul hört auch nicht mehr hin; es ist ihm fern, was heute einer ihm noch melden könnte. Paul ist bereits auf dem Hof, wo er den Schritt verlangsamt. Die paar Stufen hinauf, dann ist er zum letzten Mal in seiner Offiziersstube Gast. Er ist froh, daß es keine Verdunklung mehr gibt, das Licht darf endlich frei durch die Fenster schimmern. In Eile bereitet Paul seine Sachen für morgen vor. Dann geht er schlafen.

Paul ist dankbar, daß er so gut beisammen ist, alles wird ihm leicht wie in der ersten Nacht in Unkenburg, aber ohne das Gefühl des Todes. Das Bild Zerlinens naht seinen Gedanken ohne Betrübnis, auch die Eltern kommen heran und sehen friedlich aus. Paul neigt sich vor ihnen, und ohne Scheu betrachtet er die Toten, die mit ihm sind. Er vertraut darauf, sich vor ihnen nicht mehr schämen zu müssen, daß er die Reise weiter wagen will und sich der Hand des Lebens überwiesen hat. Dorthin! Er spürt, da er noch ist, wird sein Verlangen gebilligt und ermuntert. Er muß nicht mehr versteinert klammern und darf sich von der Säule lösen, an die er bis heute früh gekettet war. Die Zeit nimmt Paul mitten in den Schlaf hinein, ein Viertel, zwei Viertel, geduldig um und um. Schon bemerkte Paul nicht, wie die Nacht sich immer tiefer um ihn schlang und immer neue Viertel klingen läßt.

Als Paul erwacht, ist früher Morgen. Der gestrige Tag scheint in den heutigen geflossen, als ob das Heute noch von gestern wäre. Paul darf nichts versäumen. Er erhebt sich und dankt dem Bett, das ihn behütet hat. Er faltet eine Decke und schnallt sie an den Rucksack fest. Nach dem Waschen packt er schnell ein. Zuletzt nimmt er den Spiegel von der Wand, wischt ihn blank, umhüllt ihn mit einem reinen Handtuch und verbirgt ihn sorgsam zwischen der Wäsche. Dann bindet er den Rucksack zu. Nach einem kleinen Imbiß schnallt Paul die Hängetasche um, den Rucksack hebt er auf und hakt die Tragriemen ein, dann nimmt er seinen Koffer in die linke Hand. Paul dankt der Stube, die ihn wohl beherbergt hat. Schon ist er auf dem Gang, aber seinen Namen läßt er nicht an der Türe, er reißt den Zettel ab und steckt ihn ein, die Türe läßt er offen.

Paul geht über den Hof und dankt der Kaserne, dankt dem Kanonenberg. Jetzt geht es die Straße bergab, noch einmal durch die Stadt, der kleine Park in voller Blüte, das Feldherrndenkmal ohne Kopf, der erloschene Dom, der aufgerührte Schutt der Altstadt wurde schon zum Teil geräumt, Wege wurden freigeschaufelt. Paul sieht noch einmal die Theatertrümmer, der Zerfall ist fortgeschritten, vielleicht wurden Mauern gesprengt. Dann kommt das Haus, wo Frau Wildenschwert wohnt, dann die lange Straße, schon ist das Gebäude des Polizeipräsidiums überholt. Paul ist auf dem Bahnhof.

»Ein Zug wird abgefertigt.«

Die rote Kappe hat es versprochen. Paul soll sich in die Reihe der Wartenden stellen. Der Schwarm läßt ihn voran. Paul dankt, er schiebt den Koffer vor, die freie Hand umklammert schon die kühle Stange. Vielleicht verstehen es die Menschen, warum er es besonders eilig hat. Er glaubt, sie winken ihm zu einer guten Reise, weil der Abfall überwunden ist.

Ende

Nachwort

Nur wer die Reise wagt, findet nach Hause

Eine Reise erzählt die Geschichte von Menschen, die verboten werden. Einfache Bürger mit ihren Ängsten und Hoffnungen wie die Familie Lustig. Mitten im täglichen Leben erfahren sie das jüngste Gebot, »Du darfst nicht wohnen!«, und diesem einfachen Satz schließen sich immer ungeheurere Verordnungen an. »Die ganze Welt« ist »in Verboten aufgegangen.« Die Betroffenen erkennen es selbst: »Wir alle sind verboten.« Solche Bestimmungen kehren alle normalen Begriffe um, verwandeln die freie Gesellschaft in eine Zwangsgemeinschaft mit verkehrten Einrichtungen, deren Bestimmung es ist, das Leben unmöglich zu machen. So erfahren wir: »Im Namen des Rechts wurde das Unrecht errichtet.« Zwar »rufen die unschuldigen Menschen den Beistand des Rechtes an«, doch »ach«, bekommen wir zu hören, »was ihr euch einbildet, noch an Recht zu denken, als ob euch nicht gesagt worden wäre, daß es gerade doch das Recht ist, ... was nur euch nicht recht ist.« Nichts bleibt, wie es war, und auch der Leser muß sich – von der erzählenden Stimme geleitet – auf wegloser »Reise« in einer sinnlosen Unwelt zurechtfinden, in der »alle Erfahrungen versagen«, wo alle Worte aufhören, denn schließlich »stimmen selbst die Namen nicht mehr«. Sich diesem Unsagbaren dennoch zu nähern, wählt die erzählende Stimme »das Bild von der Reise«. Einmal ist die »flüchtige Reise« seit Anbeginn Bild des Schicksals schlechthin, also auch das zeitlose Gleichnis für den Weg der Verbotenen. Weiters aber, wie es am Anfang der Erzählung heißt, ist es »die Erinnerung selbst, die sich auf die Reise begibt und auch schon stets auf Wanderschaft gezogen ist«. So schafft der Roman eine Möglichkeit des Erinnerns, indem er die Wege der Verbotenen vermittels ihrer eigenen Hoffnungen und Erinnerungen nachgeht, sowie der gleichzeitig miterlebten Reise der erzählenden Stimme, um durch die erinnerten

Zeugnisse das mitleidende Gedenken der Nachwelt zu beschwören. Elias Canetti erkannte als erster das Wegweisende dieser Arbeit: »Es wird das klassische Buch dieser Art von ›Reise‹ sein, jeder Entwurzelung und Verwüstung, wem immer sie geschieht.«

Der am 2. Juli 1910 in Prag geborene Hans Günther Adler wuchs in bürgerlichen Verhältnissen auf, studierte Musik, Literatur, Philosophie und Psychologie und promovierte mit einer Dissertation über »Klopstock und die Musik«. Die Machtergreifung Hitlers erlebte er während seiner Archivarbeiten in Berlin. Er strebte eine akademische Laufbahn an und versuchte zugleich, sich als Schriftsteller zu etablieren. Die Hoffnung zerschlug sich 1933. Er arbeitete als Sekretär in einem Prager Volksbildungsinstitut und bereitete sich um 1938 auf die Emigration vor, aber auch diese Pläne scheiterten. Er blieb in Prag und geriet immer tiefer in die Wirren der Zeit. 1941 wurde er zunächst in ein Arbeitslager zum Eisenbahnbau zwangsverpflichtet, im Februar 1942 folgte die Deportation nach Theresienstadt, mit seiner ersten Frau, der Ärztin Gertrud Klepetar, und ihrer Familie. Hier starb Gertruds Vater, die Tante wurde weitertransportiert; Hans Günther und Gertrud Adler-Klepetar kamen im Oktober 1944 nach Auschwitz. Bei der Selektion ging Gertrud freiwillig mit ihrer Mutter auf die »schlechte Seite«, damit diese nicht alleine sterbe. Nach zwei Wochen kam mein Vater nach Niederorschel, in ein Nebenlager von Buchenwald, dann in die unterirdische Fabrik des Lagers Langenstein, wo er schließlich im April 1945 von amerikanischen Truppen befreit wurde.

Zunächst wanderte er – ermattet und krank – nach Halberstadt, dann führte ihn der abenteuerliche Weg zurück nach Prag. Er hatte kaum die Kraft, auf einer Treppe in die erste Etage zu steigen, jahrelang litt er an plötzlichen Schwächezuständen. Dennoch schaffte er es, ein neues Leben aufzubauen. Er widmete sich der Erinnerung »der teueren Toten« und fand im »Zeugnis der Wahrheit« einen neuen, ja den alleinigen Sinn für sein Leben. 1947 floh er vor dem sich anbahnenden kommunistischen Regime in seiner Prager Heimat nach London. Hier erhielt er Asyl und entfaltete sich als freischaffender, deutschschreibender Schriftsteller, »zu Hause im Exil«, wo er sich jedoch weder als Dichter noch als Gelehrter zu etablieren vermochte. Allmählich faßte er in Deutschland, Österreich und in der Schweiz Fuß, später auch in Israel und den USA. Als er am 21. August 1988 in London starb, hinterließ er, wie Jürgen Serke – Adlers erster Biograph – bemerkt, ein beispielloses »Gesamtkunstwerk«, das aus einer Fülle von Gedichten, Erzählungen, Romanen, wissenschaftlichen Büchern und Essays besteht. Unter diesen nimmt »Eine Reise« eine besondere Stellung ein. Es ist sein zartestes, erschütterndstes Buch.

Nachdem er die erste Fassung der grundlegenden Monographie *Theresienstadt 1941 bis 1945 – Das Antlitz einer Zwangsgemeinschaft* in den Jahren 1945 bis 1948 erarbeitet hatte, schrieb mein Vater – mit einem ungeheuren Aufschwung seiner in der Lagerwelt gefesselten Energie – in rascher Folge fünf Romane, darunter 1948 den Entwicklungsroman *Panorama* (1968 erschienen) und von 1954 bis 1956 *Die unsichtbare Wand* (1989 veröffentlicht). *Eine Reise*, 1950/51 entstanden, ist das Kernstück dieser einmaligen Auseinandersetzung mit »l'univers concentrationnaire«, um den Begriff David Roussets zu zitieren. Wie die anderen Arbeiten aus der Frühzeit seines Schaffens blieb auch dieser Roman lange Zeit unveröffentlicht. Zum einen überschattete sein Ruf als Wissenschaftler nach der Veröffentlichung des Theresienstadt-Buches (1955) seine literarischen Bemühungen. Zum anderen war die Zeit noch nicht reif für eine von einem ehemaligen Häftling mit literarischem, also nicht nur dokumentarischem Anspruch verfaßte Gestaltung der Lagerjahre. Außerdem war die Prager Schule, die Adlers Schreiben geformt hatte, vertrieben und vernichtet, und mit ihr auch seine ursprüngliche Leserschaft.

Nur allmählich und in vielen Ansätzen, die bis zum heutigen Tag andauern, können wir das Ausmaß des Terrors in den Jahren 1933 bis 1945 erkennen. Die Erinnerung versagt vor den Tatsachen. Man bedenke etwa, wie lange Primo Levis erschütternde Darstellung seines Lebens in Auschwitz gebraucht hat, den ihr gebührenden Platz zu erlangen. Die Ereignisse bekanntzumachen hat keineswegs genügt, Erkenntnisse zu fördern und Erinnerung zu stiften und dadurch einen Zugang zur Lagerwelt zu ermöglichen. Für die Öffentlichkeit bedurfte es erst so einschneidender Wenden wie die Nürnberger Prozesse, den Frankfurter Auschwitz-Prozeß und den Eichmann-Prozeß in Jerusalem, um angesichts der Empörung über die Gegenwart der Schuldigen die Erinnerung an ihre Opfer zu entfachen. Seitdem ist Wegschauen nicht mehr möglich. Es kommt aber darauf an, auf welche Weise man hinschaut, mit welchem Maß an Aufrichtigkeit, und ob man sich mitfühlend der Wahrheit stellt. Wer wegschauen will, muß sich fragen, wohin er seinen Blick richtet. In *Eine Reise* heißt es: »Die Wahrheit ist unbarmherzig, und ihr gehört der Sieg, dem selten geglaubt wird, denn nichts wird so hart verspottet wie der endliche Sieg der Wahrheit, deren Geschichte von zahllosen erduldeten Beleidigungen erzählt, doch nie von einer endgültigen Niederlage. Am furchtbarsten wird die Wahrheit jenem, der sie nicht wagt … Wahrheit duldet nicht Flucht … aber grausam ist sie nicht …« Diese Art »Wahrheit« aus einem Roman zu vernehmen, war man, wie es scheint, in den fünfziger Jahren kaum bereit.

Es gab zwar schon damals etliche Stimmen, die *Eine Reise* befürworteten, doch stieß das Buch auf einflußreiche Gegner. In England verwies ein namhafter Verleger H. G. Adler wohlwollend auf Norman Mailers *The Naked and the Dead* als Beispiel dafür, wie man einen Roman über Auschwitz anpacken solle. In Deutschland reagierte Peter Suhrkamp mit einem Wutanfall: »Solange ich lebe«, sagte er, »wird dieses Buch in Deutschland nicht gedruckt.« So geschah es auch. Erst 1962 fand sich schließlich ein Einzelgänger, Knut Erichson, der sich entschloß, *Eine Reise* in seinem Bonner Verlag bibliotheca christiana zu veröffentlichen. »Ich bin nicht der Verleger für Sie«, erklärte dieser dem Autor, »aber ich bringe das Buch, weil es kein anderer druckt.« Hermann Zapf besorgte die Typographie, und es entstand eine würdig gestaltete Erstausgabe. Für eine breite Wirkung fehlten dem Verlag die Mittel. Trotz gewichtiger Besprechungen, die dem Buch zum Durchbruch hätten verhelfen sollen, drang es nicht durch. *Eine Reise* blieb Geheimtip.

Der Originaltitel lautete *Die Reise – Eine Ballade*, doch bestand Erichson aus Gründen des Titelschutzes auf *Eine Reise*, und er bat den Autor, auf die ungewöhnliche Bezeichnung *Eine Ballade* zu verzichten. Da aber das Buch nach Adlers Begriffen kein Roman war, denn diese Gattung solle, wie er meinte, »eine ganze Welt« umfassen, wurde als Untertitel *Eine Erzählung* gewählt. Diese irreführende, weil ungewichtig wirkende Bezeichnung mag ein weiterer Grund dafür gewesen sein, warum das Buch zu selten wahrgenommen wurde. Heimito von Doderer hat in seiner Rezension die Gattungsproblematik erkannt: »Der Autor nennt dieses Buch ›Erzählung‹. Es ist ein Roman. Keineswegs des Umfangs wegen, sondern durchaus in Anbetracht des universalen Zugriffs.« Dann folgt das Zugeständnis: »Dennoch ist das Werk durchaus eine Ballade.« Und Doderer begründet seine Ansicht: »Eine Ballade klagt nicht an, sie entschuldigt nicht. Sie schießt zum Kristall der Form.« Die Ballade *Eine Reise* »macht frei«, »macht den Gegenstand, sei er, wie er sei (und hier grenzt die Sache ans Unglaubliche), gewichtlos und schwebend, ohne ihm von seiner Gewichtigkeit das geringste zu nehmen. Ein ganzer Berg von Schrecken wird zum Liede.« Zwar hat Doderer recht, den lyrischen Charakter von *Eine Reise* mit der Form der Ballade in Beziehung zu bringen, doch trifft die Bezeichnung auch in anderer Hinsicht zu, denn in einer Ballade vereinigen sich nach Goethes Definition lyrische, dramatische und erzählerische Momente, und diese drei

Ausdrucksformen verbinden sich in *Eine Reise* aufs kunstvollste. Der polyphone Bewußtseinsstrom führt uns unaufhörlich von einer Perspektive in die nächste, oft wissen wir nicht mehr, wer spricht, schon meldet sich die nächste Stimme. So läuft der Erzählstrom von den Gedanken Paul Lustigs zu den Empfindungen seiner Mutter, ohne daß wir einen Bruch merken würden, oder die Überlegungen des Erzählers münden in die Ängste der Schwester ein. Balladenhaft ist weiters die refrainartige Wiederholung mehrerer Hauptmotive. Ballade meint hier also keine traditionelle Gattung, sondern eine neue Erzählform, die zwischen Joyce, Woolf und Faulkner angesiedelt ist. Man bedenke: *Eine Reise* entstand fast gleichzeitig mit Faulkners großer Erinnerung an den Ersten Weltkrieg, *Eine Fabel.* Schließlich hat Doderer auf die Schwierigkeit hingewiesen, für *Eine Reise* gültige literarische Vergleiche zu finden. Roland H. Wiegenstein kam in seiner Besprechung im *Merkur* zum radikalsten Schluß: »Das Buch gehorcht keiner literarischen Kategorie mehr.«

Gewidmet ist das Buch den Freunden Elias und Veza Canetti. Für Canetti stand gleich nach der Entstehung fest, *Eine Reise* sei »ein Meisterwerk, in besonders schöner, reiner Prosa geschrieben, jenseits von Groll und Bitterkeit«. Canetti fährt mit der ihm eigenen Begrifflichkeit fort: »Ich glaube, daß Ihr Erlebnis ... hier eine vollkommene dichterische Verwandlung erfahren hat, wie sie keinem bisher gelungen ist.« Da Canetti bekanntlich den Dichter als »Hüter der Verwandlung« begreift, verdeutlichen seine Worte sehr präzise, inwiefern *Eine Reise* seinen literarischen Vorstellungen entspricht. Das Zauberwort »Verwandlung« läßt an die unaufhörliche Bewegung der *Reise* denken, an ihren überquellenden sprachlichen Reichtum, an das »Uferlose, das keine Bestimmungen kennt«, das die erzählende Stimme gleich zu Anbeginn anruft: »Viele Wege gehst du, und in vielen Städten erscheinst du mit deinen Angehörigen und Freunden, du stehst, du läufst, du gehst unter und stirbst ...« Das, was für Canetti Mythos heißt, findet sich in den leitmotivartig sich verwandelnden Bildern sowie in den verschiedenen Märchenfiguren. Schließlich kommt Canetti als erster auf die Bedeutung des Romans für die Moderne zu sprechen. In der Qualität des Romans, die Canetti betont, erkennen wir seine bleibende Aktualität: »Die furchtbarsten Dinge, die Menschen geschehen können, sind hier so dargestellt, als wären sie schwebend und zart und verwindlich; als könnten sie dem Kern des Menschen nichts anhaben.« Als das Buch erschien, dankte Veza mit einer Postkarte, den Torso von Pallas Athene samt Kopf, doch mit abgeschlagenem Gesicht, darstellend. Der Gruß: »Das Buch ist zu *schön* für Worte und zu traurig. Wir sind stolz auf die Widmung.«

Der Roman transponiert die Erlebnisse des Autors, verfremdet sie, wie Adler zu sagen pflegte, und enthebt sie der persönlichen Sphäre. Sich selbst in die Gestalt des Paul Lustig verkleidend, verwandelt sich der Dichter in den Bruder seiner ersten Frau, Gertrud Klepetar, dadurch eine Familieneinheit schaffend. Mein Vater nannte Gertrud Geraldine. Hier erhält sie den verklärenden Namen Zerline. Ihre Eltern, Dr. David und Elisabeth Klepetar, erscheinen in den Figuren Dr. Leopold und Karoline Lustig wieder. Gertruds Tante, die Schwester ihrer Mutter, wird als Ida Schwarz porträtiert. So stellt die Familie ein Verwandtschaftsatom dar, den die jeden Kern sprengende Macht zertrümmert. Die kleine Menschengruppe symbolisiert die unübersehbare Anzahl ihrer Leidgenossen. Der Familienname der beiden Schwestern – Schmerzenreich – beschwört den Erbteil der gesamten Schicksalsgemeinschaft. Ihr Jammertal ist ein Reich der Schmerzen.

»Lyrische Ironie« nannte H. G. Adler den Stil des Buches, damit auf die lyrische Dichte der Sprache verweisend sowie auf die allgegenwärtige Ironie, die zwar zeiht, aber nicht kränkt, die klagt, aber sich nicht beklagt, die den entsetzlichen Ereignissen ihre Leichtigkeit schenkt und, ohne die Trauer zu vermindern oder das Grauen zu verharmlosen, die Opfer mit der ihnen gebührenden Liebe noch im Augenblick ihres Untergangs umhüllt. Die erzählende Stimme spricht sanftmütig, eine verschwiegene Liebe geistert durch den Roman, wie der Geist des Unsichtbaren in einem lyrischen Gedicht. »Man hat euch zusammengetrieben und keine lieben Worte gesagt«, heißt es gleich zu Beginn. Schon hier schwebt die fehlende Güte über dem Geschehen. Als Ida Schwarz ihre letzte Reise beginnt, beschwört der Erzähler den Augenblick ihrer Geburt. Wir hören, wie die Hebamme, »eine tüchtige Frau«, der Mutter berichtet: »Es ist ein Mädchen, Frau Schmerzenreich!« Auch hier spricht Sanftmut. Wir messen den Untergang an der Geburt, vergleichen die Dinge, wie sie sind, mit den Verhältnissen, die ihnen zukämen. An den fehlenden Werten wird das Unmaß des Grauens gemessen. In diesem ironischen Verfahren wirken nette Worte wie Satire. Die Schergen treten im Roman so auf, wie sie selbst genannt werden wollen. Sie heißen einfach »Helden«. Ihre Hinrichtungsart ist, wie manche bis zum heutigen Tag beteuern, hygienisch. Alles wird »mit der notwendigen Schonung« durchgeführt. Im Wechselspiel der Werte – auch dies bleibt aktuell – erkennen wir eben auch die Mitverantwortung von Wirtschaft und Gesellschaft, von Presse und Kultur. Mit ihren Worten sprechen die Mitbürger, die Mitwisser und die Schergen ihr eigenes Urteil.

So wandern wir auf dieser *Reise*, die sich mit lyrischer Ironie zwischen Begriffen wie »Recht« und »Glaube« und symbolischen Bildern wie dem der »Reise« und dem des »Abfalls« bewegt und die stets – wie Heinrich Böll betont hat – zu alltäglichen Gegenständen und Handlungen zurückkehrt: »Es braucht nur einer, wie Adler es getan hat«, sagt Böll, den Effekt dieser vielstimmigen Dialektik in seinen *Frankfurter Vorlesungen* kennzeichnend, »etwas so scheinbar Harmloses wie Müllabfuhr zu beschreiben, schon wird Unheimliches daraus.« Wir werden fast unmerklich durch die Stationen des Romans geleitet, von Stupart nach Leitenberg, dann weiter nach Ruhenthal und Unkenburg.

Hinter den Namen verbergen sich Prag (man denke an die Stupartgasse), Leitmeritz, Theresienstadt und Halberstadt. Aber die vielspurige Erinnerung verläuft nicht geradlinig. Den Gesetzen des Entsetzens, des Wahns, der Traumata und der Trauer gehorchend, läuft der labyrinthische Weg dieser Reise in immer neuen Ansätzen hin und her, bis schließlich der Erzähler alle Wege abgelaufen ist. Erinnerung ist hier eine lebendige Glut, die sowohl das Thema als auch den Stil bestimmt. Wir erleben von innen her, wie alles anfing: »Das Übel war schleichend gekommen, ohne Anzeichen voranzuschicken, die der medizinischen Welt bekannt geworden wären, aber plötzlich waren alle krank, es war die erste epidemische Geisteskrankheit ...« In Ruhenthal stirbt der Vater. Dann unternimmt die Tante die Reise nach einem ungenannten Ort. Schließlich folgen wir Zerline auf ihrem letzten Weg. Alles sträubt sich gegen diese Reise. Zerline kann den Gang nicht wahrhaben. Der Erzähler kann ihn nicht nachvollziehen, kann sich ihn nur in immer neuen Ansätzen nähern. Der Ort des Schreckens, der heutzutage als Zeichen für dieses ganze Geschehen in aller Munde geführt wird, bleibt namenlos. Ebenfalls weigert sich die erzählende Stimme, Religionen und Nationalitäten zu nennen. Es war ja die Polarisierung solcher Gruppen, die in den Abgrund geführt hat, daher taugen ihre Begriffe nicht für die Darstellung. Auch in dieser alles umwebenden Anonymität erblicken wir die typisierende Kraft der Ballade. Dieser geht es schlicht um Menschen. »Es gibt keine Wege. Die Namen sagen nichts ...« Paul entkommt der ungenannten Stätte, gelangt nach Unkenburg, verweilt, schließt neue Freundschaften, begibt sich dann auf eine neue Reise. Die Erzählung rundet sich zur gültigen Botschaft. In ein Widmungsexemplar schrieb einst der Autor: »Nur wer die Reise wagt, findet nach Hause.«

Jeremy Adler